外 国 文 学 名 著 丛 书

〔古希腊〕荷马／著

荷马史诗·伊利亚特

罗念生　王焕生／译

"外国文学名著丛书"编委会

人民文学出版社
PEOPLE'S LITERATURE PUBLISHING HOUSE

῭Ομηρος
᾿Ιλιάς
据勒伯古典丛书（The Loeb Classical Library）
荷马《伊利亚特》1971—1976 年版古希腊文译出。

图书在版编目（CIP）数据

荷马史诗·伊利亚特/（古希腊）荷马著；罗念生，王焕生
译.—北京：人民文学出版社，2020（2024.5重印）
（外国文学名著丛书）
ISBN 978-7-02-015827-0

Ⅰ.①荷… Ⅱ.①荷…②罗…③王… Ⅲ.①英雄史诗—古希腊
Ⅳ.①I545.22

中国版本图书馆 CIP 数据核字（2019）第 247197 号

责任编辑　张欣宜
装帧设计　刘　静
责任印制　王重艺

出版发行　人民文学出版社
社　　址　北京市朝内大街 166 号
邮政编码　100705

印　　刷　北京盛通印刷股份有限公司
经　　销　全国新华书店等

字　　数　375 千字
开　　本　850 毫米×1168 毫米　1/32
印　　张　23　插页 4
印　　数　15001—18000
版　　次　1994 年 11 月北京第 1 版
印　　次　2024 年 5 月第 5 次印刷

书　　号　978-7-02-015827-0
定　　价　74.00 元

如有印装质量问题，请与本社图书销售中心调换。电话：010-65233595

荷马

出 版 说 明

　　人民文学出版社自一九五一年成立起,就承担起向中国读者介绍优秀外国文学作品的重任。一九五八年,中宣部指示中国科学院文学研究所筹组编委会,组织朱光潜、冯至、戈宝权、叶水夫等三十余位外国文学权威专家,编选三套丛书——"马克思主义文艺理论丛书""外国古典文艺理论丛书""外国古典文学名著丛书"。

　　人民文学出版社与中国科学院文学研究所,根据"一流的原著、一流的译本、一流的译者"的原则进行翻译和出版工作。一九六四年,中国社会科学院外国文学研究所成立,是中国外国文学的最高研究机构。一九七八年,"外国古典文学名著丛书"更名为"外国文学名著丛书",至二○○○年完成。这是新中国第一套系统介绍外国文学作品的大型丛书,是外国文学名著翻译的奠基性工程,其作品之多、质量之精、跨度之大,至今仍是中国外国文学出版史上之最,体现了中国外国文学研究界、翻译界和出版界的最高水平。

　　历经半个多世纪,"外国文学名著丛书"在中国读者中依然以系统性、权威性与普及性著称,但由于时代久远,许多图书在市场上已难见踪影,甚至成为收藏对象,稀缺品种更是一书难求。在中国读者阅读力持续增强的二十一世纪,在世界文明交流互鉴空前频繁的新时代,为满足人民日益增长的美好生活的需要,人民文学出版社决定再度与中国社会科学院外国文学研究所合作,以"网罗经典,格高意远,本色传承"为出发点,优中选优,推陈出新,出版新版"外国文学名著丛书"。

值此新版"外国文学名著丛书"面世之际,人民文学出版社与中国社会科学院外国文学研究所谨向为本丛书做出卓越贡献的翻译家们和热爱外国文学名著的广大读者致以崇高敬意!

"外国文学名著丛书"编委会

二〇一九年三月

编委会名单

目　次

译 本 序

  古希腊人为后代传下两部光辉的史诗:《伊利亚特》和《奥德赛》,一直被视为人类古代文明的奇葩。这两部史诗相传为古希腊盲歌手荷马所作,因而统称"荷马史诗"。

  荷马史诗被古希腊人视为民族的骄傲,但关于荷马的生平他们却未给我们传下任何确凿的史料。古代曾传下多篇荷马传记,但内容互相矛盾,可信性不大。关于荷马的生活时期,古代作家的推测由公元前十二世纪至公元前七世纪不等。根据现有史料,古希腊作家中最早提到荷马的是公元前七世纪的哀歌诗人卡利诺斯,并且是把荷马作为一位闻名的诗人提到的。关于荷马的籍贯,古代传下来两行诗,第一行称有七座城市争说是荷马的故乡,第二行列举七座城市的名字,由于抄本异文,一共出现了十几个城市的名字,包括巴尔干半岛上的雅典、阿尔戈斯等城市和爱琴海中的一些岛屿。自十七世纪末起,随着对民间创作研究的深入,荷马史诗作为古代口传诗歌作品,受到人们广泛的关注,人们就史诗的形成过程和历史上是否确有荷马其人等问题,展开了激烈的争论,提出了各种设想和猜测,不过大部分人仍然坚持传统的看法,即荷马确有其人,两部史诗是他的作品。直到今天,围绕着荷马和荷马史诗,仍然存在许多争议,不过一般的看法是:荷马是一个历史人物，约生活在公元前九至前八世纪，根据史诗的内容和语言特点，他可能是小亚细亚西部的伊奥尼亚人，最后可能死在爱琴海中的伊奥斯岛。公元前九至前八世纪是古希腊口传文学流行的时代，游吟诗人辈出，荷马显然是其中一位技艺超群的佼佼者。

《伊利亚特》叙述的是古希腊人与特洛亚人之间的一场战争。特洛亚人居住在小亚细亚西北隅，神话传说把这场战争的原因归结于神明之间的争执，争执又涉及于凡人。据说主神宙斯从普罗米修斯那里得知，他若同女神忒提斯结婚，生下的孩子将会推翻他的统治。宙斯为了保住自己的地位，决定把忒提斯下嫁凡人。在忒提斯与米尔弥冬人首领佩琉斯举行婚礼时，争吵女神因未受邀请而行报复。她向席间扔下一个写有"给最美的女神"的金苹果，引起天后赫拉、智慧女神雅典娜、爱与美女神阿佛罗狄忒的争吵。宙斯让三位女神去找特洛亚王子帕里斯裁判。帕里斯因出生时有异兆，被父王普里阿摩斯抛弃伊达山中，长大后在山中放牧。三位女神分别许给帕里斯权力、武功、美女，帕里斯把美誉判给了阿佛罗狄忒。帕里斯一次去希腊作客，在阿佛罗狄忒的帮助下，把斯巴达王墨涅拉奥斯的妻子、世间最美的女子海伦拐回特洛亚。希腊人对特洛亚人和平交涉不成，于是以墨涅拉奥斯的兄长、迈锡尼王阿伽门农为统帅，组成联军，包括忒提斯和佩琉斯的儿子阿基琉斯等著名希腊英雄，进军特洛亚，从而开始了特洛亚战争。

多少世纪以来，娓娓动听的故事令人陶醉，人们一直把这场大战当作神话传说看待。直到二十世纪中期以后，德国人施里曼和英国考古学家伊文斯才以其惊人的探索精神，揭开了历史的真实面貌。对土耳其境内希萨里克山丘的发掘找到了被普遍公认是早已从地面上消失、被世人遗忘的特洛亚遗址,对希腊本土的迈锡尼、提任斯、皮洛斯等城市和地中海中的克里特岛的发掘找到了在这之前几乎荡然无存、在地下埋没了数千年的克里特-迈锡尼文明。克里特文明的繁荣时期约在公元前十五至前十四世纪,迈锡尼文明的繁荣时期约在公元前十三至前十二世纪,特洛亚战争就是属于迈锡尼文明时期、史诗中称之为阿开奥斯人的古希腊人发动的,时间约在公元前十二世纪初。特洛亚城地处欧亚海陆交通要冲,繁荣富庶,曾屡遭毁灭,希腊人远征特洛亚的真正原因显然是为了获取财富和奴隶。根据有关史料,这样的战争在当时的东地中海周边地区显然经常发生,特洛亚战争是其中规模较大的一次。特洛亚战争结束后,迈锡尼文明很快被由北南迁、处于较低发展阶段的另一支希腊部落多里斯人所排挤。关于特洛亚战争的传说却世代相传,成为希腊民族发展过程中可歌可泣的一页,再经过艺人们的丰富想象和艺术加工,形成人神交混、优美动人的史诗。当时除了描写战争过程的《伊利亚特》和描写希腊英雄奥德修斯返国的《奥德赛》之外,还出现过描写战争的开始、战争进行过程中的其他事件、战争的结束和其他希腊英雄返国的多种史诗,但这些史诗后来均失传了。

《伊利亚特》全诗一万五千六百九十三行,现今传世的二十四卷本是公元前三世纪亚历山大城学者根据古代抄本考订、划分留传下来的。从特洛亚战争到史诗的最后形成,经历了一个数百年的民间口头创作、流传过程。在这一过程中,口传者们一方面力求仿古、复古,使所叙事物保持历史的本来面貌,另一方面又难免发生记忆的模糊和时代的影响,从而使史诗在内容方面成为一个多因素的复杂的混合体。总的说来，《伊利亚特》中对物质文明的描写，如对战斗场面、战争武器、日常用具等的描写，基本反映了迈锡尼文明时代的社会真实，这一点为考古发掘到的实物史料所证实，但在对社会关系和风俗等的描写方面，则较多地吸收了后来的因素。一般认为，迈锡尼文明已进入早期奴隶制社会，而多里斯人则仍处于原始公社制阶段。史诗中既肯定了奴隶制的存在，又强调了氏族制的活力。《伊利亚特》的情节结构在古代即受到好评。亚里士多德在《诗学》中谈到史诗情节的整一性时强调指出，史诗情节也应该像悲剧一样，围绕着一个整一的行动展开，做到有头、有身、有尾，从而给人以艺术欣赏的美感。从这一点出发，他援引荷马史诗为例，称荷马具有天赋才能，高人一等。《伊利亚特》虽然叙述特洛亚战争，但诗人并没有像历史叙述那样叙述它的全过程及其多方面，而是撷取其中的一段进行叙述，集中叙述了发生在战争进行到第十年时约五十天里所发生的事件。对于此前发生的事件，诗人把它们作为尽人皆知的事件在适当的地方加以补叙或略加提及，对于此后的事件，诗人也只择其重要者，在适当的地方略做预言式的或回顾式的交代。对于发生在约五十天里的事情，诗人又使它始终围绕一个人——阿基琉斯，围绕一个事件——阿基琉斯的愤怒展开，叙述了愤怒的起因、愤怒的后果和愤怒的消解，把其他有关事件统统作为穿插，从而做到情节的整一性。《伊利亚特》的这种精心的题材裁剪和结构安排，表明当时的史诗叙事艺术已经达到很高的水平。

《伊利亚特》塑造了一系列栩栩如生的人物形象，其中不仅主要人物形象鲜明，各具个性，而且许多次要人物也都给人深刻印象。按照当时的宗教观念,神明决定人间的事情,命运决定一切,但诗人在塑造人物时更称赞的是人的主动进取精神。《伊利亚特》歌颂氏族英雄,歌颂氏族英雄的美德,但他们并非完美无缺。诗人不仅赋予他笔下的人物高大的形象和正面的特点,同时也指出他们的弱点,这些弱点成为他们个人悲剧的根源,使全诗贯穿着一种悲剧气氛。诗人刻画人物主要通过人物的语言(独白或对白)、行动和环境衬托,不注重白描。这方面最鲜明的例子是对海伦的描写。海伦上城观战,第一次出现时,诗人对这位盖世美人的外貌未做任何直接描写,而是通过特洛亚长老们见到海伦后赞叹不已,让读者自己去体会。《伊利亚特》中的人物性格基本是定型的,诗人很少进行心理描写,当人物心理发生矛盾时,往往让神明出面解决。这些显然是当时的诗歌的普遍特点。《伊利亚特》叙事风格明快,语言朴实流畅。

对荷马史诗的研究始于古代,一直延续到现在。古罗马时期,《奥德赛》曾被译成拉丁文(可能不是全部)。欧洲文艺复兴以后,荷马史诗被译成各种欧洲文字,后来又传出欧洲,被译成其他文字。我国对荷马史诗的研究基本始于二十世纪二十年代。一是以史和评的形式介绍荷马及其史诗,如茅盾、郑振铎、戈宝权等对荷马的评介和王希和的百科小丛书《荷马》(1924)等;二是主要根据英文材料译述史诗故事,如高歌的《伊里亚特》(1929)、谢六逸的《伊利亚特的故事》(1929)等;三是译介原著,如徐迟的《依利阿德选译》,译者用五音步无韵新诗体从七种英译本中选译了十五段八百余行,一九四三年由重庆美学出版社出版。一九五八年人民文学出版社推出傅东华根据里恩的英译本用散文翻译的《伊利亚特》全译本,功不可没。现在奉献给读者的这个译本直接从古希腊文译出。翻译始自我国著名古希腊文学专家罗念生先生。先生一生翻译过数十种数百万字古希腊著作,晚年定下宏愿,用六音步新诗体(原诗用的是六音步长短短格)从古希腊文原文翻译全诗。老人当时已年逾八旬,且身体不佳,但决心已定,矢志不移,至一九八九年十月相继译出第二十四卷和第一至九卷。此后,第十卷的翻译是在同绝症的痛苦折磨的顽强斗争中断断续续地坚持进行的,但只译至第四百七十五行未及整理,于一九九〇年四月十日被病魔夺去了生命。先生弥留之际嘱我译完全诗,现在终于完成,实现了先生的宿愿,也了却了我的一个心愿,同时也算为荷马史诗的研究和介绍尽了一点心力。史诗名采用在我国流传历史较久、流行较广的译法《伊利亚特》,这是史诗原名的音译,其意思是"伊利昂之歌"(伊利昂是特洛亚的别称)。每卷的标题为译者所拟。我们这次翻译是一次尝试,诚恳求教于广大行家、读者。翻译过程中得到许多同行、好友的帮助、指导,其中特别是罗先生生前好友周健强女士对本书的译稿尤为关切,费了不少心,特在此一并深表谢忱。

王 焕 生

一九九三年七月　北京

一九九六年七月　修订

第 一 卷

——阿基琉斯同阿伽门农王争吵结怨

女神①啊,请歌唱佩琉斯之子阿基琉斯的
致命的愤怒,那一怒给阿开奥斯人②带来
无数的苦难,把战士的许多健壮英魂
送往冥府,使他们的尸体成为野狗
和各种飞禽的肉食,从阿特柔斯之子、　　　　5③
人民的国王④同神样的阿基琉斯最初在争吵中
分离时开始吧,就这样实现了宙斯的意愿。⑤

是哪位天神使他们两人争吵起来?
是勒托和宙斯的儿子⑥,他对国王生气,

① 指文艺女神缪斯。
② 阿开奥斯人是古代希腊人部落,来自北方,主要居住在伯罗奔尼撒半岛
　 北部,该地区称阿开亚。诗中泛指希腊人。
③ 页边数字为诗行序数。译诗与原诗相同。
④ 指希腊联军统帅阿伽门农。
⑤ 以上三行或解作:
　 和飞禽的肉食,宙斯的意志就这样实现了,
　 请你从阿特柔斯之子、人民的国王
　 同神样的阿基琉斯最初争吵中分离时开始吧。
⑥ 指阿波罗。

使军中发生凶恶的瘟疫，将士死亡，　　　　　　10
只因为阿伽门农侮辱了他的祭司克律塞斯①，
这人来到阿开奥斯人的快船前请求释放
他的女儿，随身带来无数的赎礼，
手中的金杖举着远射神阿波罗的花冠，
向全体阿开奥斯人，特别向阿特柔斯的　　　　　15
两个儿子②、士兵的统帅祈求，这样说：
"阿特柔斯的儿子们，戴胫甲的阿开奥斯将士，
愿居住奥林波斯山的天神们③允许你们
毁灭普里阿摩斯的都城④，平安回家，
只请你们出于对宙斯的远射的儿子　　　　　　20
阿波罗的敬畏，接受赎礼，释放爱女。"

　　所有阿开奥斯人都发出同意的呼声，
表示尊敬祭司，接受丰厚的赎礼；
阿特柔斯之子阿伽门农心里不喜欢，
他气势汹汹地斥退祭司，严厉警告说：　　　　　25
"老汉，别让我在空心船旁边发现你，
不管你是现在逗留还是以后再来，
免得你的拐杖和天神的神圣花冠
保护不了你。你的女儿我不释放，

---

① 特洛亚地区克律塞城的阿波罗祭司。
② 指阿伽门农和墨涅拉奥斯兄弟。
③ 指以宙斯为首的希腊众神。希腊东北部高山奥林波斯是他们的常居
　　地。
④ 指特洛亚城。

她将远离祖国,在我家、在阿尔戈斯①   30
绕着织布机走动,为我铺床叠被,
直到衰老。你走吧,别气我,好平安回去。"

　　他这样说,老人害怕,听从他的话。
老人默默地沿啸吼的大海的岸边走去,
他走了很远,便向美发的勒托的儿子、   35
阿波罗祈祷,嘴里念念有词,这样说:
"银弓之神,克律塞和神圣的基拉的保卫者,
统治着特涅多斯,灭鼠神,请听我祈祷,
如果我曾经盖庙顶,讨得你的欢心,
或是为你焚烧牛羊的肥美大腿,   40
请听我祈祷,使我的愿望成为现实,
让达那奥斯人②在你的箭下偿还我的眼泪。"

　　他这样向神祈祷,福波斯·阿波罗听见了,
他心里发怒,从奥林波斯岭上下降,
他的肩上挂着弯弓和盖着的箭袋。   45
神明气愤地走着,肩头的箭矢琅琅响,
天神的降临有如黑夜盖覆大地。
他随即坐在远离船舶的地方射箭,
银弓发出令人心惊胆战的弦声。
他首先射向骡子和那些健跑的狗群,   50

~~~~~~~~~~

① 阿尔戈斯地区(或称阿尔戈利斯)在伯罗奔尼撒半岛东部,归阿伽门农
　 管辖,后建阿尔戈斯城。
② "达那奥斯人"原意指达那奥斯的后代,诗中泛指希腊人。

然后把利箭对准人群不断放射。
焚化尸首的柴薪烧了一层又一层。

　　天神一连九天把箭矢射向军队，
第十天阿基琉斯召集将士开会，
白臂女神赫拉让他萌生念头，　　　　　　　　　55
她关心他们，看见达那奥斯人死亡。
在将士会合集中后，捷足的阿基琉斯
在他们中间站起来发言，他这样说：
"阿特柔斯的儿子，如果战争和瘟疫
将毁灭阿开奥斯人，我们想逃避死亡，　　　　60
我认为我们只有撤退，开船返航。
让我们询问先知或祭司或圆梦的人，
——梦是宙斯送来的，他可能告诉我们，
福波斯·阿波罗为什么发怒，他是在谴责
我们疏忽了向他许愿或举行百牲祭？　　　　65
但愿他接受绵羊或纯色的山羊的香气，
有心为我们阻挡这一场凶恶的瘟疫。"

　　他说完坐下，特斯托尔之子卡尔卡斯，
一位最高明的鸟卜师，在人丛中站立起来，
他知道当前、将来和过去的一切事情，　　　70
曾经凭福波斯·阿波罗传授他的预言术，
引导阿开奥斯人的舰队航行到伊利昂①。

<hr />

①　特洛亚的别称。

4

他满怀好意来参加会议，对将士们这样说：
"阿基琉斯，宙斯所宠爱的，你要我说出
远射神阿波罗王为什么对我们发怒。　　　　　　　　75
我可以解释，但请你注意，对我发誓，
应允敢于用言语和强健的臂膀保护我，
因为我预感我会惹得一个人发怒，
他有力地统治着阿尔戈斯人，全体归附。
国王对地位低下的人发怒更有力量，　　　　　　　80
他虽然暂时把郁积的怒气压抑消化，
却还会怀恨，直到仇恨在胸中消失。
因此你要用心，保障我的安全。"

　　捷足的阿基琉斯回答鸟卜师，这样说：
"你放大胆量，把你知道的预言讲出来，　　　　　85
我凭阿波罗起誓，他是宙斯所喜爱的，
卡尔卡斯，你总是向他祈祷，对我们
发出神示，只要我还活着，看得见阳光，
没有哪个达那奥斯人会在空心船旁
对你下重手，即使阿伽门农也不会，　　　　　　90
尽管他宣称是阿开奥斯人中最高的君主。"

　　这时无可指责的先知放胆地说：
"天神并不是谴责我们疏忽了许愿
或是百牲祭，而是因为阿伽门农
不敬重他的祭司，收取赎礼放爱女，　　　　　　95
远射的天神还会给我们降下这苦难，

5

不会为达那奥斯人驱除这致命的瘟疫，
直到我们把明眸的女子还给她父亲，
不收钱，不受礼，把百牲祭品送往克律塞，
我们才劝得动这位天神，求得他息怒。"　　　　　　100

　　他这样说，随即坐下；有个战士，
阿特柔斯的儿子，权力广泛的阿伽门农
烦恼地站起来，阴暗的心里充满愤怒，
眼睛像发亮的火焰，凶狠地对卡尔卡斯说：
"你这个报凶事的预言人从来没有对我　　　　105
报过好事，你心里喜欢预言坏事，
好话你没有讲过，没有使它实现。
现在你在达那奥斯人中间预言，
说什么远射的天神给我们制造苦难，
全是因为我不愿接受他的祭司　　　　　　110
克律塞斯为赎取女儿而赠送的好礼物；
是我很想把她留在自己家里。
因为我喜欢她胜于我的合法的妻子
克吕泰墨涅斯特拉，就形体、身材、智慧、
手工而论，她并不比她差到哪里。　　　　　115
我还是愿意把她交出去，那样好得多，
但愿将士安全，胜于遭受毁灭。
你们要立刻为我准备一份礼物，
免得我缺少这种荣誉，那就很不妥，
因为你们都看见我的礼物就要失去。"　　　　120

那捷足的战士、神样的阿基琉斯回答说：
"阿特柔斯的最尊荣的儿子、最贪婪的人，
心高志大的阿开奥斯人怎能给你礼物？
我们不知道还存有什么共有的财产，
从敌方城市夺获的东西已分配出去，   125
这些战利品又不宜从将士那里回取。
你按照天神的意思把这个女子释放，
要是宙斯让我们劫掠那城高墙厚的
特洛亚，我们会给你三倍四倍的补偿。"

阿伽门农主上回答阿基琉斯说：   130
"神样的阿基琉斯，尽管你非常勇敢，
你可不能这样施展心机欺骗我。
你是想保持礼物，劝我归还女子，
使我默默失去空等待？心高志大的
阿开奥斯人若是把一份合我的心意、   135
价值相等的荣誉礼物给我作补偿——
他们若是不给，我就要亲自前去
夺取你的或埃阿斯或奥德修斯的
荣誉礼物，去到谁那里谁就会生气。
但是这些事情留到以后再考虑；   140
现在让我们把一艘黑色的船只拖下海，
迅速召集桨手，把百牲祭品牵上船，
再把克律塞斯的美貌的女儿送上船，
派一个顾问担任队长，派伊多墨纽斯，
或是埃阿斯或是神样的奥德修斯，   145

或是你，佩琉斯的儿子，将士中最可畏的人，
前去献祭，祈求远射的天神息怒。"

　　捷足的阿基琉斯怒目而视，回答说：
"你这个无耻的人，你这个狡诈之徒，
阿开奥斯人中今后还有谁会热心地　　　　　　　　　150
听你的命令去出行或是同敌人作战？
我到这里来参加战斗，并不是因为
特洛亚枪兵得罪了我，他们没有错，
须知他们没有牵走我的牛群，
没有牵走我的马群，没有在佛提亚①，　　　　　　155
那养育英雄的肥沃土地上毁坏谷物，
因为彼此间有许多障碍——阴山和啸海。
你这个无耻的人啊，我们跟着你前来，
讨你喜欢，是为墨涅拉奥斯和你，
无耻的人，向特洛亚人索赔你却不关心。　　　　　160
你竟然威胁我，要抢走我的荣誉礼物，
那是我辛苦夺获，阿开奥斯人敬献。
每当阿开奥斯人掠夺特洛亚人城市，
我得到的荣誉礼物和你的不相等；
是我这双手承担大部分激烈战斗，　　　　　　　　165
分配战利品时你得到的却要多得多。
我打得那样筋疲力尽，却只带着
一点小东西回到船上，然而属于我。

---

①　阿基琉斯辖下地区，在特萨利亚境内。

8

我现在要回到佛提亚,带着我的弯船,
那样要好得多,我可不想在这里,   170
忍受侮辱,为你挣得财产和金钱。"

　　人民的国王阿伽门农回答他说:
"要是你的心鼓励你逃跑,你就逃跑吧;
我不求你为我的缘故留在特洛亚。
我还有别人尊重我,特别是智慧的宙斯,   175
你是宙斯养育的国王中我最恨的人,
你总是好吵架、战争和格斗。你很有勇气,
这是一位神赠给你。你带着你的船只
和你的伴侣回家去统治米尔弥冬人①吧。
我可不在意,也不理睬你的怒气。   180
这是我对你的威胁:既然福波斯·阿波罗
从我这里夺去克律塞斯的女儿,
我会用我的船只让伴侣把她送回去,
但是我却要亲自去到你的营帐里,
把你的礼物、美颊的布里塞伊斯带走,   185
好让你知道,我比你强大,别人也不敢
自称和我相匹敌,宣称和我相近似。"

　　他这样说,佩琉斯的儿子感到痛苦,
他的心在他的毛茸茸的胸膛里有两种想法,
他应该从他的大腿旁边拔出利剑,   190

～～～～～～～
① 米尔弥冬人属阿开奥斯种族,居住在佛提亚地区,归阿基琉斯统治。

解散大会,杀死阿特柔斯的儿子,
还是压住怒火,控制自己的勇气。
在他的心灵和思想正在考虑这件事,
他的手正若把那把大剑拔出鞘的时候,
雅典娜奉白臂赫拉的派遣从天上下降, 195
这位天后对他们俩同样喜爱和关心。
雅典娜站在他身后,按住他的金发,
只对他显圣,其他的人看不见她。
阿基琉斯感到惊奇,转过头去认出了
帕拉斯·雅典娜,她的可畏的眼睛发亮。 200
阿基琉斯对她说出有翼飞翔的话语:
"手提大盾的宙斯的女儿,①你怎么又降临?
是来看阿特柔斯之子阿伽门农的傲慢态度?
我告诉你,这事一定会成为事实:
他傲慢无礼,很快就会丧失性命。" 205

    目光炯炯的女神这样回答他说:
"我是奉了白臂女神赫拉的派遣——
她对你们两人同样喜爱和关心——
从天上下凡来劝你息怒,你若愿听从。
你要停止争吵,不要伸手拔剑。 210
你尽管拿话骂他,咒骂自会应验。
我想告诉你,这样的事情会成为事实:
正由于他傲慢无礼,今后你会有三倍的

~~~~~~~~~~~~~

① 雅典娜是从宙斯头里出生的。"大盾"指一种威力无比的神器。

光荣礼物。你要听话,控制自己。"

　　捷足的阿基琉斯这样回答她说:　　　　　　　　　215
"女神啊,一个人必须尊重你们的话,
尽管心里非常气愤,这样做比较好。
谁听从天意,天神更听取他的祈祷。"

　　他这样说,把银色剑柄上的重手停下来,
把大剑插回鞘里,听从雅典娜的劝告。　　　　　　220
女神随即飞赴奥林波斯山顶,
到达提大盾的天神的宫中,和众神在一起。

　　佩琉斯的儿子的怒气一点没有消除,
他又用凶恶的言语对阿特柔斯的儿子说:
"你是喝醉了,头上生狗眼,身上长鹿心,　　　　225
从不敢武装起来同将士并肩战斗,
从不敢同阿开奥斯人的将领一起打埋伏。
那对你说来等于送死。在阿开奥斯人的
广阔营地上抢走一个说起话来
和你相反的人的礼物,这样干最合适。　　　　　230
你是个吃人的国王,统治着无用的人民;
阿特柔斯的儿子啊,这是你最后侮辱人。
我要对你说明,发出庄重的誓言:
我凭这根权杖起誓,这权杖从最初
在山上脱离树干以来,不长枝叶,　　　　　　　235
也不会再现出鲜绿,因为铜刀已削去

它的叶子和树皮;现在阿开奥斯儿子们,
那些立法者,在宙斯面前捍卫法律的人,
手里掌握着这权杖;这是个庄重的誓言:
总有一天阿开奥斯儿子们会怀念阿基琉斯,　　　　　　240
那时候许多人死亡,被杀人的赫克托尔杀死,
你会悲伤无力救他们;悔不该不尊重
阿开奥斯人中最英勇的人,你会在恼怒中
咬伤自己胸中一颗忧郁的心灵。"

　　佩琉斯的儿子这样说,他立刻就把那根　　　　　　245
嵌着金钉的权杖扔在地上,坐下来;
阿特柔斯的儿子依然在对面发怒。
那个言语甜蜜的老人涅斯托尔跳起来,
他是皮洛斯人①中声音清晰的演说家,
从他的舌头上吐出的语音比蜜更甜,　　　　　　250
他已经见过两代凡人故世凋零——
他们曾经在神圣的皮洛斯出生和成长,
他是第三代人中的国王。他好意地说:
"严重的伤心事落到了阿开奥斯人的土地上,
普里阿摩斯和他的儿子们会兴高采烈,　　　　　　255
其余的特洛亚人心里也会高兴无比,
要是他们听见了你们俩,阿开奥斯人中
议事和战斗的主要人物争吵的情形。
你们两人都比我年轻,要听我的话。

～～～～～～～～～
①　皮洛斯人居住在伯罗奔尼撒半岛西南部。

我曾经和那些比你们英勇的人交往，   260
他们从来没有一次瞧不起我。
那样的战士我没有再见过，也不会再见到，
如佩里托奥斯、士兵的牧者德律阿斯、
开纽斯、埃克萨狄奥斯、神样的波吕斐摩斯、
埃勾斯之子提修斯，他好似永生的天神。   265
他们是大地上养育的人中最强大的人，
他们真是最强大，同强大的人战斗，
甚至消灭了那些住在山洞里的马人。①
我从皮洛斯，从遥远地方到他们那里，
同他们结交，原是他们邀请我前往。   270
我是作为自己的人参加战斗，
现世的人谁也不能战胜他们。
他们却注意我的劝告，听从我的话。
你们也要听从我的话，要听从才好。
你虽然很高贵，也不要去夺取他的少妇，   275
让他保留阿开奥斯儿子们当初的赠予。
佩琉斯的儿子，你也别想同国王争斗，
因为还没有哪一位由宙斯赐予光荣的
掌握权杖的国王能享受如此荣尊。
你虽然非常勇敢，而且是女神生的，   280
他却更强大，统治着为数众多的人。
阿特柔斯的儿子，我劝你暂且息怒，

---

① 此处指在拉皮泰人的首领波吕斐摩斯的婚礼上，马人应邀出席，喝醉后
对妇女无礼，引起拉皮泰人与马人的战争。

别再对阿基琉斯不满,战斗危急时
他是全体阿开奥斯人的强大堡垒。"

　　阿伽门农主上这时回答他这样说:　　　　　　　285
"老人家,你发表的这篇讲话完全正确,
可是这个人很想高居于众人之上,
很想统治全军,在人丛中称王,
对我们发号施令;可是会有人不服从。
虽然是永生的神使他成为战士,　　　　　　　　290
难道他就可以信口开河,痛骂我们?"

　　神样的阿基琉斯插嘴,回答他说:
"如果不管你说什么,我在每一个行动上
都听命于你,我就是懦夫和无用的人。
你且把这些命令发给其他的人,　　　　　　　　295
不要对我发号施令,我不会服从你。
还有一件事告诉你,你要记在心上:
我不会为那个女子同你或别人争斗,
尽管你们把你们送给我的东西抢走;
黑色的快船旁边归我的其余的东西,　　　　　　300
你不能违反我的意志把它们抢走。
如果你想试试,那就让大家知道:
你的黑血很快会流到我的矛尖上。"

　　这两个人斗完了口角,就站起来,
他们解散了阿开奥斯人的船边的集会。　　　　　305

佩琉斯的儿子带着墨诺提奥斯的儿子①
和伴侣回营帐,到达平稳的船只旁边。
阿特柔斯的儿子则把快船推下海,
挑选二十名桨手,把敬神的百牲祭品
牵到船上,把克律塞斯的女儿带上船,   310
由足智多谋的奥德修斯担任队长。

这些人上船,扬帆在水道上面航行。
阿特柔斯的儿子命令将士沐浴洁身,
他们就沐浴洁身,把脏水倒在海里,
然后向阿波罗敬献隆重的百牲大祭,   315
在荒凉大海的岸上焚烧纯色的牛羊,
浓浓的香气随烟飘上高高的天宇。

他们是这样在营地上面忙忙碌碌;
阿伽门农却没有停止他起初威胁
阿基琉斯的争吵,他对他的传令官   320
和敏捷的侍从塔尔提比奥斯和欧律巴特斯说:
"你们到佩琉斯之子阿基琉斯的营帐里,
抓住那美颊的布里塞伊斯带来这里;
要是他不肯交出,我就要亲自带着
更多的士兵去捉拿,那样对他就更不利。"   325

他这样说,用严厉的命令送走他们。

~~~~~~~~~~~

① 指帕特罗克洛斯。

他们不愿意地沿着那荒凉海岸前行，
到达米尔弥冬人的营帐和船只旁边，
发现阿基琉斯坐在他的营帐里
和黑色船只的旁边；他看见他们两人时，　　　　330
并不喜悦。他们既害怕，又敬重国王，
站在那里不对他说话，也不发问。
国王心里明白，对他们两人这样说：
"欢迎你们到来，宙斯和凡人的信使，
你们对我并无罪过，是阿伽门农，　　　　　　335
他为了布里塞伊斯那女子派你们前来。
宙斯的后裔帕特罗克洛斯，把那个女子
带出来交给他们送走；让他们两人
在永乐的天神和有死的凡人面前作证，
也在那个残酷的国王面前作证，　　　　　　340
总有一天需要我来为其他的战士
阻挡那种可耻的毁灭。他心情恶毒，
发泄怨愤，不知道同时向前看向后看，
使阿开奥斯人在船边战斗不受伤亡。"

他这样说，帕特罗克洛斯服从吩咐，　　　　345
从营帐里把美颊的女子布里塞伊斯带出来，
交给他们领走，回到阿开奥斯人的船边，
和他们一起到达的是那个不愿意的女子。
阿基琉斯却在流泪，远远地离开
他的伴侣，坐在灰色大海的岸边，　　　　　350
遥望那酒色的海水。他伸手向母亲①祈祷：

～～～～～～～

① 指女神忒提斯。

"母亲啊，你既然生下我这个短命的儿子，
奥林波斯的大神，在天空鸣雷的宙斯
就该赐我荣誉，却没有给我一点，
那位权力广泛的阿伽门农侮辱我，   355
他亲自动手，抢走我的荣誉礼物。"

他这样流着眼泪说，他的可敬的母亲
在海水深处坐在她的老父亲身边，
她听见了他的祈祷，急忙从灰色海水里
像一片云雾升起来，坐在儿子面前，   360
他流泪，她拍拍他，呼唤他的名字说：
"孩子，为什么哭？你心里有什么忧愁？
说出来，让我知道，不要闷在心里。"

捷足的阿基琉斯长叹一声对她说：
"你是知道的；我何必把事情再讲一遍？   365
我们曾攻陷埃埃提昂的圣城特拜①，
劫掠了那座城市，带回全部战利品。
阿开奥斯人的儿子们把它们很好地分配了，
为阿特柔斯的儿子挑选出美颊的克律塞伊斯。
后来远射神阿波罗的祭司克律塞斯   370
来到披铜甲的阿开奥斯人的快船上面，
要求释放女儿，带来无数的赎礼，
手里的金杖举着远射神阿波罗的花冠，

---

① 指小亚细亚密西亚地区城市特拜。

向全体阿开奥斯人,特别朝着阿特柔斯的

两个儿子、军队的统帅一再祈求。　　　　　　　375

全体阿开奥斯人发出同意的呼声,

表示尊重祭司,接受光荣的赎礼;

阿特柔斯的儿子阿伽门农心里却不喜欢,

他粗暴地赶走祭司,发出严厉的禁令。

那个老年人在气愤中回去;阿波罗　　　　　　380

听见了他的祈祷,心里很喜爱他,

就向阿尔戈斯人射出恶毒的箭矢。

远射的天神的箭矢飞向阿开奥斯人的

宽广营地各处,将士一个个地死去。

洞悉一切的预言者说出远射神的旨意,　　　　385

我首先站起来劝人们请求神明息怒,

但是阿特柔斯的儿子勃然大怒,

站起来说话威胁,已经成为事实。

明眸的阿开奥斯人用快船正把那女子

送往克律塞,还带去献给阿波罗的礼物。　　　390

传令官从我的营帐带走了布里修斯的女儿,

她原是阿开奥斯人的儿子们给我的赠礼。

要是你有力量,就该保护你的孩子。

如果你曾经在言行上面使宙斯喜欢,

你就去到奥林波斯向他祈求。　　　　　　　395

我时常在父亲的厅堂里听见你夸口地说,

你曾经独自在天神中为克罗诺斯的儿子①,

———————

① 即宙斯。

黑云中的神挡住那种可耻的毁灭，
当时其他的奥林波斯天神,赫拉、
波塞冬、帕拉斯·雅典娜都想把他绑起来。　　　　400
女神,好在你去到那里为他松绑,
是你迅速召唤那个百手巨神——
众神管他叫布里阿柔斯,凡人叫埃盖昂——
去到奥林波斯,他比他父亲①强得多。
他坐在宙斯身边,仗恃力气大而狂喜,　　　　405
那些永乐的天神都怕他,不敢捆绑。
你现在就这件事情提醒他,坐在他身边,
抱住他的膝头,求他帮助特洛亚人,
把遭屠杀的阿开奥斯人逼到船尾和海边,
使他们全都享受有这样的国王的乐趣,　　　　410
使阿特柔斯的儿子,权力广泛的阿伽门农
知道他愚昧,不尊重最好的阿开奥斯人。"

　　忒提斯伤心落泪,回答阿基琉斯说:
"我的孩儿啊,不幸的我为什么生下你?
但愿你能待在船边,不流泪,不忧愁,　　　　415
因为你的命运短促,活不了很多岁月,
你注定要早死,受苦受难超过众凡人;
我在厅堂里,在不幸的命运中生下了你。
但是为了把你的话告诉掷雷的宙斯,
我要去到那雪盖的奥林波斯山上,　　　　420

① 指海神波塞冬。

希望他听取。你且待在快船旁边，
生阿开奥斯人的气，不去参加战斗。
昨天宙斯去长河①边埃塞俄比亚人②那里
参加宴会，众神全都跟着他前去；
第十二天他会回到奥林波斯山上，   425
那时候我会去到宙斯的铜门槛的宫殿里，
抱住他的膝头，相信我能说服他。"

　　她说完随即离开，留下他依然为那个
束着漂亮腰带的女子而气愤不平，
他们强行把她抢去。这时奥德修斯   430
带着神圣的百牲祭品到达克律塞。
队伍进入深水港的时候，他们收帆，
把它放在黑色船中，又很快拉大索，
把桅杆放下，摆在支架上，再用桨把船
划到停泊处，他们随即把石锚扔下去，   435
把船尾索系紧，然后登上海岸。
他们把献给阿波罗的百牲祭品牵出来，
克律塞斯的女儿也从海船上走出来，
足智多谋的奥德修斯把她带到祭坛前，
交到她父亲的手臂里，并对老人这样说：   440
"克律塞斯啊，人民的国王阿伽门农
派遣我把你的女儿带到这里来还你，

<hr>

① 　环绕扁平大地的长河。古希腊人认为大地周围是水。
② 　一个非常敬畏神明的民族，居住在大地的东西两边，长河边上。

为达那奥斯人向福波斯献上神圣的百牲祭，

祈求天神息怒，是他给阿尔戈斯人

带来了那些引起无限悲哀的苦难。" 445

　　他这样说，把女儿交给他，老人高兴。

他们很快为天神把神圣的百牲祭品

绕着那整齐美观的祭坛摆成一圈，

然后举行净手礼，抓一把粗磨的大麦粉。①

克律塞斯举手为他们大声祈祷： 450

"银弓之神，克律塞和神圣的基拉的保卫者，

用强力统治着特涅多斯，请听我祈祷：

你从前曾经听我祷告，赐我荣誉，

严重地伤害阿开奥斯人的将领和士兵；

你现在也满足我的心愿，为达那奥斯人 455

消除这一场十分悲惨的、流行的疫难。"

　　他这样祷告，福波斯·阿波罗已经听见了。

他们祈祷完毕，撒上了粗磨的大麦粉，

先把牺牲的头往后扳，割断喉咙，

剥去牺牲的皮，把牺牲的大腿砍下来， 460

用双层网油覆盖，在上面放上生肉。

老祭司在柴薪上焚烧祭品，奠下

晶莹的酒液，年轻人拿着五股叉围着他。

～～～～～～～～

① 　大麦粉是用来撒在祭坛和牺牲头上的。百牲祭是一种隆重大祭，但"百
牲"是象征性的。

他们在大腿烧化,品尝了内脏以后,
再把其余的肉切成小块叉起来,   465
细心烧烤,把肉全部从叉上取下来。
他们做完事,备好肉食,就吃起来,
他们心里不觉得缺少相等的一份。
在他们满足了饮酒吃肉的欲望之后,
年轻人将调缸①盛满酒,他们先用杯子   470
举行奠酒仪式,再把酒分给众人。
阿开奥斯人的儿子们整天唱悦耳的颂歌,
赞美远射的神,祈求他平息愤怒,
天神听见歌声和祈祷,心里很喜悦。

　　太阳下沉,昏暗的夜晚随即来临,   475
他们躺在船尾的缆索旁边安眠。
当那初升的有玫瑰色手指的黎明呈现时,
他们就开船回返,向阿开奥斯人的
广阔营地出发,远射的阿波罗给他们
送来温和的风,他们就立起桅杆,   480
展开白色的帆篷。和风灌满帆兜,
船行的时候,紫色的波浪在船头发出
响亮的歌声,船破浪航行,走完了水程。
他们到达阿开奥斯人的宽阔营地,
把黑色的船拖上岸,高高放在沙丘上,   485
船身下面支上一排很长的木架,

<hr>

① 调缸是用来调和酒和水的大缸。

22

他们自己分散到各自的船只和营帐里。

佩琉斯的儿子、神的后裔、腿脚敏捷的
阿基琉斯满腔愤怒,坐在快船边。
他不去参加可以博取荣誉的集会,　　　　　　490
也不参加战斗,留下来损伤自己的心,
盼望作战的呼声和战斗及早来临。

到了第十二次曙光照临的时候,
那些永生的天神全体在宙斯的带领下
回到奥林波斯。忒提斯并没有忘记　　　　　495
她儿子请求的事,她从海波里升起来,
大清早登上广阔的天空和奥林波斯。
她发现克罗诺斯的鸣雷闪电的儿子
远离众神,坐在奥林波斯群峰的
最高岭上。她坐到他面前,左手抱住　　　　500
他的膝头,右手摸着他的下巴,
向克罗诺斯之子宙斯这样祈求:
"父亲宙斯,如果我曾在永生的天神中
用言行帮助你,请你满足我的心愿。
你要重视我的儿子,他命中注定　　　　　　505
比别人早死。现在阿伽门农国王
侮辱了他,抢走了他的荣誉礼物。
奥林波斯的智慧神,请你为他报复,
暂且给特洛亚人以力量,使阿开奥斯人
尊重我的儿子,给予他应得的赔偿。"　　　　510

她这样说，集云的神宙斯不回答，
坐在那里默默无言。忒提斯抱住
他的膝头，抱紧不松手，再次追问：
"诚心答应我，点点头，要不然你就拒绝，
你是无所畏惧的；让我知道得很清楚，   515
我在众神当中是多么不受重视。"

　集云的神宙斯很烦恼，回答她这样说：
"这件事真有害，你会使我与赫拉为敌，
她会用一些责骂的话使我生气。
她总是在永生的天神当中同我争吵，   520
说我在这场战争中帮助特洛亚人。
你且离开这里，免得被赫拉看见；
这件事我会关心，促使它成为事实。
现在我就点一点头，使你放心，
对于全体永生的天神，这是我发出的   525
最大的保证，因为只要我点一点头，
不会收回，不会有诈，不会不应验。"

　克罗诺斯的儿子一边说，一边垂下
他的浓黑的眉毛，一片美好的头发
从大王的永生的头上飘下，震动天山。   530

　事情商定，两位神分手；女神直接
从灿烂的奥林波斯山上跃进深海，

宙斯则回到他的宫廷，全体天神
从座位上面起身，站在父亲面前；
没有一位敢于等待他走上前来，　　　　　　　535
大家都恭立面迎。宙斯在宝座上就座，
赫拉看见他，她不是不知道老海神之女，
银脚的忒提斯曾经同他商量事情。
她立刻讥笑克罗诺斯之子宙斯：
"狡猾的东西，是哪一位神同你商谈？　　　　540
你总是远远地离开我，对你偷偷地
考虑的事情下判断。你从来不高高兴兴地
把你心里想做的事情老实告诉我。"

　　凡人和天神的父亲这样回答她说：
"赫拉，别想知道我说的每一句话，　　　　　545
那会使你难堪，尽管你身为天后。
凡是你宜于听见的事情，没有哪位神明
或世间凡人会先于你更早地知道；
凡是我想躲开众神考虑的事情，
你便不要详细询问，也不要探听。"　　　　　550

　　牛眼睛的可敬的赫拉这样回答他说：
"克罗诺斯的最可畏的儿子，你说的什么话？
我从前并没有过分地细问你或者探听，
你总是安安静静地计划你想做的事情。
现在我很恐慌，怕海中老人的女儿，　　　　　555
银脚的忒提斯劝诱你，大清早她坐在你身边，

抱住你的膝头，我认为你曾经点头
表示要看重她的儿子阿基琉斯，
使许多人战死在阿开奥斯人的船边。"

集云的神宙斯回答女神这样说：　　　　　　　　　560
"好女神，你认为我逃不出你的注意，
可是你不能完全办到，反而使你
离开我的心更远些，那对你更是不利。
如果事情真是那样，那是我所喜欢。
你且安静地坐下来，听听我说些什么，　　　　　565
免得奥林波斯的天神无力阻挡我前来，
当我对你伸出这两支无敌的大手时。"

他这样说，牛眼睛的可敬的赫拉惊恐，
她默默无言坐下来，压住自己的心跳。
宙斯宫廷中的众天神心里感到烦恼，　　　　　570
那闻名的神匠赫菲斯托斯首先发言，
使他的母亲、白臂的赫拉感到高兴：
"这是一件有害的事，真是难以忍受，
如果你们两位为了凡人的缘故
这样争执起来，使众神吵吵嚷嚷，　　　　　　575
我们就不能享受一顿美味的饮食，
因为坏事占据上风，获得胜利。
我要奉劝母亲——尽管她很小心谨慎——
讨父亲高兴，使他不再遣责斥骂，
把饮食打乱。不要惹奥林波斯的闪电神　　　580

想把我们全都从座位上推下去，
因为他最强大。你心平气和，同他攀谈，
使奥林波斯大神对我们宽厚和善。"

他这样说，跳起来把一只双重的杯子①，
放在他的母亲手里，对她这样说：   585
"母亲，你忍耐忍耐吧，压住你的烦恼，
免得我——尽管你是我最最亲爱的人——
眼看你挨打，却不能对你援助而发愁，
因为与奥林波斯山上的大神难以抗争。
记得从前有一次我曾经很想帮助你，   590
他抓住我的两只脚，把我抛出天门，
我整天脑袋朝下地坠落，直到日落时
才坠到利姆诺斯岛，只剩下一点性命，
落地时辛提埃斯人友好地接待了我。"

他这样说，白臂女神赫拉笑笑，   595
含笑从她的儿子手里把杯子接过。
他从调缸里舀出甜蜜的红色神液，
从左到右一一斟给别的天神。
那些永乐的天神看见赫菲斯托斯
在宫廷忙忙碌碌，个个大笑不停。   600

他们整天宴饮，直到日落时分，

① 杯的底部也是杯形，可以盛酒。

他们心里不觉得缺少相等的一份，
宴会上还有阿波罗持有的漂亮的七弦琴
和用美妙歌声相和的文艺女神们。

　　直到太阳的灿烂光线下沉的时候，　　　　　　605
他们才各自回到家里躺下来睡眠，
他们的宫殿是闻名的跛足神赫菲斯托斯
精心为他们建筑起来，费尽聪明的心机。
奥林波斯的闪电神宙斯在甜蜜睡意
来临的时候，去到他惯常躺卧的床榻，　　　　　610
他落枕入梦，金座赫拉躺在他身边。

第 二 卷

—— 阿伽门农召开全营大会试探军心

其他的天神和白日乘车上阵的凡人
整夜入睡，唯有宙斯不得安眠，
他心里盘算怎样重视阿基琉斯，
在阿开奥斯人的船边毁灭许多人的性命。
这样的计划在他的心里最好不过，　　　　　　　5
给阿伽门农送去一个有害的幻梦，
他用有翼飞翔的话语对梦神说：
"害人的幻梦，快去阿开奥斯人的快船边，
你到达阿特柔斯之子阿伽门农的营帐时，
把我说的话全部如实地向他传达。　　　　　　10
叫他赶快把长头发的阿开奥斯人武装，
因为他现在能攻下特洛亚人的宽阔的城市，
那些居住在奥林波斯山的永生的天神
不再有不同的意图，是赫拉恳求他们
转变过来，特洛亚人的灾难来临。"　　　　　　15

他这样说，梦神听见了就动身上路。
他很快就到达阿开奥斯人的快船旁边，

在阿特柔斯之子阿伽门农那里，
发现他在帐里安睡，全身是神圣的睡意。
梦神立即化身为涅琉斯之子涅斯托尔，　　　　20
这人是最受阿伽门农敬重的长老，
神圣的梦神以长老的模样对统帅这样说：
"驯马的阿特柔斯的儿子啊，你是在睡觉，
一个为将士所信赖、事事关心的出谋人，
不应该整夜睡眠。你赶快听我的话，　　　　25
我是从大神宙斯那里前来的信使，
他虽然远在天上，却很关心你，怜悯你，
他叫你立刻把长头发的阿开奥斯人武装，
因为你现在能攻下特洛亚人的宽阔的城市，
那些居住在奥林波斯山的永生的天神　　　　30
不再有不同的意图，是赫拉恳求他们
转变过来，特洛亚人的灾难来临，
这是宙斯的意志；你把这事放心上，
在甜蜜的睡眠释放你时，不要忘记。"

　　梦神这样说，随即离开，让阿伽门农　　　　35
留下来考虑那些不会实现的事情。
因为他真的相信当天能够攻下
普里阿摩斯的都城，他是个愚蠢的人，
不知道宙斯心里在计划什么行动，
这位天神要在顽强战斗中同样给　　　　40
特洛亚人和达那奥斯人带来苦难和呻吟。
他醒来，那神圣的声音还在他耳际鸣响，

他挺腰坐起来，穿上漂亮柔软的新衬袍，
外面罩上宽袍，系上美好的绳鞋，
将一把嵌银钉的短剑佩带在肩头，　　　　　　　　　　45
再抓住他祖传的永不朽损的权杖，
沿着披铜甲的阿开奥斯人的舰队行走。

　　黎明女神升到奥林波斯高山上，
向宙斯和其他的天神传报阳光，
阿伽门农就命令他的声音清晰的　　　　　　　　　　50
传令官宣告长头发的阿开奥斯人到会场，
他们宣告了，战士们很快汇拢集合。

　　大王先请那个由心高志大的长老们组成的
议事团坐在皮洛斯国王涅斯托尔的船只边，
在他们会集后，他安排了一个精明的策略说：　　　　55
"朋友们，你们请听，有一个从天神那里
下降的梦在神圣的夜晚、在我的睡眠中
来到我身边，梦中人的容貌、身材和形象
特别近似神样的涅斯托尔，他站在旁边说：
'驯马的阿特柔斯的儿子啊，你是在睡觉，　　　　　60
一个为将士所信赖、事事关心的出谋人，
不应该整夜睡眠。你赶快听我的话，
我是从大王宙斯那里来的信使，
他虽然远在天上，却很关心你，怜悯你，
他叫你立刻把长头发的阿开奥斯人武装，　　　　　65
因为你现在能攻下特洛亚人的宽阔的城市，

那些居住在奥林波斯山的永生的神
不再有不同的意图,是赫拉恳求他们
转变过来,特洛亚人的灾难来临,
这是宙斯的意志,这件事你得记住。'　　　　70
他随即飞走了,甜蜜的睡眠把我释放。
让我们把阿开奥斯人的儿子们武装起来,
我要先拿话去试探他们,像往常那样,
叫他们坐在多桨的船上纷纷逃跑,
你们从各个方面劝说,制止他们。"　　　　75

他这样说,随即坐下;皮洛斯沙地的
国王涅斯托尔从将领当中站立起来,
他好心好意对他们讲话,这样说道:
"诸位朋友,阿尔戈斯人的领袖和头领,
如果是阿尔戈斯人中别的人提起这个梦,　　80
我们会认为它虚假而掉头不顾,但现在
阿开奥斯人中最高贵的人亲眼看见它,
让我们立即把阿开奥斯人武装起来。"

他这样说,从议事场里带头走出来,
其他的执掌权杖的国王也都站起来,　　　85
听从人民的牧者,将士都涌向他们。
有如密集的蜜蜂一群一群从洞里飞出,
总是有新的行列,聚集在春花之间,
一群在这里飞翔,一群在那里飞翔,
阿开奥斯人的许多种族就是这样　　　　90

从低海岸前的船上和营帐里结队赴会场。
宙斯的使者消息神在他们当中像野火
那样漫延,催促他们往前行走。
他们集合了,麇集的人群一片纷乱;
将士坐下时,大地在他们的脚下呻吟, 95
会场上喧嚷阵阵。九个传令官大声
制止他们喧哗,要他们安静地聆听
宙斯养育的国王们讲话。士兵坐好,
在座位上面控制自己,不再叫嚣。
阿伽门农站起来,手里拿着权杖, 100
那是赫菲斯托斯为他精心制造。
匠神把它送给克罗诺斯之子、大神宙斯,
宙斯送给杀死牧人阿尔戈斯的天神,①
赫尔墨斯王送给策马的佩洛普斯,
佩洛普斯送给人民的牧者阿特柔斯, 105
阿特柔斯临死时传给多绵羊的提埃斯特斯,
提埃斯特斯又交给阿伽门农,使他成为
许多岛屿和整个阿尔戈斯的国王。②
阿伽门农拄着权杖对将士这样说:
"朋友们,达那奥斯战士,战神的侍从啊, 110
克罗诺斯的伟大儿子宙斯把我陷入
严重的愚昧,他多么残忍,曾点头答应,
等我毁灭了巍峨的伊利昂,我才航海回家;

---

① 阿尔戈斯是看守化身为牛的伊奥的牧人,他有一百只眼睛。神使赫尔
    墨斯吹双管使他入睡,把他杀死。
② 以上是阿伽门农家族的世系。

但是他现在计划出一个邪恶的诡计，
叫我在丧失许多将领和士兵的时候，　　　　　115
丢尽脸面，航海回到阿尔戈斯。
这倒是使心高志大的宙斯感到喜悦，
他曾经捣毁许多城市上空的雉堞，
他还要捣毁，他的力量强大无比。
在后世的人听来，这是件可耻的事，　　　　120
阿尔戈斯人的这么好这么大的军队
徒劳地打一场无益的战争，是同人数
比我们少的人打，望不见战争的终点。
要是我们阿开奥斯人和特洛亚人
想举行献祭，发出可靠的媾和誓言，　　　　125
清点双方人数，让特洛亚人集合，
包括他们的家里人，我们阿开奥斯人
则十人一组排列起来，每一组挑选
一个特洛亚人斟酒，会有许多组
缺少斟酒的人。阿开奥斯人的儿子们　　　　130
比居住在城里的特洛亚人多这么多。
但是他们有来自许多城邦的盟军、
挥舞长矛的将士，那些人大力阻挠我们，
不让我如愿地毁灭人烟稠密的伊利昂。
大神宙斯的九个年头已经过去了，　　　　　135
我们的船只的龙骨已腐朽，缆索已松弛，
我们的妻子和儿女坐在厅堂里等我们；
我们到这里来做的事情却没有完成。
你们要按照我的吩咐服从命令：

让我们坐船逃往亲爱的祖国的土地，　　　　　140
因为我们攻不下街道宽阔的特洛亚。"

　　他这样说，鼓励了群众中每个人的心，
这些人并没有听见过议事会里面的事情。
大会骚动起来，有如伊卡罗斯海浪，
那是从父亲宙斯的云雾里面吹来的　　　　　145
东风或南风掀起的汹涌澎湃的波浪。①
有如西风吹来，强烈的劲头猛扑，
压倒深厚的麦田，使穗子垂头摇摆，
他们的整个集会就是这样激动，
他们大声呼啸，奔向各自的船只，　　　　　150
尘埃从他们的脚下升起，腾入高空。
他们互相鼓励去攀船，把它们拖下海；
他们把下水的道路清理，欢呼声不断，
再从船身下面搬开一个个支架。

　　阿尔戈斯人会越过命运的安排回家去，　　155
若不是天后赫拉对雅典娜这样说：
"唉呀呀！提大盾的宙斯的孩子、不倦的女神啊，
阿尔戈斯人是不是就这样航过大海的
宽阔脊背，逃往他们的亲爱的故乡？

---

① 伊卡罗斯是古希腊著名建筑家代达洛斯之子，同父亲一起用蜡粘的羽
　翼飞离克里特岛，逃离克里特王弥诺斯的羁绊时，因飞行过高，接近太
　阳，蜡质受热融化，羽翼散落，结果掉进爱琴海东南部，该处海面即以他
　的名字命名，岛屿称伊卡罗斯岛。附近风急浪高。

他们会让普里阿摩斯和特洛亚人自豪，　　　　　　160
把阿尔戈斯的海伦留下，许多阿开奥斯人
为了她远离亲爱的祖国，战死在特洛亚。
你去到那些披铜甲的阿开奥斯人的军中，
用你的温和的话语阻止他们每个人，
不让他们把自己的弯船拖到海上去。"　　　　165

　　她这样说，目光炯炯的女神雅典娜
并没有不听从。女神从奥林波斯下降，
很快就到达阿开奥斯人的快船旁边，
发现那个聪明如宙斯的奥德修斯
站在那里，并没有碰他的有很好的长凳的　　　170
黑色船只，痛苦钻进了他的心灵。
目光炯炯的雅典娜站在旁边对他说：
"拉埃尔特斯的儿子、宙斯的后代儿孙、
足智多谋的奥德修斯啊，你们就这样
下到多长凳的船舱逃往亲爱的故土？　　　　175
你们会让普里阿摩斯和特洛亚人自豪，
把阿尔戈斯的海伦留下，许多阿开奥斯人
为了她远离亲爱的祖国，战死在特洛亚。
你去到阿开奥斯人的军中，不要退缩，
用你的温和的话语阻止他们每个人，　　　　180
不让他们把自己的弯船拖到海上去。"

　　她这样说，他知道是女神的声音在说话，
他奔跑，把罩袍扔掉，他的传令官和伴侣，

伊塔卡人欧律巴特斯把它捡起。
他一直去到阿特柔斯之子阿伽门农那里， 185
接过那根祖传的不朽权杖，握着它
沿着披铜甲的阿开奥斯人的船只往前走。

　　他遇见一个国王或一个显赫的人物，
他就站在他身边，用温和的话语阻止他：
"我的好人，我不该把你当懦夫吓唬你， 190
你且坐下，叫其他的人也都坐下来。
你还不知道阿特柔斯之子心里的意思，
他是在试探，很快会惩罚阿开奥斯儿子们。
我们不是都听说他在议事会的发言？
你要当心他发脾气，虐待阿开奥斯儿子们。 195
宙斯养育的国王的心灵暴烈异常，
荣誉来自宙斯，智慧神宙斯喜爱他们。"

　　但是他看见一个普通兵士在叫嚷，
他就用权杖打他，拿凶恶的话责骂：
"我的好人，你安静地坐下，听那些比你 200
强大的人说话；你没有战斗精神，
没有力量，战斗和议事你都没分量。
我们阿开奥斯人不能人人做国王；
多头制不是好制度，应当让一个人称君主，
当国王，是狡诈的天神克罗诺斯的儿子 205
授予他王杖和特权，使他们统治人民。"

他这样命令,穿过军中,全体将士
又吵吵嚷嚷从他们的船上和营帐里面
回到会场,有如高声呼啸的大海的
波涛在长滩怒吼,海里发出回响。　　　　　　210

别人都坐下,在座位上面控制自己,
只有特尔西特斯,舌头不羁的人,
还在吵闹,他心里有许多混乱的词汇,
拿来同国王们争吵,鲁莽、杂乱,
只要可以引起阿尔戈斯人发笑。　　　　　　215
他在所有来到伊利昂的阿尔戈斯人中
最可耻不过:腿向外弯曲,一只脚跛瘸,
两边肩膀是驼的,在胸前向下弯曲,
肩上的脑袋是尖的,长着稀疏的软头发。
他最为阿基琉斯和奥德修斯所憎恨,　　　　220
因为他总是同他们争吵,他当时再次
用尖锐的话语责骂神样的阿伽门农。
阿开奥斯人怨恨统帅,心里生气,
他便责骂阿伽门农,大声叫嚷:
"阿特柔斯的儿子啊,你又有什么不满意,　　225
或缺少什么?你的营帐里装满了青铜,
还有许多妇女,那是阿开奥斯人
攻下敌城时我们首先赠你的战利品。
你是否缺少黄金,希望驯马的特洛亚人
把黄金从特洛亚给你带来赎取儿子?　　　　230
那个儿子可能是被我或别的阿开奥斯人

捆住带来。你是否还想要一个少女,
你好同她在恋爱上结合,远地藏娇?
你身为统帅,不该让阿开奥斯人遭灾难。
你们这些懦夫,这些可耻的恶徒, 235
是阿开奥斯妇女,不再是阿开奥斯男子,
让我们坐船回家,留下他在特洛亚欣赏
他的礼物,看我们对他有无帮助。
他现在甚至侮辱比他好得多的阿基琉斯,
他下手抢走了他的礼物,据为己有。 240
阿基琉斯心无怒气太疏懒,否则这是你,
阿特柔斯的儿子啊,最后一次侮辱人。"

　　特尔西特斯这样说,责骂士兵的牧者
阿伽门农。神样的奥德修斯很快
来到他身旁,侧目而视,厉声斥责: 245
"胡言乱语的特尔西特斯,你声音高亢,
但还是赶快住嘴,别想同国王们拌嘴。
我认为在所有跟着统帅前来的士兵中,
再也找不出一个比你更坏的凡人。
你在大会发言,不要提起国王们, 250
不要责骂他们,不要盯住归航。
我们并不清楚,事情会怎样发展,
阿开奥斯人的儿子们回家去好坏难卜。
你现在却坐在那里骂阿特柔斯之子、
士兵的牧者阿伽门农,说达那奥斯人 255
给了他许多礼物;你是在大会发言,

讥笑别人。我告诉你，这句话会成真：
我若再次发现你像现在这样发狂，
而不捉住你，剥去你的一身衣服，
那些遮丑的罩袍和衬袍，把你送到 260
快船旁边，你从大会场挨了一顿
可耻的打击，一路上不住地痛哭流涕，
那么我的脑袋就不会再留在肩上，
我也不会被称为特勒马科斯的父亲。"

他这样说，拿权杖打他的后背和肩膀， 265
特尔西特斯弯下身，大颗眼泪往下淌，
血痕在金杖的打击下从他的肩上露出来，
他坐下去，感到疼痛，吓得厉害，
迷惘地望望，把眼泪揩得干干净净。
阿开奥斯人感到苦恼，却在欢笑。 270
有人朝他身边的人望一眼，这样说：
"好哇，奥德修斯作为聪明的顾问
和布阵的长官，已经做过无数的好事，
这是他在阿尔戈斯人中做得最好的事情，
他已经使这个鲁莽的诽谤者停止发言， 275
这个傲慢的心灵一定不会再次
使用责骂的言语同国王拌嘴争吵。"

群众这样说；那攻掠城市的奥德修斯
站起来，手里拿着权杖；目光炯炯的
雅典娜化身为传令官，命令将士静下来， 280

使阿开奥斯的儿子们,坐在前排和后排的,

全都听得见他的话,注意他的规劝,

他心中考虑他们的利益,对他们这样说:

"阿特柔斯的儿子,阿开奥斯人想使你,

国王啊,成为凡人中最不体面的人,   285

他们不想实践他们从养马的家乡

前来时发出的诺言,说是要到你毁灭了

那城高墙厚的伊利昂,那时才航海回家。

现在他们像柔弱的幼儿或者寡妇,

满怀怨怒地相对哭泣,一心想回家;   290

这里的辛苦叫人难忍也想把乡还。

有如一个人离别亲爱的妻子有一月,

为凛冽的寒风和咆哮的海上波涛所阻,

会坐在那有长凳的船舱里心情忧烦,

我们待在这里,已经有九个年头   295

不断旋转而去,阿开奥斯士兵们

在弯船旁边感到烦恼也很自然。

但逗留这么久空手回家也无颜面。

朋友们,忍耐忍耐吧,再待一个时期,

好知道卡尔卡斯发出的预言真实不真实。   300

我们都清楚地知道那预言,我们这许多

没有被死亡命运带走的人都是见证。

就像是昨天或前天,阿开奥斯人的船只

集中在奥利斯①,给普里阿摩斯和特洛亚人

---

① 希腊东部海港,希腊舰队在那里集中,然后渡海进军特洛亚。

装上灾难;我们环绕着一道泉水,　　　　　　　　305
在神圣的祭坛前给天神献上有效的百牲祭,
从美好的阔叶树下面流出一股清泉。
出现了一个重大的预兆:一条背生
血红鳞片的长蛇由奥林波斯大神
送到阳光里,从祭坛下冲出,爬上阔叶树。　　310
树上有麻雀的雏儿,娇嫩的幼鸟,
居住在最高的枝头,屈缩在树叶下面,
一共八只,生它们的母鸟算是第九只。
小鸟可怜地啼叫,被蛇一一吞食,
母亲绕着它们飞,哀悼自己的小儿女。　　　315
那条蛇盘起身子,咬住绕着它啼叫的鸟翼。
在它吞食了麻雀的小儿女和母鸟以后,
使它出现的天神把它变成预兆,
克罗诺斯的儿子把它化成石头,
我们感到木然,对事情惊奇不已。　　　　　320
这可怕的怪物出现在祭神的百牲上的时候,
卡尔卡斯发出预言对大会这样说:
'长头发的阿开奥斯人,你们为什么不言语?
智慧神宙斯给我们显示重大的迹象,
来得晚,应验得晚,它的名声永不朽。　　　325
有如这条蛇吞食麻雀的小儿女和母鸟,
一共八只,生儿女的母亲算是第九只,
我们也将在那里打这么多年的战争,
第十年我们将攻下那个宽大的都城。'
先知这样述说;这一切正在应验。　　　　　330

胫甲精美的阿开奥斯人啊，让我们在这里
留驻到攻下普里阿摩斯的宽阔的城市。"

　　他这样说，阿尔戈斯人大声欢呼，
称赞神样的奥德修斯，欢呼声在阿开奥斯人的
船只周围不断回响，叫人畏惧。　　　　　　　335
革瑞尼亚①的乘车上阵的涅斯托尔这样说：
"唉呀呀，你们像群愚蠢的孩子那样
召开大会，却不注意战斗的事情。
我们起过的神圣盟誓成什么样子？
让我们把劝告、计划、纯酒的祭品、　　　　　340
我们所信赖的右手的保证都扔到火里。
我们用言语争吵，不论在这里待多久，
谈来谈去，对事情不会有任何益处。
阿特柔斯之子啊，你要像过去一样坚定，
在激烈的战斗中继续把阿尔戈斯人统领，　　　345
让这一两个阿开奥斯人自寻毁灭吧，
他们在秘密会商，绝不会有什么成就，
在我们知道那位提大盾的宙斯的诺言
是假是真之前，他们便想回家去。
我要说，在阿尔戈斯将士登上那些　　　　　　350
给特洛亚人装上屠杀和死亡的快船时，
强大的克罗诺斯的儿子曾经点头答应，
在我们的右边发出闪电，显示吉祥。

～～～～～～～

①　皮洛斯城市，可能是涅斯托尔的故乡或原居住地。

因此在每个人同特洛亚的妻子睡觉，
在海伦发出的一声声痛苦的哀叹和呻吟　　　　　355
获得补偿之前，①不要匆匆回家。
但是如果有人非常想返回家乡，
就让他攀住他的备有很好的长凳的
黑色船只，当着人自寻死亡和厄运。
但是你，国王啊，要好生计划，听取意见，　　　　360
我说的话你不要抛弃，视为无价值。
把你的将士按他们部落和族盟分开，
阿伽门农啊，让族盟助族盟，部落助部落。
你若是这样做，阿开奥斯人都会服从你，
你知道将士中谁是懦夫，谁是勇士，　　　　　365
他们将为自己的行列勇敢作战。
你还会知道是天意不让你劫掠这都城，
还是由于这些将士懦怯愚蠢。"

　　阿伽门农国王这样回答他说：
"老人家啊，你再次在演说上胜过　　　　　　370
阿尔戈斯儿子们。父宙斯、雅典娜、阿波罗在上，
但愿我在阿开奥斯人中有十个这样的军师，
那时普里阿摩斯的都城很快就会
垂下头来，在我们的手下被攻占，遭掠夺。
克罗诺斯之子、提大盾的宙斯给我降苦难，　　　375

---

① 　意思是，海伦是被帕里斯强迫架走的。在《奥德赛》中，海伦是自愿地跟
　　着帕里斯走的。由于这两部史诗对海伦的看法不同，因此有人认为这
　　两部史诗出自不同的诗人。

使我陷入这种无益的冲突和争吵。
我和阿基琉斯为一个女子的缘故
用敌对的言语互相攻击，是我先发怒；
要是我们议事商谈，意见一致，
特洛亚人的灾难就不会片刻推迟，　　　　　　　　380
你们都去吃饭，吃饱了才好打仗。
你们每个人磨尖矛头，理好盾牌，
把马儿喂饱，把战车看好，准备打仗，
我们将在可恨的战争中斗一整天，
中间不会有休息，片刻时间也没有，　　　　　　385
直到夜色降临，把战士的愤怒分开。
每个人的护身盾牌的皮带将在胸前
被汗水打湿，他的右手将在矛杆上
感到疲劳；他的马儿将在拖拉
光滑的战车的时候也被汗水打湿。　　　　　　　390
我若看见有人想在弯船边逗留，
远远地离开战斗，他这样一个逃兵
没有机会避免被野狗和飞鸟吞食。"

　　他这样说，阿尔戈斯人大声欢呼，
有如波涛对着险峻的海角轰鸣，　　　　　　　　395
南风吹拂，使它们涌起来对着一片
突出的峭壁冲击，那峭壁从没有避开
从各方面吹来的风掀起的波浪。
阿开奥斯人站起来，从船只中间散开，
到营帐里面把火生起来，吃饱了饭食。　　　　　400

他们每个人向一位永存的天神献祭，
祈求能够避免死亡和战斗的辛苦。
人民的国王阿伽门农宰一头五岁的肥牛
祭祀克罗诺斯的儿子，那无比强大的天神；
他邀请长老们、全体阿开奥斯人中的首领，　　　　　405
首先请的是涅斯托尔，伊多墨纽斯王，
其次请的是两个埃阿斯，提丢斯的儿子，
第六个是聪明有如宙斯的奥德修斯，
擅长呐喊的墨涅拉奥斯不请而来，
他心里知道他的哥哥做事很辛苦。　　　　　410
他们围绕着公牛，抓起粗磨的大麦粉，
阿伽门农在他们当中祈祷，这样说：
"最荣耀、伟大的宙斯，裹在黑云中的神，
住在天上的主宰，请你让太阳不西沉，
黄昏不降临，直到我们把普里阿摩斯的　　　　　415
屋顶推倒烧成灰，把大门用火焰焚毁，
用铜枪在赫克托尔的胸前刺破衬袍，
他的伴侣绕着他倒下来，用牙齿啃土地。"

　　他这样说，宙斯却不满足他们的心愿，
他接受焚献的祭品，却增加他们的辛苦。　　　　　420
他们祈祷完毕，撒上粗磨的大麦粉，
先把牺牲的头往后扳，割断喉咙，
剥去牺牲的皮，把牺牲的大腿砍下来，
用双层网油覆盖，在上面放上生肉。
他们把这些祭品用干枯的柴薪烧烤，　　　　　425

46

又把内脏叉起来,放在匠神的火焰上。
他们在大腿烧化,品尝了内脏以后,
再把其余的肉切成小块叉起来,
细心烧烤,把肉全部从叉上取下来。
他们做完事,备好肉食,就吃起来。　　　　　430
他们心里不觉得缺少相等的一份。
在他们满足了饮酒吃肉的欲望之后,
革瑞尼亚的乘车上阵的涅斯托尔先发言:
"阿特柔斯的最光荣的儿子、人民的国王
阿伽门农啊,我们不要在这里尽说话,　　　　435
不要把神交给我们的事务长久拖延。
让身披铜甲的阿开奥斯人的传令官们
宣布命令,把部队自船边集合起来,
我们去到阿开奥斯人的宽阔营地,
很快发动一场非常强烈的恶战。"　　　　　440

　　他这样说,人民的国王并没有不听取,
他立刻命令那些声音清晰的传令官
召集长头发的阿开奥斯人投入战斗。
他们传令宣告,军队很快集合。
阿伽门农身旁的国王们,宙斯养育的,　　　　445
冲出去布置阵容,目光炯炯的雅典娜
出现在他们当中,她带着那块珍贵的
大盾牌①,那是不旧不朽的,上面飘着

―――――――――

① 在此处和一些别的诗行里又作"胸甲"讲。

一百条精编的金穗子，每条值一百头牛。
她带着这宝物，金光耀眼，跑过军中，　　　　　　　450
鼓励将士前进，在每一个人的心中
激起参加战斗的持续不断的力量。
对他们说来，在这里打仗，比坐上空心船
回到祖先的亲爱的土地甜蜜得多。

　　有如毁灭万物的火焰使山岭上的　　　　　　　455
大森林燃烧起来，远处望得见亮光，
阿尔戈斯人进军时，从他们的威武的铜枪上
闪出的亮光就是这样升入空际。

　　如同多得无法胜数的群群飞禽，
有鸿雁、白鹤或者颈脖修长的天鹅，　　　　　　460
在亚细亚草原上，卡宇里奥斯河边
飞向东，飞向西，欣赏它们的翅膀的力量，
飞行后停下来大声啼鸣，使大地回响；
阿开奥斯人的许多种族就是这样，
从船上和营帐里拥到斯卡曼德罗斯　　　　　　　465
草原上，大地在人马的脚踏下惊人地回响。
他们这样站在斯卡曼德罗斯花地上，
成千成万，像春季茂盛的绿叶红花。

　　有如许多群集聚的苍蝇在春天的季节里，
在牛奶浸湿木桶时，在牧人的牛圈里纷飞，　　　470
长头发的阿开奥斯人就是这样众多，

站在平原上面,面对特洛亚人,

一心一意要把他们消灭殆尽。

  有如牧人把牧场上的混杂的羊群,

那些四处分散的山羊轻易分开,   475

将领们就这样把士兵编排,准备作战。

阿伽门农主上和他们在一起,他的头颅

和两只眼睛有似掷雷的天神宙斯,

腰身有似阿瑞斯,胸膛有似波塞冬。

有如畜群中的一头雄牛远远超越   480

一切牲畜,在集聚的母牛中超群出众,

宙斯就这样在那天使阿特柔斯的儿子

超群出众,成为英雄中的杰出英雄。

  居住在奥林波斯山上的文艺女神啊,①

你们是天神,当时在场,知道一切,   485

我们则是传闻,不知道;请告诉我们,

谁是达那奥斯人的将领,谁是主上,

至于普通兵士,我说不清,叫不出名字,

即使我有十根舌头,十张嘴巴,

一个不倦的声音,一颗铜心也不行,   490

除非奥林波斯的文艺女神、提大盾的宙斯的

〰〰〰〰〰〰

① 自第484行至第877行是对双方阵容的描述。荷马史诗是宫廷文学,
 这一部分很能讨古希腊的君主(军事首长)的欢心。一般校勘者认为这
 一部分是《伊利亚特》完成后才加入的。有一些抄本把这一部分删去,
 也有少数抄本把这一部分移到第二十四卷末尾。

女儿们提醒我有多少战士来到伊利昂。
现在我叙述他们的舰队司令和船只。①

　　波奥提亚人是由佩涅勒奥斯、勒伊托斯、
阿尔克西拉奥斯、普罗托埃诺尔、克洛尼奥斯率领，　　495
他们有一些住在许里亚、多石的奥利斯、
斯科诺斯、斯科洛斯、多峡谷的埃特奥诺斯、
特斯佩亚、格赖亚、辽阔的米卡勒索斯；
有一些住在哈尔马、埃勒西昂、欧律赖；
有一些占有埃勒昂、许勒以及佩特昂、　　　　　　　500
奥卡勒亚、建筑无比壮观的墨得昂，
还有科派、欧瑞斯和鸽群翱翔的提斯柏；
有一些住在科罗涅亚、多草的哈利阿尔托斯；
有一些占有普拉泰亚；有一些住在格利萨斯；
有一些占有壮观的城市许波特拜、　　　　　　　　505
神圣的昂克斯托斯——波塞冬的美好圣林；
有一些占有盛产葡萄的阿尔涅城邦；
有一些占有弥得亚、神圣的城市尼萨、
边远的安特冬。这些人有五十艘船航来，
每只船载来一百二十名波奥提亚人。　　　　　　　510

　　住在阿斯普勒冬和奥尔科墨诺斯的弥尼埃奥斯人
由战神之子阿斯卡拉福斯和伊阿尔墨诺斯率领，

---

① 阿尔戈斯人的船只是1186艘，人数10万出头。所列地名请参阅附录
　　简图。

他们是含羞的少女阿斯提奥克在阿泽斯之子
阿克托尔的宫中给强大的阿瑞斯所生，
战神登上闺阁，同她偷偷地来往。　　　　　　　515
他们乘坐三十艘空心船来到特洛亚。

　　福基斯人是由瑙波洛斯之子高傲的伊菲托斯的
儿子斯克狄奥斯和埃皮斯特罗福斯率领；
有一些福基斯人占有库帕里索斯、
多石的皮托、神圣的克里萨、帕诺佩斯、　　　　520
道利斯；有一些住在阿涅摩瑞亚附近，
许安波利斯附近；有一些住在神圣的
克菲索斯河边，占有源头的利莱亚水泉。
有四十艘黑色船在他们的率领下前来。
将领们忙于布置福基斯人的行列，　　　　　　525
他们靠近波奥提亚人，全副戎装。

　　洛克里斯人由奥伊琉斯的儿子、捷足的
小埃阿斯率领，他不如特拉蒙之子
埃阿斯那样伟大，比起来要小得多。①
他身材矮小，只穿一件麻布胸衣，　　　　　　530
但枪法胜过全体希腊人和阿开奥斯人。
洛克里斯人住在库诺斯、奥波埃斯、卡利阿罗斯、
柏萨、斯卡尔斐、壮观的奥革埃、塔斐、
波阿里奥斯河旁的特罗尼昂。在尤卑亚对面

────────────

① 小埃阿斯是个弓箭手。

居住的洛克里斯人有四十艘船由他率领前来。　　535

那些喷怒气的阿班特斯人占有尤卑亚，
住在卡尔基斯、埃瑞特里亚、多葡萄的希斯提埃亚、
滨海城市克任托斯、陡峭的卫城狄昂的人，
那些占有卡律斯托斯，住在斯提拉的人，
他们由战神的后裔埃勒斐诺尔率领，　　540
他是卡尔科冬的儿子，阿班特斯人的长官。
长头发的、捷足的阿班特斯人由他带领，
这些枪兵多么渴望举起长枪
刺破特洛亚人胸膛周围的铠甲。
有四十艘黑色船由埃勒斐诺尔带来。　　545

那些占有壮观的雅典城市的人，
那是心高志大的埃瑞克透斯的领域，
这位国王在丰产的土地生他的时候，
由宙斯的女儿雅典娜养育，使他住在雅典，
她的富裕的神殿里，雅典的年轻人　　550
在岁月流转的时候，杀公牛和绵羊祭他；
这些雅典人是由佩特奥斯之子
墨涅斯透斯率领，论布置战车和枪兵
大地上的凡人没有一个赶得上他，
只有涅斯托尔能和他匹敌，他是长老。　　555
有五十艘船由墨涅斯透斯带到这里来。

埃阿斯从萨拉弥斯带领十二艘船，

把它们停泊在雅典阵线的水域旁边。

那些占有阿尔戈斯、墙高的提任斯、
赫尔弥奥涅、环抱深海湾的阿西涅、特罗曾、 560
埃伊奥奈斯、盛产葡萄的埃皮道罗斯的人，
那些占有艾吉那岛和马塞斯城的
阿开奥斯青年由擅长呐喊的狄奥墨得斯
和闻名的卡帕纽斯之子斯特涅洛斯率领。
和他们一起来的第三个将领欧律阿洛斯， 565
神样的战士，是塔拉奥斯之孙，墨基斯透斯王之子；
擅长呐喊的狄奥墨得斯统率全军。
有八十艘黑色船在他们的带领下前来。

那些占有建筑精美的城市迈锡尼、
富裕的科林斯、建筑精美的克勒奥奈、 570
住在奥尔涅埃、壮观的阿赖提瑞亚
以及阿德瑞斯托斯统治过的西库昂的人，
那些占有许佩瑞西亚、高耸的戈诺萨、
佩勒涅，住在艾吉昂、整个艾吉阿洛斯、
辽阔的赫利克的人——他们这些人 575
由阿特柔斯之子阿伽门农统治，
他有百艘船，大多数最英勇的人跟随他，
他全身披上发亮的铜甲，无限光荣，
在全体战士当中最是超凡出众，
他无比高贵，率领着数目众多的士兵。 580

那些占有多峡谷的洼地拉克得蒙、
法里斯、斯巴达、养鸽的墨塞，住在美好的
奥革埃、布律塞埃的人，那些占有
阿米克莱、滨海城市埃洛斯的人，
那些占有拉阿斯，住在奥提洛斯的人，　　　　　　585
由统帅的弟弟、擅长呐喊的墨涅拉奥斯率领，
共有六十艘船，在另一个地方武装。
他走在他们中间，对自己的热情有信心，
激励士兵战斗；他很想为海伦发出的
哀叹和呻吟进行报复，获得补偿。　　　　　　　590

　　那些住在皮洛斯、阿尔费奥斯渡口的
特律昂、美好的阿瑞涅、建筑精美的埃皮，
定居在库帕里塞伊斯、安菲革涅亚、赫洛斯、
普特勒奥斯、多里昂的人——缪斯们在多里昂
遇见过色雷斯人塔米里斯，打断了他的歌声，　　595
那人从奥卡利亚的欧律托斯家里去到那地方，
他夸口说，要是提大盾的宙斯的女儿
文艺女神们同他比赛唱歌的艺术，
他能得胜；她们在愤怒中把他弄瞎了，
夺去了他的歌声，使他不会弹琴——　　　　　　600
那些人是由乘车上阵的革瑞尼亚人
涅斯托尔率领，有九十艘船由他带来。

　　那些占有库勒涅高山下、埃皮托斯的
陵墓旁边的阿尔卡狄亚的打近战的人，

那些住在斐涅奥斯、多绵羊的奥尔科墨诺斯、　　　605
里佩、多风的埃尼斯佩、斯特拉提亚的人，
占有特革亚、曼提涅的人，占有斯廷斐洛斯，
住在帕拉西亚的人，这些人是由
安开奥斯之子阿伽佩诺尔率领，
他有六十艘船，每一只船登上　　　610
许多善战的武士。阿特柔斯的儿子、
人民的国王阿伽门农给了他们
好划的船只，使他们渡过酒色的大海，
因为航海的事业他们不很关心。①

那些住在布普拉西昂、神圣的埃利斯、　　　615
所有介于许尔弥涅、滨海的米尔西诺斯、
奥勒尼埃和阿勒西昂之间的地带的人，
这些人有四个将领，每个将领有十艘
快船跟随，许多埃佩奥斯人登上船，
有一些由安菲马科斯和塔尔皮奥斯率领，　　　620
阿克托尔的后裔，克特阿托斯之子和欧律托斯之子；
有一些由阿马里科斯之子、强大的狄奥瑞斯率领；
第四队由神样的波吕克塞诺斯率领，
这人是阿伽斯特涅斯的儿子，奥革阿斯的孙儿。

那些来自杜利基昂岛和与埃利斯　　　625
隔海相对的神圣的埃基奈群岛的人

①　阿尔卡狄亚位于伯罗奔尼撒半岛内地，没有出海口。

由费琉斯的儿子、强大如战神的墨革斯率领，
这人出自宙斯所喜爱的战士费琉斯，
费琉斯生父亲的气，移居杜利基昂。
有四十艘黑色船由墨革斯率领前来。 630

　　奥德修斯带领高傲的克法勒涅斯人，
有些占有伊塔卡和树叶飘摇的涅里同山，
有些住在克罗库勒亚和崎岖的埃癸利普斯，
有一些占有扎金托斯，有一些住在萨摩斯，
有一些占有陆地，与岛屿相对的岸上， 635
这些人由聪明如宙斯的奥德修斯率领，
带来十二艘快船，船头涂成红颜色。

　　埃托利亚人由安德赖蒙之子托阿斯
率领，他们住在普琉戎、奥勒诺斯、
皮勒涅、滨海的卡尔基斯、多石的卡吕冬。 640
那心高志大的奥纽斯的儿子们已不在人世，
他本人不在了，金发的墨勒阿格罗斯也死了，
他曾受命全权统治埃托利亚人。
有四十艘黑色的船由托阿斯带来。

　　名枪手伊多墨纽斯率领克里特人， 645
这些人占有克诺索斯、城高墙厚的戈尔提斯、
吕克托斯、弥勒托斯、发白垩光的吕卡斯托斯、
费斯托斯、律提昂这些人烟稠密的城市，
和其他的住在有一百座城市的克里特的人，

这些人是由著名的枪手伊多墨纽斯、　　　　　　650
与杀人的战神相匹敌的墨里奥涅斯率领,
有八十艘黑色船在他们的带领下前来。

　　赫拉克勒斯之子、魁伟英勇的特勒波勒摩斯
从罗得斯岛带来勇猛的罗得斯人的九艘黑船,
这些人住在罗得斯,分成三个部分,　　　　　655
分别占有林多斯、伊埃吕索斯、发白垩光的
卡墨罗斯;他们都由著名的枪手
特勒波勒摩斯率领,这人是阿斯提奥克亚
给强大的赫拉克勒斯所生,在他毁灭
宙斯养育的战士的许多城市的时候,　　　　　660
他把她从塞勒埃斯河边的埃费瑞带出来。
但是当特勒波勒摩斯在建筑精美的大厅里
成人的时候,他竟自杀死了战神的后裔、
他父亲的亲爱的、年高的舅父利金尼奥斯,
他建造船只,召集士兵,往海上逃跑,　　　　665
免受强大的赫拉克勒斯的儿孙威胁。
他在流浪中到达罗得斯岛,遭受苦难,
他的人民按部落分三队住在那里,
受到天神和凡人的大王宙斯喜爱,
克罗诺斯的儿子给他们撒下财富。　　　　　　670

　　尼柔斯从叙墨带来三艘匀称的船只,
尼柔斯是阿格拉伊亚和卡罗波斯王的儿子,
尼柔斯在所有的达那奥斯人当中,是到达

伊利昂的最俊俏的人，仅次于佩琉斯的儿子，
但是他软弱无能，只有少数人跟随他。①　　　　　　　675

　　那些占有尼叙罗斯、克拉帕托斯、卡索斯、
欧律皮洛斯王的城邦科斯、卡吕德尼亚群岛的人，
他们由斐狄波斯和安提福斯率领，
赫拉克勒斯之子特萨洛斯王的两个儿子。
他们有三十艘空心船列成一线前来。　　　　　　　680

　　现在说说住在佩拉斯戈斯的阿尔戈斯人，
他们居住在阿洛斯、阿洛佩、特瑞基斯，
他们占有佛提亚、出生美女的赫拉斯，
被称作米尔弥冬人、赫勒涅斯人②、阿开奥斯人，
这些人的五十艘船只的将领是阿基琉斯，　　　　　685
但是他们并不考虑那喧嚣的战争，
因为没有人带领他们列队布阵。
捷足的阿基琉斯待在船只中间，
为美发的女子布里塞伊斯正在生气，
那是他在毁灭吕尔涅索斯、特拜的城墙，　　　　　690
射死塞勒波斯的孙子、欧埃诺斯的儿子、
强大的枪手米涅斯和埃皮斯特罗福斯的时候，
辛辛苦苦从吕尔涅索斯把她抢到手。

~~~~~~

① 亚里士多德曾在《修辞学》中称赞这五行诗，认为多次提起尼柔斯的名
　字，可以加强听众的印象。
② 赫拉斯是特萨利亚境内一个地区，是阿基琉斯的家乡。"赫勒涅斯"即
　赫拉斯地区的人。

他伤心,躺在那里,但很快就会起来。

那些占有费拉克、得墨特尔①的圣地　　　　　　　695
多花的皮拉索斯、产羊之母伊同、
滨海的安特戎、多草的普特勒奥斯的人,
这些人曾经由好战的普罗特西拉奥斯率领,
在他活着的时候,但黑色的泥土已把他埋葬。
他的妻子抓破两颊,留在费拉克,　　　　　　　700
他的家业只完成一半,②阿开奥斯人中
他第一个从船上跳下,被达尔达诺斯人③杀死。
士兵们怀念长官,却不是没有人率领,
因为战神的后裔波达尔克斯正在
使他们列队,这人是费拉科斯的孙子,　　　　　705
伊菲克洛斯之子,是雄心的普罗特西拉奥斯的弟兄,
生得稍晚一点,那个更年长更英勇的
普罗特西拉奥斯是一个爱好斗争的战士,
士兵们怀念那个高贵的首领,却不缺少将领。
有四十艘黑色船在他的率领下前来。　　　　　710

住在波柏伊斯湖旁边的斐赖、波柏、
格拉费赖、建筑精美的伊阿奥尔科斯的人,
有十一条船由阿德墨托斯之子欧墨洛斯王率领,
那人是佩利阿斯国王的最美丽的女儿、

①　农神,宙斯的妹妹。
②　意思是:"没有子嗣。"
③　特洛亚人的别称。达尔达诺斯是宙斯的儿子,特洛亚人的始祖。

神样的阿尔克提斯给阿德墨托斯所生。 715

　那些住在墨托涅城和陶马基亚，
占有墨利波亚、崎岖的奥利宗的人，
由精通弓箭射击的菲洛克特特斯率领，
他们有七艘黑色船，每只登上五十名
精通弓箭战的桨手。但是菲洛克特特斯 720
遭受剧烈的痛苦，躺在利姆诺斯岛，
是阿开奥斯人的儿子们把他留在那里，
他当时被为害的水蛇咬了，创伤恶毒，
他悲伤地躺在那里，船只旁的阿开奥斯人
很快就会怀念菲洛克特特斯国王。 725
这些人思念长官，却不是没有人率领，
奥伊琉斯王的私生子、瑞涅给掠城的王生的
墨冬把他们布成阵线，准备参战。

　那些占有特里卡、多石的伊托墨的人，
那些占有奥卡利亚、欧律托斯的城市的人， 730
这些人是由阿斯克勒皮奥斯的两个儿子、
高明的医师波达勒里奥斯和马卡昂率领。
他们有三十艘空心船列成一线前来。

　占有奥尔墨尼奥斯、许佩瑞亚水泉的人，
占有阿斯特里昂、提塔诺斯山的白色高峰的人， 735
这些人是由欧埃蒙的儿子欧律皮洛斯
率领，有四十艘黑色船由他带来。

那些占有阿尔吉萨，住在古尔托涅、
奥尔特、埃洛涅、白色城市奥洛宋的人，
由永生的宙斯所生的佩里托奥斯的儿子、　　　　　　740
一心作战的波吕波特斯国王率领，
这人是希波达墨娅给佩里托奥斯所生，
那一天他正在向那些毛茸茸的野兽①报复，
把它们从佩利昂赶向埃提克斯人。
他不是独自率领，战神的后裔、开纽斯之子　　　745
科罗诺斯王的儿子勒昂透斯和他在一起，
他们带领四十艘黑色船从家乡前来。

　　古纽斯从库福斯带来二十二艘船，
他率领埃尼埃涅斯人和尚武的佩赖波斯人，
有一些在风雪飘飘的多多那附近安家，　　　　　750
有一些住在悦人的提塔瑞索斯岸边，
那条大江把浩荡的流水注入佩涅奥斯，
却不与佩涅奥斯的银色漩涡相混，
而是像埃莱亚油②那样在水面上流过，
它是可畏的誓河斯提克斯③的支流。　　　　　　755

　　马格涅特斯人是由滕特瑞冬之子

---

① 指马人。
② 埃莱亚树似橄榄树而非橄榄树，一般误译为橄榄树。这种树在我国称
　　为"油橄榄树"。"油橄榄油"会成为一个奇异的名词。
③ 斯提克斯是冥界的河流。

普罗托奥斯率领的,他们住在佩涅奥斯
和树叶飘遥的佩利昂,捷足的普罗托奥斯
是他们的将领,有四十艘黑色船航来。

这些就是达那奥斯人的首领和君主。 760
缪斯啊,请给我指点跟随阿特柔斯的儿子们
前来的人马中,哪些战士最英勇,马最好。

最好的马要数斐瑞斯的儿子养育的马,
由欧墨洛斯驾驶,它们快速如飞鸟,
马的毛色、年龄相同,后背平如线。 765
它们由银弓之神阿波罗在佩瑞亚养育,
两匹是牝马,带来恐怖,吓坏敌人。
最英勇的战士是特拉蒙王之子埃阿斯,
阿基琉斯却还在生气,他本是最强大,
为佩琉斯的无瑕儿子拉战车的两匹马也最强。 770
可是他待在他的渡海的弯船之间,
对阿特柔斯的儿子、士兵的牧者生气,
他的兵士在岸上消遣,投掷铁饼、
标枪、拉弓射箭,他们的马在车旁
吃沼泽里的苜蓿和芫荽,战车存在 775
他们的主上的营帐里,用布覆盖严密。
但是这些兵士怀念他们的长官,
阿瑞斯喜爱的战士,他们在营地上面
东飘西荡,就是不上前线去打仗。

他们进军，整个土地就像着了火一样，　　　　　780
大地在脚下呻吟，就像在发怒的雷神
宙斯脚下一样，当他在阿里摩人①的国境内
鞭打土地时，据说提福欧斯就睡在下面。②
大地就是这样在军队进行时呻吟，
他们行军，很快就踏过特洛亚平原。　　　　　785

快如风的捷足的伊里斯，从手提大盾的宙斯
那里来的信使，带着一个悲惨的信息，
到达特洛亚人那里，那些人正在
普里阿摩斯的大门内老少聚齐开大会。
捷足的伊里斯站在近处对他们说话，　　　　　790
她的喉舌近似普里阿摩斯的儿子
波利特斯的声音，那人一直充当
特洛亚人的哨兵，他信赖自己腿快，
坐在老埃叙埃特斯国王的陵墓高处，
等待阿开奥斯人从船边出发前来。　　　　　795
捷足的伊里斯装成那人的模样这样说：
"老国王，你总是和太平时期一样喜欢
没完没了地言谈；不间断的战争又发动，
我曾经多次参加武士的战斗场合，
可从来没有见过这样好这样大的人马　　　　　800
在平原进军攻城，像树叶沙粒那样多。

~~~~~~~~~~~~~~~~

① 在小亚细亚基里基亚境内。
② 提福欧斯是一个有一百个蛇头的喷火巨怪，曾同宙斯争夺统治权，被打
　败，住在阿里摩人的地下。

赫克托尔，我特别吩咐你，你要这样行动。
普里阿摩斯的巨大的都城里有许多盟军，
在那些分散的人当中有不同的语言，
让每个身为将领的人发出信号，   805
让他把自己的同胞带出去，列成阵线。"

她这样说，赫克托尔认识女神的话语，
他很快解散大会，人人奔向武器，
城门全都打开，步兵车士冲出去，
巨大的吼声爆发出来，响彻云端。   810

特洛亚城外有一座非常陡峻的山冈，
突出在远处平原上，两边地势开阔，
世间凡人称那山冈为"巴提埃亚"，
天神叫"远跳的阿玛宗人米里涅的坟墓"。
特洛亚人和他们的联军在那里分队。   815

特洛亚人由普里阿摩斯之子、头盔闪亮的
伟大的赫克托尔率领，最大最好的军队
在他的带领下武装起来，把长矛挥舞。

达尔达诺斯人①由安基塞斯的英勇儿子
埃涅阿斯率领，一个女神同凡人结合，   820

---

① 达尔达尼亚城在伊达山下赫勒斯滂托斯海峡附近，相传为宙斯之子达
尔达诺斯所建。

美神在伊达山谷里给安基塞斯王所生。
他不是单独率领，安特诺尔的两个儿子，
善战的阿尔克洛科斯和阿卡马斯和他在一起。

那些住在伊达山麓的泽勒亚城、
饮用埃塞波斯的清水的特洛亚富人　　　　　　　　825
由吕卡昂的光荣的儿子潘达罗斯
率领，阿波罗曾经把自己的弓箭送给他。

那些占有阿德瑞斯特亚、阿派索斯的土地，
并占有皮提埃亚、特瑞亚高山的人，
由穿麻布胸衣的阿德瑞斯托斯国王和安菲奥斯率领，830
他们是佩尔科特的墨罗普斯的孪生子，
老人比别人更精通预言术，不让儿子
去参加致命的战斗，但是他们不听从，
因为幽暗的死亡的命运在引导他们。

那些住在佩尔科特和普拉克提奥斯附近，　　　　835
占有塞斯托斯、阿彼多斯、美好的阿里斯柏的人，
由许尔塔科斯的儿子、人民爱戴的领袖阿西奥斯率领，
许尔塔科斯之子阿西奥斯由他的
黄褐色大马从塞勒埃斯河边送来。

希波托奥斯率领佩拉斯戈斯人①的部落，　　　　840

①　指居住在小亚细亚的佩拉斯戈斯人。

这些人是矛兵，住在土壤深厚的拉里萨，
他们由战神的后裔、透塔摩斯的儿子
勒托斯的孪生子皮莱奥斯和希波托奥斯率领。

　　赫勒斯滂托斯的激流环绕着的色雷斯人
由阿卡马斯和战士佩罗奥斯共同率领。　　　　　　845

　　克阿斯的儿子特罗泽诺斯国王的儿子
欧斐摩斯是基科涅斯矛兵的长官。

　　皮赖克墨斯远自阿米冬，从水流广漠的
阿克西奥斯率领带弯弓的派奥尼亚人前来，
那条河波光粼粼，灌溉最清秀的土地。　　　　　　850

　　胸口毛茸茸的皮莱墨涅斯王从埃涅托斯人的土地
把帕佛拉贡人①带来，那是产牝骡的地方。
那些人占有库托罗斯，住在塞萨蒙，
在艾吉阿洛斯、克戎那、帕尔特尼奥斯河旁
崇高险峻的埃律提诺山岩上建造房屋。　　　　　　855

　　奥狄奥斯和埃皮斯特罗福斯把哈利宗人
从遥远的阿吕柏带来，那地方出产银矿。

　　密西亚人由克罗弥斯和鸟卜师恩诺摩斯率领，

---

① 埃涅托斯人是帕佛拉贡人的一个部落，住在弗里基亚地区。

但他未靠鸟卜免遭黑暗的命运，
被埃阿科斯的捷足孙子①杀死河里，　　　　　　　860
许多其他特洛亚人也在那里被杀死。

　　福尔库斯和神样的阿斯卡尼奥斯自遥远的
阿斯卡尼亚把弗里基亚人带来，一心想参战。

　　墨斯特勒斯和安提福斯率领墨奥尼埃人②，
他们是塔莱墨涅斯之子，古盖亚湖神女所生，　　865
特摩洛斯山麓的墨奥尼埃人由他们带来。

　　那斯特斯率领讲外国话的卡里亚人，
他们占有弥勒托斯、树叶茂密的佛提瑞斯山、
湍急的迈安德罗斯河、米卡勒的陡峭山峰。
这些人由安菲马科斯和那斯特斯率领，　　　　870
那斯特斯和安菲马科斯是诺弥昂的光荣儿子。
他③参加战斗，一身金饰，宛如少女，
真愚蠢，没有使他免遭悲惨的毁灭，
他在埃阿科斯的孙子手下死在河里，
英勇的阿基琉斯抢走了他的黄金。　　　　　　875

　　萨尔佩冬和无瑕的格劳科斯带来吕西亚人，
自遥远的吕西亚和多旋流的克珊托斯河旁。

～～～～～～～～～

① 指阿基琉斯。
② 即吕底亚人。
③ 指那斯特斯。

第 三 卷

——阿勒珊德罗斯同墨涅拉奥斯决斗

特洛亚人列好队,每队有长官率领,
这时候他们鼓噪、呐喊,向前迎战,
有如飞禽啼鸣,白鹤凌空的叫声
响彻云霄,它们躲避暴风骤雨,
呖呖齐鸣,飞向长河①边上的支流,　　　　　　　　5
给侏儒种族带去屠杀和死亡的命运,
它们在大清早发动一场邪恶的斗争。
阿开奥斯人却默默地行军,口喷怒气,
满怀热情,互相帮助,彼此支援。

有如南风把雾气吹到山岭上面,　　　　　　　　10
这种雾气牧人不喜欢,窃贼则认为
比夜晚更好,一个人只能见投石的距离,
他们进军时,脚下就是这样扬起一阵阵
旋转的尘埃;他们很快穿过平原。

① 古希腊人认为大地如一块圆饼,有长河环绕。

待双方这样相向进军,互相逼近时,　　　　　　15
神样的阿勒珊德罗斯从特洛亚人当中
作为代战者站出来,他肩上披一张豹皮,
挂一把弯弓、一柄剑,手里挥舞两支
有铜尖的长枪,向阿尔戈斯人当中全体
最英勇的将士挑战,要打一场恶仗。　　　　　　20

　　阿瑞斯非常喜爱的战士墨涅拉奥斯
看见他大步大步走到众人面前,
有如一匹狮子在迫于饥饿的时候,
遇见野山羊或戴角的花斑鹿,心里喜悦,
它贪婪地把它吞食,尽管有健跑的猎狗　　　　25
和强壮的青年一起追来,要把它赶走,
墨涅拉奥斯看见神样的阿勒珊德罗斯,
他心里就是这样喜悦,认为可以
向罪人报复,便立即戎装跳下战车。

　　当神样的阿勒珊德罗斯看见墨涅拉奥斯　　30
在那些代战者当中露面时,他心里震惊,
退到他的伴侣里面,避免送命。
有如一个人在山谷中间遇见蟒蛇,
他往后退,手脚颤抖,脸面发白,
再往后跳,神样的阿勒珊德罗斯也这样　　　　35
害怕阿特柔斯的儿子,退到勇敢的
特洛亚人的队伍中间迅速躲藏。

赫克托尔看见了，就用羞辱的话谴责他：
"不祥的帕里斯，相貌俊俏，诱惑者，好色狂，
但愿你没有出生，没有结婚就死去。   40
那样一来，正好合乎我的心意，
比起你成为骂柄，受人鄙视好得多。
长头发的阿开奥斯人一定大声讥笑，
认为一个王子成为一个代战者
是由于他相貌俊俏，却没有力量和勇气。   45
你是不是这样子在渡海的船舶上面
航过大海？那时候你召集忠实的伴侣，
混在外国人里面，把一个美丽的妇人、
执矛的战士们①的弟妇从遥远的土地上带来，
对于你的父亲、城邦和人民是大祸，   50
对于敌人是乐事，于你自己则可耻。
你不等待阿瑞斯喜爱的墨涅拉奥斯吗？
那你就会知道你占去什么人的如花妻子，
你的竖琴、美神的赠品、头发、容貌
救不了你，在你躺在尘埃里的时候。   55
特洛亚人太胆怯，否则你早就穿上
石头堆成的衬袍，②因你干的坏事。"

神样的阿勒珊德罗斯王子这样回答说：
"赫克托尔，你责备我的这些话非常恰当，

———————

① 指那些向海伦求婚的人。
② 意思是："遭受石击刑"。对于惹动公愤的人，群众可以用石头把他砸
死。

一点不过分，你的这颗心是这样坚强，　　　　　60
有如一把斧子被人拿来砍木材，
巧妙地造成船板，凭借那人的腕力，
你胸中的心就是这样无所畏惧。
你不要拿黄金的美神赠我的礼物责怪我。
切不可蔑视神明的厚礼，那是他们　　　　　65
亲自赠予，一个人想得也不一定能得到。
如果你要我战斗，你就叫特洛亚人
和全体阿开奥斯人坐下，把战神喜爱的
墨涅拉奥斯和我放在两军之间，
为争取海伦和她的财产单独决斗。　　　　　70
我们两人谁获得胜利，比对方强大，
就让他把这个女人和财产带回家。
其余的人就保证友谊，发出誓言，
你们好住在肥沃的特洛亚，他们好回到
牧马的阿尔戈斯平原和多美女的阿开奥斯土地。”　75

　他这样说，赫克托尔听了非常高兴，
他去到两军之间，横着长枪挡退
特洛亚人的阵线，将士全都坐下。
长头发的阿开奥斯人却把快箭瞄准他，
飞来无数矢镞，投来无数石块。　　　　　80
人民的国王阿伽门农这样大喊：
“阿开奥斯人，赶快住手，不要投射，
头戴闪亮铜盔的赫克托尔有话要说。”

他这样说，他们停战，安静下来。
赫克托尔就在两军之间这样发言：　　　　　　　　　　85
"特洛亚人和胫甲精美的阿开奥斯人，
请听帕里斯的讲话，战争就因他引起。
他要求特洛亚人和全体阿开奥斯人
把他们的精良武器放在养育人的土地上，
让他同阿瑞斯喜爱的战士墨涅拉奥斯　　　　　　　　90
在两军之间为海伦和她的财产而战斗，
他们两人谁获得胜利，比对方强大，
就让他把这个女人和财产带回家。
其余的人就保证友谊，发出誓言。"

他这样说，他们就不言语，安静下来，　　　　　　　95
擅长呐喊的墨涅拉奥斯对他们这样说：
"现在请听我说，我心里特别忧愁，
我认为现在阿尔戈斯人和特洛亚人
可以分手，你们曾经为我的争执
和阿勒珊德罗斯的行为忍受许多苦难。　　　　　　100
我们两人中有一个注定要遭死亡和厄运，
就让他死去，其他人赶快分手回去。
你们去牵两条绵羊——白公羊和黑母羊
祭地神和赫利奥斯①，我们牵一条来祭宙斯。
你们把强大的普里阿摩斯带到这里来起誓，　　　105
免得有人破坏向宙斯发出的誓言，

①　赫利奥斯是太阳神。

72

因为老国王的儿子们很是傲慢成性。
年轻人的心变来变去，总是不坚定，
但是老年人参与事情，他瞻前顾后，
所以后果对双方都是最好不过。"   110

　　他这样说，阿开奥斯人和特洛亚人
很是喜欢，希望结束这艰苦的战争。
他们把各自的战车停留在阵线里面，
自己走出来，把武器放下，堆在地上，
彼此靠近，中间只有很小的空地。   115
赫克托尔派遣两个传令官到城里去
把绵羊牵来，把普里阿摩斯国王请来。
阿伽门农主上则派遣塔尔提比奥斯
到空心船上去，吩咐他把绵羊牵来，
传令官听从神样的阿伽门农的命令。   120

　　众神的信使伊里斯来找白臂的海伦，
她化身为海伦的小姑、安特诺尔的儿媳、
安特诺尔之子赫利卡昂的妻子拉奥狄克，
这人是普里阿摩斯的女儿中最俊美的女子。
她发现海伦正在大厅里织一件双幅的   125
紫色布料，上面有驯马的特洛亚人
和身披铜甲的阿开奥斯人的战斗图形，
那都是他们为了她作战遭受的痛苦经历。
捷足的伊里斯靠近她站着，对她这样说：
"亲爱的夫人，到这里来，你可以看见   130

驯马的特洛亚人和披铜甲的阿开奥斯人的
惊奇行动,他们在平原上曾可泣地战斗,
一心要打那种置人于死命的战争。
他们现在安静地坐下,停止战斗,
依靠在盾牌边上,长枪插在身边。　　　　　　　135
阿勒珊德罗斯和勇武的墨涅拉奥斯将为你
各自举起长枪进行一场决斗,
谁获得胜利,你将被称为谁的妻子。”

　　女神这样说,使海伦心里甜蜜地怀念
她的前夫,她的祖城和她的父母;　　　　　　140
她立即拿一块白色的面巾把头遮起来,
流着眼泪从她的房间里面走出来,
她不是单独一人,有两个侍女伴随,
她们是牛眼睛的克吕墨涅和皮特透斯的女儿
埃特拉,她们一起去到斯开埃城门上。　　　　145

　　普里阿摩斯正同潘托奥斯、提摩特斯、
兰波斯、克吕提奥斯、阿瑞斯的后裔希克塔昂、
行为谨慎的乌卡勒昂、安特诺尔这些长老
坐在斯开埃城门上面,他们年老,
无力参加战斗,却是很好的演说家,　　　　　150
很像森林深处爬在树上的知了,
发出百合花似的悠扬高亢的歌声,
特洛亚的领袖们就是这样坐在望楼上。
他们望见海伦来到望楼上面,

便彼此轻声说出有翼飞翔的话语：   155
"特洛亚人和胫甲精美的阿开奥斯人
为这样一个妇人长期遭受苦难，
无可抱怨；看起来她很像永生的女神；
不过尽管她如此美丽，还是让她
坐船离开，不要成为我们和后代的祸害。"   160

　　他们这样说，老国王呼唤海伦，对她说：
"亲爱的孩子，你到这里来，坐在我前面，
可以看见你的前夫、你的亲戚
和你的朋友；在我看来，你没有过错，
只应归咎于神，是他们给我引起   165
阿开奥斯人来打这场可泣的战争。
你来告诉我，那个魁梧的战士是谁，
他这个阿开奥斯人是这样勇武这样高，
比别人超出一头，这样英俊的人
我从来没有见过，他很像一个国君。"   170

　　妇女中神样的女人海伦回答他说：
"亲爱的公公，在我的眼里，你可畏可敬。
但愿我在跟着你的儿子来到这里，
离开房间、亲人、娇女和少年伴侣前，
早就乐于遭受不幸的死亡的命运。   175
但没有那回事，因此我哭泣，一天天憔悴。
你向我询问的这件事情，我一定告诉你。
那人是阿特柔斯之子、权力广大的阿伽门农，

他是一个高贵的国王、强大的枪手，
又是我这个无耻人的夫兄，如果那是他。"   180

　　她这样说，老人感到惊奇，赞叹说：
"阿特柔斯的快乐的儿子，幸运的骄子，
受福的人，那么多阿开奥斯年轻人服从你。
我曾经去到盛产葡萄的弗里基亚，
在那里见过许多驱快马的弗里基亚战士，   185
他们是奥特柔斯和神样的米格冬的人民，
远在珊伽里奥斯河边扎寨安营。
我当时在他们那里，被视为他们的盟友，
在那些强似男子的阿玛宗人①来攻的时候；
但他们不及目光炯炯的阿开奥斯人这样多。"   190

　　其次，老人看见奥德修斯，他问道：
"亲爱的孩子，你来告诉我，那个人是谁？
他比阿特柔斯之子阿伽门农
矮一头，但他的肩膀和胸膛却更宽阔。
他的武器放在养育万物的大地上，   195
他像畜群的大公羊巡视士兵的行列。
在我看来，他好似一条毛蓬蓬的公羊，
穿行在一大群白色的绵羊中间。"

　　宙斯的后裔海伦②回答普里阿摩斯说：

~~~~~~~~~~

①　传说中的女人部落。
②　海伦是宙斯和勒达的女儿，她的名义上的父亲是廷达瑞奥斯。

"那个人是拉埃尔特斯的儿子、足智多谋的　　　　200
奥德修斯,生长在巨石嶙峋的伊塔卡岛,
懂得各种巧妙的伎俩和精明的策略。"

　　行为谨慎的安特诺尔回答她说:
"夫人,你说的这些话很真实,没有错误。
神样的奥德修斯和英武的墨涅拉奥斯　　　　205
曾到过这里,作为涉及你的事的信使,
是我在大厅里设宴欢迎,款待他们,
因此知道他们俩的身材和精明的策略。
他们混在聚集的特洛亚人中间,
大家站立时,墨涅拉奥斯肩宽过人,　　　　210
他们坐下时,奥德修斯却更显得气宇轩昂。
在他们当着众人编制言词和策略时,
墨涅拉奥斯发言流畅,简要又清楚,
他不是好长篇大论或说话无边际的人,
尽管论岁数他比奥德修斯年轻。　　　　　215
足智多谋的奥德修斯站起来的时候,
他立得很稳,眼睛向下盯住地面,
他不把他的权杖向后或向前舞动,
而是用手握得紧紧的,样子很笨;
你会认为他是个坏脾气的或愚蠢的人。　　220
但是在他从胸中发出洪亮的声音时,
他的言词像冬日的雪花纷纷飘下,
没有凡人能同奥德修斯相比,
尽管我们对他的外貌不觉惊奇。"

此后，老人看见埃阿斯，他这样说：　　　　　　225
"另一个阿开奥斯人是谁？他英勇魁梧，
他的头和宽大的肩膀超越阿尔戈斯人。"

　　身披长袍的神样的海伦回答他说：
"他是高大的埃阿斯，阿开奥斯人的堡垒。
神样的伊多墨纽斯在克里特人当中　　　　　230
站在他对面，他周围聚集着克里特人的领袖。
他从克里特来，英武的墨涅拉奥斯曾多次
在我们家里对他非常殷勤地款待。
现在我看见其他的目光炯炯的阿开奥斯人，
我认识他们，能够叫出他们的名字；　　　　235
但我没看见那两个布置军队的将领，
驯马的卡斯托尔和拳击手波吕丢克斯，
我的同胞兄弟，同一个母亲生养。
他们不是没有从可爱的拉克得蒙随军前来，
就是乘坐渡海的船舶来到这里，　　　　　　240
却由于畏惧涉及我的可羞的舆论
和许多斥责而没有参加将士的行列。"

　　她这样说；但是在他们的亲爱的祖国，
拉克得蒙的土地已经把他们埋藏。

　　这时候，两个传令官正在穿过城市，　　　245
把两只绵羊、一袋用山羊皮盛着的美酒、

大地的果汁带来。传令官伊代奥斯
端着一只亮晶晶的调缸和一些金杯，
站在老人旁边，这样提醒他说：
"拉奥墨冬的后代，快起来，驯马的特洛亚人　　　250
和身披铜甲的阿开奥斯人的英勇将领
召请你下到平原，证实可靠的誓言。
阿勒珊德罗斯和阿瑞斯宠爱的墨涅拉奥斯
将为一个女人的缘故用长枪决斗，
这女人和她的财产将归其中的胜利者；　　　255
其余的人就保证友谊，发出誓言，
我们好住在肥沃的特洛亚，他们好回到
牧马的阿尔戈斯平原和多美女的阿开奥斯土地。"

　　他这样说，老人听了发抖，吩咐
伴侣给马上轭，他们立刻从命。　　　260
普里阿摩斯登车，把缰绳往后拉紧，
安特诺尔在他旁边登上漂亮的轻车，
他们赶着快马穿过斯开埃到平原。

　　到了特洛亚人和阿开奥斯人那里，
他们就从车上下到养育万物的大地上，　　　265
去到特洛亚人和阿开奥斯人中间。
人民的国王阿伽门农立刻站起来，
足智多谋的奥德修斯也跟着起立，
那些传令官把证实可靠的誓言的祭品
聚在一起，在调缸里面给酒兑水，　　　270

然后把净水洒在每个国王的手上。
阿特柔斯的儿子举手把那柄挂在
大剑鞘旁边的宽刀拔出来，割下些羊毛，
传令官们把羊毛分送给特洛亚人
和阿开奥斯人的英勇将领。　　　　　　　　275
阿特柔斯的儿子举手大声祷告说：
"宙斯、伊达山的统治者、最光荣最伟大的主宰啊，
眼观万物、耳听万事的赫利奥斯啊，
大地啊，在下界向伪誓的死者报复的神啊，
请你们作证，监视这些可信赖的誓言。　　　　280
如果阿勒珊德罗斯杀死墨涅拉奥斯，
就让他占有海伦和她的全部财产，
我们则坐上渡海的船舶离开这里；
如果金色头发的墨涅拉奥斯杀死
阿勒珊德罗斯，就让特洛亚人归还　　　　　285
海伦和她的全部财产，向阿尔戈斯人
付出值得后人记忆的可观赔偿。
但是如果阿勒珊德罗斯倒在地上，
普里阿摩斯和他的儿子们不愿赔偿，
我就要为了获得赔款而继续战斗，　　　　　290
待在这里，直到我看见战争的终点。"

　　他这样说，用那把无情的铜剑割破
绵羊的喉咙，把它们扔在地上喘气，
断送性命，是铜剑夺去了它们的力量。
将士把酒从调缸里面舀到杯里，　　　　　295

向永生永乐的天神祭奠,祷告祈求。
阿开奥斯人和特洛亚人中有人这样说:
"宙斯、最光荣最伟大的神啊,永生的众神啊,
两军之一要是谁首先破坏盟誓,
愿他们和他们的全体孩子的脑浆   300
如同这些酒流在地上,妻子受奴役。"

　他们这样说,但是克罗诺斯的儿子
并不使他们的祈求祷告成为现实。
达尔达诺斯之子普里阿摩斯这样说:
"特洛亚人和胫甲精美的阿开奥斯人,   305
我要回到多风的伊利昂,不忍看见
我的亲爱的儿子同战神阿瑞斯宠爱的
墨涅拉奥斯决斗;宙斯和其他的天神
知道他们中有一个的死期预先注定。"

　神样的国王这样说,他把羊肉放进车,   310
自己登上去,双手把缰绳往后拉紧,
安特诺尔在旁边登上漂亮的轻车,
他们两人便离开战场,返回伊利昂。
普里阿摩斯之子赫克托尔和奥德修斯
首先为即将进行的决斗量出地面,   315
再把两只阄拿来,放在铜盔里摇动,
决定两个对手谁首先投掷铜枪。
将士同声祈祷,把手举向天神,
阿开奥斯人和特洛亚人中有人这样说:

"宙斯、伊达山的统治者、最光荣最伟大的主宰啊，　320
他们两人谁给双方制造麻烦，
就让他死在枪下，阴魂进入冥府，
让我们保证友谊和可以信赖的誓言。"

　他们这样说，头盔闪亮的伟大的赫克托尔
朝后看，摇铜盔，帕里斯的阄很快跳出来。　325
将士们一排排坐下，在他们每个人身旁
站着健跑的骏马，竖着精良的武器。
神样的阿勒珊德罗斯，美发的海伦的丈夫，
立即在肩膀周围披上漂亮的铠甲，
他首先把胫甲套在腿上，胫甲很美观，　330
用许多银环把它们紧紧扣在腿肚上；
再把同胞兄弟吕卡昂的精美胸甲
挂在身前，使它合乎自己的体型；
他又把一柄嵌银的铜剑挂在肩上，
再把一块结实的大盾牌背上肩头，　335
一顶饰马鬃的铜盔戴在强壮的头上，
鬃毛在铜盔顶上摇摆，令人心颤；
他手里拿着一把很合用的结实的长枪。
尚武的墨涅拉奥斯也这样武装起来。

　他们这样在各自的队伍里武装齐备，　340
走到特洛亚人和阿开奥斯人阵前，
样子很吓人，旁观的、驯马的特洛亚人
和胫甲精美的阿开奥斯人都感到惊奇。

他们在那块量好的空地上靠近站立，
彼此怒目而视，挥舞手中的长枪。　　　　　　　345
阿勒珊德罗斯先投掷那支有长影的铜枪，
击中了墨涅拉奥斯的半径等长的圆盾，
但铜尖未能穿过去，被坚固的盾牌碰弯。
于是阿特柔斯的儿子用强健的右手
举着铜枪冲上去，对父亲宙斯祷告说：　　　　350
“宙斯王，请让我报复首先害我的神样的
阿勒珊德罗斯，使他死在我的手下，
叫后生的人不敢向对他表示友谊的
东道主人做出任何的罪恶行为。”

　　他这样说，平衡长影铜枪掷出去，　　　　355
击中普里阿摩斯的儿子的等径圆盾。
那支有力的长枪穿过那发亮的盾牌，
再迅速刺穿无比精致的胸甲，
枪尖正好在肋旁刺破精美的衬袍，
阿勒珊德罗斯往旁边一闪，躲过了厄运。　　360
阿特柔斯的儿子拔出嵌银的铜剑，
高高立起来砍中阿勒珊德罗斯的盔顶，
但铜剑在上面破成三四块，从手里落下。
阿特柔斯之子仰望天空大声呼唤：
“宙斯，没有别的天神比你更坏事，　　　　365
我认为我已向阿勒珊德罗斯的邪恶报仇，
但我的铜剑在手里破成块，我的长枪
白白从手里投掷出去，没击中要害。”

他这样说，猛扑过去抓住有鬃饰的盔顶，
转过身拖向胫甲精美的阿开奥斯人的阵线。　　　370
帕里斯被嫩喉咙下面的绣花带扼住气，
那本是系在他的下巴上，把头盔拉紧。
若不是宙斯之女阿佛罗狄忒看见，
把那根用牛皮制成的带子使劲弄断，
墨涅拉奥斯会把他拖走，大享声名。　　　375
那只空头盔落在他的强有力的手里，
他把它一甩，扔向那些胫甲精美的
阿开奥斯人，由他的忠实伴侣捡起。
他转身冲去，想拿铜枪刺死仇人；
但是阿佛罗狄忒把帕里斯王子救起来，　　　380
对一位女神这是件轻而易举的事情，
她把他笼罩在一团浓密的云雾之中，
安放在他的馨香馥郁的卧室里面。
她立刻去召唤海伦，在望楼上遇见她，
她的身边环绕着许多特洛亚妇女。　　　385
女神拉着她的馨香的衬袍摇摇，
她化身为一个抽织羊毛的年老的妇人，
那人曾住在拉克得蒙，抽织好羊毛，
深为海伦所喜爱；美神这样子对她说：
"快来，阿勒珊德罗斯召唤你快回家去，　　　390
他正在房间里，躺在那张嵌银饰的榻上，
你不会认为他是在同敌人战斗后回来，
倒会想他要去参加舞会或跳完舞蹈，

回来坐在家里想好好休息休息。"

　　她这样说,激动了海伦胸中的情绪。　　　　　395
海伦看见这位女神的秀丽的颈项、
可爱的胸脯、发亮的眼睛,她感到惊奇,
呼唤女神的名称,立即对她这样说:
"好女神,你为什么存心这样欺骗我?
你是想把我引到弗里基亚,或引到　　　　　400
可爱的墨奥尼埃的人烟稠密的城市,
要是那里有你喜爱的发音清晰的人。
现在墨涅拉奥斯已战胜阿勒珊德罗斯,
想把我这个可恨的女人带到他家里。
你是为这事来到这里施展骗术。　　　　　405
你去坐在他身边,离开天神的道路,
不要让你的脚把你送回奥林波斯。
你是永远为他受苦受难,保护他,
直到你成为他的妻子或是女奴。
我不到他那里——那是件令人气愤的事——　　　410
去分享他的卧榻;所有的特洛亚妇女
今后一定会谴责我,我心里已非常痛苦。"

　　神圣的阿佛罗狄忒发怒,对她这样说:
"狠心的女人,不要刺激我,免得我生气,
抛弃你,憎恨你,正如我现在爱你的程度,　　　415
也免得我在特洛亚人和达那奥斯人之间
制造可悲的仇恨,使你毁灭于不幸。"

她这样说，宙斯的女儿不免惊慌，
她裹上灿烂的袍子，默默无言地离去，
她躲过特洛亚人，有女神给她带路。　　　　　　　420

　　她们到达阿勒珊德罗斯的富丽的宫殿，
妇女们很快就各自去做自己的事情，
那个美丽的妇人进入那间高大的房间，
爱笑的女神阿佛罗狄忒为她端来
一张凳子，摆在阿勒珊德罗斯面前，　　　　　　425
提大盾的宙斯的女儿海伦在那里坐下，
侧目而视，并且谴责她的丈夫说：
"你已从战争中回来，但愿你在那里丧命，
被一个英勇的人，我的前夫杀死。
你从前曾经自夸，论力量、手臂、枪法，　　　　430
你比阿瑞斯喜爱的墨涅拉奥斯强得多。
你去向阿瑞斯喜爱的墨涅拉奥斯挑战，
使他再同你对打；不过我还是劝你，
就此心甘罢休，不要再去同金发的
墨涅拉奥斯单独交手，失去理智，　　　　　　　435
免得你很快就在他的枪尖下丧命。"

　　阿勒珊德罗斯用这些话回答她说：
"夫人，请不要用辱骂谴责我的心灵，
这一回墨涅拉奥斯有雅典娜帮助战胜我，
下一回是我战胜他，我们也有神相助。　　　　　440

86

你过来,我们上去睡觉,享受爱情;
欲念从没有这样笼罩着我的心灵,
我从可爱的拉克得蒙把你弄到手,
同乘渡海的船舶在克拉那埃岛上
同你睡眠,在爱情上面结合的时候,   445
也没有这样爱你,甜蜜的欲望占据我。"

　　他这样说,就带头上去,妻子跟随。

　　他们两人睡在嵌着银饰的榻上①;
阿特柔斯的儿子却像野兽一样
在人群中间穿行,好发现阿勒珊德罗斯。   450
但没有一个特洛亚人或是他们的盟友能够
给英武的墨涅拉奥斯指出阿勒珊德罗斯
他们要是看见了,也不会友爱地隐藏他,
因为他被他们全体如黑色的死亡来憎恨。
于是阿伽门农,人民的国王说道: 455
"特洛亚人、达尔达诺斯人和你们的盟友,
请听我说,胜利已归于英武的墨涅拉奥斯,
你们把阿尔戈斯的海伦和她的财产
一起交出来,对我们付出合适的赔偿,
值得后世出生的人永远铭记。"   460

　　阿伽门农这样说,阿开奥斯人一片赞许。

———————

① 　或解作:"绳制的榻上"。

第 四 卷

——潘达罗斯射伤墨涅拉奥斯战事重起

众神坐在宙斯旁边,在黄金地上

召开大会,尊贵的赫柏①给他们斟神液,

他们遥遥望着特洛亚人的都城,

高举金杯互祝健康,彼此问候。

克罗诺斯的儿子试用嘲弄的语调　　　　　　　　　5

刺激赫拉,意在言外,对她这样说:

"女神中间有两位帮助墨涅拉奥斯,

就是阿尔戈斯的赫拉和守护女神②

雅典娜,她们坐在远处观望,很开心。

爱笑的阿佛罗狄忒总是袒护帕里斯,　　　　　　　10

使他侥幸,免于遭受死亡的命运,

现在他眼看快要丧生,她救了他一命。

胜利归于阿瑞斯宠爱的墨涅拉奥斯,

现在让我们考虑事情怎样发展,

我们是再挑起凶恶的战斗和可怕的喧嚣,　　　　15

① 赫柏是宙斯和赫拉的女儿,后来成为青春女神。

② "守护女神"原文作"阿拉尔科墨奈",是波奥提亚境内的一个城市,坐
落在雅典娜出生的特里托尼斯湖旁边。

还是使双方的军队彼此友好相处?
如果友好相处为大家喜爱并欢迎,
那就让普里阿摩斯王的都城有人居住,
墨涅拉奥斯可以把海伦带回家去。"

　　他这样说,坐在他身边的雅典娜和赫拉　　　　　　20
嘴里咕哝,心里想陷害特洛亚人。
雅典娜生她父亲的气,满腔愤怒,
却沉默无言;赫拉胸中平平静静,
一点火气没有,她对宙斯这样说:
"克罗诺斯的最可畏的儿子,你说的什么话?　　　25
你想怎样使我的辛苦不结果,不生效,
白白地劳累流汗,召集军队为普里阿摩斯
和他的儿子们制造灾难时把马累倒?
你想做什么都可以,但我们别的神不赞许。"

　　集云的神宙斯很气愤,对她这样说:　　　　　　30
"好女神,普里阿摩斯国王和他的儿子们
怎样伤害了你,使你想要劫掠
特洛亚人的宏伟壮观的伊利昂城?
要是你能进入城门,越过高墙,
会生吞普里阿摩斯、普里阿摩斯的儿子们　　　　35
和其他的特洛亚人的肉,才能息怒。
你想那样做就那样做,不要让这争吵
日后成为你我两位神之间的大龃龉。
还有一件事告诉你,你要记在心上,

在我想劫掠一座你所宠爱的人民　　　　　　　　　40
居住的城市的时候,你可不要阻碍
我的愤怒,而是让我为所欲为,
因为我已主动让了你,尽管心里不愿意。
在太阳和星光闪烁的天空下有人居住的
城市当中,神圣的伊利昂、普里阿摩斯　　　　　　45
和普里阿摩斯的善于使用梣木枪的人民
是我心里最重视的,因为我的祭坛
从来没有缺少等量分享的宴飨、
奠酒、祭肉的香气和我应得的礼物。”

　尊贵的牛眼睛的赫拉这样回答他说:　　　　　　50
“我有三个最可爱的城市,阿尔戈斯、
斯巴达和街道宽阔开朗的迈锡尼,
你憎恨这些城市时可以毁灭它们,
我不会站出来保护它们,对它们很重视。
即使我心怀忌妒,那也无济于事,　　　　　　　　55
因为你强大得多;但是我的辛劳
也不该不生效果,因为我也是天神,
出生自你出生的同一个种族,狡诈的神
克罗诺斯生下我,使我两方面受尊荣,
出身高贵,又被称为你的妻子,　　　　　　　　　60
你是全体永生的天神当中的统治者。
让我们为这事互相谦让,我让你,你让我,
其他的永生的天神自然会跟随我们。
你赶快命令雅典娜去到特洛亚人

和阿开奥斯人发出可怕的喧嚣的地方，　　　　　65
使特洛亚人首先违反他们的誓言，
做出有伤闻名的阿开奥斯人的事情。"

　　她这样说，人神的父亲听从她的话，
他对雅典娜说出有翼飞翔的话语：
"你去到特洛亚人和阿开奥斯人的军中，　　　　70
使特洛亚人首先违反他们的誓言，
做出有伤闻名的阿开奥斯人的事情。"

　　他这样说，鼓励那位急于要行动的
女神雅典娜。女神从奥林波斯山下降，
有如狡诈的克罗诺斯之子放出流星，　　　　　75
作为对航海的水手或作战的大军的预兆，
发出朵朵炫目的闪光，非常明亮，
帕拉斯·雅典娜女神也这样降到地上，
跳到将士中间，所有驯马的特洛亚人
和胫甲精美的阿开奥斯人见到惊奇，　　　　　80
有人看旁边的人一眼对他这样说：
"我们又要有凶恶的战争和可怕的喧嚣，
或是给凡人分配战争的神宙斯
会把友谊安放在两支军队之间。"

　　阿开奥斯人和特洛亚人中有人这样说。　　　85
雅典娜女神化身为安特诺尔的儿子
拉奥多科斯，一个非常强大的矛兵，

混到特洛亚人中想找神样的潘达罗斯。
她发现吕卡昂的这个优秀的强大的儿子
站在那里,身边是从埃塞波斯河边   90
前来的手提大盾的兵士的强大行列,
她靠近站立,说出有翼飞翔的话语:
"吕卡昂的英勇儿子,你听从我的话吗?
那就放胆向墨涅拉奥斯射出快箭,
在特洛亚人,特别是阿勒珊德罗斯看来,   95
你将赢得感恩和名誉,从他那里
首先带走光荣的礼物,要是他看见
阿特柔斯的尚武的儿子墨涅拉奥斯
死在你箭下,放在悲惨的火葬堆上面。
你朝光荣的墨涅拉奥斯射出一箭,   100
向那出生自阳光的①箭神阿波罗许愿,
在你回到家乡、神圣的泽勒亚城市时,
将献上用头生的羔羊做成的美好的百牲祭。"

    雅典娜这样说,打动了这个蠢人的心。
他揭开用野羚羊角做成的光滑的弯弓,   105
那羚羊是他有一次当胸一箭杀死,
他在那里埋伏,在它从洞里跳出时,
射中它的胸膛,它想退回石洞里。
它头上的犄角长到足足十六掌长,
两只犄角由技艺高超的角匠加工,   110

<hr>

①　或解作"狼生的",或"出生自吕西亚的"。

粘接起来,全部磨光,安上金钩。
潘达罗斯把弓按在地上,上好弦,
他的英勇的伴侣们把盾牌举在他面前,
免得阿开奥斯尚武的儿子们在他射中
阿特柔斯尚武的儿子墨涅拉奥斯前扑过来。　　　　115
他随即打开箭袋的盖子,取出一支
新的羽箭,上面带一串黑色的痛苦;
他很快把那支锋利的箭杆搭在弦上,
向那出生自阳光的箭神阿波罗许愿,
在他回到家乡、神圣的泽勒亚城市时,　　　　120
将献上用头生的羔羊做成的美好的百牲祭。
他捏着箭杆的缺口和牛肠做成的弦,
把弓往后拉,弦靠近胸膛,铁箭头靠近弓。
他把大弓拉圆,弯弓当的一响,
弓弦大声鸣叫,那尖锐的箭头飞出去,　　　　125
急于想在人丛中迅速飞行中的。

　　墨涅拉奥斯啊,那些永生永乐的天神
并没有忘记你;宙斯的赏赐战利品的女儿
首先站在你面前,挡开那尖锐的箭矢,
使它偏离肌肉,就像一个母亲　　　　130
在她的孩子甜蜜地睡眠时,赶走苍蝇。
女神把箭杆引向腰带的黄金扣环
和胸甲的重叠处形成双重护卫的地方,
尖锐的箭头正好落在扣好的腰带上,
箭矢迅速穿过那条精制的腰带,　　　　135

又迅速直入那无比精致的胸甲，
再射进他束在腰上作为保护肌肉的
挡箭的布带①，那是他的最主要的保障，
箭还是穿过去，擦伤战士的表面肌肉，
一股黑色的血立刻从伤口流出来。　　　　　　　　140

　　有如卡里亚城或墨奥尼埃城的妇女
用紫色来染象牙，制造遮马的面饰，
把它放在储藏室里面，尽管有许多
御车人想要来戴在笼头上，这面饰存起来，
是国王的珍宝、马儿的装饰、御车人的礼物。　　　145
墨涅拉奥斯啊，你的漂亮的大腿、小腿、
美好的脚脖子就是这样染上鲜血。

　　人民的国王阿伽门农看见黑血
从伤口涓涓流出，惊恐得浑身发颤；
英武的墨涅拉奥斯也这样吓得发抖。　　　　　　150
在他看见筋带②和倒刺没有陷入，
他的勇气又回到他的胸膛里面。
阿伽门农拉着墨涅拉奥斯的手，
深沉地呻吟着对他说，伴侣们也同声叹息：
"亲爱的弟弟，我献祭发誓，导致你死亡，　　　155
让你为阿开奥斯人与特洛亚人决斗，

～～～～～～～～～～～～～～～～
①　布带在胸甲之下，表面为金属片，内盛羊毛。
②　指系箭头的筋带。

特洛亚人却践踏他们的誓言,射中你,
盟誓、羊血、纯酒的祭奠和我们信赖的
双方的握手都没有产生应有的效果。
如果奥林波斯神不立刻惩罚这件事——　　　　　　160
他迟早也会那样做——,敌人就要用他们的
脑袋、妻子和儿女给我们作大笔偿付。
有件事在我的灵魂和心里非常清楚,
神圣的伊利昂、普里阿摩斯和普里阿摩斯的
有桦木枪的人民遭毁灭的日子定会到来,　　　　　　165
克罗诺斯的高坐宝座、住天上的儿子宙斯
会愤慨他们的欺诈,提着黑色大盾牌
向他们冲去。这些事定会实现成事实。
可是,墨涅拉奥斯啊,要是你这样死去,
度完你一生的命运,我为你感到痛苦。　　　　　　170
我将蒙羞,回到干燥的阿尔戈斯,
全体阿开奥斯人都怀念他们的故乡,
我们将留下阿尔戈斯的海伦,给普里阿摩斯
和特洛亚人自夸的口实;你的事业未完成,
却躺在特洛亚原野,让泥土腐蚀尸骨。　　　　　　175
傲慢的特洛亚人中间有人会跳上
光荣的墨涅拉奥斯的坟墓,这样嚷道:
'但愿阿伽门农在每一件事情上
发泄愤怒,他把阿开奥斯人的军队
带到这里来,一事无成,把墨涅拉奥斯　　　　　　180
留在这里,空船回到亲爱的祖国。'
有人会这样说,愿土地为我张开大口。"

金色头发的墨涅拉奥斯激励他说：
"你鼓起勇气，不要吓坏阿开奥斯军。
那锋利的箭头并没有击中我的要害，　　　　　　　185
它被我的发亮的腰带、里面的围裙
和打铜的匠人精心制造的布带挡住。"

阿伽门农主上这样回答他说：
"亲爱的弟弟墨涅拉奥斯，但愿如此。
著名的医师会迅速医治你的伤口，　　　　　　　190
敷上有效的药膏止住黑色的疼痛。"

他这样说，转身吩咐神样的传令官：
"塔尔提比奥斯，去召请阿斯克勒皮奥斯的儿子、
最高明的匠师马卡昂赶到这里来诊视
阿特柔斯的儿子、尚武的墨涅拉奥斯，　　　　　195
他已经被一个精通弓箭术的特洛亚人
或吕西亚人射中，那人得荣誉，我们得悲伤。"

他这样说，传令官听了，并没有不服从，
他去到披铜甲的阿开奥斯人的军队中间，
寻找战士马卡昂；他看见他站在那里，　　　　　200
身边是手提大盾的士兵的强大队伍，
他们是从牧马的特里卡跟随他前来这里。
他站在他旁边，说出有翼飞翔的话语：
"阿斯克勒皮奥斯的儿子，阿伽门农召唤你

前去诊视阿开奥斯人的长官、尚武的墨涅拉奥斯，　　　205
他已经被一个精通弓箭术的特洛亚人
或吕西亚人射中，那人得荣誉，我们得悲伤。"

　　他这样说，激动了他胸膛里的情绪；
他们穿过阿开奥斯人的浩荡军队，
到达金色头发的、受伤的战士那里，　　　210
他的身边聚集着一圈最英勇的将领，
神样的医师马卡昂站在他们中间。
他立刻从扣好的腰带上面把箭头取出，
他取出的时候，那锋利的倒刺往后脱落。
他动手解开那发亮的腰带、里面的围裙　　　215
和打铜的匠人精心制造出来的布带。
在他看见那锐利的箭头刺入的伤口时，
他把血吸出来，熟练地敷上解痛的药膏，
那是克戎好意给他父亲的赠礼。①

　　他们为擅长呐喊的墨涅拉奥斯忙碌时，　　　220
手提盾牌的特洛亚人的队伍开来了，
阿开奥斯人也武装起来，准备战斗。

　　你不会看见神样的阿伽门农睡觉，
或是畏缩后退，不想同敌人作战，
他一心热衷于那使人获得荣誉的战争。　　　225

~~~~~~~~~~

①　克戎是个精通医术的马人。

他把马匹和青铜装饰的战车留下来，
让佩赖奥斯之子普托勒迈奥斯的儿子、
他的侍从欧律墨冬在一旁照管它们；
阿伽门农再三吩咐他紧紧跟随，
好在他指挥全军，手脚疲劳时接应。　　　　　230
他徒步往前行走，检阅将士的行列。
看见有快马的达那奥斯人热心战斗，
他就站在他们面前，鼓励他们说：
"阿尔戈斯人，不要削弱你们的勇气，
父亲宙斯不会帮助赌假咒的人，　　　　　　235
对那些首先违反誓言而害人的人，
秃鹫会去啄食他们的细嫩的肉，
我们将在攻占他们的城市的时候，
把他们的亲爱的妻子和儿女用船运走。"

　　看见有人不想参加可恨的战争，　　　　　240
他就用气愤的话把他们痛骂一顿：
"阿尔戈斯箭手们①，可耻的东西，不害羞？
你们为什么这样惊慌地站在那里？
活像在广阔的草原上跑得很累的花斑鹿，
站着不动，心里没有一点勇气。　　　　　　245
你们就是这样惊惶，不去打仗。
你们是等特洛亚人逼近有漂亮尾部的
船舶拖上岸停留的灰色大海的沙岸后，

~~~~~~~~~~~~~~~~~~~~~~~~~~

①　弓箭手不如枪兵勇敢。

好知道克罗诺斯的儿子向你们伸手？"

　　他这样在将士的行列中检阅，发布命令；　　　　　250
他穿过将士的队伍，到克里特人那里，
这些人在伊多墨纽斯身边武装起来。
伊多墨纽斯站在前列，像野猪那样凶猛，
墨里奥涅斯在催促殿后的纵队进行。
人民的国王阿伽门农看见了很喜欢，　　　　　　　255
他立刻用温和的话对伊多墨纽斯这样说：
"伊多墨纽斯，在那些有快马的达那奥斯人中，
我特别尊重你，在战争中，在别的事务里，
在阿尔戈斯人的英勇领袖们用调酒缸
调和议事长老的晶莹的酒浆的宴会上，　　　　　260
我都是如此。其他的长头发的阿开奥斯人
只饮一份，你的杯子和我的一样
都是斟满的，你的心可以随时叫你饮。
你奋起战斗，像你从前答应的那样。"

　　克里特人的长官伊多墨纽斯回答说：　　　　　265
"阿特柔斯的儿子，我一定成为你的
忠实伴侣，就像我当初点头答应。
你去鼓励别的长头发的阿开奥斯人，
我们好立刻参战，特洛亚人破坏了盟誓，
死亡和苦难今后将临到他们头上，　　　　　　　270
因为他们首先违反神圣的誓言。"

他这样说,阿特柔斯的儿子往前走,
心里非常喜欢;他穿过战士的队伍,
到达两个闻名的战士埃阿斯那里,
他们正在武装,有一群步兵跟随。   275
有如一个牧羊人从瞭望处看见浓云
在西风的怒吼下漂到海上,漂过海面,
引起大飓风,他从远处看,比沥青还黑,
他一见就发抖,把羊群赶到岩洞下面,
宙斯养育的青年的密集队伍黑鸦鸦,   280
举起盾牌和长枪,他们就是这样
在两个埃阿斯的身边奔赴杀人的战斗。
阿伽门农主上看见了,心里很喜欢,
他用有翼飞翔的话语对他们这样说:
"两位埃阿斯,披铜甲的阿尔戈斯人的领袖,   285
对于你们我不下命令,也不用鼓励,
你们自己会叫士兵勇于战斗。
父亲宙斯、雅典娜女神、阿波罗在上,
但愿这种精神在全军的胸中呈现,
普里阿摩斯国王的都城很快会低头,   290
在我们的长枪下面陷落,夷为平地。"

他这样说,离开他们,到别人那里。
他遇见皮洛斯人的声音清晰的演说家涅斯托尔,
那人在部署他的伴侣,鼓励他们
在强大的佩拉贡、阿拉斯托尔、克罗弥奥斯、   295
海蒙王和士兵的牧者比阿斯的率领下参战。

他先部署乘车的战士和他们的车马，
许多勇敢的步兵列在他们后面，
步兵是战斗的堡垒；他却把胆怯的士兵
赶到中间，他们不得不被迫战斗。 300
他先吩咐乘车的战士，叫他们把马儿
好生控制，不要乱纷纷进入人丛里：
"不要让任何人信赖自己的御马术和勇气，
很想在别人前头同特洛亚人作战，
也不要让他后退，后退会削弱力量。 305
但一个战士从自己的车子所在的地方
驶到敌人的车前，就让他举枪刺杀，
那样作战好得多；从前的人就是这样
毁灭城市，胸中有这种心情和意志。"

老人很熟悉旧日的战斗，他这样鼓励人。 310
阿伽门农主上看见了，心里很喜欢，
他用有翼飞翔的话语对他这样说：
"老人家，但愿你的膝头听你使唤，
你的力量稳定，有如你胸中的精神。
可是恼人的老年在折磨你，愿别的将领 315
有你这样的年纪，你青春永葆如年轻人。"

革瑞尼亚的乘车上阵的涅斯托尔回答说：
"阿特柔斯的儿子，我希望仍像当年
我杀死神样的埃柔塔利昂时那样的人，
但众神并不同时把一切好处赠送人。 320

我当时年纪轻轻,现在老年压迫我。
我依然要和乘车的战士生活在一起,
在劝告和言语上面对他们进行教育,
这是老年人的权利。长枪由比我年轻、
对自己的力量有信心的人挥舞投掷。"   325

　　他这样说,阿特柔斯之子高兴地往前走。
他发现佩特奥斯之子、御马的墨涅斯透斯
站在那里,身边是发出呼喊的雅典人。
足智多谋的奥德修斯站在附近,
他的身边是强壮的克法勒涅斯人的行列,   330
他们站在那里不动,因为他们没有
听见作战的呼声,驯马的特洛亚人
和阿开奥斯人的队伍刚刚开始行动,
这些人在那里等待阿开奥斯人的队伍
发动战斗,向着特洛亚人进攻。   335
人民的国王阿伽门农责备他们,
用有翼飞翔的话语对他们两人这样说:
"佩特奥斯的儿子、宙斯养育的国王,
还有你,最善于出恶劣诡计的、狡猾的人,
你们为什么退缩,站在远处等别人?   340
你们应该站在作战阵线的最前列,
坚定不移地上前迎接激烈战斗。
在阿开奥斯人为长老备办宴会的时候,
你们是首先听见我邀请赴宴的人,
那时候你们喜欢吃烤肉、喝蜂蜜那样甜的   345

一杯杯的酒,想喝多久就喝多久。
现在你们却乐意看见阿开奥斯人的
哪怕有十支队伍在前头无情地作战。"

　　足智多谋的奥德修斯斜着眼对他说:
"阿特柔斯之子,从你的齿篱里溜出了什么话?　　　　350
你怎么能说,在阿开奥斯人对驯马的特洛亚人
发动激烈的战斗时我们不起劲作战?
你将看见,只要你愿意,又很需要,
特勒马科斯的父亲会冲杀在特洛亚人的
先锋战士中;你的话是空空洞洞的风。"　　　　　355

　　阿伽门农知道奥德修斯生气了,
他把话收回,含笑对他赔礼道歉:
"拉埃尔特斯的儿子、大神宙斯的后裔、
足智多谋的奥德修斯,我不想对你
过分谴责,也不想催促你;我知道你胸中　　　　　360
有一颗友好的心,我们的想法相近。
如果我说了难听的话,这些事日后
可以补救,愿众神使它们不生效果。"

　　他这样说,离开他们,到别人那里去。
他发现提丢斯的儿子,有雄心的狄奥墨得斯　　　365
站在他的车马紧密相连的战车上,
身边是卡帕纽斯的儿子斯特涅洛斯。
阿伽门农主上看见了,狠狠地谴责他,

用一些有翼飞翔的话语对他这样说：

"哎呀，英勇的驯马战士提丢斯的儿子，　　　　　　370

你为什么畏缩，望着战阵的隙地①？

提丢斯从来不喜欢这样缩头缩脑，

他总是在他的伴侣的前头同敌人战斗，

正如见过他苦战的人所说，我从没有

和他相遇见过他，但众口同说他超群。　　　　　　375

他到过迈锡尼，不是作为敌对的人，

而是宾客，同波吕涅克斯一起去召集军队，

当时他们要攻打特拜的神圣城墙，

他们热烈请求给他们最好的盟军。②

迈锡尼人愿意给他们，答应他们的要求，　　　　　380

但宙斯显示凶兆，改变了他们的心意。

他们离开那里，到达阿索波斯河边，

那里芦苇丛生，可作铺床之用，

阿开奥斯人派遣提丢斯去传达信息。

他向前行走，发现卡德摩斯国王的　　　　　　　　385

许多儿子在埃特奥克勒斯的宫中饮宴。

那乘车作战的提丢斯是个陌生的客人，

却无所畏惧，他只身处在卡德墨亚人③中，

向他们挑战，比赛武功，轻易获胜，

暗自佑助他的是雅典娜，一位女神。　　　　　　　390

～～～～～～～～～～

① 指两军之间的空地。

② 奥狄浦斯的儿子波吕涅克斯同他的哥哥埃特奥克勒斯争夺王位。提丢斯是攻打特拜的七将之一，在战斗中受伤而死。

③ 即特拜人。

那些用刺棒赶马的卡德墨亚人生气了，
趁他往回走时，设下强大的埋伏，
由五十个年轻人组成，两个队长是
海蒙的儿子、有似永生的天神的迈昂
和奥托福诺斯国王的儿子、坚决作战的　　　　　395
波吕丰特斯，提丢斯给他们可耻的命运，
把他们杀死，只让一个人逃回家去，
他遵照众神显示的预兆放走了迈昂。
埃托利亚人提丢斯就是这样的人，
儿子作战却不如他，只是大会上比他强。"　　　　　400

　　他这样说，强大的狄奥墨得斯不回答，
对这位可敬的国王的谴责尊重在心。
但是光荣的卡帕纽斯的儿子①回答说：
"阿特柔斯的儿子，你知道怎样说真话，
就不要作假。我们宣称我们比父辈强；　　　　　405
我们把那座有七个城门的特拜攻下来，
当时我们率领较少的军队前去攻打较强的城墙，
我们信赖的是众神的预兆和宙斯的佑助；②
他们则由于自己的傲慢而遭毁灭，
你不要视我们的父辈与我们同样光荣。"　　　　　410

　　强大的狄奥墨得斯侧目而视，对他说：

① 卡帕纽斯是攻打特拜的七将之一，被雷殛死。
② 卡帕纽斯死后，他的儿子斯特涅洛斯和狄奥墨得斯及其他五个将领为
　　父辈报仇，攻打特拜。

"老兄,坐下来不言语,请听我说的话。
我不生阿伽门农、将士的牧者的气,
他正在鼓励胫甲精美的阿开奥斯人
勇敢地投入战斗;如果阿开奥斯人　　　　　　　　415
杀死特洛亚人,攻占神圣的伊利昂,
光荣归于他;如果阿开奥斯人被杀死,
他也最哀伤。让我们想想自己的勇气。"

　　他这样说,全副武装从车上跳下来,
他这一跳,国王胸前的铜甲琅琅作响,　　　　　420
甚至最勇敢的战士见了也不免畏惧。
有如海浪在西风的推动下,一个接一个
冲击那回响的沙滩,在海面露出浪头,
随即在地上打散,发出巨大的声吼,
拱着背涌向岬角,吐出咸味的泡沫,　　　　　425
达那奥斯人的队伍就是这样出动,
一队接一队,继续不断,奔赴战场。
每个将领给自己的士兵下达命令,
士兵们默默地行进,甚至有人会以为
那些跟随的人胸中没有声音,　　　　　　　430
他们保持缄默,是因为惧怕长官,
身上的彩色铠甲却不断闪烁光灿。
特洛亚人则像无数的母羊站在
富翁的院子里,让人挤出白色的乳浆,
它们不断咩叫回应羔羊的叫声,　　　　　　435
特洛亚人的战呼就是这样从军中

爆发出来,使用的不是一种语言,
这些人从各地方招来,语言混杂。
特洛亚人由战神催促,阿尔戈斯人
是目光炯炯的帕拉斯·雅典娜、恐怖神、击溃神 440
和不住地逼近的争吵神催动,这位女神
是杀人的阿瑞斯的妹妹和伴侣,她起初很小,
不久便头顶苍穹,升上天,脚踩大地。
她现在穿过人群,把共同的争吵扔到
他们中间,迅速激起沉痛的呻吟。 445

　　在他们相遇,来到同一个地点的时候,
无数的盾牌、长枪和身披铜甲的战士
冲突起来。有突出的圆形装饰的盾牌
互相猛烈撞击,发出巨大的响声。
被杀人的痛苦和杀人的人的胜利欢呼 450
混成一片,殷红的鲜血流满地面。
有如冬季的两条河流从高高的山上,①
从高处的源泉泄到两个峡谷相接处,
在深谷当中把它们的洪流汇合起来,
牧人在山中远处听得见那里的响声, 455
呐喊和悲声也这样从两军激战中发出。

　　安提洛科斯首先杀死特洛亚人的将领、
先锋中的勇士、塔吕西奥斯之子埃克波洛斯。

---

① 希腊雨季在冬天。

他首先刺中他的饰有马鬃的盔顶，
刺进他的前额，铜尖直入骨头，　　　　　　　　　　460
黑暗罩住眼睛，他在激烈的战斗中
像一座高耸的望楼那样倒在地上。
他倒下的时候，高傲的阿班特斯人的领袖、
卡尔科冬之子埃勒斐诺尔抓住他的脚，
在箭矢下把他拖走，想剥夺他的铠甲，　　　　　　465
但是他的努力只有短暂的时间。
他拖尸的时候，心高志大的阿革诺尔
趁他弯下腰去，胁部暴露在外，
用尖锐的铜枪刺中他，使他手脚无力。
埃勒斐诺尔的灵魂便离去，在他的尸首上　　　　470
展开了特洛亚人和阿开奥斯人的痛苦的争夺，
他们像狼那样互相冲击，人使人摇晃。

　　特拉蒙国王的儿子埃阿斯一枪击中了
安特缪的儿子、健壮的青年西摩埃西奥斯，
他的母亲在西摩埃斯河①边生下他，　　　　　　　475
当时她从伊达山下来，随父母牧羊，
为此这人的名字叫作西摩埃西奥斯。
可是他不能报答双亲的养育之恩，
只缘生命短促，死在埃阿斯的枪尖下。
他在前进时，右乳旁的胸部先被刺中，　　　　　480
那支铜枪迎面穿过他的肩膀，

----

①　特洛亚地区河流，发源于伊达山。

他就像黑杨树那样倒在地上的尘土里，
那棵树生长在一块大洼地的凹陷地带，
树干光滑，顶上长出茂盛的枝叶，
造车的工匠用发亮的铁刀把它砍倒，　　　　　485
要把它弄弯来做漂亮车子的轮缘，
它现在躺在河岸上面，等待风干。
宙斯的后裔埃阿斯就这样杀死安特缪之子
西摩埃西奥斯。普里阿摩斯之子、胸甲闪亮的
安提福斯自人丛当中把锋利的长枪　　　　　490
投向埃阿斯，没击中目标，却刺着奥德修斯的
正拖尸体的勇敢的伴侣琉科斯的腹股沟，
他倒在尸体上，手一松尸体滑掉了。
奥德修斯为伴侣的死亡心里很生气，
他披着闪亮的铜甲，穿过前锋的战士，　　　　495
逼近敌人，站在那里，四下一望，
掷出他的发亮的长枪；他投掷的时候，
特洛亚人往后退。那支枪没有白投，
击中普里阿摩斯的私生子得摩科昂，
那人来自饲养快马的阿彼多斯。　　　　　　500
奥德修斯为伴侣的死亡心里生气，
用长枪击中那人的太阳穴，铜头从另一边的
太阳穴穿出，黑暗笼罩他的眼睛，
他砰的一声倒下，铠甲琅琅作响。
先锋战士和光荣的赫克托尔往后退却，　　　　505
阿尔戈斯人大声欢呼，拖走尸体，
更向前逼近。阿波罗从特洛亚城上

往下望见，很生气，他呼唤特洛亚人：
"驯马的特洛亚人，振作起来，不要向
阿尔戈斯人让步；他们的肌肉非石头，也非铁做，　　510
在他们被击中的时候，肌肉不能抵抗
那刺人的铜枪。何况美发的忒提斯的儿子
阿基琉斯不参战，在船边伤心生气。"

　　这可畏的天神自城上这样说；宙斯的女儿、
出生在特里托尼斯湖畔的最光荣的女神①　　　　515
见阿开奥斯人不起劲，她穿过人群激励他们。

　　于是阿马里科斯的儿子狄奥瑞斯国王
陷入命运的罗网，一块石头击中
他右边的脚脖子，是英布拉索斯的儿子、
色雷斯人的领袖、来自埃诺斯地方的　　　　　　520
佩罗奥斯扔来，石头把两条韧带和骨头
完全砸坏，这人便倒在尘土里面，
双手伸向他的伴侣，释放出灵魂。
那击中他的佩罗奥斯跑上去，一枪刺中
他的肚脐，他的肠子落到地上，　　　　　　　　525
一片黑暗飘来笼罩住他的眼睛。

　　埃托利亚人托阿斯一标枪击中回退的

---

① 指雅典娜。此说含义不明，特里托尼斯湖一说在利比亚境内，一说在波
　奥提亚境内。

佩罗奥斯乳上面的胸膛，铜尖刺中肺里；
托阿斯走到他身边，把强劲的矛头拔出
他的胸膛，再随手抽出一把利剑，   530
戳进他的肚皮，夺去了他的性命。
托阿斯没剥夺铠甲，因为有许多伴侣，
挽顶髻的色雷斯人站在死者旁边，
手握长枪驱赶托阿斯，尽管他仪表
魁梧、强壮、高贵，还是摇晃着后退。   535
他们两人就这样并肩躺在尘埃里，
色雷斯人的领袖和披铜甲的埃佩奥斯人的领袖，
他们的尸体周围有许多人同样被杀死。

　　没有哪个还没有受箭伤或被锋利的
铜枪刺中的人由帕拉斯·雅典娜引导，   540
在人丛中走动，保卫不受箭矢袭击，
会指责这场战斗是一件轻松的事情，
因为有那么多特洛亚人和阿开奥斯人
在那天彼此挨近躺着，面向尘土。

第 五 卷

——狄奥墨得斯立功刺伤美神和战神

帕拉斯·雅典娜女神把力量和勇气赐给
提丢斯的儿子狄奥墨得斯,使他成为
全体阿开奥斯人当中的卓越战士,
赢得光荣的声誉。她使他的头盔
和盾牌发出不灭的火光,有似仲夏的 5
星辰在长河的水中沐浴后分外明亮,
女神在他头上和肩上燃起这样的火光,
把他送到乱纷纷的、拥挤的人丛中去。

特洛亚人中有个达瑞斯,家资富裕,
白璧无瑕,是火神的祭司,有两个儿子, 10
斐勾斯和伊代奥斯,精通各种战斗艺术。
弟兄二人离开队伍,直接冲向
狄奥墨得斯,他们乘车,他徒步迎击。
在他们迎面进攻,碰到一起的时候,
斐勾斯首先投掷他的有长影的铜枪。 15
枪尖从提丢斯的儿子的左肩上飞过,
没有命中。于是提丢斯的儿子投枪,

枪没有从手里白白飞出,击中了敌人
乳间的胸口,使他从战车上翻身落地。
伊代奥斯往后跳,离开那漂亮的车子,   20
不敢跨在他的被杀的弟兄的尸体上。
他也逃不掉黑色的命运,若不是火神
保护他,把他笼罩在黑暗中,救他一命,
使他的年高的父亲不至于悲伤到极点。
心高志大的提丢斯的儿子把马赶出来,   25
交给他的伴侣们牵到空心船上去。
所有心高志大的特洛亚人看见
达瑞斯的两个儿子,一个死在车旁,
一个逃跑,大家都吓得胆战心惊。
目光炯炯的雅典娜拉着战神,对他说: 30
"阿瑞斯,人类的毁灭者,手里染上血的战神,
攻城的能手,我们能不能让特洛亚人
和阿开奥斯人打下去,看父亲把光荣
赐给哪一方?我们且后退,避免他发怒。"

　　她这样说,引导阿瑞斯离开战场,   35
女神使他坐在斯卡曼德罗斯的高岸上。
达那奥斯人迫使特洛亚人退却,
每个人都杀死敌人,人民的国王阿伽门农
首先把哈利宗人的领袖奥狄奥斯打下车,
那人转身逃跑,阿伽门农一枪刺中   40
他的两肩间的背部,枪尖穿过胸膛,
他砰然倒下,青铜铠甲琅琅作响。

伊多墨纽斯杀死墨奥尼埃人波罗斯的儿子
费斯托斯,那人来自肥沃的塔尔涅。
他登车的时候,闻名的枪手伊多墨纽斯　　　　　　45
投掷长枪,刺穿他的右边的肩膀,
他翻身落地,可恨的黑暗把他吞没。

　　伊多墨纽斯的侍从们剥夺了他的铠甲。
阿特柔斯之子墨涅拉奥斯用铜枪刺死
斯特罗菲奥斯之子斯卡曼德里奥斯,　　　　　　50
这人是打猎的能手,阿尔特弥斯曾教他
射猎山林中养育的各种野生动物。
但是现在射猎女神阿尔特弥斯
和他从前的高明的弓箭术都无助于他,
阿特柔斯的儿子、闻名的投枪能手　　　　　　　55
墨涅拉奥斯趁他在他面前逃跑,
一枪刺中他的肩膀中间的后背,
刺过胸膛,他俯身倒地,铠甲琅琅响。

　　这时墨里奥涅斯杀死哈尔蒙之子
特克同的儿子斐瑞克洛斯,这人手巧,　　　　　60
能做奇异的东西,深受雅典娜宠爱,
他曾为阿勒珊德罗斯建造平稳的船只,
那是祸害的根源,成为特洛亚人
和他的灾难,因为他听不懂众神的预言。
墨里奥涅斯追他,在追上他的时候,　　　　　　65
刺中他右边的臀部,矛尖一直穿过

骨头下面的膀胱,他倒在膝头上面,
大声叫唤,死亡把他包裹起来。

　　墨革斯杀死安特诺尔的儿子佩代奥斯,
那人是个私生子,特阿诺把他当作　　　　　　　　70
自己的儿子细心养育,讨丈夫喜欢。
费琉斯的儿子、闻名的枪手走到他旁边,
掷出锋利的铜枪,击中他头下的颈骨,
枪尖一直刺到牙缝,把舌根划破。
那人倒在尘土里,咬着冰冷的铜枪。　　　　　　75

　　欧埃蒙的儿子欧律皮洛斯杀死神样的
许普塞诺尔,这人是心高志大的国王
多洛皮昂的儿子,作斯卡曼德罗斯①的祭司,
被人尊称为神;欧埃蒙的光荣的儿子
欧律皮洛斯趁他在他面前逃跑,　　　　　　　　80
追上去,举起大剑砍中他的肩膀,
斩断那沉重的手臂,手臂出血落地,
黑色的死亡和强大的命运降到他眼前。

　　他们是这样在激烈的战斗中拼命厮杀;
你不知道提丢斯的儿子参加哪一边,　　　　　　85
阿开奥斯人这边或特洛亚人那边。
他冲过平原,有如冬季满河的洪水

____

① 指斯卡曼德罗斯河河神。

快速奔流，冲毁堤坝，堤坝堵不住，
丰产的葡萄园的围墙也没有力量阻挡
突来的激流用宙斯的雨水发起的冲击，　　　　　90
人们的许多美好的东西被洪水冲毁。
特洛亚人的密集的行列就是这样
在提丢斯的儿子面前溃不成军，
他们人数众多，却不能同他对抗。

　　吕卡昂的光荣的儿子①看见狄奥墨得斯　　　95
冲过平原，击溃他面前的特洛亚行列，
他立刻对着提丢斯的儿子把弯弓拉圆，
趁他进攻时，射中他右肩上的铠甲铜片，
锋利的箭头飞过去，直接命中目标，
铠甲溅上血。吕卡昂的光荣的儿子大声说：　　100
"心高志大的特洛亚人，策马的车手，
快振作起来，阿开奥斯人的最勇敢的战士
已经中箭，我认为他不能长久忍受
那凶猛的箭头，如果真是弓箭之王、
宙斯的儿子把我从吕西亚催促来这里。"　　　105

　　他这样夸口，飞箭并没有射死对方，
那人后退，站在车前对卡帕纽斯之子
斯特涅洛斯说出有翼飞翔的话语：
"卡帕纽斯的亲爱的儿子，你振作起来，

───

①　指潘达罗斯。

快下车,把锋利的箭矢从我的肩上拔出来。"　　　　　110

　　他这样说,斯特涅洛斯从车上跳下来,
站在他面前,把速飞的箭矢从肩上拔出来,
鲜血溅到战士的编织的衬袍上面。
擅长呐喊的狄奥墨得斯向神祷告说:
"提大盾的宙斯的孩子、不知疲倦的女神,　　　115
请听我祈祷,如果你在杀人的战争中曾善意地
站在我父亲旁边,雅典娜,请你现在
也对我同样友好,让我杀死这个人,
使他来到我投枪的距离之内,是他
首先射中我,夸说我看不了多久太阳光。"　　　120

　　他这样祈祷,帕拉斯·雅典娜听见了他的话,
使他的四肢、手和脚变得轻松自如。
她站在他旁边,说出有翼飞翔的话语:
"狄奥墨得斯,你现在放大胆量去同
特洛亚人战斗,我已经把你父亲的　　　　　125
一往直前的勇气移植到你的胸中,
那是车手提丢斯、提盾牌的战士所固有。
我已经把原来罩在你眼前的雾气拂去,
使你看清楚谁是天神,谁是凡人。
如果有神前来攻击你,你不要面对面　　　　130
同别的神战斗,若是宙斯的女儿
阿佛罗狄忒参加战争,你就刺伤她。"

目光炯炯的雅典娜这样说,随即离开。
提丢斯的儿子又回去,混在先锋战士中,
他的心原来急于要同特洛亚人战斗,   135
现在他有三倍勇气,像一匹狮子
在跳羊牢的时候,被一个在野外保护
毛茸茸的绵羊的牧人打伤,但没有毙命,
他惹动了它的力气,他不再帮助牲畜,
而是退进农舍,被抛弃的绵羊吓坏了,   140
它们挤成一堆一堆,彼此靠近,
狮子急于跳过羊牢的高立的围栏,
狄奥墨得斯也这样混在特洛亚人中间。

他杀死阿斯提诺奥斯和士兵的牧者许佩戎,
他掷出铜枪,击中一个人的乳头的上部,   145
用大剑砍中另一个的肩膀旁边的锁骨,
把他的肩膀从他的脖子和后背上砍下来。
他扔下他们,又去追赶那善圆梦的老人
欧律达马斯的儿子阿巴斯和波吕伊多斯,
两兄弟没有回家去听年高的父亲圆梦,   150
强大的狄奥墨得斯已经把他们杀死。
他又去追赶费诺普斯的两个受宠的儿子,①
克珊托斯和托昂,父亲深受老来悲苦,
没有生别的儿子来继承他的家业。

━━〰〰〰〰━━━━━━━━━━━━━━━━━━━━━━━━━━

① 或解作:"弟兄二人是孪生的。"或解作:"弟兄二人是父亲老年时得到
   的儿子。"

狄奥墨得斯把他们杀死,夺去二人的   155
可爱的性命,给他们的父亲留下悲哀,
他们已不能从战争中活着回家,受欢迎,
老人的财产将由他的亲属一起瓜分。

　狄奥墨得斯拿获普里阿摩斯的儿子、
并肩乘用一辆战车的埃肯蒙和克罗弥奥斯。   160
有如狮子跳进母牛群,趁它们在林间
啃食苜蓿,咬破小牝牛或小牡牛的脖子,
提丢斯的儿子也这样违反他们的意志,
把他们狠狠地打下车,剥夺他们的铠甲,
把他们的马匹交给伴侣们赶往船舶。   165
埃涅阿斯看见他伤害特洛亚军队,
便冒着标枪的飞动,沿着战线往前走,
很想在什么地方找到神样的潘达罗斯,
他随即发现吕卡昂的优秀的强大的儿子,
他站在他面前,对他说出这样的话: 170
"潘达罗斯,你的弯弓、羽箭、名誉
哪里去了? 这地方没有人能同你比赛,
吕西亚境内没有人能够自夸比你强。
你举起手来向宙斯祈祷,朝那人射一箭,
不管他是谁,他这样强大,给特洛亚人造成   175
许多伤害,使无数的勇士的膝头变软。
他不会是哪位对特洛亚人怀恨的神?
他对祭礼不满,神怒沉重降人间。"

吕卡昂的光荣的儿子潘达罗斯回答说：
"埃涅阿斯，披铜甲的特洛亚人的军师，　　　　　180
我看那人最像勇敢的狄奥墨得斯，
我看出了他的盾牌、盔顶上的马鬃槽，
看见了他的大马，但不知道他是不是神。
他若是我想象的人、提丢斯的勇敢的儿子，
他这样狂暴，不会没有神大力帮助，　　　　　185
一定有永生的神站在他旁边，肩裹云里，
在速飞的箭落下时，把它推向一边。
我已经射出一箭，速飞的箭矢笔直地
射中他的右肩，射穿他的背甲，
本以为我已把他送往冥王那里，　　　　　　　190
可是他没有死，他准是位愤怒的神明。
我现在没有马匹，没有车辆作战，
可是在吕卡昂的家里有十一辆车子，
非常漂亮，新造的式样，盖着麻布，
每一辆车旁边有两匹联轭的马，　　　　　　　195
它们吃的是白色的大麦和黑色的裸麦。
我动身到这里来时，年高的枪手吕卡昂
在他的精致的宫殿里面再三叮嘱我，
叫我登上马拉的战车，前去率领
特洛亚人参加轰轰烈烈的战斗。　　　　　　　200
可是我没有听从——听从倒有益得多，
我是担心我的马在聚集的人丛当中
会缺少它们惯常吃得很饱的饲料。
因此我把它们留下，步行到特洛亚，

我信赖我的弓箭，它对我却毫无益处。 205
我已经射向对方的首领，提丢斯的儿子
和阿特柔斯的儿子，射中他们两人，
使他们流出血来，却反而更激励他们。
我是受不祥的命运怂恿，在我率领
特洛亚人到可爱的伊利昂讨神样的赫克托尔欢心， 210
把我的这把弯弓从木钉上面取下时。
要是我回到家，亲眼看见我的故乡、
我的妻子和高大的宫殿，要是我不亲手
把这把弯弓折断，扔到发亮的火里，
一个外方人可以把我的脑袋割下来， 215
因为这东西跟随我，像风那样不中用。"

  特洛亚人的长官埃涅阿斯回答说：
"不要这样说，在我们两人带着马和战车
一起上前迎击这家伙，举起武器
同他较量之前，情形不会好转。 220
你登上我的战车，看看特罗斯先王的
马是什么样子，它们如何熟练地
追击或是逃跑，在平原上跑向东跑向西。
要是宙斯把光荣赐给狄奥墨得斯，
它们会把我们俩平安地拖回城里。 225
现在我们赶快行动，由你接过
马鞭和发亮的缰绳，我跳下战车战斗，
或是你迎接他进攻，我照看这些马匹。"

吕卡昂的光荣的儿子用这样的话回答说：
"埃涅阿斯，你来拉住缰绳，驾驭马，　　　　　　　　　230
要是我们从提丢斯之子那里逃走，
它们在习惯的御车人驾驭下会更好地往回跑，
不会由于害怕而跑不快，也不会因为
没有你的声音，无心拖我们出战场，
高傲的提丢斯之子那时会冲向我们，　　　　　　　　235
把我们两人杀死，牵走这些单蹄马。
你自己驾驭你的战车和你的两匹马，
我举着锐利的长枪迎击他的攻击。"

　　他们这样说，一同登上彩色的战车，
急于使快跑的马驰向提丢斯的儿子。　　　　　　　　240
卡帕纽斯的儿子斯特涅洛斯看见了，
对狄奥墨得斯说出有翼飞翔的话语：
"提丢斯之子狄奥墨得斯，我心里喜爱的，
我看见两个强大的敌人要同你作战，
他们具有巨大的战斗力，其中一个是　　　　　　　　245
精通弓箭术的潘达罗斯，自豪是吕卡昂的儿子，
另一个自豪是心高志大的安基塞斯的儿子，
他的母亲是司美的女神阿佛罗狄忒。
我们且退到车上去，你不要在先锋中间
冲出去进攻，免得丧失自己的性命。"　　　　　　　250

　　强大的狄奥墨得斯侧目而视对他说：
"不要对我说逃跑的话，你劝不动我。

我的血统不容我在作战的时候逃跑，

或是退缩，我的力量依然充沛。

我无心登车，就是这样去面对他们；　　　　　　　　255

帕拉斯·雅典娜女神不容我临阵逃遁。

至于这两个人，他们的快马不可能

拖着他们俩退进城，即使有一个能逃回。

还有一件事情告诉你，你记在心里。

如果最聪明的雅典娜赐我这种荣誉，　　　　　　　　260

使我杀死他们，你就把这两匹快马

控制在这里，把缰绳拴在车前的栏杆上；

记住赶快冲向埃涅阿斯的马，把它们

从特洛亚人那里赶向胫甲精美的阿开奥斯人。

它们是良种，是鸣雷的①宙斯赠给特罗斯，　　　　　265

作为对伽倪墨得斯王子的一种补偿，②

因此它们是曙光和太阳下最好的马匹。

人民的国王安基塞斯偷了这良种，

背着拉奥墨冬③使它同母马交配，

这些母马在他的宫殿里生出六匹马，　　　　　　　　270

他保留四匹，养在厩里，另外两匹

他赠给那位溃退的制造者埃涅阿斯。

擒住它们，我们会赢得大好的名声。"

---

① 或解作："无所不见的。"
② 伽倪墨得斯是特罗斯的儿子，容貌俊俏，被宙斯弄到天上当酒童。特罗
　　斯是特洛亚城的名主，特洛亚王，达尔达诺斯的孙子。
③ 拉奥墨冬是特罗斯的孙子，为普里阿摩斯的父亲。

他们两人彼此这样亲切交谈，
另外两人打着快马驶向他们。　　　　　　　　　　　　275
吕卡昂的光荣儿子首先对那人这样说：
"闻名的提丢斯的儿子，心雄胆壮的战士，
速飞的箭杆、锋利的箭头没有能杀死你，
现在我用这长枪进攻，但愿能刺中。"

他这样说，摇动他的有长影的枪，　　　　　　　　280
投掷出去，击中提丢斯的儿子的盾牌，
青铜的枪尖笔直往前飞，刺到胸甲上。
吕卡昂的光荣的儿子对他大声嚷道：
"你的腰窝已经被枪尖刺穿，我看你
忍受不了多久；你赐我很大的名声。"　　　　　　285

强大的狄奥墨得斯毫不畏惧，回答说：
"你的长枪投偏了没有中，我看你们俩
不会停止战斗，直到其中有一个
倒下来流出黑血，使提盾的战神饮个饱。"

他这样说，投掷长枪，雅典娜引导　　　　　　　290
枪尖击中潘达罗斯眼旁的鼻子，
穿过白色的牙齿。那支顽强的铜枪
把舌头从根上凿掉，枪尖从颔下冲出去。
那人从车上摔下，他的发亮的铠甲
琅琅作响，那两匹快马转向旁边，　　　　　　　295
他的精神和力气已经松弛下来。

埃涅阿斯提着盾牌，举着长枪
跳下车来，怕阿开奥斯人拖走死者。
他跨在尸体上，像狮子信赖自己的力量，
他捏着长枪，提着半径等长的盾牌，　　　　　300
威胁要杀死任何迎面冲上来的敌人，
发出可怕的吼声；提丢斯的儿子
手里抓起一块石头——好大的分量，
像我们现在的人有两个也举不起来，
他一人就轻易扔出去，击中埃涅阿斯的　　　305
髋关节，正是他的大腿转动的地方，
人们管它叫杯骨；两条韧带被撞断，
粗石头砸破了皮肤。埃涅阿斯倒在膝头上，
跪在那里，用他的巨掌支在地上，
黑暗的夜色飞来，笼罩着他的眼睛。　　　　310

人民的国王埃涅阿斯会丧失性命，
若不是宙斯的女儿阿佛罗狄忒看见，
母亲女神在安基塞斯牧牛时受孕生了他。
她伸出白臂抱住她的亲爱的儿子，
给他盖上发亮的罩袍抵挡标枪，　　　　　315
免得有哪个驾驭快马的达那奥斯人
把锋利的铜枪掷向他胸膛，丧他的性命。

女神把亲爱的儿子从战场上救走。
卡帕纽斯的儿子记住擅长呐喊的

狄奥墨得斯的叮嘱,他控制住单蹄马, 320
把缰绳拴在车前的栏杆上,使它们离开
战争的喧嚣;他自己冲向埃涅阿斯的
那两匹长鬃马,从特洛亚人那里
把它们赶到胫甲精美的希腊人中间,
交给亲爱的伴侣得伊皮洛斯,敬重他超过 325
对其他的朋友,因为他们的思想相符,
他叫他把那两匹马迅速赶往空心船。
斯特涅洛斯登车,拉着发亮的缰绳,
驾驭蹄子强健的战马,急于去找
提丢斯的儿子,那人举着无情的铜枪 330
去追赶库普里斯①,知道她胆怯懦弱,
不是武士的战争中统率人马的女英雄,
不是雅典娜,不是劫掠城市的埃倪奥②。
高傲的提丢斯之子在浩荡的人群中追上她,
用锐利的长枪刺伤她的纤细的手掌, 335
枪尖穿过秀丽女神们③为她编织的
神圣的袍子,刺破她腕上面的嫩肉,
女神的神圣的血——永乐的天神身上的
一种灵液往外流,神们不吃面包,
不喝晶莹的葡萄酒,因此他们没有血, 340
被称为永生的天神。女神大叫一声,

---

① 即阿佛罗狄忒,库普里斯是她的别称。
② 埃倪奥是"喧嚣女神",为战神阿瑞斯的伴侣。
③ 指三位执掌美丽、魅力、快乐、运动场上的胜利的女神,她们是司美的阿
佛罗狄忒的侍女。

把她的儿子扔在地上,福波斯·阿波罗
把他抱在怀里,用云朵把他罩住,
免得有哪一个驾驭快跑的马的
达那奥斯人把铜枪投向他的胸膛,   345
夺去他的性命。擅长呐喊的勇士
狄奥墨得斯大声对阿佛罗狄忒这样说:
"宙斯的女儿,赶快退出战斗和冲突,
你欺骗那些脆弱的妇女还觉得不足够?
要是你参加战争,我认为即使你在远处   350
听见战争的名称,你也会吓得发抖。"

他这样说,她怒气冲冲地离开战场;
腿快如风的伊里斯把她带出人丛,
他感到非常痛苦,白皙的皮肤变黑。
她发现狂暴的阿瑞斯停留在战地左边,   355
他的枪靠云端,两匹快马站在他旁边。
她屈膝跪下,再三祈求她的兄弟,
把两匹戴上黄金额饰的马借给她:
"亲爱的兄弟,救救我,把你的两匹马借给我,
我好去奥林波斯,永生的天神的住处,   360
我受伤,非常痛苦,那是一个凡人、
提丢斯的儿子刺伤,他还要同宙斯作战。"

她这样说,阿瑞斯把他的戴黄金额饰的
快马交给她,她登上战车,心里很烦恼,
伊里斯上车,站在她旁边,手拉缰绳,   365

策马驶车,两匹马乐意向前飞奔。
她们很快到达神境,陡峭的奥林波斯,
腿快如风的伊里斯在那里使马停蹄,
把它们卸辕,把神间的饲料扔给它们。
神圣的阿佛罗狄忒倒在她的母亲   370
狄奥涅的膝头上面;母亲抱住女儿,
双手抚摸她,呼唤她的名字对她说:
"孩子,天神中哪一位这样鲁莽地对待你,
把你作为当着大众做坏事的女神?"

　　爱笑的阿佛罗狄忒回答母亲这样说: 375
"提丢斯的儿子、高傲的狄奥墨得斯刺伤我,
因为我把我的亲爱的儿子埃涅阿斯
从战场上救出来,他是凡人中我最喜爱的一个。
那可怕的战争已不是特洛亚人和阿开奥斯人
之间的事情,达那奥斯人甚至向天神挑战。"   380

　　神圣的狄奥涅回答她的女儿这样说:
"我的孩子,你鼓起勇气,忍受痛苦,
我们这些住在奥林波斯的天神
因凡人互相争斗吃过不少苦头。
战神阿瑞斯吃过苦,被阿洛欧斯的儿子们,   385
奥托斯和强大的埃菲阿特斯①用索子捆起来,
使他在铜瓮里面困处十三个月。

～～～～～～～～
①　奥托斯和埃菲阿特斯是海神波塞冬的孙子,一说是他的儿子。

好战无厌的阿瑞斯本会遭受毁灭，

若不是阿洛欧斯的后妻、美丽的埃埃里波亚

给赫尔墨斯报信，神使才把阿瑞斯偷出来，　　　　390

但他已吃够苦，残忍的索子捆得他力乏。

赫拉吃过苦，安菲特律昂的强大的儿子①

用一支有三个倒刺的箭头射她的右乳，

使她受够无法形容的沉重痛苦。

巨大的哈得斯也吃过速飞的箭矢的苦头，　　　　395

还是那个人、提大盾的宙斯的儿子在皮洛斯，

在死者中间射中他，使他感到痛苦；

他登上奥林波斯，去到宙斯的宫殿里，

心里烦恼，身上痛苦，因为箭射进

他的强健的肩膀，使他的心神不安。　　　　　　400

神医派埃昂给他敷上解痛的药膏，

把他治好，因为他不是有死的凡人。

那人很残忍，逞暴行，不注意他做的坏事，

射出箭使奥林波斯的众神感到忧烦。

是目光炯炯的女神雅典娜使这个人，　　　　　　405

一个蠢材，提丢斯的儿子这样对付你，

他不知道同天神作战的人命不长，

他的儿女不会在他从激烈的战斗、

可怕的冲杀中回家时，在他的膝前叫爸爸。

让提丢斯的强大的儿子好好想一想，　　　　　　410

~~~~~~~~~~~

① 指赫拉克勒斯，这人是宙斯的儿子，安菲特律昂是他的名义上的父亲。
安菲特律昂是提任斯王。

129

不要有一个比你强大的人同他战斗，
使得阿德瑞斯托斯的女儿埃吉阿勒亚
在睡眠中哭泣，把家里的人吵醒。
驰马的狄奥墨得斯的美丽的妻子怀念
结发丈夫，阿开奥斯人中最英勇的战士。"　　　　　　415

　　她这样说，抹去女儿手上的灵液，
治愈手上的创伤，去除严重的痛苦。
雅典娜和赫拉看见阿佛罗狄忒的情形，
她们就用嘲弄的语气激怒宙斯。
目光炯炯的女神雅典娜首先这样说：　　　　　　420
"父亲宙斯，你会不会对我要说的话生气？
可能是库普里斯劝某个阿开奥斯妇女
追随她自己非常喜爱的特洛亚人，
她抚摸某个穿美丽袍子的阿开奥斯妇女时，
一个不小心金别针①把她的纤手划破。"　　　　　　425

　　她这样说，凡人和天神的父亲笑笑，
呼唤黄金的阿佛罗狄忒前来，对她说：
"我的孩子，战争的事情不由你司掌，
你还是专门管理可爱的婚姻事情，
这些事情由活跃的阿瑞斯和雅典娜关心。"　　　　　　430

　　这些天神这样彼此议论交谈。

～～～～～～～～～
①　指肩上锁罩袍的别针。罩袍是一块长方形布料裹在身上。

擅长呐喊的狄奥墨得斯向埃涅阿斯冲过去，
尽管他知道阿波罗为那人伸开手臂；
但他不畏惧，依然想杀死埃涅阿斯，
剥夺他的光彩夺目的头盔和铠甲。　　　　　　435
他三次猛扑，怒气冲冲，要杀死他，
阿波罗三次把他的发亮的盾牌挡回去。
他像一位天神，第四次向他扑去，
远射的阿波罗便发出可畏的吼声，对他说：
"提丢斯的儿子，你考虑考虑，往后退却，　　440
别希望你的精神像天神，永生的神明
和地上行走的凡人在种族上不相同。"

　　他这样说，提丢斯的儿子稍许后退，
避免远射的神阿波罗的强烈愤怒。
阿波罗使埃涅阿斯远远地离开人群，　　　　445
安放在神圣的特洛亚，那里有他的庙宇。
勒托和射猎女神阿尔特弥斯在大庙里
给他医治创伤，使他恢复精神；
银弓神阿波罗制造一个埃涅阿斯模样的假人，
穿同样的铠甲，戴同样的头盔，形象逼真，　　450
特洛亚人和神样的阿开奥斯战士
环绕着这假人彼此刺中对方胸前的
牛皮大盾，圆形的盾牌和护身轻盾。
福波斯·阿波罗对狂暴的阿瑞斯这样说：
"阿瑞斯，阿瑞斯，人类的毁灭者，有血污的杀手，　　455
攻城的战神，你现在还不参加战斗，

把竟想同父宙斯作战的提丢斯之子挡回去？
他先在近战中刺伤了库普里斯的手腕，
现在又像一位天神对着我冲过来。”

　　他这样说，坐在特洛亚城的高处；　　　　　　　460
那杀人的阿瑞斯化身为活跃的阿卡马斯，
色雷斯人的领袖，去鼓励特洛亚军队作战。
他这样吩咐宙斯养育的特洛亚王子：
“宙斯养育的国王普里阿摩斯的儿子们，
你们还要让阿开奥斯人杀戮特洛亚人？　　　　　465
是否要等到他们打到坚固的城门边？
埃涅阿斯、有雄心的安基塞斯之子已倒下，
我们认为他和神样的赫克托尔相等，
让我们快把英勇的伴侣从喧嚣中救出来。”

　　他这样说，鼓励每个人的力量和精神。　　　　470
萨尔佩冬狠狠地谴责神样的赫克托尔说：
“赫克托尔，你从前富有的力量哪里去了？
你曾说，没有军队和盟友，你也能够
和姐夫、妹夫、弟兄一起守住这都城。
可是我现在看不见他们中的任何一个，　　　　　475
他们个个像狗见了狮子退缩畏惧。
倒是我们在战斗，我们只是盟友，
我就是其中一个，来自很远的地方，
吕西亚远在水流回旋的克珊托斯河边，
我把亲爱的妻子和婴儿留在那里，　　　　　　　480

也留下大量穷人非常想望的财产。
我鼓励吕西亚人作战，我自己也想打，
尽管我在特洛亚没有一件可以让
阿开奥斯人带走或是牵走的财产。
你却站在那里，不命令其他的人　　　　　　　　　485
坚守阵地，保护他们的亲爱的妻子。
你当心不要让你们像陷在什么都捉拿的
麻网里的鱼，成为敌人的掠夺物，战利品；
你们的人烟稠密的城市很快遭毁灭。
这一切你要白日黑夜好好关心，　　　　　　　　490
你要恳求名声远扬的盟友的将领
坚守阵地，自己用行动回答谴责。"

　　萨尔佩冬的这些话刺伤了赫克托尔的心，
他立即全身披挂从车上跳到地上，
挥舞锐利的长枪，穿过各处的军队，　　　　　　495
鼓励将士战斗，引起可怕的喧嚣。
特洛亚人回转身，面对阿开奥斯人；
阿尔戈斯人并不逃跑，严阵等待。
有如风在扬谷的农夫的神圣的打谷场上，
在金发的得墨特尔女神的速吹的风中　　　　　　500
把谷粒和外壳分开的时候，吹落糠壳，
成堆的糠壳发白，阿开奥斯人也这样
在落下的灰尘中发白，那是马的蹄子
在战斗接触，御者转动车子的时候，
在战士丛中把它们踢到古铜颜色的空中，　　　　505

特洛亚人把手臂的力量施展出来。
狂暴的战神阿瑞斯到处走动,给战场
罩上一层夜色,在战斗中帮助特洛亚人,
他这样执行佩带金剑的阿波罗的命令,
阿波罗曾叫他鼓励特洛亚人的精神,　　　　　510
当帮助达那奥斯人的雅典娜离开的时候。
阿波罗把埃涅阿斯送出堆满财富的内殿①,
把勇气放进他这位士兵的牧者的心里。
埃涅阿斯来到伴侣中间,他们看见他
不仅活着,还健康无比,充满勇气,　　　　　515
大家心里高兴,但他们顾不及询问,
因为银弓之神、人类的毁灭者阿瑞斯
和一直进逼的争吵之神在催促他们。

　　两个埃阿斯、奥德修斯和狄奥墨得斯
鼓励达那奥斯人战斗,这些人面对　　　　　520
特洛亚人的力量和攻势并不畏惧,
他们坚守阵地,像克罗诺斯的儿子
在宁静的天气里罩在高山顶上的雾气,
一动不动,在那个时候北风和其他的
以强劲的势头吹散阴云的暴风的力量　　　　525
都已停息,达那奥斯人就是这样
毫不畏惧,坚定地迎击特洛亚人。
阿伽门农在队伍中间穿行发令:

～～～～～～～

①　内殿是存放金银财宝的地方。

"朋友们,要做男子汉,心中要有勇气,

在激烈的战斗中每个人要有羞耻之心, 530

有羞耻之心的人得保安全而不死,

逃跑者既不光荣,又无得救可能。"

他说完投掷标枪,击中先锋战士、

埃涅阿斯的伴侣、佩尔伽索斯王之子得伊科昂,

特洛亚人像尊重普里阿摩斯的儿子们 535

那样尊重他,因为他一向冲杀在阵前。

阿伽门农投枪击中他的盾牌,

盾牌未能挡住枪,枪尖穿过铜甲,

刺过腰带,进入下腹部,得伊科昂

砰的一声倒下,铠甲琅琅作响。 540

这时埃涅阿斯杀死达那奥斯人的

两个最英勇的战士、狄奥克勒斯的儿子

克瑞同和奥尔西洛科斯,他们两人的父亲

住在建筑精美的斐赖城,是个富翁,

他的世系出自那流经皮洛斯人的 545

土地的阿尔费奥斯河,阿尔费奥斯河神

生奥尔西洛科斯,广大人民爱戴的国王,

奥尔西洛科斯生心高志大的狄奥克勒斯,

狄奥克勒斯生孪生子奥尔西洛科斯

和克瑞同,他们精通各种战术。 550

孪生弟兄成年时,乘坐黑色船只

随阿尔戈斯人来到饲养良马的伊利昂,

为阿特柔斯的两个儿子阿伽门农
和墨涅拉奥斯挣赔偿,死亡罩住了他们。
有如险峻的山岭上有两匹凶猛的狮子,　　　　　555
由它们的母亲养育在森林的茂密处,
它们劫掠牛羊,给人们带来危害,
直到它们被农夫用锐利的铜枪刺死,
兄弟俩也这样被埃涅阿斯强有力的手臂
征服倒地,就像高大的冷杉倒下。　　　　　　560

　　他们倒地时,阿瑞斯宠爱的墨涅拉奥斯
怜悯他们,他穿着发亮的青铜铠甲,
摇着枪穿过前锋,阿瑞斯鼓励他勇气,
有意使他死在埃涅阿斯的手下。
心高志大的涅斯托尔之子安提洛科斯　　　　　565
看见他,便穿过前锋,担心士兵的牧者
遭遇不幸,使大军的战斗毫无成就。
那两个战士彼此相对,伸出手臂
和锐利的长枪,急于要进行激烈的战斗,
安提洛科斯走到士兵的牧者跟前。　　　　　　570
埃涅阿斯虽然是个勇猛的战士,
但看见敌人并肩等待,也无心迎战。
他们把死者拖到阿开奥斯人的军中,
把两个不幸的人放在伴侣们的手臂上,
然后转过身去,返回阵前作战。　　　　　　　575

　　他们杀死阿瑞斯般英勇的皮莱墨涅斯,

心高志大的帕佛拉贡盾兵的首领。
阿特柔斯的儿子、名枪手墨涅拉奥斯见他
站在那里，一投枪击中他的锁骨；
安提洛科斯趁皮莱墨涅斯的侍从和御者 580
阿廷尼奥斯的儿子米冬转动单蹄马，
投出大石头，击中肘子，嵌白象牙的缰绳
从他的手上落到地上，滚进尘埃里。
安提洛科斯向他扑去，一剑刺进
他的太阳穴，他从精致的战车上翻下来， 585
脑袋和肩膀立在尘土里，正在喘气。
他陷进很深厚的沙子里，倒立在那里，
直到他的马踢着他，使他翻身倒地；
安提洛科斯把那些马赶进阿开奥斯阵里。

赫克托尔从行列里看见他们，大喊着扑来， 590
后面跟随着特洛亚人的强大队伍，
阿瑞斯和尊严的女神埃倪奥引导他们，
埃倪奥引起一阵阵无情的战争喧嚣，
阿瑞斯手里挥舞一支重大的长枪，
时而跑在赫克托尔前面，时而在后面。 595

擅长呐喊的狄奥墨得斯一看就发抖，
有如不会泅水的人走过大平原，
站在一条湍湍入海的江河岸边，
看见它冒着泡，哗哗地响，不禁后退，
提丢斯的儿子也这样往后退，他对士兵说： 600

"朋友们，我们一向称赞神样的赫克托尔

是个枪手和勇敢的战士，原来他身边

总有一位神使他不致遭受毁灭，

现在阿瑞斯像个凡人站在他身边。

你们面向特洛亚人往后退却，   605

不要贸然想望同不朽的天神战斗。"

他这样说，特洛亚人向他们逼近，

赫克托尔杀死两个精通战术的人，

同驾一辆车的墨涅斯特斯和安基阿洛斯。

在他们倒下时，特拉蒙的儿子、伟大的埃阿斯   610

痛心地前进到近处，掷出发亮的长枪，

刺中安菲奥斯，塞拉戈斯之子，住在派索斯，

家资丰裕，富有谷田，但命运引导他

前来帮助普里阿摩斯和他的儿子们。

特拉蒙的儿子埃阿斯刺中他的腰带，   615

那支有长影的铜枪刺在他的下腹部，

他砰然一声倒下；光荣的埃阿斯冲上去

剥夺他的铠甲，特洛亚人向他

扔出锐利的发亮的长枪，他的盾牌

接到许多支。他用脚跟踩着尸体，   620

拔出铜枪，但是他不能从那人的肩上

剥夺他的铠甲，因为有标枪紧逼。

他还担心被英勇的特洛亚人包围，

他们人多，勇敢，举起长枪进逼，

尽管他身体魁梧、强大，名声显赫，   625

他们还是把他赶走,他颤抖着往后退。

　　他们就这样在激战中苦斗;特勒波勒摩斯,
赫拉克勒斯的儿子,魁梧英勇的战士,
受到不可抗拒的命运的鼓励去对付
神样的萨尔佩冬。集云的宙斯的儿子和孙子　　　　630
相对向前行进,在他们靠近的时候,
特勒波勒摩斯首先对萨尔佩冬这样说:
"萨尔佩冬,吕西亚人的军师,你不懂战斗,
为什么一定要来到这里,又藏藏躲躲?
人们谎称你是提大盾的宙斯的儿子,　　　　　　635
因为你比起那些在从前的人的时代里
出生自宙斯的英勇战士相差很远。
人们说强大的赫拉克勒斯,我的父亲
是另外一种人,他勇敢坚忍,心雄如狮,
曾经为了夺取拉奥墨冬的马,①　　　　　　　　640
带着六艘船和不多的士兵来到这里,
攻下伊利昂城,使街道荒凉无人迹。
你却很胆怯,你的军队在一天天地缩减。
我看你从吕西亚前来尽管强大,
却不能成为特洛亚人的坚固堡垒,　　　　　　　645
反要倒在我手下,进入冥府的大门。"

～～～～～～

① 有一个海怪在特洛亚为害,国王拉奥墨冬为了平息海怪的愤怒,把他的
　女儿赫西奥涅拿去喂海怪吃。赫拉克勒斯答应救赫西奥涅,以换取国
　王的马。赫拉克勒斯救出了赫西奥涅,国王却不肯把马交出来。

吕西亚人的首领萨尔佩冬回答他说：
"特勒波勒摩斯，他倒是毁灭了神圣的伊利昂，
那是由于高贵的拉奥墨冬做事愚蠢，
他曾经粗暴地辱骂为他做过好事的人，　　　　　　650
他为那些马远道而来，他却不给他。
我认为屠杀和阴暗的命运将由我在这里
为你注定，你一定会败在我的枪下，
赠我以荣誉，性命却去到闻名的哈得斯。"

萨尔佩冬这样说，特勒波勒摩斯高举梣木枪；　　655
两支长枪同时从两人的手里投出。
萨尔佩冬击中特勒波勒摩斯的脖子正中，
那支使人感到痛苦的枪尖穿过去，
阴暗的夜色飘来盖住他的眼睛。
特勒波勒摩斯的长枪击中萨尔佩冬的左腿，　　　660
枪尖急于往里面钻，擦伤骨头，
他的父亲使他暂时免遭死亡。

神样的伴侣把神样的萨尔佩冬从战地抬出来，
拖在地上的长枪使他痛苦难忍，
可是没有人在匆忙之中想到或打算　　　　　　665
把那支梣木长枪从他的腿上拔出来，
使他活动自如，他们当时这样忙乱。

在另外一边，胫甲精美的阿开奥斯人
把特勒波勒摩斯从战场上面抬举出来。

意志坚强的神样的奥德修斯看见了，　　　　　　670
急切要采取行动，他的心思和灵魂
正在考虑，去追赶鸣雷的宙斯的儿子，
还是夺取更多的吕西亚人的性命。
但命运并没有注定心高志大的奥德修斯
用锐利的铜枪杀死宙斯的强大儿子，　　　　　675
雅典娜使他的意图转向吕西亚士兵，
他杀死科拉诺斯、阿拉斯托尔、克罗弥奥斯、
阿尔坎德罗斯、哈利奥斯、普律塔尼斯和诺埃蒙。
神样的奥德修斯会杀死更多的吕西亚人，
若不是头盔闪亮的伟大的赫克托尔看见。　　　680
他披着发亮的铠甲，迅速穿过前锋，
给达那奥斯人带来恐慌。宙斯之子
萨尔佩冬见了心喜欢，但话语悲伤：
"普里阿摩斯的儿子，别让我躺在这里，
成为达那奥斯人的掳获物，快来帮助我，　　　685
让我的性命在你们的城里离我而去，
既然我不能回到我的亲爱的祖国，
使我的亲爱的妻子和婴儿心里喜欢。"

　　他这样说，头戴闪亮铜盔的赫克托尔
没有回答，他向前冲去，急于要很快　　　　　690
迫使阿尔戈斯人退回去，杀死许多人。
神样的伴侣们把神样的战士萨尔佩冬
放在提大盾的宙斯的美好的橡树下面，
他的伴侣、强大的佩拉贡从他的大腿上

把梣木枪拔出来。他很快昏迷过去,   695
一团雾降到他眼前;但是他又开始呼吸,
冷爽的北风轻轻吹到他的身上,使他
重新苏醒过来,又恢复了他的生命。

　　阿尔戈斯人在阿瑞斯和身披铜甲的
赫克托尔前面并没有逃回发黑的船只,   700
但也没有发起进攻,而是在听说
阿瑞斯在特洛亚人中时慢慢后撤。

　　是谁首先或最后被普里阿摩斯的儿子
赫克托尔和身披铜甲的神阿瑞斯杀死?
首先是神样的透特拉斯,其次是策马的奥瑞斯特斯、   705
埃托利亚的著名枪手特瑞科斯和奥诺马奥斯、
奥诺普斯之子赫勒诺斯、系闪光腰带的奥瑞比奥斯,
他住在克菲西斯湖边的许勒城,惦记着家财,
其他的波奥提亚人也住在那湖旁边,
他们占有非常肥沃的乡村地带。   710

　　白臂女神赫拉这时看见他们
在激烈的战斗中杀死许多阿尔戈斯人,
立即对雅典娜说出有翼飞翔的话语:
“真可耻,提大盾的宙斯的孩子、不倦的女神,
要是我们让毁灭一切的阿瑞斯发狂,   715
我们答应墨涅拉奥斯的话会白说,
原来说他毁灭城高墙厚的伊利昂以后,

才能回家。让我们想想我们的力量。"

她这样说,目光炯炯雅典娜听从。
于是赫拉、伟大的克罗诺斯的女儿、   720
尊严的女神动身前去给她的两匹
戴着黄金额饰的骏马套上笼头,
赫柏把铜的圆轮安放在两边的铁轴上,
轮上有八根辐条,轮缘是不可磨损的
黄金制造,上面套着青铜的轮胎,   725
看起来很奇妙;在两边转动的轮毂是银的;
站台是用黄金和白银的带子编织,
有两排栏杆环绕。车上伸出银辕,
她在辕端捆上美好的黄金的联轭,
把两条美好的黄金的胸带系在上面;   730
赫拉把两匹快腿的马驾在轭下,
她急于要去参加冲突,发出呐喊。

这时手提大盾的宙斯的女儿雅典娜
把她亲手织成、亲手精心刺绣的
彩色罩袍随手扔在她父亲的门槛上,   735
穿上她的父亲、集云的宙斯的衬袍,
披上铠甲去参加令人流泪的战争。
她把那块边上有穗的可畏的大盾
抛在她的肩上,头上面有恐怖神作冠,
有争吵神、勇敢神、令人寒栗的喧嚣神、   740
可怕的怪物戈尔戈的头,很吓人,很可畏,

是手提大盾的宙斯发出的凶恶的预兆；
她头上的金盔有两只犄角、四行盔羽，
并饰以百城的战士。她登上发亮的车子，
捏住一支又重又大又结实的长枪，　　　　　　745
这位强大的父亲的女儿曾用它把那些
使她感到愤慨的战士的行列征服。
赫拉用鞭子轻轻打马，天上的大门
自动作响，那是由时光女神们掌管，
广大的天空和奥林波斯委托给她们，　　　　　750
由她们打开深厚的云层或把它关闭。
她们驾驭着那两匹马催促它们出了天门，
发现克罗诺斯之子远远地离开众神，
坐在有许多山峰的奥林波斯最高岭上。
白臂女神赫拉立即把马停下来，　　　　　　755
向克罗诺斯之子最高神宙斯这样说：
"父宙斯，你不为这些暴行恼怒阿瑞斯？
他毁灭了阿开奥斯人的这么多、这么优良的军队，
他很鲁莽，难控制，使我难以忍受；
库普里斯和银弓神阿波罗悠闲而快慰，　　　760
是他们放出这个愚蠢的不守法的东西。
父宙斯，要是我用不体面的方式把阿瑞斯
痛打一顿，赶出战场，你生气不生？"

集云的神宙斯回答赫拉这样说：
"你去鼓励战利品的赏赐者雅典娜对付他，　　765
她特别惯于给他引起很大的痛苦。"

他这样说,白臂女神赫拉听从,
她举起鞭子策马,两匹马十分乐意地
在大地与满天星斗的天空之间飞奔,
有如一个人坐在瞭望处举眼看薄雾,   770
遥望酒色的大海,众神的嘶鸣的马
一跳就能跳出这么遥远的距离。
她们到达特洛亚的土地和西摩埃斯
与斯卡曼德罗斯汇合的流水旁边的时候,
白臂的赫拉把马停住,从车前解下来,   775
扯来一片浓雾抛在它们身上,
西摩埃斯长出神圣的刍草喂它们。

　　两位女神像胆怯的斑尾林鸽步行,
急于要前去帮助阿尔戈斯战士。
她们到达那里,无数英勇的战士   780
正密密地站在驯马的狄奥墨得斯身边,
顽强抵抗,他们很像吃生肉的狮子
或是野猪,它们也有不小的力气,
白臂女神赫拉化身为心高志大的、
声音响亮得有如五十个人的吼声   785
那样大的斯滕托尔,站在那里大嚷:
"害羞啊,阿开奥斯人,你们卑鄙可耻,
只是外表惊人;在神样的阿基琉斯参战时,
特洛亚人从不敢出到达尔达诺斯城门外,
因为他们害怕他的强有力的长枪;   790

现在他们却远离城市,打到船边。"

　　她这样说,激起每个人的力量和精神。
目光炯炯的女神雅典娜找到提丢斯之子,
她发现国王站在他的马和车旁边,
使潘达罗斯给他造成的伤口让风吹凉。　　　　　795
他的圆盾的宽肩带下汗水不断流淌,
使他感到非常苦闷;他心里既苦恼,
手臂又疲劳,懒得把肩带下的黑血擦干。
女神抓住马戴的轭,对他这样说:
"提丢斯所生的儿子一点不像他本人。　　　　　800
提丢斯虽然身材矮小,却是个战士。
甚至在我不让他出战、显露自己时,
例如他一次作为阿开奥斯人的信使,
独自到特拜城,置身于卡德墨亚人①当中,
我请他安安静静在厅里参加宴会,　　　　　805
但他具有旧时代的无比勇敢的精神,
邀请卡德墨亚的青年同他比武,
是我帮助他,使他样样比赛获胜。
我现在站在你的身边,认真保护你,
热心鼓励你去同特洛亚人作战。　　　　　810
可是你或是激烈的战斗使手脚疲劳,
或是令人寒心的恐惧把你缠住。
你已不是奥纽斯的英勇的儿子的后裔。"

① 参见第四卷第 487 行等。

强大的狄奥墨得斯回答雅典娜这样说：
"女神，我认识你，提大盾的宙斯的女儿，　　　　815
我要真心告诉你，一点也不隐瞒，
我没有被令人丧胆的恐惧或懈怠缠住，
我依然记住你给我下的一道命令，
不同别的永乐的天神迎面交战，
但是如果宙斯的女儿阿佛罗狄忒　　　　　　　820
参加战争，我可以用锐利的铜枪刺伤她。
因此我现在往后退却，命令其他的
阿尔戈斯人全都聚集到这个地方，
因为我看见阿瑞斯控制着整个战场。"

目光炯炯的女神雅典娜这样回答说：　　　　　825
"提丢斯的儿子狄奥墨得斯，我喜爱的人，
你不要惧怕阿瑞斯或任何别的天神，
有我帮助你，你驾驭两匹单蹄的马，
向着阿瑞斯猛冲过去，在近战中
把他刺伤，不要敬畏凶猛的阿瑞斯，　　　　　830
狂怒的神，天生的祸害，两边倒的东西，
他最近答应我和赫拉，要攻打特洛亚人，
帮助阿尔戈斯人；他却同特洛亚人
亲密来往，把许下的诺言全部忘记。"

她这样说，伸手把斯特涅洛斯拖开，　　　　　835
把他从车上推下，他很快跳到地上；

她登车站在神样的狄奥墨得斯旁边，
急于要战斗，橡树的车轴在可畏的女神
和英勇的战士沉重压力下大声作响。
帕拉斯·雅典娜抓住鞭子和缰绳，　　　　　　　　840
驾驭单蹄马迅速向着阿瑞斯冲去。
战神正在剥夺佩里法斯的甲仗，
奥克西奥斯的光荣儿子，埃托利亚人的战士。
血污的阿瑞斯在剥甲仗，雅典娜隐身于
冥王哈得斯的帽子下面，使战神看不见。　　　　845

　　人类的祸害阿瑞斯看见狄奥墨得斯，
他让魁梧的佩里法斯躺在那里，
正是他杀死他夺去他的性命的地方，
自己冲向驯马的战士狄奥墨得斯。
他们相对进行，在彼此接近的时候，　　　　　　850
阿瑞斯用铜枪投向轭和马的缰绳上方，
急于要夺去狄奥墨得斯的宝贵性命。
但是目光炯炯的雅典娜抓住铜枪，
把它推向上空，使它白白地飞过，
擅长呐喊的狄奥墨得斯向阿瑞斯　　　　　　　　855
投掷铜枪，帕拉斯·雅典娜使它飞向
他的下腹部，正是他捆着布带的地方，
他击中他，刺伤他，刺破白皙的皮肉，
再把铜枪拔出。身披铜甲的阿瑞斯
大声叫唤，有如九千或一万战士　　　　　　　　860
在激烈的战斗中大声齐吼；阿开奥斯人

和特洛亚人听了，一个个吓得发抖，
好战无厌的阿瑞斯是这样大声叫唤。

　　有如一片阴暗的雾气在炎热之后
暴风吹起时自云中出现，披铜甲的阿瑞斯　　　　　865
带着浓云升入辽阔的天空时也这样
出现在提丢斯的闻名的儿子狄奥墨得斯眼前。
战神很快升达神界，奥林波斯山峰，
坐在克罗诺斯之子宙斯旁边伤心，
把伤口流出的神圣的灵液指给他看，　　　　　870
痛哭流涕，说出有翼飞翔的话语：
"父亲宙斯，你看见这些粗暴的行为，
不感到气愤？我们这些神对凡人施恩，
各有打算，因此互相可怕的伤害。
我们所有的神对你都心怀怨愤，　　　　　875
因为你生了那个疯狂、好捣乱的女儿，
总是想干坏事。居住在奥林波斯的
其他的天神都听命于你，每一位都服从。
你对她的言行不加任何约束，
反而放纵，只因为她是你的女儿。　　　　　880
她现在甚至怂恿提丢斯的儿子、
傲慢的狄奥墨得斯对永生的天神发狂，
他先在近战中刺伤了库普里斯的手腕，
然后又像一位天神向我猛冲。
好在我腿快逃脱，否则我会在可怕的　　　　　885
死尸中遭受苦难，或者因铜枪刺伤，

虽然继续活命,也会软弱无力。"

　　集云的宙斯侧目而视,对他这样说:
"两边倒的东西,不要坐在我面前哭泣,
你是所有奥林波斯神中我最恨的小厮,　　　　　890
你心里喜欢的只有吵架、战争和斗殴。
你具有你的母亲赫拉难以控制的
狂暴和执拗,我难以用言语约束她。
我看你也是受她怂恿才这样受苦难。
但是我不忍使你长久感到痛苦,　　　　　　895
因为你是我的孩子,你母亲为我生育。
如果你是别的天神所生的儿子,
你这样捣乱,早就比天神的儿子们低一等。"

　　他这样说,吩咐派埃昂给他治伤;
派埃昂敷上解痛的药膏,把他医好,　　　　　900
因为他不是世上有生有死的凡人。
有如无花果浆使白色的液体牛乳
很快变稠,一经搅动,便凝结成块,
派埃昂也这样很快治愈了阿瑞斯的创伤。
赫柏给他沐浴,穿上漂亮的衣服,　　　　　　905
他重又光荣得意地坐到宙斯身边。

　　阿尔戈斯的赫拉和守护女神雅典娜
在使人类的毁灭者阿瑞斯停止杀戮后,
也回到伟大的宙斯的富丽堂皇的宫殿。

第 六 卷

——赫克托尔和妻子安德罗马克告别

特洛亚人和阿开奥斯人的这场恶斗,
就这样听其自然发展,他们在西摩埃斯河
与克珊托斯河之间举起长枪对杀,
高潮在平原上时而涌向这边或那边。

特拉蒙之子埃阿斯,阿开奥斯人的保卫者,　　　　5
先突破特洛亚人的阵线,给他的伴侣带来
拯救之光,他打倒了色雷斯人中最出色的战士、
埃宇索罗斯之子、魁梧、勇敢的阿卡马斯,
他先刺中他的有浓密马鬃的盔顶,
那支枪直刺到前额,尖锋穿过头骨,　　　　　　10
于是黑暗笼罩住阿卡马斯的眼睛。

那善吼的狄奥墨得斯杀死了透特拉斯之子
阿克叙洛斯,那人居住在富丽堂皇的
阿里斯柏城,生活富裕,讨人喜欢,
他的家傍大道,热情款待过往客人,　　　　　　15
这一天那些人却没有一个前来抵抗,

使他免遭悲惨的毁灭。狄奥墨得斯
把他和侍从，为他驾驭战车的副将，
卡勒西奥斯的性命一齐剥夺，双双入冥土。

  欧律阿洛斯杀死德瑞索斯和奥斐提奥斯，   20
又去追赶埃塞波斯和佩达索斯，
他们两人是水泉女神阿巴尔巴瑞亚
给白璧无瑕的布科利昂生下的儿子。
布科利昂乃是仁慈的拉奥墨冬的长子，
但生他的母亲偷偷地恋爱。他在牧羊时   25
同女神秘密结合，她因此有了身孕，
生下双胎。墨基斯透斯的儿子压倒了
他们的力气和膝头，剥夺了他们的铠甲。

  刚毅的波吕波特斯杀死阿斯提阿洛斯，
奥德修斯用铜枪刺中佩尔科特人   30
皮底特斯，透克罗斯刺中阿瑞塔昂。
涅斯托尔之子安提洛科斯用闪亮的铜枪杀死
阿布勒罗斯，人民的国王阿伽门农杀死埃拉托斯，
他住在那流水悠悠的萨特尼奥埃斯岸边的
山城佩达索斯①。勒伊托斯生擒逃跑的费拉科斯， 35
欧律皮洛斯用铜枪刺中墨兰提奥斯。

  那善吼的墨涅拉奥斯把阿德瑞斯托斯擒住，

---

① 特洛亚地区城市。

因为他的两匹马受惊,驰过平原,
被柽柳树枝缠住,它们把辕杆末端的
半圆形车身碰破,然后奔向城市,　　　　　　　40
其他的马也在恐惧中朝那里奔驰,
阿德瑞斯托斯从车上滚下来,倒在轮边,
嘴里啃着尘土。阿特柔斯之子墨涅拉奥斯
举着有长影的铜枪站在阿德瑞斯托斯身边,
那人随即抱他的膝头,向他告饶恳求:　　　　45
"阿特柔斯的儿子,请把我生擒,好换取
等价的赎金,我父亲富有,家里储存着
大量财宝,有铜有金和精炼的熟铁,
要是父亲听说我还活在阿开奥斯船上,
他会心甘情愿赠送你无数的赎礼。"　　　　　50

　他这样说,打动了对方胸中的恻隐心。
墨涅拉奥斯正要把他交给他的伴侣,
由他押到阿开奥斯人的快船上去,
但阿伽门农迎面跑来斥责他说:
"墨涅拉奥斯,你为何这样关心敌人?　　　　55
是不是特洛亚人在你家里给了你
最好的报答?你可不能让他逃避
严峻的死亡和我们的杀手,连母亲子宫里的
男胎也不饶,不能让他逃避,叫他们
都死在城外,不得埋葬,不留痕迹。"　　　　60

　那个战士这样说,改变了他弟弟的心情,

因为劝告正当,墨涅拉奥斯便用手推开
阿德瑞斯托斯,阿伽门农王刺中他的腰,
那人便往后倒下;阿特柔斯的儿子
一脚踩住他的胸膛,拔出梣木枪。   65

　　于是涅斯托尔呼唤阿尔戈斯人,大声说:
"朋友们,达那奥斯战士,阿瑞斯的侍从啊,
你们谁也不要在后面逗留缓行,
想剥夺甲仗,把大批战利品运到船上;
我们要先杀敌人,等安静下来的时候,   70
再剥夺倒在平原上的死尸的盔甲。"

　　他这样说,鼓励了每个人的力量和精神。
特洛亚人本会被阿瑞斯宠爱的战士打败,
失去战斗力量,退回到伊利昂城里去,
若不是普里阿摩斯之子、最高明的鸟卜师   75
赫勒诺斯在埃涅阿斯和赫克托尔面前这样说:
"埃涅阿斯,还有你赫克托尔,你们肩负着
特洛亚人和吕西亚人作战的重担,
因为你们在一切活动中,战场上,议事时,
都是最高明,你们要稳住阵地,去各处   80
阻止士兵到城门,免得他们溃逃,
倒在妇女的怀中,成为敌人的笑柄。
在你们激励我们的各条阵线的时候,
我们会在这里同达那奥斯人顽强作战,
尽管我们处于逼迫,已筋疲力尽。   85

赫克托尔,请你现在到城里,对你的也是我的
母亲这样说,请她召请年老的妇女们,
在她用钥匙打开目光炯炯的雅典娜
在高城上的神圣庙宇的大门以后,
请她把那件她视为最美丽,也最宽大, 90
放在厅堂里令她无比珍爱的袍子,
盖在美发的雅典娜的膝头上,向她许愿,
在她的神殿里杀献十二头从来没有
挨过刺棍的牛犊,如果她能对城市、
对特洛亚人的妻子和儿女大发慈悲, 95
把提丢斯之子,野蛮的枪手,恐怖制造者,
从神圣的伊利昂阻挡回去,在我看来,
他是阿开奥斯人中最强有力的杀手。
甚至对阿基琉斯我们也没有这样怕,
尽管他是战士当中的首领、女神的儿子。 100
但这个人却狂暴得没有人能同他对抗。"

　　他这样说,赫克托尔听从他弟弟的话。
他全身披挂,立刻从车上跳下来,
挥着两支锐利的长枪去到军中各处,
鼓励将士,引起了可怕的战斗呼声。 105
将士们重新集结,面对阿开奥斯人。
于是阿尔戈斯人后退,停止斩杀,
他们说,是永生的神从满天星斗的天上
下凡来援助敌人,使他重新集结。
赫克托尔大声呼唤,鼓励特洛亚人说: 110

"英勇的特洛亚人啊，名声远扬的盟军啊，

在我去到伊利昂，请求议事长老

和我们的妻子向众神祈祷，许愿献上

百牲祭的时候，你们要显出男子的气概，

朋友们，你们要怀念你们的凶猛的勇气。"   115

头盔闪亮的赫克托尔说完就动身回城，

有黑色盾皮和圆形浮雕的盾牌的周缘

上下撞着他的后颈和他的脚后跟。①

希波洛科斯之子格劳科斯和提丢斯的儿子

在两军之间的阵地上碰见，准备厮杀。   120

他们迎面前进，当他们互相走近，

那个长于呐喊的狄奥墨得斯先问道：

"这位勇士，你是凡人当中的什么人？

我从未在人们赢得荣誉的战争中见过你，

但是你现在有胆量比别人前进得多，   125

来到我的有长影的枪杆下，只有那些

不幸的父亲的儿子们才来碰我的威力。

但是如果你是一位永生的神明，

自天而降，我可不愿意同天神作战。

甚至德律阿斯的儿子、那个强有力的   130

吕库尔戈斯也没有活到很长的寿命，

~~~~~~~~~~~~~

① 赫克托尔把盾牌背在背后，盾牌的上下部分靠近他后颈和脚后跟。盾
　牌表面的中心部分有一个突出的浮雕。

因为他同天神对抗,曾经把疯狂的
狄奥倪索斯的保姆赶下神圣的倪萨山,
她们被杀人的吕库尔戈斯用刺棍打死,
手中的神杖扔在地上。狄奥倪索斯不得不　　　135
钻进海浪里逃走,忒提斯把惶悚的他
接到怀抱里,凡人的吼声仍使他战栗。
生活舒适的天神对吕库尔戈斯发怒,
宙斯弄瞎他的眼睛,使他短命,
因为他为全体有福的天神所憎恨。　　　140
所以我不愿同永生永乐的神明斗争。
如果你是吃田间果实的凡人中的一员,
你就走近来,快快过来领受死亡。"

　　希波洛科斯的光荣的儿子回答他说:
"提丢斯的勇猛的儿子,为什么问我的家世?　　　145
正如树叶的枯荣,人类的世代也如此。
秋风将树叶吹落到地上,春天来临,
林中又会萌发,长出新的绿叶,
人类也是一代出生,一代凋零。
只要你愿意,请听我细说,你就会了解　　　150
我的世系门第,尽管许多人知道他。
在那个养马的阿尔戈斯中心,有座埃费瑞城,
埃奥洛斯之子、人间最富计谋的西叙福斯
住在那里,他生了个儿子,叫格劳科斯,
格劳科斯生了个儿子,就是无瑕的柏勒罗丰。　　　155
众神赐予他美貌和可爱的男子气概,

但是普罗托斯对他心怀毒计，
因为他太强大，就把他放逐出阿尔戈斯人的
土地，是宙斯使人民服从他的权杖。
普罗托斯的妻子、那个闻名的安特亚　　　　　　160
爱上了柏勒罗丰，要同他偷情共枕，
但是未能劝诱谨慎、磊落的柏勒罗丰。
她制造谎言，对普罗托斯国王说：
'普罗托斯，是你自己死，还是杀死柏勒罗丰，
他不顾我的意愿，想同我偷情共枕。'　　　　　165
她这样说，国王听了怒不可遏；
他心里有所畏惧，避免亲手杀人，
就把他送往吕西亚，把恶毒的书信交给他，
他在折叠的蜡版上写上致命的话语，
叫他把蜡版交给岳父，使他送命。　　　　　　170
柏勒罗丰在众神的最好的护送之下
前往吕西亚。他到达吕西亚和克珊托斯河时，
那辽阔的吕西亚的国王对他很热情重视，
在九天之内宰杀九条公牛款待他，
第十次有玫瑰色手指的黎明呈现时，　　　　　175
他才询问他，要看看他从他的女婿
普罗托斯那里带来的是什么信息。
在他接到他的女婿的恶毒书信时，
他先叫这个人去杀那条狂暴的克迈拉。
那怪兽是神圣的种族，不是凡人所生，　　　　180
它头部是狮，尾巴是蛇，腰身是羊，
嘴里可畏地喷出燃烧的火焰的威力。

柏勒罗丰信赖众神显示的预兆，
把它杀死，然后同索吕摩斯人作战，
据说那是他曾经参加的最大的战斗。　　　　　　185
此后他杀死了那些与男人匹敌的阿玛宗。
在他回转时，国王安排了另一条奸计，
他从辽阔的吕西亚挑选出最勇敢的人，
布下埋伏，但是这些人都没有回家来，
他们都被那个白璧无瑕的人杀死。　　　　　　190
国王知道了他是天神的英勇后裔，
就把他留下来，将女儿许给他，把他的王权
分一半给他，吕西亚人把全国最好的
一块分地也献给他，一个美好的葡萄园、
一片耕种地归他所有。这个妇人　　　　　　195
给勇士柏勒罗丰生了三个孩子：
伊珊德罗斯、希波洛科斯、拉奥达墨亚。
智慧神宙斯和拉奥达墨亚同床共枕，
生下神样的萨尔佩冬，一个披铜甲的战士。
但是在柏勒罗丰被众神憎恨的时候，　　　　　　200
他就独自在阿勒伊昂①原野上漂泊，
吞食自己的心灵，躲避人间的道路。
那好战无厌的战神杀死了伊珊德罗斯，
在他同闻名的索吕摩斯人作战的时候；
执金缰绳的阿尔特弥斯在愤怒中杀死了他的女儿。　　205
希波洛科斯生了我，我来自他的血统，

———————

① 在吕西亚境内。

是他把我送到特洛亚,再三告诫我
要永远成为世上最勇敢最杰出的人,
不可辱没祖先的种族,他们在埃费瑞
和辽阔的吕西亚境内是最高贵的人。　　　　　　210
这就是我自豪的世系和我出生的血统。"

　　他这样说,那个长于呐喊的将领
听了高兴,他把枪插在丰饶的土地上,
用温和的声音对士兵的牧者这样说道:
"你很早就是我的祖辈家里的客人,　　　　　　215
因为神样的奥纽斯在厅堂里款待过
白璧无瑕的柏勒罗丰,留了他二十天。
他们还互相赠送宾主间的漂亮礼物,
奥纽斯赠送一条发亮的紫色腰带,
柏勒罗丰赠送一只黄金的双重杯,　　　　　　220
我出来的时候把它留在我的宫殿里。
至于提丢斯,我可不记得,他离家去参加
那个使阿开奥斯人在特拜被歼灭的战役时,
我还是个婴儿。因此你到阿尔戈斯时
是你的宾客,我在吕西亚是你的宾客。　　　　　　225
让我们在战争的喧嚣中不要彼此动枪,
我有许多特洛亚人和他们的盟军可杀,
只要天神允许,我又能追上他们;
你也有阿开奥斯人可杀,只要你可能。
让我们互相交换兵器,使人知道　　　　　　230
我们宣称我们从祖辈起就是宾客。"

他们这样说，两人跳下车来握手，
保证友谊。克罗诺斯之子宙斯
使格劳科斯失去了理智，他用金铠甲
同提丢斯之子狄奥墨得斯交换铜甲，　　　　　235
用一百头牛的高价换来九头牛的低价。

在赫克托尔来到斯开埃城门和橡树旁边时，
特洛亚人的妻子和女儿跑到他身边，
问起她们的儿子、弟兄、亲戚和丈夫。
他叫她们一个个都去祈求神明，　　　　　240
许多人心里充满无限的悲愁哀怨。

当他到达普里阿摩斯的无比精美、
建有条条雕琢光滑的柱廊的宫殿时，
宫殿里五十间光滑的石室彼此邻近，
供普里阿摩斯的儿子们同他们的妻子睡眠；　　245
在他们的居室的另一个方向，靠院子里面，
用光滑的石头盖成长长的屋顶，
一个挨着一个，一共有十二个房间，
供他的女儿们使用，普里阿摩斯的女婿们
在里面睡在他们的含羞的妻子旁边。　　　　250
在那里赫克托尔的慷慨的母亲迎面走来，
还带着她的最美貌的女儿拉奥狄克。
她用手抱着他，呼唤他的名字对他说：
"孩子，你怎么离开那险恶的战斗前来？

一定是阿开奥斯人的有不祥的名字的儿子们　　　　255
在绕城进攻的时候打得你筋疲力尽，
你想到高城上来向宙斯举手祈求。
你且留下来，等我端来一杯蜜酒，
你好向父亲宙斯和其他的天神灌奠，
然后你自己享受，如果你心中想喝。　　　　260
一个人疲倦，酒可以大大加强体力，
为保卫你的族人你一定打得很疲倦。"

头戴闪亮铜盔的伟大的赫克托尔回答说：
"尊敬的母亲，请不要给我端来蜜酒，
免得你使我失去了力气，自己也忘记了　　　　265
力量和勇气；我没有洗手，不敢向宙斯
奠下晶莹的酒。一个人粘上了血和污秽，
就不宜向克罗诺斯之子黑云神祈求。
你召集年老的妇女带着祭品去到
那位赠送战利品的女神雅典娜的庙上。　　　　270
你把那件你视为最美丽，也最宽大，
放在厅堂里令你无比珍爱的袍子，
盖在美发的雅典娜的膝头上，向她许愿，
在她的神殿里杀献十二头从来没有
挨过刺棍的牛犊，如果她能对城市、　　　　275
对特洛亚人的妻子和儿女大发慈悲，
把提丢斯之子、那个无比野蛮的枪手、
溃退的大制造者从神圣的伊利昂阻挡回去。
你现在去雅典娜女神、战利品赠送者的庙宇，

我现在去找帕里斯,召唤他,要是他还愿意 280
听从我的话。愿大地立刻把他吞下去,
奥林波斯大神把他养成特洛亚人、
普里阿摩斯和他的儿子们的一大祸根。
我要是能看见他进入冥府哈得斯,
我的心就会忘记所感受的一切不幸。" 285

他这样说,她就到大厅里去唤侍女,
叫她们到全城去召集全体年老的妇女。
王后下到那拱形的储藏室,里面有袍子,
是西顿①妇女的彩色织物,神样的帕里斯
从那里运回家来,在他在大海上航行, 290
把出身高贵的海伦带回特洛亚的时候。
赫卡柏从中取出一件,把它作为
献给雅典娜的礼物带走,那是一件
最漂亮最宽大的绣花袍子,像天星闪亮,
很好地存放在许多件袍子的最下面一层。 295
她动身前去,有许多年老的妇女跟随。

在她们到达高城上雅典娜庙的时候,
庙门由基塞斯的女儿、美颊的特阿诺打开,
这个妇人是驯马的安特诺尔的妻子,
特洛亚人使她担任雅典娜的祭司。 300
她们大声呼喊,把手举向雅典娜。

~~~~~~~~~~

① 腓尼基的古城。

那个美颊的特阿诺把那件袍子提起来，
盖在美发的雅典娜女神的膝头上面，
向伟大的神宙斯的女儿许愿，祷告说：
"尊敬的雅典娜、城市的守护神，女神中的大神，   305
请你把狄奥墨得斯的枪杆折成两截，
使他在斯开埃城门前头朝地坠落下去；
我们立即在庙里杀献十二头从来没有
挨过刺棍的牛犊，如果你能对城市、
对特洛亚人的妻子和儿女大发慈悲。"   310
她们这样祈祷，帕拉斯·雅典娜没应允。

  她们是这样向大神宙斯的女儿祈祷，
赫克托尔走向阿勒珊德罗斯的堂皇的宫室，
这是他自己雇用肥沃的特洛亚国土上的
最好的木工建筑，他们在高城上面，   315
靠近普里阿摩斯国王和赫克托尔的宫室，
为他营造内室、房间和一个大院子。
宙斯宠爱的赫克托尔走进去，手里拿着
一支十二腕尺的长枪，青铜的枪尖
在他前面发光，上面有一个金环。①   320
他找到帕里斯在他的内室里忙着整理
美好的兵器，比试盾牌、胸甲和弯弓。
阿尔戈斯的海伦坐在女奴中间，
吩咐使女们完成各种优美的手工。

---

① 枪尖与枪杆之间用金环箍上。

赫克托尔一看见帕里斯,就拿羞辱话谴责他: 325
"我的好人,现在不是你发怒的时候,
战士们在城市周围和城墙边战斗阵亡,
都是因为你的缘故,城市周围
才爆发不断的战斗和呐喊;你要是看见
有人躲避这可憎的战争,你也会指责他。 330
快走吧,免得城市在火焰中彻底遭毁灭。"

那个神样的阿勒珊德罗斯回答他说:
"赫克托尔,你很恰当地谴责我,并没有过分,
因此我要告诉你,请你注意听我说。
我并不是对特洛亚人这样生气和愤慨, 335
才坐在内室里,而是想消散自己的忧愁。
我的妻子也用温和的话语劝告我,
鼓励我去战斗;我自己也认为那样做最好,
胜利轮流来到不同的人身上。
你等一等,让我披上作战的甲胄; 340
要不然你先走,我会跟随,赶得上你。"

他这样说,头盔闪亮的赫克托尔没回答,
这时海伦用温和的话语对他这样说:
"大伯子,我成了无耻的人,祸害的根源,
可怕的人物,但愿我母亲刚生下我那一天, 345
有一阵凶恶的暴风把我吹到山上
或怒啸的大海的波浪中,那层浪会在
这些事发生之前把我一下子卷走。

既然神注定了这些祸害，只愿我成为
一个好一点的人的妻子，那样的人　　　　　　　350
对于人们的愤慨和辱骂会感到羞耻。
但是这个人的意志不坚定，将来也会这样，
因此我认为他这样一个人会自食其果。
大伯子，请过来，进来，在这张凳子上坐坐，
既然你的心比别人更为苦恼所纠缠，　　　　　355
这都是因为我无耻，阿勒珊德罗斯糊涂，
是宙斯给我们两人带来这不幸的命运，
日后我们将成为后世的人的歌题。"

　　那个头盔闪亮的赫克托尔这样回答说：
"海伦，别叫我坐下，谢谢你的友爱，　　　　　360
你劝不动我；现在我的心急于要去
援助特洛亚人，他们很盼望我这个
不在他们身边的人。你鼓励这个人，
让他行动起来，趁我在城里追上我。
因为我还要到家里去看看家中的人、　　　　　365
我的妻子和我的小儿子，由于我不知道
能否再回到他们那里，或是神明
会借阿开奥斯人的手把我杀死。"

　　头盔闪亮的赫克托尔这样说，随即离开，
匆匆到达他的很宜于居住的家宅，　　　　　　370
在厅堂里未找到白臂的安德罗马克，
因为她正在带着孩子和一个穿着

漂亮袍子的侍女站在望楼上哭泣。
赫克托尔因为没有找到他的好妻子，
便出来站在门槛上对他的女奴说道：　　　　375
"侍女们，过来，把可靠的情况如实告诉我，
白臂的安德罗马克从厅堂去到哪里？
是去到我的姐妹或穿着漂亮袍子的
弟媳的家里，还是去了雅典娜庙宇？
美发的特洛亚妇女们在那里求女神息怒。"　　380

　　有一个忙忙碌碌的女管家这样回答说：
"赫克托尔，你叫我们说出真实情况，
她没到你的姐妹和穿漂亮袍子的弟媳处，
也没有到雅典娜庙上去，别的美发的妇女
都到那里去祈求那可畏的女神息怒，　　　　385
她却登上伊利昂的大望楼，因为她听说
特洛亚人正苦战，阿开奥斯人获大胜。
她因此急急忙忙爬上高高的城墙，
活像个疯子，保姆抱着孩子跟随她。"

　　女管家这样说，赫克托尔转身离开他的家，　390
循原路走过一条条铺得很平的街道。
他穿过那座大城，来到斯开埃城门，
打算穿过门洞，下到特洛亚平原，
他的妆奁丰厚的妻子安德罗马克，
埃埃提昂的女儿在那里迎面跑来，　　　　　395
那高傲的国王住在那林木茂盛的普拉科斯①，

~~~~~~~~~~~~~~~~~~~~

①　普拉科斯山在赫勒斯滂托斯海峡东南的密西亚境内。

普拉科斯山下的特拜城,是基利克斯人的君主,

那身披铜甲的赫克托尔娶了他的女儿。

安德罗马克迎住丈夫,一同来的是女仆,

她怀中抱着那娇嫩的孩子,一个奶娃, 400

是赫克托尔的宠儿,像一颗晶莹的星星,

赫克托尔管他叫斯卡曼德里奥斯,别人却称他

阿斯提阿那克斯,因为赫克托尔是伊利昂的干城。①

赫克托尔默默地望着这个孩子笑一笑,

安德罗马克却在他身边泪流不止, 405

她把手放在他手里,唤他的名字对他说:

"不幸的人啊,你的勇武会害了你,

你也不可怜你的婴儿和将做寡妇的

苦命的我,因为阿开奥斯人很快

会一齐向你进攻,杀死你。我失去了你, 410

不如下到坟土;你一旦遭了厄运,

我就得不到一点安慰,只剩下痛苦。

我既没有父亲,也没有尊贵的母亲,

我父亲死在那神样的阿基琉斯手下,

他在洗劫我们的人烟稠密的都市, 415

那城高门大的特拜时,杀死了埃埃提昂,

他心里却尊重他,没有剥夺他的铜甲,

容他穿着那精制的戎装火化成灰,

还给他垒了一个坟墓,众山林女神,

---

① 阿斯提阿那克斯,意思是"城邦的王",因为他的父亲是特洛亚的保卫
者。

那持盾的宙斯的女儿在坟周围栽上了榆树。　　420
我家里还有七个弟兄，他们在同一天
进入了冥府，在蹒跚的牛群和雪白的羊群中，
死在那神样的、捷足的阿基琉斯手下。
母亲本是那茂盛的普拉科斯山下的王后，
却随着许多别的俘获品被阿基琉斯　　425
带来这里。他后来接受了无数的赎礼，
才把她释放，她终于在她父亲的厅堂里
被弓箭女神阿尔特弥斯一箭射死。
所以，赫克托尔，你成了我的尊贵的母亲、
父亲、亲兄弟，又是我的强大的丈夫。　　430
你得可怜可怜我，待在这座望楼上，
别让你的儿子做孤儿，妻子成寡妇。
你下令叫军队停留在野无花果树旁边，
从那里敌人最容易攀登，攻上城垣。
对方的精锐曾三次想在两个埃阿斯、　　435
闻名的伊多墨纽斯、阿特柔斯的两公子、
提丢斯的强大的儿子的率领下攻上城来，
也许是一个有预见的先知指点过他们，
或他们自己的勇敢鼓励他们这样做。"

那头戴闪亮铜盔的伟大的赫克托尔对她说：　　440
"夫人，这一切我也很关心，但是我羞于见
特洛亚人和那些穿拖地长袍的妇女，
要是我像个胆怯的人逃避战争。
我的心也不容我逃避，我一向习惯于

勇敢杀敌，同特洛亚人并肩打头阵，   445
为父亲和我自己赢得莫大的荣誉。
可是我的心和灵魂也清清楚楚地知道，
有朝一日，这神圣的特洛亚和普里阿摩斯，
还有普里阿摩斯的挥舞长矛的人民
将要灭亡，特洛亚人日后将会遭受苦难，   450
还有赫卡柏，普里阿摩斯王，我的弟兄，
那许多英勇的战士将在敌人手下
倒在尘埃里，但我更关心你的苦难，
你将流着泪被披铜甲的阿开奥斯人带走，
强行夺去你的自由自在的生活。   455
你将住在阿尔戈斯，在别人的指使下织布，
从墨塞伊斯或许佩瑞亚圣泉取水，①
你处在强大的压力下，那些事不愿意做。
有人看见你伤心落泪，他就会说：
‘这就是赫克托尔的妻子，驯马的特洛亚人中   460
他最英勇善战，伊利昂被围的时候。’
人家会这样说，你没有了那样的丈夫，
使你免遭奴役，你还有新的痛苦。
但愿我在听见你被俘呼救的声音以前，
早已被人杀死，葬身于一堆黄土。”   465

    显赫的赫克托尔这样说，把手伸向孩子，
孩子惊呼，躲进腰带束得很好的

---

① 特萨利亚境内两处著名的泉水。

保姆的怀抱,他怕看父亲的威武形象,
害怕那顶铜帽和插着马鬃的头盔,
看见那鬃毛在盔顶可畏地摇动的时候。   470
他的父亲和尊贵的母亲莞尔而笑,
那显赫的赫克托尔立刻从头上脱下帽盔,
放在地上,那盔顶依然闪闪发亮。
他亲吻亲爱的儿子,抱着他往上抛一抛,
然后向着宙斯和其他的神明祷告: 475
"宙斯啊,众神啊,让我的孩子和我一样
在全体特洛亚人当中名声显赫,
孔武有力,成为伊利昂的强大君主。
日后他从战斗中回来,有人会说:
'他比父亲强得多。'愿他杀死敌人,   480
带回血淋淋的战利品,讨母亲心里欢欣。"

    他这样说,把孩子递到妻子手里,
她把孩子接过来,搂在馨香的怀里,
含泪惨笑。丈夫看见,觉得可怜,
用手摸抚她,呼唤她的名字,对她说: 485
"夫人,我劝你心里不要过于悲伤,
谁也不能违反命运女神的安排,
把我提前杀死,送到冥土哈得斯。
人一生下来,不论是懦夫还是勇士,
我认为,都逃不过他的注定的命运。   490
你且回到家里,照料你的家务,
看管织布机和卷线杆,打仗的事男人管,

每一个生长在伊利昂的男人管，尤其是我。"

　　那显赫的赫克托尔这样说，随即拿起那顶
插着马鬃的帽盔，他妻子朝家走去，　　　　　　　　495
频频回头顾盼，流下一滴滴泪珠。
她很快回到那杀人的赫克托尔的
居住舒适的宫室，遇见许多女仆
聚在那里，引起大家不停地哭泣。
她们就这样在厅堂里哀悼还活着的赫克托尔；　　500
认为他再也不能躲避阿开奥斯人的
力量和毒手，从战斗中回到家里。

　　帕里斯并没有在他的高大宫室里久留，
他披上那副漂亮的、制作精细的胸甲，
仗恃自己腿快，迅速越城奔跑。　　　　　　　　505
有如一匹待在槽头喂饱的健马
脱缰而出，兴高采烈地踏过平原，
惯常去到那流水悠悠的河川滚澡，
它昂起头来，鬃毛在肩上随风飘动，
它仗恃自己漂亮，那脚蹄轻捷飞跃，　　　　　　510
把它带到那些母马常去的牧场上，
普里阿摩斯的儿子帕里斯就是这样
从高耸的卫城跑下来，他的盔甲像太阳
闪闪发光，他大声傲笑，捷足前行，
很快就追上他的哥哥，那神样的赫克托尔，　　　515
在他从夫妻谈话的地方回转的时候。

那神样的阿勒珊德罗斯首先开言对他说：
"大哥，你匆匆赶路，我却迟延耽误久，
没有按照你的吩咐到达及时。"

那头盔闪亮的赫克托尔回答他说：　　　　　　520
"好兄弟，没有一个正直的人不重视
你在战斗中立下的功劳，因为你很勇敢。
但是你有意疏懒，无心出阵作战。
听见特洛亚人说你的可耻的话，
我心里感到悲伤，他们是为你而苦战。　　　525
我们走吧，这些事日后可以补救，
只要宙斯在我们把所有胫甲精美的
阿开奥斯人赶出特洛亚土地的时候，
让我们在家里向天神献上自由的酒浆。"

第 七 卷

——埃阿斯同赫克托尔决斗胜负难分

　　光荣的赫克托尔这样说,匆匆忙忙出城,
他的弟弟阿勒珊德罗斯和他同行,
弟兄二人心里都急于要参加战斗;
有如天神在水手们用光滑的木桨击水,
感到疲劳,他们的手脚已经软弱无力时,　　　　　　　5
给这些渴望的人们吹来一阵和风,
弟兄俩也这样出现在渴望的特洛亚人面前。

　　帕里斯杀死阿瑞托奥斯王之子墨涅斯提奥斯,
那人住在阿尔涅,是使用钉头大锤作战的
阿瑞托奥斯和牛眼睛的费洛墨杜萨生的儿子。　　　　10
赫克托尔用锋利的长枪击中埃伊奥纽斯的
精制的铜盔下的脖子,使他手脚无力。
格劳科斯,希波洛科斯之子,吕西亚人的领袖,
在得克西奥斯国王的儿子伊菲诺奥斯
跳上战车时掷出长枪,击中肩膀,　　　　　　　　15
那人从车上翻身落地,四肢无力。

目光炯炯的女神雅典娜看见他们
在激烈的战斗当中杀死阿尔戈斯人，
便从奥林波斯峰顶匆匆下降到
神圣的伊利昂。阿波罗在城上望见，　　　　20
便去迎接她，他希望特洛亚人获胜。
他们姐弟在一棵橡树旁边相逢，
宙斯的儿子阿波罗王先开口对她说：
"伟大的宙斯的女儿，你为何又这样急忙
从奥林波斯前来，受高傲的心灵驱使？　　25
是不是你不怜悯特洛亚人被杀死，
想使达那奥斯人获得更大的胜利？
你若是听我的话——这样做有益得多，
让我们使今天的战斗停下来，此后他们
可以再打起来，直到阿尔戈斯人　　　　30
达到夺取伊利昂的目标，既然你们
一心要使特洛亚人的都城遭受毁灭。"

目光炯炯的雅典娜回答阿波罗这样说：
"远射的神，就这样办，我是这样想，
才从奥林波斯来到阿开奥斯人　　　　　35
和特洛亚人中间。你愿意怎样制止战争？"

宙斯的儿子阿波罗王回答她说：
"让我们激起驯马的赫克托尔的勇敢精神，
使他向达那奥斯人挑起单人战斗，
在可畏的战争中同他面对面互相杀戮。　　40

戴铜胫甲的阿开奥斯人会感到气愤，
激起某个人去同神样的赫克托尔拼杀。"

　　他这样说，目光炯炯的雅典娜听从。
赫勒诺斯，普里阿摩斯的亲爱的儿子懂得
这两位神明商量决定的满意的计划，　　　　　　　　　45
他上前站在赫克托尔旁边对他这样说：
"普里阿摩斯的儿子赫克托尔，你聪明如宙斯，
现在听我的话吗？我是你的弟弟。
你使特洛亚人和阿开奥斯人坐下来，
你向最勇敢的阿开奥斯人提出挑战，　　　　　　　　50
叫他在可畏的战争中同你面对面厮杀。
你的命运还没有到死期，不会遭不幸，
因为我曾经听见永存的神们的声音。"①

　　他这样说，赫克托尔听了非常高兴，
他去到两军之间，握着长枪的中部，　　　　　　　　55
挡退特洛亚人的行列，使他们坐下，
阿伽门农主上也使胫甲精美的
阿开奥斯人坐地。雅典娜和银弓之神
阿波罗化身为凶猛的秃鹫，双双蹲在
手提大盾的父亲宙斯的高大的橡树上，　　　　　　　60
喜看战士。两军的行列密密层层，
盾牌、头盔、无数的长矛紧密竖立，

――――――――――

①　赫勒诺斯是个先知。

有如新起的西风吹起的一片片涟漪
散布在大海面上,海水在下面变黑,
阿开奥斯人和特洛亚人的浩荡队伍　　　　　　　　65
就这样坐在平原上。赫克托尔对双方这样说:
"特洛亚人和胫甲精美的阿开奥斯人,
请听我说,我要讲的是胸中的心里话。
高坐的宙斯没有使我们的盟誓成事实,
他怀着恶意,给双方的军队制造灾难,　　　　　　70
直到你们攻下有好望楼的特洛亚,
或你们在渡海的船舶旁边被我们打败。
你们当中有阿开奥斯人的最高贵的领袖,
让那个很想同我作战的人从你们中间
作为代战者走出来对付神样的赫克托尔。　　　　75
我这样宣布,请大神宙斯为我们作见证:
要是他用那把长刃的铜剑把我杀死,
便让他剥夺我的甲仗,送往空心船,
但须把我的身体交还给我的家庭,
让特洛亚人和他们的妻子给我行葬礼。　　　　　80
但是如果我杀死他,阿波罗赐我荣誉,
我将剥下他的甲仗,运往伊利昂,
把它们挂在远射的神阿波罗的庙上,
他的尸体可以运回有好长凳的船只,
使长头发的阿开奥斯人把他埋葬,　　　　　　　85
为他在赫勒斯滂托斯旁边垒个坟墓,
日后出生的人当中有人在大海上
驾驶有许多排桨的船只的时候会说:

'这是远古时候死去的、被光荣的赫克托尔

杀死的非常勇敢的战士留下的坟墓。'　　　　　　　90

日后有人这样说，我的名声将不朽。"

他这样说，他们全都默不作声。

拒绝可耻，等待他进攻又感恐惧。

墨涅拉奥斯这时从他们中站起来，

他拿话谴责他们，心里却十分悲伤。　　　　　　　95

"好夸口的人啊，阿开奥斯妇女，不是男子汉，

如果没有一个达那奥斯人敢接受

赫克托尔的挑战，这是我们的多大耻辱！

愿你们坐在那里还原为水和泥土。

你们没有一点勇气，没有脸面。　　　　　　　100

我要武装起来，去对付他的挑战，

胜利的线索操在永生的天神手里。"

他这样说，把漂亮的铠甲披挂起来。

墨涅拉奥斯啊，若不是阿开奥斯人的国王们

跳起来抓住你，你的性命的最后日子　　　　　　　105

会在赫克托尔手里出现，他比你强得多。

阿特柔斯的儿子、统治广大土地的

阿伽门农拉着他的右手对他说：

"宙斯养育的墨涅拉奥斯，你是疯狂了，

你不该这样愚蠢。赶快停止下来，　　　　　　　110

不要因为气愤去同比你强的人

赫克托尔战斗，别的人都害怕他而发抖，

甚至阿基琉斯在使人获得荣誉的战争中
同他相遇也打寒颤，他比你强得多。
你退回去，坐在你的伴侣中间，   115
阿开奥斯人将推出另一个代战者对付他。
尽管赫克托尔无所畏惧，好战无厌，
我认为他会高兴地弯着膝头坐下来，
如果能从激战和冲突中保全性命。"

　　战士这样说，劝他的弟弟回心转意，   120
墨涅拉奥斯俯首听从正确的劝说，
侍从们高兴地从他的肩头解下铠甲。
涅斯托尔站起来对阿开奥斯人这样说：
"沉重的悲哀落到了阿开奥斯人的土地上，
年高的佩琉斯国王、乘车出阵的战士、   125
米尔弥冬人的优秀的演说家和军师会痛哭，
他曾在他的家里向我详细打听，
他问及阿开奥斯人的世系和出生时很高兴。
要是他听说这些人在赫克托尔面前畏缩，
他会向永生的天神举起手来祈求，   130
让他的灵魂离开肢体，进入冥府。
父亲宙斯、雅典娜女神、阿波罗在上，
但愿我的年纪能转轻到当年皮洛斯人
和阿尔卡狄亚矛兵在湍急的克拉冬河畔结集，
在伊阿达诺斯河边的斐亚城下作战。   135
神样的埃柔塔利昂充当先锋站出来，
他的肩上披着阿瑞托奥斯的铠甲，

那是神样的阿瑞托奥斯的作战护身。
人们和束着美丽的腰带的妇女称呼
阿瑞托奥斯为锤兵，因为他作战不用　　　　　140
弓箭和长矛，而用铁钉锤突破敌阵。
吕库尔戈斯施展诡计，而不是靠力量，
在狭窄的隘道里使大锤救不了他遭毁灭。
吕库尔戈斯首先下手，一枪刺穿
他的腰身，他往后仰，倒在地上；　　　　　145
吕库尔戈斯剥夺了阿瑞斯赠送的铠甲，
他后来披在身上，参加阿瑞斯的战斗。
当老年把他留在家里把他征服时，
他把铠甲赠给了侍从埃柔塔利昂。
埃柔塔利昂披上那铠甲，向勇士挑战，　　　150
那些人个个吓得发抖，不敢回应。
我的坚忍的心却驱使我鼓起勇气
去同他战斗，尽管我在全军中最年轻。
我同他打起来，雅典娜女神赐我以荣誉。
他是我杀死的最魁梧最强大的人，　　　　　155
他像一大堆东西横竖躺在那里。
但愿我现在依然年轻，力量稳定，
头戴闪亮铜盔的赫克托尔很快会遇到
作战的对手。你们是阿开奥斯全军中
最高贵的领袖，却无心前去面对赫克托尔。”　160

　　老人这样谴责他们，有九个人站起来，
头一个起身的是人民的国王阿伽门农，

后面是提丢斯的儿子、强大的狄奥墨得斯，
后面是两个埃阿斯、英勇顽强的战士，
后面是伊多墨纽斯和伊多墨纽斯的伴侣　　　　　165
墨里奥涅斯，强似阿瑞斯的杀敌的勇士，
后面是欧埃蒙的光荣的儿子欧律皮洛斯、
安德赖蒙的儿子托阿斯和奥德修斯，
这些人全都乐意同神样的赫克托尔战斗。
革瑞尼亚的策马人涅斯托尔又对他们说：　　　　170
"你们继续投阄，选出一个人来，
他将有益于胫甲精美的阿开奥斯人，
对自己的灵魂也有益处，只要他这次
能把激烈的战斗和可畏的杀戮躲过。"

他这样说，他们每个人在阄上做记号，　　　　175
把自己的阄投到阿特柔斯的儿子
阿伽门农的头盔里；将士伸手祷告。
有人遥望辽阔的天空这样祈求：
"父亲宙斯，请让埃阿斯，或提丢斯的儿子，
或富有黄金的迈锡尼的国王①中选。"　　　　　180

他们这样说，革瑞尼亚的策马人涅斯托尔
摇摇头盔，他们所盼望的阄跳出来，
埃阿斯的阄；传令官拿着阄穿过人群，
从左走向右，交给阿开奥斯首领们观看，

---

① 指阿伽门农。

他们全都不认识，不承认是自己的阄。　　　　　　185
传令官拿着阄穿过人群，来到那个
做过记号，投进盔的闻名的埃阿斯面前，
埃阿斯伸出手来，传令官站在他旁边，
埃阿斯一眼看见记号，心里很喜悦。
他把阄扔在他脚边的地上，这样叹说：　　　　190
"朋友们，这只阄正是我的，我心里很喜悦，
因为我认为我将战胜神样的赫克托尔，
大家过来，在我穿上作战的铠甲时，
你们向克罗诺斯的儿子宙斯王祈祷，
放低声音，不让特洛亚人听见，　　　　　　195
或是公开祷告，我们无所畏惧。
没有人会凭暴力，他愿意我不愿意，
就把我吓跑，或者凭灵巧这样吓唬我，
我出生养育在萨拉弥斯岛，并非无技巧。"

　　他这样说，他们向克罗诺斯的儿子　　　　200
宙斯王祈求，有人遥望天空祷告：
"宙斯、伊达山的主宰、最高贵最伟大的神，
请赐埃阿斯以胜利，使他获得荣誉；
你若是也宠爱赫克托尔，对他很是关怀，
就赐他们两人以同样的力量和光荣。"　　　205

　　他们这样说，埃阿斯穿上发亮的铜甲。
当他把全部铠甲披在身上出阵时，
有如魁梧的阿瑞斯出动前去参加

勇士们的吞食灵魂的战斗，克罗诺斯
用仇视使他们聚集起来，挑动他们。　　　　　　　210
魁梧的埃阿斯，阿开奥斯人的强大堡垒
也这样冲出去，严肃的脸面露出笑容。
他大步跨行，手里举着有长影的枪杆。
阿开奥斯人看见他，心里无比高兴，
可怕的抖颤却爬上特洛亚人的手脚，　　　　　　215
赫克托尔的心也在胸中加快悸动。
他不能逃跑，也不能就这样退到
将士丛中去，因为是他发出挑战。
埃阿斯向他逼近，提着一块像望楼、
有七层牛皮的铜盾，提基奥斯为他制造，　　　　220
那人是最好的皮革匠，家住许勒城邦，
他为埃阿斯用肥大公牛的皮革制造
一块七层皮的发亮的盾牌，第八层铺铜。
特拉蒙的儿子埃阿斯把盾牌举在胸前，
靠近赫克托尔身边站着，威胁他说：　　　　　　225
"赫克托尔，你现在人对人，就会清楚地知道，
在那个冲破战士的行列、心如雄狮的
阿基琉斯之后，达那奥斯人当中的
领袖是什么样子。尽管他依然躺在
渡海的弯船旁边，对士兵的牧者　　　　　　　　230
阿伽门农生气，我们还是有人胆敢
同你遭遇，而且有很多。你先动刀枪。"

　头盔闪亮的伟大的赫克托尔回答说：

"埃阿斯,宙斯的后裔,特拉蒙国王的儿子,
士兵的将领,你可不要把我当作 235
不懂战事的孩子或是妇人来考验。
我是一个精通战事和杀戮的人。
我懂得怎样把这块用干牛皮做的盾牌
摆向右边、左边,这是作战的艺术,
我知道怎样策马进攻战车的阵势, 240
也知道怎样在近战中踏着阿瑞斯的节奏。
对你这样的人我不想偷偷地进攻,
我要公开地刺中你,当心,看我的枪。"

　　他这样说,平衡他的有长影的枪杆,
投掷出去,击中埃阿斯的七层牛皮的 245
可畏的盾牌最外层的铜皮,那是第八层。
那支顽强的铜枪迅速穿过六层,
在第七层上停下来。这时埃阿斯,
宙斯的后裔,投掷他的有长影的枪杆,
击中赫克托尔的那面等径盾牌。 250
这支强有力的铜枪穿过发亮的盾牌,
又迅速穿过制作极其精致的胸甲,
笔直刺向腰窝,划破里面的衬袍;
赫克托尔将身一闪,把黑色的死亡躲过。
他们两个同时迅速举起长枪 255
来回刺杀,很像好吃生肉的狮子
或是野猪,它们都有不小的力气。
普里阿摩斯之子一枪刺中埃阿斯的

盾牌中心,但没能刺破,尖端被扭弯。
埃阿斯向他扑去,铜枪把盾牌刺穿;   260
他正想进袭敌人,不得不往后一闪,
枪尖擦着脖子,黑色的血往外流。
头盔闪亮的赫克托尔并没有停止战斗,
他往后退,伸出大手把躺在地上的
一块又黑又大又粗糙的石头抓起,   265
击中埃阿斯的七层牛皮的盾牌正中的
突出的装饰,铜盾发出琅琅的响声。
于是埃阿斯抓起一块更大的石头,
转身投出去,给它增添无限的力量。
这块像石磨的庞大物,打瘪了赫克托尔的盾牌,   270
压伤了他的膝头,他仰面躺在地上,
被压在盾牌下面,阿波罗赶快把他扶起。
他们现在在近战中挥剑砍杀,
好在两个传令官,宙斯和凡人的使者,
谨慎的塔尔提比奥斯和伊代奥斯前来,   275
一个来自特洛亚人,一个来自阿开奥斯人。
他们在两个战士中间举起神圣的节杖,
懂得谨慎地劝告的伊代奥斯这样说:
"亲爱的孩子们,不要再打仗,不要再斗争,
你们都为集云的神宙斯所宠爱,   280
我们知道你们都是出色的枪手。
夜色已降临,最好听从夜的安排。"

　　特拉蒙的儿子埃阿斯回答传令官这样说:

"伊代奥斯，你们把这样的话对他去说，
是他向我们的最英勇的人提出挑战。　　　　　　　285
他若同意这样，我也不斗下去。"

　　头盔闪亮的伟大的赫克托尔回答说：
"埃阿斯，既然天神赋予你身长、力量、
聪明才智，长枪赛过阿开奥斯人，
现在让我们停止今天的战斗和厮杀，　　　　　　290
日后再打，直到天神为我们评判，
把胜利的荣誉赐给你或是赐给我。
夜色已降临，最好听从夜的安排，
你可以使你们的船边的全体阿开奥斯人，
特别是你的亲戚和伴侣心里喜悦；　　　　　　295
我将在普里阿摩斯的宽阔的都城里面
使特洛亚人和穿长袍的特洛亚妇女高兴，
她们将为我祷告着进入神明的庙宇。
你过来，让我们互相赠送光荣的礼物，
使阿开奥斯人和特洛亚人会这样说：　　　　　　300
'他们曾经在吞食灵魂的战争中打斗，
相逢作战，又在友谊中彼此告别。'"

　　他这样说，把嵌银的剑连同剑鞘
和精心剪裁的佩带一起取下来相赠；
埃阿斯把发亮的紫色腰带送给赫克托尔。　　　　305
他们告别，一个到阿开奥斯人的队伍中，
另一个到特洛亚人的人群里。他们看见

赫克托尔躲过埃阿斯的勇气和无敌的臂力，
未遭任何损伤地活着，心里欢喜。
赫克托尔平安归阵，被人们簇拥着进城。　　　　310
胫甲精美的阿开奥斯人把埃阿斯
引向阿伽门农，斗士欢庆胜利。

　　他们来到阿特柔斯的儿子的营帐里，
人民的国王阿伽门农宰杀一头
五岁的公牛，敬献克罗诺斯的最强大的儿子。　　　315
他们剥去牛皮，把肉全都割下，
熟练地切成小块，叉起来细心烧烤，
然后把烤肉一块一块从叉上取下来。
他们做完事，备好肉食，就吃起来，
他们并不觉得缺少相等的一份。　　　　320
阿特柔斯的权力广泛的儿子阿伽门农，
把长条里脊肉作为礼物赠给埃阿斯。
在他们满足了饮酒吃肉的欲望之后，
老年人涅斯托尔首先开始为他们编织
忠告之网，他的劝告向来最好。　　　　325
他好心好意向大会发表一篇演说：
"阿特柔斯的儿子和全体阿开奥斯人的
其他的领袖们，许多长头发的阿开奥斯人
已经战死，他们的黑血已经被猛烈的
阿瑞斯散布到流水悠悠的斯卡曼得罗斯，　　　330
他们的灵魂已经进入冥王的宅第。
你应该使阿开奥斯人的战争在黎明停下来，

我们好集合起来,用公牛和骡子拉车,
把尸体运到这里来,在船只旁边火化,
我们日后返回祖先的土地的时候, 335
让每一个人把骨灰带给死者的儿女。
让我们在火葬堆旁建造一个坟墓,
从平原上面垒起一个共同的坟冢。
在旁边很快建筑高墙,保护船只,
保护自己,在墙下建筑很结实的大门, 340
给车子的通行留下一条出入的道路;
在墙外挖一条深沟,当英勇的特洛亚人
得势压过来,可把步兵和战车阻挡。"

　　他这样说,在座的国王都表示赞成。
特洛亚人的大会在伊利昂高城上, 345
普里阿摩斯的大门外举行,混乱阴沉。
聪明的安特诺尔首先在会上发言:
"特洛亚人、达尔达诺斯人、同盟的朋友,
请听我说,我想要讲的是胸中的心里话。
让我们把阿尔戈斯的海伦和她的财产 350
交给阿特柔斯的儿子们,由他们带走;
我们是违反可信赖的誓言,进行战斗;
不那样做,就无望为我们获得利益。"

　　他这样说,随即坐下;神样的帕里斯,
美发的海伦的丈夫在他们中间站起来, 355
用有翼飞翔的话语回答,他这样说:

"安特诺尔,你的发言不使我喜欢;
你是知道怎样构想出更好的话语。
如果你是认真地发表这段演说,
那就是神明破坏了你的聪明才智。　　　　　　　360
我要在驯马的特洛亚人当中发言,
表达我的意思,我不把妻子退还,
但是我从阿尔戈斯地方带来的财产,
我愿意交还,并且从家里添上一份。"

　　他这样说,随即坐下;普里阿摩斯,　　　　365
达尔达诺斯的儿子,有似天神的军师
在他们当中站起来,好意发表演说:
"特洛亚人、达尔达诺斯人、同盟的朋友,
请听我说,我想要讲的是胸中的心里话,
你们和往日一样到城里去吃晚饭,　　　　　370
好生注意防卫,人人都要警惕。
黎明时候让伊代奥斯前往空心船,
向阿特柔斯之子阿伽门农和墨涅拉奥斯
宣布阿勒珊德罗斯的话,战争就因他引起;
并且让他宣布这样明智的提议:　　　　　　375
他们是否愿意停战,火化死者,
然后再打仗,直到天神为我们评判,
把胜利赐给他们或是赐给我们。"

　　他这样说,他们听取,表示服从,
一队一队回到军中去吃晚饭。　　　　　　　380

黎明时,伊代奥斯去到空心船上,
发现达那奥斯人,战神阿瑞斯的侍从们,
已经在阿伽门农的船尾聚集开会,
声音高亢的传令官站在他们中间说:
"阿特柔斯的儿子,阿开奥斯人的其他领袖,　　　　385
普里阿摩斯和其他的高贵的特洛亚人
叫我向你们传达,不知你们是否愿意听
阿勒珊德罗斯的建议,战争就因他引起。
阿勒珊德罗斯载上他的空心船带到
特洛亚来的财产——但愿他早已毁灭!——　　　390
他愿意退还,并且从家里添上一份。
但是闻名的墨涅拉奥斯的合法的妻子,
他说不退还,尽管特洛亚人极力相劝。
他们还有这样的建议要求转达,
你们是否愿意停战,火化死者,　　　　　　　395
然后再打仗,直到天神为我们评判,
把胜利赐给你们或是赐给我们。"

　　他这样说,他们全体默不作声,
擅长呼喊的狄奥墨得斯这时发言:
"不要让人接受阿勒珊德罗斯的财产　　　　　400
或是海伦。人人知道,连蠢人也知道,
毁灭的绳索套在特洛亚人的脖子上。"

　　他这样说,阿开奥斯人的儿子们欢呼,
称赞驯马的战士狄奥墨得斯的发言。

于是阿伽门农主上对伊代奥斯说：　　　　　　　405
"伊代奥斯，你已听见阿开奥斯人说的话，
他们是怎样回答；我心里非常满意。
对于死者，我并不拒绝把他们火化，
他们死后，没有人会吝惜给他们的尸体
以快速的火化安慰。让赫拉的鸣雷的丈夫　　410
宙斯为我们发出的这句誓言作见证。"

　　他这样说，当着神明举起权杖；
伊代奥斯回到神圣的伊利昂城。
特洛亚人和达尔达尼亚人坐在会场上，
聚在一起等待伊代奥斯返回；　　　　　　　415
他回来后站在他们中间传达信息。
他们很快行动，筹办两件事情，
有的去运尸体，有的去找柴薪。
阿尔戈斯人也从有好长凳的船出动，
有的去运尸体，有的去找柴薪。　　　　　　420

　　太阳刚刚从徐徐漂动、深深奔流的
辽阔长河里爬上天空，用新的光芒
照射大地田畴，两军便相遇到一起。
战场上的死者很难一个个清楚辨认，
他们打水净洗伤口上流出的血，　　　　　　425
淌着热泪，把同伴的尸体装到车上。
伟大的普里阿摩斯不让人大声痛哭，
他们默默地把死者放在火葬堆顶上，

悲伤地把尸体火化后又回到神圣的伊利昂。
胫甲精美的阿开奥斯人也是这样，　　　　　　　　430
把死者放在火葬堆顶上，心里很悲伤，
他们把尸体火化以后又回到空心船。

　　黎明还未降临，夜色依然蒙蒙，
阿开奥斯人的精选的队伍便集合起来，
他们在火葬堆旁边造一个坟墓，　　　　　　　　435
从平原上垒起一个共同的坟冢，
在那里建筑壁垒和一些高耸的望楼，
保护船只，保护自己，在墙下建筑
很结实的大门，给车子的通行留下一条
出入的道路；在墙外靠近坟墓挖出　　　　　　　　440
很深的壕沟，又宽又大，立上木桩。

　　长头发的阿开奥斯人就是这样辛劳；
那些坐在闪电神宙斯旁边的天神
很赞赏披铜甲的阿开奥斯人的浩大工程。
震撼大地的海神波塞冬首先发言：　　　　　　　　445
"父亲宙斯，辽阔的地上已没有凡人
把他的心思和计划告诉永生的天神？
你没有看出那些长头发的阿开奥斯人
建筑壁垒来保护船只，绕着壁垒
挖出壕沟而不给神明献上百牲？　　　　　　　　450
这光荣名声会传扬遐迩如黎明远照，
阿波罗和我为拉奥墨冬费力修建的

特洛亚城墙将被人们彻底忘记。"

集云神宙斯听了心不快,对他这样说:
"哎呀,震撼大地的、权力无边的神,   455
你说的是什么话?让比你的手臂和力量
软弱得多的神明害怕这种策略;
你的名声会达到如黎明照射的那么远。
在长头发的阿开奥斯人坐上黑色船
返回他们祖先的亲爱的土地的时候,   460
你去把壁垒弄塌,全部扔到海里,
用沙子把辽阔的海滩重新掩盖起来,
阿开奥斯人的高大的壁垒就会毁灭。"

他们这样彼此交谈,太阳西沉,
阿开奥斯人已把他们的工程建成,   465
他们在营帐间宰杀公牛,享用晚餐,
有许多船只从利姆诺斯岛运来酒浆,
那些船只是伊阿宋的儿子欧涅奥斯,
许普西皮勒给士兵的牧者伊阿宋生的
孩子派去。伊阿宋的儿子把一千坛酒   470
交给阿特柔斯之子阿伽门农和墨涅拉奥斯。
长头发的阿开奥斯人从船上买到葡萄酒,
有的是用青铜,有的用发亮的铁,
有的是用皮革,有的用整队的牛,
有的用奴隶换取,准备欢乐地饮宴。   475
长发的阿开奥斯人就这样通宵宴饮,

特洛亚人和他们的盟友在城里也是这样。
聪明的宙斯通宵发出可畏的雷声，
构思灾难，恐惧爬上每个人的心头。
他们把酒从杯里泼在地上，没有人　　　　　480
敢于在向至尊的宙斯致奠前喝上一口；
然后他们上床，享受睡眠的赏赐。

第 八 卷

——特洛亚人勇猛反攻阿开奥斯人

穿橘黄色长袍的,黎明女神照亮
整个大地,掷雷的宙斯召集众神
到山峰林立的奥林波斯岭上开大会,
他在会上发表演说,众神谛听:
"诸位天神、诸位女神,请听我说, 5
我要讲的是发自我胸中的心灵的话语。
任何一位女神或天神都不要企图
违反我的话而行动,你们都要服从,
使我很快把这些事情办理成功。
要是我看见有神远远地离开众神, 10
有意去帮助达那奥斯人或特洛亚人,
他回到奥林波斯,将受到可耻的打击,
或是由我捉住,扔到幽暗的塔尔塔罗斯,
那地方远得很,是地下的深坑,大门是铁的,
门槛是铜的,它与冥土的距离之远, 15
有如天在大地之上。那样一来,
你们会知道,我比全体天神强得多。
你们这些神前来试试,就会清楚。

你们把一根黄金的索子从天上吊下去，
你们全体天神和女神抓住索子，
可是你们不能把最高的主谋神从天上　　　　　20
拖到地上，尽管你们费尽力气。
在我有心想往上面拉起来的时候，
我会把你们连同大地、大海一起拖上来，
然后把索子系在奥林波斯岭上，　　　　　　25
把全部东西一起吊在天空中间。
我比天神和凡人就是强大这样多。"

　　他这样说，他们全部默不作声，
他的话是那样有力，大家表示惊异。
后来目光炯炯的雅典娜当众发言：　　　　　30
"克罗诺斯的儿子，我们这些神的父亲，
最高的主上，我们知道你力大无敌，
可是我们怜悯达那奥斯矛兵，
他们将被毁灭，遭遇不幸的命运。
我们会遵照你的吩咐，不参加战斗，　　　　35
却要对阿尔戈斯将士提供劝告，
对他们有益，使他们免遭你发怒的毁灭。"

　　集云的神宙斯笑笑，对她这样说：
"特里托革尼娅，我的好女儿，请你放心，
我不想真这样去做，我愿慈爱待你。"　　　　40

　　他这样说，把铜蹄的马驾在车前，

两匹马奔跑快捷,脖子上有黄金的鬃毛。
他自己穿上黄金外衣,抓住一根
精制的黄金鞭子,登上他那辆车辇,
策马前行,那两匹马乐意听从,   45
在大地与星光灿烂的天空之间奔驰。
他去到处处有水泉、养育野兽的伊达山,
去到伽尔伽朗,那里有他的圣地
和馨香的祭坛。凡人和天神的父亲在那里
把马停住,解下辕,抛上一片浓雾。   50
他自己坐在顶峰上面,光荣得意,
遥望特洛亚城和阿开奥斯人的船只。

    长头发的阿开奥斯人在各自的营帐里面
匆匆吃过早饭,随即披上铠甲。
在那边,特洛亚人在城里武装起来,   55
他们人数比较少,但是出于逼迫,
急于要参加战斗,保护妻子儿女。
城门全都打开,军队开到城外,
有步兵和战车,爆发出一阵阵大声的喧嚷。

    他们相逢,来到同一个地点的时候,   60
盾牌、长枪、身披铜胸甲的战士的力量
互相猛烈地冲击,有突出装饰物的盾牌
彼此靠近,爆发出一阵阵大声的喧嚷。
杀人者和被杀者的呻吟和胜利呼声
可以同时听见,地上处处在流血。   65

在清晨和神圣的日子进展的时期以内，
双方的飞矢镖枪一直击中目标，
将士倒在地上。太阳升到中天时，
神和人的父亲平衡一架黄金的天平，
在秤盘上放上两个悲伤的死亡命运，　　　　　　　　70
分属驯马的特洛亚人和披铜甲的阿开奥斯人，
他提起秤杆，阿开奥斯人的注定的日子往下沉。
阿开奥斯人的命运降到养育人的大地上，
特洛亚人的命运升到辽阔的天空。
他从伊达山鸣放大雷，把闪亮的电光　　　　　　　75
送到阿开奥斯人的军中，他们看见了，
感到惊异，苍白的恐惧笼罩着他们。

伊多墨纽斯、阿伽门农、阿瑞斯的侍从
两个埃阿斯守不住阵地；革瑞尼亚的老将、
阿开奥斯人的保卫者涅斯托尔仍在阵地上，　　　　80
并不是自愿，而是因为他的一匹马力乏，
是神样的阿勒珊德罗斯，美发的海伦的丈夫
射中它的头顶，那是前面的鬃毛
生长在头上的位置，是个要害地方。
那支箭射进脑髓，马痛得直跳起来，　　　　　　　85
带着铜箭翻滚，把其他的马搅乱。
老人跳到车前，挥剑斩断挽索，①

――――――――〰〰〰〰――――――――

① 第三匹马不戴轭，只拖挽索。

198

这时候赫克托尔的快马已经驰到乱军中，
战车上面载着英勇的车士赫克托尔。
眼看老人可能在这里丧失性命，   90
若不是擅长呐喊的狄奥墨得斯看见，
他发出可怕呼声，请求奥德修斯：
"拉埃尔特斯之子、宙斯的后裔、智谋的奥德修斯，
你像个人群中的懦夫，转身逃到哪里去？
当心逃跑时有人在你的背上插一枪。   95
你稳住，我们为老人打退这凶恶的家伙。"

　　他这样说，那坚忍的神样的奥德修斯
没有听见，直奔阿开奥斯人的空心船。
好在提丢斯的儿子，虽然独自一人，
却混在先锋中间，他站在这个老人、   100
涅琉斯的儿子的马前，对他说出飞翔的话语：
"老人家，那些年轻的战士狠狠地压迫你，
你的力量已衰弱，令人悲伤的老年
正在追赶你，你的侍从软弱马迟缓。
你登上我的战车，看看特罗斯的马   105
是什么样子，①它们善于在平原上面
快速地跑向东，跑向西，不论是追赶或逃跑，
我从溃退制造者埃涅阿斯那里
得到它们。有两个侍从会照料你的马，
我要直接冲向驯马的特洛亚人，   110

① 参看第五卷第 265 行以下一段。

好使赫克托尔知道我的长枪在发怒。"

　　他这样说，革瑞尼亚的涅斯托尔听从，
那两个侍从，魁梧强壮的斯特涅洛斯
和刚毅英勇的欧律墨冬照料他的马；
两个战士登上狄奥墨得斯的战车。　　　　　　　115
涅斯托尔拉住发亮的缰绳，挥鞭策马，
两匹马很快逼近赫克托尔。提丢斯的儿子
趁他直接冲上来的时候，投掷长枪，
没有中的，却击中他的御车的侍从、
高傲的特拜奥斯之子埃尼奥佩斯　　　　　　　120
乳头旁的胸膛，在他策马前进的时候。
那人从车上翻下来，他的快马向后转，
他的精神和力量便在那里分散开。
赫克托尔的心灵为车士的死亡无比痛苦，
他让他躺在那里，尽管为伴侣悲伤。　　　　　125
他在寻找另一个勇敢的车士，他的马
并不是长久没有御车人，他很快找到
伊菲托斯的儿子、英勇的阿尔克普托勒摩斯，
叫他在快蹄马后登车，把发亮的缰绳交给他。

　　毁灭会来临，不可挽救的事情会发生，　　　130
他们会像绵羊一样被关在伊利昂，
若不是凡人和天神的父亲很快看见，
他发出可畏的雷声，掷出闪亮的电光，
把它扔到狄奥墨得斯的马前的地上，

正在燃烧的硫磺发出可畏的火焰，   135
两匹马吓得发慌，蹲伏在战车下面，
那发亮的缰绳从涅斯托尔手里滑落，
老人心里害怕，对狄奥墨得斯这样说：
"提丢斯的儿子，快让你的单蹄马逃跑。
你没有看出祐助并没有由宙斯降临？   140
宙斯今天会把荣誉赐给那个人，
日后他会赐给我们，只要他愿意。
但是凡人不能阻挠宙斯的意志，
不论他多么健壮，宙斯是强大得多。"

　　擅长呐喊的狄奥墨得斯回答他说：   145
"老人家，你的这些话说得非常正确，
但是可怕的苦恼深入我的心灵，
赫克托尔会在特洛亚人的大会上吹嘘：
'提丢斯的儿子在我面前逃命回船。'
他这样自夸，还不如让大地为我张开口。"   150

　　革瑞尼亚的策马人涅斯托尔回答他说：
"哎呀，英勇的提丢斯的儿子，你说的什么话？
尽管赫克托尔说你胆怯，软弱无力，
特洛亚人、达尔达尼亚人、心高志大的
特洛亚盾兵的妻子绝对不会相信，   155
她们的健壮的丈夫是被你打到尘土里。"

　　他这样说，掉转单蹄的马逃跑，

穿过乱军;特洛亚人和赫克托尔
发出怪声,扔出会引起呻吟的枪矢。
头盔闪亮的伟大的赫克托尔大声吼叫说:　　　　　160
"提丢斯的儿子,驾驭快马的达那奥斯人
经常用首位、肉食、满杯的葡萄酒敬重你,
他们现在却不会这样;你是个妇人,
去你的,胆怯的女子;你不可能把我打退
而爬上我们的城墙,把我们的妇女带上船,　　　　165
在那时以前,我会把死亡的命运赠给你。"

　　他这样说,提丢斯的儿子有两种想法,
是掉转马头,还是面对面同他战斗。
他的心灵三次考虑,聪明的宙斯
从伊达山上三次鸣雷,给特洛亚人　　　　　　　170
发出信号,战斗的胜利属于他们。
赫克托尔大吼一声,呼唤特洛亚人:
"特洛亚人、吕西亚人、打近战的达尔达诺斯人,
朋友们,要做男子汉,想想你们的勇气,
我看出克罗诺斯的儿子有意点头答应,　　　　　175
赐我以胜利和莫大的荣誉,把灾难留给
达那奥斯人。他们是愚蠢的人,构想出
这些墙壁,单薄无用,挡不住我们,
我们的马会轻易跳过深挖的壕沟。
在我到达他们的空心船中间的时候,　　　　　　180
要记住准备火焰,让火焰熊熊燃烧,
我要放火烧毁船只,无情地杀死

船舶旁边的被烟雾熏坏的阿尔戈斯人。"

　　他这样说，呼唤他的马，对它们这样说：
"克珊托斯、波达尔戈斯、埃同、兰波斯，　　　　　　　185
你们现在报答我对你们的照料之恩，
是心高志大的国王埃埃提昂的女儿
安德罗马克给你们放上甜如蜜的小麦，
在你们的心灵想喝水的时候为你们兑酒，
比兑给我还快，虽然我是她的强健的丈夫。　　　　　190
你们快追，我们好夺取涅斯托尔的盾牌，
它的名声远达天际，盾牌表面
和里面的支架全是黄金；我们还可以
从驯马的狄奥墨得斯的肩上夺取
他的精制的胸甲，那是赫菲斯托斯　　　　　　　　195
费力制造。我们夺获了这些东西，
可望阿开奥斯人今夜里登上快船。"

　　他这样自夸，尊严的赫拉感到愤慨，
她在宝座上扭动，使崇高的天山摇摆。
她对无比强大的海神波塞冬这样说：　　　　　　　200
"哎呀，震撼大地、权力无边的神，
你的心灵不怜悯正在毁灭的达那奥斯人。
他们曾经在赫利克和埃盖给你献上
许多可喜的祭品，你曾愿他们获胜。
我们这些帮助达那奥斯人的天神也想把　　　　　　205
特洛亚人赶回去，阻挠雷声远扬的宙斯，

使他独自坐在伊达山上感到心里烦闷。"

那震撼大地的主上心里不安，回答说：
"敢言敢语的赫拉，你说的是什么话？
我并不愿意看见我们全体的天神　　　　　　　　210
同克罗诺斯的儿子斗争，他强大得多。"

他们互相交谈，说着这些话语，
垒墙和壕沟环绕的船寨外如此拥挤，
布满了无数战车和手持盾牌的将士，
普里阿摩斯之子、勇如阿瑞斯的赫克托尔　　　215
把他们赶到那里，宙斯赐他荣誉。
若不是尊严的赫拉使阿伽门农的心神
奋发起来，很快鼓励阿开奥斯人，
赫克托尔本可能放火焚烧平衡的船只。
阿伽门农沿着阿开奥斯人的营帐和船只　　　220
前行，粗壮的手提着紫色的宽大的罩袍，
站在奥德修斯的巨大的黑色船旁边，
那是营地的中央部分，呼声可传到两头，
特拉蒙的儿子埃阿斯的营帐和阿基琉斯的帐幕。
他们信赖自己的勇气和手臂的力量，　　　　225
曾经把平衡的船只拖到最远的地方。
阿伽门农叫喊，呼唤达那奥斯人：
"阿尔戈斯人，你们多么可耻，只是外表惊人。
我们的夸口哪里去了？我们曾自命勇敢，
你们在利姆诺斯大吃直角牛的肉，　　　　　230

酣饮满杯的葡萄酒,大言夸口,
说你们每个人能在战斗当中对付
一百来个、二百来个特洛亚人。
现在我们却不能对付赫克托尔一个人,
他会放出火焰,焚毁我们的船只。 235
父亲宙斯,你曾否动用这样的伤害
毁一个强大的国王,剥夺他的大名声?
我认为我从来没有在坐上多桨的船,
航行到这里来的水道上,经过你的好祭坛时,
不向你焚献公牛的肥肉和大腿骨, 240
希望能够毁灭那城高墙厚的伊利昂。
宙斯啊,请你使我的愿望成为现实,
让我们逃命,脱离这场战争的危险,
别使我们败在特洛亚人手下。”

　　他这样说;父亲怜悯这流泪的人, 245
点头答应保证他的军队的安全,
他立即放出一只鹰,飞禽中最可靠的预兆鸟,
爪子里抓住只小鹿,快腿的花斑鹿的崽子。
它把鹿扔在宙斯的美好的祭坛旁边,
阿开奥斯人给发预言的宙斯献祭的地方。 250
他们看见飞禽来自宙斯那里,
便向特洛亚人扑过去,打一场激烈的战争。

　　达那奥斯人人数这样众多,却没有一个人
能够夸说他抢在提丢斯的儿子之前,

驾驭快马经过壕沟,同特洛亚人战斗; 255
他首先杀死特洛亚人的武装战士阿革拉奥斯,
弗拉德蒙之子,在那人掉转马头逃跑时。
狄奥墨得斯投掷长枪,刺在他的
两肩之间的后背,枪尖穿过胸膛,
那人从车上翻身落地,铠甲琅琅响。 260

在他后面出战的是阿特柔斯的两个儿子,
他们后面是两个非常猛烈的埃阿斯,
他们后面是伊多墨纽斯和他的伴侣、
比得上杀人的埃倪阿利奥斯①的墨里奥涅斯,
他们后面是欧埃蒙的光荣的儿子欧律皮洛斯, 265
透克罗斯第九个出战,他拉开他的弓,
站在特拉蒙的儿子埃阿斯的盾牌后面。
埃阿斯把盾牌稍微上提,他窥视时机。
他放出一箭,射中人群当中的一个人,
那人就在原地倒下,丧失灵魂; 270
透克罗斯往后退,像母亲身下的孩子,
由埃阿斯保卫,埃阿斯用发亮的盾牌作掩护。

光荣的透克罗斯首先射死哪个特洛亚人?
首先是奥尔西洛科斯,奥尔墨诺斯、奥斐勒斯特斯、
德托尔、克罗弥奥斯、阿摩帕昂、神样的吕科丰特斯、 275
波吕埃蒙的儿子阿摩帕昂以及墨托尼波斯。

① 埃倪阿利奥斯是战神阿瑞斯的别名。

这些人都被他射倒在养育万物的大地上面。

人民的国王阿伽门农看见他拉开强弓,

破坏特洛亚人的行列,心里很喜悦,

他走上前去,站在他旁边,对他这样说: 280

"亲爱的透克罗斯,特拉蒙国王的儿子,

士兵的长官,你这样射箭,可以证明,

你是达那奥斯人的光明,你父亲的荣耀,

你很小的时候,他养育你,你虽是私生子,

他却把你收回;他虽然身在远处, 285

你却给他增添光彩。我向你表明,

这句话会成为事实:要是提大盾的宙斯

和雅典娜让我们毁灭辉煌的特洛亚城,

我会在赏赐自己之后便赏你礼物,

一只三脚鼎,或是两匹马连同战车, 290

或是一个同你共享床榻的女子。"

　　光荣的透克罗斯回答,对他这样说:

"高贵的阿伽门农,你为何要鼓励急于作战的我?

只要我还有力量,我不会停止战斗,

自从我们把他们赶到伊利昂城下, 295

我总是提着弯弓等待,杀死敌人。

我已经射出八支又尖又细的箭,

全都戳在勇于作战的人的肌肉里。

只有这条疯狗我还没有射中他。"

　　他这样说,对着赫克托尔拉紧弓弦, 300

射出另一支箭,心里很想射倒他,
可是没有中的,却射中普里阿摩斯的
英勇的儿子、光荣的戈尔古提昂的胸膛,
那人是从埃叙墨城①结婚的母亲、
有似女神美丽的卡斯提阿涅拉所生。　　　　　　　305
他的脑袋垂向一边,像花园里的
一朵罂粟花受到果实和春雨的重压,
他的脑袋也这样低垂,被铜盔压倒。

　　透克罗斯对着赫克托尔从弦上射出
另外一支箭,心里很想把他射中,　　　　　　　　310
又没有中的,是阿波罗神推开箭矢。
但是箭头击中赫克托尔的参加战斗的
勇敢的御车人阿尔克普托勒摩斯乳旁的胸膛,
那人从车上落地,快马往后退缩,
他的精神和力量就在那里散去。　　　　　　　　315
赫克托尔的心灵为御车人的死亡痛苦。
他虽然为伴侣悲伤,却让他躺在那里,
叫身边的弟弟克布里奥涅斯手握缰绳,
那人听见了,听从他哥哥的吩咐。
赫克托尔从他的发亮的车上跳到地上,　　　　　320
发出可畏的呼声;他抓起一块大石头,
直接投向透克罗斯,心想击中他。
透克罗斯从袋里取出一支锋利的箭,

～～～～～～～～～

① 色雷斯城市。

放在弦上往后拉,头盔闪亮的赫克托尔
击中透克罗斯肩膀旁边连接脖子　　　　　　　325
和胸膛的锁骨,那是非常要害的地方;
他急于用粗糙的石头打击他那个地方,
还碰断了他的弓弦;那人手腕麻木,
倒在膝头上,他的弯弓从手里滑落。
埃阿斯很关心他的兄弟摔倒在地上,　　　　　330
他上前跨在他的身上,用盾牌掩护他。
两个忠实的伴侣、埃基奥斯的儿子
墨基斯透斯和神样的阿拉斯托尔蹲下身,
把深深地悲叹的透克罗斯抬往空心船。

　奥林波斯神又鼓励特洛亚人的心力,　　　　335
他们把阿开奥斯人直赶到很深的壕沟前,
赫克托尔前进在先锋中,对自己的力量很得意。
有如猎犬撒开快跑的健腿追赶
野猪或狮子,抓住它的腰窝或臀部,
在它扭转身体的时候注意窥视它,　　　　　　340
赫克托尔也这样压迫长头发的阿开奥斯人,
在他们逃跑时,杀死落在后面的人。
他们在逃跑当中,越过木桩和壕沟,
已经有许多人败在特洛亚人手下;
他们在船边停下来等待,互相呼唤,　　　　　345
每个人都举起手来,向众神大声祈祷。
赫克托尔把他的有好鬃毛的马转向
这边或是那边,他的眼睛很像

戈尔戈①或是人类的祸害阿瑞斯的眼睛。

　　白臂女神赫拉看见了,怜悯他们,　　　　　　　　　　350
她对雅典娜说出有翼飞翔的话语:
"哎呀,提大盾的宙斯的女儿,我们不能
最后一次关心正在毁灭的达那奥斯人?
他们将要度完自己的不幸命运,
毁灭在一个人的手下,那就是普里阿摩斯之子、　　　355
疯狂的赫克托尔;他干了许多坏事我心烦。"

　　目光炯炯的女神雅典娜回答他这样说:
"但愿他丧失力量和性命,死在他的
祖国的土地上面,阿尔戈斯人的手下。
但是我的父亲发怒,心胸不善,　　　　　　　　　360
残忍为怀,邪恶成性,阻挠我的心。
他不记得我多次拯救他的儿子,
在欧律斯透斯国王用苦难折磨他的时候。②
他向着天空哭泣,宙斯派我从天上
前去帮助他。我的心若是早知道这件事,　　　　365
在欧律斯透斯派他去到那冥王的家里,
把看守大门的可恨的冥王的一头狗牵走时,
他便逃不出斯提克斯的湍急的流水。
现在宙斯却恨我,成全了忒提斯的心愿,

~~~~~~~~~

①　戈尔戈是个妖怪,她的眼睛能使看见她的人化作石头。
②　"儿子"指赫拉克勒斯。赫拉克勒斯的好运被欧律斯透斯夺去了。他曾
　　奉欧律斯透斯的命令去做许多辛苦的事情。

她亲过他的膝头,摸过他的下颌, 370
祈求他重视那劫掠城市的阿基琉斯。
总有一天,他会管我叫'明眸的爱女'。
你现在为我们把两匹单蹄的马驾好,
我进入手提大盾的神宙斯的宫殿,
披上作战的铠甲,去看特洛亚的王子、 375
头戴闪亮铜盔的赫克托尔会不会高兴,
在我们出现在战阵之间的空隙的时候。
一定会有特洛亚人在他们倒在
阿开奥斯人的船旁时,用他们的肥油和瘦肉
把野狗和猛禽的肚子喂得饱饱胀胀。" 380

　她这样说,白臂女神赫拉听从。
伟大的克罗诺斯的女儿、尊严的赫拉
前去给两匹戴着黄金额饰的马
套上笼头;提大盾的宙斯的女儿雅典娜
把她亲手编织、费心剪裁的绣花袍 385
扔在她父亲的门槛上,穿上集云的神
宙斯的衬袍,披上为参加引人流泪的
战争使用的铠甲,登上发亮的车子,
手里拿着又重又长又结实的长枪,
她身为强大的父亲的女儿,曾用这支枪 390
击溃那些使她生气的凡人的行列。
赫拉用鞭子策马,天门自动作响,
那是时光女神看管,辽阔的苍天
和奥林波斯委托给她们,由她们打开

浓厚的云层,或是把它封闭起来。   395
她们赶着忍受鞭打的马匹出城。

  宙斯从伊达山望见她们,大发雷霆,
派遣有黄金翅膀的伊里斯传达信息:
"快腿的伊里斯,快去把她们挡回去,
不要让她们来这里,我们打起来没好处。   400
我要这样说,这件事将会成为事实:
我要把她们车前的快腿的马弄瘸,
把她们从车子上面扔出去,把车子打破,
她们在十个轮流旋转的年头之内,
没有办法把雷打出来的创伤治愈;   405
让明眸女神知道,同父亲斗争非儿戏。
对赫拉我却没有这样大的愤慨或愤怒,
因为她总是对我说的话百般挡阻。"

  他这样说,快如风的伊里斯去传达信息,
她从伊达山岭升到崇高的奥林波斯。   410
她刚进入多豀谷的奥林波斯的前门,
就遇见她们,把她们挡住,传达神谕:
"你们要到哪里去?为什么胸中的心发狂?
克罗诺斯的儿子不让你们去帮助阿尔戈斯人。
宙斯这样威胁你们会成为现实: 415
他要把你们车前的快腿的马弄瘸,
把你们从车子上面扔出去,把车子打破,
你们在十个轮流旋转的年头之内

没有办法把雷打出来的创伤治愈；
让明眸女神知道，同父亲斗争非儿戏。　　　　　420
对赫拉他却没有这样大的愤慨或愤怒，
因为她总是对他说的话百般挡阻。
只有你叫我们害怕，你是条无耻的狗，
要是你真敢把巨大的长枪向宙斯举起。"

快腿的伊里斯对她们这样说，离开那里。　　　425
于是赫拉随即对女神雅典娜这样说：
"哎呀，提大盾的宙斯的孩子，我不想让我们
为了凡人的缘故去同宙斯斗争，
让他们按照命运的安排，一个死亡，
一个生存；让大神在他的心里考虑，　　　　　430
怎样对双方的人作出适当的判处。"

她这样说，把她的单蹄的马转回去。
时光女神们把两匹有好鬃毛的马
从轭下解下来，把它们拴在神圣的厩里，
把车子立在门廊的发亮的墙壁边上。　　　　　435
这两位女神混在其他的天神当中，
坐在黄金的座位上，心里很是忧伤。

父亲宙斯从伊达山驾驭他的两匹马
和轮子转动得很流利的车子回到天山，
他进入神们的集会。震撼大地的海神、　　　　440
闻名的波塞冬为他把马从轭下解下来，

把车子放在支架上，打开一块布盖住。
那发出远扬的雷声的宙斯坐在金座上，
崇高的奥林波斯在他的脚下震颤。
只有雅典娜和赫拉离开宙斯坐下，　　　　　　　445
不对他说话，不发问；他心里明白，这样说：
"雅典娜和赫拉，你们为什么这样忧愁？
你们总是不倦地在使人获得荣誉的
战斗中毁灭特洛亚人，对他们怀有怨恨。
可是我的力量和手臂不可抵抗，　　　　　　　450
奥林波斯山上的众神都不能使我转变；
你们俩在看见战争和战争灾害之前，
抖颤会爬上你们的发亮的手臂和脚腿。
我这样告诉你们，这件事会成为事实，
你们一旦遭雷打，便不能坐在车上　　　　　　455
回到众神居住的奥林波斯高山。"

　　他这样说，坐在一旁给特洛亚人
构想祸害的雅典娜和赫拉低声咕哝。
雅典娜沉默不语，尽管对父亲宙斯
感到愤慨，强烈的愤怒笼罩着她。　　　　　　460
赫拉却难以控制胸中的愤怒，这样说：
"克罗诺斯的最可畏的儿子，你说的什么话？
我们清楚地知道，你的力量不虚弱，
可是我们怜悯达那奥斯矛兵，
他们会毁灭，度完他们的不幸的命运。　　　　465
我们不会参战，如果你这样命令，

我们只给阿尔戈斯人尽有益的忠告，
使他们不致由于你发怒而全部遭毁灭。"

集云的神宙斯回答赫拉这样说：
"牛眼睛的尊严的女神赫拉，只要你愿意，　　　　470
黎明时你会看见，克罗诺斯的强大儿子
给阿尔戈斯枪兵造成更大的破坏。
因为强大的赫克托尔不会停止战斗，
直到佩琉斯的捷足儿子从船边奋起，
那一天阿尔戈斯人将在船尾环绕着　　　　475
死去的帕特罗克洛斯，在可畏的困苦中作战，
那是预先注定。你发怒，我并不在意，
即使你去到大地和大海的最最边缘，
那里居住着伊阿佩托斯和克罗诺斯，①
他们困处在塔尔塔罗斯深坑里面，　　　　480
不能坐下来享受许佩里昂太阳神的
光线或和风。你到那里流浪发脾气，
我也不在意，没有什么比你更无耻。"

他这样说，白臂女神没有回答。
太阳的亮光收入长河，引来黑夜　　　　485
盖覆生产谷物的田畴。阳光下沉，
有违特洛亚人的心意，黑夜降临

━━━━━━━

① 伊阿佩托斯是天与地的儿子，被克罗诺斯打入地牢。克罗诺斯也是天
　与地的儿子，被宙斯推翻。

却受到阿开奥斯人欢迎，期盼渴求。

　　光荣的赫克托尔把特洛亚人集合起来，
把他们引到离船不远的、回旋流动的　　　　　　　　490
河水旁边的空地上，那里没有尸体。
他们从车上下到地上，听宙斯宠爱的
赫克托尔发表演说；他手里举着一支
二十肘的长枪，青铜的枪尖在他面前
闪闪发光，上面有金环。他靠着长枪，　　　　　　495
对特洛亚人发表这样一段演说：
"特洛亚人、达尔达诺斯人、同盟的朋友，
请听我说，我想过怎样毁坏船只
和全体阿开奥斯人，再回到多风的伊利昂。
但是黑暗先降临，救了阿尔戈斯人　　　　　　　　500
和海岸上面的船只。让我们顺从黑夜，
准备晚餐，把那些长着好鬃毛的马
从车前解下来，扔一些草料给它们。
你们赶快从城里牵来肥羊和牛，
从家里拿来使心里甜蜜的葡萄酒和食物，　　　　505
收集大量柴薪，我们好从整个夜间
到初升的黎明时分燃起熊熊的火焰，
光亮升到天空当中，免得长头发的
阿开奥斯人趁黑夜里匆匆忙忙逃到
大海的宽阔的背上。我们不会让他们　　　　　　510
一点不挣扎就安安静静登上海船。
他们有人会在家里细心看护

飞来物造成的创伤,他们是在上船时
被箭矢或矛尖刺伤;别人会害怕
给特洛亚人带来引人流泪的战争。   515
让宙斯宠爱的传令官们在全城通报,
叫刚成长的青年和太阳穴上挂着
灰白发丝的老人绕着整个城市,
集中在众神为我们建筑的望楼上面,
叫妇女每人在大厅里面把炉火烧旺。   520
要安排固定的守望,免得有埋伏的敌人
趁我们的军队在外面,进入特洛亚城。
心高志大的特洛亚人,就按照我的话办理。
健全的劝告暂且说到这里为止,
黎明时我将在驯马的特洛亚人当中   525
再发表演说。我抱着希望祈求宙斯
和别的天神把命运带来的、命运用船
带来的这些狗子通通赶到海上去。
今夜里我们要保卫自己,明朝破晓,
我们披上铠甲,在空心船旁边   530
发动一场激烈的战斗。我会知道,
到底是提丢斯的儿子、强大的狄奥墨得斯
把我从船边赶到城边,还是我用铜枪
把他杀死,夺走他的血淋淋的铠甲。
明天他会认识他的勇气能不能   535
抵抗我的长枪的袭击。我却认为
他会在前锋当中受伤,躺在地上,
他的许多伴侣在明朝太阳升起时,

也躺在他的身边。但愿我在自己的日子里
能长生不老，像雅典娜、阿波罗受尊重，　　　　　540
像明天会给阿尔戈斯人带来祸害一样。"

赫克托尔这样说，特洛亚人齐声欢呼。
他们把那些流汗的马从轭下解下来，
用皮带拴住，每个人立在他的车旁边。
他们很快从城里牵来肥羊和牛，　　　　　　545
从家里拿来使人心里甜蜜的葡萄酒
和食物，又从各处收集来大量的柴薪；
他们向永生的神明献上有效的百牲祭。
和风从平原上面把香气带到天空，
但是永生的神明并没有分享它们，　　　　　550
神明们不愿意，神圣的伊利昂、普里阿摩斯
和他的有好桦木枪的人民为他们所憎恨。

这些人怀着雄心壮志，在阵线的空隙上
整夜坐着等候，生起无数的营火。
有如高高的天际，明亮的月轮旁边　　　　　555
星光闪烁，大气无风一片宁静；
险峻的山峰、高耸的海岬、幽深的峡谷
全都呈现，广漠的大气自天上裂开，
全体星辰可以看见，牧羊人心喜欢；
阿尔戈斯人的船只和克珊托斯流水之间　　　560
特洛亚人在伊利昂前的篝火也这样繁多。
成千堆火在平原上面熊熊燃烧，

每堆旁边有五十个人坐在火焰的光亮里。

马儿啃着白色的大麦、黑色的裸麦，

站在车子旁边，等待宝座上的黎明。　　　　565

第 九 卷

——阿伽门农向阿基琉斯求和遭拒绝

特洛亚人这样守望,阿开奥斯人
却处在神降的惊慌中,那是令人寒栗的
恐怖的伴侣,每一个勇敢的将领都感到
难以忍受的悲哀。有如两股风搅动
鱼游的海水,北风和西风自色雷斯　　　　　　　　　5
突然吹来,黑色的波浪向上翻腾,
把海草掀到水面上;阿开奥斯人的心
就是这样在他们的胸中搅得很乱。

阿特柔斯的儿子心里很是苦恼,
他到处走动,叫那些声音清晰的传令官　　　　　　　10
呼唤每一个人的名字,召集他赴会场,
但不要大声嚷;他也对前面的人传话。
他们坐在会场上,心里很是忧愁,
阿伽门农站起来,眼里流出两行泪,
有如黑色的泉水从高岩上面泄下来,　　　　　　　　15
阿伽门农就这样沉痛哭泣,对阿尔戈斯人说:
"诸位朋友、阿尔戈斯人的领袖和参议,

克罗诺斯之子、伟大的宙斯使我变愚昧，
他多残忍，他曾经向我点头答应，
叫我先毁灭那城高墙厚的伊利昂再回家。　　　　20
可是他现在构想出一个恶意的诡计，
叫我损失许多将士，忍辱还乡。
这很使无比强大的宙斯心里喜悦，
他曾经使许多城市低头，还要这样做，
他的权力至高无上、不可企及。　　　　25
让大家按照我的吩咐，全都服从，
坐上海船逃回亲爱的祖国的土地，
我们攻不下街道宽阔开朗的特洛亚。"

　　他这样说，他们全都默不作声，
阿开奥斯人的儿子们长久忧愁不言语，　　　　30
后来擅长呐喊的狄奥墨得斯发言：
"阿特柔斯的儿子，我反对你做事愚蠢，
国王啊，大会上这样做也应当，你不要发怒。
你曾经当着阿开奥斯人责备我的勇气，
说我没有战斗精神，软弱无能。　　　　35
这一切阿尔戈斯人老老少少全都清楚。
克罗诺斯的狡诈的儿子把两样东西的
一样给了你，他赠你权杖，使你受尊敬，
却没有把胆量给你，胆量最有力量。
我的好人，你认为阿开奥斯人的儿子们，　　　　40
像你所说，完全没有战斗精神，
软弱无能？要是你的心急于要回家，

你就走;你前面有水路,你的船靠近大海,
那许多从迈锡尼跟随你前来的船只。
其他的长头发的阿开奥斯人将留在这里,   45
直到我们毁灭特洛亚。还是让他们
坐船逃往他们祖先的亲爱的土地吧。
我和斯特涅洛斯两人将一直战斗到
攻下伊利昂;我们前来有天神的佑助。"

　　他这样说,阿开奥斯人的儿子们欢呼,   50
称赞驯马的狄奥墨得斯发表的演说。
策马的涅斯托尔站起来对他们这样说:
"提丢斯的儿子,你在战斗中很是强大,
议事时在同年岁的伴侣中出众超群。
全体阿开奥斯人没有人会轻视你的话,   55
或是反驳;虽然你还没有把话说完。
你年轻,可能做我的儿子,最后出生的,
可是你已经对阿尔戈斯人的国王们
说出谨慎的话;说得非常合适。
我自视比你年长,我要发表意见,   60
把话完全讲出来;没有人会轻视我的话,
连阿伽门农主上也不会。一个喜欢
在自己的人中挑起可怕的战斗的人,
是一个没有族盟籍贯、没有炉灶、①
不守法律的人。现在让我们服从   65

~~~~~~~~~~~~~~~~

①　炉灶是家庭的象征。

222

黑暗的夜晚的安排,准备我们的晚饭,
守望人站在墙外深挖的壕沟旁边。
我对年轻人是这样吩咐。阿伽门农,
你来领导,你最有君主的无上仪容。
你为长老们设宴,这对你应当、适宜。　　　　　70
你的营帐里堆满酒浆,是阿开奥斯人
每天用船只从色雷斯渡过大海运来。
各种款待你都具备,你统治万民。
等到很多人聚齐,谁想出最好的劝告,
你就吸收听取。全体阿开奥斯人　　　　　75
很需要良好的聪明的劝告,因为敌人
靠近船点燃许多营火;谁见了会高兴?
今天晚上我们的军队会毁灭或拯救。"

　　他这样说,他们欣然谛听,服从。
所有武装的守望人在涅斯托尔的儿子、　　　　　80
士兵的牧者特拉叙墨得斯、阿瑞斯的儿子
阿斯卡拉福斯和伊阿尔墨诺斯、墨里奥涅斯、
阿法柔斯、得伊皮罗斯和克瑞翁的儿子、
神样的吕科墨得斯的周围匆忙出动。
守望人的队长一共是七个,每个人　　　　　85
有一百年轻人手里举着长枪随行;
他们前进,坐在壕沟与壁垒之间;
他们生火,动手准备自己的晚饭。

　　阿特柔斯的儿子把阿开奥斯人的长老们

一起引进营帐，在他们面前摆上　　　　　　　　90
合乎口味的肉食。他们伸手抓取
为他们准备摆在他们面前的食品。
在他们满足了饮酒吃肉的欲望之后，
老年人涅斯托尔开始为他们编织计划，
他所提供的劝告从来最好不过。　　　　　　　95
他好心好意在会上发言，这样说：
"阿特柔斯的光荣儿子、人民的国王阿伽门农，
我的话从你说起，也到你结束，你是
大军的统帅，宙斯把权杖和习惯法赐给你，
使你能够为你的人民出谋划策。　　　　　　100
你应当比别人更能发言，听取意见，
使别人心里叫他说的于我们有益的话
成为事实，别人开始说的要靠你实行。
因此我要说出我认为是最好的意见。
自从你、宙斯的后裔从愤怒的阿基琉斯的　　105
营帐里面把少女布里塞伊斯带走——
那件事并不合我们的心意，没有别人
想出比我到现在想出的更好的意见。
我曾经再三劝阻你，可是你却顺从
你的高傲的精神，不尊重天神所重视的　　110
最强大的人，把他的荣誉礼物夺走，
据为己有；让我们想一想怎样挽救，
用可喜的礼物和温和的话语把他劝说。"

　　人民的国王阿伽门农回答他这样说：

"老人家，你说起我做事愚蠢，并不是假话，　　115
我做事愚蠢，我并不否认。宙斯心里
宠爱的那个战士抵得上许多将士，
大神重视他，毁灭了阿开奥斯人的军队。
我做事愚蠢，顺从了我的恶劣的心理，
我想挽救，给他无数的赔偿礼物。　　120
我当着你们每个人举出最好的礼品，
七个未曾见火的三脚鼎、十锭黄金、
二十口发亮的大锅、十二匹强壮的马匹，
它们靠自己的快腿能在竞赛中获胜。
一个人如果能拥有我的那些单蹄马　　125
获得的那么多奖品，他就不会很贫穷，
他也不会感到缺少贵重的黄金。
我还要给他七个巧手的累斯博斯妇女，
那是他攻占精美的累斯博斯后我所挑选。
就美貌而论，她们胜过所有的妇女。　　130
这些人我赠送给他，此外还有我夺来的
那个少女、布里修斯的女儿，我发重誓
我从来没有登上她的床榻玩耍，
那是凡人的习惯，男女间常有的事。
这些东西可以立刻放在他面前；　　135
要是众神让我们劫掠普里阿摩斯的
宽阔的城市，让他在阿开奥斯人分配
战利品的时候，进去把大量黄金和铜
堆在他的船上，还从中挑选二十个
仅次于阿尔戈斯的海伦的美丽的妇女。　　140

我们一旦回到阿开奥斯人的肥沃的阿尔戈斯，
他会成为我的女婿，我会像珍视
养育在富裕中的幼子奥瑞斯特斯那样珍视他。
在我的建筑精美的大厅里有三个女儿：
克律索特弥斯、拉奥狄克、伊菲阿娜萨，　　　　　　145
让他把他中意的一个带到佩琉斯的家里，
不必送聘礼；我还要给她许多嫁妆，
没有人给过他的女儿那么多东西。
此外我还要给他七座人烟稠密的城市：
卡尔达米勒、埃诺佩、盛产水草的希瑞、　　　　　150
神圣的斐赖以及草原茂盛的安特亚、
美好的埃佩亚、盛产葡萄的佩达索斯。
它们都靠海，坐落在多沙的皮洛斯的边界上；
那些地方居住着富有牛羊的人民，
他们会把他当作天神，用贡品致敬，　　　　　　155
他的法令在他的权杖下顺利执行。
要是他息怒，这一切都会成为事实。
愿他让步——冥王哈得斯不息怒，不让步，
在全体天神当中最为凡人所憎恶。
愿他表示服从，我更有国王的仪容，　　　　　　160
我认为按年龄我和他相比我也长得多。"

　　革瑞尼亚的策马人涅斯托尔回答他这样说：
"阿特柔斯的光荣儿子、人民的国王阿伽门农
你赠给阿基琉斯王的礼物不可轻视。
让我们赶快挑选人去佩琉斯的儿子的营帐里。　　165

凡是我选中的人,愿他们服从命令。
首先,让宙斯宠爱的福尼克斯先行,
然后是伟大的埃阿斯和神样的奥德修斯去,
传令官奥狄奥斯和欧律巴特斯随行。
现在你们打水来净手,宣布肃静, 170
我们好向克罗诺斯的儿子宙斯祈祷,
也许他会怜悯我们阿开奥斯人。"

　　他这样说,他说的话讨大家喜欢。
两个传令官把水洒到他们手上,
年轻人将调缸盛满酒,他们先用杯子 175
举行奠酒仪式,然后把酒分给大家。
他们奠酒,心里想喝多少就喝多少,
然后离开阿特柔斯的儿子的营帐。
革瑞尼亚的涅斯托尔给他们许多吩咐,
他注视每一个人,特别是奥德修斯, 180
要他们试图说服佩琉斯的光荣的儿子。

　　两使节沿着呼啸的大海的岸边前行,
向那位环绕并震撼大地的神祈祷,
希望能说服埃阿科斯的孙儿的心灵。
他们到达米尔弥冬人的营帐和船只, 185
发现他在弹奏清音的弦琴,娱悦心灵,
那架琴很美观精致,有银子做的弦桥,
是他毁灭埃埃提昂的城市时的战利品。
他借以赏心寻乐,歌唱英雄们的事迹。

帕特罗克洛斯面对他坐着,静默无言, 190

等待埃阿科斯的孙子停止唱歌。①

两使节走上前去,神样的奥德修斯

在前面领路,他们站在他的面前;

阿基琉斯大惊,提着弦琴离座跳起来,

帕特罗克洛斯看见他们也立即起身。 195

捷足的阿基琉斯招呼他们这样说:

"欢迎,你们前来,是朋友,来得是时候,

尽管我生气,你们是最亲爱的阿开奥斯人。"

神样的阿基琉斯这样说,把他们引进屋,

使他们坐在铺着紫色毛毯的凳子上。 200

他立刻对近在身边的帕特罗克洛斯这样说:

"墨诺提奥斯的儿子,把一只大调缸端来,

调配纯一点的葡萄酒,②给每人一只杯子,

在我的屋顶下面的是最亲爱的朋友。"

他这样说,帕特罗克洛斯听从他的话。 205

他把一只大盘子放在火光上面,

盘上放着肥山羊和绵羊肩头上的肉,

还有肥猪的带着闪光肥肉的里脊。

奥托墨冬抓住,阿基琉斯割肉,

他把肉切成小块,叉在铁叉上, 210

---

① 阿基琉斯和帕特罗克洛斯轮流歌唱。此处指帕特罗克洛斯待阿基琉斯
　唱完后接着唱。

② 意思是:"向酒里少兑水"。古希腊人饮酒时通常是两分酒里兑三分水。

由墨诺提奥斯的神样的儿子把火烧旺。

柴薪烧完,火焰熄灭,他把烧得

火红的木炭摊开,把铁叉放在上面;

铁叉放在铁架上,撒上神圣的盐粒。

待肉烤好,取下来放在大桌上;   215

帕特罗克洛斯从漂亮的篮里拿出面包,

分给每一张餐桌,阿基琉斯分肉。

他坐在神样的奥德修斯对面,靠近另一边,

他叫他的亲密伴侣帕特罗克洛斯

向众神献祭,那人把祭品扔到火里。   220

宾主把手伸向摆在面前的肉食。

在他们满足了饮酒吃肉的欲望之后,

埃阿斯向福尼克斯点头,神样的奥德修斯会意,

他斟满一杯葡萄酒,举杯向阿基琉斯致意:

"致敬,阿基琉斯,在阿特柔斯之子阿伽门农的   225

营帐和现在你这里不缺少相等的肉食,

你这里有很多满足心愿的东西可吃。

可是我们的心思不在于可喜的宴会。

宙斯养育的战士啊,我们看见有大难,

感到恐惧,担心能否保住有好排桨的船只,   230

或是它们会遭受毁灭,要是你不尽力。

雄心的特洛亚人和他们的闻名的盟友

正靠近我们的船只和壁垒建立休息地,

在军中点燃许多营火,他们认为

他们不会被制止,要扑向我们的船只。   235

"克罗诺斯的儿子宙斯自右边打闪,
给他们发出信号;赫克托尔对他的力量
非常得意,很是疯狂,他信赖宙斯,
不尊重别的凡人和天神;他大发脾气。
他祈求神圣的黎明女神赶快露面;   240
他威胁要砍掉我们高立在船尾的尖顶,
放出大火烧毁船只,在上面杀死
我们这些被烟子熏糊涂的阿开奥斯人。
这就是我的心里非常害怕的事情,
担心众神实现威胁,我们注定   245
死在特洛亚,远离养马的阿尔戈斯。
奋发吧,要是你想在最后时刻从特洛亚人的
叫嚣中拯救阿开奥斯人的受难的儿子们。
你日后会感到非常苦恼,祸害造成,
找不到挽救的方法。你要趁早想想   250
怎样使达那奥斯人躲过这不祥的日子。
亲爱的朋友,你父亲佩琉斯把你从佛提亚
送到阿伽门农那里,当天吩咐你这样说:
'我的孩子,雅典娜和赫拉会给你力量,
只要她们愿意,但是你要控制   255
你胸膛里面的傲气,温和友善好得多。
你要停止那种酿成祸害的争吵,
老老少少的阿尔戈斯人会更尊重你。'
老人是这样吩咐你的,可是你忘记了。
你现在停止吧,戒掉你的痛心的愤怒。   260
阿伽门农赠给你非常珍贵的礼物,

你要息怒。请听我说,我来举出
阿伽门农在他的营帐里答应的东西:
七个未曾见火的三脚鼎、十锭黄金、
二十口发亮的大锅、十二匹强壮的马匹,　　　265
它们靠自己的快腿能在竞赛中获胜。
一个人如果能拥有他的那些单蹄马
获得的那么多奖品,他就不会很贫,
他也不会感到缺少贵重的黄金。
他还要给你七个巧手的累斯博斯妇女,　　　270
那是你攻占精美的累斯博斯后由他挑选。
就美貌而论,她们胜过所有的妇女。
这些人他赠送给你,此外还有他夺去的
那个少女、布里修斯的女儿,他发重誓,
他从来没有登上她的床榻玩耍,　　　275
国王啊,那是习惯,男女间常有的事。
这些东西可以立刻放在你面前;
要是众神让我们劫掠普里阿摩斯的
宽阔城市,就让你在阿开奥斯人分配
战利品的时候,进去把大量黄金和铜　　　280
堆在你的船上,还从中挑选二十个
仅次于阿尔戈斯的海伦的美丽的妇女。
我们一旦回到阿开奥斯人的肥沃的阿尔戈斯,
你会成为他的女婿,他会像珍视
养育在富裕中的幼子奥瑞斯特斯那样珍视你。　　　285
在他的建筑精美的大厅里有三个女儿:
克律索特弥斯、拉奥狄克、伊菲阿娜萨,

让你把你中意的一个带到佩琉斯的家里，
不必送聘礼；他还要给她许多嫁妆，
没有人给过他的女儿那么多东西。   290
此外，他还要给你七座人烟稠密的城市：
卡尔达米勒、埃诺佩、盛产水草的希瑞、
神圣的斐赖以及草原茂盛的安特亚、
美好的埃佩亚、盛产葡萄的佩达索斯。
它们都靠海，坐落在多沙的皮洛斯的边界上；   295
那些地方居住着富有牛羊的人民，
他们会把你当作天神，用贡品致敬，
你的法令在你的权杖下顺利执行。
要是你息怒，这一切都会成为事实。
即使阿特柔斯之子和他的礼物非常可恨，   300
你也该怜悯其他的阿开奥斯人，
他们在军中很疲惫，这些人将把你
当作天神来尊敬，给你莫大的荣誉。
你现在能杀死赫克托尔，他会在害人的疯狂中
走近你的身边，认为在所有乘船来的   305
达那奥斯人中，没有人像他那样强。"

　　捷足的战士阿基琉斯回答他这样说：
"拉埃尔特斯的儿子、大神宙斯的后裔、
足智多谋的奥德修斯，我不得不
把我所想的、会成为事实的话讲出来，   310
免得你坐在那里那样喋喋不休。
有人把事情藏心里，嘴里说另一件事情，

在我看来像冥王的大门那样可恨。
我要把我心里认为是最好的意见讲出来。
我看阿特柔斯的儿子阿伽门农　　　　　　　　　315
劝不动我，其他的达那奥斯人也不行，
因为同敌人不断作战，不令人感谢，
那待在家里的人也分得同等的一份。
胆怯的人和勇敢的人荣誉同等，
死亡对不勤劳的人和非常勤劳的人　　　　　　320
一视同仁。我心里遭受很大的痛苦，
舍命作战，对我却没有一点好处。
有如一只鸟给羽毛未丰的小雏衔来
它能弄到的可吃的东西，自己遭不幸；
我就是这样度过许多不眠之夜，　　　　　　　325
在作战当中经过许多流血的日子，
同战士们一起，为了他们的妻室。

"我曾经从海上劫掠人们的十二座都城，
从陆路劫掠特洛亚城市我想是十一座；
我从那些地方夺获许多好的财物，　　　　　　330
全都带回来交给阿伽门农，阿特柔斯之子；
他待在后方，住在他的快船旁边，
接受战利品，分一点给别人，自己留许多，
有些战利品他赠给首领和国王们，没人动
他们的东西，阿开奥斯人中只有我被抢夺，　　335
他占有我心爱的侍妾，和她取乐同床。
阿尔戈斯人为什么要同特洛亚人作战？

阿伽门农为什么把军队集中带来这里？
难道不是为了美发的海伦的缘故？
难道凡人中只有阿特柔斯的儿子们　　　　　　　　340
才爱他们的妻子？一个健全的好人
总是喜爱他自己的人，对她很关心，
就像我从心里喜爱她，尽管她是女俘。
他已经从我手里夺去礼物欺骗我，
他别想劝诱了解他的人，他劝不动我。　　　　　345
奥德修斯啊，让他同你和别的国王们
共同想办法，使船只避免熊熊的火焰。
没有我的帮助，他完成了许多事情，
他建造壁垒，在墙边挖壕沟，又宽又深，
在里面竖立木桩；但是他未能阻挡　　　　　　350
杀人的赫克托尔的力量。我在阿开奥斯人中
作战的时候，赫克托尔不想远离城墙
发动战争，只走到斯开埃城门外面，
橡树旁边，有一次他独自在那里等我，
好不容易才躲过我的猛烈的攻击。　　　　　　355

　　"我现在一点不想同神样的赫克托尔作战，
明天我向宙斯和全体天神献祭，
我把船只拖到海上，装上货物。
你就会看见，只要你愿意，有点关心，
拂晓时我的船在鱼游的赫勒斯滂托斯航行，　　360
我的人热心划桨；要是那位闻名的
震撼大地的海神赐我顺利的航行，

第三天我会到达泥土深厚的佛提亚。

我来这里时把大量财产留家里；

我将从这里带走别的黄金和铜、　　　　　　　　365

青灰色的铁、束着美丽腰带的妇女，

这都是我拈阄得来；我的荣誉礼物

却被那赠予者阿伽门农夺去，侮辱我。

请把我说的这些事情公开告诉他，

使别人同样愤慨，要是他希望欺骗　　　　　　370

别的达那奥斯人，他总是这样无耻。

尽管他有狗的脸面，却不敢和我照面。

我不会和他一起构想任何策略

或是事情，因为他已经欺骗我，冒犯我。

他不能再用言语引诱我；他做尽坏事。　　　　375

让他舒舒服服去毁灭；聪明的宙斯

已经剥夺他的智力。他的礼物

看起来可憎可恶，我估计值一根头发①。

　　"即使他把现有财产的十倍、二十倍给我，

再加上从别的地方得来的其他的财产，　　　　380

连奥尔科墨诺斯②或埃及的特拜的财富一起——

在那个城市家家存有最多的财产，

特拜共有一百个城门，每个城门口

有二百名战士乘车策马开出来——

---

① 这八个字的原诗晦涩，意思不明白。

② 波奥提亚的奥尔科墨诺城被视为古代最富庶的城市之一。

即使赠送的礼物像沙粒尘埃那样多，　　　　　　　385
阿伽门农也不能劝诱我的心灵，
在他赔偿那令我痛心的侮辱之前。

　　"阿特柔斯的儿子的女儿我不迎娶，
即使她的容貌比得上黄金的美神，
她的手艺赶得上目光炯炯的雅典娜，　　　　　　390
我也不迎娶。让他选择另外一个
和他相似、比我更有国王的仪容的
阿开奥斯人。要是众神保全我的性命，
我回到家里，佩琉斯会为我寻找个妻子。
赫拉斯、佛提亚有许多阿开奥斯少女，　　　　　395
她们都是保卫城市的首领的女儿，
我愿意选中谁，就把谁作为亲爱的妻子，
我的高贵的灵魂时常驱使我从那里
娶一个合法的妻子、一个合适的助手，
尽情享受老人佩琉斯获得的财富。　　　　　　400
在我看来，无论是据说人烟稠密的
伊利昂在和平时代，在阿开奥斯人的儿子们
到达之前获得的财富，或是弓箭神
福波斯·阿波罗在多石的皮托的白云石门槛
围住的财宝，全都不能同性命相比。　　　　　405

　　"肥壮的羊群和牛群可以抢夺得来，
枣红色的马、三脚鼎全部可以赢得，
但人的灵魂一旦通过牙齿的樊篱，

就再夺不回来,再也赢不到手。
我的母亲、银足的忒提斯曾经告诉我,　　　　　　410
有两种命运引导我走向死亡的终点。
要是我留在这里,在特洛亚城外作战,
我就会丧失回家的机会,但名声将不朽;
要是我回家,到达亲爱的故邦土地,
我就会失去美好名声,性命却长久,　　　　　　415
死亡的终点不会很快来到我这里。

　"我劝其他的人一起航海回家,
我们达不到攻占陡峭的伊利昂的目标,
发出远扬的雷声的神宙斯把他的双手
伸向那城市上空,它的人民很有勇气。　　　　　　420
你们回去把这个信息告诉尊贵的
阿开奥斯首领,长老们享有这种权利,
让他们构想出别的更好的策略,挽救
他们的船只和船边的阿开奥斯人的军队;
他们现在构想出的策略由于我发怒,　　　　　　425
对他们没有效用。让福尼克斯留下来,
在这里睡眠,他好在明天和我一起
坐船返回亲爱的祖国,只要他愿意,
但是我不会逼迫他,不会硬把他带走。"

　他这样说,他们全体默不作声,　　　　　　430
惊异他的发言,因为他话语坚决。
年高的策马人福尼克斯在他们当中发言,

他眼泪长流,为阿开奥斯人的船只担忧:
"光荣的阿基琉斯,如果你心里存有
回家的念头,一点不愿意使那些快船　　　　　　435
免遭毁灭,只因为你的胸中有怒气,
亲爱的孩子,没有你,我怎能独自留下?
年高的策马人佩琉斯在那天从佛提亚
把你送往阿伽门农主上那里,
他把我和你一起送走,你还年少,　　　　　　　440
不懂得恶毒的战争和使人成名的大会。
为此他派我教你这些事,使你成为
会发议论的演说家,会做事情的行动者。
亲爱的孩子,因此我不愿没有你而留下,
即使天神答应把我的年纪削减,　　　　　　　445
使我年轻强壮,就像我初次离开
那生产美女的赫拉斯,避免同父亲阿明托尔、
奥尔墨诺斯之子争吵时那样,我也不愿意。
父亲为他的美发的侍妾生我的气,
他喜爱那妇人,却侮辱我母亲、他的妻子,　　450
母亲多次抱着我的膝头恳求我
去同那个侍妾玩耍,使她恨老头子。
我按母亲的话去做,父亲立刻起疑心,
他狠狠地诅咒我,吁请可恨的报仇女神们
不让我生的可爱的孩子坐他的膝头,　　　　　455
众神连下界的宙斯和可畏的佩尔塞福涅①

～～～～～～～～

① "下界的宙斯"指冥王。佩尔塞福涅是冥后。

使他的诅咒应验。我考虑用锋利的短剑
杀死父亲,可是有一位永生的神明
阻止了我的愤怒,他把人民的舆论
和人们的许多谴责带到我的心里,   460
免得我在阿开奥斯人当中冒弑父罪名。

　　"我的胸中的心灵不再使自己停留在
生气的父亲的大厅里,既然父亲忌恨我。
我的许多亲朋好友不离我左右,
再三求我留在大厅里,他们宰杀了   465
许多头肥羊、拖着脚行走的曲角的牛,
许多头很肥的猪躺在赫菲斯托斯的
火上烧掉毛;从老人的大坛里面舀来的
葡萄酒我们大量地酌饮。九个晚上
他们全都整夜睡在我的身边,   470
他们轮流把我看守,火不熄灭,
一堆在有垣墙很好围住的院子的门廊里,
一堆在我的卧室的房门外面的过道里。
在第十次黑夜来到我身边的时候,
我破开那两扇联结得非常紧密的房门,   475
走出屋来,很容易纵身跳过院墙,
躲过那些严密看守我的人和女奴。
我随即穿过广阔的赫拉斯,远远地逃走,
到达泥土深厚的佛提亚、绵羊之母,
到了佩琉斯那里,他非常热心接待我,   480
就像父亲喜爱大量财产的继承人、

他的晚出的独生儿子那样喜爱我，
使我富有，把许多人民交给我辖管。
我住在佛提亚边境上，统治多洛普斯人。

"神样的阿基琉斯，我把你养育成这样子，   485
我从心底里真正喜欢你；你不愿同别人
一道赴宴，在大厅里吃肉饮酒，
除非我把你抱起放在我的膝头上，
使你吃饱先切出的肉，喂你喝酒。
你在幼稚的难受当中吐出酒来，   490
常常把我胸前起褶的衬衫打湿。
我这样忍受很多痛苦，很多劬劳。
我因此想起众神不许我生个孩儿，
神样的阿基琉斯，我却把你当儿子，
使你保护我，免得遭受可耻的毁灭。   495

"阿基琉斯，你要压住强烈的愤怒；
你不该有个无情的心。天上的神明
也会变温和，他们有的是更高的美德、
荣誉和力量。人们用献祭、可喜的许愿、
奠酒、牺牲的香气向他们诚恳祈求，   500
使他们息怒，人犯规犯罪就这样做。
祈求女神们是伟大的神宙斯的女儿，
她们腿瘸，脸皱，眼睛斜着观看，
她们总是留心追随蛊惑女神①，

~~~~~~~~~~~~~~~

① 蛊惑女神引诱人犯规犯罪。

蛊惑女神强大，腿快，远远地跑在　　　　　　　　505
她们前面，首先到达大地各处，
使人迷惑，祈求女神们在后面挽救。
在宙斯的女儿们走近的时候，谁尊敬她们，
她们就大力帮助，听取他的祈祷；
但是如果他拒绝这样做，顽强否认，　　　　　　510
她们就去请求克罗诺斯的儿子宙斯，
让蛊惑女神随那人，使他入迷付代价。

　　"阿基琉斯，你要把崇敬呈献宙斯的女儿们，
这崇敬能转变其他的仁慈的人的心灵。
要是阿特柔斯的儿子不献出礼物，　　　　　　515
不应允以后的东西，一直暴烈地发脾气，
我决不会规劝你平息自己的怒火，
在阿开奥斯人需要时帮助他们。
可是他现在不仅愿意立刻赠送
许多礼物给你，还答应以后的东西，　　　　　520
派来军队中的贵显，是你最亲爱的人；
你不要轻视他们的话和他们的到来，
并没有一个人对你的愤怒表示愤慨。

　　"我们曾经听说从前的战士的名声，
他们发出强烈的怒气，可以用礼物　　　　　　525
使他们平息愤怒，用言语打动他们。
我记得这件旧时的事情，不是新近的，
我来告诉你们，你们是我的朋友。

库瑞特斯人和顽强战斗的埃托利亚人

在卡吕冬城周围作战,互相杀戮,　　　　　　　530

埃托利亚人保卫可爱的卡吕冬城,

库瑞特斯人很想在战争当中毁灭它。

金座的阿尔特弥斯给他们送来这祸害,

奥纽斯国王没有把葡萄园的初次收获

奉献给她;其他神明享受百牲祭,　　　　　　535

他却没有供奉伟大的宙斯的女儿,

也许是忘记或疏忽,心里犯了大错误。

宙斯的孩子、弓箭女神很是生气,

送来一条住在草地上的白牙的野猪,

它造成祸害,不断地毁坏奥纽斯的葡萄园。　　540

它把高大的树木连根推倒在地上,

它对树根和苹果树的花朵也同样为害。

但是奥纽斯国王的儿子墨勒阿格罗斯

从许多城市把猎人和猎狗召集拢来,

杀死野猪;少数人不可能把它征服,　　　　　545

它曾把许多人送往令人悲伤的火葬堆。

　　“这位女神在库瑞特斯人和心高志大的

埃托利亚人之间为争夺野猪的脑袋

和毛茸茸的皮子,引起许多叫嚣和呐喊。

只要阿瑞斯宠爱的墨勒阿格罗斯在战斗,　　　550

库瑞特斯人就一直不利,他们尽管

人数众多,却不能在城墙外面等待他。

但是在愤怒钻进墨勒阿格罗斯心里时——

这愤怒也使其他聪明人胸中的心脏胀——
他对母亲阿尔泰亚生气,①他躺在妻子、 555
美丽的克勒奥帕特拉旁边,这妇人本是
欧埃诺斯的女儿美脚的玛尔佩萨的女儿,
她的父亲是伊达斯、地上的凡人中
最强大的人,他曾经为这个美丽的女子
拿着弯弓面对射王福波斯·阿波罗。② 560

"克勒奥帕特拉的父亲和她的可敬的母亲
在他们的大厅里称呼她为阿尔库奥涅③,
因为她的母亲处在悲哀的翠鸟的命运中,
只缘福波斯·阿波罗夺走了她的孩子。
墨勒阿格罗斯躺在妻子身边,想起 565
那痛心的愤怒,母亲的诅咒使他气愤,
她为她的兄弟的死亡心里很悲伤,
再三祈求神明,再三双手拍击
养育万物的大地,跪下来眼泪湿衣褶,

① 墨勒阿格罗斯是埃托利亚人的国王奥纽斯的儿子,他的母亲阿尔泰亚
是库瑞特斯人的国王特斯提奥斯的女儿。墨勒阿格罗斯曾经把野猪的
皮赠给那位首先刺伤野猪的女战士阿塔兰塔。墨勒阿格罗斯的舅父们
企图把猪皮抢走,墨勒阿格罗斯因此把他们杀死了。阿尔泰亚为此诅
咒她的儿子。另一部史诗说,墨勒阿格罗斯是在同库瑞特斯人作战时,
被阿波罗杀死的。据另一种传说,命运女神们曾告诉阿尔泰亚,火中的
木柴烧完,她的儿子就会死去,她因此把一块木柴保存起来。她后来出
于气愤,把这块木柴烧掉了,她的儿子也就死了。
② 伊达斯曾经把玛尔佩萨带走,阿波罗企图从他手里夺走玛尔佩萨。宙
斯叫玛尔佩萨选择丈夫,她选中伊达斯。
③ 意思是"翠鸟"。

吁请冥王哈得斯和可畏的佩尔塞福涅　　　　　570
把死亡赐给她的儿子；在黑暗中行走的
无情的报仇神自幽冥听取她的祈祷。

　　"敌人的喧嚣到达城门口，攻城的响声
频频传来。埃托利亚人的长老们祈求，
派遣众神的最高贵的祭司们请他来助战，　　575
他们已经答应赠送他很大的礼物，
叫他在可爱的卡吕冬最肥沃的平原上面
任意挑选五十亩令他称心如意的
美好田地，其中一半是丰收的葡萄园，
一半是空旷的耕种地，从平原划分出来。　　580
那年高的国王奥纽斯再三向他恳求，
他站在有高屋顶的房间的门槛上面，
摇动那结合得很紧的房门，求他的儿子；
他的姐妹们和可敬的母亲也再三恳求他，
但是他更是拒绝她们；他的最忠实　　　　　585
最亲密的伴侣也再三恳求他，他们劝不动
他的胸中顽强的心灵，直到后来
他的房间受飞石的冲击，库瑞特斯人
爬上城墙，放火烧毁这巨大的城市。

　　"墨勒阿格罗斯的束着美丽腰带的妻子　　590
痛哭流泪祈求他，把城市陷落以后
全体人民面临的一切灾难告诉他，
战士遭杀戮，城市毁于火，他们的儿女

和腰带低束的妇女被敌人俘虏带走。
他听见这些不幸的事情，心情很激动，　　　　　　595
他走出去，身上披挂着发亮的铠甲。
他这样顺从他的心灵，使埃托利亚人
躲过不幸，他们还没有赠他礼物；
他就使埃托利亚人躲过面临的灾难。
亲爱的孩子，别让我看见你心里这样想，　　　　600
别让天神引导你走上那条道路，
保卫已经着火的船只，那时更困难。
接受礼物吧！阿开奥斯人会敬你如天神。
要是你得不到礼物也参加毁灭人的战争，
尽管你制止了战斗，也不会受到尊敬。”　　　　605

　　捷足的阿基琉斯回答老人这样说：
“福尼克斯，老父亲，宙斯养育的人，
我不要这种尊重，我满足于宙斯的意愿，
只要我胸中还有气息，膝头还强健；
那就是我在我的有弯顶的船上的命运。　　　　610
另外一件事我要告诉你，你放在心上，
请不要哭泣悲伤，扰乱我的心灵，
讨那个战士、阿特柔斯的儿子喜欢；
你不该珍爱他，免得令珍爱你的我憎恨你。
你同我一起使令我烦恼的人忧心。　　　　　　615
你同我一起为王，一半尊荣赠给你。
这些客人会去传达我的信息，
你且留在这里，睡在柔软的床榻上，

天一亮我们就考虑,是回家还是留下。"

　　他说完,默默向帕特罗克洛斯耸耸眉毛,　　　　　620
要他为福尼克斯老人铺一张很厚的床榻,
使其他的客人很快想起该离帐回去。
于是特拉蒙的神样的儿子埃阿斯发言:
"拉埃尔特斯的儿子、宙斯的后裔、智谋的奥德修斯,
我们走吧,我认为我们这次前来,　　　　　　　　625
没有达到使命的目标,我们应该
赶快向达那奥斯人传达信息,虽不是喜讯,
他们现在正坐在那里等待消息。
阿基琉斯使他的强烈的心灵变得很高傲,
很残忍,他无视伴侣们的友爱,尽管我们　　　　　630
在船只间尊重他,胜于尊重别人,
无情的人! 有人从杀害他的兄弟
或是孩子的凶手那里接受赎金,
杀人者付出大量金钱后可留在社会;
死者亲属的心灵和傲气因赎金受控制。　　　　　635
但是神明把一颗为一个女子的缘故
而变得执拗的不良的心放在你胸中;
我们现在给你七个最美丽的女子
和许多别的礼物,你要有一颗温和的心,
尊重你的家。我们从达那奥斯人的军中　　　　　640
来到你的屋顶下,我们愿意对你
最亲近最友好,胜过对别的阿开奥斯人。"

捷足的阿基琉斯回答埃阿斯这样说：
"埃阿斯，大神宙斯的后裔，特拉蒙的儿子，
士兵的长官，你说的这一切合我的心意；　　　　　645
我想起这件事，我的心就膨胀，阿伽门农
是怎样在阿尔戈斯人当中将我侮辱，
把我当作一个不受人尊重的流浪汉。
你们现在回去传达我的信息，
在英勇的普里阿摩斯的儿子、神样的赫克托尔　　650
杀死阿尔戈斯人，放火烧毁船只，
攻到米尔弥冬人的营帐和船只以前，
我不会准备参加这场流血的战争。
但是我认为赫克托尔会在我的营帐
和黑色的船只旁停下来，尽管他想打仗。"　　　655

他这样说，每个人拿一只双重杯奠酒，
由奥德修斯带路，沿着船只回去。
帕特罗克洛斯吩咐一些伴侣和侍女
很快为福尼克斯铺一张很厚的床榻，　　　　　660
他们听从命令铺上一张床榻，
放上羊皮、毛毯、麻布的细软被单。
老人睡在上面，等待神圣的黎明。
阿基琉斯睡在那精致的营帐的深处，
有个女子躺在他旁边，从累斯博斯带来，
福尔巴斯的女儿、美颊的女人狄奥墨得。　　　665
帕特罗克洛斯睡在对面，束美丽腰带的
伊菲斯躺在他旁边，那是阿基琉斯攻下

247

埃倪欧斯的都城、陡峭的斯库罗斯时送给他。

　　那些人到达阿特柔斯的儿子的营帐时，
阿开奥斯人的儿子们站在这边或那边，　　　　　　　　670
用金杯祝酒欢迎他们，向他们探问；
阿伽门农、人民的国王首先问道：
"大受称赞的奥德修斯，阿开奥斯人的荣耀，
阿基琉斯是愿意保护船只免遭熊熊火焰，
还是拒绝，愤怒还占据他的心灵？"　　　　　　　　675

　　坚忍的神样的奥德修斯回答他这样说：
"阿特柔斯的光荣儿子、人民的国王阿伽门农，
他不愿平息怒火，更加充满火气，
蔑视你本人，拒绝接受你的礼物。
他叫你自己同阿尔戈斯人一起想办法，　　　　　　680
如何挽救船只和阿开奥斯人的军队。
他还威胁你说，黎明初现的时候，
他要把他的有好长凳的弯船拖下海。
他还说他要劝其他的人航海回家，
只缘你们达不到攻下伊利昂的目标，　　　　　　　685
因为那发出远扬的雷声的神宙斯
把手伸向那城市，它的人民有勇气。
他这样说，跟随我去那里的埃阿斯
和两位传令官、两个谨慎的人也会告诉你。
福尼克斯老人照阿基琉斯的吩咐，　　　　　　　　690
睡在那里，好明天和他一起返故乡，

只要他愿意,他不会强行把他带走。"

　　他这样说,他们全体默不作声,
惊异他说的话,他的发言强有力。
阿开奥斯儿子们心里忧愁,一声不响。　　　　　　695
后来,擅长呐喊的狄奥墨得斯发言:
"阿特柔斯的光荣儿子、人民的国王阿伽门农,
但愿你从没有向佩琉斯的光荣儿子祈求,
从没有答应他无数礼物;他本来高傲,
你现在更加激起他的高傲的心情。　　　　　　700
可是我们随他去,随便他走或留下,
在他的心灵驱使他,天神激励他的时候,
他自会参加战斗。你们按照我的话,
表示服从,等你们的心灵享受了
饮酒吃肉之乐,其中有力量和勇气,　　　　　　705
你们就睡眠。那位有玫瑰色手指的
美丽的曙光女神一出现,你就赶快
把士兵和战车列在船前,鼓励他们,
你自己要在先锋当中奋勇作战。"

　　他这样说,全体国王表示赞成,　　　　　　710
称赞驯马的狄奥墨得斯发表的演说。
他们随即奠酒,每个人回到营帐里,
躺在床上,接受睡眠赏赐的礼物。

第 十 卷

—— 奥德修斯和狄奥墨得斯夜探敌营

阿开奥斯军中的其他首领屈服于
温柔的睡眠,整夜在船边沉入梦境,
唯有阿特柔斯的儿子,士兵的牧者
阿伽门农一直未能进入甜蜜的梦乡,
他的心里还在盘算着许多要务军机。　　　　　5
有如美发的赫拉的丈夫发出闪电,
降下狂烈的暴雨或是冰雹、寒雪,
雪花飘落到田间或杀人的战争的大口里,①
阿伽门农也这样从胸中,从心的深处,
胸脯不住地颤动,发出不断的叹息。　　　　10
他遥望特洛亚平原,但见伊利昂城前
燃起无数的火光,双管和排箫音乐、
士兵们的吵嚷阵阵,使他倍感忧烦;
又看看阿开奥斯人的船只和军队啊,
他禁不住从头上连根扯下一绺头发,　　　　15
向那位高高在上的主神宙斯祈求,

───────────

① 这几个字的原诗晦涩,意思费解。

从他的高贵的心里发出大声地叹息。
他左右思索，觉得这样做最为合适，
就是首先去找涅琉斯之子涅斯托尔，
和他一起商量出一个最好的策略，　　　　　　　　　　20
使全体达那奥斯人免却目前的灾难。
他抬身坐起来穿上衬袍，把精编的绳鞋
系在光亮的脚上，把褐色狮皮披上肩，
耀眼而宽大，直拖到脚边，把长枪操起。

　　墨涅拉奥斯也心神不安，睡眠未能　　　　　　　25
爬上他的眼睑，他也为阿尔戈斯人
满怀忧虑，他们是为了他而毅然参战，
渡过辽阔的海面来到特洛亚城下。
他先把一张有金钱斑纹的豹皮披上
他那宽阔的肩头，再戴上一顶铜盔，　　　　　　　30
强健的手里握着一支锋利的投枪。
他要去唤醒兄长，这兄长权力广泛，
统治着阿尔戈斯人，被人们尊敬如天神。
他看见兄长正在船艄边把精制的铠甲
披到肩头，见他到来高兴无比。　　　　　　　　　35
擅长呐喊的墨涅拉奥斯首先这样说：
"尊敬的兄长，你为什么全副武装？
是想唤醒同伴去侦察特洛亚人？
我怕没有人敢于接受这样的任务，
在神圣的黑夜里独自前往敌方侦察，　　　　　　　40
必定是心雄万夫的战士才能胜任。"

阿伽门农主上回答弟弟这样说：
"宙斯养育的墨涅拉奥斯，现在我们
得想出一个好办法来保护阿尔戈斯人，
挽救船只，宙斯显然改变了主意，   45
赫克托尔的祭品比我们的更令他欢心。
这样的事情我见所未见，闻所未闻，
有谁像宙斯宠爱的赫克托尔在一天之中
凭自己的力量如此伤害阿开奥斯人，
他并非任何一位女神或天神所生。   50
阿开奥斯人对这一伤痛会久久难忘，
他今天一人给我们造成了多大的灾难！
你现在就出发，赶快沿着船只跑去，
召请埃阿斯和伊多墨纽斯，我要到
神样的涅斯托尔那里去把他唤醒，   55
他或许会愿意去巡视，整肃守望队伍。
他们会听从他的话，因为他的儿子
是守望人中的头领，还有墨里奥涅斯，
伊多墨纽斯的伴侣，任务就委托给他们。"

擅长呐喊的墨涅拉奥斯回答他这样说：   60
"我如何执行你的这些吩咐和命令？
我把你的意愿如实地向他们传达后，
是留在那里等待，还是回到你这里？"

人民的统领阿伽门农这样回答说：

252

"你留在那里，免得我们行走的时候，　　　65
彼此错过，因为军营里有很多道路。
你无论到哪个军营都要放大声音，
称呼每个人的氏族名称和他们的父名，
尊重所有的将士，心里切勿傲岸，
我们要事事用心，在我们出生的时候，　　70
宙斯就给我们派定了沉重的苦难。"

　　他这样详细地训示弟弟，把他送走，
他自己出发去找士兵的牧者涅斯托尔。
他见他正躺在营帐和黑色的船只旁边
柔软的床榻上，身边放着精制的铠甲，　　75
盾牌，两支长枪，一顶发亮的铜盔，
还有一条闪亮的腰带，在他戎装
率领士兵参加杀人的战争的时候，
就把它系在身上，不服可悲的老年。
他用肘部支持住身体，抬起头来，　　　80
对阿特柔斯的儿子说话，这样询问：
"在别的凡人睡眠时，那个在昏黑的夜里
独自在船边穿过军营前来的人是谁？
你是在寻找走失的骡子或某个同伴？
你说话，不要悄悄走近！你需要什么？"　　85

　　人民的国王阿伽门农回答他这样说：
"涅琉斯之子涅斯托尔，阿开奥斯人的荣耀，
我是阿特柔斯的儿子阿伽门农，

宙斯一直让他陷于劳苦的那个人，
只要我膝头强健，胸中气息犹存。　　　　　　　90
我就这样走动，甜蜜的睡眠并没有
进入我的眼睑，阿开奥斯人的苦难
使我忧悒，我为达那奥斯人担心，
我的心神难以平静，在忧愁中飘忽，
我的心像要跳出来，四肢不停地战栗。　　　　95
我看睡眠也没能征服你，你如果愿意，
让我们现在就去守望人的队伍巡视，
他们不要困倦于疲劳而沉沉睡去，
把他们的守望任务忘得干干净净。
敌人就留驻附近，我们难以断定，　　　　　　100
他们会不会趁黑夜昏冥前来偷营。"

　　革瑞尼亚的策马人涅斯托尔这样回答：
"阿特柔斯的光荣儿子阿伽门农，
人民的国王，我看智慧神宙斯不会让
赫克托尔的所有希望全都成为现实，　　　　　105
等到阿基琉斯让自己从强烈的愤怒中
回心转意，那时宙斯大概会让他
遭受更大的苦难。我愿意跟着你行动，
让我们去唤醒其他的人，如提丢斯之子，
那闻名的枪手，奥德修斯，腿快如飞的　　　　110
埃阿斯，还有费琉斯的勇敢的儿子墨革斯。
但愿也有人去召唤这些人：神样的埃阿斯，
伊多墨纽斯王，他们的船只在那头，并不近。

墨涅拉奥斯令我敬爱，但我要谴责他，
我不隐瞒自己，即使你对我生气。 115
他安心睡眠，让你一个人辛辛苦苦；
他本该和所有高贵的领袖们同辛劳，
向他们请求，因为我们正处境危险。"

　　人民的国王阿伽门农回答他这样说：
"老人家，别的时候我会希望你责备他， 120
他经常懈怠粗疏，不愿意勤劳努力，
但不是由于呆滞，或是头脑蠢笨，
而是一切仰望我行动，等我发命令。
但今晚他比我更用心，是他主动来找我，
我已派他去召请你提起的那些将领。 125
让我们走吧，我们会在营门口守望人中
遇见他们，我约定他们去那里会齐。"

　　革瑞尼亚的策马人涅斯托尔这样回答：
"要是这样，不管他向谁请求，发命令，
阿开奥斯人绝不会对他怀怨不从命。" 130

　　他这样说，把一件衬袍穿在身上，
把一双精编的绳鞋系在光亮的脚上，
把一件双层的宽大紫袍锁在肩头，
上面覆盖着一层厚厚的细软羊毛，
手里握着一支铜尖锐利的长枪， 135
沿着披铜甲的阿开奥斯人的船只走去。

革瑞尼亚的策马人涅斯托尔首先把
聪明如宙斯的奥德修斯从睡眠中唤醒，
呼唤的声音立即钻进那人的心灵。
奥德修斯立即走出营帐，对他们这样说：　　　　　　140
"你们为什么在神圣的夜里在船只之间
只身穿行？是不是发生了什么事情？"

　　革瑞尼亚的策马人涅斯托尔这样回答说：
"拉埃尔特斯之子、宙斯的后裔、多智谋的
奥德修斯，别生气，沉重的苦难困扰着　　　　　　145
阿开奥斯人，同我们一起去把其他人唤醒，
商量我们是继续战斗还是撤离。"

　　他这样说，足智多谋的奥德修斯
进入营帐，把精制的盾牌背在肩上，
跟随着他们。他们来到提丢斯的儿子　　　　　　150
狄奥墨得斯那里，看见他躺在帐外，
武器带在身边，伴侣们围绕着他，
靠着盾牌睡眠，他们的长枪杆头
直直地插在地里，铜尖光芒远射，
有如宙斯的闪电。这位战士在睡眠，　　　　　　155
身下铺着耕牛皮，头下是发亮的毯毡。
革瑞尼亚的策马人涅斯托尔站到他身边，
用脚碰碰他，想把他唤醒，又赶紧责骂：
"提丢斯之子，快醒醒，竟然整夜睡眠？
难道你没看见特洛亚人就在平原上扎营，　　　　　160

靠近我们的船只，只相隔很小的地段。"

　　他这样说，狄奥墨得斯从睡眠中惊醒，
立即跳起来，说出有翼飞翔的话语：
"老人家，你真认真，一向这样勤谨，
难道阿开奥斯儿子们中没有年轻些的人　　　　　　　165
可以去各处把尊敬的国王们一个个唤醒？
可敬的老人家，你真是个倔强之人。"

　　革瑞尼亚的策马人涅斯托尔这样回答：
"亲爱的朋友，你说的这些话完全正确，
我有杰出的儿子，也有许多部下，　　　　　　　　170
可以让他们中的任何人去召请他们。
但阿开奥斯人正处在严重的困境中，
我们的命运处在剃刀的锋口利刃上：
阿开奥斯人是遭受毁灭还是幸存。
你要是怜悯我，就去唤醒捷足的埃阿斯　　　　　　175
和费琉斯的儿子，因为你比我年轻。"

　　他这样说，战士把狮皮披在肩上，
又宽大又耀眼，拖到脚边，举着长枪
去唤醒那两个将士，把他们带过来会集。

　　他们来到围聚一起的守望人中间，　　　　　　　180
发现他们的队长并没有昏昏睡眠，
个个警觉地坐在那里手握武器。

有如猎狗在圈里辛苦地看护羊群，
听见胆大的野兽从山间树林跑来，
四面响起牧人的喊叫、狗群狂吠，　　　　　　　185
困乏的睡意立即从它们身上消失；
守望人也这样在严峻的夜里警觉地守卫，
驱走了甜蜜的睡眠，凝神注视平原，
监视着可能悄悄来犯的特洛亚人。
老人见他们尽职，欣悦地鼓励他们，　　　　　190
对他们说出这样的有翼飞翔的话语：
"亲爱的孩子们，用心守望吧，不要让睡眠
制服你们任何人，使敌人有机可乘。"

　　他这样说，跨过壕沟，被召请来的
阿开奥斯国王们立即跟在后面，　　　　　　　195
墨里奥涅斯和涅斯托尔的光荣儿子
和他们同行，他们俩也被邀请赴会。
人们越过壕沟，来到附近的空地，
那里没有死者的尸体，强大的赫克托尔
直到被夜色包围，才在那块地方　　　　　　　200
停止杀戮阿尔戈斯人，退回营里。
他们在那里坐下，互相交换意见，
革瑞尼亚的策马人涅斯托尔首先发言：
"朋友们，不知这里可有人胆敢冒险，
悄悄地前往傲慢的特洛亚人的宿营地，　　　　205
他或许可以擒住敌方的散兵，或是
听到特洛亚人谈话，探得一点消息，

他们在谋划什么策略,既然已经
打败了阿开奥斯人,是想继续留在
我们的船只附近,还是退回城里。　　　　　　210
他若能探得这些消息,平安地回来,
他的声名将会在天底下的世人中播扬,
美好的礼物归他所有:统率船只的
将领不管有多少,都将赠他一头
黑色母羊,腹下有吮吸奶汁的羊羔,　　　　215
没有什么别的财富可以相比拟,
还可以和我们一起参加公宴和私宴。"

　　他这样说,在座的将领沉默不语,
擅长呐喊的狄奥墨得斯一人发言:
"涅斯托尔,我的心灵和勇气鼓励我　　　　220
前往不远的敌人特洛亚人的军营;
要是有人愿意和我同去,我会更高兴,
也会更有信心。两个人一起行走,
每个人都出主意,对事情会更有利;
如果只是一个人拿主意,智慧显然会　　　225
简单肤浅,作决定也会犹豫迟疑。"

　　他这样说完,许多人都愿意和他同去,
两个埃阿斯——阿瑞斯的侍从愿意去,
墨里奥涅斯愿意去,涅斯托尔的儿子愿意去,
阿特柔斯之子、名枪手墨涅拉奥斯愿意去,　　230
坚忍不拔的奥德修斯也愿意潜入

特洛亚人的营中，勇敢常驻他的心。
人民的统领阿伽门农对他们这样说：
"提丢斯的儿子狄奥墨得斯，我心中的喜悦，
你就选择你最中意、他们中最好的人　　　　　　　235
作你的伴侣，因为许多人都盼望中选。
你可不要碍于情面，把好人扔下，
选中较差的做伴侣，屈从于敬畏之心，
注重出身，尽管他更具有国王气质。"

　　他这样说，为金发的墨涅拉奥斯担忧。　　　　240
擅长呐喊的狄奥墨得斯对大家这样说：
"要是你让我自己挑选，我怎能忘记
神样的奥德修斯，他心里热情充沛，
他的精神在各种艰难中都勇敢坚定，
他是帕拉斯·雅典娜非常宠爱的人。　　　　　　245
要是有他同我去，我们甚至能从烈焰中
安全返回来：他的心智是那样的敏捷。"

　　坚毅的神样的奥德修斯回答他这样说：
"提丢斯的儿子，称赞和指摘都不宜过分，
你是在阿尔戈斯人面前说这些话，　　　　　　　250
他们每个人都很了解我。让我们上路吧，
夜色归阑，曙光临近，星辰前移，
夜辰已经过去两份，只剩下第三份。"

　　他们这样说，双双披上可怖的铠甲。

作战顽强的特拉叙墨得斯把自己的双刃剑　　　　255
交给狄奥墨得斯——他自己的那柄剑
留在了船上——和一面盾牌,还把一顶
没有尖顶和冠饰、青年们常用来护脑袋、
称作便盔的那种牛皮帽给他带上。
墨里奥涅斯交给奥德修斯一张弓、　　　　260
一个箭袋、一柄短剑,还把一顶
皮制的头盔戴到奥德修斯的头上,
头盔里层用许多绳条坚固地网紧,
外面有牙齿发亮的野猪的闪光獠牙
整齐地分插在两侧,中间还衬有毛毡。　　　　265
这顶皮盔是奥托吕科斯在埃勒昂潜进
奥墨诺斯之子阿明托尔的坚固宅第窃得,
他把皮盔交给库特拉的安菲达马斯
带到斯坎得亚①,安菲达马斯把它当客情,
送给摩洛斯,摩洛斯把它交给儿子　　　　270
墨里奥涅斯戴,现在正合奥德修斯的头型。

　　两人这样令人惶惧地武装完毕,
同高贵的首领们一一告别,出发上路,
帕拉斯·雅典娜在他们右边放出苍鹭,
那只苍鹭靠路边飞过,他们在茫茫夜色里　　　　275
看不见那飞禽,却能听见他的啼鸣。
奥德修斯为吉兆高兴,向雅典娜祈祷:

---

① 库特拉是伯罗奔尼撒半岛东南端一海岛,斯坎得亚是岛上一城市。

"提大盾的宙斯的女儿，请听我向你祈祷，
我的一切辛劳中都有你在，有你照顾，
女神啊，我现在比往常更需要你的助佑，　　　　　280
请允许我们做一件能给特洛亚人造成
深刻创伤的行动，返回坚固的船舶。"

　擅长呐喊的狄奥墨得斯也跟着祈祷：
"宙斯的女儿，常胜女神，请听我祈祷，
请你跟随我，就像你当年跟随我父亲、　　　　　285
神样的提丢斯为阿开奥斯人出使特拜一样。
他在阿索波斯河告别身披铜甲的
阿开奥斯人，给卡德墨亚人带去亲昵，
神圣的女神啊，归国途中他同你一起
采取惊人的行动①，有你热心助佑。　　　　　　290
现在我求你也同样热心地随行保护我，
我会杀献一条刚满周岁、宽前额、
没戴过辕轭的野性牛犊报答你。
我会在角上包上黄金杀来祭献你。"

　他们这样祷告，帕拉斯·雅典娜听见了。　　　295
他们向伟大的宙斯的女儿作完祷告，
在茫茫的夜色中继续前进，像两匹狮子，
越过杀人场、死尸、甲仗和黑色的血污。

━━━━━━━━

①　参见第四卷第392—397行。

赫克托尔也没有让英勇的特洛亚人睡眠，
他把特洛亚人中所有最高贵的人，　　　　　　　300
特洛亚人的首领和君王们召集到一起，
把自己想出的机智谋略告诉他们：
"你们中间谁愿意为获得重大的奖赏
去做一件事？答应的报酬一定会兑现：
我将把一辆战车、两匹拱脖子良马——　　　　305
阿开奥斯人的快船上最好的牲口——
送给那敢于为自己赢得荣誉的人。
他得前往航行迅速的船只跟前，
侦察那些快船是像往常一样，
依旧有人守卫，还是趁夜幕沉沉，　　　　　　310
溃败于我们手下的敌人正计划逃跑，
他们已疲惫不堪，甚至无心夜巡。"

　　他这样说，全体将领沉默不语。
特洛亚人中有个多隆，神圣的传令官
欧墨得斯的儿子，富有黄金和铜，　　　　　　315
外貌虽然丑陋，腿脚却很灵便，
是五个姊妹们的唯一骨肉兄弟。
这时他对特洛亚人和赫克托尔这样说：
"赫克托尔，我的心灵和勇气鼓励我
到航行迅速的船只跟前侦察敌情。　　　　　　320
你举起权杖向我发个神圣的誓言，
要把那两匹马和精制的铜车送给我，
就是那载运杰出的佩琉斯之子的车马。

我不会是个不中用的探子，令你失望。
我会直达军营，潜抵阿伽门农的 325
船只旁边，将领们也许正在那里
紧张聚会，讨论是逃跑还是作战。"

　　他这样说，赫克托尔举起权杖发誓：
"请赫拉的鸣雷丈夫宙斯为誓言作证，
没有别的特洛亚人会驱赶那些马， 330
我宣布，唯有你能永远以它们为荣光。"

　　他这样说，发出了一个虚妄的誓言，
却鼓励了多隆。那人立即把一张弯弓
挂在肩上，把一条灰狼皮披到身上，
头戴一顶貂皮帽，提起一杆标枪， 335
从军营向船只走去，可是他并没有能
从那边回来，给赫克托尔带来消息。

　　他离开拥挤的军队和车马后急急前行，
宙斯的后裔奥德修斯远远看见他
匆匆走来，立即对狄奥墨得斯这样说： 340
"狄奥墨得斯，有人从敌军营中走来，
不知道他是想来侦察我们的船只，
还是想剥夺某个死者身上的甲胄。
我们不妨先让他沿平原从面前走过，
然后从后面迅速扑上，把他擒住。 345
要是他腿脚比我们快捷，你就举枪

逼迫他向我们的船只奔跑,使他离敌营
越来越远,不让他逃回城市方向。"

　　他们这样说,避进路旁的尸体中间,
那人毫无觉察地从他们面前跑过,　　　　　　　350
待他跑到骡子耕地一犁距离时——
它们用联合犁铧耕地时优于健牛——
他们两人便从后面迅速追上去。
他听见声音后停住脚步,暗自猜想,
可能是从特洛亚人那里差来的伴侣,　　　　　355
召他回去,赫克托尔想让军队回城。
当他们相隔一枪距离或更近一些时,
他看出来人是敌人,立即撒腿逃跑,
他们两人立即拔腿紧紧追赶。
有如两条精于追击的尖齿猎狗,　　　　　　　360
在林间急袭一头小鹿或一只野兔,
那猎物在前面喘吁嚎叫,迅速逃跑;
提丢斯的儿子和攻掠城市的奥德修斯
也这样紧追多隆,切断他回营的退路。
多隆向船只方向逃跑,已临近前哨,　　　　　365
女神雅典娜把力量灌输给提丢斯的儿子,
使身披铜甲的阿开奥斯人没有谁能自夸
率先打击了敌人,狄奥墨得斯是第二个。
强大的狄奥墨得斯举起投枪大喊:
"站住,要不我就让投枪来追赶你,　　　　　370
那时你便难从我手下躲避毁灭。"

他这样说，掷出长枪，故意不中的，
光滑的枪尖贴近那人的右肩飞过，
插入面前的土里。多隆愕然站住，
牙齿在嘴里格格作响，胆战心惊，   375
脸色也忽白忽青。他们喘着气追过来，
扭住他的胳膊，他含泪央求他们说：
"你们活捉我吧，我将为自己赎身，
我家里储有铜块、黄金和精炼的灰铁，
我父亲会用来向你们献上无数的礼物，   380
要是他听说我被生擒在阿开奥斯船里。"

　　足智多谋的奥德修斯这样回答说：
"你安静些，不要满怀恐惧想到死。
你回答我一个问题，要说实话。
其他的凡人都在睡觉，你却为何   385
在漆黑的夜里独自离营跑向船只？
你是想剥夺某个死者身上的甲胄，
还是赫克托尔派你到空心船边来侦察？
或是你自己的心灵怂恿你前来窥探？"

　　多隆的双膝在下面发抖，这样回答说：   390
"赫克托尔用惑人的言语把我的心里
搞糊涂，他答应把佩琉斯的高贵儿子的
那些单蹄马和嵌花红铜战车赏给我，
命令我在迅速消逝的黑夜里出发，

偷偷地接近敌军的营垒暗暗侦察，   395
窥视那些快船是像往常一样，
仍旧有人守卫,还是趁夜幕沉沉,
溃败于我们手下的敌人正计划逃跑,
他们已疲惫不堪,甚至无心夜巡。"

　　足智多谋的奥德修斯含笑对他说：   400
"显然你心想得到那些巨大的奖赏,
就是埃阿科斯的英勇的孙子的车马,
然而除永生的母亲所生的阿基琉斯外,
其他的凡人都难以驯服或驾驭它们。
现在你再告诉我,不过要说实话：   405
你来这里的时候,在什么地方离开
士兵的牧者赫克托尔？ 他的武器在哪里？
马匹在哪里？ 特洛亚人如何安排
守夜和休息？ 他们做出了怎样的决定,
是想继续留驻在离船只不远的地方,   410
还是在战胜了阿开奥斯人后准备回城去？"

　　欧墨得斯的儿子多隆这样回答说：
"我会把所有这一切真实、完全地告诉你,
赫克托尔同所有参议们远离嘈杂的声音,
在神样的伊洛斯的陵墓旁边聚集会商。   415
至于你所询问营栅的守卫,将领啊,
并没有特别派人对营盘加强警卫,
那些营火是特洛亚人需要而点燃,

他们警醒着,互相告诫认真守望。
至于从各处召来的盟军则在睡眠,　　　　　　420
守望的事情落在特洛亚人的肩上,
因为盟军的儿女妻子不在身边。"

　　足智多谋的奥德修斯进一步询问:
"他们怎样宿营,同驯马的特洛亚人混住,
还是互相分开? 你要详细告诉我。"　　　　425

　　欧墨得斯的儿子多隆这样回答说:
"我把这一切同样完全、真实地告诉你。
卡里亚人、持弯弓的派奥尼亚人、勒勒革斯人、
考科涅斯人和神样的佩拉斯戈斯人宿营在海边。
吕西亚人、勇敢的密西亚人、车战的弗里基亚人、　　430
战车的墨奥尼埃人抽得靠近廷布瑞地方。
可是你们为什么询问我这些事情?
要是你们想潜入特洛亚人的营地,
最尽头单独驻扎着远道新来的色雷斯人,
他们的国王是埃伊奥纽斯的儿子瑞索斯。　　　　435
我有幸见过他的高大、俊美的马匹,
鬃毛洁白胜似雪,奔跑迅速如疾风。
他的战车嵌着金银装饰得很精美,
他的铠甲黄金制成重得令人惊异。
那样的甲胄远非凡人适合披挂,　　　　　　440
只有永生的天神才宜于使用它们。
你们且把我带上航行迅速的船只,

或是用无情的绳子把我捆在这里，
你们放心前去，还可亲自验证，
我对你们述说的一切是否真实。”   445

　　强大的狄奥墨得斯侧目对他说：
“多隆，你别打主意想从我这里逃跑，
尽管你带来好消息，却落在我们手里。
倘若我们现在放了你，给你自由，
你以后还会来到阿尔戈斯人的快船边，   450
窥视侦察或和我们面对面作战；
要是你现在倒在我手下结束生命，
你便再也不可能给阿开奥斯人伤害。”

　　他这样说，多隆用肥手摸他的下巴，
急切央求，狄奥墨得斯却挥剑砍去，   455
砍掉他的脖子，砍断两根筋链，
他的头随即滚落尘埃，嘴巴还在说话。
他们取下他头上那顶雪貂皮帽，
剥下身上的狼皮，拿起弯弓和长枪，
神样的奥德修斯把它们高高举起，   460
献给雅典娜，战利品的赏赐者，这样祷告：
“女神啊，请接受这些甲仗，在奥林波斯
永生的众神中，我们首先向你呼吁，
送我们去色雷斯人宿营和停放车马的地方。”

　　他这样说，把战利品高高地举起来，   465

挂在赤杨树上,收集了一堆芦苇
和茂盛的赤杨树枝,作为可见的标志,
免得在速逝的黑夜里回来时错过地方。
他们踩着兵器和黑血继续往前走,
很快来到色雷斯人宿营的地方。 470
那些人倦乏得深沉梦境,精良的兵器
靠在身边,整整齐齐地排成三行,
每个战士的连轭马匹站在一旁。
瑞索斯睡在中间,快马立在身边,
用缰绳牢牢拴在战车栏杆的端顶。 475

　　奥德修斯首先发现他,对同伴这样说:
"狄奥墨德斯,那就是被我们杀死的多隆
告诉我们的那个人,还有旁边那马匹。
现在是你显示惊人的力量的时候,
不要手持武器空站着,去解马缰绳! 480
要不你管杀人,由我去抢那些马。"

　　他这样说,目光炯炯的雅典娜鼓舞起
狄奥墨得斯胸中的力量,他挥剑四砍,
死者悲惨地呻吟,鲜血染红泥土。
有如一头狮子走近一群无人看管的 485
绵羊或山羊,心怀杀机地猛扑过去,
提丢斯的儿子也这样冲向色雷斯人,
一口气接连砍杀十二个;足智多谋的
奥德修斯上前抓住被提丢斯之子举剑

270

在近旁砍杀的人的双脚倒拖到一边，						490
为的是好让那些鬃毛漂亮的马匹
随后容易通过，不会因踩着死尸，
发生惊恐，那些马还不熟悉此景象。
提丢斯之子终于来到国王跟前，
夺走了正在沉重喘息的第十三条						495
甜蜜的生命，那夜他正做着噩梦，
雅典娜让奥纽斯的后裔①在他面前显现。
坚毅的奥德修斯解下那些单蹄马，
把缰绳拴连，赶出那个混乱的地方。
他用弓轻轻拍打马匹，未曾想到						500
去取镂花战车里那根光亮的神鞭。
他呼哨一声招呼神样的狄奥墨得斯。

　　狄奥墨得斯正思虑再干些什么快事，
是抓住放着华丽甲胄的战车辕杆
往外拉，还是直接把它举起来往外扛，					505
或是把色雷斯人再狠狠砍杀一番？
正当他心中这样思忖，雅典娜出现在
神样的狄奥墨得斯身边，对他这样说：
"英勇的提丢斯之子，该是回船的时候，
要不你会被敌人追赶着往回逃跑，					510
倘若有哪位神明把特洛亚人唤醒。"

①　即狄奥墨得斯。奥纽斯生提丢斯，提丢斯生狄奥墨得斯。

雅典娜这样说,他辨认出女神的声音,
迅即跳上马背,奥德修斯借弓催马,
双双向阿开奥斯人的快船方向疾驰。

远射之神阿波罗洞察发生的一切,　　　　　　　515
看见雅典娜如何紧随狄奥墨得斯,
他怨怒女神,来到特洛亚人中间,
把色雷斯人的首领希波科昂唤醒,
他是瑞索斯的一位高贵的同宗族亲。
希波科昂惊起,见停马的地方空荡荡,　　　　520
许多遭砍杀的人正在作最后抽搐,
他呼唤亲爱的同伴,不禁失声痛哭。
特洛亚营中喊声四起,乱成一片,
迅速聚拢的人们发现了骇人的事情,
战士在完成之后却已向空心船逃遁。　　　　525

他们来到杀死赫克托尔的侦探的地方,
宙斯宠爱的奥德修斯勒住迅跑的马,
狄奥墨得斯跳下地取出血污的甲仗,
交到奥德修斯手里,重新腾身上马。
他们催动马匹,马匹也心甘情愿地　　　　　530
向空心船奔去,完全合它们的心意。

涅斯托尔首先听到马蹄声,对大家说:
"朋友们,阿尔戈斯的首领和君王们,
不知所言是真是讹,但心灵要我说话:

有疾驰的马蹄声从远处传入我的耳朵。　　　　535
但愿那是奥德修斯和勇敢的狄奥墨得斯
如此迅速地从特洛亚营地赶来单蹄马；
但我又心怀忧惧，阿尔戈斯人的首领
不要遭特洛亚人的攻击已身陷危难。"

　涅斯托尔的话音未了，战士已到跟前，　　　540
他们翻身下地，人群顿然欢腾，
互相紧紧拉手热烈地欢迎他们。
革瑞尼亚的策马人涅斯托尔首先发问：
"光辉的奥德修斯，阿开奥斯人的荣耀，
告诉我，你们怎样潜入特洛亚营地　　　　545
夺得这些马？还是路遇某位神相赠？
它们的色泽有如炫目的太阳光芒！
我一直同特洛亚人作战，虽已耄耋，
但作为战士，敢说从未在船边偷过闲，
这样的骏马却从未见过，也未敢想象。　　550
我想准是某位相遇的神明赐予你俩，
因为集云神宙斯和提大盾之神的女儿、
目光炯炯的雅典娜都很宠爱你们。"

　足智多谋的奥德修斯回答老人：
"涅琉斯之子涅斯托尔，阿开奥斯人的荣耀，　555
如果有神明想赠赐我们，他会赠予
更好的马匹，因为神明远胜过凡人。
老人啊，你询问的这些马新近来到，

属于色雷斯人，勇敢的狄奥墨得斯
杀死了他们的王和十二个杰出伙伴。　　　　　　　560
第十三个是我们在船边捉到的侦探，
赫克托尔和其他的特洛亚首领们原是
派他趁黑夜昏冥来侦察我们的营盘。"

　　他说完，欢笑着赶着单蹄马越过壕堑，
其他的阿开奥斯人也欢悦地跟随越过。　　　　　565
他们来到狄奥墨得斯的坚固的营帐，
用精制的皮条把那两匹马拴到槽边，
狄奥墨得斯自己的那些健腿骠马
正在那里嚼食麦料，香甜如甘蜜。
奥德修斯把多隆的沾满血污的甲仗　　　　　　　570
放到艄边，准备用来向雅典娜献祭。
然后他们把自己沉进翻腾的海里，
清洗脖周、胫旁和大腿上的汗渍。
海水把他们肤肌上的汗污冲洗干净，
使他们的疲惫的身心变得清新爽朗，　　　　　　575
他们又走进精美的浴室里细细沐淋。
沐浴后把周身浓浓地涂上一层橄榄油，
这才入座用膳，从满盈的调酒缸里，
淘取甜蜜的美酒向雅典娜虔诚祭奠。

第十一卷

—— 两军激战引起阿基琉斯注意

当黎明女神从高贵的提托诺斯①身边起床，
把阳光带给不死的天神和有死的凡人，
宙斯便派遣令人畏惧的埃里斯前往
阿开奥斯人的快船，手持战斗号令。
她来到奥德修斯的巨大的黑壳船上，　　　　　　5
那条船停在营中央，两翼都能听见，
一端立着特拉蒙之子埃阿斯的营帐，
一端是阿基琉斯，他们把平稳的船只
停驻在最远处，凭恃自己的臂力和英武。
女神站在战船上发出可怕的呐喊，　　　　　　10
给每个阿尔戈斯人的心里灌输勇气，
使他们不知疲倦地同敌人作战厮杀。
将士们顷刻间觉得战争无比甜美，
不再想乘空心船返回可爱的家园。

---

① 提托诺斯是普里阿摩斯的兄弟，为黎明女神所爱，被掳到天上，常生不
死。

阿特柔斯之子大声命令阿尔戈斯人　　　　　　15
整装出战,他自己也穿上闪亮的铜甲。
他首先给小腿披上一副精美的胫甲,
用银质扣环把它们紧紧固定在腿肚上,
然后再把胸甲牢牢地锁系在胸前,
那是早年基倪拉斯王给他的赠品。　　　　　　20
阿开奥斯人要渡海远征特洛亚城,
惊人的消息直传到海岛库普罗斯,
基倪拉斯把胸甲赠给国王结友谊。
那件胸甲由十条碧蓝色珐琅①饰带、
十二条黄金饰带、二十条锡饰带组成,　　　　25
两侧各有三条珐琅蛇蜿蜒至甲颈,
有如空中彩虹,克罗诺斯的儿子
让它们显现在云际,把征兆显示给凡人。
他再把双刃剑背到肩上,剑上的金钉
熠熠闪光,那剑收在银制的剑鞘里,　　　　　30
剑鞘系在一条镏金的过肩背带上。
他拿起一面可遮护全身的精制盾牌,
形象可怖而华丽,周围有十匝青铜圈,
面上突起二十个闪光的锡锻半球,
一块碧蓝色珐琅镶在盾面最中央,　　　　　　35
上面绘有戈尔戈的脑袋,面目可憎,
眼神凶狠,侧边是恐怖和溃逃之神。

---

① 究系何物,存在歧见,有的说是珐琅之类的东西,有的说是铜、铁合金
　　等,暂译"珐琅"。

盾牌上系着条镏银佩带,佩带上蜿蜒着
一条褐色的长蛇,同时朝不同方向
晃动着由一根颈脖长出的三个脑袋。   40
他把一顶四饰槽双脊盔戴到头上,
盔顶饰有马鬃,鬃饰骇人地颤动。
最后操起两根坚固的投枪,枪头
装着锋利的铜尖,铜辉耀灿天际。
雅典娜和赫拉即刻抛出一个惊雷,   45
向这位富有黄金的迈锡尼国王致意。

车战将士们都把车马交给御者,
吩咐他们前往壕边,在那里列队,
他们自己披挂着迅速徒步前进,
顷刻间喧嚷之声不断,响彻晨曦。   50
将士们先于他们的御者沿壕沟布阵,
他们的御者稍后也迅速接踵而至。
克罗诺斯之子激起他们的不祥狂热,
再透过苍穹从天宇降下淫淫血雨,
决意把许多英勇的生命送往哈得斯。   55

特洛亚人也已聚集在平原的高地上,
围绕着伟大的赫克托尔、杰出的波吕达马斯、
特洛亚国人们尊敬如神明的埃涅阿斯,
还有安特诺尔的三爱子——波吕波斯、
神样的阿革诺尔、神明般年轻的阿卡马斯。   60
赫克托尔手持等径圆盾站在最前列。

有如凶煞星①忽然从浓云里呈现出来，
光亮闪烁，忽而又隐进昏暗的云层里；
赫克托尔也这样一会儿出现在队伍最前列，
一会儿又隐进队伍的后列里，向他们训令。　　　　65
他一身铜装，犹如提大盾的父宙斯的闪电。

　　有如两队割禾人互相相向而进，
在一家富人的小麦地或大麦地里
奋力割禾，一束束禾秆毗连倒地，
特洛亚人和阿开奥斯人当时也这样　　　　70
临面冲杀到一起，没有人转念逃逸。
双方狂勇如狼，进行着同等的杀戮，
制造呻吟的埃里斯看着心满意足。
天神中只有她当时忙碌于厮杀现场，
其他的不朽神明都没有直接参战，　　　　75
个个静坐在殿宇里，奥林波斯山冈上
分别为他们建造了一处处精美的宫阙。
他们抱怨克罗诺斯之子黑云神，
责怪他想把荣誉赐给特洛亚人。
天父不为众神所惑，独自走开，　　　　80
远离众神踞坐，欣喜自己的权能，
俯视特洛亚城池和阿开奥斯人的船只、
青铜的闪光、杀人的人和被杀的人。

———————————

① 指天狗星。

278

自黎明初现伴随神圣的白日渐盛，
双方不停地互掷枪杆击中敌人；   85
但到伐木工在山间谷地开始给自己
准备午饭，不断地砍伐高大树木
已使双臂累乏，无心再继续挥砍，
对甜美的食物萌生了强烈的欲望时，
达那奥斯人的军队呐喊着互相鼓励，   90
勇猛地冲杀过去突破了敌方阵线，
阿伽门农身先士卒，杀死了比埃诺尔，
士兵的牧者，又杀死他的御者奥伊琉斯。
奥伊琉斯临面跳下战车，准备攻击，
阿伽门农用锋利的枪尖刺中他的面额，   95
他那厚重的铜盔没有能挡住长枪，
长枪却穿透了头盔和头骨，里面的脑浆
全部溅出，立即把这位进攻者制服。
人民的统领阿伽门农把尸体抛下，
剥下他们的袍褂，胸膛在那里闪光。   100
他取下铠甲，冲向伊索斯和安提福斯，
普里阿摩斯私生和婚生的两个儿子，
两人同乘一辆战车，私生者驾驭，
高贵的安提福斯站在他旁边作战。
他们俩以前放羊时曾被阿基琉斯   105
在伊达山壑里用藤条缚住，后被赎释。
阿特柔斯之子、权力广泛的阿伽门农
用枪刺中伊索斯的胸部奶头上方，
又用剑砍中安提福斯的耳朵打下车。

他迅速从他们身上剥下精美的铠甲，　　　　　　　　110
认出了两人，捷足的阿基琉斯把他们
带下伊达山时他在快船边见过他们。
有如狮子蹿进敏捷的母鹿的窝里，
用它那强劲的牙齿逮住幼稚的小鹿，
轻易地把它们撕碎，夺走柔弱的生命，　　　　　　115
尽管母鹿就在近旁，也救不了它们，
因为它自己也受着强烈的恐惧的侵袭，
撒腿穿过茂密的树林和灌木丛迅跑，
跑得浑身汗淋，躲避那强兽的攻击；
当时也没有哪个特洛亚人挽救兄弟俩，　　　　　120
只顾及自己从阿尔戈斯人面前逃逸。

　　阿伽门农又进攻佩珊德罗斯和刚勇的
希波洛科斯，聪明的安提马科斯的儿子，
他得到帕里斯的大量黄金，闪光的礼物，
不同意把海伦归还给金发的墨涅拉奥斯。　　　　125
强大的阿伽门农向他的两个儿子攻击，
两人乘着一辆战车，正想控制迅跑的马，
因为光亮的缰绳脱了手，辕马惊慌；
阿特柔斯之子雄狮般迅猛地冲向他们，
兄弟俩立即从战车上屈膝向他哀求：　　　　　　130
“活捉我们吧，阿特柔斯之子，你将得到
可观的赎礼，安提马科斯家里储藏着
许多财宝：铜块、黄金、精炼的熟铁。
父亲会送来无数的礼物，要是他得知

我们俩仍然活在阿尔戈斯人的船舶里。"　　　　　　135

　　两个人流着泪,话语动人向国王哀求,
但他们得到的回答却远非那样动听:
"既然你们是聪明的安提马科斯的儿子,
他曾在特洛亚民会上劝大家立即杀死
作为使节同神样的奥德修斯前来的　　　　　　140
墨涅拉奥斯,不让他返回阿尔戈斯,
现在该你们用性命抵偿父亲的恶行!"

　　他说完,一枪刺中佩珊德罗斯的胸部,
把他打下战车,让他仰卧地上。
希波洛科斯跳下战车,也立即被杀死。　　　　　145
他挥剑砍掉他的胳膊和那根颈脖,
使他像块溜圆的石头在人丛中滚旋。
他抛下他们,冲向逃跑最密集的地方,
胫甲精美的阿尔戈斯人纷纷跟着他。
步兵攻击步兵,迫使对方溃逃,　　　　　　　150
车兵攻击车兵,用铜枪杀戮敌人,
咆哮的马蹄掀起他们脚下的平原
尘烟滚滚。强大的阿伽门农一直
奋勇搏杀,同时激励阿尔戈斯人。
有如肆虐的烈火进攻茂密的丛林,　　　　　　155
猛烈的旋风刮得烈火在林间席卷,
丛丛树木在烈焰的进攻下连根倒下,
溃逃的特洛亚人的脑袋当时也这样

在阿特柔斯之子阿伽门农的手下纷纷落地。
长颈马拖着车辚辚地窜向战地空隙，　　　　　　160
哀痛高贵的御者，他们已躺倒在地，
令老鹰比他们的妻子对他们更感亲切。

　　宙斯把赫克托尔引开，使他远离密集的
矢石、烟尘、杀戮、流血和战斗的嚣声，
阿伽门农猛烈进攻，激励达那奥斯人。　　　　　165
特洛亚人逃过先祖达尔达诺斯之子
伊洛斯的陵墓顺着平原逃过无花果树，
奔向城市，阿特柔斯之子大声呐喊着
紧紧追赶，不可战胜的双手溅满鲜血。
特洛亚人纷纷拥到斯开埃城门橡树旁，　　　　　170
停住脚步，在那里等待落后的同伴。
他们还在开阔的平原上仓皇地奔逃，
有如牛群暗夜里被袭来的狮子追赶，
突然的死亡降临到其中一头的身上，
狮子捉住它，先用尖齿扯断脖子，　　　　　　　175
然后贪婪地吮吸血液，吞食内脏；
阿特柔斯之子阿伽门农也这样追击，
不断地扑杀跑在最后面的特洛亚人。
许多人被他打下战车，有俯有仰，
他身前身后疯狂地挥舞那杆长枪。　　　　　　　180

　　当他准备直接向城市和高耸的城墙
攻击的时候，那凡人和不朽的天神之父

迅速从天而降,来到泉水丰富的
伊达山顶坐下,手中握着闪电。
他派金翅膀的伊里斯前去传递消息: 185
"迅捷的伊里斯,快去见赫克托尔这样说:
当他看见士兵的牧者阿伽门农
仍在阵前奔突,冲杀战士阵列,
他就暂时退避,但要让他的属下
不畏敌人的猛烈进攻,继续作战。 190
一等阿伽门农被枪刺中或被箭射伤,
登上战车,我就给他力量去厮杀,
直杀到那些精心建造的船只旁边,
杀到太阳西沉,神圣的夜幕降临。"

宙斯这样说,快如风的伊里斯听从吩咐, 195
迅速离开伊达山,来到神圣的伊利昂。
她一眼看见勇敢的普利阿摩斯之子、
杰出的赫克托尔站在制作坚固的战车里,
捷足的伊里斯走到近前对他这样说:
"赫克托尔,聪明如宙斯,普里阿摩斯之子, 200
天父宙斯派我前来把这些话传给你:
当你看见士兵的牧者阿伽门农
仍在阵前奔突,冲杀战士阵列,
你就暂时退避,但要让其他属下
不畏敌人的猛烈进攻,继续作战。 205
一等阿伽门农被枪刺中或被箭射伤,
登上战车,他就给你力量去厮杀,

直杀到那些精心建造的船只旁边，
杀到太阳西沉，神圣的夜幕降临。”

    捷足的伊里斯这样说完，随即离去，   210
全身披挂的赫克托尔立即跳到地上，
挥动尖锐的投枪在军队里到处奔跑，
鼓励他们战斗，激起强烈的斗志。
特洛亚人都掉转身来与阿开奥斯人对抗，
阿尔戈斯人也迅速稳定了自己的阵线。   215
战线重新摆开，两军严阵相持，
阿伽门农第一个冲杀上前，身先众将士。

    居住在奥林波斯的缪斯们，请告诉我，
第一个出来对抗阿伽门农的是谁，
是特洛亚人，还是一位卓著的盟军？   220

    安特诺尔之子、魁伟俊美的伊菲达马斯，
出生在绵羊的母亲、肥沃富饶的色雷斯，
从小由基塞斯收留在自己的宫里抚育，
他是他的外祖父，生了美颊的特阿诺。
在他达到美妙的青春年华以后，   225
外祖父把他留下，把女儿嫁给了他。
当他得知阿尔戈斯人的远征军消息，
却率领十二条翘尾船参战，撇下新房。
他们到达佩尔科特，把船只留下，
自己率领军队步行来到伊利昂。   230

就是他首先出阵与阿伽门农对抗。

待他们这样相向而行,彼此逼近,
阿特柔斯之子没有刺中,枪从旁擦过,
伊菲达马斯却刺中阿伽门农胸甲下的腰带,
依仗自己的臂力,把整个身体压上;   235
但那枪却未能刺穿光亮闪灿的护腰,
枪尖一碰着银子,就像铅似的扭弯。
强大的阿伽门农王伸手抓住枪杆,
雄狮般一曳,把枪杆从那人手里曳脱,
挥剑砍断了他的脖子,放松了四肢。   240
伊菲达马斯随即倒地,沉入铜样的梦境,
可怜他为了国人,离开结发妻子,
尚未享受恩惠,却付过不少聘礼。
他先给了一百头牛,答应还要从他的
数不清的畜群里送给山羊绵羊一千头。   245
可现在阿伽门农剥下了他的精美铠甲,
提着它们回到阿尔戈斯人的阵线。

科昂,安特诺尔的长子,杰出的战士,
目睹这可怕的场面,兄弟之死激起了
他强烈的悲痛,泪水润湿了他的眼睛。   250
他正提枪站在神样的阿伽门农的斜对面,
一枪投出,正中阿伽门农的手臂,
肘部中央,闪光的枪尖把肌肉刺穿。
人民的国王阿伽门农心头一颤,

但他并未因恐惧而退出战斗和厮杀，　　　　　　255
仍握着风吹中长成的枪杆向科昂冲去。
科昂正抓住亲兄弟伊菲达马斯的双脚
急切地拖拉，不断招呼勇敢的同伴；
正当他用突肚盾牌掩护把尸体拖向阵里，
阿伽门农用铜枪击中他，放松了他的四肢，　　　260
在伊菲达马斯的尸体上割下了他的首级。

　　安特诺尔的两个儿子就这样在阿伽门农手下
实现了他们的命运，去到哈得斯的宫殿。

　　殷红的热血不断从伤口向外渗溢，
阿伽门农仍然继续用投枪、长剑　　　　　　　265
和巨大的石块向敌人的阵线勇猛攻击。
但当鲜血不再外流，伤口干结后，
剧烈的疼痛阵阵侵袭他的心窝。
有如尖锐的痛箭袭击分娩的妇女，
那是司产痛的埃勒提埃，赫拉的女儿们，　　　270
派给产妇，她们司掌剧烈的痛感；
剧烈的疼痛也这样侵袭阿伽门农的心尖。
阿伽门农当即跳上战车，命令御者
驶向空心船，他的心实在疼痛难忍。
他大声呼喊，让达那奥斯人都能听见：　　　　275
"朋友们啊，阿尔戈斯人的首领和君王们，
敌人对渡海船只的疯狂进攻现在
得由你们抵挡，远谋的宙斯显然

不想让我整天都同特洛亚人作战。"

　　他这样呼喊，御者挥鞭催赶长鬃马，　　　　　　　　280
驶向空心船，那两匹马也奋力奔跑，
胸口溅满白沫，扬起蒙蒙尘埃，
载着那受伤痛折磨的国王离开战场。

　　赫克托尔一看见阿伽门农退出战斗，
便对特洛亚人和吕西亚人大声呼喊：　　　　　　　　285
"特洛亚人、吕西亚人和善近战的达尔达尼亚人，
朋友们，振作起来，振奋起勇敢的精神！
最骁勇的人离开了，克罗诺斯之子宙斯
赐给我巨大的希望，驱策你们的长鬃马，
冲向强大的达那奥斯人，更勇猛地厮杀！"　　　　　　290

　　他这样说，鼓起每个人的勇气和力量。
有如猎人催促白牙裸露的猎狗，
前去追击凶猛的野猪或强暴的狮子，
嗜血的阿瑞斯般的赫克托尔也这样
激励高傲的特洛亚人向阿开奥斯人冲击。　　　　　　295
他自己斗志高昂地来到阵线前列，
冲进战涡，有如一股高旋的风暴，
那风暴掀起巨浪搅乱昏沉的海面。

　　宙斯赠给普里阿摩斯之子赫克托尔荣誉，
他杀死的第一个人是谁？最后一个又是谁？　　　　　300

他首先杀死阿赛奥斯,然后是奥托诺奥斯、奥皮特斯、
克吕提奥斯之子多洛普斯、奥斐提奥斯、阿革拉奥斯、
埃叙姆诺斯、奥罗斯和刚强的希波诺奥斯。
这是他杀死的敌将,还杀死了许多兵士,
有如泽费罗斯①掀起强烈的风暴,   305
驱散强劲的南风布下的霏霏云翳。
如同海上滚滚的波涛奔腾咆哮,
在疾风的啸声中无数飞沫溅空,
赫克托尔杀得敌人的脑袋也这样飞溅。

　毁灭定会出现,灾难定会降临,   310
溃逃的阿开奥斯人定会被屠戮在快船边,
若不是奥德修斯这样召唤狄奥墨得斯:
"提丢斯之子,难道这就是我们的勇气?
好朋友,快过来,让我们一起抵挡敌人,
船只被头盔闪亮的赫克托尔夺去多可耻!"   315

　刚勇的狄奥墨得斯立即回答他这样说:
"我当然愿意停下来抵挡,但这对我们
不会有多大好处,集云神宙斯显然
不是让我们,而是想让特洛亚人取胜。"

　他这样说完,把廷布拉奥斯打下战车,   320
一枪刺中他的左胸窝,他的御者,

---

① 西风。

神样的摩利昂则被奥德修斯杀死。
他们抛下那两个人——已不会再加入战斗，
自己冲进激战的人群；有如两只
被激怒的野猪掉头反扑追逐的猎狗，　　　　　325
他们也这样反击特洛亚人，使溃逃的阿开奥斯人
躲过神勇的赫克托尔，得到片刻喘息。

　　他们立即冲向两个乘车的将领，
佩尔科特人墨罗普斯的两个儿子，
一位博通的预言者，曾经拒绝儿子　　　　　330
参加杀人的战争，但儿子没有听从，
黑色的死神克尔把他们赶上了战场。
提丢斯之子、著名的枪手狄奥墨得斯
夺去了他们的生命，剥下了精美的铠甲。
奥德修斯杀死了希波达摩斯和许佩罗科斯。　　335

　　克罗诺斯之子从伊达山顶俯瞰战场，
他使战斗保持均衡，双方互有杀戮。
提丢斯之子投出长枪，击中派昂的
高贵儿子阿伽斯特罗福斯的腿股，
他无法逃跑，因为战车不在附近，　　　　　340
他糊涂过分，竟让御者在远处停候，
他徒步冲到阵前，直至送掉性命。

　　赫克托尔对战线扫视一眼，发现了他们，
大喊着向他们冲过来，特洛亚人跟着他。

擅长呐喊的狄奥墨得斯见了他一抖，　　　　　345
立即对正在近旁的奥德修斯这样说：
"强大的赫克托尔灾星向我们冲来了，
不过不要移动，让我们稳住对抗他。"

　他这样说，一挥手掷出有长影的投枪，
他没有白投，瞄着脑袋，击中了盔顶；　　　350
但坚铜挡住了坚铜，未能触到皮肉，
那顶带饰孔的三层护片的坚固头盔，
福波斯·阿波罗给他的赠礼，阻住了枪尖。
赫克托尔立即远远后退，隐进人群，
他屈膝跪下，用大手撑地支住身体，　　　355
一片昏沉沉的暗冥夜色笼罩住眼睛。
在提丢斯之子穿过前列，远远地走到
投枪着地的地方捡起那支投枪的时候，
赫克托尔才清醒过来，重新跳上战车，
回到自己的队伍，躲过了黑暗的死亡。　　360
强大的狄奥墨得斯挥动投枪大喊：
"你这条狗，又一次让你躲过了死亡，
灾难本已临近，阿波罗再次救了你，
看来你每次出战都忘不了向他祈求。
不过等我们再见面时我将结果你，　　　365
如果那时候也有哪位神明助佑我。
现在我且去对付让我碰上其他人。"

　他说完，便去剥取枪手派昂之子的铠甲。

这时阿勒珊德罗斯,美发海伦的丈夫,
对准士兵的牧者、提丢斯之子张开弓,   370
他自己隐在人们给达尔达诺斯的后裔,
古代族主伊洛斯立在墓丘上的碑石旁。
正当狄奥墨得斯从勇敢的阿伽斯特罗福斯的
胸前剥取闪光的铠甲,取下肩上的
盾牌和沉重的头盔,帕里斯拉紧了弓弦,   375
那支箭矢没有白白地脱手飞出,
它射中右脚面,穿过脚掌扎进地里。
帕里斯见了非常得意,哈哈笑着
跳出隐匿处,对狄奥墨得斯这样自夸说:
"好啊,被我射中,这一箭没有白发,   380
若正中肚皮送了你的命该多美满!
那时特洛亚人便可从灾难中得到喘息,
他们见到你有如咩咩山羊见狮子。"

勇敢的狄奥墨得斯毫无惧色地回答说:
"你这个以美发自傲的弓箭手、吹牛家、献媚者,   385
倘若你胆敢持刀枪和我正面遭遇,
你的弓和飞驰的快箭便帮不了你多少忙,
现在你只划破了我的脚掌就这么吹嘘。
我却不在乎,有如被女人或顽童扎了一下,
渺小的懦夫放出的箭矢总是软弱无力。   390
我的武器却远非这样,只要有人碰上它,
它就会锐利地扎进去,立即要他的性命。
他的妻子将抓破面颊,孩子成孤儿,

鲜血把泥土染红,肉体在原地腐烂,
围绕他聚集的鹰鹫会比妇女还要多。" 395

　　他这样说,名枪手奥德修斯走近来,
站到他前面,他在后面坐下从脚上
拔出那支箭,剧烈的疼痛周身传遍。
他当即跳上战车,命令自己的御者
驶向空心船,他的心快要被疼痛撕裂。 400

　　名枪手奥德修斯仍独自站在阵前,
身边没有一个同伴:恐惧掌握了他们。
他长吁一声对自己倔强的心灵这样说:
"天哪,我怎么办?在敌人面前逃跑
是奇耻大辱,单独被擒更令人惧怕, 405
克罗诺斯之子吓跑了所有的达那奥斯人。
但我的心啊为什么要忧虑这些事情?
只有可耻的胆小鬼才思虑逃避战斗,
勇敢的战士在任何险境都坚定不移,
无论是进攻敌人,还是被敌人攻击。" 410

　　奥德修斯心里和智慧正这样思忖,
持盾的特洛亚人纷纷向他冲来,
把他围住,也为自己准备灾难。
有如强壮的年轻猎人带领猎狗
围堵一头野猪,那野猪从林中蹿出, 415
咯咯地磨着弧形颌骨上的闪光白牙,

猎人围拢过来,野猪龇牙咧嘴,

不管野猪多凶狠,猎人们围住不后退;

特洛亚人也这样围住宙斯宠爱的奥德修斯。

奥德修斯奋力反击,首先用尖锐的投枪　　　　　　420

向下击中杰出的得奥皮特斯的肩头,

接着又把托昂和恩诺摩斯杀死。

克尔西达马斯这时刚从战车跳下来,

他又一枪击中他突肚盾牌下的腹部,

使他立即栽进尘埃里,用手抓泥土。　　　　　　425

他抛下他们,又用枪击中希帕索斯之子

卡罗普斯,富有的索科斯的同胞兄弟。

神样的战士索科斯立即赶来搭救,

来到奥德修斯近前站住这样说:

"光荣的奥德修斯,多阴谋、好冒险的家伙,　　　　430

今天或是你以杀死希帕索斯的两个儿子,

勇猛的战士,夺得他们的铠甲以自夸,

或是被我的枪打倒,送掉自己的性命。"

　　他这样说,一枪击中奥德修斯的圆盾。

那支有力的长枪穿过辉煌的盾牌,　　　　　　435

又穿透那件制作精细的护身胸甲,

把肋骨上的皮肉完全劈下,但雅典娜

却没有再让它继续穿进英雄的内脏。

奥德修斯知道没有刺中要害部位,

便稍许后退,立即对索科斯这样说:　　　　　　440

"不幸的人啊,严峻的死亡已经逼近你。

你给我的创伤会阻止我同特洛亚人战斗，
但我现在要告诉你，残忍和黑暗的死亡
马上就要降临你，我的枪会把你打倒，
给我荣誉，把你交给善驭马的哈得斯。" 445

他这样说，索科斯立即转身往回跑，
奥德修斯一枪击中他刚刚掉转过来的
两肩间的后背正中央，一直穿过胸膛，
索科斯砰然倒地，神样的奥德修斯夸口说：
"索科斯，神样的车士希帕索斯之子， 450
死亡还是赶上了你，你并未能把它逃脱。
不幸的人啊，你的父亲和可敬的母亲
不可能来给断了气的你把眼睛合上，
嗜血的猛禽会拍动健翅为你守尸；
我要是死了，阿开奥斯人会给我行葬礼。" 455

他这样说，随手从伤口和突肚盾牌上
用力拔出勇敢的索科斯的那支长枪，
鲜血溢出伤口，奥德修斯一阵软瘫。
勇敢的特洛亚人看见奥德修斯流血，
立即互相激励，向他冲杀过来。 460
奥德修斯稍向后退，向同伴大声呼救。
英雄震脑欲裂地接连大喊三声，
英勇的墨涅拉奥斯听见了他的三声喊，
立即向正在近旁的埃阿斯这样说：
"宙斯养育的埃阿斯·特拉蒙，人民的统领， 465

我听见了勇敢的奥德修斯的呼喊声，
好像他孤身一人陷在了敌人中间，
特洛亚人把他围住正在英勇激战。
让我们前去保护他，赶快参加战斗，
他只身陷在特洛亚人中间会有不测，　　　　　　　470
丧失这样的好战士于我们是多大的不幸！"

　　他说完冲上前去，神样的战士跟着他。
他们很快找到了神样的奥德修斯，
正受到特洛亚人的围攻，有如褐狼
在山中围截一头被猎人射中的长角鹿，　　　　　　475
长角鹿借助敏健的长腿迅速奔逃，
当它的血仍然温暖，膝头仍然敏捷；
等到箭伤完全耗尽了它的力量，
嗜血的恶狼便在林荫下把它撕碎；
这时神明驱来一只贪婪的狮子，　　　　　　　　480
群狼慌忙逃散，狮子把猎物吞噬。
当时无数勇敢的特洛亚人也这样
步步进逼机智坚毅的奥德修斯，
英雄挥动长枪竭力把死亡推迟。
埃阿斯手持坚如护墙的盾牌赶来，　　　　　　　485
站到他面前，特洛亚人惊恐得慌忙逃散。
英勇的墨涅拉奥斯挽住奥德修斯的胳膊，
穿过人群，御者把战车赶到跟前。

　　埃阿斯扑向特洛亚人，杀死了多律克洛斯，

普里阿摩斯的一个私生子，接着又刺伤了　　　　490
潘多科斯、吕珊德罗斯、皮拉索斯和皮拉尔特斯。
有如一条冰雪充塞的河流受宙斯的
暴雨驱赶，漫溢着由山间泻向平原，
把许多枯死的橡树和松树裹挟而下，
把层层发腐的淤泥和积沙冲向海里，　　　　495
英勇的埃阿斯当时也这样在平原上逞狂，
凶猛地砍杀特洛亚人的无数战马和将士。

　　赫克托尔对这些一无所知，他正在左翼，
在斯卡曼德罗斯河岸边厮杀，那里是
剑砍人头最多的地方，震耳的呐喊声　　　　500
缭绕着伟大的涅斯托尔和勇敢的伊多墨纽斯。
赫克托尔在他们中间勇猛地驱车挥枪，
制造奇迹，不断斩杀阿开奥斯青年。
勇敢的阿开奥斯人仍不会对他退让，
若不是阿勒珊德罗斯，美发海伦的丈夫，　　　　505
迫使人民的牧者、杰出的战士马卡昂
停止作战，用三棱箭射中他的右肩。
顽强的阿开奥斯人陷入巨大的惊恐，
担心得胜的特洛亚人会把马卡昂夺去。
伊多墨纽斯立即对神样的涅斯托尔说：　　　　510
"涅琉斯之子涅斯托尔，阿开奥斯人的
巨大荣耀，登上战车，把马卡昂扶上，
赶快驱策单蹄马奋力奔向空心船。
须知一个高明的医生能抵许多人，

他既会拔出箭矢,又会把创伤医治。" 515

　　他这样说,策马的涅斯托尔没有不听从,
立即跳上战车,无可挑剔的名医、
阿斯克勒皮奥斯之子马卡昂坐到他身边。
他挥鞭催马,那些马很乐意地向空心船
急速奔去,因为也完全合它们的心意。 520

　　赫克托尔的御者克布里奥涅斯站在他身旁,
发现特洛亚人陷入混乱,对他这样说:
"赫克托尔,我们在这里同达那奥斯人厮杀,
这里却是整个喧嚣战场的最边缘,
其他的特洛亚人和他们的车马已陷入了混乱, 525
那个叫特拉蒙之子埃阿斯的在追赶他们,
我认识他,因为他持着那面大盾。
让我们把战车赶到那里去,那边进行着
残酷的战斗,将士与将士,战车与战车
互相激烈拼杀,呐喊声甚嚣尘上。" 530

　　他这样说,向长鬃马猛地扬起响鞭,
那些马听到鞭声,立即拉动战车,
在特洛亚人和阿开奥斯人中间疾驰,
不断踩踏横躺的尸体和丢弃的盾牌。
整条车轴和四周的护栏从下面溅满血, 535
由急促的马蹄和飞旋的车轮纷纷扬起。
赫克托尔急切地冲进密集的战阵,

不停地挥舞长枪奋力向敌人刺杀，
立即给达那奥斯人带来巨大的混乱。
但他只是同其他的阿开奥斯人战斗，　　　　　540
用长枪、利剑和巨大的石块攻击他们，
却一直回避特拉蒙的著名儿子埃阿斯：
同最强的英雄战斗会惹宙斯生气。①

　　高座的天父宙斯使埃阿斯陷入恐慌。
他惊惶地把七层牛皮厚盾背到肩上，　　　　　545
像野兽那样向人群惶恐地扫视一眼，
掉转身缓缓退却，不断地回头张望。
有如一群农人和他们的健跑的猎狗
奋力把一头褐色的狮子从牛栏前赶走，
通宵达旦在牛栏边警觉地守卫，　　　　　　550
不让狮子近前，狮子贪婪牛肉，
不断向前猛扑，但始终一无所获；
人们勇猛地投来密集的矢石火把，
狮子感到恐惧，压抑难忍的贪欲，
黎明前悄然离去，心头充满失望；　　　　　　555
埃阿斯也这样不情愿地在特洛亚人面前退却，
心怀失望，因为他还担心阿开奥斯人的船舶。
但他又像一头走进庄稼地的驴子，
执拗地嘲弄顽童，任凭顽童们打折了
多少棍棒，它仍啃着茁壮的禾苗；　　　　　　560

~~~~~~~~~~~~~~~~~~

①　这行诗系据亚里士多德和普卢塔克补入。洛布本移在注脚里。

顽童们不断用棍棒驱赶，但力量弱小，
虽最后把它赶跑，那是它已经吃饱。
特拉蒙之子强大的埃阿斯当时也这样
被高傲的特洛亚人和他们的盟友们
顽强追赶，枪尖不断击中盾面。 565
埃阿斯有时想起他那狂热的勇气，
重又转过身来，回击驯马的特洛亚人，
有时又回转身去，继续缓缓后撤。
他这样在特洛亚人和阿开奥斯人之间厮杀，
挡住了通向航行迅速的船只的道路。 570
无数的长枪被强劲的臂膀投掷到空中，
有一些枪还想远飞，却被大盾挡住，
有许多投枪很想能触到柔嫩的身体，
却早已扎进了泥土，怀着吃肉的欲望。

　　欧埃蒙的杰出儿子欧律皮洛斯一看见 575
埃阿斯受到特洛亚人密集的枪矢的攻击，
便冲上去站到他身边，掷出闪亮的投枪，
击中人民的牧者阿皮萨昂，孚西奥斯之子，
扎进胸膈下的肝脏，放松了他的膝盖，
又迅速跑了过去，剥取他肩头的胸甲。 580

　　神样的阿勒珊德罗斯看见欧律皮洛斯
剥取阿皮萨昂的铠甲，立即张弓瞄准，
速飞的箭矢射中欧律皮洛斯的腿股，
箭杆折断，他的大腿也顿觉沉甸。

他迅速退到同伴中间,躲过了死亡, 585
然后向达那奥斯人大声呼喊这样说:
"朋友们啊,达那奥斯人的首领和君王们,
你们快转身站定,保护英勇的埃阿斯
免遭死亡,他正受着枪矢的袭击;
真不知道他怎样才能从恶战中脱身, 590
快站到伟大的埃阿斯周围去抵挡特洛亚人。"

负伤的欧律皮洛斯对他们这样说完,
阿尔戈斯人都挨近站住,举起投枪,
把盾牌靠在肩头,掩护回退的埃阿斯。
埃阿斯一回到同伴中间,又转向敌人。 595

战斗就这样进行,有如炽烈的火焰。
涅琉斯的快马这时正汗渍渍地把涅斯托尔
带出战场,旁边是士兵的牧者马卡昂。
捷足的阿基琉斯一眼便认出了涅斯托尔,
当时他正站在自己宽阔的战船艄头, 600
观看那场艰苦的厮杀和悲惨的后退。
他立即从船上大喊,呼叫帕特罗克洛斯,
自己的同伴,帕特罗克洛斯应声出营,
样子如战神,就这样开始了他的不幸。
墨诺提奥斯的勇敢儿子首先发问: 605
"你为什么叫我,阿基琉斯,要我做什么?"
捷足的阿基琉斯立即回答他这样说:
"墨诺提奥斯的高贵儿子,我心中的喜悦,

我看阿开奥斯人终于要来到我膝前，
向我求情，情势迫使他们这样做。   610
神明宠爱的好朋友，现在你去询问
涅斯托尔，是谁受伤被他带下战场。
看背影完全像是阿斯克勒皮奥斯之子
马卡昂，一时未能看清他的脸面，
因为那些快马从我面前急驰飞过。"   615

　　他这样说，帕特罗克洛斯听从吩咐，
顺着阿开奥斯人的营帐和船只跑去。

　　涅斯托尔和马卡昂这时已到达营帐，
他们自己跳到养育众生的地上，
老人的御者欧律墨冬立即上前   620
给他们解开辕马。他们站在海边，
让海风临面吹干衣衫上的汗水，
然后走进营帐，在舒适的宽椅上坐定。
美发的赫卡墨得给他们准备饮料，
老人从阿基琉斯攻克的特涅多斯   625
带来勇敢的阿尔西诺奥斯的这个女儿，
阿尔戈斯人把她送给最善参议的他。
赫卡墨得首先把一张黑腿餐桌
摆到他们面前，无比光滑精美，
再把一只青铜大圆盘放到桌上，   630
盘里放着酒菜：郁香诱人的大葱、
黄色的蜂蜜和神圣的大麦的粗磨面饼，

旁边再放一只老人从家里带来、
装饰着许多黄金铆钉的精美酒盅。
酒盅有四个把手，每个把手上面　　　　　　　　　635
有一对金鸽啄食，下面是双重杯型底座。
盅里装满酒时其他人很难挪动它，
老英雄涅斯托尔把它举起来却不费力气。
女神般的赫卡墨得在盅里给他们调好
普兰那好酒①，又用青铜锉锉进一些　　　　　　640
山羊奶酪，撒进一些洁白的大麦粉。

　　他们用那饮料解除了强烈的干渴，
正在那里亲切地互相交谈尽兴，
神样的英雄帕特罗克洛斯出现在门边。
老人一见他，便从光亮的坐椅上站起来，　　　645
拉着他的手请他进屋，邀他入席。
帕特罗克洛斯谢绝邀请，对他这样说：
"老人家，承你盛情，但我没时间就座。
我那可敬而严厉的主人派我来打听，
你带回来的伤者是谁，但我已知道，　　　　　650
因为我看见他正是马卡昂，士兵的牧者。
我现在就去回禀阿基琉斯得到的消息。
尊敬的长者啊，你也知道，他是一个
可怕的人，很容易无辜地受他指责。"

①　一种甜美的红葡萄酒，产于普兰那山。此山一说在小亚细亚西海岸的
伊卡里亚岛，一说在小亚细亚西海滨斯弥尔那城附近，或在累斯博斯
岛。

革瑞尼亚的策马人涅斯托尔这样回答说： 655
"阿基琉斯为何如此关心在战斗中
遭受创伤的是哪位阿开奥斯人的儿子？
他对全军受到的灾难无动于衷，
最杰出的将士们都已受伤躺倒在船里。
提丢斯之子、强大的狄奥墨得斯中了箭， 660
名枪手奥德修斯和阿伽门农中了枪，
欧律皮洛斯的一条大腿也被箭射中，
我刚从战场带回来的又是一个伤者，
也被箭射中。阿基琉斯诚然勇敢，
但他对达那奥斯同胞不关心，不同情。 665
或许他在期待阿尔戈斯人停泊在海边的
那些快船无可奈何地被大火焚毁，
阿尔戈斯人一个接一个地被敌人杀死？
我现在已没有灵活的机体有过的活力。
我多么希望还是那样年轻和壮健， 670
如同当年埃利斯人和我们因劫牛
发生争执，我杀死了伊提摩纽斯，
许佩罗科斯的高贵儿子，住在埃利斯，
为报复去赶他的牛。他赶来保护牛群，
被我投出的长枪击倒在战阵的前列， 675
那些农人们也惊恐万状，纷纷逃命。
我们从埃利斯土地上得到丰富的虏获：
五十群牛，还有同样数量的绵羊，
同样数量的猪群和分散牧放的山羊，

此外还有整整一百五十匹栗色马，　　　　　　680
全是雌性，其中许多还领着小马驹。
我们当夜便把那些畜群赶回城——
涅琉斯的皮洛斯。老人家满心喜悦，
见我年轻轻地去战斗，虏获如此丰硕。
朝霞初露，传令官们放开声音传呼，　　　　685
召集对富饶的埃利斯拥有债权的人。
皮洛斯的首领们会商如何分配战利品，
因为埃佩奥斯人①欠我们许多人的债，
我们皮洛斯人人口稀少，遭受欺凌。
早年赫拉克勒斯的暴力给我们造成　　　　690
巨大的不幸，杀害了我们的许多贵显。②
无瑕的涅琉斯一共生了十二个儿子，
唯我一人幸存，其他的都被他杀死。
好穿铜装的埃佩奥斯人以此为荣耀，
他们蔑视我们，对我们作恶无穷尽。　　　　695

　　"老国王涅琉斯从虏获中选了一群牛
和大群绵羊，此外还挑选了牧人三百。
原来富饶的埃利斯欠他一大笔债，
他曾经选派四匹常胜马和一辆战车，
为夺得一个三脚鼎奖品去参加竞赛，　　　　700

① 居住在埃利斯北部的部落。
② 赫拉克勒斯为埃利斯王奥革阿斯清扫牛圈，国王拒付讲定的报酬，赫拉
克勒斯非常生气，摧毁了奥革阿斯的城邦及其所有的同盟者，其中包括
涅琉斯的国土。

奥革阿斯王把它们全部扣留下来，
只有御者被放回，惋惜那几匹好马。
老人为这事气愤，又受话语侮辱，
他为自己挑选了厚厚的一份战利品，
其余的平分给众人，每人都得到一份。 705

　"战利品分配完毕，全城普祭神明。
全体埃利斯人和他们的快马在第三天
一齐向我们冲杀过来，全副武装的
摩利昂兄弟和他们一起，兄弟俩当时
还很年轻，完全没有战斗经验。 710

　"有座特律奥萨城在一处险峻的高岗上，
远离阿尔费奥斯河，多沙的皮洛斯的边城，
埃利斯人把它团团包围，想把它摧毁。
他们迅速越过平原，雅典娜在夜色中
从奥林波斯下山给我们送来信息， 715
要我们武装迎战，我们很快把皮洛斯人
召集起来，因为人们都想去杀敌。
涅琉斯不想让我去参战，认为我对战争
幼稚无知，把我的战车偷偷地藏匿。
但我徒步而去，取得的战绩却超过 720
其他的车手，全仗雅典娜从中安排。

　"有条弥尼埃奥斯河在阿瑞涅附近入海，
皮洛斯的战车将士们停在那里等待

神圣的黎明,步兵纵队也迅速赶来。
我们全身披挂从那里急速前进, 725
午间到达神圣的阿尔费奥斯河边。
我们给全能的宙斯献了丰盛的祭品,
给阿尔费奥斯河神和波塞冬各献了一头牛,
给目光炯炯的雅典娜献了头未驾过轭的牛犊。
然后大家在各自的分队用完晚餐, 730
躺在河边度过了那一夜,未脱衣解甲。

　"高傲的埃佩奥斯人这时正从四面
围攻城市,企图一举把它毁灭,
阿瑞斯却已经给他们准备了一份厚礼。
当光芒四射的太阳从地平线刚刚升起, 735
我们便祷告宙斯和雅典娜,开始作战。
皮洛斯人和埃佩奥斯人一发生接触,
我第一个打倒敌人,夺了他的快马。
那个枪手叫穆利奥斯,奥革阿斯的女婿,
娶了他的长女,棕发的阿伽墨得, 740
广阔的大地滋长的药草她都认识。
当时他向我冲来,我掷出铜尖长枪,
把他击中,他立即一头扎进尘埃里。
我跳上他的战车,驶到战线最前列。
高傲的埃佩奥斯人见他们的战车首领、 745
作战最勇猛的人被打倒,纷纷逃遁。
我像一团黑色的风暴追赶他们,
俘获战车五十辆,每辆车上有两个人

被我用枪打倒在地上，用牙齿啃泥土。
我本会杀死摩利昂兄弟，阿克托尔的后裔，　　　　　750
若不是他们那广泛权力的震地父亲①
把他们带出战场，用一团黑云罩住。
宙斯赐给了皮洛斯人巨大的力量，
我们把敌人一直追过广阔的平川，
斩杀无数，夺了他们的精良武器，　　　　　755
把战车赶过了盛产小麦的布普拉西昂，
奥勒尼埃峭岩和阿勒西昂山冈，
女神雅典娜才把军队向回折转。
我这时杀死了最后一个敌人，撇下他，
阿开奥斯人把快马从布普拉西昂赶回皮洛斯，　　　　　760
人们称颂神界的宙斯和人间的涅斯托尔。

　　"我当时就是这样一个人，这样为人，
阿基琉斯的勇敢却只属于他自己，
但如果全军遭毁灭，我想他也会悔恨。
朋友啊，墨诺提奥斯从佛提亚送你　　　　　765
去助阿伽门农时曾经这样教诲你。
当时我和神样的奥德修斯在宫里，
他向你谆谆教诲我们都一一听清。
那时我们正在富饶的阿开亚募军，
来到佩琉斯的人丁旺盛的宫廷里。　　　　　770
我们在那里见到英雄墨诺提奥斯，

① 指海神波塞冬。一说他们是阿克托尔之子。

还有你和阿基琉斯,车士佩琉斯王
正在庭院虔诚地把肥嫩的牛腿祭献
掷雷之神宙斯,手握带把的金杯,
把晶亮的美酒向燃着的祭品酹奠。　　　　　　　775
你们俩在烧烤牛肉,奥德修斯和我
出现在大门边,阿基琉斯惊跳起来,
拉着我们的手领进院里,请我们就座,
给我们递上客人享用的精美食品。
等我们愉快地享用够食品和饮料,　　　　　　780
我开始劝你们和我们出征,说明来意。
你们热望参加,父亲们训诲不倦。
佩琉斯老人嘱咐儿子阿基琉斯,
作战永远勇敢,超越其他将士。
阿克托尔之子墨诺提奥斯叮嘱你:　　　　　　785
‘我的儿啊,阿基琉斯比你尊贵,
力量也远远超过你,但你比他年长,
你要经常规劝他,给他明智的忠告,
作他的表率,使他听从你大有裨益。’
老父这样嘱托,或许你已经忘记;　　　　　　790
你向他重提这些话,他也许会听从你。
说不定你这样劝告能同神明一起
撼动他的心:朋友的规劝容易被接受。
他若是心里惧怕某个预言,或是
他的母亲向他传示了宙斯的旨意,　　　　　　795
他也该让你带着米尔弥冬人去参战,
或许会给达那奥斯人带来拯救的希望。

愿他把他那精美的铠甲给你穿戴,
特洛亚人也许会把你当作他而停止作战,
疲惫不堪的阿开奥斯人的儿子们便可以　　　　800
稍许喘口气:战斗喘息不用长久。
恢复了精力的你们很容易把也已战乏的
特洛亚人从战船和营帐旁赶回城去。"

　　涅斯托尔这样说,感动了帕特罗克洛斯,
他即刻沿船只跑去见埃阿科斯的后裔阿基琉斯。　　805
当他到达神样的奥德修斯的船舶,
即人们经常集会、进行军事审判、
为众神设立祭坛的地方,迎面走来
受伤的欧律皮洛斯,宙斯养育的欧埃蒙之子,
腿股被箭射中,一瘸一拐下战场。　　　　810
潮湿的汗水顺着他的头和肩往下淌,
黑色的鲜血从他那沉重的伤口往外流,
但他的灵志仍然坚定,一如既往。
英勇的墨诺提奥斯之子见了很痛心,
深怀同情地说出有翼飞翔的话语:　　　　815
"啊,可怜的达那奥斯首领和君王们,
你们显然被注定要远离亲人和故土,
在特洛亚用你们的光亮的嫩肉喂恶狗。
宙斯养育的英雄欧律皮洛斯,告诉我,
阿开奥斯人能不能挡住强大的赫克托尔的　　　820
疯狂进攻? 还是将在他的枪下被消灭?"

受伤的欧律皮洛斯当即回答他这样说：
"神明养育的帕特罗克洛斯，阿开奥斯人
已经没有救，都会倒在发黑的船舶里。
我们所有的最勇敢的将领都已受伤，　　　　　　　825
躺在船上，或遭特洛亚人枪击，
或中他们的箭矢，他们却越战越猛烈。
现在请你救救我，扶我去乌黑的战船，
从腿股里拔出箭矢，用热水把黑血清洗，
再给伤口敷上上好的缓解药膏，　　　　　　　　830
据说阿基琉斯曾教你如何调制，
他自己是受最正直的马人克戎指点。
至于我们的医生波达勒里奥斯和马卡昂，
一个也已受伤躺在自己的营帐里，
正需要最好的医生给他施展妙技，　　　　　　　835
另一个正在平原上同特洛亚人激战。"

墨诺提奥斯的英勇儿子这样回答说：
"欧律皮洛斯，怎么办？我们如何安排？
我现在要去向刚勇的阿基琉斯传达
阿开奥斯人的护卫涅斯托尔托转的口信，　　　　840
不过我不会眼见你受苦就这样丢下你。"

他这样说，伸手搂住战士的腰部，
扶他进营帐，侍伴见了铺开牛皮。
他安置英雄躺下，用快刀从腿股上剐出
尖锐的箭矢，用热水洗去腿上的黑血，　　　　　845

然后用手把苦涩的草根研碎,敷上伤口,
一剂止痛药止住了他所有的痛苦,
伤口也开始干洁,鲜血不再外流。

第 十 二 卷

——特洛亚人冲击阿开奥斯人的壁垒

当墨诺提奥斯的勇敢儿子在营帐里
这样医治受伤的欧律皮洛斯的时候，
阿尔戈斯人和特洛亚人蜂拥般厮杀，
达那奥斯人为保护船只修筑的堑壕和
毗连的厚实的壁垒眼看已难以支撑：   5
他们没有给神明奉献丰盛的百牲祭，
请求保护他们的快船和丰富的战利品。
壕垒悖逆不朽的天神的意志而建造，
从而未能在世间坚固地长久留存。
当赫克托尔仍然活着，阿基琉斯仍然怀怨，   10
普里阿摩斯王的伟大都城还没有被摧毁，
阿开奥斯人的高大壁垒曾屹立一时。
当特洛亚人中的显贵人物都已死去，
阿尔戈斯首领有些活着，许多人故世，
普里阿摩斯的都城在第十个年头被摧毁，   15
阿尔戈斯人乘船回到可爱的故乡，
波塞冬和阿波罗便一起汇合众川流水，
合力冲毁达那奥斯人建造的壁垒。

那些河流从伊达山泻下漫向大海，
有瑞索斯，赫普塔波罗斯，卡瑞索斯，　　　　　　20
罗狄奥斯，格瑞尼科斯，神圣的斯卡曼德罗斯，
埃塞波斯，还有西摩埃斯河，那里倒下过
无数的牛皮盾、头盔和一个半神的种族。
福波斯·阿波罗使它们汇合到一个出口，
让湍湍急流连续九天冲击壁垒。　　　　　　　25
为尽快把壁垒冲入海，宙斯也暴雨连降。
震地之神①手握三叉戟亲自统率，
巨浪把阿尔戈斯人辛辛苦苦垒起的
无数木料和石块从根基一起冲走。
大神冲刷壁垒，一直冲刷到暴烈的　　　　　　30
赫勒斯滂托斯海岸，然后重新把沙石
铺到宽阔的河岸上，让河流继续沿着
清澈的流水从前流经的河道流淌。

　　这些是波塞冬和阿波罗以后要干的事情，
现在坚实的壁垒周围正在恶战，　　　　　　　35
木质望楼在矢石攻击下咯咯作响，
受到宙斯无情惩罚的阿尔戈斯人
纷纷被压挤到空心船旁瑟缩藏身，
满怀对逃跑制造者、强大的赫克托尔的恐惧。
赫克托尔继续像一股旋风地勇猛冲杀。　　　　40
有如一头野猪或狮子被猎人和猎狗

① 指海神波塞冬。

包围,野兽勇猛地冲突自恃力强,
猎人和猎狗互相挨近,对抗野兽,
一堵墙似的把野兽围住,密集地投射出
无数锐利的枪矢,野兽却无所畏惧,　　　　　　45
不惊慌,也不逃跑——勇敢害了自己,
它到处试探,不断向人们发起冲击,
它冲击哪里,那里的人群便得退避;
赫克托尔也这样在人群中前后奔突,
不断激励他的同伴们越过壕沟。　　　　　　　50
战马纷纷驻足沟沿,放声嘶鸣,
宽阔的壕沟使它们心惊,不敢逾越。
要想跨过或跃越那壕沟绝非易事,
壕沟两岸到处一线陡峭垂壁,
底面无数尖锐粗壮的木桩林立,　　　　　　　55
阿开奥斯人的儿子们当初埋设它们,
就是为了阻挡进攻的特洛亚人。
战马拖着战车很难越过堑壕,
步兵却跃跃欲试切望迅速超越。
波吕达马斯走近勇敢的赫克托尔这样说:　　　60
"赫克托尔,特洛亚人的和盟军的首领们,
我们想把快马赶过堑壕真愚蠢,
越过这条堑壕太困难:壕沟里埋设着
尖锐的木桩,沟沿贴近高高的壁垒。
战车既难以过壕,也无法在那里厮杀,　　　　65
那里地方狭小,我担心会惨遭杀伤。
要是那高空鸣雷之神宙斯真想让

达那奥斯人彻底毁灭，帮助特洛亚人，
我当然希望这事能立即成为现实，
让阿开奥斯人可耻地死去远离阿尔戈斯；　　　　　70
但若是他们回转身从船边进行反击，
逼得我们陷进这条渊深的壕沟里，
我想那时甚至没人能从回身反攻的
阿开奥斯人手下跑回城里去报信。
请听我的计划，望你们采纳实行。　　　　　　　75
让我们的御者留在壕边看管战车，
我们自己披甲握枪，跟随赫克托尔，
一起徒步冲过去，那时阿开奥斯人
便难抵挡，如果他们注定遭灭亡。”

　　波吕达马斯这样说，赫克托尔心里喜欢，　　　80
立即全身披挂，从战车跳到地上。
其他的特洛亚人也不再乘车，他们仿效
勇敢的赫克托尔，也都迅速跳下战车。
车战将士一个个吩咐自己的御者，
把战车停在壕边保持严整的队形；　　　　　　　85
他们自己分开，组成严密的阵势，
编成五个队列，跟随自己的将领。

　　赫克托尔和杰出的波吕达马斯率领的队列
人数最多，人员也最精良，个个都
热望冲破壁垒，直到空心船边去战斗，　　　　　90
克布里奥涅斯出任第三首领，赫克托尔委派

另一个较弱的战士暂任战车御者。
帕里斯、阿尔卡托奥斯和阿革诺尔率领第二队。
第三队由普里阿摩斯的两个儿子赫勒诺斯
和神样的得伊福波斯率领,许尔塔科斯之子　　　　　95
阿西奥斯任第三首领,黄褐色大马把他从
塞勒埃斯河畔的阿里斯柏城送来这里。
安基塞斯的高贵儿子埃涅阿斯率领第四队,
安特诺尔的两个精通各种战斗的儿子
阿尔克洛科斯和阿卡马斯协力襄助。　　　　　　100
萨尔佩冬率领各路著名的同盟军队,
任命格劳科斯和无畏的阿斯特罗帕奥斯做助手,
无疑认为盟军将领中除他自己外,
他们最为杰出,他自己超越众将士。
他们把厚实的牛皮盾举起彼此衔连,　　　　　　105
斗志激越地径直向达那奥斯人进逼,
心想可以不受抗阻地直抵黑皮船。

　　所有的特洛亚人和他们的著名的同盟者
都接受了白璧无瑕的波吕达马斯的建议,
只有人民的首领许尔塔科斯的儿子　　　　　　110
阿西奥斯不赞成把战车交由御者看管,
他驾着战车驶向阿尔戈斯人的快船,
愚蠢地注定不可能逃脱邪恶的死亡,
再赶着他的马匹和战车离开战场,
从阿开奥斯人的船边回到多风的伊利昂,　　　　115
因为不祥的命运将要借助丢卡利昂的

显赫的儿子伊多墨纽斯的投枪把他赶上。
阿西奥斯冲向船舶的左翼,阿开奥斯人
从平原赶着车马回营进寨的地方。
他赶着马匹和战车来到垒门前面,   120
发现门扇未闭,长闩也未横插;
那是守卫特意留着,为了从平原
逃回来的同伴有可能得救回船。
他驱车直冲垒门,全队呐喊跟随他,
一心以为阿开奥斯人抵挡不住,   125
他们会一直冲到外壳乌黑的船只边。
这些蠢人在垒门前却发现了两员健将,
他们是尚武的拉皮泰人的高傲的后裔,
佩里托奥斯之子、强大的波吕波特斯
和堪与嗜杀的阿瑞斯匹敌的勒昂透斯。   130
两位将领站在高大的垒门前面,
犹如山间两棵茂盛高大的橡树,
那橡树任凭强风暴雨每日侵袭,
粗壮的根蒂庞大坚实巍然屹立;
他们也这样仗恃强壮的臂膀和力量,   135
等待强大的阿西奥斯的进攻不退避。
特洛亚人在阿西奥斯和伊阿墨诺斯、
奥瑞斯特斯,还有阿西奥斯的儿子
阿达马斯、托昂、奥诺马奥斯的率领下,
举着牛皮盾呐喊着,直扑坚固的壁垒。   140
那两个拉皮泰人起初只是激励壁垒里的
胫甲精美的阿开奥斯人保卫船舶,

当他们看见特洛亚人攻打壁垒，
达那奥斯人惊慌地喊叫逃跑的时候，
他们便迅速冲到垒门前进行战斗。　　　　　　　145
如同山间两头被追袭的凶猛野猪，
对猎人和猎狗的阵阵嚣叫毫不畏惧，
它们横冲直撞，压倒身边的树丛，
牙齿咯咯发响，把树连根拔起，
直到有人掷出标枪，把它们击毙。　　　　　　150
两个拉皮泰人也这样胸部闪亮的铜甲
受打击响声不断，他们勇猛厮杀，
依靠壁垒上的战友，也依靠自己的力量。
将士们从坚实的壁垒上向下投掷石块，
为了保卫自己，也保卫营寨和快船。　　　　　155
有如朵朵雪花纷纷飘落大地，
强烈的风暴捷驰裹挟着浓重的乌云，
丰饶的大地顷刻间铺起厚厚的积雪；
阿开奥斯人和特洛亚人当时也这样
互相投掷石块，头盔和突肚盾牌　　　　　　　160
在密集的巨石的打击下发出声声闷响。

许尔塔科斯之子阿西奥斯放声长叹，
他猛力拍打大腿，愤愤不平地这样说：
"天父宙斯啊，原来你也是这样好说谎！
我从未想到这些勇敢的阿尔戈斯人　　　　　　165
能挡住我们的力量和不可战胜的臂膀。
如同灵巧的细腰黄蜂或是蜜蜂，

把巢筑在嶙峋多石的道路旁边，
怎么也不愿放弃硕大多孔的居所，
为了自己的后代，坚决与采蜜人搏击；　　　　　170
他们两人也这样，怎么也不肯放弃
那座垒门，或杀死敌人或自己倒地。"

　　他这样说，但没能改变宙斯的主意，
宙斯已决定要让赫克托尔获得荣誉。

　　其他的特洛亚人在各垒门勇猛攻击，　　　　175
我难以像神明那样把战斗一一诵吟。
壁垒周围的石块战处处如猛火烈焰，
阿尔戈斯人为保卫船只顽强战斗，
心情沉重，所有以前曾经帮助过
阿尔戈斯人战斗的众神明都不禁寒心，　　　　180
两个拉皮泰人仍在坚忍地抗击敌人。

　　佩里托奥斯之子，强大的波吕波特斯
掷出长枪击中达马索斯的铜颊头盔，
铜盔没有能挡住投枪，投枪的铜尖
却一直穿过了他的头骨，里面的脑浆　　　　　185
全部溅出，立即制服了进攻的敌人。
接着他又杀死了皮隆和奥尔墨诺斯。
阿瑞斯的后裔勒昂透斯掷出投枪，
击中安提马科斯之子希波马科斯的腰带，
然后从鞘里抽出佩戴的锋利长剑，　　　　　　190

冲进人群,首先和安提法特斯交锋,
一剑把他砍中,使他仰面倒地。
他又让墨农、伊阿墨诺斯和奥瑞斯特斯
一个接一个地倒下,去亲近丰饶的土地。

　　当两个拉皮泰人剥取死者的辉煌铠甲时,　　　　195
波吕达马斯和赫克托尔率领的那支队伍——
他们人数最多最精良,也最渴望
冲破壁垒去放火焚烧敌人的船只,
这时却不敢前进,站在壕边踌躇。
他们刚要跨越壕沟,一只飞禽　　　　　　　　　　200
在前方出现,老鹰在队伍左侧高翔,
用爪紧紧抓住一条血红色的巨蛇,
活着的巨蛇拼力挣扎,不忘厮斗,
扭转身躯,对准紧抓不舍的老鹰
颈旁前胸一口,老鹰痛得松开爪,　　　　　　　　205
把蛇抛下,落在那支队伍中间,
它自己大叫一声,驾驶着气流飞逸。

　　特洛亚人惊恐不已,当他们看见那条
闪亮的长蛇——提大盾的宙斯显示的旨意。
波吕达马斯走向无畏的赫克托尔这样说:　　　　　210
"赫克托尔,即使我在会议上发表的见解
合理正确,也总会招来你严词驳斥,
因为你不允许一个普通人在议院里或战场上
和你争论,只想增强自己的威名。

可我现在还要说我认为最正确的话，   215
我们不要和达那奥斯人争夺船舶。
我担心会出现怎样的结果，如果飞禽
向企图过壕的特洛亚人显示的征兆真实：
刚才一只老鹰高飞在队伍的左侧，
用爪紧紧抓住一条血红色的巨蛇，   220
巨蛇活着；老鹰突然把蛇抛掉，
未及带回可爱的巢窝去喂雏鸟。
我们也会这样，即使不惜力量
攻破垒门和垒墙，阿开奥斯人溃退，
我们也难以井然地沿原路从船舶后退。   225
我们将不得不把许多特洛亚人留下，
任凭保卫船舶的阿开奥斯人屠杀。
如果预言家真正明白征兆的含意，
他只能这样解释才能使人们相信。"

头盔闪亮的赫克托尔怒视他这样回答说：   230
"波吕达马斯，你这样说话太令我厌烦，
你完全可以想出比它们好一些的话说。
如果你刚才说这些话确实出于真心，
那显然不朽的天神使你失去了理智，
以至于竟要我忘记鸣雷神宙斯的意愿，   235
那是他亲自晓谕我并且应允会实现。
你要我相信那空中翱翔的飞鸟，
我对它们既不注意，也不关心，
它们是向右飞向朝霞，飞向太阳，

还是向左飞向西方,飞向昏冥。　　　　　　　240
我们应该信赖伟大的宙斯的意志,
他统治全体有死的凡人和不死的天神。
最好的征兆只有一个——为国家而战。
可你竟然如此害怕战斗和厮杀?
即使大家都战死在阿尔戈斯人的船边,　　　245
你也用不着担心你自己会送掉性命,
因为你的那颗心不坚定,也不好作战。
不过如果你想逃避这场战斗,
或巧言惑众,恐吓别人也不参战,
那你会在我的投枪下丧掉性命。"　　　　　250

　　他这样说,继续率领队伍向前冲杀,
特洛亚人呐喊着跟随他。鸣雷的宙斯
从伊达山刮起强烈的风暴,扬起尘埃
直扑战船,搅乱了阿开奥斯人的心智,
把巨大的荣誉赐给赫克托尔和特洛亚人。　255
特洛亚人信赖宙斯的征兆和自己的力量,
开始冲击阿开奥斯人的高大的垒墙。
他们攻击望楼的护墙,毁坏雉堞,
拔除壕边的木桩,当初阿开奥斯人
把它们砸进地里作为壁垒的护基。　　　　260
他们一心想毁掉它们,从而推倒
整个壁垒;达那奥斯人毫不退让,
他们迅速用牛皮堵塞雉堞间的缺口,
居高临下把矢石投向冲过来的敌人。

两个埃阿斯指挥作战,在壁垒顶上　　　　265
到处巡回,激励阿开奥斯人战斗。
他们对一些人语言温和,若发现有人
企图逃避战斗,便对他们严词责备。
"朋友们啊,不管是阿尔戈斯人中的佼佼者、
中流者或平庸者,因为战斗中的表现不可能　　270
人人都一样,可今天你们自己也看到,
为每个人提供了机会。但愿你们
听到号令后不会有人向船只转身,
而是向前,互相勉励地冲向敌人,
奥林波斯的闪电之神宙斯也许会　　　　275
帮助我们打击敌人,把他们赶回城。"

他们这样呼喊,激励阿开奥斯人。
有如远谋的宙斯冬日里普降寒雪,
向世间凡人展示他的武器的威能,
大片的雪花密密麻麻地纷扬飘下;　　　　280
他让风平静,让大雪不停地飘降,
直到盖住高山峰顶和岬角的峭巅,
盖满三叶草地和农人肥沃的农田,
盖遍灰色大海的曲折海岸和港湾,
只有滚滚而来的海浪把它们浸漫;　　　　285
宙斯就这样降下暴雪把一切盖没。
双方掷出的石块也这样不断飞舞,
或是投向特洛亚人,或是特洛亚人投向

阿开奥斯人,直击得壁垒隆隆作响。

　　特洛亚人和光辉的赫克托尔也许不会　　　　　　　290
攻破壁垒的大门,把坚固的门闩砸断,
若不是远谋的宙斯激励儿子萨尔佩冬
有如狮子扑牛群,进攻阿尔戈斯人。
萨尔佩冬立即把精美的圆盾举到胸前,
那盾用青铜锻造,由技艺高超的工匠　　　　　　　295
精心制作,内侧衬着多层牛皮,
四周用金钉严严密密地铆钉结实。
他把盾牌举到胸前,挥舞长枪,
有如一头山野的狮子冲杀过去。
那狮子许久未吃到肉食,勇敢的心灵　　　　　　　300
激励它冲进坚固的圈栏去扑杀羊群;
即使看见圈栏前牧人们手持长枪,
携同猎狗警惕地护卫着自己的群羊,
狮子也不愿不经冒险就离开羊圈,
仍想跳进去扑杀一只,或是他自己　　　　　　　305
首先被敏捷的手掷出的长枪击中倒地;
神样的萨尔佩冬的心灵也这样激励他
勇往直前地去攻打壁垒,摧毁雉堞。
他对希波洛科斯之子格劳科斯这样说:
"格劳科斯啊,为什么吕底亚人那样　　　　　　　310
用荣誉席位、头等肉肴和满斟的美酒
敬重我们? 为什么人们视我们如神明?
我们在克珊托斯河畔还拥有那么大片的

密布的果园、盛产小麦的肥沃土地。
我们现在理应站在吕底亚人的最前列，   315
坚定地投身于激烈的战斗毫不畏惧，
好让披甲的吕底亚人这样评论我们：
'虽然我们的首领享用肥腴的羊肉，
咂饮上乘甜酒，但他们不无荣耀地
统治着吕底亚国家：他们作战勇敢，   320
战斗时冲杀在吕底亚人的最前列。'
朋友啊，倘若我们躲过了这场战斗，
便可长生不死，还可永葆青春，
那我自己也不会置身前列厮杀，
也不会派你投入能给人荣誉的战争；   325
但现在死亡的巨大力量无处不在，
谁也躲不开它，那就让我们上前吧，
是我们给别人荣誉，或别人把它给我们。"

　他这样说完，格劳科斯完全同意，
两人率领庞大的吕底亚队伍冲向前。   330
佩特奥斯之子墨涅斯透斯心里害怕，
见他们带着祸殃冲向他那段壁垒。
他扫视周围，很想能找到一位将领，
帮助他解脱同伴们即将面临的苦难。
他一眼看见了两个好战无餍的埃阿斯，   335
透克罗斯刚走出营帐，都距他不远。
但他怎么也无法使他们听见呼喊，
嘈杂的声响回荡空中，混成一片，

盾牌受打击,鬃盔相碰撞,紧闭的垒门
被挡在外面的特洛亚人不断冲击,　　　　　　　340
一心想突破坚固的垒门冲进寨里。
他立即派传令官托奥特斯去见埃阿斯:
"杰出的托奥特斯,快跑步去请埃阿斯,
但愿两人都能来,那样最好不过,
因为这里眼看就要被彻底毁灭。　　　　　　　345
吕底亚的首领们已经疯狂地冲杀过来,
他们在激烈的战斗中一向进攻猛烈。
如果他们那里也面临艰难的战斗,
至少得把勇敢的埃阿斯·特拉蒙请来,
但愿精通箭术的透克罗斯能和他一起来。"　　　350

　　他这样说完,传令官完全听从吩咐,
沿着披铜甲的阿开奥斯人的壁垒迅跑,
来到两位埃阿斯面前,立即对他们说:
"埃阿斯啊,披铜甲的阿尔戈斯人的首领,
神明养育的佩特奥斯的亲爱的儿子　　　　　　355
请你们前去救助,哪怕是暂时分忧。
但愿两人都能去,那样最好不过,
因为那里眼看就要被彻底毁灭。
吕底亚的首领们已经疯狂地冲杀过来,
他们在激烈的战斗中一向进攻猛烈。　　　　　360
如果你们这里也面临艰难的战斗,
至少得请你勇敢的埃阿斯·特拉蒙过去,
但愿精通箭术的透克罗斯能和你一起去。"

他这样说,埃阿斯·特拉蒙没有拒绝,
向奥伊琉斯的儿子说出有翼飞翔的话语: 365
"埃阿斯,你和强大的吕科墨得斯留下,
继续督促达那奥斯人英勇战斗,
我现在去那边协助他们反击敌人,
帮助他们解围后就立即返回这里。"

    特拉蒙之子埃阿斯说完转身离开,   370
他的同父兄弟透克罗斯一同前去,
潘狄昂背着透克罗斯的弯弓随行。
他们沿着壁垒内侧行进,来到
墨涅斯透斯的地段,受攻击的队伍那里,
看见吕底亚人的勇敢的首领和战将们   375
如同黑色的风暴正在猛攻雉堞,
他们立即冲上去,喊杀声顿然猛烈。

    特拉蒙之子、勇敢的埃阿斯首先杀死了
萨尔佩冬的同伴、坚毅的埃皮克勒埃斯,
用倒在壁垒上面雉堞旁边的一块   380
尖利巨石把他砸死;我们当代人
只有华年壮士才勉强能用双手
把那块石头抱起,他却把它举起来,
扔了出去,砸在那人的四饰槽头盔上,
砸碎了脑壳,那人犹如一名泳人   385
从高峻的壁垒上栽下去,灵魂离开了躯体。

透克罗斯看见希波洛科斯的儿子、
强大的格劳科斯的胳膊暴露在外，
从壁垒上一箭射中他，使他退出了战斗。
格劳科斯悄悄跳下壁垒，免得   390
阿开奥斯人看见他被箭射中受嘲辱。
萨尔佩冬看见格劳科斯离去，
悲愁涌上心头。他没有忘记战斗，
举枪刺中特斯托尔之子阿尔克马昂，
随即把枪抽回，阿尔克马昂随枪   395
栽下壁垒，辉煌的盔甲发出铜响。
萨尔佩冬伸开强劲的双手抱住
雉堞摇晃，整列雉堞被他晃塌，
壁垒露出可容许多人通过的缺口。

　　埃阿斯和透克罗斯一起向他冲来，   400
透克罗斯一箭射中他系在胸前的
悬挂盾牌的皮带，但宙斯救了儿子：
他不想让儿子就这样死在那些船只边。
埃阿斯又猛扑上来，一枪刺中盾牌，
虽然未能刺穿，却阻住了他的冲击。   405
他从雉堞上稍许后退，不过并没有
完全退却，荣誉仍感动着他的心扉。
他掉转身对神样的吕西亚人大喊：
"吕西亚人啊，你们就这样失去了勇气？
无论我如何强大，也难以独自一人   410
摧毁壁垒，打开道路通向船舶。

你们跟我来，人越众多胜利越辉煌。"

他这样说，吕西亚人惶恐首领的责备，
跟随他对壁垒发起了更加猛烈的攻击，
阿尔戈斯人加强了壁垒后面的阵线，   415
双方随即展开了一场猛烈的激战。
吕西亚人虽然骁勇，仍旧攻不破
敌人的壁垒，打开通向船舶的道路；
达那奥斯枪手们也没有足够的力量，
把已经攻到壁垒前的吕西亚人赶走。   420
有如两个农人为地界发生争执，
他们手握丈杆站在公共地段，
相距咫尺地争吵着争取相等的一份，
交战双方也这样只有雉堞相隔。
他们不断越过雉堞互相攻击，   425
击中对方的护胸牛皮大盾或小圆盾。
无情的青铜扎进许多战士的肉里，
一些人是在逃跑时被扎进暴露的后背，
也有许多人是因为护身盾牌被扎穿，
整段壁垒和垛垛雉堞被特洛亚人的   430
和阿开奥斯人的无数勇士们的鲜血浸染。
特洛亚人仍不能迫使阿开奥斯人后撤，
犹如一名诚实的女工平衡天平，
把砝码和羊毛放到两边仔细称量，
好为亲爱的孩子们挣得微薄的收入，   435
那场激烈的战斗也这样胜负难分，

直到宙斯把更大的荣誉赐给赫克托尔，
让他首先冲进阿开奥斯人的壁垒。
当时他大声疾呼，特洛亚人都能听见：
"驯马的特洛亚人，你们要勇敢前进啊，　　　　　440
冲进阿尔戈斯人的壁垒，把烈火抛向战船。"

　　他这样呐喊激励军队，大家的耳朵
全都听见，一起蜂拥着冲击壁垒。
战士们带着锋利的长枪攀登望楼，
赫克托尔顺手掀起一块石头带着，　　　　　　445
那石头上尖下宽躺在垒门前面，
即使两个像我们现在这样的普通人
非常精壮，也很难把它们从地面抬上车，
他却独自轻松地把它从地面抓起来：
智慧的克罗诺斯之子使它减轻了分量。　　　　450
有如牧人一只手抓起一头羊的绒毛
轻松地提着，那羊绒不使他觉得分量，
赫克托尔也这样抓着石块直逼垒门。
垒门结构坚固，两扇高大的门扉
紧密关闭，两根相向滑动的门闩　　　　　　　455
从里面拴定，用一根栓棒将它们锁住。
他来到垒门前，叉开双腿牢牢站稳，
把石块砸向门中央，使打击更有力量，
一下砸坏了两边的门键，重量使石块
顺势飞向门里，垒门轰隆作响，　　　　　　　460
门闩支持不住，门扇倒向两边。

光辉的赫克托尔跳进门里,脸色如同
迅速降临的黑夜,披挂在身上的青铜
闪烁着可怕的光芒,手中紧握双枪。
当他跳进门里时,凡人难以抵挡他,   465
除非是上天的神明。他两眼冒着火光,
回转身激励特洛亚人越过壁垒,
特洛亚人立即响应他的召唤。
许多人纷纷翻越垒墙,也有许多人
直冲精心构建的垒门,达那奥斯人   470
惊慌地向空心船奔逃,喊叫声混成一片。

第十三卷

——船舶前阿开奥斯人抵敌艰苦奋战

宙斯把特洛亚人和赫克托尔引向船只，
让他们在那里经受无穷的战斗和苦难，
他自己则把那明亮的眼光向远处移展，
遥遥观察好养马的色雷斯人、擅长近战的
密西亚人①、杰出的喝马奶的希佩摩尔戈斯人② 　　　5
和公正无私的阿比奥斯人③栖身的国土。
他没有再把明亮的眼光投向特洛亚，
也没思虑会不会有哪位不朽的神明
去帮助特洛亚人或达那奥斯人作战。

权力广泛的震地神并非盲然不察， 　　　10
他高踞林木覆盖的萨摩色雷斯的峰巅，
对激烈的战斗进程深深感到惊异；
他从那里清楚地看见整个伊达山，
普里阿摩斯的都城和阿开奥斯人的船只。

---

① 此处的密西亚人可能指多瑙河沿岸的古代部落。
② 黑海北岸斯基泰人的部落。
③ 斯基泰部落之一。此处可能指居住在多瑙河沿岸的斯基泰人。

他浮出海面后坐在那里,可怜被特洛亚人　　　　15
战败的阿开奥斯人,对宙斯充满怨愤。

　　他突然从怪石嶙峋的山头站立起来,
迅速迈步离开,高峻的山峰和森林
在行进着的波塞冬的不朽的脚底下发颤。
他向前跨了三大步,第四步便到达埃盖①,　　20
此行的目的地,那里的海渊建有他的
金光闪灿的永不腐朽的著名宫殿。
他来到那里,把他那两匹奔驰迅捷、
长着金色鬃毛的铜蹄马驾上战车,
他自己披上黄金铠甲,抓起精制的　　　　　25
黄金长鞭,登上战车催马破浪;
海中怪物②看见自己的领袖到来,
全都蹦跳着从自己的洞穴里出来欢迎他。
大海欢乐地分开,战马飞速地奔驰,
甚至连青铜车轴都没有被海水沾湿,　　　　30
载着他径直驶向阿开奥斯人的船只。

　　在特涅多斯岛和怪石嶙峋的英布罗斯岛
之间的渊深的海底有一处宽阔的洞穴,
震动大地的波塞冬把马在那里拴停,
解开辕绳,扔了些神料给马嚼食,　　　　　35

〰〰〰〰〰〰

①　在伯罗奔尼撒半岛北部海滨,是古代崇拜波塞冬的中心之一。
②　指海兽或各种大海鱼。

给马腿带上永远挣不脱、砸不坏的金镣，
让它们留在那里休息待主人归来，
他自己匆匆前往阿开奥斯人的营寨。

特洛亚人正有如一股猛烈的火焰或风暴，
呐喊着跟随普里阿摩斯之子赫克托尔　　　　　　　　40
继续冲击，深信会夺得阿开奥斯人的船只，
把他们的精兵强将全都杀死在船边。
绕地和震地之神波塞冬从渊深的
海底出来，借用卡尔卡斯的形象
和他那坚定的声音，鼓励阿尔戈斯人。　　　　　　45
他首先遇到热望满怀的两个埃阿斯：
"埃阿斯啊，如果你们能勇敢如常，
决不后退，你们将能拯救阿开奥斯人。
我不担心特洛亚人在其他地段的猛攻，
尽管他们已有许多人翻过壁垒，　　　　　　　　　　50
那里的披胫甲的阿开奥斯人会挡住他们。
我特别担心这里还要发生不幸，
因为那个自称是全能的宙斯的儿子、
疯狂如火的赫克托尔在这里指挥攻击。
但愿有哪位神明使你们坚定心志，　　　　　　　　　55
牢牢地在这里坚守，鼓励他人战斗。
那时即使奥林波斯主神亲自激励他，
你们也能把他从这些船边击退。"

绕地和震地之神这样说完，用手杖

击了击他们,使他们的内心充满力量,   60
使他们的手脚关节变得轻松灵活。
他自己则像一只翱翔迅捷的鹞鹰
腾空而去,那鹞鹰从高峻的崖壁飞起,
敏捷地扑向平原去追逐其他禽鸟,
震地神波塞冬也这样迅速离开了他们。   65
奥伊琉斯之子、捷足的埃阿斯首先认出
他是一位神,对特拉蒙之子埃阿斯这样说:
"埃阿斯,刚才当某位居住在奥林波斯的
神明借先知模样要我们在船边战斗——
他根本不是鸟卜预言者卡尔卡斯,   70
因为我从后面根据他离去时的脚步
和膝弯辨认出来,认识神明很容易,——
我的这颗心立即在胸中激荡起来,
更热切地想投入战斗同敌人厮杀,
上面的双手和下面的双腿也急不可耐。"   75

   特拉蒙之子埃阿斯立即这样回答说:
"我也一样,这双强大的手抓着枪发抖,
力气变大,双腿架着我自动行走,
渴望即使单独同那个疯狂冲击的
普里阿摩斯之子赫克托尔拼杀一场。"   80

   他们这样互相交换自己的感受,
欣悦神明向他们的心里灌输了力量,
这时绕地神正在阵后鼓励那些

挤在船边恢复心力的阿开奥斯人。
他们已经疲惫得浑身关节瘫软，　　　　　　　　　　85
看见那么多特洛亚人已经蜂拥着
越过壁垒，强烈的忧伤涌上心头。
他们望着冲击过来的特洛亚人不禁
热泪盈眶，以为不会有得救的希望，
震地神正鼓励他们重组强大的战阵。　　　　　　　90
他首先上前鼓励透克罗斯和勒伊托斯，
还有勇敢的佩涅勒奥斯、托阿斯、得伊皮罗斯，
以及善呐喊的墨里奥涅斯和安提洛科斯。
他说出有翼飞翔的话语激励他们：
"耻辱啊，阿尔戈斯人，你们这些新兵，　　　　　95
我原以为你们会奋力保卫船舶！
倘若你们回避这场险恶的战斗，
很快便会面临被特洛亚人征服的时刻。
可悲啊，我正在目睹一个多大的奇迹，
那样可悲的奇迹我连想都没有想过：　　　　　　100
特洛亚人竟出现在我们的船只前，
他们从前却有如一群胆怯的雌鹿，
雌鹿畏葸地在林中游荡，很快成为
豺狗、雪豹、恶狼的美餐，毫无反抗。
特洛亚人以前也这样，他们从不敢　　　　　　　105
正视阿开奥斯人的力量，和我们对抗。
可现在他们竟远离城市来船边战斗，
只因为我们的统帅的过错和将领们怠惰，
他们对统帅心怀怨恨，不愿再保卫

这些快船,宁可让自己死在船边。　　　　　　　110
但即使杰出的阿特柔斯之子、权力广泛的
阿伽门农确实对大家犯了过错,
侮辱了捷足的佩琉斯之子阿基琉斯,
我们也仍然应面临战斗,不应该躲避。
让我们快纠正过错吧,矫正高贵者的心灵!　　115
你们忘却了自己的勇气太不应该,
因为你们在阿开奥斯人中作战最勇敢。
我不想指责其他逃避战斗的人们,
他们是可怜虫,我的不满只针对你们。
亲爱的朋友们啊,你们这样懈怠,　　　　　　120
将会酿成更大的不幸。让心灵充满
惭愧和羞耻吧,激烈的战斗已经展开。
强大的善呐喊的赫克托尔已经杀到船边,
他打破了垒门,把门闩一起折断。”

　　绕地神就这样让阿开奥斯人重新振奋。　　125
他们立即在两个埃阿斯周围布起
强大的阵势,甚至连战神阿瑞斯或是
好催人作战的雅典娜见了也不敢轻慢。
他们是军中挑选出的将士,投枪林立,
盾牌连片,等待特洛亚人和赫克托尔到来。　130
战斗队列紧密得一片圆盾挨圆盾,
头盔挨头盔,人挨人,只要他们一点头,
带缨饰的闪光头盔便会盔顶碰盔顶,
手中的长枪稍一抖动就会被扭弯,

人人勇往直前,等待面临的拼杀。　　　　　　　　　　135

　　特洛亚人蜂拥冲来,赫克托尔冲杀在前,
率领他们,如同山崖上浑圆的巨石,
那巨石被冰雪消融的盈溢流水
冲下崖壁,急流冲掉了它的座基。
巨石高高地蹦跳下滚,林木颤动,　　　　　　　　　140
震声回荡,势不可挡地急速滚下,
一直冲到平原才不得不停止翻滚。
赫克托尔也这样宣称会很容易越过
阿开奥斯人的壁垒和船寨,直杀到海边。
但当他碰上这密集的阵势,也不得不　　　　　　　145
在相距不远的地方停住。阿开奥斯儿子们
坚决抵御,用剑和双刃枪将他驱赶。
他只得后退,心中颤抖,但他仍然
大声呼喊,让特洛亚人都能听见:
"特洛亚人、吕底亚人和善近战的达尔达尼亚人,　　150
站住啊,阿开奥斯人不可能一直挡住我,
不管他们的队伍多密集,他们也会
不得不在我的长枪下退却,如果真是
赫拉的鸣雷的丈夫、神中之王激励我。"

　　他这样说,鼓舞起每个人的力量和勇气。　　　　155
普里阿摩斯之子得伊福波斯高傲地
走在队伍中间,把等径圆盾举在前,
迈着轻快的脚步,在圆盾掩护下前进。

墨里奥涅斯举起闪亮的长枪瞄准他，

他的枪没有白投，击中了敌人的牛皮盾。　　　　160

但他没能击穿盾牌，长枪的枪头

过早地在与枪杆铆接的地方折断。

得伊福波斯立即把盾牌从前面挪开，

对勇猛的墨里奥涅斯这一枪不禁发颤。

墨里奥涅斯当即闪进同伴中间，　　　　　165

心中气馁：既失去了胜利，又失去了长枪。

他向阿开奥斯人的营垒和船只奔去，

去取留在营里的另一支长杆投枪。

　　其他人继续战斗，呐喊声历久不断。

特拉蒙之子透克罗斯首先打倒了　　　　　170

多马的门托尔之子、枪手英布里奥斯。

阿开奥斯人到来之前他住在佩代昂①，

娶了墨得西卡斯特，普里阿摩斯的私生女；

达那奥斯人的昂首翘尾战船一到达，

他便来到伊利昂，很受特洛亚人敬重，　　　175

被普里阿摩斯待之如嫡子，住在宫中。

特拉蒙之子用长枪刺中他的耳朵下方，

把枪抽回，英布里奥斯如梣树倒地。

那梣树矗立于遥望在即的高山之巅，

被铜刀伐倒，柔枝嫩叶拂扫地面，　　　　180

他也这样倒下，碰响闪光的铜甲。

---

① 特洛亚地区一城市。

透克罗斯立即冲上去剥夺铠甲，
赫克托尔向他掷出闪亮的投枪，
他临面发现，勉强躲过了那支铜枪。
那枪却中了刚好来参战的阿克托尔的孙子、　　　　185
克特阿托斯之子安菲马科斯的胸膛。
他立即砰然倒地，身上的铠甲琅琅响。
赫克托尔冲过去，摘取英勇的安菲马科斯
头上戴着的那顶非常合适的战盔。
这时埃阿斯向他掷出了闪亮的投枪，　　　　　190
那枪没有能伤着赫克托尔的身体，因为他
周身有可怕的青铜遮护，但它击中了
盾牌突肚，巨大的力量迫使他后退。
他丢下那两具尸体，让阿开奥斯人夺走。
安菲马科斯由两位雅典将领斯提基奥斯　　　　195
和神样的墨涅斯透斯抬进阿开奥斯阵里，
两个埃阿斯奋勇地抬来了英布里奥斯。
有如两头狮子从尖齿猎狗面前
夺得一只山羊穿过稠密的丛林，
一直把羊高高地离地叼在嘴里；　　　　　　200
两位埃阿斯也这样高举着英布里奥斯，
剥他的铠甲；奥伊琉斯之子从他的软颈上
割下脑袋，为安菲马科斯之死消恨，
把那脑袋像圆球似的抛过人群，
一直飞落到赫克托尔脚前的尘埃里。　　　　　205

　　波塞冬心中气愤，看见自己的孙儿

安菲马科斯在这场激烈的战斗中被杀死，
他立即向阿开奥斯人的营垒和船只走去，
激励达那奥斯人，给特洛亚人制造灾祸。
他临面遇上著名的枪手伊多墨纽斯，   210
伊多墨纽斯从一个同伴那里来，那同伴
刚从战场到他那里，膝部受枪伤，
同伴们把他抬下来，伊多墨纽斯把他
托付给医生后回营帐，正想重返战场。
强大的震地之神上前和他搭话，   215
把安德赖蒙之子托阿斯的声音模仿——
托阿斯统治整个普琉戎、高峻的卡吕冬
和埃托利亚人，人民敬他如天神：
"伊多墨纽斯啊，克里特首领，阿开奥斯人
对特洛亚人惯有的威胁而今在哪里？"   220

　　克里特人的王伊多墨纽斯立即反驳说：
"亲爱的托阿斯，我看没有哪个人有错，
因为我们全都是善战的英勇将士。
恐惧没有使一个人成为可怜的胆小鬼，
也没有哪个人因害怕而逃避残酷的战斗。   225
显然是强大的克罗诺斯之子喜欢这样，
让阿开奥斯人不光彩地远离故土丧生。
托阿斯啊，从前你总是作战勇敢，
善于鼓励失去斗志的人，现在请你
不要退出战斗，让大家精神振奋。"   230

这时震地之神波塞冬回答他这样说：
"伊多墨纽斯，让那样的人永远不能
从特洛亚回家，留下来成为野狗的玩物，
如果今天有谁故意逃避作战。
你快回营帐取武器跟我一起前去，　　　　　　　　　235
或许会有助于战斗，尽管只两人前往。
即使弱者联合起来也会变勇敢，
更何况我们一向敢于同强敌厮杀。"

天神这样说，重新回到凡人的战场。
伊多墨纽斯走进他那精良的营帐，　　　　　　　　　240
穿上精致的铠甲，手持两支长枪，
重新出来，如同那克罗诺斯之子
握在手中从光辉的奥林波斯抖动，
发出耀眼的光芒向凡人示兆的闪电，
伊多墨纽斯走着，铜甲也这样闪烁。　　　　　　　　245
他离营帐不远遇见了自己的侍从，
从战场回来取铜枪的高贵的墨里奥涅斯，
强大的伊多墨纽斯立即这样询问他：
"摩洛斯之子、最最亲爱的捷足朋友，
你为什么离开战场回来，不再厮杀？　　　　　　　　250
你是受了伤，伤痛使你不堪忍受，
还是有什么消息急切地跑来送给我？
我实难在营帐安坐静待，很想去作战。"

聪明的墨里奥涅斯对他这样回答说：

"伊多墨纽斯,穿铜甲的克里特人的首领,　　　　255
我本是想去你的营帐找到一支枪,
我原先带去的那支枪在我把它掷出,
击中高傲的得伊福波斯的盾牌时被折断。"

　　克里特人的首领伊多墨纽斯回答说:
"如果想找枪,在我的营帐里不只有一支,　　　260
甚至有二十支,它们都靠在光亮的侧墙边。
它们来自特洛亚人,从死者手里夺得,
我不赞赏相距很远地同敌人战斗。
因此我那里有许多长枪、凸肚盾牌,
也有许多头盔、熠熠闪光的甲胄。"　　　　265

　　聪明的墨里奥涅斯对他这样回答说:
"我的营帐和乌黑的船里也放着许多
特洛亚人的武器,只是去取它们路太远。
我也一样,从来没有忘记过勇敢,
每次只要一开始战斗,我总是投身在　　　　270
能使人获得荣誉的最前列勇猛厮杀。
即使别的穿铜甲的阿开奥斯人不知道
我作战勇敢,但你应该清楚地知道我。"

　　克里特人的首领伊多墨纽斯回答说:
"我知道你作战勇敢,这些不用对我说。　　　275
但愿现在把首领们都召到船边设伏,
一个人的勇气最能在设伏中清楚体现,

谁是懦夫,谁是勇士,一目了然。
设伏时懦夫的脸色会不断改变,
畏怯的心灵在胸中惶恐得不能安定,   280
他不断变换坐姿,时时用双腿曲蹲,
思虑着面临的死亡,那颗激动的心脏
在胸膛里跳个不停,牙齿碰得咯咯响。
勇敢者脸色不变,也不会惧怕过分,
即使他第一次参加设伏情境怖人。   285
他只盼望能尽快投入激烈的战斗,
人们绝不会轻视你的勇气和力量。
即使战斗中你被枪击中或被箭射中,
那也不会中在你的后颈或后背,
只能从正面中在你的前胸或下腹,   290
因为你在战线最前列勇猛冲杀。
但我们决不可站在这里这样聊天,
像无事的顽童,人们见了定会生气。
你快去我的营帐取支结实的长杆枪。”

　　他这样说,墨里奥涅斯敏捷如阿瑞斯,   295
迅速走进营帐取出一支铜枪,
紧随伊多墨纽斯,满怀战斗热望。
如同嗜好杀人的阿瑞斯置身战场,
随行的是他的强大儿子,无所畏惧的
溃逃,能使久经战阵的战士逃跑。   300
他们从色雷斯把战争带给埃费瑞人①

~~~~~~~~~~~~

① 居住在特萨利亚境内。

或者高傲的费勒古埃斯人①,他们不听
双方的祈求,只把荣誉赐给一方。
人民的首领墨里奥涅斯和伊多墨纽斯
也这样身着辉煌的铠甲奔赴战场。 305

墨里奥涅斯首先这样询问同伴:
"丢卡利昂之子,你想从哪里进攻敌人?
从我们的战线右翼,还是从战线中央,
或是从战线的左翼开始? 在我看来,
那里的长发的阿开奥斯人最需要帮助。" 310

克里特人的首领伊多墨纽斯回答说:
"船寨中央部分有其他将领守卫,
那里有两个埃阿斯,还有透克罗斯,
阿开奥斯人中最优秀的射手,也善近战。
他们足以赶走普里阿摩斯的儿子, 315
那个贪战的赫克托尔,尽管他很强大。
无论他如何疯狂冲击,要想制服
他们的勇气和坚定的力量,焚烧船舶,
不那么容易,除非克罗诺斯之子
亲自把燃着的火把抛向那些快船。 320
强大的埃阿斯·特拉蒙不会对任何人退让,
只要那是食用得墨特尔的谷物,
可以被青铜和巨大的石块击倒的凡人。

① 特萨利亚居民之一,其始祖弗拉古阿斯据说是战神阿瑞斯的儿子。

即使他与难以抵挡的阿基琉斯决斗，
也不会退缩，只是奔跑不如对方。　　　　　325
让我们去左翼，我们很快就会知道，
是我们给别人荣誉，或别人把它给我们。"

　　他这样说，墨里奥涅斯像疾速的阿瑞斯，
按伊多墨纽斯的吩咐引导着穿过阵线。

　　特洛亚人看见猛如烈火的伊多墨纽斯　　　330
和他的同伴手持精良的武器到来，
互相勉励着一起拥上来进攻他们，
激烈的战斗立即在船只后艄展开。
有如道路两旁积集着厚厚的尘土，
强劲的风暴呼啸着扑来席卷地面，　　　　335
把尘土扬起形成一团浓重的尘云，
当时双方的队伍也这样激烈混战，
互相冲击着只想用铜刃把对方杀死。
屠人的战场上密麻麻地竖立着无数
刺肉的长枪，不可胜数的灿烂头盔、　　　340
斜靠肩头的光亮盾牌和精心擦抹得
光闪的铠甲一起发出炫目的铜辉。
谁看到这样的场面欣喜而不悲痛，
那他真是一副无动于衷的硬心肠。

　　克罗诺斯的两个强大儿子就这样　　　　345
各自给英勇的将士们筹划可怕的苦难。

宙斯有心让特洛亚人和赫克托尔获胜，
增强捷足的阿基琉斯的光荣声誉，
又不使阿开奥斯军队毁灭在伊利昂城下，
只满足忒提斯和她的倔强儿子的心愿。　　　　350
波塞冬则从灰色的海里偷偷升起，
前来激励阿尔戈斯人，痛惜他们
被特洛亚人打垮，对宙斯深感气愤。
这两位神源于同一血统，同父所生，
只是宙斯比他年长，也比他聪慧，　　　　　355
由此他不敢公开襄助阿尔戈斯人，
而是化作凡人，暗暗鼓励他们。
他们就这样从两头把一根强烈敌视
和激烈厮杀的绳索拉紧，那绳索拉不断，
也解不开，却折断了无数将士强健的腿腱。　　360

　伊多墨纽斯白发缕缕，但仍勇猛地
冲向特洛亚人，使敌人一片慌乱。
他杀死了奥特里奥纽斯，来自卡柏索斯①，
此人被战争消息感动，新近来到特洛亚，
他想娶普里阿摩斯的容貌最俊秀的女儿　　　365
卡珊德拉，不给聘礼，但干件大事情——
把阿开奥斯人的儿子们赶出特洛亚国土。
老王普里阿摩斯同意了他的条件，
答应把女儿嫁给他，他便为此来参战。

① 色雷斯一城市。

347

伊多墨纽斯把闪亮的长枪对准他投去，　　　　370
击中了傲然走着的他,他那身铜甲
未能把他护住,枪中肚皮中央。
他琅琅倒地,伊多墨纽斯不禁夸口:
"奥特里奥纽斯啊,倘若你真能履行
你给普里阿摩斯许下的全部诺言,　　　　375
我将敬你最能干。他答应把女儿嫁给你,
我们也可作同样的许诺,保证践言:
把阿特柔斯之子的最俊秀的女儿嫁给你。
我们将把她从阿尔戈斯接来同你成婚,
倘若你能帮我们摧毁坚固的伊利昂。　　　　380
现在走吧,让我们去海船商量婚约,
既然我们作为岳翁要价并不贪婪。"

　　伊多墨纽斯这样说,抓住他的一只脚,
拖过酣战的人群。阿西奥斯赶来救援,
他徒步走在战车前面,御者赶着车,　　　　385
那两匹战马喷着粗气对准他肩头。
他一心想打倒伊多墨纽斯,对手却抢先
掷出枪击中他颏下,枪尖把咽喉穿过。
阿西奥斯倒在地上,有如橡树或白杨
或高大的松树倒地,那树耸立山间,　　　　390
木工挥动利斧砍倒它作造船的木料。
当时他也这样摊开倒在马匹和战车前,
痛苦地呻吟着两手紧抓血染的泥土。
他的御者完全失去了原有的理智,

竟忘了掉转马头躲避敌人的攻击。　　　　　　395
头脑冷静的安提洛科斯一枪刺中
他身体中央部位,他那身铜甲
未能把他护住,枪中肚皮中央。
他口吐长气,从精致的战车栽到地上,
高贵的涅斯托尔之子上前把他的战马　　　400
从特洛亚人那里赶进阿开奥斯人中间。

　　阿西奥斯之死令得伊福波斯伤心,
他走近伊多墨纽斯掷出闪亮的投枪,
伊多墨纽斯临面发现,躲过了铜枪,
立即藏身到他的等径圆盾后面。　　　　　405
那面盾牌用多层牛皮和闪光的青铜
精心制成,背里装着十字把手。
他藏在盾牌后面,铜枪从上面飞过,
枪杆碰得盾沿发出低沉的声响。
得伊福波斯强健的臂膀也没有白投,　　　410
击中希帕索斯之子、士兵的牧者许普塞诺尔
胸膈下的肝脏,使他的双膝立即瘫软。
得伊福波斯兴奋得不禁大声夸口说:
"阿西奥斯躺在这里并非冤仇未报,
我看他虽是去见威严的冥神哈得斯,　　　415
仍会心喜欢,因为我给了他一个人同路。"

　　他这样自夸,阿尔戈斯人听了痛心,
其中最痛心的是那勇敢的安提洛科斯。

但他虽然悲痛，却没忘记同伴，
他急忙冲了过去，用盾牌把他遮住。　　　　　420
随即有两个亲密的同伴埃基奥斯之子
墨基斯透斯和神样的阿拉斯托尔过来，
把痛苦呻吟着的伤者托起抬回空心船。

　伊多墨纽斯毫不松懈自己的斗志，
他只想或是把黑夜遮住某个特洛亚人，　　　　425
或是自己倒下，让阿开奥斯人免遭苦难。
这时他打倒了宙斯抚育的埃叙埃特斯之子、
英雄阿尔卡托奥斯，安基塞斯的女婿，
他娶了安基塞斯的长女希波达墨娅，
此女婚前深受可敬的父母怜爱，　　　　　　430
因为她在容貌、手工和智慧方面
超过所有的同龄闺秀，从而也被
辽阔的特洛亚最杰出的男子娶去做妻子。
原来波塞冬假伊多墨纽斯之手杀了他，
使他两眼昏冥，健壮的双膝麻木，　　　　　435
既不能向回逃跑，也不能向侧旁躲藏，
如同一根立柱或一颗高大的树干
矗立不动，英雄伊多墨纽斯就这样
一枪刺向他的胸膛，刺穿了胸甲，
那身铜甲曾多次保护他免于死亡，　　　　　440
现在却发出沉闷的响声被枪戳穿。
他砰然一声倒地，投枪矗立心脏，
那心脏还在蹦跳，枪杆随着颤动，

直到强大的阿瑞斯松弛了它的力量。
伊多墨纽斯兴奋得不禁大声夸口：445
"得伊福波斯,你觉得三个抵偿一个
很合适？因为刚才你那样欣喜若狂。
亲爱的朋友啊,你应该亲自来跟我交手,
也好知道我这个宙斯的后裔的本事,
因为宙斯最初为克里特生了弥诺斯。450
弥诺斯生了无瑕的儿子丢卡利昂,
杜卡利昂生我作辽阔的克里特众民之王,
现在战船把我作为你和你的父亲
以及其他的特洛亚人的灾祸送来这里。"

得伊福波斯听他这样说心分两头,455
是回阵找个强勇的特洛亚将领帮忙,
还是就这样独自一个去和他交手。
思忖结果认为去找埃涅阿斯较合适。
他看见埃涅阿斯站在阵线的最后面,
原来埃涅阿斯对普里阿摩斯心怀积怨,460
他自视出众,普里阿摩斯却不器重他。
得伊福波斯走近他,说出有翼飞翔的话语：
"埃涅阿斯,特洛亚人的咨议,你的姐夫
现在需要你帮助,如果你心中也悲痛。
跟我去保护阿尔卡托奥斯吧,在你儿时465
他作为姐夫曾在自己的家中抚育你。
著名的枪手伊多墨纽斯已把他杀死。"

他这样说，激动了埃涅阿斯胸中的心灵，
立即向伊多墨纽斯奔过去要拼杀一场。
伊多墨纽斯也没有像稚童那样退缩，　　　　　　　　470
他站定等待，有如在空旷的山野里，
一头野猪深信自己体强力壮，
弓背等待呐喊着前来进攻的猎人。
它双眼迸发火光，不时把獠牙擦磨，
准备对付即将冲过来的猎人和猎狗。　　　　　　　475
著名的枪手伊多墨纽斯也这样站定，
等待勇敢的埃涅阿斯。他呼叫同伴，
特别是善呐喊的阿斯卡拉福斯、阿法柔斯、
得伊皮罗斯、墨里奥涅斯和安提洛科斯。
他用有翼飞翔的话语激励他们：　　　　　　　　480
"朋友们啊，我孤单一人，快来帮助我。
捷足的埃涅阿斯向我奔来令我心颤，
战斗中他是一个有力的杀人能手，
他又正当华年，这是巨大的力量，
倘若我的年纪像精神同他相当，　　　　　　　　485
那胜利会很快或是归我或是属他。"

　　他这样说，大家怀着同样的心情
走拢过来站住，把盾牌斜靠肩头。
埃涅阿斯也招呼自己的同伴前来相助，
有得伊福波斯、帕里斯和神样的阿革诺尔，　　　　490
他们同他一起，都是特洛亚人的首领。
士兵跟随着他们，有如一群绵羊

从草地随公羊去喝水，牧人见了高兴。
埃涅阿斯胸中的心灵也这样兴奋，
当他看见后面跟随着无数的士兵。 495

　　双方围着阿尔卡托奥斯互掷投枪，
展开了近战。掷出的长枪飞过人群，
撞击胸前的铜甲发出可怕的声响。
尤其是其中两人，两位最勇敢的英雄，
堪与阿瑞斯相比拟的埃涅阿斯和伊多墨纽斯， 500
都想用无情的铜枪刺穿对方的身体。
埃涅阿斯首先向伊多墨纽斯掷出长枪，
被对方临面发现，躲过了飞来的铜枪，
他那支长枪颤抖着飞过插进土里，
他那强健的臂膀徒然把它投掷。 505
伊多墨纽斯却击中了奥诺马奥斯的中腹，
枪头穿透了铠甲，铜尖挖出了肚肠，
奥诺马奥斯栽进尘埃里，用手抓泥土。
伊多墨纽斯从死者身上拔出长杆枪，
却不能剥取他身上那副辉煌的铠甲， 510
因为无数的矢石投枪纷纷飞向他。
他的双腿举步已经迟缓不灵便，
无论是追回自己的长枪或躲闪敌人，
因此他用近战来避免那可怕的死亡，
不再靠迅速挪动的双腿离开战场。 515
现在他慢慢后退，那个曾遭他挖苦的
得伊福波斯向他投来闪亮的长枪。

这次也没能击中他,击中了阿斯卡拉福斯,
埃倪阿利奥斯之子,投枪刺进了肩膀。
阿斯卡拉福斯栽进尘埃里,用手抓泥土。　　　　　　520
威武的、嗓音洪亮的阿瑞斯还不知道
他的儿子已经在激战中被人杀死,
当时他按宙斯之命坐在奥林波斯山顶,
金云底下,那里还有其他的神明,
他们也被禁止投身沸腾的战场。　　　　　　　　525

　　围着阿斯卡拉福斯展开了激烈的争夺战。
得伊福波斯刚从阿斯卡拉福斯的脑袋上
取下闪亮的头盔,敏捷如同阿瑞斯的
墨里奥涅斯跳上去刺中了他的臂膀,
带饰孔的头盔脱手,铮铮地掉到地上。　　　　　530
墨里奥涅斯重又捷如鹰鸷地冲过去,
从得伊福波斯的臂膀上拔出那支枪,
迅速返回到身后自己的同伴中间。
得伊福波斯的兄弟波利特斯上前,
搂住腰扶他离开战斗,去找快马,　　　　　　　535
他的那些快马停在战场的后面,
与马在一起有御者和那辆彩饰的战车。
战车载着他回城,他精疲力竭地呻吟,
涓涓鲜血从臂膀上的伤口不断往外淌。

　　其他人继续厮杀,发出更强烈的喧嚷。　　　　540
埃涅阿斯的锐利长枪击中卡勒托尔之子

阿法柔斯的喉咙，当时他正抬头看他。
阿法柔斯的脑袋歪向一旁，盾牌和头盔
掉到地上，毁灭生命的死亡搂住了他。
安提洛科斯看见托昂正转过身去，　　　　　　　545
便冲上前击中他的后背，打断了静脉，
就是那根从后背直达颈脖的血管，
完全被割断。托昂一头扑进尘埃，
晃动着双手请求同伴们快来救援。
安提洛科斯冲过去剥取托昂的铠甲，　　　　　550
警惕着四周；特洛亚人把他团团围住，
不断击中他那面宽阔而光亮的盾牌，
但无情的枪尖总刺不着他那柔滑的身体。
原来震地神波塞冬这时正认真保护着
涅斯托尔之子躲过密集的矢石和投枪。　　　　555
敌人紧紧地把他围住，他四面冲击，
手中的那支长枪一刻也没有停息，
一直在不停地刺杀，心中暗自思忖，
是刺向远一些的人，还是刺杀近旁。

阿西奥斯之子阿达马斯看见他　　　　　　　　560
在人群里冲杀，便走近举起锐利的铜枪，
击中他的盾牌中央。但黑发的波塞冬
使枪尖失去力量，拒绝把生命给它。
那支枪便像烧焦的木杆，一半留在
安提洛科斯的盾牌里，一半掉到地上。　　　　565
阿达马斯迅速跑回同伴里躲避死亡。

墨里奥涅斯见他逃跑,紧追不舍,
一枪击中他的阴部和肚脐的半中间,
那里是不幸的凡人遭打击最痛的地方。
投枪就刺中那里,阿达马斯绕着那支枪　　　　　　570
扭颤,有如一头牛在山里被牧人逮住,
牧人用绳子拴住想把它强行牵走。
那位受伤者也这样扭动,时间不长,
英雄墨里奥涅斯走近他,从他身上
拔出那支枪,他的双眼便罩上了黑暗。　　　　　　575

　　赫勒诺斯上前用色雷斯长剑砍中
得伊皮罗斯的太阳穴,劈下了他的头盔。
那头盔掉到地上,在酣战的人群脚边
滴溜滚动,被一个阿开奥斯人捡起。
昏暗的黑夜罩上了得伊皮罗斯的眼帘。　　　　　　580

　　阿特柔斯之子、擅长呐喊的墨涅拉奥斯
顿觉伤心,挥动锐利的长枪冲向
英勇的国王,赫勒诺斯也张弓等待。
两人同时放出了武器,一个掷出
锐利的长枪,一人松弦射出利箭。　　　　　　585
普里阿摩斯之子一箭射向对方的胸口,
撞上铠甲,铜片把锐利的箭矢弹回。
有如那些黝黑的荚豆和溜圆的豌豆,
被收获的农人颠簸,受呼啸的风流吹袭,
从宽大的铲子蹦落到广阔的打谷场地,　　　　　　590

那支锐利的箭矢也这样撞在尊贵的
墨涅拉奥斯的胸甲上猛然蹦跳出去。
阿特柔斯之子、擅长呐喊的墨涅拉奥斯
却一枪投中了赫勒诺斯握亮弓的手腕，
铜尖笔直地穿过手掌扎进弓把里。　　　　　　595
赫勒诺斯跑进同伴中间躲避死亡，
那只手挂在一旁，拖着那支梣木枪。
高傲的阿革诺尔帮他从手上拔出那支枪，
再用精织的羊毛长带把伤手包扎，
侍从们经常为他把长带带在身边。①　　　　　600

　佩珊德罗斯直奔尊贵的墨涅拉奥斯。
是厄运把他引向这个死亡的终点，
墨涅拉奥斯啊，让你在可怕的战斗中制服他。
当他们互相临面逼近，彼此走近时，
阿特柔斯之子没有投中枪，偏向了侧旁，　　　605
佩珊德罗斯却正好把尊贵的墨涅拉奥斯的
大盾击中，但铜尖未能把盾牌戳穿。
宽阔的盾牌阻住它，枪杆在铆接处折断。
佩珊德罗斯喜上心头，以为赢得了胜利。
墨涅拉奥斯又抽出嵌银钉的双刃剑扑上，　　　610
佩珊德罗斯也从盾牌下抽出一把
精制的双刃利斧，装着一根研磨得
光闪闪的橄榄木长柄，互相临面走近。

①　用来投掷石块的一种长带子，参见本卷第716行。

357

佩珊德罗斯一斧砍中墨涅拉奥斯
盔脊上的马鬃缨饰,墨涅拉奥斯扑上去　　　　　　615
却砍中了他鼻梁上方的脑门,脑壳被砍裂,
两颗眼珠血淋淋地掉到他脚边的尘埃里,
他本人晃悠悠倒地。墨涅拉奥斯上前
踩住他的胸口剥他的铠甲夸口说:
"心性傲慢、贪婪杀戮的特洛亚人啊,　　　　　　620
你们将这样离开爱马的达那奥斯船舶!
你们也不乏其他种种恶德和丑行,
你们这些恶狗,曾经那样羞辱我,
竟然也不怕激怒好客的鸣雷神宙斯,
他将会让你们这座高耸的城市遭毁灭。　　　　625
我的合法妻子殷勤地招待你们,
你们却把她连同许多财宝劫掠。
现在你们又想把毁灭一切的火把
抛向我们的海船,杀死阿尔戈斯将士。
你们渴望战争,但总有一天会停止!　　　　　　630
天父宙斯啊,人们都说你的智慧
超过任何人和神,一切事物源于你,
但你为什么如此宠爱傲慢的特洛亚人,
尽管他们的心里充满邪恶的欲念,
从不满足对双方都一样可怕的战争!　　　　　　635
人们对事物都有餍足的时候,甚至如
睡眠、爱情、甜蜜的音乐和完美的圆舞,
人们都更乐于享受它们,而不是战争,
唯独特洛亚人的战争欲壑总难填满。"

无瑕的墨涅拉奥斯这样说，一面剥下　　　　　　640
尸体上血淋淋的铠甲，交给自己的同伴，
他自己冲进酣战的漩涡继续鏖战。

　　皮莱墨涅斯王之子哈尔帕利昂立即向
墨涅拉奥斯攻击，他随同亲爱的父亲
来特洛亚参战，却不可能再返回故土。　　　　　645
他走近阿特柔斯之子，一枪击中
盾牌中央，但铜尖未能把盾牌戳穿。
他立即奔向自己的同伴躲避死亡，
四处张望着提防有人向他投枪。
墨里奥涅斯这时向正在退却的他　　　　　　　650
放出一支铜箭，正中他的右臀，
箭矢笔直地穿透了骨头下面的膀胱。
他当即坐到地上，在自己的同伴的怀抱里
咽尽了灵气，像一条死虫瘫倒地上，
黑沉沉的血涌出来，润湿了下面的泥土。　　　655
勇敢的帕弗拉贡人立即围拢过来，
伤心地把他抬上车，送往神圣的伊利昂。
他的父亲①泪涟涟走在他们中间，
不能替自己的儿子的死雪恨报仇。

---

① 在第五卷第 576 行，皮莱墨涅斯已被墨涅拉奥斯杀死，这里又重新出
　现，为诗中矛盾之一例。

哈尔帕利昂之死深深激怒了帕里斯，　　　　　660
他访问帕弗拉贡人时曾是死者的宾客，
这时满怀怒火地为朋友射出了一支箭。
有个欧赫诺尔，预言者波吕伊多斯之子，
家境富有，门第高贵，居住在科林斯。
他来到特洛亚，知道自己的悲惨命运。　　　　665
善良的老父波吕伊多斯多次对他讲，
他将来或是患染重病殁于家中，
或是去特洛亚死在阿开奥斯人的船边。
他希望免遭阿开奥斯人的巨额罚款①，
同时使心灵免遭疾病的痛苦折磨。　　　　　　670
帕里斯的箭射中他颔骨和耳朵下面，
灵气消离四散，可怕的黑暗罩住他。

这里的战斗激烈进行如一团烈火。
宙斯宠爱的赫克托尔没有得到消息，
不知道阿尔戈斯人正在船寨左翼　　　　　　　675
屠戮特洛亚军队，眼看即将获胜。
那位绕地和震地之神一面激励
阿尔戈斯人，一面奋力保护他们。
赫克托尔却仍在冲垮持盾的达那奥斯人、
打破他们的壁垒和寨门的地方勇猛作战，　　　680
就是埃阿斯和普罗特西拉奥斯的船只
被拖上灰海岸边的冈丘停驻的地方。

---

① 参见第二十三卷第286行。

那里的壁垒建造得比其他地方都低矮，

那里的步兵和车战将士厮杀得最猛烈。

　　这里有波奥提亚人、穿长衫的伊阿奥涅斯人①、　　685
洛克里斯人、佛提亚人、著名的埃佩奥斯人，

他们奋力阻挡赫克托尔进攻船只，

但无法把火一般的神样的赫克托尔驱赶。

精锐的雅典军队也驻守这段战线，

他们由佩特奥斯之子墨涅斯透斯率领，　　　　　　690

斐达斯、斯提基奥斯和勇毅的比阿斯襄助他。

埃佩奥斯人由墨革斯、安菲昂和德拉基奥斯指挥，

佛提亚人由墨冬和顽强的波达尔克斯统领。

两人中墨冬是神样的奥伊琉斯的私生子，

因而也是埃阿斯·奥伊琉斯的亲兄弟；　　　　　　695

他住在远离祖国的费拉克，因为他杀了

奥伊琉斯的妻子、继母埃里奥皮斯的兄弟。

另一个是费拉科斯之子伊菲克洛斯的儿子。

他们全身披挂地统率着豪勇的佛提亚人，

与波奥提亚人并肩作战保卫船只。　　　　　　　700

奥伊琉斯的捷足儿子埃阿斯始终同

特拉蒙之子埃阿斯在一起，一刻不分离，

有如两头栗色的公牛在休耕地里

用同样的力气并排拉着坚固的耕犁，

犄角底下不停地淌着淋淋汗滴，　　　　　　　　705

~~~~~~~~~~~~~~~

①　即伊奥尼亚人，荷马只在此处提到。

它们之间只隔着一条光滑的牛轭，
身后留下垄沟，奋力奔向地头，
两个埃阿斯也这样紧挨在一起战斗。
只是特拉蒙之子有许多勇敢的侍从
随同作战，每当他感觉身体疲乏　　　　　　710
或膝弯出汗，他们便接过他的盾牌；
洛克里斯人不紧随奥伊琉斯之子身边，
因为他们一向不惯于近距离交战。
他们不带饰有鬃缨的铜质头盔，
不带圆形盾牌和梣木作杆的长枪，　　　　　715
他们只信赖弓箭和用羊毛精织的投石器，
带着它们来到伊利昂城下作战，
密集的矢石屡屡使特洛亚军队崩散。
就这样身穿精致铠甲的士兵在前排，
抵挡特洛亚军队和一身铜装的赫克托尔，　　720
洛克罗斯战士藏在后面放箭投石，
矢石使特洛亚人丧失斗志陷入混乱。

　　特洛亚人本可能撤离阿开奥斯人的
船只和营帐，狼狈地逃回多风的伊利昂，
若不是波吕达马斯走近赫克托尔这样说：　　725
"赫克托尔，你一向难于接受别人的劝告，
只因为神明们使你作战非凡超群，
你因此也以为自己的思虑比别人深远，
可是你怎么也不可能做到事事躬亲。
神明让这个人精于战事，让另一个人　　　　730

精于舞蹈,让第三个人谙于竖琴和唱歌,
鸣雷的宙斯又把高尚的智慧置于
第四个人的胸中,使他见事最精明,
他能给许多人帮助,也最明自身的价值。
因此我仍要说出我认为最好的意见。　　　　　735
现在战斗在你周围激烈进行,
勇敢的特洛亚人越过壁垒以后,
一些人手持武器悠闲地无所事事,
一些人散在船只间敌众我寡地战斗。
你应该退出厮杀把首领们召来这里,　　　　　740
让我们就整个战局进行认真商量,
或者我们一直冲上多桨的战船,
但愿神明能这样把胜利恩赐我们,
或者趁我们尚且完好立即撤离。
我担心阿开奥斯人会报昨日之仇,　　　　　745
因为船边还有位好战无餍的将领,
我不相信他会永远不再作战。”

波吕达马斯这样说,赫克托尔心里同意,
立即手持武器从自己的战车跳下地,
对波吕达马斯说出有翼飞翔的话语:　　　　　750
“波吕达马斯,请立即把所有首领们
集合到你身边,我现在去那边布置战斗,
当那边安排妥当,就立即返回这里。”

他这样说,全身亮闪闪像座雪山,

呼喊着奔过特洛亚人的队伍和他们的盟军。　　　　755
首领们听到赫克托尔的召唤，都迅速来到
潘托奥斯之子、受尊敬的波吕达马斯身边。
赫克托尔走近前沿队伍仔细寻找，
想找到勇猛的得伊福波斯、首领赫勒诺斯、
阿西奥斯之子阿达马斯和许尔塔科斯之子阿西奥斯。

　　　　　　　　　　　　　　　　　　　　　760
他终于找到了他们，但并非安然无恙，
他们有的躺倒在阿开奥斯人的船尾，
在阿尔戈斯人手下放走了生命之灵，
有的为枪矢所伤已经被送往城里。
他在左翼找到俊美的阿勒珊德罗斯，　　　　765
美发的海伦的丈夫，他正两眼噙泪，
在那里鼓励同伴，督促他们战斗，
他走过去，对他这样严厉地责备：
"不祥的帕里斯，美男子，勾引妇女的色鬼，
得伊福波斯、强大的赫勒诺斯、阿西奥斯之子　　　　770
阿达马斯、许尔塔科斯之子阿西奥斯在哪里？
奥特里奥纽斯又在哪里？高耸的伊利昂
就要彻底崩坍，你也会很快遭毁灭。"

　　神样的阿勒珊德罗斯立即这样反驳说：
"赫克托尔啊，你总是这样好责怪无辜，　　　　775
以往我确实曾不止一次地逃避战斗，
但母亲生下我并非完全懦弱胆怯，
自从你带领军队把战斗打到船边，

我们一直在这里打击达那奥斯人。

你刚才询问的那几位战友已经被杀死,　　　　　780

我想只有得伊福波斯和强大的首领

赫勒诺斯撤离了战场,两人的臂膀

都中了长枪,能救命多亏了克罗诺斯之子。

现在让我们去你的心灵指向的地方!

请相信我,我们会坚定地跟着你走,　　　　　785

我们有多少力量就会使多少力量,

一个人不可能凭热情超越能力去作战。"

　　英雄这样说,平和了兄长心中的怨气,

两个人一起奔向战斗的漩涡,那战斗

围绕着克布里奥涅斯、无瑕的波吕达马斯、　　790

法尔克斯、奥尔塔奥斯、神样的波吕斐特斯、

帕尔米斯、希波提昂之子阿斯卡尼奥斯和摩里斯,

二人昨晨刚从肥沃的阿斯卡尼亚①

前来增援,宙斯鼓励他们参战。

特洛亚人冲杀过去,如同猛烈的风暴,　　　　795

那风暴由天父宙斯的霹雳奔向大地,

呼啸着搅动大海,在喧嚣的海上掀起

无数狂澜,狂澜咆哮着隆起脊背,

飞溅起无数灰白色泡沫层层翻腾。

特洛亚人也这样麇集得密密麻麻,　　　　　800

一层一层地铜光闪灿跟随着首领。

~~~~~~~~~~

①　小亚细亚北部比提尼亚城市。

普里阿摩斯之子赫克托尔如嗜杀的阿瑞斯，
走在最前面，把用多层牛皮缝制，
镶着一层厚铜皮的圆盾举在胸前，
头上晃动着遮至太阳穴的闪光战盔。　　　　805
他奔跑着对敌阵发起一次次冲击，
在盾牌掩护下一次次想把敌人冲垮，
但阿开奥斯人的信心并没有被他震撼。
埃阿斯首先大步上前向他挑战：
"喂，近前来，你为什么总这样吓唬　　　　810
阿尔戈斯人？我们并非一点不懂战争，
只是宙斯的沉重的鞭子制服了我们。
你现在大概很想去摧毁我们的船只，
但我们也有手，我们会坚决保护它们。
也许远在这之前我们便会占领　　　　815
你们那座美丽的城市，把它毁灭。
我看这样的时刻很快就会到来：
你一面逃跑，一面祈求天父和众神明
让那些长鬃马跑得比迅翔的鹰鸷还要快，
载着你狂奔回城，扬起浓密的尘埃。"　　　　820

　　埃阿斯这样说，他的右边飞过一只鸟——
翱翔的苍鹰，阿开奥斯军队一片欢呼，
庆幸吉兆，光辉的赫克托尔这时回答说：
"说空话的埃阿斯，吹牛家，大话说遍！
啊，犹如我一向希望自己能是　　　　825
鸣雷神宙斯的儿子，天后赫拉所生，

受人敬重如同雅典娜和福波斯·阿波罗，
我也这样深信阿尔戈斯人将遭不幸，
你也会死在他们中间，倘若你胆敢
对抗我的长枪，不怕嫩肉被撕碎。　　　　　　　830
那时你将倒在阿开奥斯人的船边，
用你的肥肉喂饱特洛亚的恶狗和鸟群。"

　　赫克托尔这样说完，带头冲向敌人，
将士们呐喊着跟随他，军队齐声响应。
阿尔戈斯人也齐声呐喊，勇气旺盛，　　　　　835
等待冲杀过来的特洛亚勇兵强将。
双方的喊声直达太空和宙斯的灿辉。

第十四卷

——宙斯受骗陷入赫拉的爱情罗网

　　喧嚣声一直传进呷饮的涅斯托尔的耳朵，
他立即对阿斯克勒皮奥斯之子这样说：
"神样的马卡昂，得考虑战局会如何发展，
船只边的年轻战士们的喊声愈来愈激烈。
现在你且在这里继续斟饮红泡沫酒，　　　　　　　　5
让美发的赫卡墨得尽快把浴水烧暖和，
仔细把伤口上淤积的血污清洗干净，
我得赶快去登高观察是怎么回事情。"

　　他这样说，一面拿起自己的儿子、
驯马者特拉叙墨得斯的闪铜光的精制盾牌，　　　　10
这面盾他放在营帐里，拿走了父亲的那一面。
他又拿起一支坚固的锋利铜枪，
走出帐外，看到一片可悲的场面，
士兵们正慌乱地溃逃，高傲的特洛亚人
从后面追赶他们，壁垒已被推倒。　　　　　　　　15
有如辽阔的大海泛起层层浪脊，
那只是预示即将来临呼啸的狂风，

还没有向这边或那边驱使波涛汹涌，
尚有待从宙斯那里刮来劲风推动；
老人也这样凝神沉思，碎心两半，　　　　　　　　20
是前往喜爱快马的达那奥斯部队，
还是去找士兵的牧者阿伽门农。
他这样思忖，认为去找阿伽门农较合适。
战士们继续激烈战斗，互相杀戮，
身上披挂的坚固青铜在双刃利剑　　　　　　　　25
和双尖长枪的打击下不断琅琅作响。

涅斯托尔遇见宙斯养育的提丢斯之子、
奥德修斯和阿特柔斯之子阿伽门农
从船边走来，虽然他们都身负伤残。
他们的船只停驻在远离战场的那段　　　　　　　30
灰海岸上，那些船只第一批拖上岸，
壁垒即沿着离海最近的船只修筑。
他们所在的那片岸滩虽然宽阔，
部队却很拥挤，停不下所有的船只。
他们把战船拖上岸一一排列成行，　　　　　　　35
排满了连接海岬的整个长长的海岸。
三位首领急切想观察战斗情势，
心情沉重地一起走来拖着长枪，
当他们遇见革瑞尼亚的涅斯托尔老人，
阿开奥斯将领胸中的心灵不免惊讶。　　　　　　40
权力广泛的阿伽门农大声对他这样说：
"涅琉斯之子涅斯托尔，阿开奥斯人的荣耀，你为什么离开屠戮人的战场来到这里？
我担心强大的赫克托尔的话可能会实现，
他曾在特洛亚人的民会上骇人地声言， 45
只有到放火焚船，把我们全都杀光，
他才会离开这些船舶返回伊利昂。
他这样说过，现在这一切正在实现。
天哪，难道其他胫甲精美的阿开奥斯人
也像阿基琉斯一样，对我心怀怨恨， 50
不愿在我们的船艄前殊死抵抗敌人！"

革瑞尼亚策马的涅斯托尔回答说：
"你们说的这一切确实正在实现，
甚至鸣雷神宙斯都无法把它逆转。
壁垒已经崩塌，我们曾希望它是 55
船只和我们自己的坚不可摧的屏障。
敌人正在快船边不停地顽强战斗，
即使你仔细观察也仍然难以辨清，
阿开奥斯人究竟从哪一面受胁逼，
到处是混战和杀戮，喊声直冲空际。 60
我们应该商量战局会如何发展，
如果还能用思想帮助。我不主张
你们去参战，战斗不是伤者的事情。"

士兵的牧者阿伽门农这样回答说：
"涅斯托尔，既然战斗已经打到船艄， 65
既然达那奥斯人辛辛苦苦地修筑的

壁垒和壕沟毫无用处——本希望它们是
船只和我们自己的坚不可摧的屏障，
那么显然是全能的宙斯有心想让
阿开奥斯人不光彩地死去远离故土。　　　　　　70
这我知道，他当初真心帮助达那奥斯人时，
我现在也清楚，他又把特洛亚人抬举得
有如幸福的天神，捆住我们的手脚。
现在让我们齐心协力按我的话去做。
我们去把停放得离海最近的船只　　　　　　　75
首先拖离停驻的位置放下海去，
用锚停住，等待神圣的黑夜降临，
如果那时特洛亚军队停止进攻，
我们再把其余的船只也都放下海。
即使借冥夜逃跑也没有什么可耻，　　　　　　80
只要逃跑能躲过灾难，总强于被杀死。"

　　足智多谋的奥德修斯怒视着对他说：
"阿特柔斯之子，从你的齿篱里溜出了
一些什么话，你这人本该去率领另一支
懦夫之军，而不应该来统率我们，　　　　　　85
宙斯注定我们从青壮至老苍都要在
艰苦的战争中度过，直到一个个都倒下。
我们为特洛亚人的街道宽阔的城市
忍受了多少苦难，你现在想要离开它？
不要再说了，以免有阿开奥斯人听见。　　　　90
任何一个用健全的理智思考说话，

手握崇高的权杖,拥有像你所统辖的
阿尔戈斯人那样多的部族臣服的统帅,
怎么也不该说出这样不相称的话语。
你刚才说出的这些话太使我心中气愤。　　　　　95
战斗正在激烈进行,你却命令
把我们的那些精良船只拖下海去,
好让已对我们占有优势的特洛亚人
更占上风,让我们被他们彻底打败。
如果我们把船只拖下海,阿开奥斯人　　　　　100
便会不断回首观望,放弃战斗,
全军的统帅啊,你的建议实在有害。"

　　人民的统帅阿伽门农立即回答说:
"奥德修斯啊,你的指责如此严厉,
使我惊讶,我并没有强行命令　　　　　105
阿开奥斯儿子们把精良的船只拖下海。
现在但愿有人能提出更好的建议,
无论他年轻还是年迈,我都愿意听。"

　　擅长呐喊的狄奥墨得斯于是这样说:
"你身边就有这样的人,用不着远寻,　　　　　110
只要你们愿意听我的话,不会耻于
我比你们大家都年轻而心中不高兴。
我也自豪自己出身于高贵的父亲,
他就是著名的提丢斯,掩埋在特拜大地。
波尔透斯生了三个卓越的儿子,　　　　　115

住在普琉戎和险峻崎岖的卡吕冬：
阿格里奥斯、墨拉斯和车战将士奥纽斯，
就是我父亲的父亲，三兄弟数他最勇敢。
祖父长住故乡，父亲漫游历久，
来到阿尔戈斯：显然是宙斯和众神的意愿。　　　　120
他娶了阿德瑞斯托斯的女儿，异乡卜居，
家境殷富，拥有大片丰产的土地，
许多茂盛的果园和诸多种类的畜群，
他的枪技超群，闻名于阿尔戈斯。
这些是真是假，你们都可以打听。　　　　125
请你们不要以为我出身低下微贱，
蔑视我的话，即使我提出的是好建议。
现在我们必须带伤去战场巡察，
我们在那里不必亲自投入战斗，
要处于射程之外，以免再次受伤残。　　　　130
我们的责任只在于激励人们的斗志，
许多人仍然心怀怨怒不愿参战。”

　　首领们满怀赞赏地仔细听他这样说，
他们一起出发，由阿伽门农王率领。

　　著名的震地神对这些并非盲无觉察，　　　　135
他化作一位老年战士跟着他们走，
握着阿特柔斯之子阿伽门农的右手，
一面对他说出有翼飞翔的话语：
“阿特柔斯之子，现在阿基琉斯的心

正在胸中狂喜,眼看着阿开奥斯人　　　　　　　140
惨遭屠戮,真没有良心,一点也没有。
愿他这样死去,愿天神让他遭殃。
永生常乐的神明们对你毫无恶意,
特洛亚人的首领和君王们很快将会
扬起平原上的尘土,你将会亲自看见　　　　　145
他们从我们的船只和营帐前逃回城里。"

　　震地神这样说,放声大喊奔过平原。
如同九千个或一万个士兵在战场上
齐声呐喊,开始战神的猛烈屠杀;
伟大的震地神从胸中也发出这样的吼声,　　150
立即给每个阿开奥斯人的心里灌进
巨大的力量,顽强地与特洛亚人作战。

　　金座赫拉站在奥林波斯山顶,
展开视野极目远眺,立即看见
兄弟兼夫弟正在让人扬名的战场　　　　　　155
来回奔忙,欣喜之情顿然涌心尖。
她又看见宙斯正坐在多泉流的伊达山
群峰之巅,心头泛起强烈的憎厌。
牛眼睛的天后赫拉心中思索起来,
怎样才能迷住提大盾的宙斯的心智。　　　　160
她心中当即认为最好的办法莫过于
把自己好好打扮一番前往伊达山,
也许会使他燃起欲望躺到她身边,

那时她再用一种深沉甜蜜的睡眠，

撒满他那睿智的心扉和他的眼帘。 165

她向卧室走去，那是亲爱的儿子

赫菲斯托斯为她建造，一把祕闩

把门扇锁进门框，别的神都无法开启。

她走进卧室，随手把闪亮的门扇关上。

她首先用安布罗西亚把姣美的身体上 170

所有的垢污去除，再浓浓地抹上一层

安布罗西亚①神膏，散发出馥郁的香气。

只要把那油膏在宙斯的青铜宫殿里

稍微摇一摇，馨香会立即充满天地。

她用油膏抹完柔美的肌肤，又梳理 175

她那美丽的长发，用手把它们编成

闪亮的发辫，从不朽的头上动人地垂下。

然后她穿上精美的长袍，那是雅典娜

为她缝制，巧饰着许多艳丽的花彩，

她用黄金扣针在胸前把长袍扣好。 180

她再把一条垂有百条穗子的腰带

系在腰间，又把三坠暗红耳环

挂在柔软的耳垂眼里，光灿动人。

女神中的女神又在头上扎了一块

精致的闪亮头巾，辉耀如同白日， 185

最后把精美的绳鞋系到光亮的脚上。

~~~~~~~~~~

① "安布罗西亚"是古希腊神话中想象的神界一种液态物品，它作为神明的饮食，为神明们长生不老、青春常在奥秘之所在，同时也可作为神明们的洁身、美容物品，使神明们永远健美、艳丽。

等她这样把一切在身上穿戴整齐，
她便走出卧室，招呼阿佛罗狄忒，
要她离开其他神明，对她这样说：
"亲爱的孩子，你能满足我的请求吗？　　　　190
或是心里不高兴而拒绝我，因为我帮助
达那奥斯人，而你站在特洛亚人一边。"

　　宙斯的女儿当即对她这样回答说：
"克罗诺斯的女儿赫拉，可敬的女神，
你想要什么？我的心要我听从你吩咐，　　195
只要我能办到，只要事情能办成。"

　　天后赫拉蓄意蒙骗她这样回答说：
"现在请给我爱情和媚惑，就是你用来
征服不朽的天神和有死的凡人的能力。
因为我要去丰产大地的尽头看望　　　　200
众神的始祖奥克阿诺斯和始母特梯斯，
是他们在我幼年时把我从瑞娅那里
接到家中精心抚育，当鸣雷的宙斯
把克罗诺斯打入大地和荒海深处时。
我现在去看望他们，调和不尽的争吵，　　205
他们已经很久回避甜蜜的爱情
和共同的床榻，彼此一直怀恨结怨。
如果我能劝动他们，使他们的爱情
在心中复萌，重新睡上共同的爱床，
那我将会永远令他们亲爱和尊敬。"　　　210

爱欢笑的阿佛罗狄忒重又回答这样说：
"拒绝你的请求不应该，也不可能，
你是在强大的宙斯的怀抱里睡眠之神。"

她这样回答，从胸前解下那条彩色的
绣花腰带，蕴藏着她的全部魔法。　　　　　　　　215
那里有爱情、欢欲，还有蜜语甜言，
那言语能使聪明人完全失去智力。
她把绣带交到赫拉手里吩咐说：
"现在你拿着这条绣带藏在你胸前，
我的全部能力都蕴藏在这些彩绣里，　　　　　220
我相信你返回时一切都会称心如愿。"

她这样说，牛眼睛的赫拉不禁一笑，
微笑着随手把绣带藏进自己的怀里。

宙斯的女儿阿佛罗狄忒返身回家，
赫拉也立即匆匆离开奥林波斯山顶，　　　　　225
到达皮埃里亚山①和可爱的埃马提亚②，
再越过爱马的色雷斯人的雪盖的山峦，
掠过群峰之巅，双脚不着大地，
从阿托斯山③落到波涛翻滚的海面，

① 奥林波斯北边马其顿境内的高山。
② 马其顿的古称。
③ 在色雷斯的卡尔基斯半岛东南端，俯视爱琴海。

来到利姆诺斯岛神样的托阿斯的首府。　　　　　230
她在那里找到死亡神的兄弟睡眠神，
拉着睡眠神的手对他这样吩咐说：
"睡眠神，所有天神和所有凡人的君王，
你以前怎样听我的话，现在也请你
照样顺我的心愿，我会永远感激你。　　　　　235
当我一被搂进宙斯的爱情的怀抱，
你就立即让他眉下的双眼入眠。
我将以一把不朽的黄金坐椅酬谢你，
我的儿子、能工巧匠赫菲斯托斯
将亲自制作，底下配有小凳一张，　　　　　240
让你饮宴时好把光亮的双脚搁放。"

　　甜蜜的睡眠神立即回答女神这样说：
"伟大的克罗诺斯的女儿赫拉，可敬的女神，
我也许能够毫不费劲地让不朽的天神中
任何一位其他的神明沉沉入睡，　　　　　245
即使是滋生一切的奥克阿诺斯的涌流。
我却不敢走近克罗诺斯之子宙斯，
让他入睡，只要不是他亲自命令我。
以前有一次你也曾要我为你干事情，
当时宙斯那个心高志大的儿子①　　　　　250
摧毁了特洛亚人的城市，离开伊利昂。
我去甜蜜地拥抱掷雷神宙斯的心智，

〰〰〰〰〰〰〰

①　指赫拉克勒斯，参见第五卷第638—651行。

使他沉沉酣睡,你便策划祸难,
让海上掀起狂风巨澜,把他那儿子
送到人烟稠密的科斯岛,远离同伴。　　　　　　255
宙斯醒来后震怒异常,在宫中把众神
到处抛掷,尤其想找到恶作的我。
我也许早被他从空中抛进大海无踪影,
若不是能制服天神和凡人的黑夜救了我。
我逃到他那里躲避,宙斯不得不息怒,　　　　260
因为他不想得罪行动迅速的黑暗。
你现在又要我去完成那种不可能的事情。”

　　牛眼睛的天后赫拉重又对睡眠神这样说:
“睡眠神啊,你现在为什么要回忆这一切?
你以为鸣雷的宙斯正帮助特洛亚人,　　　　265
会像当年为儿子赫拉克勒斯那样生气?
你就去吧,我将把一个最年轻的卡里斯①
送给你成婚,她将被称为你的妻子,
帕西特娅,就是你一直思慕的那一个。”

　　女神这样说,睡眠神立即高兴地回答:　　　270
“现在请你凭神圣的斯提克斯河水起誓②,
一只手触及丰产的大地,另一只手
触及闪光的大海,让所有同克罗诺斯

① 卡里斯是美惠女神的统称,常陪伴阿佛罗狄忒。
② 冥河斯提克斯水流湍急,甚至神明都觉畏惧,因而常被用来起誓,被视
　　为不可反悔的重誓。

一起生活在下界的神明为我们作证，

你答应将把一个最年轻的卡里斯送给我，　　　　275

帕西特娅，就是我一直爱恋的那一个。"

　　他这样说，白臂女神赫拉不反对，

便按睡眠神的要求起誓，按姓氏称呼

所有叫作提坦①的塔尔塔罗斯神明。

等女神起完誓，行完一切信誓礼仪，　　　　　280

他们便立即离开利姆诺斯和英布罗斯首府，

用浓重的云雾裹住自己匆匆赶路。

他们从勒克同②弃海上岸，改行陆路，

任凭树梢在他们脚下摇晃发颤，

来到野兽孕育的处所，多泉流的伊达山。　　　285

睡眠神停住脚步，躲避宙斯的视线，

爬上一棵挺拔的高松，那是伊达山上

最高的松树，穿过云气直至空际。

他在高耸的树干上蹲下，隐蔽在浓荫里，

化作一只善啾啼的鸟，这种鸣鸟　　　　　　290

神明称作铜铃鸟，人间称作库弥啼③。

　　赫拉匆匆来到险峻的伊达山的最高峰

～～～～～～

①　提坦是一群巨神，天神乌拉诺斯和地母盖娅生的一群儿子，曾推翻父亲
　　的统治，自己掌权，后来他们又被宙斯推翻，被囚禁于塔尔塔罗斯，即深
　　邃渊冥的地下。
②　小亚细亚西海岸一海岬。
③　"库弥啼"为原文音译，难考究系何种鸟类，有人称为苍鹰。

伽尔伽朗，集云神宙斯立即看见她。
宙斯一见她，强烈的情欲即刻笼罩住
他的心智，就像他们第一次享受 295
爱情的欢乐上床时那样，瞒着父母亲。
宙斯临面站起来，对她招呼这样说：
"赫拉，你离开奥林波斯匆匆去哪里？
为什么连供你乘坐的车辇和马匹都没有？"

　　天后赫拉存心蒙骗他这样回答说： 300
"我现在前往丰产大地的尽头看望
众神的始祖奥克阿诺斯和始母特梯斯，
他们曾在自己的家中抚养和教育我。
我现在去看望他们，调和不尽的争吵，
他们已经很久回避甜蜜的爱情 305
和共同的床榻，彼此一直怀恨结怨。
我的车马停在多泉流的伊达山脚下，
让它们顺着陆路和水路把我送到那里。
我从奥林波斯来到这里是想见见你，
免得你事后嗔怒，我去在深海流动的 310
奥克阿诺斯的居所也不跟你打招呼。"

　　集云之神宙斯立即回答她这样说：
"赫拉，你完全可以改日再去那里，
现在让我们躺下尽情享受爱欢。
无论是对女神或凡女，泛滥的情欲 315
从没有这样强烈地征服过我的心灵；

我从没有这样爱过伊克西昂的妻子①，

她生了思路聪敏如神的佩里托奥斯；

或是阿克西里奥斯的女儿、美足的达那厄②，

她为我生了人间最杰出的佩尔修斯；　　　　　　　320

或是遐迩驰名的福尼克斯的女儿③，

她为我生了弥诺斯和神样的拉达曼提斯；

或是那个塞墨勒④和特拜的阿尔克墨涅⑤，

阿尔克墨涅生了无畏的赫拉克勒斯，

塞墨勒生了人类的欢乐狄奥倪索斯；　　　　　　　325

或是发辫华美的女神得墨特尔，

或是光艳照人的勒托⑥以及你自己，

像现在激荡着甜蜜的情欲，这样爱你。"

天后赫拉重又这样诡诈地回答说：

---

① 指狄亚。伊克西昂是拉皮泰人的国王，为娶狄亚，谋害了岳父，宙斯为他净罪，把他接到天上，他在那里又迷上了天后赫拉，结果被罚缚在火轮上永远转动不止。宙斯与狄亚结合生佩里托奥斯。

② 阿克西里奥斯是阿尔戈斯王，他从神示得知，女儿达那厄生的儿子将推翻他的统治，把他杀死，因此他把达那厄锁进铜屋，但宙斯化作金雨淌进铜屋，使达那厄怀孕，生佩尔修斯。佩尔修斯后来在一次竞技会上掷铁饼时无意中砸死了外祖父。

③ 指欧罗巴。福尼克斯是腓尼基国王，宙斯爱上了欧罗巴后，化作公牛，乘欧罗巴在海边玩耍，把她驮到克里特岛。

④ 塞墨勒是特拜王卡德摩斯的女儿，被宙斯爱上，生酒神狄奥倪索斯。

⑤ 阿尔克墨涅是提任斯国王、佩尔修斯的孙子安菲特律昂的妻子，夫妻二人因杀人一起逃到特拜。据古代传说和喜剧中描写，宙斯乘安菲特律昂在外作战，化作安菲特律昂模样，与阿尔克墨涅生赫拉克勒斯。

⑥ 勒托是提坦女神中的一位，与宙斯生艺术之神阿波罗和狩猎女神阿尔特弥斯。

"克罗诺斯的可怕的儿子,这是什么话! 330
你要我们现在就躺在这伊达山顶,
偎抱爱抚,这里却裸露得毫无遮蔽,
倘若有哪位永生的神明看见我们
睡在这里,并去传告其他的天神,
将如何是好? 从这样一张床榻爬起来, 335
多么羞人,我还怎么去你的宫殿!
你要是愿意,并且也认为那样更合适,
你有儿子赫菲斯托斯为你建造的
严密卧寝,门框里安装着坚固的门扇,
让我们去那里躺着,既然你如此热切。" 340

集云之神宙斯这时回答她这样说:
"赫拉,你不用担心哪个天神或凡人
会看见我们,我把一团浓浓的金云
布在周围,即使赫利奥斯也看不透,
尽管他能洞观一切,光线最锐敏。" 345

克罗诺斯之子这样说,紧紧搂住妻子,
大地在他们身下长出繁茂的绿茵,
鲜嫩的三叶草,番红花和浓密柔软的风信子,
把神王宙斯和神后赫拉托离地面。
他们这样躺着,周围严密地笼罩着 350
美丽的金云,水珠晶莹滴向地面。

天父就这样无忧虑地躺在伽尔伽朗山顶,

被睡眠和爱情征服,拥抱着动人的妻子。
甜蜜的睡眠神来到阿开奥斯人的船只前,
向环绕大地的震地神报告发生的事情。　　　　355
他来到大神面前说出有翼飞翔的话语:
"波塞冬,现在你尽管帮助达那奥斯人,
赐他们荣誉,哪怕仅仅在宙斯熟睡,
被我用甜适的睡眠笼罩这短暂的时间。
赫拉已把他惑进自己的爱的怀抱里。"　　　　360

　　睡眠神这样说,又飞往闻名的人间民族,
让波塞冬更加热切地帮助达那奥斯人。
波塞冬迅速跑到阵前放声大喊:
"阿尔戈斯人,难道我们还想把胜利
让给赫克托尔,让他荣耀地夺取船只?　　　　365
他曾这样宣称并夸耀,只因为阿基琉斯
仍然袖手旁坐空心船边胸中怀怨。
如果我们大家都能精神振奋地
并肩作战,对他便用不着过分记惦。
来吧,现在请大家按我的吩咐去做。　　　　370
让我们用营帐里最大最好的盾牌
装备自己,把闪亮的铜盔戴到头上,
手拿最长的长枪,一起投入战斗。
我将率领你们,普里阿摩斯之子
赫克托尔作战虽勇猛,他也敌不过我们。　　　　375
有人作战勇敢,肩头却是小盾牌,
让他把那盾给弱者,给自己找一面大盾。"

他这样说,大家认真聆听立即赞同,
国王们身负战伤,都亲自整理队伍,
有提丢斯之子,奥德修斯,阿特柔斯之子。　　　　380
他们巡视着命令大家替换装备,
优秀者持精良武器,差武器交给弱者。
将士们把闪亮的铜装披挂在身,
向前进发,震地神波塞冬率领着他们,
强大的手里握着令人胆寒的利剑,　　　　385
有如闪电,残忍的战斗无需用那剑
砍杀凡人,人们已陷入巨大的恐惧。
那一边光辉的赫克托尔也已整顿好队伍。
黑发的波塞冬和光辉的赫克托尔就这样
展开了一场非常惊人的战场争斗,　　　　390
一个率领特洛亚人,一个帮助阿尔戈斯人。
大海涌向阿尔戈斯人的营帐和船只,
两军发出巨大的喧嚷冲杀到一起。
无论是被北风神的不可遏止的气流
掀起的大海波涛咆哮着扑向海岸,　　　　395
或是深山峡谷里由林间恶热燃起的
熊熊大火肆掠一切时发出的呼啸,
或是从橡树高端刮过的风暴的吼声,
怒吼的狂风最能发出巨大的嚣叫,
都不及特洛亚人和阿尔戈斯人相互攻击,　　　　400
可怕地呐喊着发出的震动天地的喧嚣。

光辉的赫克托尔首先向埃阿斯掷出长枪，
埃阿斯正向他走来，那一枪并非没中，
击在埃阿斯胸前两根交叉的皮带上，
一根挂盾牌，一根挂铆有银钉的佩剑，   405
它们护住了柔软的身体。赫克托尔很生气，
看见白投了那支捷速飞驰的长枪，
他又担心自己，迅速向同伴后退。
他正在退却，伟大的特拉蒙之子埃阿斯
捡起一块大石头——有许多那样的石块   410
支撑船只，现在滚在战士们的脚边——
击中盾牌上沿脖颈下面的胸口，
那石块迅猛飞驰，捷速转动像陀螺。
有如橡树受天父宙斯的闪电打击，
连根倒地，散发出可怕的硫磺气味，   415
附近的人见此情景无不失去勇气，
伟大的宙斯的闪电使所有的人惊惧，
勇猛的赫克托尔也这样立即倒进了尘埃里。
他的长枪脱了手，盾牌和头盔掉在地，
身上的闪光铠甲发出琅琅声响。   420
阿开奥斯儿子们大声欢呼着冲过来，
想把他拖走，不断投出密集的长枪，
但没有一个人能伤着或击中士兵的牧者，
因为一群最勇敢的将领已把他护卫，
有波吕达马斯、埃涅阿斯、神样的阿革诺尔、   425
吕西亚人的首领萨尔佩冬和无瑕的格劳科斯。
其余的将士们丝毫不敢松懈斗志，

一个个站在他面前把圆形盾牌高举。
同伴们用手把他托起抬出战涡，
去找他的快马，那些马连同御者　　　　　　　　　430
和那辆斑斓的战车停在战场后面，
当即载着大声呻吟的伤者奔向城市。

　　他们来到不朽的宙斯养育的河神
克珊托斯的水流充足、多漩涡的河滩，
把赫克托尔抬下车放到地上向他泼水，　　　　　435
赫克托尔长吁一声慢慢睁开了眼睛，
抬起身双膝跪地口吐伤血黑沉沉。
他重新倒地，昏暗的黑夜遮住了眼睛，
那一下打击仍然制服着他的精神。

　　阿尔戈斯人看见赫克托尔远远离去，　　　　440
更勇猛地扑向特洛亚人，心志昂扬。
奥伊琉斯之子、捷足的埃阿斯首先毙敌，
第一个用锐利的长枪击中萨特尼奥埃斯，
埃诺普斯之子，他在萨特尼奥埃斯河①边
放牧时纯洁无瑕的神女为他所生。　　　　　　445
名枪手奥伊琉斯之子走近萨特尼奥斯，
击中肋下，萨特尼奥斯仰面倒地，
特洛亚人和达那奥斯人围着他激烈斗争。
潘托奥斯之子波吕达马斯挥动长枪

<hr>

①　密西亚西部一河流，注入爱琴海。

赶来救援,刺中阿瑞吕科斯之子　　　　　　　　450
普罗托埃诺尔的右肩,强劲的枪头
穿过肩胛,他倒进尘埃里,用手抓泥土。
波吕达马斯大声喊叫不禁自夸:
"我看由心高志大的潘托奥斯之子的
强健的胳膊投出的长枪没有白飞,　　　　　　455
一位阿尔戈斯人用身体把它领受,
显然他想拄着它前往哈得斯的宫闱。"

　　他这样自夸,阿尔戈斯人听了心痛,
特拉蒙之子、勇毅的埃阿斯心最激动,
普罗托埃诺尔中枪倒地就在他身边。　　　　　460
他向急速后退的波吕达马斯投去
闪亮的长枪,波吕达马斯向侧旁一闪,
躲过了黑色的死亡,安特诺尔的儿子
阿尔克洛科斯命中注定领受了那支枪。
那支枪击中他的脑袋与脖颈的衔接处,　　　　465
最后一节椎骨上,扎断了两根筋腱。
当他倒下时,他的前额、嘴巴和鼻尖
远远比他的脚胫和膝盖先触地面。
埃阿斯对无瑕的波吕达马斯放声大喊:
"波吕达马斯,你想一想再对我说真话,　　　　470
杀死他是否能和普罗托埃诺尔相抵?
我看他不是个懦夫,也不会出身微贱,
倒像是驯马的安特诺尔的儿子或兄弟,
因为面前的这位的相貌和他太相近。"

埃阿斯故意这样说，特洛亚人痛苦穿心。　　　　475
阿卡马斯为保护兄弟，枪中想从脚下
拖走尸体的波奥提亚人普罗马科斯。
阿卡马斯立即大声喊叫可怕地自夸：
"你们这些好吹嘘、爱夸口的阿尔戈斯人，
不幸和苦难并非只落在我们身上，　　　　　　480
你们也会像这里的这位那样被杀死。
请看被我的长枪制服的普罗马科斯，
怎样睡在你们的面前，我的兄弟
期待报仇并不太久，这就是为什么
人们都希望有亲人能替自己报怨。"　　　　　485

　　他这样夸口，阿尔戈斯人听了心痛，
勇毅的佩涅勒奥斯的心最为激动。
他扑向阿卡马斯，但对方没有待到
佩涅勒奥斯王进攻。他击中伊利奥纽斯，
多畜群的福尔巴斯的儿子，特洛亚人中　　　490
赫尔墨斯对他最宠爱，赐给他财富，①
但母亲只给福尔波斯生了伊利奥纽斯。
佩涅勒奥斯击中他眉毛下面的眼窝，
击出了眼球。投枪穿过窝框和后脑壳，
伊利奥纽斯摊开双手坐到地上。　　　　　　495

～～～～～～～～～～～

① 　在古希腊神话中，赫尔墨斯司掌多种职能，他既是畜牧、神使、伴送亡灵
　　去冥界的神，还是商业和盈利之神。

佩涅勒奥斯这时又抽出自己的利剑，
对准他的脖颈砍去，把他的头颅
连同头盔砍落地上。那支长枪
仍插在眼窝里，他举起脑袋像一颗罂粟，
让特洛亚人看见，一面大声夸说：　　　　　　　　500
"特洛亚人啊，请代为告知伊利奥纽斯的
亲爱的双亲，让他们在家里为骄子哭泣，
因为当我们阿开奥斯儿子们从特洛亚
乘船返回时，阿勒革诺尔之子普罗马科斯的
妻子也不可能同返国的丈夫团聚。"　　　　　　　505

　　他这样说，特洛亚人寒颤传遍四肢，
张望着看哪里能躲避死亡的突然降临。

　　居住在奥林波斯的缪斯们，请告诉我，
当光辉的波塞冬使战局有利于阿开奥斯人，
他们中谁首先剥取了敌人血污的铠甲？　　　　　510
特拉蒙之子埃阿斯首先打倒了许尔提奥斯，
古尔提奥斯之子，刚毅的密西亚人的首领；
安提洛科斯杀死了法尔克斯和墨尔墨罗斯；
墨里奥涅斯杀死了摩里斯和希波提昂；
透克罗斯杀死了普罗托昂和佩里斐特斯；　　　　515
阿特柔斯之子这时击中了士兵的牧者
许佩瑞诺尔的肋下，铜枪把搅乱的内脏
剜了出来，灵魂立即从戳开的口子
跑了出去，黑暗遮住了他的眼帘。

奥伊琉斯的捷足儿子埃阿斯杀人最多，　　　　　520
因为没有人能像他那样敏捷地追上
逃跑的敌人，当宙斯使他们陷入慌乱。

第 十 五 卷

——赫克托尔突破抵抗放火烧船

当特洛亚人后撤,越过木桩和壕沟,
许多人纷纷倒在达那奥斯人的手下,
直退到战车停驻的地方才止住脚步,
惊恐得脸色灰白,满怀强烈的恐惧,
伊达山巅金座赫拉身边的宙斯　　　　　　　　　5
终于睡醒过来,他立即跳起来站定,
看见特洛亚人在混乱逃跑,阿尔戈斯人
从后面追赶,波塞冬王在他们中间。
他又看见赫克托尔昏沉沉地躺在地上,
同伴们围坐四周,他喘息着不断咯血,　　　　　10
打击他的不是阿开奥斯人中的等闲之辈。
人神之父对赫克托尔充满怜悯之情,
凶狠地怒目睨视赫拉,对她这样说:
"赫拉,坏东西,这又是你的恶毒诡计,
使神样的赫克托尔停战,使特洛亚人溃退。　　15
只是不知道,我要是为此用霹雳打击你,
你是不是第一个品尝搞阴谋的恶果!
或者你忘了我一次怎样把你吊起来,

把两个铁砧挂在你脚上，手上捆了根
永远挣不断的金链子？你吊在太空和云气里，　　　　20
众神来到高耸的奥林波斯，心中气愤，
又不敢上前解脱，因为谁胆敢那样做，
我就会抓住他的腿，把他抛出宫外，
让他晕乎乎落地；这样也未能消除
我心头对神样的赫拉克勒斯的深刻痛苦，　　　　25
你借助北风神的威力掀起狂涛巨澜，
用心险恶地把他赶上荒芜的大海，
一直赶到居民稠密的海岛科斯。
我把他从那里解救了出来，带他回到
牧马的阿尔戈斯，他忍受了无数痛苦。　　　　30
我重提这些旧事是要你停止搞阴谋，
也为了让你知道，你离开众神来这里，
媚惑我的心，爱欲和偎抱能不能帮助你。"

　　宙斯这样说，牛眼睛的赫拉听了
心里惊惧，说出有翼飞翔的话语：　　　　35
"现在我请大地，请头上宽广的天空，
请那不断流淌的斯提克斯河的流水，
那是幸福的天神们最庄重有力的誓物，
以及你那神圣的脑袋和我们的婚床——
我从不以它随便起誓——为我作证，　　　　40
震地神并非按照我的意愿加害于
特洛亚人和赫克托尔，帮助敌对的一面，
他是出于自己的心灵的激发和怂恿，

看见阿开奥斯人在船舶前遭屠戮动恻隐。
其实我很希望能劝说他，集云之神啊，　　　　　45
按照你可能指引我们的途径行事。”

　　她这样说，凡人和天神之父听了
微微一笑，回答她这样的有翼的话语：
“牛眼睛的天后赫拉，以后每逢神聚会，
你如果也能这样同我心心相印，　　　　　　50
那时波塞冬的意见即使完全相悖，
也会立即按你我的意思改变主意。
如果你刚才说的话完全出于真心，
那就请你现在回到神明中间去，
命令伊里斯和射神阿波罗立即来这里，　　　55
我想让伊里斯前往披铜甲的阿开奥斯人的
军队传达我的命令，要大神波塞冬
立即停止战斗，返回自己的宫阙；
让福波斯·阿波罗去激励受伤的赫克托尔，
给他灌输力量，忘记正在折磨　　　　　　60
他的心灵的痛苦，重新投入战斗，
使阿开奥斯人陷入恐慌，转身逃窜，
奔向佩琉斯之子阿基琉斯的多桨战船。
阿基琉斯将派好友帕特罗克洛斯去参战，
光辉的赫克托尔将在伊利昂城下用枪　　　65
把他打倒，他将先杀死许多将士，
其中包括神样的萨尔佩冬，我的儿子。
神样的阿基琉斯被震怒，再杀死赫克托尔。

从这时起我将使特洛亚人在船舶前
不断遭受打击，直到阿开奥斯人   70
按照雅典娜的计划攻占巍峨的伊利昂。
我不会平息自己的愤怒，也不会允许
任何不死的神明帮助达那奥斯人，
要直到佩琉斯之子的愿望得到满足，
像我当初点头向他应允的那样，   75
那天女神忒提斯抱住我的双膝，
请求我看重攻掠城市的阿基琉斯。”

　　他说完，白臂女神赫拉不敢违抗，
立即离开伊达山前往高耸的奥林波斯。
有如一个人的思想捷驰，此人游历过   80
许多地方，用聪敏的智慧翩翩想象：
“我去过这里或那里。”想到许多地方，
天后赫拉也这样迅捷地飞向远方。
她来到险峻的奥林波斯，不死的天神们
正聚在宙斯的宫阙。神明们见她到来，   85
全都跳起来举起酒杯，向她致意。
她没有理会其他的神明，只接过美颊的
特弥斯的杯子，因为女神第一个跑过来，
放声对她说出有翼飞翔的话语：
“赫拉，你为什么来这里，好像很慌张？   90
克罗诺斯之子、你的丈夫使你惊惶？”

　　白臂女神赫拉这时回答她这样说：

"特弥斯女神，这些你本用不着来问我，
你自己也知道他的心如何严峻和暴戾。①
现在请带领众神开始平等的宫宴，　　　　　　　　　　95
你将会像其他神明一样详细知道
宙斯又在打什么恶主意。我说的事情
不会使大家太高兴，不论是凡人或天神，
即使他现在正在兴高采烈地饮宴。"

　　天后赫拉这样说完，沮丧地入座，　　　　　　　　100
聚集在宙斯宫殿的众神明一片怨怒。
赫拉嘴角挂微笑，黑眉上的额面显露
快然不悦，心怀愤怒地对大家这样说：
"我们真愚蠢，糊涂得竟想对抗宙斯，
我们还想阻遏他，用言语或武力。　　　　　　　　　105
他却独踞一处，既不关心我们，
也不把我们放心上，因为他无疑认为，
在不死的神明中他的权能和力量最高强。
他如果对你们行恶，你们也只能忍受。
我看与阿瑞斯已经发生了类似的事情。　　　　　　110
他最亲近的凡人阿斯卡拉福斯在战斗中
已经被杀死，阿瑞斯称那是他的儿子。"

　　她这样说，阿瑞斯听了暴跳起来，
双手拍打有力的双腿悲痛地这样说：

～～～～～～～～

① 特弥斯是提坦女神之一，原是宙斯的妻子，后来分离。

"居住奥林波斯的众神，请不要责怪我，　　　　115
如果我前往阿开奥斯船舶为儿子报仇，
即使我注定要被那宙斯的雷电击中，
与其他死尸一起躺在血泊和尘埃里。"

他这样说，一面吩咐溃逃和恐惧
立即驾马，自己披挂起闪亮的戎装。　　　　120
这时在宙斯和众神明之间本会爆发
另一场更加激烈可怕的恼怨和愤怒，
若不是雅典娜为所有不死的神明担忧，
站起来离开座椅出门追上阿瑞斯，
取下他头上的盔帽，摘下身上的盾牌，　　　125
夺下他强健的手里的铜枪一旁搁置，
向暴烈的阿瑞斯说出这样的责劝话语：
"你这个傻子发疯了？你想赶去送死？
你有耳听不见，完全失去了羞愧和理智！
你没听见从奥林波斯的宙斯那里　　　　　130
回来的白臂女神赫拉刚才的话语？
或者你是想让自己遭受许多不幸，
然后不得不痛心地返回奥林波斯，
也为其他的神明准备巨大的灾祸？
宙斯很快就会撇下高傲的特洛亚人　　　　135
和阿开奥斯人，回奥林波斯对付我们，
把我们一个个抓起来，不管有错没有错。
我劝你平息为儿子之死爆发的怒火，
因为有许多臂膀和力量都强过他的人

已经被杀或将会被杀死，我们不可能　　　　　　　140
挽救凡间所有的氏族和他们的后裔。"

　　她这样说，让暴烈的阿瑞斯回到座位，
赫拉把阿波罗叫出厅外，还有伊里斯，
一位为不死的天神传递消息的神明，
开言对他们说出有翼飞翔的话语：　　　　　　　145
"宙斯命令你俩赶快前往伊达山，
你们赶到那里，见到宙斯以后，
要准确地完成他的一切委托和命令。"

　　神后赫拉这样说，转身回到大厅，
重新坐下来，两位神明腾身离去。　　　　　　　150
他们来到众兽之母，多泉的伊达山，
看见克罗诺斯的鸣雷的儿子正坐在
伽尔伽朗峰巅，笼罩在芬芳的云气里。
他们走到集云神宙斯面前站定，
宙斯看见他们，心里没有动气，　　　　　　　155
因为他们迅速执行了爱后的命令。
他首先对伊里斯说出有翼飞翔的话语：
"迅捷的伊里斯，你快去大神波塞冬那里，
把我的话传达给他，不得有差误。
命令他立即停止战斗，退出战场，　　　　　　　160
回到神明中间或去神圣的海里。
如果他不听我的命令，不愿执行，
那就让他用心灵和理智好好想想，

他虽然强大,但能不能抵挡我的攻击,
因为我自视比他强大,也比他年长,   165
然而他心里却以为可以同我这个
其他众神见了都害怕的宙斯相匹敌。"

迅捷如风的伊里斯听从他的吩咐,
立即由伊达山出发前往神圣的伊利昂。
有如雪片或寒冷的冰雹被由气流生育的   170
波瑞阿斯①无情地驱赶迅速降落,
迅捷的伊里斯也这样快捷地向远处飞去,
来到著名的震地神面前对他这样说:
"黑发的绕地神,我如此迅速前来你这里,
从掷雷的宙斯那里给你带来了消息。   175
他令你立即停止战斗,退出战场,
回到神明中间或去神圣的海里。
如果你不听他的命令,不愿执行,
他威胁说他将亲自前来和你对抗,
他奉劝你不要试图进行这场较量,   180
因为他自视比你更强大,也比你年长,
然而你心里却以为可以同他这个
其他众神见了都害怕的宙斯相匹敌。"

伟大的震地神气上心头,这样回答说:
"天哪,他虽然贵显,说话也太狂妄,   185

① 寒冷的北风神。

我和他一样强大,他竟然威胁强制我。
我们是克罗诺斯和瑞娅所生的三兄弟,
宙斯和我,第三个是掌管死者的哈得斯。
一切分成三份,各得自己的一份,
我从阄子拈得灰色的大海作为   190
永久的居所,哈得斯统治昏冥世界,
宙斯拈得太空和云气里的广阔天宇,
大地和高耸的奥林波斯归大家共有。
我绝不会按照他的意愿生活,
他虽然强大,也应该安守自己的疆界,   195
不要这样把我当作懦夫来恫吓。
他最好把这些严厉的语言对由他生育的
那些儿女们去训示,他是他们的父亲,
他们愿意不愿意,都得听他的命令。”

    迅捷如风的伊里斯这时回答他这样说: 200
“黑发的绕地神,我真得将你刚才作的
如此严厉、强硬的回答去回复宙斯?
或者你想作些改变? 德高者心慈和。
你也知道埃里倪斯们①总是助兄长。”

    震地神波塞冬重又回答她这样说: 205
“女神伊里斯,你刚才的话说得极精妙,
使者作如此明智的劝告再好不过。

~~~~~~~~~~~~~~~~~~~~

① 报仇女神。

400

强烈的痛苦侵袭着我的内心和灵智，
他竟以如此激烈的言词责备和他
同样强大、享有同等地位的我！　　　　　　　　210
不过尽管我很气愤，我还是对他让步。
但我要声明，他的威胁我不会忘记，
他如果违背我，违背赏赐战利品的雅典娜、
赫拉、赫尔墨斯和赫菲斯托斯大神的意愿，
宽恕巍峨的伊利昂，不想让它遭毁灭，　　　　215
使阿尔戈斯人享受不到巨大的荣誉，
那他该知道，我俩的怨隙也不可弥合。"

　　震地神说完离开阿开奥斯军队回大海，
阿开奥斯将士们强烈的忧愁涌心头。

　　集云之神宙斯这时对阿波罗这样说：　　　　220
"福波斯啊，你现在去见披铜甲的赫克托尔，
因为那位绕地震地神已经回到
神圣的大海，躲避我的强烈愤怒。
我们要是打起来，神明们都会听见，
甚至那些同克罗诺斯在一起的下界神。　　　　225
他这样决定对我和他都有好处，
尽管气愤，但不等我动手就先退去，
否则要结束争端就不会这么容易。
现在你用手握住这面带穗子的盾牌，
向阿开奥斯人摇晃，激起他们溃逃。　　　　　230
射神啊，你还得亲自去照应光辉的赫克托尔，

给他灌输巨大的力量，直到阿开奥斯人
逃到自己的船只前，到达赫勒斯滂托斯。
这时我再亲自用言语和行动调处，
令阿开奥斯人得以苦战后把元气复苏。"   235

  他这样说，阿波罗遵从父亲的意愿，
随即离开伊达山，如同迅捷的老鹰，
扑向飞鸽，鹰是翔速最快的飞禽。
他很快找到普里阿摩斯的刚毅儿子，
不再躺着，已经坐起来，恢复了知觉，   240
认识周围的同伴，也不再喘气和淌汗，
自从提大盾的宙斯决定让他苏醒。
射神阿波罗站到他身旁对他这样说：
"赫克托尔，你为什么离开军队坐在这里，
软弱无力？或者你遭到什么不幸？"   245

  头盔闪亮的赫克托尔疲惫地对他这样说：
"你是哪位最慈善的神明亲自来同我说话？
难道你不知道正当我在阿开奥斯人的船艄
杀戮他们的同伴时，大声呐喊的埃阿斯
用石块击中我胸部，打掉了我的斗志？   250
当我喘完最后一口气时，我原以为
今天将去见死人，前往哈得斯的宫殿。"

  射王阿波罗这时回答赫克托尔这样说：
"放勇敢些，这是克罗诺斯之子宙斯

从伊达山给你派来救助者保护帮助你，   255
我是金剑神福波斯·阿波罗，以前也曾
挽救过你本人和你们那座巍峨的城堡。
现在你去激励那众多的车战将士们，
立即驱赶快马向空心船发起冲击，
我将走在他们前面，为战车前进   260
开辟道路，叫阿开奥斯人转身逃窜。"

　　阿波罗这样说，给士兵的牧者灌输力量。
有如站久的骏马在槽边吃饱食料，
挣脱羁绊高傲地在原野上迅捷奔跑，
习惯地前往水流平缓的河里去洗澡；   265
它长颈高昂，美丽的鬃毛飘动在肩头，
深信自己的矫健，把四蹄迅速挪动，
奔向熟悉的地方，聚集着马群的草场。
赫克托尔听到神的声音，也这样迅速地
跑去鼓励特洛亚人的车战将士们。   270
如同乡间农人们带着一群猎狗
奋力追袭一头长角鹿或者野山羊，
一处巉岩和浓密的树林保护了野兽，
使得急切的追猎者无法找到它们，
一头长须猛狮被喊声吸引出现在   275
他们的路上，吓得他们立即逃遁。
达那奥斯人起初也这样挥动长剑
和双刃投枪奋力追赶特洛亚人，
当他们看见赫克托尔重新回到部队，

全都惊慌失措,勇气沉到脚跟。　　　　　　　　　280

　　安德赖蒙之子托阿斯给他们出主意,
他是最勇敢的埃托利亚人,擅长投枪,
也是近战能手,年轻将士们在民会上
竞赛讲演,阿开奥斯人很少胜过他。
现在他认真思索一番,对大家这样说:　　　285
"天哪,我亲眼目睹了一个巨大的奇迹,
赫克托尔已经命终,现在竟又复生,
我们本来全都已经深信无疑窦,
他必死于特拉蒙之子埃阿斯的手下。
但不知哪位神明救了这位赫克托尔,　　　290
他曾经使许多达那奥斯人膝盖瘫软,
我看他又会这样,肯定是鸣雷神宙斯
使他如此充满活力地回到阵前。
现在请大家按照我的意见去做,
让我们命令全部军队退到船边,　　　　　295
由我们这些自命为全军最勇敢的人
留在这里举枪抵御,充当头阵,
这样也许能挡住他;不管他如何凶狂,
要冲进达那奥斯人群心里总该发慌。"

　　众将士认真聆听,赞同他的意见,　　　300
立即到埃阿斯、伊多墨纽斯、透克罗斯、
墨里奥涅斯和堪与阿瑞斯匹敌的墨革斯
周围列队,把最优秀的将士们集拢起来,

准备抵挡赫克托尔和特洛亚人的进攻，
其他部队后退到阿开奥斯人的船舶前。　　　　　　305

特洛亚人蜂拥地冲来，由赫克托尔率领，
大步走在前头，他前面是福波斯·阿波罗，
肩头飘动着云雾，手举凶恶的圆盾，
盾周围垂挂着令人生畏的闪光缨穗，
铜匠神送给宙斯给人类制造溃逃，　　　　　　310
现在阿波罗率领特洛亚军队握着它。

阿尔戈斯人严阵等待，震耳的呐喊
从两军沸起，数不清的箭矢脱弓离弦。
无数投枪捷速飞出无畏的手臂，
一头扎进勇敢的年轻战士的身体，　　　　　　315
有许多投枪很想能触到柔嫩的身体，
却早已扎进了泥土，怀着吃肉的欲望。
当福波斯·阿波罗握住盾牌静止不动，
双方的枪矢往来纷飞，刺中身体；
当他面向达那奥斯人晃动圆盾，　　　　　　320
凄厉地放声大喊，达那奥斯人的心
立即在胸中停滞，失去狂热的勇气。
有如牛群或一群羊在黑夜的昏冥中
被两头凶猛的野兽追赶，牧人不在，
两头野兽突然出现在他们前面；　　　　　　325
阿开奥斯人也这样丧胆，阿波罗使他们
陷入恐慌，给赫克托尔和特洛亚人荣誉。

战斗猛烈展开，将士们撮对厮杀，
赫克托尔杀死了斯提基奥斯和阿尔克西拉奥斯，
阿尔克西拉奥斯是披铜甲的波奥提亚人的领袖，　　　330
斯基提奥斯是高傲的墨涅斯透斯的亲随。
埃涅阿斯杀死了墨冬和伊阿索斯。
墨冬是神样的奥伊琉斯的私生儿子，
因而也是著名的埃阿斯的血缘兄弟，
但居住在远离故乡的费拉克，因为他杀了　　　335
奥伊琉斯之妻、继母埃里奥皮斯的亲属。
伊阿索斯是雅典人的首领，人们都说
他是布科洛斯之子斯斐洛斯的儿子。
波吕达马斯杀了墨基斯透斯，波利特斯刚接触
便杀了埃基奥斯，神样的阿革诺尔杀了克洛尼奥斯。340
帕里斯从后面击中了正在前线奔跑的
得伊奥科斯的肩头，铜尖穿过了胸部。

正当他们剥取死者的铠甲的时候，
阿开奥斯人已经退到堑壕和木桩前，
惊恐地四散逃跑，躲到壁垒后面。　　　345
赫克托尔激励特洛亚人这样大声说：
"快去进攻船舶，扔掉血污的武器，
我要看见谁站在远离船只的地方，
我就立即杀死他，无论是他的兄弟
或姐妹都不会被允准把死者焚烧殡葬，　　　350
狗群将会在我们的城外把他们撕裂。"

他一面这样说，一面扬鞭驱赶战马，
命令特洛亚军队冲杀，车战将士们
齐声响应，纷纷辚辚地策动车马，
紧紧跟随，福波斯·阿波罗冲杀在前，　　　　　　355
毫不费劲地抬脚踢掉堑壕的堤岸，
把它踢进深壕，填出一条宽道，
宽度相当于一支投枪飞行的距离，
当一个人尝试臂力把它投出的时候。
特洛亚人拥过通道，阿波罗持盾在前。　　　　　360
他又毫不费劲地把整段壁垒推倒，
有如顽童在海边堆积沙土玩耍，
他用沙堆起一个模型娱悦童心，
随后又不满意地手脚并用把它毁掉。
光辉的阿波罗，你也这样把阿尔戈斯人　　　　365
辛勤的建造毁掉，使他们仓皇逃跑。

阿开奥斯人一直退到船边才停住，
他们互相呼喊，同时把双手举起，
向全体神明连连大声哀恳祈求。
阿开奥斯人的支柱革瑞尼亚的涅斯托尔　　　370
把双手举向星空，祈求最为热切：
"天父宙斯，如果有谁在盛产小麦的
阿尔戈斯曾焚烧牛羊的肥嫩腿肉，
请求能平安返回，你也接受和应允过，
奥林波斯神啊，愿你能忆起驱除这灾祸，　　　375

不要让特洛亚人把阿尔戈斯人无情屠戮。"

他这样祈祷,远谋的宙斯打了个响雷,
接受革瑞尼亚的涅斯托尔老人的请求。

特洛亚军队听见提大盾的宙斯的响雷,
更猛烈地向阿尔戈斯人冲杀,斗志昂扬。　　　　380
有如辽阔的海上一个巨浪咆哮着,
被强风推动滚涌,凶猛地扑过船舷,
强劲的风力在海上掀起巨澜滔滔,
特洛亚人也这样呐喊着冲过壁垒,
驾着战车一直冲击到船艄前面,　　　　385
挥动双刃枪与阿开奥斯人展开近战,
一方从战车上进攻,一方高高地站在
发黑的战船上勇猛地戳刺长枪还击,
那长枪搁在船上备海战安有铜尖。

当阿开奥斯人和特洛亚人在壁垒边激战,　　　　390
帕特罗克洛斯一直在远离快船的地方。
他坐在受人敬重的欧律皮洛斯的营帐里,
一面说话欢悦心灵,一面把草药
敷上他那沉重的伤口,把伤痛消减。
当他看见特洛亚人已经越过壁垒,　　　　395
达那奥斯人大声喧嚷着纷纷溃退,
他不禁放声长叹,双手拍打大腿,
满怀悲痛地对欧律皮洛斯这样大声说:

"欧律皮洛斯,我不能继续在这里陪伴你,
尽管你很需要我:大战已经临头。   400
让你的侍从来照顾你吧,现在我得
赶回去见阿基琉斯,劝他投入战斗。
谁能说准,也许不朽的神明会助佑我
劝动他的心:朋友的规劝容易被接受。"

他这样说,一面已经抬腿离座。   405
阿开奥斯人顽强地抵挡进攻的特洛亚人,
但无力把虽少于自己的敌人赶离船边;
特洛亚人也无力冲破达那奥斯人的阵线,
进入敌人的营帐和那些发了黑的船只。
有如一个承蒙帕拉斯·雅典娜指教,   410
谙熟全部本行技艺的木工匠人,
用墨线把造船木料均等地划分,
特洛亚人和阿开奥斯人的战斗也这样均衡。
其他人正在为其他的船只勇猛战斗,
赫克托尔冲过来进攻显赫的埃阿斯。   415
他们为争夺同一条船舶展开了激战,
赫克托尔不能把埃阿斯赶走放火烧船,
埃阿斯也赶不走神明送来的赫克托尔。
光辉的埃阿斯枪中克吕提奥斯之子、
举着火把冲向船只的卡勒托尔的胸膛,   420
克勒托尔砰然倒地,火把从手中脱落。
赫克托尔一眼看见自己亲爱的堂兄弟
倒在敌人的乌黑的船只前的尘埃里,

便对特洛亚人和吕西亚人这样大声说：
"特洛亚人、吕西亚人和达尔达诺斯人，   425
你们不要从如此狭窄的战场后退，
快去救克勒托尔，他已倒在船舶间，
不要让阿开奥斯人剥去了他的铠甲。"

　　他这样说，向埃阿斯投出闪亮的长枪。
那枪没有投中，却刺中了马斯托尔之子   430
吕科弗戎，埃阿斯的侍伴，又名库特里奥斯。
他在神圣的库特拉杀人后来投奔埃阿斯，
锐利的铜枪刺中他耳朵上面的脑壳，
他站在埃阿斯身边，立即从高高的船尾
倒栽进地上的尘埃里，手脚同时变松弛。   435
埃阿斯打了个寒颤，随即对兄弟这样说：
"亲爱的透克罗斯，我们的忠实朋友
马斯托尔之子被杀死了，他从库特拉
来投奔我们，我们对待他就像父母亲，
高傲的赫克托尔杀了他，你的那些致命的   440
箭矢和福波斯·阿波罗给你的弓在哪里？"

　　透克罗斯听他这样说，立即手握弯弓，
背上满壶的箭矢站到埃阿斯身边，
迅速瞄准特洛亚将士不断放箭。
他射中佩塞诺尔的光荣的儿子克勒托斯，   445
潘托奥斯之子显贵的波吕达马斯的侍从，
他手握缰绳，马匹阻碍了他的行动。

他把战车赶向人群最密集的地方，
极力想为赫克托尔和特洛亚人效力，
但灾难迅速降临，朋友们都救不了他。　　　　450
那支利箭从背部射中他的脖颈，
他立即栽到车下，马匹拉着战车
辚辚地往回逃奔。首领波吕达马斯
一眼看见，第一个迎着奔马冲上去。
他把那些马交给普罗提阿昂的儿子　　　　455
阿斯提诺奥斯，嘱咐他密切注视他作战，
不要把战车停远，自己则回到阵前。

　　透克罗斯把第二支箭对准穿铜装的
赫克托尔，若能把正得意的他射杀，
便可以终止阿开奥斯人船边的战斗。　　　　460
但他瞒不过照看赫克托尔的宙斯的睿智，
剥夺了特拉蒙之子透克罗斯的荣誉。
当他瞄准赫克托尔的时候，宙斯却使
他张开的强弓精搓的箭弦突然绷断，
铜尖重箭掉到一旁，弓也脱了手。　　　　465
透克罗斯打了个寒颤，对兄弟这样说：
"天哪，肯定是那位神明在破坏我们的
作战意图，他刚才使弓脱了我的手，
又把我新搓的弓弦弄断，清晨我刚把
那弦安上，正为了能频频施放箭矢。"　　　　470

　　伟大的特拉蒙之子埃阿斯这样回答：

"我的好兄弟,放下你的弓和箭吧,
既然神明跟我们作对,使它们无用处。
你干脆去取支长枪,肩上挎面圆盾,
来对付特洛亚人,鼓励其他人作战, 475
即使他们打败了我们,也难以占领
排列整齐的船只。让我们继续作战。"

他这样说,透克罗斯把弓箭放回营帐,
把一面四层革精制的圆盾挎到肩上,
强劲的头上戴上一顶坚固的护盔, 480
马鬃盔饰在顶上怖人地不断颤晃。
再拿起一支结实的锐利铜尖投枪,
走出营帐,迅速回到埃阿斯的身旁。

赫克托尔发现透克罗斯的弓箭失灵,
便对特洛亚人和吕西亚人大声呼喊: 485
"特洛亚人、吕西亚人、达尔达诺斯人啊,
朋友们,你们要勇敢,在这些空心船前
显示你们的强大威力。我亲眼看见,
宙斯使他们中最杰出的射手的弓箭失灵。
宙斯给凡人显示意愿很容易识别: 490
他是想赐给一些人更为显赫的荣誉,
还是要贬抑他们,拒绝给予护佑,
就像他现在贬抑阿尔戈斯人,助佑我们。
让我们一起去进攻船只,如果你们
有人被击中遭到不幸,被死亡赶上, 495

那就死吧,为国捐躯并非辱事,
他的妻儿将得平安,他的房产
将得保全,只要这些阿开奥斯人
不得不乘船返回他们心爱的家园。”

　　他这样说,激起每个人的勇气和力量。　　　　　　500
埃阿斯也对同伴们这样大声呼喊:
“羞耻啊,阿尔戈斯人! 现在或是战死,
或是得救,但得把特洛亚人赶离船舶。
你们想想吧,要是头盔闪亮的赫克托尔
把这些战船夺去,你们能徒步回家园?　　　　　　505
或者你们没听见赫克托尔正在激励
整个军队,威胁要放火烧毁船只?
他不是邀请他们去跳舞,而是去作战!
我们现在没有更好的办法和计策,
除非和他们近战,凭我们的勇气和力量。　　　　　510
或是保全性命,或是顷即倒毙,
也不用这样苦战,没完没了地消耗力量,
在自己的船只前对付弱于我们的敌手。”

　　他这样说,激起了每个人的勇气和力量。
赫克托尔杀死了斯克狄奥斯,佩里墨得斯之子,　　515
福基斯人的首领;埃阿斯杀死了拉奥达马斯,
一个步兵首领,安特诺尔的光辉儿子。
波吕达马斯杀死了费琉斯之子的同伴、
库勒涅人奥托斯,埃佩奥斯人的高傲首领。

墨革斯①见了扑过去,波吕达马斯一闪,　　　　520
墨革斯没有扑中,因为阿波罗不想让
潘托奥斯的这个儿子在阵前战死。
墨革斯却拿枪击中了克罗斯摩斯的胸口,
使他砰然倒地,去剥取肩上的铠甲。
出色的枪手多洛普斯这时来攻击他,　　　　525
此人是兰波斯之子,拉奥墨冬之子兰波斯
生的最杰出的儿子,一个骁勇的战士;
他走上前来一枪刺中费琉斯之子的
盾牌中央,但墨革斯身上穿着的那件
带铜片的坚固铠甲救了他,那是费琉斯　　　530
从埃费瑞的塞勒埃斯河畔带回来的礼品。
欧斐特斯尽地主之谊,把那铠甲
赠给他战时披挂,防御敌人攻击,
现在却救了他的儿子免于一死。
墨革斯用尖锐的长枪刺中多洛普斯的　　　535
铜盔顶饰的末端,劈下马鬃缨饰,
那支新染的闪着紫红颜色的盔饰
随即整个儿掉到地上,滚进尘埃里。
多洛普斯等待战斗,还想夺取胜利,
好战的墨涅拉奥斯赶来帮助墨革斯,　　　　540
持枪侧隐从后面刺中敌人的宽肩。
枪尖猛烈向前,穿进他的肩头,
穿透他的胸膛,使他栽倒地上,

———————

① 即前行所提"费琉斯之子"。

两人上前剥取他肩头的铠甲。
赫克托尔大声勉励他的所有亲属们，　　　　　　545
尤其严厉责斥希克塔昂的儿子，
勇敢的墨拉尼波斯，敌军到来之前
他本在佩尔科特牧放他的蹒跚牛群。
达那奥斯人乘坐昂首翘尾船到来后，
他便来到伊利昂，尊荣在特洛亚人之上，　　　550
善待如亲子，寝居普里阿摩斯的宫内。
赫克托尔直呼他的姓名，大声责备说：
"墨拉尼波斯，难道我们就这样容忍？
你对亲兄弟被杀死一点也不痛心？
或者你没看见他们在剥他的铠甲？　　　　　555
跟我来吧，现在不是同阿尔戈斯人
远战的时候，今天或是我们取胜，
或是巍峨的伊利昂被摧毁，特洛亚人遭危难。"

　　他说完带头上前，神样的英雄跟随他。
伟大的埃阿斯也在激励阿尔戈斯人：　　　　560
"朋友们，要做男子汉，心里要有耻辱感，
激烈战斗时你们互相要有羞耻心，
军人知羞耻，被杀的少，得救的多，
逃跑者既得不到荣誉，也不会得救。"

　　他这样说，阿尔戈斯人也想自卫，　　　　565
都把他的话记心里，在船舶前筑起一道
护卫铜墙；宙斯仍在把特洛亚人激励。

擅长呐喊的墨涅拉奥斯对安提洛科斯说：
"安提洛科斯，我们中没有人比你年轻，
腿脚比你更快捷，作战比你更勇敢，　　　　　　　570
你若上前，也许能杀死某个特洛亚人。"

　　他说完后退，激起安提洛科斯的豪气。
安提洛科斯走出阵线，扫视一眼，
掷出闪亮的长枪，特洛亚人见枪飞来，
纷纷退避，但他没有白投那支枪，　　　　　　　575
希克塔昂之子、高傲的墨拉尼波斯
正好前来挑战，刺中他胸部奶边。
墨拉尼波斯砰然倒地，双眼罩上了黑暗。
安提洛科斯扑过去，有如猎狗扑向
被射死的小鹿，那鹿刚走出巢穴，　　　　　　　580
就被猎人射中，四肢开始瘫软。
墨拉尼波斯啊，好战的安提洛科斯也这样
扑向你剥取铠甲。但这些瞒不过赫克托尔，
他穿过激战的人群迅速迎面冲来，
安提洛科斯虽然勇捷也不敢停留，　　　　　　　585
他转身逃跑，就像一头作了恶的野兽，
在牛群旁伤害了猎人或者猎狗，
不等人们聚集追捕就先逃匿。
涅斯托尔之子也这样逃跑，特洛亚人和
赫克托尔呐喊着向他投来可怕的枪矢，　　　　　590
但他跑进同伴里后又转过身来站住。

特洛亚人有如食肉的狮子猛攻船舶，
实现宙斯的意愿，宙斯不断激发
他们的力量，削弱阿尔戈斯人的意志，
不让他们获胜，却鼓励特洛亚人。 595
他要给普里阿摩斯之子赫克托尔荣誉，
让他给翘尾船点起团团熊熊烈火，
充分满足忒提斯的充满灾难的祈求。
远谋的宙斯正等待这一时刻的到来，
亲自看见船只燃起耀眼的烈焰。 600
他计划从这时起让特洛亚人受打击，
从船边被赶走，惠赐达那奥斯人荣誉。
他这样谋划着激励普里阿摩斯之子
赫克托尔进攻空心船，赫克托尔也充满热望。
赫克托尔勇猛攻击，如同持枪的阿瑞斯， 605
又如山间漫延于密林深处的火焰。
他嘴里泛着白沫，两眼在低垂的眉下
威严地熠熠闪烁，闪光的高脊头盔
在他冲杀时在额边不断可怕地晃颤。
宙斯亲自在上苍充当他的保护人， 610
在那么多将士中只让他获得荣誉。
他活在世上的时间已经不会太长久，
帕拉斯·雅典娜已使命定的时刻临近，
那时他将在佩琉斯之子的手下被杀死。

　　赫克托尔一心想冲垮敌人的阵线， 615
他冲击的地方人最多，武器也最精良，

他奋勇战斗，但怎么也无法把阵线冲破。
达那奥斯人组成密集的队形坚守，
有如巨大的悬崖耸立在灰色的海边，
阻住呼啸席卷的风暴前进的去路，　　　　　　　　620
任凭巨大的海浪冲击仍巍然伫立，
他们也这样不动摇地抵挡特洛亚人。

　　赫克托尔浑身冒着火光向敌阵冲击，
那冲杀有如强风掀起层层劲浪，
在滚滚的浓云下扑向船只，整个船舶　　　　　625
淹没在翻腾的浪花里，暴风撕扯着船帆，
船员们被吓得心中发抖，惊恐万状，
眼看难以躲过即将面临的死亡。
阿开奥斯人当时也这样一片惊慌。
他又如一头凶猛的狮子扑向牛群，　　　　　　630
庞大的牛群牧放在广阔的草地上，
一位没有经验的牧人率领着它们，
不知道如何防备野兽保护弯角牛。
他忽儿超过牛群，忽儿落在后面，
狮子冲进牛群中间咬住一头牛，　　　　　　　635
吓得其他的牛立即惊惶地逃窜；
阿开奥斯人也这样被赫克托尔和宙斯追赶，
赫克托尔虽只杀死了迈锡尼人佩里斐特斯，
科普琉斯的心爱的儿子，科普琉斯是
欧律斯透斯王的传令官，常去见赫拉克勒斯。　640
这样一个没出息的人生出的儿子，

却比父亲强得多,具有各种美德:
捷足、善战,智慧也超过迈锡尼各贵显,
这时他却给了赫克托尔巨大的荣誉。
当时他正转身回跑,踩着了盾沿,   645
那是面长盾,防御枪矢直到脚边。
盾牌妨碍了他,使他仰面翻倒,
头盔碰地在额边发出可怕的响声。
赫克托尔警觉地发现,立即奔过去站定,
一枪刺进他的胸膛,杀死在他的   650
朋友们身旁;朋友们痛心却救不了他,
因为他们对神样的赫克托尔也很害怕。

　　阿尔戈斯人奔向船只,在首先拖上岸的
前排船舶间躲藏,特洛亚人潮涌般追袭。
阿尔戈斯人不得不退出那些船舶,   655
但他们立即在营帐前面停住了脚步,
聚集起来不再逃窜:羞愧和恐惧
涌上心头,他们纷纷互相呼唤。
阿开奥斯人的支柱涅斯托尔最为急切,
以他们父母的名义向每个人热烈请求: 660
"朋友们啊,你们要勇敢,心中对他人
要有羞愧和责任感。你们应该想到
自己的妻子和儿女,自己的财产和双亲,
无论他们现在是活着还是已去世,
我以你们的这些远在的亲人的名义,   665
请求你们坚定地站住,不要再逃窜。"

他这样说,激起了每个人的勇气和力量。
雅典娜也把他们眼前那层惊人的
迷雾抹去,使光明在他们前后重现,
投向那些船舶和权利等同的战场。　　　　　　　670
他们看见了擅长呐喊的赫克托尔和同伴们,
有的站在后面,没有投入战斗,
有的在快捷的船只边顽强地进行厮杀。

　　勇敢的特拉蒙之子埃阿斯不愿留在
其他阿开奥斯儿子们溃逃停留的地方。　　　　675
他在战船甲板上跨着大步抵挡,
手里挥动着为海战准备的长杆标枪,
长度在二十二肘尺,坚固地铆钉而成。
有如一位精于骑术的高超骑手,
从马群里挑出四匹骏马合缰连套,　　　　　　680
由乡下奔向城市,飞驰在热闹的大道上,
惹得道边无数的男女惊奇地观望;
他精力充沛地不断从一匹马背准确地
跃到另一匹马背,众马捷驰如飞;
埃阿斯也这样不断地在甲板上跳跃,　　　　　685
从一条船跳到另一条船上,喊声达云霄,
他召唤达那奥斯人,可怕地放声呐喊,
要他们保卫船舶和毗连建立的营帐。
赫克托尔这时也没有在那些甲胄精良的
特洛亚人中间混迹,而是有如一只　　　　　　690

褐色的老鹰凶猛地扑向一群在海边
觅食的禽鸟——家鹅、鹤鹳和长颈天鹅，
赫克托尔也这样向一条黑头船直奔过去，
宙斯伸出他那只巨掌在后面推动，
又鼓励他的军队跟随他向船舶冲击。 695

　　激烈的战斗重新在船只边迅猛展开。
看见他们猛烈战斗，你也许会以为
他们刚刚开战，才精力如此充沛。
不过战斗双方的心情却不完全一样，
阿开奥斯人眼看只有战死，难逃劫难， 700
特洛亚人却一个个胸中欲望强烈：
放火烧船，把阿开奥斯人的首领杀光。
他们就这样怀着不同的心情厮杀。

　　赫克托尔终于攀住了一条海船的后艄，
那条建造精良的快船把普罗特西拉奥斯 705
送来特洛亚，但未能把他再送回故乡。
阿开奥斯人和特洛亚人围绕着这条船
面对面凶狠搏杀，现在他们已不再是
远远地等待对方投掷或放射枪矢，
而是近在咫尺地怀着同样的热望， 710
用锐利的铁钺和板斧、两端带刃的长枪、
锋利的长剑疯狂地互相对面砍杀。
许多精美的黑柄长剑从战士手里
掉落到地上，或是连同他们的肩膀

被一起劈下，鲜血染黑了泥土。 715

赫克托尔攀住那条船的后艄不松手，
牢牢抓住艄尖大声命令特洛亚人：
"快把火把递给我，你们齐声呐喊，
宙斯把补偿一切的时刻赐给了我们，
让我们占领船舶，它们悖逆神意 720
驶来这里，给我们带来无数灾难；
也由于长老们昏庸，我曾想杀来船艄，
他们不发放军队，不让我前来冲杀。
若鸣雷的宙斯当时模糊了我们的智慧，
那么他现在正亲自把我们激励和驱赶。" 725

他这样说，特洛亚人进攻更猛烈，
四周枪矢横飞，埃阿斯难以坚守，
他预感到死亡的威胁，不得不稍稍后退，
从船艄的环形甲板退到七肘尺尾梁。
他警觉地站在那里不停地挥动长枪， 730
把举着火把的特洛亚人从船边赶走，
同时不住大喊，向达那奥斯人召唤：
"敬爱的达那奥斯英雄，阿瑞斯的侍从们，
要勇敢啊，朋友们，保持战斗勇气。
难道你们还以为身后有什么救助， 735
或是攻不破的壁垒为我们抵御死亡？
这里没有任何垣墙坚固的城市
可供我们进去藏身，受人们的支援，

我们是在身披甲胄的特洛亚人的平原上，
被他们逼迫到海边，远离亲爱的祖国。　　　　　740
想得救全靠双手拼搏，不是靠怠惰。"

　　他这样说，举起那尖锐的长枪猛刺。
只要有哪个特洛亚人胆敢冲向空心船，
举着燃烧的火把，响应赫克托尔的召唤，
埃阿斯便挥舞长枪相迎，凶猛地刺杀。　　　745
就这样他连续把十二个敌人杀死在船边。

第 十 六 卷

——帕 特 罗 克 洛 斯 代 友 出 战 阵 亡

战斗就这样在那条精造的船边进行。
帕特罗克洛斯来见士兵的牧者阿基琉斯，
脸上淌着热泪，有如昏暗的泉源，
顺着陡峭的悬崖淌下灰暗的水流。
捷足的阿基琉斯一见他心里难过，   5
立即问缘由说出有翼飞翔的话语：
"你为什么哭泣，亲爱的帕特罗克洛斯，
有如一个小姑娘，小姑娘追逐着母亲，
渴求搂抱，紧紧地抓住母亲的长衣裙，
泪水涟涟望母亲，求慈母快把她抱起。   10
帕特罗克洛斯啊，你也像姑娘娇泪流。
或者你有事要向我或米尔弥冬人禀报，
或者你听到佛提亚的消息你一人知道？
听说阿克托尔之子墨诺提奥斯还健在，
埃阿科斯之子也活在米尔弥冬人中间，   15
倘若他们已故世，我们确实会落泪。
或者你是为阿尔戈斯人哀怆掉泪珠，
他们因自己不公在空心船前被杀死？

说吧,别闷在心里,让我们两人都清楚。"

车战的帕特罗克洛斯长叹一声回答说:　　　　　20
"佩琉斯之子阿基琉斯,我们最勇敢的人,
宽恕我流泪,是阿开奥斯人遭了大灾殃。
我们军中所有作战最勇敢的将士
现在都躺在船舶里被枪矢击中或射伤,
提丢斯之子、强大的狄奥墨得斯中了箭,　　　25
枪手奥德修斯和阿伽门农中了枪,
欧律皮洛斯也被锐箭射中了大腿。
精通药效的医生们正在医治他们,
可你阿基琉斯啊,却仍这样执拗。
但愿我永远不会像你这样怀怨恨!　　　　　30
无益的勇敢啊,如果你现在不去救助
危急的阿尔戈斯人,对后代又有何用处?
硬心肠的人啊,你不是车战的佩琉斯之子,
也不是忒提斯所生,生你的是闪光的大海,
是坚硬的巉岩,你的心才这样冷酷无情意!　　35
如果是什么预言使你心中害怕,
女神母亲泄露了宙斯的某种天机,
那就让我带领米尔弥冬人的部队,
立即去战场,也许救得了达那奥斯人。
再请把你那套铠甲借给我披挂,　　　　　40
战斗时特洛亚人可能会把你我误认,
止住他们进攻,疲惫的阿开奥斯人
稍得喘息:战斗间隙不需很长久。

精力恢复的我们很容易把战乏的敌人
从这些船舶和营帐前驱开赶回城。”　　　　　　　　　45

　　他这样说,作着非常愚蠢的请求,
因为他正在为自己请求黑暗的死亡。
捷足的阿基琉斯愤懑地对他这样说:
“宙斯养育的帕特罗克洛斯,你在说什么?
我即使知道什么预言,也不会放心上,　　　　　　　50
更何况母亲没向我泄露宙斯的天机。
巨大的痛苦确实充塞着我的心胸,
因为有人竟依仗权势,随意抢劫
和他相等的人,剥夺他人的光荣。
我真痛心,我承受了多少战争苦痛。　　　　　　　　55
我攻陷城垣凭勇力得来的那个女子,
阿开奥斯人把她作为战利品赠送我,
阿伽门农王却从我手里把她夺去,
把我当作该遭人蔑视的过路骗子。
不过已经发生的事情让它过去吧,　　　　　　　　　60
心中的愤怒也不会永远不可消弭。
我曾说过要我平息胸中的怒火,
只有等战斗和喧嚣达到我的船只前。
现在你去披挂我那套著名的铠甲,
率领尚武的米尔弥冬人前去参战,　　　　　　　　　65
既然特洛亚人像一片浓重的乌云,
勇猛地围住这些船只,把阿尔戈斯战士
压挤到海边,只拥有一小片狭窄的地段。

特洛亚人倾城出动大胆地投入进攻，

只因为看不见我的盔面在眼前晃动。 70

要是阿伽门农王待我公正友善，

那他们便会立即逃窜尸满壕堑。

可现在他们围住我们的营帐厮杀，

提丢斯之子狄奥墨得斯的长枪已不在

他手中逞威，保护达那奥斯人免遭死难， 75

听不到阿特柔斯之子可憎的脑袋发出的

彻耳喧嚷，到处却回响着嗜杀的赫克托尔

召唤特洛亚人的呐喊，他们大声呼叫着

布满了平原，一心想打败阿尔戈斯战士。

帕特罗克洛斯啊，尽力去打击特洛亚人， 80

去保护船舶免遭毁灭，不让他们

纵火烧船，截断我们神往的归程。

但是请听我要你这样做的用意是什么，

好使你在全体达那奥斯人中为我树立

巨大的尊严和荣誉，让他们主动把那个 85

美丽的女子还给我，连同丰富的赔礼。

当你把敌人赶离船只便立即回来，

即使赫拉的鸣雷的丈夫给你机遇，

赐给你荣耀，你也不要没有我单独同

好斗的特洛亚人作战，使我更让人瞧不起。 90

你可以屠戮特洛亚人，但不要贪恋

战斗和厮杀，率领军队追向伊利昂，

从而惹得奥林波斯的哪位不死的神明

下来参战：射神阿波罗很宠爱他们。

你一经解救了船只的危难便返回这里，　　　　　　95
让其他的将士们在平原上继续与敌人拼杀。
天父宙斯啊，还有你们，雅典娜和阿波罗，
但愿所有的特洛亚人能统统被杀光，
阿尔戈斯人也一个不剩，只留下我们，
让我们独自去取下特洛亚的神圣花冠。”　　　　100

　　阿基琉斯和帕特罗克洛斯正这样说话，
埃阿斯已坚持不住，受密集的枪矢逼迫，
宙斯的旨意和光辉的特洛亚人的攻击
把他征服。闪亮的头盔频频受碰撞，
在额边发出可怕的声响，精制的铜片　　　　　105
不断遭受枪矢的刺击，坚强的左臂
不停地挥举闪光的大盾牌业已力乏，
但枪矢虽密集，却一直未能把他伤残。
他已经气喘吁吁，周身各个肢节
汗水淋漓，没有一点喘息的间隙，　　　　　　110
身边却继续险情频仍，接连不断。

　　居住于奥林波斯的缪斯啊，请告诉我，
阿开奥斯人的船舶是怎样燃起大火！

　　赫克托尔冲向埃阿斯，挥舞锋利的长剑
砍向埃阿斯的桵木长枪，猛然砍断　　　　　　115
长枪铆住的枪头，特拉蒙之子埃阿斯
仍在挥动那半截枪杆，铜锻的枪头

远远飞离枪杆,喀琅琅掉到地上。
埃阿斯打了个寒颤,无瑕的心中清楚
这是神明所为,高天鸣雷的宙斯 120
使他的奋战白费,把胜利赐给特洛亚人。
他退出掷射距离,火把投向了快船,
船只立即燃起扑不灭的熊熊烈火。

　　大火很快卷上那条战船的后艄,
阿基琉斯拍着大腿对帕特罗克洛斯说: 125
"宙斯养育的帕特罗克洛斯,驭马能手,
你快起来,我看见船舶燃起了大火,
不能让他们夺船,把我们的退路截断,
你赶快披挂铠甲,我去集合队伍。"

　　他这样说,帕特罗克洛斯开始披挂 130
那套闪亮的铜甲。他先给小腿披上
精美的胫甲,用银扣把它们牢牢扣紧,
接着又把埃阿科斯的捷足后裔的
星光闪灿的美丽胸甲挂到胸前。
他把那柄饰满银钉的铜剑背起, 135
再把那面坚固的大盾挎上肩头,
然后把精制的战盔戴到强健的头上,
盔上的马鬃顶饰可怕地巍巍颤晃。
最后他抓起两支合手的坚固长枪。
他没有取埃阿科斯的无瑕后裔的那支 140
既重又长又结实的投枪,阿开奥斯人

都举不起它，只有阿基琉斯能把它挥动。
那支佩利昂梣木枪由克戎从佩利昂山巅
取来送给他父亲，给英雄们送来死亡。
帕特罗克洛斯命令奥托墨冬去驾马，　　　　　　　　145
除常胜的阿基琉斯外此人他最敬重，
战场上奥托墨冬伴随待命最可信托。
奥托墨冬给他驾起两匹捷速的快马，
克珊托斯和巴利奥斯，快如风驰，
风暴神波达尔革拉当年在环海边的牧地　　　　　　150
吃草时为风神泽费罗斯生育了它们。
奥托墨冬又驾上纯种的佩达索斯作骖马，
阿基琉斯攻下埃埃提昂城时夺得它，
它虽是凡马，却能与神马并驾齐驰骋。

　　这时阿基琉斯巡行了所有营帐，　　　　　　　155
命令米尔弥冬人立即披挂武装。
有如一群性情凶猛的食肉恶狼，
它们在山中逮得一头高大的长角鹿，
把猎物撕扯吞噬，嘴角鲜血滴淌，
然后成群结伙前去灰暗的泉边，　　　　　　　　160
用狭长的舌头舔吮灰暗泉流的水面，
不断向外喷溢扑杀的野兽的鲜血，
胸中无所畏惧，个个把肚皮填满。
米尔弥冬人的首领和君王们当时也这样，
迅速在埃阿科斯的捷足后裔的勇敢侍从　　　　　165
周围站定，战神般的阿基琉斯在他们中间，

激励全体车战将士和持盾的枪兵。

　　宙斯宠爱的阿基琉斯一共率领
五十条捷速的快船来到特洛亚城下，
每条船配备五十个强壮的桨手船员。　　　　　　170
他任命了五个首领作为属下辅佐，
分别指挥队伍，他自己统率全权。
第一队由铠甲闪亮的墨涅斯提奥斯指挥，
从宙斯得到水流的斯佩尔赫奥斯①的儿子，
凡女和神明结合，佩琉斯的美丽的女儿　　　　175
波吕多拉为奔流的斯佩尔赫奥斯所生，
佩里埃瑞斯之子波罗斯给了他父名，
他带来许多礼物，与波吕多拉正式成婚。

　　第二队由战神般勇敢的欧多罗斯指挥，
他由费拉斯的女儿、婷婷善歌舞的处女　　　　180
波吕墨拉所生，弑阿尔戈斯的大神②
在好呼喊的金箭女神阿尔特弥斯的歌舞队
载歌载舞表演时对她一见情深。
好助人的赫尔墨斯随后潜进姑娘的卧室，
躺进了姑娘的怀抱，波吕墨拉为他生了　　　　185
漂亮的儿子欧多罗斯，善跑步又善作战。
在助产女神埃勒提埃帮助孩子

----

① 指斯佩尔赫奥斯河神，斯佩尔赫奥斯河在特萨利亚南部。
② 指赫尔墨斯，典见第二卷第 103 行注。

降到人世，欧多罗斯见到日光以后，
强大的阿克托尔之子埃克克勒埃斯
把波吕墨拉娶回家，送来无数礼物。　　　　　　　　190
孩子由老人费拉斯精心照料抚养，
一片爱宠，就像对待自己的亲儿子。
第三队由战神般英勇的佩珊德罗斯指挥，
他是迈马洛斯之子，在米尔弥冬人中间
枪战技巧仅次于佩琉斯之子的侍从。　　　　　　　195
第四队由年老的车战将士福尼克斯指挥，
第五队由拉埃尔克斯之子高贵的阿尔克墨冬统领。

　　阿基琉斯让全体战士和首领站定位置，
整好队形，对他们发表了有力的演说：
"米尔弥冬人啊，愿你们谁也不会忘记，　　　　　　200
当你们被留在快船上，你们曾愤怒地
对特洛亚人发出威胁，也严厉谴责我：
'狂暴的佩琉斯之子，母亲用胆汁喂了你，
冷酷的人啊，你强使我们待在船只边。
我们还不如干脆乘船返航回国去，　　　　　　　　205
既然你心中的积愤如此难以压抑。'
你们常常这样聚集议论指责我，
现在你们渴望的时刻已经到来，
愿人人都勇敢地去和特洛亚人拼杀！"

　　他这样说，激起了每个人的力量和勇气，　　　　210
将士们聆听他演说，队形站得更紧密。

有如瓦工用一块块的石头为高屋

阻挡强风劲吹,严密地垒砌墙垣,

无数的战盔和圆盾当时也这样紧密。

盾牌挨盾牌,头盔挨头盔,人挨着人,　　　　　215

将士们如此密集,以至于只要一点头,

鬃饰的闪光头盔便会撞击前后。

全体将士前面有两个人全身披挂:

帕特罗克洛斯和奥托墨冬;他们怀着

同样的心愿:身先全体米尔弥冬人冲杀。　　　220

阿基琉斯这时转身走进营帐,

把一只嵌花精美的箱笼的顶盖打开,

那是银脚的忒提斯给他带在船上,

里面装满了各种短衫、披风和毡毯。

箱里还放着一只双耳杯,任何凡人　　　　　225

都没有用它斟过闪光的美酒呷饮,

他自己也只用它向天父宙斯祭奠。

他从箱里取出那杯用硫磺擦抹,①

然后再用明澈的清水冲洗干净,

洁净双手,斟了一杯闪光的美酒。　　　　　230

他走到院中,酹酒祈求仰望长空,

这一切都在鸣雷神宙斯的关注之中:

"遥远的多多那②的、佩拉斯戈斯③的宙斯啊——

到处有你的那些不沐腿、睡光地的祭司,——

---

① 在古希腊人看来,硫磺来自天父宙斯,因而被视为神圣的清洁物。

② 多多那在希腊西部埃皮罗斯境内,建有著名的宙斯神庙。

③ 佩拉斯戈斯是埃皮罗斯的别称,因佩拉斯戈斯人迁居那里而得名。

塞洛斯人居住的寒冷的多多那的统治神啊，　　　　235
你宽厚地听取了我的祈求，充分满足了
我的心愿，狠狠地惩罚了阿尔戈斯人，
现在请求你再满足我的一个心愿：
我自己仍将留在船边，但派我的同伴
率领众多的米尔弥冬将士们前去参战。　　　　240
雷声远震的宙斯啊，让荣誉和他同在，
让勇气充满他心中，使赫克托尔知道，
我的同伴也能单独出色地作战，
还是只有当我亲自出阵的时候，
他那双不可抵御的臂膀才能显威能。　　　　245
一旦他把战斗和嚣声从船边驱开，
便让他身披盔甲，率领全体同伴
安然无恙地返回到这些快船上来。"

　　他这样祷告，远谋的宙斯听他祈求，
天神允准了他一半心愿，拒绝了另一半。　　　　250
他允许帕特罗克洛斯把战斗从船边驱开，
却拒绝让他平安无恙地从战场返回来。

　　阿基琉斯向天父宙斯作完奠祷，
又返回营帐把杯子精心地放进箱笼，
再走出帐外站定，因为他很想观看　　　　255
特洛亚人和阿开奥斯人的这场恶战。

　　勇敢的将士们随同帕特罗克洛斯出发，

怀着高昂的斗志扑向特洛亚人。
他们有如马蜂密麻麻地拥向敌人，
那马蜂滋生路旁常遭顽童骚扰，   260
它们在道边营筑巢室，顽童经过
总要恣惹，给人们造成普遍祸害。
只要有人路过无意间惹动了它们，
它们便会一起无畏地纷拥袭来，
竭尽全力进攻，保护它们的后代。   265
米尔弥冬人也这样充满信心和力量，
从船边扑向敌人，发出连绵的喊声。
帕特罗克洛斯大声呼叫命令同伴们：
"米尔弥冬人，佩琉斯之子阿基琉斯的同伴，
朋友们，要勇敢啊，显示你们的勇气，   270
为佩琉斯之子争取光荣，在船舶前的
阿尔戈斯人中他和他的同伴们最勇敢，
也让阿特柔斯之子阿伽门农王知道，
侮辱阿开奥斯人中最勇敢的人多愚蠢。"

他这样说，激起了每个人的勇气和力量，   275
众将士组成密集的队形，直扑特洛亚人，
船只可怕地阵阵回响着他们的呐喊声。
特洛亚人一看见勇敢的墨诺提奥斯之子，
看见他本人和他的侍从都铠甲闪烁，
心里不禁寒颤，阵线也开始溃乱，   280
以为定然是待在船边的佩琉斯之子
抛弃长时间的积怨，与对手和好如旧。

大家四处张望,看哪里能躲避死亡。

帕特罗克洛斯首先掷出闪亮的长枪,
对准特洛亚人围聚最密集的地方,   285
在伟大的普罗特西拉奥斯的船只后尾,
击中了皮赖克墨斯,他从阿米冬和宽阔的
阿克西奥斯河带来车战的派奥尼亚人。
皮赖克墨斯被击中右肩,大叫一声
扎进尘埃里,派奥尼亚人纷纷逃窜,   290
帕特罗克洛斯使他们陷入巨大的恐慌,
杀死了他们的头领,此人作战最勇敢。
帕特罗克洛斯迅速把敌人从船边赶走,
扑灭燃烧的火焰,剩下半焦的船体。
特洛亚人大声呼叫着惊慌逃跑,   295
达那奥斯人拥上空心船喊声不断。
有如投掷雷电的宙斯从茫茫山峦的
巉峰峻岭把浓密的乌云四散驱赶,
所有高耸的山峰、陡峭的崖壁和谷地
顿然鲜明,广阔的太空从苍穹显现,   300
达那奥斯人也这样把船上的烈火扑灭,
得到喘息的时机,但战斗并没有停歇。
特洛亚人在勇敢的阿开奥斯人面前
并未从外层发黑的船舶前溃退不止,
他们逃离船舶,不久又止住脚步。   305

战士对战士,首领之间展开了混战,

勇敢的墨诺提奥斯之子首先出击，
用尖锐的长枪击中刚刚转过身去的
阿瑞吕科斯的大腿，铜尖直穿进去，
枪头击碎了骨头，那人栽倒在地。　　　　　　　310
英勇的墨涅拉奥斯击中正把胸部
露出盾外的托阿斯，使他的手脚变瘫软。
费琉斯之子①发现安菲克洛斯进攻他，
先动手击中对方的腿根，就是每个人
肌肉最肥厚的地方，锋利的枪尖　　　　　　315
戳断了筋腱，黑暗蒙上了他的眼睛。
涅斯托尔之子安菲洛科斯用锐利的长枪
击中阿廷尼奥斯，铜尖刺进胁肋。
那人立即倒在他面前，愤怒的马里斯
为兄长报仇，举枪奔向安菲马科斯，　　　　320
站到死者前面。神样的特拉叙墨得斯
首先向他攻击，那枪没有白投，
击中了他的肩膀，枪尖割断韧带，
割断了胳膊，把骨头一起戳了出来，
马里斯砰然倒地，黑暗蒙上了眼睛。　　　　325
两兄弟就这样被两兄弟征服，一起去到
昏暗的冥界，他们是萨尔佩冬的骁勇同伴，
阿弥索达罗斯的枪手儿子，此人豢养
凶猛的克迈拉，给人们造成巨大的伤害。

① 指墨革斯。

奥伊琉斯的儿子埃阿斯上前活捉了　　　　　330
陷入人丛的克勒奥布洛斯,挥剑砍向
他的脖颈,一剑断送了他的性命,
鲜血把整条剑刃喷热,紫色的死亡
和强大的命运迅速阖上了他的眼睛。
佩涅勒奥斯和吕孔互相拼杀起来,　　　　　335
他们曾互掷投枪,都未能击中对方,
现在又互相挥剑猛砍,吕孔一剑
砍中对方鬃饰盔顶,把剑柄折断,
佩涅勒奥斯却砍中对方耳下的脖颈,
剑刃深深砍进肉里,只剩下一层皮,　　　　340
他的脑袋倒挂,肢节失去了活力。
墨里奥涅斯快步追上阿卡马斯,
趁他跳上战车击中了他的右肩,
他当即栽下车来,黑暗遮上了眼睛。
伊多墨纽斯也用他无情的铜枪扎进　　　　　345
埃律马斯的嘴巴,枪头笔直穿过
他的大脑下部,击碎了白净的骨头,
牙齿也被击掉,双眼鲜血充盈,
血流从张开的嘴巴和鼻孔向外喷溢,
死亡的黑云立即笼罩了他的身体。　　　　　350

这些达那奥斯首领每人都杀了
一个敌人,有如恶狼进攻羊羔,
或者凶猛地扑杀山羊群,粗疏的牧人
让它们在山中四散吃草,狼群见了,

立即扑过来把这些胆怯的动物抓跑。　　　　355
达那奥斯人也这样进攻特洛亚人，
特洛亚人失去斗志，混乱地溃逃。

　　伟大的埃阿斯一直想对铜装的赫克托尔
投掷长枪，但作战经验丰富的赫克托尔
一直把宽阔的肩膀隐藏在牛皮盾背后，　　　360
敏锐地观察着呼啸的飞矢和飕飕投枪。
他虽然看出战斗的优势已转向敌人，
但仍留在原地，救援亲爱的同伴。

　　有如宙斯施放暴雨时，浓重的乌云
从奥林波斯山顶穿过晴和的太空滚来，　　　365
从船舶边也这样开始了喧嚷和溃退，
特洛亚人个个惊慌失措地往回逃奔。
快马载走了赫克托尔连同他的武装，
把特洛亚军队留在背后被堑壕截断，
无数的战马飞速奔驰折断了辕杆，　　　　　370
砸坏了许多首领的战车填满了壕堑。

　　帕特罗克洛斯疯狂地追赶特洛亚人，
命令达那奥斯军队跟随他。特洛亚人
溃不成军，条条道路充斥了逃跑和喧嚷。
滚滚尘埃直冲云端，单蹄快马　　　　　　　375
纷纷逃离船舶和营栅奔向城市。
帕特罗克洛斯看见哪里敌人最麇集，

便放声大喊冲向哪里。许多人从车上
翻身栽到车轴下,战车辘辘被颠翻。
帕特罗克洛斯径直越过宽阔的堑壕,　　　　　380
因为那是神马,神明给佩琉斯的礼物,
他让神马飞奔,一心想追上赫克托尔,
打倒对手,但飞驰的快马载走了敌人。

　　有如秋季时节宽阔的黑色原野
被强烈的风暴疯狂肆虐,宙斯将暴雨　　　　385
向大地倾泻,发泄对人类的深刻不满,
因为人们在集会上恣意不公正地裁断,
排斥公义,毫不顾忌神明的惩罚。
一条条溪涧水流暴涨,漫溢泛滥,
湍急的山洪将无数的岗峦横切割开,　　　　390
从山头直泻而下,奔向混浊的大海,
喧嚣着沿途把农人的劳作完全毁坏。
特洛亚车马当时也这样喧嚣着溃败。

　　帕特罗克洛斯截住了最近的溃逃敌兵,
迫使他们掉转身奔向船舶方向,　　　　　395
不让这些逃跑者奔进城里躲藏,
任他在船舶、河流和高耸的壁垒之间
猛烈冲杀,为无数丧命的同胞报仇。
帕特罗克洛斯用闪亮的长枪首先击中
普罗诺奥斯暴露出盾牌上沿的胸部,　　　　400
放松了他的关节,使他砰然倒地。

他接着攻击埃诺普斯之子特斯托尔，

此人惊愕地蜷缩在他那辆精制的战车里，

缰绳也脱了手，帕特罗克洛斯向他奔去，

一枪刺中右颚，从两排牙齿间穿过，　　　　　　　　405

用枪杆把他挑过车沿拖出车外，

如同有人坐在一块突兀的岩石上，

用钓竿和铜钩从海里拉起一条大鱼。

帕特罗克洛斯也这样用闪亮的长枪把张嘴的

特斯托尔挑出车扔到地上，让生命撇下他。　　　　410

接着他又用石块击中正向他扑来的

埃律拉奥斯的脑袋中央，整个脑壳

在沉重的头盔里分成两半，埃里拉奥斯

扑倒地上，毁灭生命的死亡罩住了他。

然后他又让埃律马斯、安福特罗斯、埃帕尔特斯、　　　415

达马斯托尔之子特勒波勒摩斯、埃基奥斯、皮里斯、

伊甫斯、欧伊波斯和阿尔格阿斯之子波吕墨洛斯，

一个个接连倒在养育众生的大地上。

　萨尔佩冬看见那么多不系腰带的同伴

倒在墨诺提奥斯之子帕特克洛斯手下，　　　　　　420

愤怒地向神样的吕西亚人这样大喊：

"羞耻啊，你们往哪里逃？那样快捷！

让我去会会那家伙，看他究竟是什么人，

竟强大得给特洛亚人造成那么多灾难，

杀死了我们那么多无比优秀的将士。"　　　　　　425

他这样说,披挂着从战车跳到地上,
帕特罗克洛斯见了,也跳下自己的战车。
有如两只弯爪曲嘴的雄健老鹰
在高峻的岩头大声鸣叫着凶猛厮斗,
他们两人也这样大喊着互相扑杀。　　　　　　　　430

狡谲的克罗诺斯之子看见了顿生恻隐,
立即对他的姊妹亦妻子赫拉这样说:
"可怜哪,命定我最亲近的萨尔佩冬将被
墨诺提奥斯的儿子帕特罗克洛斯杀死。
现在我的心动摇于两个决定之间:　　　　　　　435
是把他活着带出令人悲伤的战场,
送往他在辽阔的吕西亚的肥沃故乡,
还是让他被墨诺提奥斯之子杀死。"

牛眼睛的女神赫拉对他这样回答说:
"可怕的克罗诺斯之子,你说什么话?　　　　　440
一个早就公正注定要死的凡人,
你却想要让他免除悲惨的死亡?
你这么干吧,其他神明不会同意。
我还有一点要说明,请你好好思量。
倘若你把萨尔佩冬活着救出送回家,　　　　　445
其他的神明那时难道不会也从
激烈的战斗中救出自己亲爱的儿子?
许多神明会怨恨你,他们都有儿子
在普里阿摩斯的巨大城池下参加作战。

如果萨尔佩冬真令你喜爱，令你痛怜，　　　　　　450
那你就让他在这场激烈的战斗中倒在
墨诺提奥斯之子帕特罗克洛斯的手下；
等到灵魂和生命终于离他而去，
你再派死亡和永久的睡眠把他的遗体
送往他在辽阔的吕西亚的可爱的故土。　　　455
在那里让他的亲友们为他建墓立碑，
因为那些是一个死者应享受的荣尊。"

　　女神这样说，天神与凡人之父不反对。
他立即把一片蒙蒙血雨撒向大地，
祭祀儿子，因为帕特罗克洛斯就要　　　　　460
把他杀死在远离祖国的特洛亚沃土。

　　他们互相逼近，进入攻击的距离，
帕特罗克洛斯投中著名的特拉叙墨洛斯，
他是国王萨尔佩冬的高贵侍从，
枪中他的下腹，放松了他的肢节。　　　　　465
萨尔佩冬随即进攻，闪亮的长枪
没有投中帕特罗克洛斯，击中名马
佩达索斯的右肩，那马嘶叫着吐气，
痛苦地倒进尘埃里，生命离开了它。
其他两匹马向两旁跳跃，马轭咯咯响，　　　470
缰绳被那匹倒地的骖马纠缠到一起。
名枪手奥托墨冬立即解救了急难，
他从强健的大腿旁抽出锋利的长剑，

跳下战车果断地把骈马的缰绳砍断，
那两匹神马回到原位照常驾辕，　　　　　　　　　475
那两个人也重新投入殊死的恶战。

　　萨尔佩冬又没有投中闪亮的长枪，
锐利的枪尖从帕特罗克洛斯的左肩飞过，
未能击中敌手。帕特罗克洛斯随即
掷出铜枪，他那支枪没有白投，　　　　　　　　480
正中膈膜托住蹦跳的心脏的地方。
萨尔佩冬当即倒下，有如山间橡树
或白杨或高大的松树倒地，被伐木人
用新磨的利斧砍倒准备材料造船。
萨尔佩冬也这样伸展开倒在车马前，　　　　　　485
把牙关咬紧伸手乱抓血污的泥土。
有如一只猛狮冲进蹒跚的牛群，
抓住一头趾高气扬的火黄色的公牛，
那牛痛苦地呻吟着被狮子用嘴撕碎；
持盾的吕西亚人的首领也这样倒在　　　　　　　490
帕特罗克洛斯面前，急切地呼喊朋友：
"亲爱的格劳科斯，人间杰出的战士，
现在正是你显示枪法和勇气的时候，
如果你真正勇敢，正是你最渴望的战斗。
你首先去各处召唤吕西亚人的头领们，　　　　　495
让他们快来围绕着萨尔佩冬战斗，
然后你自己也用致命的铜枪守护我。
我将会永远成为你的耻辱和污点，

倘若我现在躺在这些船舶中间，
让阿开奥斯人从我身上把铠甲剥走。   500
你自己要坚持战斗，也鼓励整个军队。"

　　他这样说，死亡罩住了鼻孔和眼睛。
帕特罗克洛斯用脚踩住他的胸口，
从肉里拔出那支投枪，连同胸膈膜，
把他的灵魂和枪头一起拔出躯体。   505
米尔弥冬人抓住那两匹喘息的战马，
它们正准备逃跑，丢下头领的战车。

　　同伴的呼喊使格劳科斯无比痛苦，
他痛惜自己不能帮助危难的朋友。
他用手按住胳膊，正受着伤痛的折磨，   510
透克罗斯在他进攻高耸的壁垒时
为救援自己的朋友向他放箭中的。
他立即向远射之神阿波罗这样祈求：
"神主啊，听我祈求，不管你是在富饶的
吕西亚或是特洛亚国土，你都能听见   515
不幸的人的声音，就像我现在这样。
我身负重伤，伤口四周激烈的疼痛
渗入整个胳膊，鲜血涌溢阻不住，
连接伤臂的那只肩膀也阵阵麻木。
我握不稳枪，不可能去和敌人战斗。   520
最杰出的英雄萨尔佩冬被杀死了，
宙斯之子，宙斯也未能救助儿子。

神主啊,请你医治我这沉重的伤口,
止住伤痛,给我力量,好让我去召唤
吕西亚同伴们,激励他们顽强战斗,   525
也让我自己能去为死者的遗体拼杀。"

　　他这样说,阿波罗听见了他的祈求,
立即止住了他的伤痛,使沉重的伤口
黑血干结,给他的心灵灌输了力量。
格劳科斯立即精神奋然,心里高兴,   530
知道伟大的神明听取了他的祈求。
他首先去各处召唤吕西亚人的头领们,
让他们快来围绕着萨尔佩冬战斗,
然后又迈开大步去召唤特洛亚人,
走近潘托奥斯之子波吕达马斯、   535
神样的阿革诺尔、身披铜甲的赫克托尔、
埃涅阿斯,对他们说出有翼的话语:
"赫克托尔,你把同盟者完全弃之不顾,
他们为了你牺牲性命,远离亲朋,
撇下可爱的故乡,你却不保护他们。   540
持盾的吕西亚人的首领萨尔佩冬倒下了,
他曾经用法律和力量保卫自己的国家,
铜装的阿瑞斯借帕特罗克洛斯的枪杀了他。
朋友们,愤慨吧,快去保护他的尸身!
不要让米尔弥冬人剥走他的铠甲,   545
侮辱他的尸体,那么多达那奥斯人
被我们杀死在船边使他们满怀仇恨。"

他这样说,痛苦涌上特洛亚人的心头,

剧烈难忍,萨尔佩冬虽是一个外邦人,

却是城市的坚强堡垒,为保卫特洛亚,　　　　　　550

他率领来无数军队,自己作战最勇敢。

他们由赫克托尔率领,扑向达那奥斯人,

为萨尔佩冬报仇。勇敢的墨诺提奥斯之子

帕特罗克洛斯也在激励达那奥斯人,

他首先对两个本无需激励的埃阿斯这样说:　　　555

"两位埃阿斯,你们将会像以往一样

热切地勇猛战斗,或者比往日更强烈。

首先冲击壁垒的萨尔佩冬倒下了,

让我们把他的尸体夺来侮辱一番,

剥下他肩头的铠甲;倘若他的同伴　　　　　　560

上来保护他,就用铜枪杀死他们。"

他这样说,埃阿斯们早就跃跃欲试。

战斗双方各自加强了自己的阵线,

特洛亚人和吕西亚人,米尔弥冬人和阿开奥斯人,

在死者的尸体周围凶猛地鏖战起来,　　　　　565

喊声震天,铠甲被击得发出巨响。

宙斯给整个战场罩上可怖的昏暗,

围绕着他爱子的战斗变得更加恐怖。

起初特洛亚人胜过明眸的阿尔戈斯人,

豪勇的阿伽克勒斯之子,一个并非不勇敢的　　570

米尔弥冬人,神样的埃佩戈斯被杀死。
此人本是黎民昌炽的布得昂城①的首领,
后来因为杀死了一个高贵的族人,
前来寻求佩琉斯和银脚的忒提斯庇护。
他们派他和猛勇的阿基琉斯一起　　　　　　　575
来到产马的伊利昂同特洛亚人作战。
他正抓住死者的尸体,光辉的赫克托尔
用石块击中了他的脑袋,整个脑壳
在他的重盔里裂成两半。他扑到尸体上,
勾魂的死亡随即赶上来罩住了他。　　　　　580
朋友的不幸使帕特罗克洛斯无比痛苦,
他立即迅猛地穿过阵线冲出前列,
疾速得如同追袭寒鸦和椋鸟的鹰鹫。
善驭马的帕特罗克洛斯啊,你为朋友之死,
就这样愤怒地迅猛追击吕西亚人和特洛亚人。　585
他打倒了斯特涅拉奥斯,伊泰墨涅斯之子,
用石块击中了他的颈脖,打断了筋腱。
特洛亚人前线和光辉的赫克托尔向后退却,
不过只退到通常长枪投掷的距离,
当一个人竞赛时尽力一掷或在战场上　　　　590
面对殊死的敌人的进攻拼力投出,
特洛亚人被阿开奥斯人追赶也这样退却。
持盾的吕西亚首领格劳科斯首先站住,
他突然转过身来,杀死了卡尔康之子,

———————

① 佛提亚城市。

448

英勇的巴提克勒斯，他居住在赫拉斯，　　　　595
闻名于全体米尔弥冬人既幸福又富有。
格劳科斯猛转身枪中他的胸膛，
当时他勇猛追击快被追上敌人。
他砰然倒下，痛苦笼罩了阿尔戈斯人，
为杰出的战士倒地。特洛亚人欣喜若狂，　　600
他们停下来，围绕着首领格劳科斯。
阿开奥斯人并不畏缩，继续攻击敌人。
墨里奥涅斯杀死了特洛亚人的披甲将士
拉奥戈诺斯，就是伊达山的宙斯的祭司，
被人们敬如神的奥涅托尔的勇敢的儿子。　　605
墨里奥涅斯击中他耳朵下面的颌骨，
灵魂飞离肢节，悲惨的黑暗罩住他。
埃涅阿斯向墨里奥涅斯掷出铜枪，
见他在盾牌掩护下走来，以为能投中，
但墨里奥涅斯临面发现，躲过了铜枪。　　610
他向前一俯身，那根长枪在他身后
扎进了泥土，枪杆在空中不停地晃颤，
直到强大的阿瑞斯松弛了它的力量。
投枪擦身飞过，晃悠悠插进土里，
强有力的手臂白投了那支长枪。①　　615
埃涅阿斯很气愤，对墨里奥涅斯大喊：
"墨里奥涅斯，即使你是名舞蹈好手，
如果我刚才投中你，你便已永远变安静。"

----

① 大部分古代抄稿里没有这两行诗。勒伯版把它们放在括号里。

墨里奥涅斯立即反唇相讥这样说：
"埃涅阿斯啊，不管你如何强大勇敢，　　　　　　　620
你也不可能使每个和你交战的人
都失去力量，因为你也是出自凡人。
只要我也能用锐利的投枪把你击中，
不管你多么相信臂膀，多么有力量，
你也会把荣誉给我，把灵魂给哈得斯。"　　　625

他这样说，勇敢的帕特罗克洛斯责备他：
"墨里奥涅斯，杰出的战士，何必多废话！
亲爱的朋友，咒骂不可能使特洛亚人
丢开尸体，大地还得先收受一些人。
战斗由臂膀决定，说话是会议上的事情。　　　630
用不着跟他多废话，让我们继续去作战。"

他说完就走，神样的墨里奥涅斯跟着他。
有如伐木人劳作时山谷间响起砍伐声，
那声音连续不间断，远近人人都听见，
广阔的原野上也这样响起锐利的长剑　　　　　635
和投枪打击闪光的铜器、坚固的革具
和精致的盾牌发出的远彻的响声。
即使最敏锐的眼力都难以把那个
神样的萨尔佩冬辨认，从头到脚
被无数的矢石盖住，沾满了血污和灰尘。　　　640
尸体周围人群一片密麻麻，有如那

450

春季牛场上满桶的牛奶正在分装,
无数的苍蝇在奶桶周围纷飞吸吮。
人们也这样包围着萨尔佩冬的尸体,
宙斯始终未把双眼移开激烈的战场,   645
他全神注视,心中不断暗暗地思忖,
对如何杀死帕特罗克洛斯决定不下,
是让光辉的赫克托尔在这场激烈的战斗中,
用铁器把帕特罗克洛斯杀死在神样的
萨尔佩冬的尸体旁,剥下他肩上的铠甲,   650
还是让帕特罗克洛斯再杀许多人立大功。
宙斯心中终于断定最好的安排是,
让佩琉斯之子阿基琉斯的高贵同伴
再把特洛亚人和披铜甲的赫克托尔
赶向城边,使他们许多人丧失性命。   655
首先他让赫克托尔的心情怯懦起来。
赫克托尔登车逃跑,召唤其他特洛亚人
赶紧跟随:他明白了宙斯的天平的倾向。
勇敢的吕西亚人也无心恋战,一起逃跑,
尽管看见他们的国王躺在死尸间,   660
被刺中心窝,因为自从克罗诺斯之子
挑起恶战,已有许多人倒在他身边。
人们上前剥下萨尔佩冬肩上的
闪光铠甲,勇敢的墨诺提奥斯之子
把它交给同伴,让他们送往空心船。   665

集云神宙斯这时吩咐阿波罗这样说:

"福波斯啊,快去把萨尔佩冬的遗体
移出矢石之外,擦去黑色的血污,
再把它带到远方,仔细用河水洗净,
然后抹上油膏,穿上不朽的衣袍。　　　　　　　　670
在这之后再把它交给快捷的引路神,
孪生兄弟睡眠和死亡,它们会把它
迅速送到辽阔富饶的吕西亚国土。
在那里让他的亲友们为他建墓立碑,
因为那是一个死者应享受的荣尊。"　　　　　　675

　　宙斯这样说,阿波罗听从父亲的吩咐。
他立即从伊达山顶降到怖人的战场,
把高贵的萨尔佩冬从矢石堆里托起,
把他带到远方,仔细用河水洗净,
然后抹上油膏,穿上永不朽的衣袍。　　　　　　680
在这之后再把它交给快捷的引路神,
孪生兄弟梦幻和死亡,他们再把它
迅速送往辽阔富饶的吕西亚国土。

　　帕特罗克洛斯催促战马和奥托墨冬
追击逃跑的敌人,愚蠢地害了自己。　　　　　　685
倘若他听从阿基琉斯的谆谆净言,
便可以躲过黑色死亡的不幸降临。
但宙斯的心智永远超过我们凡人,
他可以轻易地使一个勇敢的人惶悚,
不让他获得胜利,又可以怂恿他去拼杀。　　　　690

现在他就这样鼓起帕特罗克洛斯的勇气。

　　帕特罗克洛斯啊,当神明让你走向死亡,
谁是你杀死的第一个,谁又是最后一个?
首先是阿德瑞斯托斯、奥托诺奥斯、塔克克洛斯、
墨伽斯之子佩里穆斯、埃皮斯托尔、墨拉尼波斯,　　　695
然后是埃拉索斯、穆利奥斯、皮拉尔特斯,
其他人侥幸逃脱,这些人都被他杀死。

　　阿开奥斯人本可以凭借帕特罗克洛斯
攻下巍峨的特洛亚,他那样勇猛冲杀,
若不是阿波罗站在精心建造的城墙上,　　　700
为他构思死亡,尽力帮助特洛亚人。
帕特罗克洛斯曾三次冲击巍峨的城墙
突出的一角,三次都被阿波罗推下,
用不朽的巨掌猛击他那面闪亮的大盾。
当他第四次恶神般地发起冲击时,　　　705
阿波罗对他说出可怖的有翼话语:
“宙斯养育的帕特罗克洛斯,赶快退下,
尊贵的特洛亚城未注定毁于你的枪下,
阿基琉斯也不行,尽管他远比你强大。”

　　阿波罗这样说,帕特罗克洛斯不得不后退　　　710
一大段距离,避免射神阿波罗的愤怒。

　　赫克托尔在斯开埃门前停住单蹄马,

他犹豫不决，是重新冲进人群战斗，
还是命令所有的部队退进城里。
他这样思忖，福波斯·阿波罗来到他面前，   715
装作一位强健、勇敢的英雄模样，
就是阿西奥斯，驯马的赫克托尔的母舅，
因为他是赫卡柏的兄弟，迪马斯的儿子，
住在弗里基亚的珊伽里奥斯河畔。
宙斯之子阿波罗扮作他对赫克托尔这样说：   720
"赫克托尔，为什么停止战斗，你不该这样。
我比你弱得多，要是我能那样比你强，
你就会立即后悔不该回避战斗。
驱赶你的健腿马去追赶帕特罗克洛斯吧，
阿波罗赐给你胜利，也许你能追上他。"   725

　　阿波罗这样说，重又回到战斗的人群里，
光辉的赫克托尔吩咐勇敢的克布里奥涅斯
驱动车马去战斗。阿波罗这时隐进了
混战的漩涡，给阿尔戈斯人制造混乱，
为特洛亚人和赫克托尔准备巨大的荣光。   730
赫克托尔放过其他的达那奥斯人不杀，
驱赶健腿马径直向帕特罗克洛斯追奔。
帕特罗克洛斯当即从战车跳到地上，
用左手握住长枪，右手抓起一块
尖棱光闪的石头，大小满满一把，   735
他用力投出石块，石块飞向敌人，
他这次没有白投，击中赫克托尔的御者

克布里奥涅斯,显贵的普里阿摩斯的私生子,
他手握缰绳,锐石击中了对手的前额,
石块砸进了双眉,一直陷进了骨头,   740
两只眼珠掉落到脚边滚进尘埃里,
克布里奥涅斯当即翻出精制的战车,
活像一个潜水员,灵魂离开了骨骼。
车战的帕特罗克洛斯啊,你当时这样嘲笑说:
"朋友们啊,看这人多灵巧,多会翻跃!   745
他如果有机会去到游鱼丰富的海上,
准会让许多人吃个够,从船上潜进海里
摸来牡蛎,也不管大海如何咆哮,
灵巧得就像刚才从战车跳到地上。
特洛亚人中竟也有这样的潜水好手。"   750

　他这样说,向高贵的克布里奥涅斯扑去,
像一头狮子,那狮子进栏时伤了胸部,
勇敢使自己受了伤害,帕特罗克洛斯啊,
当时你也这样贪婪地扑向克布里奥涅斯。
赫克托尔这时也从战车跳到地上,   755
两人为克布里奥涅斯的尸体战斗,
有如两头狮子,它们都饥肠若断,
为山顶一只被杀的鹿尸疯狂争斗。
当时这两个作战好手帕特罗克洛斯
和光辉的赫克托尔为克布里奥涅斯的尸体,   760
也这样扑杀,都想用无情的铜撕碎对方。
赫克托尔抓住死者的脑袋紧攥不放,

帕特罗克洛斯牢牢抓住死者的双脚，
其余的特洛亚人和达那奥斯人一片混战。
有如暴烈的东风和南风发生冲突，　　　　　765
在山间刮得高耸的林木不停地摇晃，
有高大的橡树、梣树和躯干光滑的栋树，
繁茂的长枝摇曳着互相碰轧纠缠，
不时传来枝干折断的阵阵巨响。
特洛亚人和阿开奥斯人当时也这样　　　　770
互相冲击搏杀，没有人仓皇逃窜。
无数锐利的投枪和绷紧的弓弦射出的
箭矢戳立在克布里奥涅斯的尸体周围，
无数石块撞击着在他身边战斗的
人们的盾牌。他躺在尘埃的漩涡里　　　　775
伸开手脚依旧伟大，但忘却了车战。

　　当太阳仍然高高悬在中天的时候，
双方的枪矢不断命中，都有人倒地；
当太阳下行，沉至耕牛下轭的时分，
阿开奥斯人背逆命运强过了敌人。　　　　780
他们把英雄克布里奥涅斯的尸体从呐喊着的
特洛亚人的枪矢下拖出，剥下了肩头的铠甲。
帕特罗克洛斯也扑上去给特洛亚人
制造不幸，他三次大喊着冲向敌人，
如同快捷的阿瑞斯，每次都杀死九个人。　　785
但当他第四次像个恶神冲过去时，
帕特罗克洛斯啊，你的生命的极限来临，

可怕的福波斯在激烈的战涡中向你走近。
帕特罗克洛斯没有看见神向他走来，
因为神裹在一团浓雾里向他攻击。　　　　　　　　790
阿波罗站到他身后，向他的宽肩和后背
拍击一掌，拍得他两眼鼓起直发花。
福波斯·阿波罗打掉了他戴着的头盔，
带饰孔的头盔喀琅琅滚到马蹄下，
美丽的鬃饰立即沾满血污和尘土。　　　　　　795
那顶鬃饰的头盔在这之前从没有
让尘埃玷污过，它一直用来保护
神样的阿基琉斯的俊美的前额和面颊。
现在宙斯把那顶头盔交给赫克托尔
捡去系戴：他的末日已经到来。　　　　　　　800
他握着的铜头长枪那样沉重结实，
被完全粉碎，那面长至脚面的圆盾
也连同背带从他的肩头滑到地上，
宙斯之子阿波罗王还除掉了他的胸甲。
他的理智模糊了，匀称的四肢变瘫软，　　　805
他呆木地站着，一个达尔达诺斯人走近他，
用锐利的长枪从后面刺中他肩间的脊背。
此人是潘托奥斯的儿子欧福尔波斯，
在同辈人中闻名以投枪、驭马和快腿。
他已经把二十个敌方将士打下战车，　　　810
虽然这是他第一次车战，学习打仗。
车战的帕特罗克洛斯啊，他又第一个
向你掷出长枪，但只是把你刺伤。

他立即拔出梣木枪跑回人群匿藏，
因为他仍不敢和徒手的帕特罗克洛斯交战。   815
帕特罗克洛斯受神打击，又中投枪，
也迅速向自己的同伴后退，躲避死亡。

　　赫克托尔看见勇敢的帕特罗克洛斯
被锐利的铜枪击伤后退，放弃战斗，
便穿过队伍冲上前来，一枪刺中   820
他的小腹，枪尖一直把身体穿透，
他砰然倒地，阿开奥斯人无比悲伤。
有如猛狮战胜不知疲倦的野猪，
两只野兽在山间决意拼杀一场，
为了一条小溪，双方都想喝水，   825
狮子终于力胜气喘吁吁的野猪。
墨诺提奥斯的勇敢儿子杀死了许多人，
赫克托尔也这样在近处用枪把他杀死，
夸耀地对他说出有翼飞翔的话语：
"帕特罗克洛斯，你原以为可以摧毁   830
我们的城池，剥夺特洛亚妇女的自由，
用船只把她们运往你们的国土，傻东西！
赫克托尔的这些快马为了保卫她们，
已经赶来战斗，在好战的特洛亚人中
我是最杰出的枪手，也来保护她们，   835
免遭奴役，但鹰鹫却要来把你啄食。
可怜的人啊，高贵的阿基琉斯也未能帮助你，
他自己留下差你来，也许对你这样说：

'善驭马的帕特罗克洛斯啊，你现在去把
那个嗜好杀人的赫克托尔胸前的衣服　　　　　　840
染上血污，否则不要回空心船来见我。'
他这样对你说，你也就没头脑地听信他。"

车战的帕特罗克洛斯啊，你虚弱地对他说：
"赫克托尔，现在你自夸吧！是克罗诺斯之子
宙斯和阿波罗把胜利给你，让你战胜我，　　　　845
他们很容易这样做，剥去了我的盔甲。
即使是二十个同你一样的人来攻击我，
他们也会全都倒在我的投枪下。
是残酷的命运和勒托之子杀害了我，
然后是凡人欧福尔波斯，你只是第三个。　　　　850
我再对你说句话，你要记住好思量。
你无疑也不会再活多久，强大的命运
和死亡已经站在你身边，你将死在
埃阿科斯的后裔、无瑕的阿基琉斯的手下。"

他这样说，死亡终于把他罩住。　　　　　　　　855
灵魂离开了他的肢体，前往哈得斯，
哀伤命运的悲苦，丢下了青春和勇气。
他虽已死去，光辉的赫克托尔还在对他说：
"帕特罗克洛斯，你怎么说我死亡临近？
谁能说美发的忒提斯之子阿基琉斯　　　　　　　860
不会首先在我的长枪下放弃生命？"

他这样大声说,用脚踩住帕特罗克洛斯,
从伤口拔出铜枪,把死者仰面丢下。
他随即又手持那杆枪去追赶奥托墨冬,
埃阿科斯的捷足后裔的神样的侍从,　　　　　　865
想把他杀死,但不死的快马是神明送给
佩琉斯的光辉礼物,载走了奥托墨冬。

第 十 七 卷

—— 两军鏖战争夺帕特罗克洛斯的遗体

　　战神宠爱的阿特柔斯之子墨涅拉奥斯发现，
帕特罗克洛斯在与特洛亚人激战中被杀死。
他身着闪亮的铜装，迅速穿过前列，
来到帕特罗克洛斯身边，有如母牛
初次生育哞叫着守护刚产下的幼犊，　　　　　　　　　　5
金发的墨涅拉奥斯也这样守护战友。
他向前高举长枪，手持等径圆盾，
决心杀死任何胆敢冲过来的敌人。

　　潘托奥斯的著名的枪手儿子也不想
放过白璧无瑕的帕特罗克洛斯的尸体，　　　　　　　　10
他来到尸体近前，对墨涅拉奥斯这样说：
"阿特柔斯之子、宙斯养育的墨涅拉奥斯，
你快走开，留下这尸体和血污的武装，
没有哪个特洛亚人和他们的光辉同盟者
先于我在战斗中用枪刺中帕特罗克洛斯，　　　　　　　15
让我在特洛亚人中享受巨大的荣誉吧，
不然我就投枪，也结果你的性命。"

金发的墨涅拉奥斯气愤地这样回答说：
"父宙斯，傲慢地夸口不是光彩的事情！
无论是狂暴的豹子还是猛烈的雄狮　　　　　　　　　20
以自己的力量自傲，或是凶暴的野猪，
胸中的心灵对自己的力量最最自负，
都不及潘托奥斯的枪手儿子们好吹嘘。
驯马的许佩瑞诺尔没有能长久地享受
自己的青春①，只因他曾对我横加侮辱，　　　　　　25
称我是达那奥斯人中最最拙劣的战士。
他显然不是靠自己的双脚离开战场，
把欢乐带给自己亲爱的妻子和双亲。
现在我也会这样断送你的性命，
如果你胆敢和我作对。不过我奉劝你，　　　　　　30
快回到你的人中去，不要来和我较量，
自寻倒霉：灾难降临蠢人才会变聪慧。"

他这样说，欧福尔波斯听了不服气：
"宙斯养育的墨涅拉奥斯，现在你就要
为杀死我的兄弟付出高昂的补偿，　　　　　　　　35
你夸耀地宣称给他的新房留下了遗孀，
使他的父母不住地落泪，叫他们悲伤。
如果我把你的脑袋和铠甲带回去，
交给潘托奥斯和高贵的弗戎提斯，

① 见第十四卷第516行。

我便可以使他们停止悲惨的哀哭。　　　　　　40
我们即将开始的战斗不会太长久，
它会迅速决出我们谁勇敢谁逃窜。"

他这样说，一枪刺中等径的圆盾，
但铜尖未能刺进，坚硬的盾牌把枪尖
反弹回去。阿特柔斯之子墨涅拉奥斯　　　　45
这时一面向父宙斯祷告，一面刺枪，
刺中正在后退的欧福尔波斯的喉根，
强有力的手把枪杆紧握全身压上，
锐利的枪尖笔直穿透柔软的颈脖，
欧福尔波斯砰然倒地，盔甲琅琅响，　　　　50
他那美惠女神般秀丽的头发和用
金线银线扎起的发辫沾满了血污。
如同有人为了让旺盛的橄榄树苗
栽到空旷的地方，好让它多吸收水分，
幼苗茁壮地成长；和风从四面吹来，　　　　55
轻轻地把它拂动，朵朵白花繁茂；
一天突然刮来一阵暴烈的狂风，
把小树连根从泥里拔起扔到地上。
阿特柔斯之子墨涅拉奥斯也这样杀死了
潘托奥斯之子、名枪手欧福尔波斯，剥下铠甲。　60
有如一头山里长大的狮子自信地
在牧放的畜群里追杀一头最好的母牛，
先用利齿咬住母牛的颈脖折断，
再把母牛撕碎吞吮鲜血和脏腑；

牧人和猎狗远远地站着围住狮子 65
放声呐喊，但谁也不敢走上前去，
因为他们的心里充满白色的恐慌。
当时特洛亚人和他们的同盟者也这样，
谁也不敢走向勇敢的墨涅拉奥斯。
墨涅拉奥斯本可以剥下欧福尔波斯的 70
光辉铠甲，若不是福波斯·阿波罗嫉妒他，
化作基科涅斯人的首领门特斯模样，
鼓励有如快捷的战神阿瑞斯的赫克托尔，
上前对他说出有翼飞翔的话语：
"赫克托尔，你现在如此急切地想得到 75
不可能得到的东西——阿基琉斯的马匹，
它们暴烈得任何凡人都难以驾驭，
除了不死的母亲所生的阿基琉斯。
阿特柔斯之子勇敢的墨涅拉奥斯却守护着
帕特罗克洛斯的尸体，杀死了欧福尔波斯， 80
特洛亚最杰出的战士，抑制了他的心力。"

　阿波罗这样说，重新投入人间的战斗，
巨大的痛苦笼罩着赫克托尔的昏暗的心灵，
他环视周围战斗的人群，立即看见
一个在剥取光辉的铠甲，一个直挺挺 85
躺着不动弹，鲜血从伤口向外涌溢。
赫克托尔大喊着冲过前线，铜装闪灿，
有如赫菲斯托斯的永不熄灭的火焰。
阿特柔斯之子听见了他的尖锐喊声，

气愤地与自己的勇敢心灵这样思忖： 90
"我该怎么办，如果我丢下这精美的铠甲，
丢下为我报仇而躺下的帕特罗克洛斯，
达那奥斯人见了我都会严加指责，
但我若出于羞愧单独迎战赫克托尔
和特洛亚人，我便会陷入重重围困， 95
头盔闪亮的赫克托尔正带领着他们。
不过我心里为什么要这样忐忑不安？
一个人定会立即遭受巨大的不幸，
如果他违背神意同神明宠爱的人作战。
达那奥斯人见我在赫克托尔面前却步 100
不会责备我，因为他作战有神明助佑。
如果我能够听到伟大的埃阿斯的声音，
那时我们俩可以一起冲杀上前，
即使同神对抗，只要能为阿基琉斯
保住这尸体，那也是不幸累累现万幸。" 105

他心里正在这样思忖，特洛亚人
已经冲杀过来，由赫克托尔率领。
墨涅拉奥斯向后退却，留下尸体，
但仍不断地回首，有如美髯雄狮
被手持枪械大声呐喊的牧人和猎狗 110
赶出羊圈，迫不得已地离开牧场，
胸中那颗勇敢的心灵充满恐惧。
金发的墨涅拉奥斯离开帕特罗克洛斯，
他一回到自己的队伍便转身站住，

环顾着寻找特拉蒙之子伟大的埃阿斯。　　　　115
他很快发现伟大的埃阿斯在战线左翼，
正在鼓励同伴，要他们英勇搏杀，
福波斯·阿波罗向他们灌输了巨大的恐惧。
墨涅拉奥斯迅速跑过去，对他这样说：
"埃阿斯，快来保护被杀的帕特罗克洛斯，　　　120
即使我们只能把裸尸交给阿基琉斯，
铠甲已经被头盔闪亮的赫克托尔剥去。"

　　他这样说，感动了勇敢的埃阿斯的心灵，
同金发的墨涅拉奥斯一起走出战线。
赫克托尔已剥下帕特罗克洛斯的辉煌铠甲，　　125
拖着他想用利剑把脑袋从肩上砍下，
然后把尸体交给特洛亚群狗饱餐。
埃阿斯来到近前，手持壁垒般的大盾。
赫克托尔立即向后退进自己的队伍，
再跳上战车，把精美的铠甲交给特洛亚人　　130
送往城里，为他带来巨大的荣誉。
埃阿斯这时站到帕特罗克洛斯近前，
用那面宽阔的盾牌掩护他的尸体，
有如狮子在林间突然遇见猎人，
掩护自己的幼狮，它深信自己的力量，　　　135
把额上的皮毛紧皱，横遮眼睛上方。
埃阿斯也这样来到帕特罗克洛斯的尸体前。
阿特柔斯之子、战神宠爱的墨涅拉奥斯
站在他身旁，心中的悲伤不断增长。

吕西亚人的首领、希波洛科斯之子　　　　　140
格劳科斯怒视赫克托尔,严词责备:
"赫克托尔,你貌似强大,作战却不如人,
你徒有名气,原来却是个真正的懦夫。
该是你考虑的时候,将怎样仅仅依靠
伊利昂本地人的力量保卫城市和堡垒?　　　145
有哪个吕西亚人还愿意为保卫城市
同达那奥斯人作战?他们一直不停地
同敌人英勇拼杀,却得不到任何感谢。
无情的人啊,你怎会在战斗中拯救其他人?
甚至萨尔佩冬作为你的客人和朋友,　　　150
你都把他留给阿尔戈斯人作战利品,
尽管他生前那样为城市和你本人效力,
现在你却不敢保护他免遭狗群吞噬。
要是吕西亚人都听从我,我们便一起
撤军回国,毁灭将立即降临特洛亚。　　　155
如果特洛亚人真正具有坚定的勇气,
具有为保卫祖国而敢于同敌人进行
殊死战斗的人应具有的无畏精神,
他们就该把帕特罗克洛斯拖进伊利昂。
倘若我们把帕特罗克洛斯拖出战场,　　　160
送往国王普里阿摩斯的伟大都城,
阿尔戈斯人便会立即送回萨尔佩冬的
精美铠甲,让我们把遗体送回伊利昂,
因为我们杀死的是阿尔戈斯船舶前

统率精锐大军的最杰出将领的侍伴。　　　　165
可是你却不敢迎战高傲的埃阿斯，
不敢在敌人的呐喊声中站住正视他，
直接和他交手见高低，只因他强过你。"

　　头盔闪亮的赫克托尔怒目而视回答说：
"格劳科斯，想不到你说话也这样傲慢！　　170
朋友啊，我一直以为你的智慧胜过
所有其他居住在富饶的吕西亚的人，
现在你却惹我生气，说出这些话语，
说我不敢抵挡那个高大的埃阿斯。
我却既不怕战斗，也不怕跶跶马蹄，　　　175
但宙斯的心智永远超过我们凡人，
他可以轻易地使一个勇敢的人惶悚，
不让他获得胜利，又可以怂恿他去拼杀。
朋友啊，请你站在我身旁看我作战，
我是个像你所说整天都是胆小鬼，　　　180
还是将迫使某个达那奥斯人不再想
保护帕特罗克洛斯，不管他多么勇敢。"

　　他这样说，对特洛亚人大声呼喊：
"特洛亚人、吕西亚人和达尔达诺斯人，
朋友们，要勇敢战斗，使出你们的力量！　185
我去换上著名的阿基琉斯的精美铠甲，
就是我杀死帕特罗克洛斯夺得的那一副。"

头盔闪亮的赫克托尔这样说,立即离开
激烈的战场,迈开他那快捷的双腿,
去追赶自己的同伴,不远便赶上了那些　　　　　　190
把佩琉斯之子的著名铠甲送往城里的人。
他在远离恶战的地方更换铠甲,
把自己的那一副换下,交给好战的特洛亚人
送往强大的伊利昂,换上佩琉斯之子
阿基琉斯的不朽铠甲,那本是天神们　　　　　　195
送给他父亲,佩琉斯老迈传给了儿子,
儿子却注定不能穿着它作战到老年。

　　集云神宙斯远远看见神样的赫克托尔
穿上佩琉斯之子阿基琉斯的辉煌铠甲,
不禁摇头对自己的心灵暗暗这样说:　　　　　　200
"可怜的人啊,你不感觉自己的死亡
已经临近,现在竟然穿上了那个
别人都害怕的最杰出的英雄的不朽铠甲!
你杀死了他那个勇敢而仁慈的同伴,
粗暴地从他的头和肩上剥下了铠甲。　　　　　　205
我现在赐给你巨大的力量,但你将不可能
从战场返回城里,安德罗马克不可能
接过你递给的佩琉斯之子的著名铠甲。"

　　宙斯这样说,动了动他那暗黑色的眉毛,
使赫克托尔穿着那副铠甲正合身,　　　　　　210
凶猛的阿瑞斯也暴烈地进入他的心灵,

使他全身的各个肢节充满了力量。
他大声呼喊奔向光辉的同盟者的战线，
英勇的佩琉斯之子的铠甲在身上闪光灿。
他分别用话鼓励将领们，先后找到　　　　　　　　　215
墨斯特勒斯、格劳科斯、墨冬和特尔西洛科斯，
阿斯特罗帕奥斯、得塞诺斯和希波托奥斯，
福尔库斯、克罗弥奥斯和鸟卜者恩诺摩斯，
为激励他们，说出这样的有翼话语：
"大家注意听，所有强大的友军和盟邦，　　　　　220
我从你们的城市把你们召集到这里来，
不是要你们来充数，我不需要那样，
我要你们尽心保护特洛亚人的妻儿，
使他们免遭好战的阿开奥斯人杀戮。
这就是我为什么花费我的人民的财富，　　　　　225
作为礼物和给养，提高你们的勇气。
你们向前直扑敌人吧，或是得救，
或是死亡，战争的规律就是这样。
如果有人能够把帕特罗克洛斯的尸体
拖进驯马的特洛亚，迫使埃阿斯退却，　　　　　230
我将把战利品分给他一半，我自己获得
另外一半：荣誉和他共享均分。"

　　他这样说完，大家一起举起长枪，
扑向达那奥斯人，满心希望能够从
特拉蒙之子埃阿斯手下把尸体抢走，　　　　　235
但埃阿斯却在尸体旁夺走了许多人的生命。

当时他对伟大的墨涅拉奥斯这样大声说：
"亲爱的朋友，宙斯养育的墨涅拉奥斯，
看来我俩也许不可能从战场返回家。
我现在担心的不是已死的帕特罗克洛斯，　　　　　240
他很快就会去喂特洛亚的恶狗和猛禽，
我实在担心你我的脑袋有可能遭不幸，
赫克托尔这块战争黑云已罩住我们，
严峻的死亡正向我们迅速逼近，
你快向同伴呼喊，也许会有人听见。"　　　　　245

　　擅长呐喊的墨涅拉奥斯听从他的话，
立即大声呼喊，让达那奥斯人都听见：
"朋友们啊，阿尔戈斯人的首领和君王们，
你们都和阿特柔斯之子阿伽门农
和墨涅拉奥斯一起喝公酒，人人都是　　　　　250
军队统帅，享受宙斯恩赐的荣尊。
我现在不可能一一称呼每个首领，
因为周围的战斗那样激烈地进行，
快过来，帕特罗克洛斯的尸体有可能成为
特洛亚群狗的玩物，你们该感到羞报！"　　　　　255

　　他这样说，捷足的奥伊琉斯之子听见了，
第一个穿过混战的人群向他们跑过来，
然后是伊多墨纽斯和伊多墨纽斯的侍从，
堪与嗜杀的战神相匹敌的墨里奥涅斯。
至于其他赶来增援阿开奥斯人的人，　　　　　260

谁心里能把他们的名字一一数清?

　　特洛亚人由赫克托尔率领蜂拥冲来,
有如由宙斯获得河水的河流出口,
巨大的海浪临面撞击湍急的水流,
两岸的悬崖回应着奔腾的大海的咆哮,　　　　265
特洛亚人也这样猛扑过来一片喧嚣。
阿开奥斯人齐心围住帕特罗克洛斯,
密集地举着铜盾,克罗诺斯之子
在他们闪亮的头盔周围布下浓雾,
对墨诺提奥斯之子以前便没有恶意,　　　　270
当他活着作埃阿科斯的后裔的侍伴时;
现在也不想让他作特洛亚狗群的猎物,
因而鼓励他的同伴们为保卫他而战。

　　特洛亚人起初打退了明眸的阿开奥斯人,
使他们丢下尸体后退,但高傲的特洛亚人　　　275
手握枪矛冲杀没杀死一个阿开奥斯人,
只抢到尸体。阿开奥斯人丢开尸体不很久,
埃阿斯很快又把他们集合起来,
论外表和功绩他仅次于佩琉斯之子,
却远胜过所有其他的达那奥斯将士。　　　　280
他迅速冲出前列,勇猛如一头野猪,
那野猪在山间逃跑,一转身回头张望,
便把尾追的猎人和猎狗赶下了山脊。
著名的特拉蒙之子显赫的埃阿斯也这样

冲向特洛亚人,一下子把他们冲散,　　　　　285
他们围着帕特罗克洛斯,企图把他
拖进城去,为自己赢得巨大的荣誉。

　这时佩拉斯戈斯人勒托斯的高贵儿子
希波托奥斯正把帕特罗克洛斯拖过
激战的人群,用皮带拴住脚踝上的筋腱,　　290
一心想讨赫克托尔和特洛亚人的喜欢,
但不幸迅速降临,没有人救得了他。
特拉蒙之子穿过人群奔到他近前,
一枪刺中他,穿过带铜面颊的头盔,
沉重的投枪和有力的大手使锐利的枪尖　　295
直把那顶带马鬃顶饰的头盔戳破,
脑浆和鲜血顺着枪尖向外溢流。
生命之力立即枯竭,只好让伟大的
帕特罗克洛斯的那只脚从手里滑落地上。
他自己也倒在那只脚边扑到尸体上,　　300
远离土壤肥厚的拉里萨,未及报答
亲爱的父母的养育之恩,他的生命
在勇敢的埃阿斯的投枪打击下变得很短暂。
这时赫克托尔向埃阿斯投出闪亮的长枪,
但埃阿斯临面看见,迅速躲过那铜枪。　　305
长枪投中心高志大的伊菲托斯之子,
福基斯人最杰出的首领斯克狄奥斯,
住在繁荣的帕诺佩斯,统治无数人民,
枪中锁骨中央偏下,尖锐的枪头

从他的肩膀底下一直穿了出去，　　　　　　310
他立即砰然倒地，身上的铠甲琅琅响。
埃阿斯投中费诺普斯的刚勇的儿子
福尔库斯的肚皮，他护着希波托奥斯，
铜枪击中胸甲的铜片，穿进肠里，
福尔库斯随即倒进尘埃里，用手抓泥土。　　315
特洛亚前线和光辉的赫克托尔立即后退，
阿尔戈斯人大声欢呼，把福尔库斯
和希波托奥斯的尸体拖走，剥下铠甲。

　　特洛亚人一片惊慌，他们本可能
被战神宠爱的阿开奥斯人赶进伊利昂，　　320
阿尔戈斯人本可以凭自己的威力和勇气
获得巨大的荣誉，超越宙斯的意愿，
但阿波罗亲自前来鼓励埃涅阿斯，
化作埃涅阿斯的父亲的忠心传令官
埃皮托斯的儿子佩里法斯的模样。　　　　325
宙斯之子阿波罗装作佩里法斯对他说：
"埃涅阿斯，你们若没有神意怎能保住
巍峨的伊利昂？就像我看见许多人只凭
自己的威能、力量、勇气和众多的人民，
超越宙斯的意愿卫护他们的国家。　　　　330
宙斯很希望你们战胜达那奥斯人，
你们自己却不敢战斗，吓得发颤。"

　　阿波罗这样说，埃涅阿斯看了他一眼，

认出了远射神,立即对赫克托尔大喊:
"赫克托尔,特洛亚人和盟军的首领们,   335
该多耻辱啊,要是现在我们怯懦地
被战神宠爱的阿开奥斯人赶回伊利昂!
刚才有一位神明来到我跟前对我说,
战争的主谋、至高的宙斯在帮助我们,
让我们冲向达那奥斯人,不能让他们   340
就这样平安地把帕特罗克洛斯的尸体带回船。"

    他这样说,冲出前列,站到阵前,
特洛亚人也转过身来,面对阿开奥斯人,
埃涅阿斯掷出长枪,击中勒奥克里托斯,
阿里斯巴斯之子,吕科墨得斯的随从。   345

    战神宠爱的吕科墨得斯可怜他被杀死,
冲过去站到他身边,投出闪亮的长枪,
投中士兵的牧者希帕索斯之子阿皮萨昂
胸膈膜下的肝脏,放松了他的膝关节,
他由肥沃的派奥尼亚土地来到这里,   350
除了阿斯特罗帕奥斯数他作战最勇敢。
战神宠爱的阿斯特罗帕奥斯可怜他被杀死,
立即奔向达那奥斯人勇猛冲杀。
但毫无效果,因为达那奥斯人用盾牌
把帕特罗克洛斯严密地围住,举起长枪,   355
埃阿斯不断巡视,严厉地命令他们,
不许他们从尸体旁边后退一步,

也不许他们离开其他人上前迎敌，
只准他们紧紧地围住尸体作战。
强大的埃阿斯就这样严格限令他们，　　　　　　360
鲜血染红了土地，人们一个个倒下，
有特洛亚人和他们的心志高傲的盟军，
也有达那奥斯人，他们也有伤亡，
只是少得多，因为他们始终牢记，
面对死亡的降临，激战中互相救助。　　　　　　365

　　他们就这样激战如烈火，令你难说
太阳和月亮是否在天际无恙高悬，
浓雾笼罩着那部分战场，勇敢的将士们
在那里围着帕特罗克洛斯的尸体恶战。
其他部分的特洛亚人和胫甲精美的　　　　　　370
阿开奥斯人都在晴空下平静地战斗，
阳光明媚照射，整个平川和山头
云彩不见一片。人们间歇地作战，
双方保持着距离，躲闪对方的投枪。
只有这里忍受着浓雾和激战的苦难，　　　　　　375
沉重的铜装折磨着那些杰出的战士。
有两位著名的英雄，他们是特拉叙墨得斯
和安提洛科斯，尚不知道无可匹敌的
帕特罗克洛斯已经被杀死，他们还以为
他仍然活着，在阵前同特洛亚人厮杀。　　　　　　380
他们远远地坚守在自己的那段战线，
使同伴们免遭溃逃和杀戮，正如涅斯托尔

送他们离开黑皮船去作战时嘱咐的那样。

　　这里的战斗就这样一整天激烈进行，
人人奋战，每个人的膝头、腿肚、双脚　　　　　　　385
积满了疲乏的汗水，不断蜿蜒下滴，
胳膊、眼睑挂满汗渍，为了保护
捷足的阿基琉斯的伟大朋友的尸体。
有如一个制革人把一张浸透油脂的
宽大牛皮交给自己的帮工们拉抻，　　　　　　　　390
帮工们围成圆圈抓住牛皮拉拽，
直到水分挤出、油脂全部吸入，
牛皮完全抻开，每部分完全拉紧。
当时双方也这样在那块狭窄的地面
把尸体拖来拖去，心中满怀希望，　　　　　　　　395
特洛亚人一心想把它拖进伊利昂，
阿开奥斯人一心要把它拖回空心船，
那场战斗激烈得甚至好战的阿瑞斯
或雅典娜即使在生气，见了也会满意。

　　这就是那一天宙斯借帕特罗克洛斯的尸体　　400
给人和车马布下的恶战。高贵的阿基琉斯
这时尚不知帕特罗克洛斯已经被杀死：
战斗远离快船，发生在特洛亚城下。
阿基琉斯没想到帕特罗克洛斯被杀，
却一直以为他还活着，待杀到城门口，　　　　　405
便会返回来，深知帕特罗克洛斯一人

或者同他一起也不能把城池攻下。
他曾经不止一次地听母亲叙说此事,
母亲常向他透露伟大的宙斯的心计。
但这次他的母亲却一直没有告诉他　　　　　　410
这一可怕的灾难:他丧失了最亲密的同伴。

　　这时人们仍一直挥动着锐利的长枪,
围绕着尸体不停地战斗,互相杀戮。
穿铜甲的阿开奥斯人中有人这样勉励说:
"朋友们啊,该多耻辱,倘若我们　　　　　　415
就这样丢下尸体重新退回空心船!
还不如让这片黑色土地把我们吞下,
这样也远远强过让驯马的特洛亚人
获得巨大荣誉,把尸体拖进伊利昂。"

　　高傲的特洛亚人中也有人这样勉励:　　　420
"朋友们啊,谁也不要退出战斗,
即使我们注定都要在这里被戕杀。"

　　战士们这样勉励,激起每个人的力量,
不停地杀戮,铁般坚硬的武器的撞击声
穿过空旷的太空直达黄铜色的天顶。　　　　425

　　埃阿科斯的后裔的战马这时站在
远离战涡的地方哭泣,当它们看见
自己的御者被赫克托尔打倒在尘埃里。

狄奥瑞斯的勇敢的儿子奥托墨冬
不管怎样挥动快鞭抽打它们,　　　　　　　　　430
也不管怎样温和相劝或严厉呵斥,
都不能使它们奔向赫勒斯滂托斯回船,
或回到阿开奥斯人中间去继续作战。
有如一块墓碑屹立不动,人们把它
竖在某位故世的男子或妇女的墓前,　　　　　435
它们也这样静默地站在精美的战车前,
把头低垂到地面,热泪涌出眼眶,
滴到地上,悲悼自己的御者的不幸,
美丽的颈部的长鬃被混浊的尘埃玷污,
垂挂下来露出车轭两侧的软垫。　　　　　　440
克罗诺斯之子看见它们如此悲伤,
可怜地摇了摇脑袋,心中自语这样说:
"可怜的畜生啊,你们本是永生不老,
我们为何把你们送给了有死的佩琉斯?
为了让你们去分担不幸的人们的苦难?　　　445
在大地上呼吸和爬行的所有动物,
确实没有哪一种活得比人类更艰难。
但普里阿摩斯之子赫克托尔将不可能
把你们和精制的战车驾驭:我不允许。
他得到铠甲那样喜悦,还不满意?　　　　　450
我要向你们的膝头和心灵灌输力量,
好让你们把奥托墨冬拖出战斗,
送回空心船。我仍将让特洛亚人获胜,
让他们把敌人杀得退回精良的船舶,

直到太阳下山,神圣的黑暗降临。" 455

　他这样说,给马匹灌输了巨大的力量,
两匹马抖掉鬃毛上的尘埃,拉着快车,
迅速冲进特洛亚人和阿开奥斯人的战阵。
奥托墨冬心怀对同伴的悲悼扑向敌人,
他策马冲击,有如鹰鹫扑向鹅群, 460
轻易地躲过呐喊的特洛亚人的攻击,
又重新轻易地闯进密集的战斗漩涡。
但他只能追击,却无法杀死敌人,
因为他独自一人在那部神圣的战车上,
无法同时既驾驭快马又挥动长枪。 465
这时他的一位同伴、海蒙的儿子
拉埃尔克斯之子阿尔克墨冬看见他,
赶到战车后面对奥托墨冬这样说:
"奥托墨冬,哪位神夺走了你的智慧,
给你的心里灌进了这样愚蠢的念头? 470
你一人怎能冲杀于特洛亚人的战线?
你的那位同伴已经被杀死,赫克托尔
把那副铠甲披在肩头夸耀自己。"

　狄奥瑞斯之子奥托墨冬这样回答说:
"阿尔克墨冬,没有别的阿开奥斯人 475
能像你那样制服和驾驭这两匹神马,
除了神样高超的驭者帕特罗克洛斯
活着的时候,但死亡和命运追上了他。

朋友啊,现在由你来掌握这条鞭子
和这闪亮的缰绳,好让我下车去参战。”   480

　　他这样说,阿尔克墨冬迅速跳上
快捷的战车,握住鞭子和闪亮的缰绳,
奥托墨冬从车上跳下。赫克托尔见了,
立即对在他近旁的埃涅阿斯这样说:
“埃涅阿斯,铜甲的特洛亚人的好参议,   485
我看见埃阿科斯的后裔的那两匹快马
载着无能的驭者重新出现在阵里,
我们也许能把它夺过来,只要你也有
这样的希望;如果我们一起去攻击,
他们定难站稳脚跟把我们阻挡。”   490

　　他这样说,安基塞斯的儿子听从他,
两人一起冲上前,用坚固的牛皮盾牌
护住自己的双肩,有青铜覆盖盾面。
克罗弥奥斯和神样的阿瑞托斯两人
和他们一起前往,怀着强烈的希望: 495
杀死那两个驭者,夺取那两匹长颈马。
愚蠢的人啊,他们不流血绝不可能
离开战场。奥托墨冬却祷告了父宙斯,
沉郁的心里立即充满了勇气和力量,
便对忠实的同伴阿尔克墨冬这样说: 500
“阿尔克墨冬,不要让战车离我太远,
让我的后背能感到马匹喘出的气息。

普里阿摩斯之子赫克托尔绝不会罢休，
在他还没有跨上阿基琉斯的这两匹长鬃马，
杀死我们，杀得全阿尔戈斯人的队伍　　　　　　505
四散逃窜，或是他本人在阵前丧性命。"

　　他说着又召唤墨涅拉奥斯和两个埃阿斯：
"埃阿斯啊，墨涅拉奥斯，阿尔戈斯首领，
你们把那具尸体交给其他的首领们，
让他们围住保护它，阻挡敌人的攻击，　　　　　510
请你们来保护活着的我们免遭不幸。
赫克托尔和埃涅阿斯，特洛亚的杰出首领，
从那边冲进了悲惨的战场扑向我们。
不过所有的事情都摆在神明的膝头，
我且投枪，把其他一切托付给宙斯神。"　　　　515

　　他这样说，一面掷出手中的长杆枪，
击中阿瑞托斯持着的等径圆盾，
盾牌未能挡住枪头，锐利的铜尖
穿过盾面，穿透腰带，穿进小腹。
有如一个强壮的农人举起利斧　　　　　　　　520
从角后砍中牧场的耕牛，砍断筋腱，
那牛猛然一跳，随即跌倒在地；
阿瑞托斯也这样一跳，仰面栽倒，
锐利的长枪在肚里颤动，放松了关节。
赫克托尔向奥托墨冬投出闪亮的长枪，　　　　525
奥托墨冬临面发现，躲过飞来的铜枪。

他向前一俯身，那根长枪在他身后
扎进了泥土，枪杆在空中不停地晃颤，
直到强大的阿瑞斯松弛了它的力量。
眼看双方就要举剑肉搏砍杀，　　　　　　　　　530
若不是两个埃阿斯听到同伴的召唤，
双双冲杀过来救援，把双方分开。
赫克托尔、埃涅阿斯和神样的克罗弥奥斯
见了心里害怕，立即向后退却，
痛心地把倒在那里的阿瑞托斯丢下。　　　　　535
如同阿瑞斯一般敏捷的奥托墨冬
立即跑过去剥取铠甲，夸耀地这样说：
"杀死这个人总算为帕特罗克洛斯之死
得到一点安慰，虽然这个人远远不如他。"

　他这样说，一面举起血污的铠甲　　　　　　540
放进战车，自己随即也抬腿登上车，
手脚沾满鲜血，有如吃完牛的猛狮。

　围绕着帕特罗克洛斯的战斗重新展开，
激烈而悲惨，因为冲突由雅典娜激发。
她从天而降，雷声远震的宙斯派她来　　　　545
鼓励达那奥斯人：他的心已转向他们。
有如宙斯从天空挂起一道彩虹，
作为征兆向人类预示将有战争，
或将出现严冬，农人们将不得不
停止田间劳作，畜群将遭受苦痛；　　　　　550

雅典娜也这样让自己披着一团彩云，
鼓励战斗意志，来到阿开奥斯人中。
她首先用这样的话语激励自己身旁的
阿特柔斯之子、强大的墨涅拉奥斯，
采用福尼克斯的形象和他那坚定的声音：   555
"墨涅拉奥斯，你将承担耻辱和罪名，
倘若高贵的阿基琉斯的忠实朋友
在特洛亚城下被捷足的狗群吞噬。
你自己要坚定，要鼓励整个军队作战。"

　　擅长呐喊的墨涅拉奥斯这样回答说：   560
"敬爱的福尼克斯，年高望重的老前辈，
但愿雅典娜能给我力量，挡开箭矢！
那样我会奋勇地保护帕特罗克洛斯，
他遭到不幸确实使我心痛无比。
赫克托尔勇如可怕的烈火，他那支枪   565
一直所向无敌，宙斯赠给他荣誉。"

　　他这样说，目光炯炯的女神雅典娜
听了高兴，见他首先向自己祈求。
她立即给他的双肩和膝头灌输力量，
又给他的心里装进了苍蝇般的勇气，   570
不管人们怎样把苍蝇从身边赶开，
它总要顽固地飞回来吮吸向往的人血。
雅典娜把这样的勇气灌进沉郁的心里，
他走近帕特罗克洛斯，投出闪亮的长枪。

特洛亚人中有个波得斯，埃埃提昂之子， 575
富有而高贵，国人中最受赫克托尔崇敬，
作为他的同伴和筵席上的亲密朋友。
金发的墨涅拉奥斯投中他的腰带，
他正要逃跑，铜枪穿进了他的身体，
他砰然倒地，阿特柔斯之子把他的尸体 580
从特洛亚人中间拖进自己的同伴里。

阿波罗这时来到赫克托尔身边激励他，
装作阿西奥斯的儿子费诺普斯模样，
住在阿彼多斯，他最敬重的客人。
射神阿波罗装作他对赫克托尔这样说： 585
"赫克托尔，有哪个阿开奥斯人还会惧怕你，
要是你从藐小的枪手墨涅拉奥斯
面前后退？刚才他独自从特洛亚人中
抢走了尸体，杀死了你的忠实朋友，
一个杰出的战士，埃埃提昂之子波得斯。" 590

阿波罗的话使悲伤的黑云笼罩赫克托尔，
他迅速冲到阵前，穿着闪亮的铜装。
克罗诺斯之子这时拿起带金穗子的
闪亮盾牌，用云彩罩住伊达山顶，
打一个闪电，抛出个霹雳，抖动圆盾， 595
给特洛亚人胜利，使阿开奥斯人惊慌。

波奥提亚人佩涅勒奥斯第一个逃跑。

他一直跑在最前面,肩头被投枪
稍许刺伤。波吕达马斯的枪尖刚好
擦过骨头,他走近前投出那支长枪。 600
赫克托尔从近处击伤阿勒克特里昂之子
勒伊托斯的手腕,使他停止了战斗。
勒伊托斯紧张地环顾四周,拔腿逃跑,
知道自己不能再握枪和特洛亚人作战。
赫克托尔立即紧紧追赶,伊多墨纽斯 605
用枪击中赫克托尔胸前奶旁的铠甲。
枪杆在铆接处折断,特洛亚人一片欢呼。
丢卡利昂之子伊多墨纽斯站在车上,
赫克托尔投出长枪,差一点击中他。
那枪击中墨里奥涅斯的御者兼侍从, 610
从富庶的吕克托斯随行参战的科拉诺斯。
这次伊多墨纽斯从翘尾船步行上阵,
几乎把巨大的胜利送给了特洛亚人,
若不是科拉诺斯把快马赶来救了他。
科拉诺斯救星般赶到,阻止了黑暗的降临, 615
自己却在杀人的赫克托尔手下丧了命。
枪尖中在他的颌骨和耳朵下方,
击碎了他的牙齿,穿过舌面中央。
科拉诺斯滚下车来,缰绳掉到地上。
墨里奥涅斯立即弯下腰亲手捡起 620
地上的缰绳,交给伊多墨纽斯这样说:
"伊多墨纽斯,现在你赶快驱马回快船,
你自己也知道胜利不属于阿开奥斯人。"

他这样说，伊多墨纽斯策动长鬃马
向空心船奔去，心头充满惶惧。 625

勇敢的埃阿斯和墨涅拉奥斯完全清楚，
宙斯把胜利的分量加在特洛亚人一边。
伟大的特拉蒙之子埃阿斯对他这样说：
"天哪，现在一个人即使非常愚蠢，
也能看出父宙斯在亲自帮助特洛亚人。 630
他们的枪矢都能命中，不管是由
劣者或能手投出，宙斯在帮助瞄准，
我们的枪矢却全部白白地掉到地上。
现在让我们赶快想出个安全之策，
使我们既能把尸体拖走，我们自己 635
也能平安地回船，好让同伴们欣悦，
他们都翘首遥望这里，忧伤地担心
我们能不能阻住杀人的赫克托尔的威力
和他那无敌的双手，不让他扑向黑皮船。
但愿有人能赶快去向佩琉斯之子 640
报告发生的事情，我想他还不知道
悲惨的消息：自己的同伴已经被杀死。
现在我哪儿也看不见这样的阿开奥斯人，
因为人和车马都被笼罩在浓重的迷雾里。
父宙斯啊，给阿开奥斯人拨开这迷雾， 645
让晴空显现，让我们的双眼能够看见。
如果你想杀死我们，也请在阳光下。"

他这样说，天父被他的眼泪感动，
立即把浓重的迷雾驱散，清除了昏暗，
让太阳重新高照，把战场清楚显现。　　　　　　　650
埃阿斯对擅长呐喊的墨涅拉奥斯这样说：
"宙斯养育的墨涅拉奥斯，你四下查看，
涅斯托尔之子安提洛科斯是否还活着，
让他赶快去向英勇的阿基琉斯报告，
他那个最亲密的朋友已经被杀死。"　　　　　　655

擅长呐喊的墨涅拉奥斯听从他的话，
迅速离开战场，有如狮子离开畜圈，
那狮子与牧人和猎狗对抗已经力乏，
牧人和猎狗不让它得到可心的牛肉，
整夜警觉地守卫；狮子贪婪牛肉，　　　　　　　660
发起攻击却一无所获，勇敢的人群
奋力阻拦，向它投出密集的枪矢
和燃烧的火把，迫使它向后退却，
黎明来临，它只好离去，心情黯然；
擅长呐喊的墨涅拉奥斯也这样离开，　　　　　　665
心中不无挂牵，担心阿开奥斯人
不要在慌乱逃跑时把尸体留给敌人。
他对墨里奥涅斯和两个埃阿斯嘱咐：
"埃阿斯啊，阿尔戈斯人的首领，墨里奥涅斯，
你们要记住不幸的帕特罗克洛斯的善良，　　　　670
他活着的时候对所有的人都那么亲切，

488

但现在死亡和悲惨的命运却降临于他。"

　　金发的墨涅拉奥斯这样说,随即离开,
他一路四下张望,有如一只老鹰,
据说空中飞禽老鹰的视力最锐敏,　　　　　　　　675
不管它如何高翔,奔跑敏捷的野兔
即使隐匿于浓密的灌木丛也难瞒过它,
它仍会觅见扑下来逮住送来死亡。
宙斯养育的墨涅拉奥斯啊,当时你也这样
目光炯炯地在无数同伴中仔细搜索,　　　　　　680
想找到涅斯托尔之子仍在哪里活着。

　　他很快看见安提洛科斯在战线左翼,
正在激励同伴们,鼓舞他们奋战,
金发的墨涅拉奥斯走过去对他这样说:
"宙斯养育的安提洛科斯,你快过来,　　　　　　685
我要告诉你不该发生的可怕事情,
我想你看一看事态也会完全清楚,
上天让达那奥斯人遭灾,给特洛亚人胜利,
阿开奥斯人中无比勇敢的人帕特罗克洛斯
已经被杀死,令我们全都伤心不已。　　　　　　690
你快去阿开奥斯船舶告诉阿基琉斯,
他也许能迅速把赤裸的尸体救回船,
头盔闪亮的赫克托尔剥去了他的铠甲。"

　　他这样说,安提洛科斯听了不由得

满心惊愕，一阵呆木说不出一句话，　　　　　　　695
他双眼噙满泪水，梗塞了年轻的嗓音，
但他没有忘记墨涅拉奥斯的吩咐，
立即离开，把铠甲交给杰出的同伴，
正赶着战车在他身旁的拉奥多科斯。

他流着眼泪，双腿把他送离战场，　　　　　　　700
去向佩琉斯之子阿基琉斯报告噩耗。

宙斯抚育的墨涅拉奥斯，你没有心绪
留下帮助疲惫不堪的皮洛斯人作战，
尽管安提洛科斯的离去使他们愁忧。
墨涅拉奥斯派特拉叙墨得斯率领他们，　　　　　705
自己赶回去保护帕特罗克洛斯的尸体，
来到两个埃阿斯跟前，对他们这样说：
"我已经委派安提洛科斯赶去快船，
向捷足的阿基琉斯报告不幸的消息。
但他不管怎样愤恨杰出的赫克托尔，　　　　　　710
也不能立即前来：他不能无披挂地作战。
现在让我们自己想出个万全的办法，
使我们既能把尸体拖走，自己又能在
和特洛亚人的战斗中躲过死亡和厄运。"

伟大的特拉蒙之子埃阿斯回答他这样说：　　　　715
"你的话完全合理，显贵的墨涅拉奥斯，
现在你和墨里奥涅斯把尸体抬上肩，

迅速把它抬出战场,我们在后面
抵挡特洛亚人和勇敢的赫克托尔的追击。
我们俩不仅同名,还具有同样的勇气, 720
以前便经常肩并肩地对抗阿瑞斯的狂颠。"

　　他这样说,墨涅拉奥斯和墨里奥涅斯
把尸体从地上高高举起,特洛亚人看见
阿开奥斯人抬走尸体,呐喊着追赶。
有如一群狂奔的猎狗,它们跑在 725
年轻的猎人前面追击受伤的野猪,
猎狗迅猛地奔袭想逮住野猪撕碎,
但当野猪自信地转过身冲向它们,
它们又立即惊恐地后退四面逃窜。
特洛亚人也这样一直蜂拥追击, 730
凶猛地挥舞利剑和两头带刃的长枪,
但当两个埃阿斯转过身临面站住,
他们便浑身颤抖,谁也不敢上前,
为抢夺帕特罗克洛斯的尸体和敌人拼杀。

　　墨涅拉奥斯和墨里奥涅斯就这样顽强地 735
把尸体由战场送往空心船,身后的战斗
激烈得有如烈火,那火突然燃起,
熊熊烈焰扑向世人居住的城市,
风助火势,无数房屋被火舌吞噬。
当时离去的人们身后也这样迸发出 740
拉车的马匹和投枪的人们的巨大喧阗。

有如两头强壮的骡子精力充沛，
把圆木或造船用的巨大木料从山上
沿着凹凸不平的石路拖下山来，
急匆匆直拖得筋疲力尽，汗流浃背，　　　　　　745
当时他们也这样顽强地把尸体抬走。
两个埃阿斯在后面阻挡敌人，有如
葱郁的山峦横贯平原挡住洪水，
威严地阻住条条河川的湍湍急流，
让它们改变流向，缓缓流向平原，　　　　　　750
它自己却始终丝毫无损于急流的暴怒。
两个埃阿斯也这样一直阻挡特洛亚人，
特洛亚人不停地追击，特别是两位将领：
光辉的赫克托尔和安基塞斯之子埃涅阿斯。
有如一群椋鸟或寒鸦看见老鹰　　　　　　　755
远远飞来，惶惶惊叫着迅速飞走，
老鹰将会给这些弱鸟带来不幸，
阿开奥斯青年面对赫克托尔和埃涅阿斯，
也这样惊叫着慌乱地逃跑，丧失了斗志。
无数精致的盔甲被逃跑的达那奥斯人　　　　760
纷纷丢弃在堑壕边，战斗并没有止息。

第十八卷

——赫菲斯托斯为阿基琉斯制造铠甲

他们这样厮杀,有如扑不灭的烈火。
快腿的安提洛科斯急匆匆地前来禀告
阿基琉斯,见他正在自己陡翘的船前,
心中对发生的事情已经有所预感,
忧虑地同自己那颗勇敢的心这样说:　　　　　5
"发生了什么事?这些长发的阿开奥斯人
为什么重新由平原混乱地向船寨回奔?
但愿神明不要让我现在心中预感的、
母亲曾向我预言的那种不幸发生,
她说米尔弥冬人中最优秀的人将在我　　　　10
仍然活着时在特洛亚人手下离开阳世。
显然墨诺提奥斯的儿子已经被杀死,
他勇敢坚毅,我曾吩咐他扑灭大火后
便返回船只,不要去同赫克托尔作战。"

阿基琉斯心里和智慧正这样思忖,　　　　　15
显赫的涅斯托尔之子已经来到跟前,
含着热泪向他报告不幸的消息:

"勇敢的佩琉斯之子，我将告诉你一个
可怕的消息，一件不该发生的事情。
帕特罗克洛斯倒下了，激战围绕着他那　　　　　　　20
裸露的尸体，赫克托尔剥走了他的铠甲。"

　　阿基琉斯一听陷进了痛苦的黑云，
他用双手抓起地上发黑的泥土，
撒到自己的头上，涂抹自己的脸面，
香气郁烈的袍褂被黑色的尘埃玷污。　　　　　　25
他随即倒在地上，摊开魁梧的躯体，
弄脏了头发，伸出双手把它们扯乱。
被阿基琉斯和帕特罗克洛斯俘来的女仆们
悲痛得一起失声痛哭，她们急匆匆地
跑出营帐，围在勇敢的阿基琉斯身旁，　　　　　30
双手捶打胸脯，纷纷扑倒地上。
安提洛科斯也在一旁泣涕涟涟，
一面伸手抓住哀痛得心潮激荡的
阿基琉斯，担心他或许会举铁刃自戕。
阿基琉斯大声悲恸，他的母亲听见，　　　　　　35
当时她正坐在海的深处老父身边，
不由得也痛哭不止。神女们围在她身旁——
所有住在海的深处的涅柔斯①的女儿们，
当时到来的有格劳克、塔勒娅、库摩多克，
涅赛埃、斯佩奥、托埃和牛眼睛的哈利埃，　　　　40

~~~~~~~~~~~~~~~~~~~~

①　一位古老的海神，慈祥和善。

494

库摩托埃、阿克塔埃、利姆诺瑞娅,
墨利特、伊艾拉、安菲托埃和阿高埃,
多托、普罗托、斐鲁萨和那迪娜墨涅、
得克萨墨涅、安菲诺墨、卡利阿尼拉,
多里斯、帕诺佩和著名的伽拉特娅,   45
涅墨尔特斯、阿普修得斯和卡利阿娜萨。
到来的还有克吕墨涅、伊阿涅拉和亚萨娜,
迈拉、奥瑞提娅和美发的阿马特娅,
深海的涅柔斯的其他女儿们也都到来。
神女们挤满了银色的洞府,个个悲痛地   50
捶打自己的胸脯,忒提斯这样哭诉:
"现在请注意听我说,我的亲爱的姊妹们,
好让你们全都知道我心中的苦怨。
我好命苦啊,忍痛生育了杰出的英雄,
生育了一个完美无瑕的强大儿子,   55
英雄中的豪杰,他像幼苗一样成长,
我精心抚育他有如培育园中的幼树,
然后让他乘坐翘尾船前往伊利昂,
同特洛亚人作战,从此我便不可能
再见他返归回到可爱的佩琉斯的宫阙。   60
尽管他现在还活着,看见煦丽的阳光,
却总在受苦,我去到他身边也难襄助。
不过我还是要去看儿子,听他诉说,
他已不参战,又遇上什么不幸的苦难。"

她这样说完离开洞府,姊妹们流着泪   65

同行陪伴她,大海分开为她们让路。
她们来到肥沃的特洛亚,一个个先后
在捷足的阿基琉斯的船只近旁登岸,
周围密麻麻停驻着其他的米尔弥冬船舶。
女神母亲来到呻吟着的阿基琉斯跟前,　　　　　70
抱起亲爱的儿子的脑袋悲恸不已,
爱怜地对他说出有翼飞翔的话语:
"孩儿啊,为什么哭泣?心头有什么痛苦?
快告诉我吧,不要隐瞒!你当初举手
祈求的事情宙斯已经让它们实现:　　　　　75
阿开奥斯儿子们由于没有你参战,
已被挤在船艄边,忍受巨大的不幸。"

　　捷足的阿基琉斯长叹一声回答说:
"母亲啊,奥林波斯神实现了我的请求,
但我又怎能满意?我的最亲爱的同伴　　　　　80
帕特罗克洛斯被杀死,我最钦敬的朋友,
敬重如自己的头颅。赫克托尔杀死了他,
剥夺了那副巨大、惊人而辉煌的铠甲,
就是神明们送你上凡人的婚床那一天,
作为辉煌的礼物送给佩琉斯的那一副。　　　　　85
你为何不留在深海和女神们一起生活!
佩琉斯为什么不娶有死的凡女做妻子!
现在你将要为失去儿子悲痛万分,
你将不可能迎接他返回亲爱的家门,
因为我的心灵不允许我再活在世上,　　　　　90

不允许我再留在人间,除非赫克托尔
首先放走灵魂,倒在我的枪下,
为杀死墨诺提奥斯之子把血债偿还。"

忒提斯流着眼泪回答儿子这样说: 95
"孩儿啊,如果你这样说,你的死期将至;
你注定的死期也便来临,待赫克托尔一死。"

捷足的阿基琉斯气愤地对母亲这样说:
"那就让我立即死吧,既然我未能
挽救朋友免遭不幸。他远离家乡
死在这里,危难时我却没能救助。 100
现在我既然不会再返回亲爱的家园,
我没能救助帕特罗克洛斯,没能救助
许多其他的被神样的赫克托尔杀死的人,
却徒然坐在船舶前,成为大地的负担,
虽然没有哪个穿铜甲的阿开奥斯人 105
作战比我强,尽管会议时许多人强过我。
愿不睦能从神界和人间永远消失,
还有愤怒,它使聪明的人陷入暴戾,
它进入人们的心胸比蜂蜜还甘甜,
然后却像烟雾在胸中迅速鼓起。 110
人民的首领阿伽门农就这样把我激怒。
但不管心中如何痛苦,过去的事情
就让它过去吧,我们必须控制心灵。
我现在就去找杀死我的朋友的赫克托尔,

497

我随时愿意迎接死亡,只要宙斯　　　　　　　　115
和其他的不死神明决定让它实现。
强大的赫拉克勒斯也未能躲过死亡,①
尽管克罗诺斯之子宙斯对他很怜悯,
但他还是被命运和赫拉的嫉恨征服。
如果命运对我也这样安排,我愿意　　　　　　　120
倒下死去,但现在我要去争取荣誉,
让腰带低束的特洛亚的和达尔达尼亚的妇女们
痛苦地伸开双手,不断地从柔软的两颊
往下抹泪水,痛苦得不住地放声痛哭,
让她们知道我停止战斗的时日有多长。　　　　　125
母亲啊,我不会被说服,不要阻拦我上战场。"

　银足女神忒提斯对儿子这样回答说:
"孩儿啊,你的想法很高尚,要去帮助
陷入困境的同伴们,使他们免遭死亡。
但你的那副精美的辉煌银甲已落在　　　　　　130
特洛亚人手里,头盔闪亮的赫克托尔
正穿着它炫耀自己,我看他这样夸示

---

① 赫拉克勒斯死于马人涅索斯的毒血。赫拉克勒斯和妻子得伊阿尼拉去
色雷斯途中遇见一条大河,渡工马人涅索斯背得伊阿尼拉过河,企图把
她劫走,被赫拉克勒斯一箭射中。涅索斯临死前为报仇,对得伊阿尼拉
谎称自己的血可在赫拉克勒斯对妻子变心时使其回心转意。后来得伊
阿尼拉担心丈夫爱上女俘伊奥勒,便派人把蘸有涅索斯的毒血的衬衣
给赫拉克勒斯送去。赫拉克勒斯见到妻子的礼物很高兴,但当他穿上
身时,衣服却立即沾住皮肉燃烧起来。赫拉克勒斯痛苦难忍,跳进火葬
堆自焚而死。

不会很长久:他已临近自己的死亡。
你切不可贸然投入阿瑞斯的战斗,
直到亲眼看见我重新回到你面前。　　　　　　　135
明天清晨日出时分我便会返回来,
从赫菲斯托斯那里带来精美的铠甲。"

　　她这样说,一面离开自己的儿子,
开始对她那些海中姊妹们这样说:
"你们现在潜入大海的广阔胸怀,　　　　　　　140
去到海中的父亲的宫阙谒见老人,
把一切事情向他述说。我即刻前往
高峻的奥林波斯见匠神赫菲斯托斯,
求他给我儿造一副精美辉煌的铠甲。"

　　她们听她这样说,立即潜进海涛里,　　　　145
银足女神忒提斯迅速前往奥林波斯,
为自己亲爱的儿子筹办光辉的铠甲。

　　正当双脚把女神送往奥林波斯的时候,
阿开奥斯人被杀人的赫克托尔猛烈追击,
狂叫着惊慌地奔向船舶和赫勒斯滂托斯。　　150
胫甲精美的阿开奥斯人没有能把
帕特罗克洛斯的尸体抬出攻击距离,
因为特洛亚人马和普里阿摩斯之子
赫克托尔又追上来,凶猛如一团烈火。
光辉的赫克托尔三次冲上来抓住双脚,　　　155

想把尸体拖走，一面召唤特洛亚人。
两个埃阿斯筋力强壮，三次都把他
从尸体旁赶走。赫克托尔并不气馁，
他或是向前冲杀，或是站住大喊，
督促同伴们战斗，丝毫不想后退。　　　　　　160
有如田间牧人怎么也无法把一头
饥肠若断的褐色狮子从尸体前赶走，
两个勇武的埃阿斯当时也这样无法
把普里阿摩斯之子赫克托尔赶离尸体。
赫克托尔本可以夺得尸体获得胜利，　　　　165
· 若不是快敏如风的捷足伊里斯传信
佩琉斯之子准备作战；她瞒着宙斯
和众神从奥林波斯下来，受赫拉派遣。
伊里斯来到他跟前说出有翼的话语：
"起来吧，人间最英勇的人，佩琉斯之子，　　170
去保护帕特罗克洛斯的尸体，激烈的战斗
正在船舶边进行，双方猛烈地拼杀。
阿开奥斯人想保护帕特罗克洛斯的尸体，
特洛亚人竭尽全力想把尸体拖往
多风的伊利昂，特别是那个光辉的赫克托尔，　175
他决心要把尸体拖走，从柔软的颈脖上
把头颅割下，再把它高高地挂上竿梢头。
快起来，不要再躺着，你该感到羞耻啊，
倘若尸体成为特洛亚狗群的玩物！
是你的耻辱啊，要是尸体被敌人玷污！"　　　180

尊贵的捷足阿基琉斯这样询问女神：
"女神伊里斯，哪位神派你来给我传消息？"

快敏如风的捷足伊里斯这样回答说：
"宙斯的妻子天后赫拉派我来这里，
无论是至高的克罗诺斯之子或多雪的   185
奥林波斯的其他神明都不知道这件事。"

捷足的阿基琉斯回答女神这样说：
"我的铠甲在敌人那里，我怎么去作战？
我的母亲也不准许我出去参战，
要直等到我亲眼看见她回到这里，   190
给我送来赫菲斯托斯精制的铠甲。
我知道这里其他人的甲胄我都不合身，
除了特拉蒙之子埃阿斯的那面大圆盾，
但我想他现在正亲自在阵前紧张战斗，
保护帕特罗克洛斯的尸体用枪杀敌人。"   195

快敏如风的捷足伊里斯这样回答说：
"我们知道你那副铠甲在敌人那里，
但你不妨去堑壕对特洛亚人露露面，
他们也许会被你吓得畏缩不前，
使战斗得疲惫不堪的阿开奥斯儿子们   200
稍得喘息：战斗间隙不用太长久。"

捷足的伊里斯这样说完离开那里，

宙斯宠爱的阿基琉斯立即从地上站起，
雅典娜把带穗的圆盾罩住他强壮的肩头，
又在他脑袋周围布起一团金雾，　　　　　　　205
使他的身体燃起一片耀眼的光幕。
有如烟尘从遥远的海岛城市升起，
高冲太空，敌人正在围攻城市，
居民们白天不停歇地从城市护墙上
同敌人展开激战，但一等太阳下山，　　　　210
他们便燃起缕缕烟火，炫目的火光
高高升起，使邻岛的居民都能看见，
好让他们驾驶船舶前来救援。
阿基琉斯头上的火光也直达太空。
他来到壁垒前面堑壕边，没有加入　　　　　215
阿开奥斯人的队伍，牢记母亲的规劝。
他站在那里放声大喊，帕拉斯·雅典娜
遥遥放声回应，使特洛亚人陷入惶颤。
有如阵阵尖锐的号角声远远传扬，
通告凶残的敌人已经进袭到城下，　　　　　220
埃阿科斯的后裔的呐喊也这样远传。
特洛亚人听到阿基琉斯的铜嗓音，
个个心里发颤，就连那些长鬃马
也立即掉头转向，预感可怕的灾难。
驭手们个个惊恐万状，当他们看见　　　　　225
勇敢的佩琉斯之子阿基琉斯头上冒着
目光炯炯的雅典娜女神燃起的火光。
伟大的阿基琉斯三次从堑壕上放声呐喊，

502

三次使特洛亚人和他们的盟军陷入恐慌，
有十二个杰出的英勇将士被他们自己的 230
长枪当即刺死在他们自己的战车旁。
阿尔戈斯人兴奋地把帕特罗克洛斯的尸体
抬出战场，放上担架，他的同伴们
泪珠滚滚围着他，捷足的阿基琉斯
走在他们中间禁不住热泪涌流， 235
看见忠实的同伴伤残地躺在担架上。
当初他用自己的车马送他去战斗，
却没能见他活着从战场回来迎接他。

牛眼睛女神赫拉让不知疲倦的太阳
落进长河的波涛里，太阳尽管不愿意， 240
还是缓缓地落下，勇敢的阿开奥斯人
暂时停止了对双方同样残酷的激战。

那边特洛亚人也退出惨烈的战斗，
从战车辕轭把奔跑迅捷的快马解下，
未等吃晚饭，便聚集起来一起会商。 245
会议站着进行，没有一个人敢坐下，
他们全都余悸未消，看见阿基琉斯
长时间退出战斗，现在又出现战场。
明达事理的波吕达马斯首先发言，
他们中只有他一人洞察过去未来， 250
还是赫克托尔的同伴，出生在同一个夜晚，
一个擅长投枪，另一个擅长辩论，

怀着对同胞的赤诚,这样开始发言:
"朋友们,现在你们应该仔细斟酌。
依我看我们应该撤回城,不要在平原上,　　　　　255
在船寨前等待黎明:我们离城墙那么远。
在阿基琉斯对显贵的阿伽门农生气时,
我们同阿开奥斯人打仗比较容易,
在敌人的快船前度过夜晚我很乐意,
热望迅速夺得他们的昂首翘尾船。　　　　　　260
现在我对捷足的阿基琉斯心中害怕,
他性情高傲,不会满足于逗留平原,
像往常特洛亚人和阿开奥斯人双方
在平原的中央比试阿瑞斯的威力那样,
他是为夺取城市和我们的女眷而战斗。　　　　265
我劝你们撤回城,否则会有不幸。
现在神圣的黑夜控制着佩琉斯之子,
他明天会全身披挂冲过来捉住我们,
那时我们便都得领教他的厉害。
侥幸逃脱的人将会庆幸自己回到　　　　　　　270
神圣的伊利昂,狗群和鹰鹫将会吞噬
无数的特洛亚人,但愿这些不会发生!
不管如何心痛,如果听我的规劝,
那就让我们去市场宿营保存力量,
城墙有望楼,高大的城门备有结实的、　　　　275
精制的长门闩,它们为城市充当守卫。
明天清晨我们个个武装整齐,
登上望楼,如果他胆敢离开船寨

来城下厮杀，也好让他尝尝苦头。
等他在城下徒然把他的高头大马　　　　　　　280
来回赶累，他便会不得不返回船舶。
他不敢贸然攻城，也不可能把城攻破，
敏捷的狗群早就该首先把他吞下肚。"

　　头盔闪亮的赫克托尔愤怒地对他这样说：
"波吕达马斯，你刚才的话太令人恼怒，　　　285
你竟然劝大家向后撤退躲进城里，
或者你对被围在城墙里还嫌不够？
以前世间人们都称誉普里阿摩斯的
都城是富有黄金、富有铜块的城市，
现在宫中的精美珍藏已消耗殆尽，　　　　　290
许多瑰宝被卖到弗里基亚和可爱的
墨奥尼埃，自伟大的宙斯对我们动怒。
正当智慧的克罗诺斯之子让我在船边
获得荣誉，把阿开奥斯人赶向大海，
愚蠢的人啊，不要给人们出这种主意。　　　295
你的话不会有人听信，我也不允许。
现在你们全都听从我的吩咐，
大家立即返回自己的队伍用晚饭，
记住派人放哨，人人保持警觉。
如果有谁过分担忧自己的财富，　　　　　　300
那就请他把它们集合起来献公，
让自己人享受强过让阿开奥斯人享用。
明天清晨我们个个全副武装，

发动猛攻一起冲向敌人的空心船。
若神样的阿基琉斯胆敢出现在船前，   305
到时候就让他好好如愿以偿地吃吃苦。
我不会害怕临阵退缩，决心和他
比个高低，看是他战胜我还是我战胜他。
战神对谁都一样，他也杀杀人的人。”

　　赫克托尔这样说，特洛亚人齐声欢呼。   310
愚蠢啊，帕拉斯·雅典娜使他们失去了理智。
人们对赫克托尔的不高明的意见大加称赞，
却没人赞成波吕达马斯的周全主意。
特洛亚人全军吃晚饭，阿开奥斯人
却整夜为帕特罗克洛斯哀悼哭泣。   315
他们中间佩琉斯之子率先恸哭，
把习惯于杀人的双手放在同伴胸前，
发出声声长叹，有如美髯猛狮，
猎鹿人在丛林中偷走了它的幼仔，
待它回来为时已晚，长吁不止，   320
它在山谷间攀援寻觅猎人的踪迹，
心怀强烈的怒火，一心要找到恶敌。
阿基琉斯也这样悲叹对米尔弥冬人说：
“天哪，我那一天白白说了一番话，
在英雄墨诺提奥斯家中努力劝慰他，   325
答应把他的儿子荣耀地送回奥波埃斯，
摧毁伊利昂，载回他应得的战利品。
但宙斯不让人们的愿望全都实现，

我们两人注定要用自己的血染红
特洛亚这片土地,我不会再返回家园,　　　　　　330
车战的佩琉斯老父和母亲忒提斯不可能
在家中迎接我,这块土地将把我埋葬。
帕特罗克洛斯啊,既然我在你之后入土,
我便要把以杀死你为荣的赫克托尔的
铠甲和头颅送来这里再给你礼葬,　　　　　　335
我还要在你的火葬堆前砍杀十二个
显贵的特洛亚青年为你报仇消怨。
现在你暂且躺在我的翘尾船前,
腰带低束的特洛亚的和达尔达尼亚的妇女们
将不分白天黑夜地围着你涕泪涟涟地哭泣,　　340
我们用自己的双手和长枪摧毁世间
无数富饶的城市,把她们掳来这里。"

　　尊贵的阿基琉斯这样说,吩咐同伴们
迅速在火堆上架起一口巨大的三脚鼎,
把帕特罗克洛斯身上的血污尽快洗净。　　　　345
同伴们立即把沐浴三脚鼎架上旺火,
向鼎里注满凉水,向鼎下添足柴薪,
火焰把鼎肚围抱,凉水渐渐变暖和,
待到热水在闪光的铜鼎里沸腾起来,
他们便把尸体洗净,抹上橄榄油,　　　　　　350
再给各处伤口填上九年陈膏,
然后把尸体抬上殡床,从头到脚
盖上柔软的麻布,再盖上光洁的罩单。

米尔弥冬人围着捷足的阿基琉斯，
整夜为帕特罗克洛斯哀悼哭泣。　　　　　　　　　355

　　宙斯对自己的姊妹亦妻子赫拉这样说：
"这次你又成功了，牛眼睛的天后赫拉，
激发起捷足的阿基琉斯的战斗热忱，
似乎长发的阿开奥斯人是你的亲生。"

　　牛眼睛的天后赫拉随即这样回答说：　　　　　360
"可怕的克罗诺斯之子，你竟这样说话！
一个凡人也会帮助自己的朋友，
尽管他有死，不具备我们这样的智慧，
然而我这样一个神明中最尊贵的女神，
尊贵来自两方面，既由于出身，也由于　　　　　365
是你的配偶，你统治所有不死的神明，
我却不能让仇敌特洛亚人遭受不幸？"

　　这里两位神明正在这样谈论，
银足的忒提斯来到赫菲斯托斯的宫阙，
那座宫阙星光闪烁，永不毁朽，　　　　　　　370
众神宫中最出色，跛足神用青铜建成。
女神看见他大汗淋淋在风箱边忙碌，
正在精心制造二十张一套三脚鼎，
沿着他那个精美大厅的墙壁安放；
他给每条腿安装一个黄金的转轮，　　　　　　375
使它们在神明们集会时能自动移过去，

又能自动移回来，让众神惊异赞赏。
这些工作已经完成，只待再装上
精制的把手，已准备就绪正在铆铰链。
他正技艺高超地进行着这项工作，　　　　　　　380
银足女神忒提斯来到他的宫前，
这位跛足神的妻子、带着闪亮头巾的
美丽的卡里斯看见她，立即走出屋来。
卡里斯拉住她的手尊称姓名这样说：
"穿长袍的忒提斯，无限尊敬的客人，　　　　　385
今天怎么驾临我们家？你可是稀客。
请进屋来吧，让我有幸招待你一番。"

　　她这样说，一面引领忒提斯进屋，
请女神在一张饰有银钉的制作精美、
下方配有一条搁脚凳的宽椅上就座，　　　　　390
然后对技艺精湛的赫菲斯托斯这样说：
"赫菲斯托斯，你过来，忒提斯找你有事情。"

　　著名的跛足神这时这样大声回答说：
"我所敬重、尊敬的女神来到我们家？
当年狠心的母亲想掩盖我是瘸腿，　　　　　395
把我从天上推下，让我遭受大难，
是她挽救了我；若不是欧律诺墨，
就是绕地长河的女儿欧律诺墨，
和忒提斯抱住我，我本会遭受许多苦难。
九年间我给她们制作铜质饰物，　　　　　400

各种纽扣、螺旋形卡针、手镯和项链，
住在宽敞的洞府，长河泛着泡沫，
没有尽头地喧闹着流淌，其他神明
或有死的凡人都不知道这个秘密，
除了挽救了我的忒提斯和欧律诺墨。　　　　　　405
现在美发的忒提斯来到我们的家，
她当年的救命之恩我要好好报答。
你摆上各种美食先把她好好招待，
我收拾好风箱和各种工具立即就来。"

　　赫菲斯托斯怪物似的浑身冒着火星，　　　　　410
从砧座上站起来迅速挪动跛瘸的细腿。
他把风箱移开火炉，把各种应用的
工具细心地收起放进一只银箱笼，
再用海绵仔细地擦净脸面、双手
和他那强健的颈脖以及毛茸茸的胸口，　　　　415
穿上短衫，捡起一根结实的手杖，
瘸拐着走出锻工场，黄金制作的侍女们
迅速跑向主人，少女般栩栩如生。
那些黄金侍女胸中有智慧会说话，
不朽的神明教会她们干各种事情。　　　　　　420
她们搀扶着主人，赫菲斯托斯走过来，
在忒提斯身旁的一张光滑座椅上坐下，
拉着女神的手尊称姓名这样说：
"穿长袍的忒提斯，无限尊敬的女神，
今天怎么驾临我们家？你可是稀客。　　　　　425

请告诉我你有什么事情,我一定尽力,
只要我能办到,只要事情能办成。"

忒提斯这时含着眼泪回答他这样说:
"赫菲斯托斯,奥林波斯诸女神中,
有哪一个曾经忍受过克罗诺斯之子　　　　　　　430
宙斯让我遭受的那么多巨大的不幸?
在海中的女神中他唯独把我嫁给
一个凡人,埃阿科斯之子佩琉斯,
不得不和他生活。现在他已老朽,
躺在家中,我还得忍受其他的不幸。　　　　　　435
他让我生育了一个儿子,注定成为
英雄中的豪杰,他像幼苗一样成长,
我精心抚育他有如培育园中的幼树,
然后让他乘坐翘尾船前往伊利昂,
同特洛亚人作战,从此我便不可能　　　　　　　440
再见他返归回到可爱的佩琉斯的宫阙。
尽管他现在还活着,看见煦丽的阳光,
却总在受苦,我去到他身边也难襄助。
阿开奥斯人把一个女子作奖品送给他,
阿伽门农王从他手里抢走了那女子,　　　　　　445
他为失去那女子伤心得几乎发狂。
特洛亚人把阿开奥斯人赶回到船舶前,
把他们围进营寨,阿尔戈斯长老们
曾去恳求阿基琉斯,许诺丰厚的礼品。
他拒绝帮助阿尔戈斯人摆脱困境,　　　　　　　450

但让帕特罗克洛斯穿上他的铠甲，
分给他一支不小的部队派他去作战。
他们在斯开埃城门前激战整整一天，
本可以当即占领城市，若不是阿波罗
在勇敢的帕特罗克洛斯制造了无数灾难后，　　　455
把他杀死在阵前，赐给赫克托尔荣誉。
我现在投到你的膝前，求你给我那
即将死去的儿子制作一面盾牌、
一顶头盔、带踝扣的精制护胫和胸甲，
他原有的那一副在他的忠实朋友被杀后　　　460
被特洛亚人夺去，他正痛苦地躺在地上。"

　著名的跛足神立即回答女神这样说：
"请你放心，用不着为这件事情忧烦。
但愿我能在他命中注定的时刻来临时，
也能轻易地使他摆脱可怕的死亡，　　　465
就像我很容易为他锻造精美的铠甲，
令世间凡人见到它们赞叹不已。"

　赫菲斯托斯说完离开她来到风箱前，
把风箱安向火炉，使它们重新工作。
二十只风箱一起对着熔瓮吹动，　　　470
给颤颤地火舌吹出不同力量的清风，
赫菲斯托斯急切工作时风力强劲，
想结束工作时吹出的又是另一样风力。
他把一块坚硬的铜和锡扔进火里，

又扔进去令人珍惜的黄金和白银，　　　　　　　475
然后把巨大的砧板牢牢安上基座，
一只手抓起重锤，一只手抓起大钳。

　他首先锻造一面巨大、坚固的盾牌，
盾面布满修饰，四周镶上三道
闪光的边圈，再装上银色的肩带。　　　　　　　480
盾面一共有五层，用无比高超的匠心
在上面做出许多精美的点缀装饰。

　他在盾面绘制了大地、天空和大海，
不知疲倦的太阳和一轮望月满圆，
以及繁密地布满天空的各种星座，　　　　　　　485
有昴星座、毕宿星团、猎户星座，
以及绰号称为北斗的大熊星座，
它以自我为中心运转，遥望猎户座，
只有它不和其他星座为沐浴去长河。

　他又做上两座美丽的人间城市，　　　　　　　490
一座城市里正在举行婚礼和饮宴，
人们在火炬的闪光照耀下正把新娘们
从闺房送到街心，唱起响亮的婚歌。
青年们欢乐地旋转舞蹈，长笛竖琴
奏起美妙的乐曲，在人群中间回荡，　　　　　　495
妇女们站在各自的门前惊奇地观赏。
另有许多公民聚集在城市广场，

那里发生了争端,两个人为一起命案
争执赔偿,一方要求全部补赔,
向大家诉说,另一方拒绝一切抵偿。   500
双方同意把争执交由公判人裁断。
他们的支持者大声呐喊各拥护一方,
传令官努力使喧哗的人们保持安静,
长老们围成圣圆坐在光滑的石凳上,
手握嗓音洪亮的传令官递给的权杖,   505
双方向他们诉说,他们依次作决断。
场了中央摆着整整两塔兰同①黄金,
他们谁解释法律最公正,黄金就奖给他。

另一座城市正受到两支军队进袭,
武器光芒闪耀,但意见还不统一: 510
是把美丽的城市彻底摧毁,还是把
城市拥有的全部财富均分为两半。
居民们不愿投降,武装好准备偷袭。
城市交由他们的亲爱的妻儿守卫,
人们登上城墙,其中有不少是老年。   515
他们自己偷偷出城,帕拉斯·雅典娜
和阿瑞斯带领他们,两位神用黄金制成,
身穿金衣,武装齐全,美丽而魁伟,
真神般突出在个儿较小的将士们中间。

~~~~~~~~~~

① 塔兰同是古希腊重量单位,荷马史诗中重量不定,后来一塔兰同约合
26.2公斤。

他们来到一处最适宜设伏的地方，   520
人们通常供牛饮水的一处河岸。
他们坐在岸边等候，铜装闪亮，
派两个哨兵蹲在前方远离部队，
观察有没有人赶来羊群和弯角牛。
很快有两个牧人赶着畜群出现，   525
吹着笛子消遣，没想到会有危险。
埋伏的人们待他们走近后迅速出击，
将他们围住抢夺牛群和绒毛光洁的
上等肥羊，把两个牧人一起杀死。
坐在广场前面的攻城军队听见   530
从牧放牛群的方向传来混杂的喧嚷，
立即跨马相继奔向出事的地方。
双方迅速在河岸近旁摆开阵势，
展开激战，不断互掷青铜的投枪。
争吵和恐怖跃扬于战场，要命的死神   535
抓住一个伤者，又抓住一个未伤的人，
再抓住一个死人的双脚拖出战阵，
人类的鲜血染红了它肩头的衣衫。
他们像凡人一样在那里冲撞、扑杀，
把被杀倒下死去的人的尸体互相拖拉。   540

他又附上柔软、肥美的宽阔耕地，
在作第三次耕耘。许多农人在地里
赶着耕牛不断来回往返地耕地。
当他们转过身来耕到地的一头，

立即有人迎上去把一杯甜蜜的美酒　　　　　　　545
递到他的手里。他们掉转身去
继续耕耘，希望再次到达尽头。
黄金的泥土在农人身后黝黑一片，
恰似新翻的耕地，技巧令人惊异。

他又在盾面附上一块王家田地，　　　　　　　　550
割麦人手握锋利的镰刀正在收割。
割下的麦秆有的一束束躺倒地上，
有的被捆麦人用草绳迅速一束束捆起。
那里站着三个捆麦人，男孩们不断
从他们后面抱起麦秆送给他们。　　　　　　　　555
国王也在他们中间，手握权杖，
站在地里，默默地喜悦充满心头。
远处橡树下侍从们正在准备午饭，
他们在烤制一头刚刚宰杀的肥牛，
妇女们把洁白的面粉撒向割麦人的餐肴。　　　　560

他又附上一片藤叶繁茂的葡萄园，
用黄金雕镂，串串葡萄呈现深暗，
用银子做成根根整齐排列的棚柱，
四周灰暗的护沟围圈着锡铸栏杆。
只有一条曲折的小径通进园里，　　　　　　　　565
收获季节人们沿着它把葡萄采集。
无忧无虑的少男少女们心情欢畅，
精编的篮筐提着累累甜美的硕果。

有个男孩走在他们中间,响亮地
把竖琴弹奏,一面用柔和的嗓音唱着   570
优美的利诺斯歌①,大家欢快地跟着他,
和着那节奏舞蹈,跺踏整齐的脚步。

　　他又在盾面做上一群肥壮的直角牛,
一些牛用黄金做成,一些牛用的是锡,
牛群哞叫着拥出牛栏,奔向草场,   575
在水声潺潺的溪流边,纤杆摇曳的苇地。
四个黄金雕制的牧人守护着牛群,
九条奔跑敏捷的猎狗跟随着他们。
两头凶猛的狮子从前侧袭击牛群,
逮住一头公牛拖走,任凭牛狂哞,   580
猎狗和年轻猎人追过去挽救那头牛。
两头狮子一起疯狂地撕开牛腹,
贪婪地吞噬牛的暗红色鲜血和内脏。
年轻的牧人催促猎狗追击猛狮,
但那些猎狗不敢上前与狮子厮斗,   585
它们跑上前吠叫,又立即恐惧地跑回。

　　著名的跛足神又做上了一个大牧场,
在优美的山谷间,牧放着一群白绵羊,
还建有多处畜栏、草舍和带顶的棚圈。

---

① 利诺斯是一个早夭的美少年,是受热而死的生命力的化身,利诺斯歌具
　有挽歌性质。

著名的跛足神又塑造了一个跳舞场，　　　　　　　　590
就像代达洛斯①在宽阔的克诺索斯城
昔日为美发的阿里阿德涅②建造的那样。
许多青年和令人动心的姑娘在场上
互相手挽手欢快地跳着美丽的圆舞，
姑娘们穿着轻柔的麻纱，青年们穿着　　　　　　　595
精心纺织的短褂，微微闪耀着油亮；
姑娘们头戴美丽的花冠，青年们腰挎
金光闪灿的佩剑，系在银色的腰带上。
青年们舞蹈着，或是踏着熟练的脚步，
轻快地绕圈，有如一个坐着的陶工　　　　　　　600
用手把轮子试推，能不能自如转动，
或是重又散开，互相站成一行行。
人们层层叠叠围观美妙的舞蹈，
一位歌手和着竖琴神妙地歌唱。③
两个优伶从舞蹈者中走到场中央，　　　　　　　605
和着音乐的节拍不停地迅速腾翻。

　　最后他顺着精心制作的盾牌周沿，
附上了伟大的奥克阿诺斯的巨大威力。

　　赫菲斯托斯造完又大又坚固的盾牌，

①　代达洛斯是古希腊传说中著名的建筑师，曾为克里特岛国王弥诺斯在
　　其都城克诺索斯建造迷宫。
②　弥诺斯的女儿。
③　勒伯本删去这一行，视为伪作。译文据其他版本译出。

又为阿基琉斯造出比火光还闪亮的胸甲，　　　　610
再给他造出与头型相适合的坚固头盔，
美丽、精巧，盔脊用光闪闪的黄金制成，
最后用坚韧的锡给他制作了一副胫甲。

　　著名的跛足神就这样把它们锻造完成，
集拢起来送到阿基琉斯的母亲面前。　　　　615
忒提斯如鹰般迅速飞离多雪的奥林波斯，
带上赫菲斯托斯新锻造的闪亮的铠甲。

第十九卷

——阿基琉斯与阿伽门农和解释怨

橘黄色的黎明从环地长河的涌流中升起，
把自己的光明送给所有的天神和凡人，
忒提斯带着神明的礼物来到船舶前。
她看见亲爱的儿子搂着帕特罗克洛斯，
大声哀号，他的许多同伴围着他，　　　　　　　5
一起同声悲泣；女神走近他们，
拉住儿子的手，呼唤着对他这样说：
"我的儿啊，不管我们如何悲痛，
就让他这样躺着吧，他是按神意被杀死。
你且来接受赫菲斯托斯的辉煌铠甲，　　　　　10
这样精美的铠甲从没有凡人披挂过。"

女神这样说，把铠甲放到儿子面前，
精心锻造的光辉作品发出巨响。
米尔弥冬人听了发颤，没有人胆敢
注目正视，个个惊恐得向后退缩。　　　　　　15
阿基琉斯一看见它们怒火又起，
眼里冒出凶光，如同爆发的火焰。

他拿起神明的辉煌赠品兴奋观赏，
直到把那些辉煌杰作仔细看够，
才对母亲说出有翼飞翔的话语：   20
"亲爱的母亲啊，这副铠甲是神明的作品，
也只能由神明制造，凡人造不了它们。
我将穿着它们上阵，但我担心
这时苍蝇会来叮吮墨诺提奥斯的
勇敢儿子身上被铜器砸破的伤残，   25
在那里滋生蛆虫，毁坏他的肌体，
使肉腐烂，因为生命已经离开他。"

　　银足女神忒提斯这时回答他这样说：
"孩儿啊，这事你不必放在心上，
我会设法驱赶那些可恶的蝇群，   30
它们惯好叮吮战斗中被杀的尸体。
帕特罗克洛斯即使在这里躺上一整年，
尸体也不会腐烂，甚至还会变新鲜。
你现在去召集勇敢的阿开奥斯人开会，
消释对士兵的牧者阿伽门农的怨恨，   35
然后立即精神饱满地披挂上阵。"

　　她这样说，把勇力灌进儿子的身体，
再向帕特罗克洛斯体内滴进琼浆
和红色的神液，使他的尸体不会腐朽。

　　神样的阿基琉斯迅速奔行于海岸，   40

他大声呼叫,召唤勇敢的阿开奥斯人,
甚至那些以前一直留守船舶、
手握舵把掌握航行方向的舵工
和那些粮食管理员,分配面包的人,
都赶来开会,当他们看见阿基琉斯　　　　　　45
重新出现,那么长时间未参加作战。
阿瑞斯的两个侍从,提丢斯的坚毅儿子
和神样的奥德修斯也瘸拐着赶来参加,
手中拄着长枪,带着未痊愈的创伤。
他们来到会场,分别在前排坐下。　　　　　　50
最后到来的是军队统帅阿伽门农王,
他也带着创伤,那是在激烈的混战中
被安特诺尔之子科昂用铜枪刺中。
等到所有的阿开奥斯人全都到来,
捷足的阿基琉斯站起来对他们这样说:　　　　55
"阿特柔斯之子,我们为了一个女子,
心中积郁了那么深的恼人怨气,
这无论对你或是对我有什么好处?
愿当初攻破吕尔涅索斯挑选战利品时,
阿尔特弥斯便用箭把她射死在船边。　　　　　60
那样我便不会生怨气,也不会有那么多
阿尔戈斯人被敌人打倒,用嘴啃泥土!
赫克托尔和特洛亚人从中得到好处,
阿开奥斯人将会把这件事永远牢记。
让既成的往事过去吧,即使心中痛苦,　　　　65
对胸中的心灵我们必须学会抑制。

现在我已把胸中的怒火坚决消除，
不想总把害人的仇怨永远记心里，
让我们赶快召唤长发的阿开奥斯人
投入战斗，我要亲自迎战特洛亚人，　　　　70
看他们还想不想在我们的船舶前宿营。
我想他们定会高兴得跪地庆幸，
只要在残酷的战斗中能躲过我们的投掷。”

　　他这样说，胫甲精美的阿开奥斯人
欢呼勇敢的佩琉斯之子消除愤怒。　　　　75
士兵的统帅阿伽门农从座位上站起，
未走向会场中央，便对他们这样说：
“亲爱的达那奥斯战士，阿瑞斯的侍从，
当有人站起来发言时，应该听他说话，
不要打断他，否则甚至会难住雄辩家。　　80
在一片吵嚷声中有谁能演说或听讲？
即使嗓音洪亮的演说家也会为难。
我现在向佩琉斯之子作解释，你们其他的
阿尔戈斯人要认真听讲，好好领悟。
阿开奥斯人常常向我诉说那件事情，　　　85
一再责备我，但那件事不能唯我负咎。
是宙斯、摩伊拉和奔行于黑暗中的埃里倪斯，
他们在那天大会上给我的思想灌进了
可怕的迷乱，使我抢夺阿基琉斯的战利品。
我能怎么办？神明能实现一切事情。　　　90
宙斯的长女阿特能使人们变盲目，

是个该诅咒的女神;她步履轻柔,
从不沾地面,只在人们的头上行走,
使人的心智变模糊,掉进她的网罗。
甚至宙斯也受过她愚弄,尽管认为　　　　　　95
他在所有的神明和凡人中至高至尊。
赫拉一个女性,竟然也把他骗过,
就在阿尔克墨涅在城垣坚固的特拜
生育强大无比的赫拉克勒斯那一天。
当时宙斯对所有的神明这样自诩:　　　　　100
'全体男神和女神,请你们注意听我说,
倾听我胸中的心灵要我说的话语。
助产女神埃勒提埃今天将要让
一个人出世,他来自含有我的血统的
伟大种族,将统治周边的毗邻地区。'　　　　105
女神赫拉诡计在胸对宙斯这样说:
'你在说谎,你的预言不会实现。
奥林波斯神,你现在发个庄严的重誓,
保证今天从母腹出生、来自血脉里
含有你的血统的伟大种族的那个人　　　　　110
确实会统治周围所有的广大地区。'
赫拉这样说,宙斯没有看出诡诈,
发了个庄严的重誓,后来懊悔莫及。
这时赫拉随即离开奥林波斯顶峰,
来到阿开奥斯人居住的阿尔戈斯,　　　　　115
知道佩尔修斯之子斯特涅洛斯的
高贵妻子正怀男胎已经七个月。

她让那孩子出世,尽管还未足月,

又留住埃勒提埃,让阿尔克墨涅晚产,①

然后向克罗诺斯之子宙斯报告消息:　　　　　　　120

'闪电之神宙斯,我特来向你报告,

将统治阿尔戈斯人的孩子已经出世,

佩尔修斯之孙、斯特涅洛斯之子欧律斯透斯,

你的血统,完全适合统治阿尔戈斯。'

赫拉这样说,痛苦袭进宙斯的心头,　　　　　　125

他立即抓住阿特梳着美发的脑袋,

心中充满怒火,发了一个重誓,

决不允许蒙蔽大家心智的阿特

重返奥林波斯和繁星闪烁的空宇。

他这样设誓,抬起手把阿特从繁星闪灿的　　　130

空宇抛下,阿特瞬即来到人世。

宙斯一直余恨难消,每当他看见

爱子为欧律斯透斯去干卑贱的事情。②

我也这样,每当头盔闪亮的赫克托尔

冲到船舶后艄杀戮阿尔戈斯人,　　　　　　　135

我怎么也忘不了阿特,是她把我蒙蔽。

既然我受了蒙骗,被宙斯夺去了心智,

我愿意弥补过错,付给你许多礼品。

---

① 宙斯之子佩尔修斯生有三子:斯特涅洛斯、阿尔克奥斯和埃勒克特律
昂,阿尔克奥斯生子安菲特律昂,埃勒克特律昂生女阿尔克墨涅,安菲
特律昂与阿尔克墨涅成婚。宙斯本想让阿尔克墨涅与自己孕育的赫拉
克勒斯出世后统治阿尔戈斯。
② 指赫拉克勒斯不得不屈辱地听命于欧律斯透斯,去干十二件苦差事。

现在你奋起参战吧,也鼓励其他将士。
我随时把礼物准备着,高贵的奥德修斯 140
昨天曾到你的营帐把它们列数。
你现在急于出战,若愿意,可以稍等,
我的侍从们会很快把它们从船上送来,
你会看到那是些多么舒心的礼物。"

　　捷足的阿基琉斯立即回答他这样说: 145
"最高贵的阿特柔斯之子阿伽门农,
士兵的统帅,把礼物取来或留在你那里,
这全由你决定。现在我们应该考虑
出战的事情,不能在这里空发议论,
把时间耽误:伟大的事情还未完成。 150
让大家看见阿基琉斯重新参战,
挥舞铜枪无情地杀戮特洛亚军队,
愿你们每个人也这样勇猛地杀戮敌人。"

　　足智多谋的奥德修斯回答他这样说:
"神样的阿基琉斯,不管你如何勇敢, 155
也不能让未早餐的阿开奥斯人去伊利昂
同特洛亚人厮杀,因为战斗不可能
短时间结束,当双方的战线开始接触,
神明向交战双方灌输同样的力量。
还是首先让阿开奥斯人到快船边 160
用点酒饭,酒饭会给人勇气和力量。
一个人不可能空着肚子整天不断地

同敌人作战,一直杀到太阳下山。
即使他心中很想顽强地坚持战斗,
但他的肢节会突然疲软,饥饿和焦渴 165
一同袭来,抬动两腿会觉得力乏。
如果一个人喝够了酒,吃饱了饭,
他便能够同敌人整天连续厮杀,
胸中的心力勇猛不衰,全身肢节
坚韧不乏,最后一个停止作战。 170
你现在应该解散军队,让他们用餐,
至于礼物,让士兵的统帅阿伽门农
把它们放到会场中央,阿尔戈斯人
可一睹为快,你也可欢娱自己的心灵。
再让他站在阿尔戈斯人中间起个誓, 175
他没有碰过她的床榻,触动过她,
统帅啊,如同男人或女人常有的那样。
阿基琉斯,你也要让心灵宽宏大度,
最后让他在营帐摆设盛宴款待你,
从而让你得到你应该得到的一切。 180
阿特柔斯之子啊,这样会使你今后
待人更公平。同被自己得罪过的人
谦言和解,对君王不是屈辱事情。"

　　士兵的统帅阿伽门农立即回答说:
"拉埃尔特斯之子,你的话使我高兴, 185
你考虑得真周到,分析得也很周全,
我也很想起誓,心灵召唤我这样做,

绝不会对神明出妄言。不过让阿基琉斯
在这里稍作停留，尽管他急于要出战；
其他人也在这里稍候，等那些礼物　　　　　　　190
从营帐取来，让我们立下神圣的誓言。
奥德修斯，我把这件事委托给你，
你从全军中挑选一队杰出的青年，
把我们昨天答应给阿基琉斯的礼物
从我的船中取来，还有那些女子。　　　　　　195
让塔尔提比奥斯在庞大的阿尔戈斯军营里
预备一头公猪祭献给太阳神和宙斯。"

　　捷足的阿基琉斯重又这样回答说：
"最高贵的阿特柔斯之子阿伽门农，
士兵的统帅，你们应该另找时间　　　　　　　200
做这些事情，待激战后的暂时间隙，
我胸中的怒火不像现在这样愤激。
宙斯给赫克托尔荣誉，被赫克托尔杀死的
同伴们现在仍肢体残损地躺在平原上，
你们竟要解散军队让大家吃早饭。　　　　　　205
我却想让阿开奥斯人忍着饥饿，
现在就出营开战，等到太阳下山，
洗净我们的耻辱后再好好用餐。
在这之前我绝不会让任何饮料
和食物进我的喉咙，当亲爱的同伴被杀，　　　210
肢体被锐利的铜器伤残，面向营门，
躺在我的篷帐里，悲悼的同伴们围着他。

我现在心中想的不是进食和渴饮，
而是杀戮、流血和人们的沉重吟叹。"

　　足智多谋的奥德修斯回答他这样说：　　　　215
"佩琉斯之子，阿开奥斯人的杰出战士，
你比我强大，枪战技术也远远超过我，
但我在判断力方面也许比你强得多，
因为我比你年长，见识也比你多广，
因而但愿你能耐心地听我的规劝。　　　　　220
激烈的战斗会很快使人感到疲乏，
青铜武器如镰刀使大部分麦秆倒地，
收获却并不很多，当人类战争的仲裁者
宙斯终于让天秤的杠杆向一边倾斜。
总不能让阿开奥斯人饿肚哀悼死者，　　　225
每天有那么多人一个接一个地倒下，
有哪个人或者什么时候能了却悲伤？
我们的责任是葬埋已经丧命的同伴，
保持坚强的心灵，对死者致哀一天。
凡是从无情的战斗里活下来的人，　　　　230
都应该认真安排饮食，这样才能
以充沛的精力永不疲倦地同敌人厮杀，
时时用坚硬的青铜武器保自己安全。
但愿不会有人等待第二次召唤，
现在就是号召，谁想在船边逗留，　　　　235
谁就会倒霉，让我们一起斗志高昂地
把一场恶战送给驯马的特洛亚人。"

他这样说,带领着高贵的涅斯托尔的诸儿子、
费琉斯的儿子墨革斯、托阿斯、墨里奥涅斯、
克瑞昂的儿子吕科墨得斯和墨拉尼波斯。　　　　　　240
他们一起前往阿伽门农的营帐,
说明他们的来意,迅速遵从执行,
从营帐取出应允给阿基琉斯的七只
三脚鼎、二十口闪亮的大锅、十二匹骏马,
然后带出七个无瑕的精工女子,　　　　　　　　　245
又带出红颊的布里塞伊斯作为第八个。
奥德修斯又称出十塔兰同黄金返回,
其他阿尔戈斯人提着礼物随后。
他们把取来的礼物放到会场中央,
阿伽门农站起来,神嗓音的塔尔提比奥斯　　　　　250
手提公猪站在士兵牧者的身旁。
阿特柔斯之子把惯常挂在剑鞘旁的
锋利砍刀抽出来,割下野猪头上
一绺鬃毛,举起双手向宙斯祷告,
所有阿尔戈斯人都虔诚地默默如仪,　　　　　　255
肃然端坐倾听自己的国王祈祷。
阿伽门农仰望辽阔的天空这样誓告:
"首先请至高至尊的宙斯为我作证,
再请盖娅、赫利奥斯和在下界可怕的
惩处伪誓者的埃里倪斯为我作证,　　　　　　　260
我的这双手从未碰过布里塞伊斯,
无论是为了迫使她同床或其他用意,

她在我的营帐里没受过任何触犯。
以上若有虚妄，愿神明对我处以
对其他一切伪誓者同样严厉的惩罚。" 265

他这样说，用铜刀割断公猪的喉咙，
塔尔提比奥斯提起公猪躯体一挥，
抛进大海的滔滔深渊让游鱼饱餐。
阿基琉斯站起来对尚武的阿尔戈斯人说：
"父宙斯，你常常让凡人深深陷入迷误， 270
否则阿特柔斯之子绝不会激起我
胸中的心灵如此愤怒，绝不会横暴地
夺走我的女子，违背我的意愿。
显然是宙斯想让阿开奥斯人遭灾殃。
现在大家去用餐，然后一起去作战。" 275

他这样说，立即解散了简短集会，
战士们纷纷散去返回自己的船只。
心高志大的米尔弥冬人收起礼物，
把它们送往神样的阿基琉斯的船舶。
他们把礼物搬进营帐，让妇女们留下， 280
高贵的侍从们把马匹赶进他们的马厩。

黄金的阿佛罗狄忒般的布里塞伊斯
看见帕特罗克洛斯被锐利的铜枪戮杀，
肢体残损，立即扑过去放声痛哭，
两手抓扯胸脯、颈脖和美丽的面颊。 285

她美丽如同不朽的女神，边哭边诉：
"帕特罗克洛斯，不幸的我最敬爱的人，
我当初离开这座营帐时你雄健地活着，
人民的首领啊，现在我回来却看见你
躺在这里，不幸一个接一个地打击我。　　　　　　　290
我曾经看见父母把我许配的丈夫
浑身血污，被锐利的铜枪戮杀城下，
我还曾看见我那母亲为我生的
三个亲爱的兄弟也都惨遭灾难。
当捷足的阿基琉斯杀死我丈夫，摧毁了　　　　　　295
神样的米涅斯的城邦，你劝我不要悲伤，
你说要让我做神样的阿基琉斯的
合法妻子，用船把我送往佛提亚，
在米尔弥冬人中隆重地为我行婚礼。
亲爱的，你死了，我要永远为你哭泣。"　　　　　　300

　　她这样哭诉，其他妇女也一起哭泣，
既哭帕特罗克洛斯，也哭自己的不幸。
其他的阿开奥斯首领们围着阿基琉斯，
劝他用餐，他叹息着拒绝大家的请求：
"我求你们，要是你们愿意听我说，　　　　　　　305
当我现在正处于极度悲痛之中，
请你们不要劝我解除肉体的饥渴。
我将一直忍耐，直到那太阳西下。"

　　他这样说，一面让各位首领离去。

两个阿特柔斯之子留下，还有神样的　　　　　310
奥德修斯、涅斯托尔和车战的老福尼克斯，
都极力安慰他的痛苦，但想要安慰
他的心灵，只有投进血战的大口。
往事涌上心头，他又痛哭着这样说：
"不幸的人啊，我的最最亲爱的朋友，　　　315
以往在帐里你总是迅速敏捷地亲自把
可口的食物送到我面前，当阿开奥斯人
准备向驯马的特洛亚人发起悲惨的攻击时。
现在你却肢体残损地躺卧在这里，
我的心不思吃喝，尽管这里有食物，　　　320
只因为悼念你。对我不会有更沉痛的不幸，
即使是得知我的父亲亡故的消息，
也许他现在正在佛提亚伤心地落泪，
想念我这个儿子，我为了可怕的海伦，
来到遥远的异邦同特洛亚人作战；　　　　325
或得知我那个在斯库罗斯养育的儿子，
神样的涅奥普托勒摩斯可能已不在人世。
你可知道，我胸中的心灵本希望，
让我独自死在特洛亚，远离牧马的
阿尔戈斯故土，你安然返回佛提亚，　　　330
用发黑的快船把我那个心爱的儿子
从斯库罗斯载回家，把一切向他指点：
我的财富、奴仆和高屋顶的巨大宅邸。
至于佩琉斯，我想他或者已经故世，
或者即使活着，也在艰难地忍受　　　　　335

沉重的老年负担,时时焦虑地等待着
我的不幸消息,得知我已经倒下。"

　　他这样哭诉,勾起个个首领们的悲伤,
心头涌起对家中留下的一切的挂恋。
克罗诺斯之子心中怜悯他们的悲怆,　　　　　　　　340
把有翼飞翔的话语对雅典娜这样说:
"我的孩儿,你忘记丢弃了你的宠人,
还是阿基琉斯不再需要你关心?
他现在独自坐在自己的翘尾船前,
悲悼自己亲爱的同伴,其他的人　　　　　　　　　345
都去用餐,他却在那里不吃不喝。
你快前去把一些琼浆和甜美的玉液
灌进他的胸膛,免得他受渴忍饥饿。"

　　宙斯这样说,雅典娜心里早想这样做。
她便有如一只尖叫着的捷飞老鹰,　　　　　　　350
从高高的太空穿过云气飞向大地。
阿开奥斯人在营中整装,雅典娜把琼浆
和甜美的玉液灌进阿基琉斯的胸膛,
免得难忍的饥饿袭进他的膝头。

　　雅典娜返回万能天父的巨大宫殿,　　　　　　355
阿尔戈斯人也纷纷涌出他们的快船。
有如宙斯的寒冷的雪片被空中出生的
波瑞阿斯驱赶得纷纷扬扬地飘落,

无数的头盔也这样闪烁着耀眼的光灿，
涌出船舶间，还有那无数的突肚盾牌、   360
带铜片的胸甲和密密麻麻的梣木投枪。
武器的光芒照亮了天空，整个大地
在青铜的辉光下欢笑，震响着隆隆脚步。
神样的阿基琉斯这时也把自己武装。
他把牙齿咬得咯咯响，双眸闪亮，   365
有如火光，心中充满难忍的悲痛，
怀着对特洛亚人无比强烈的愤恨，
穿起赫菲斯托斯为他锻造的戎装。
他首先把那副精美的胫甲套到胫部，
用银质勾环把它们牢牢固定在小腿上，   370
再把带铜片的坚固胸甲披到胸前，
把银钉饰柄的铜刃佩剑挎到肩头，
然后拿起那面又大又结实的盾牌，
盾面如同月亮闪烁着远逝的光辉。
有如水手们在海上看见熠熠闪光，   375
那火光来自高山顶上的孤独窝棚，
骤起的风暴强行把那些水手们刮到
游鱼丰富的海上，远离自己的亲朋；
阿基琉斯的精美盾牌的闪光也这样
射入太空。他又把那顶带顶饰的坚盔   380
戴到头上，鬃毛缨饰如明亮的星星
闪烁光芒，周围摇曳着缕缕金丝，
赫菲斯托斯把它们密密地镶嵌在盔顶。
神样的阿基琉斯穿好铠甲试一试，

看它们是否合身，四肢活动自如，　　　　　　　385
铠甲却有如双翼，让士兵的牧者腾起。
最后他从套中取出父亲的那杆枪，
又重又长又结实，任何阿开奥斯人
都举不起它，只有他能够把它挥动，
那支佩利昂桦木枪，由克戎从佩利昂山巅　　　390
取来送给他父亲，给英雄们送来死亡。

　　奥托墨冬和阿尔基摩斯正在驾马，
系上精致的马肚带，把嚼铁放进马嘴，
再把缰绳向后拉上精美的战车。
这时奥托墨冬紧握精心编成的　　　　　　　395
光亮马鞭，迅速跳上双辕战车，
全副武装的阿基琉斯也随即跳上，
身上的铠甲闪亮，有如丽日光芒。
阿基琉斯对父亲的辕马这样严厉地吩咐：
"克珊托斯和巴利奥斯，波达尔革的名产，　　400
这次等我们把仗打够，你们可得把
御者安全载回达那奥斯人的营帐，
切不可像上次把帕特罗克洛斯死着留下。"

　　他听到奔腾捷速的战马从轭下回答，
就是克珊托斯，那匹马把头低下，　　　　　　405
长长的鬃毛从轭垫下披散到地面，
白臂女神赫拉赋予它说话的声音：
"勇敢的阿基琉斯，今天我们会把你

平安载回,但你命定的期限已经临近,
那不是因为我们,是大神和强大的摩伊拉。　　　　410
也不是因为我们动作缓慢和迟钝,
特洛亚人剥去了帕特罗克洛斯的铠甲,
是因为美发的勒托之子,那位显贵神
把胜利赐给赫克托尔,让他在阵前遭屠杀。
即使我们奔跑得像北风一样快捷——　　　　　415
据说世间它最快速——命中注定
你还是要死在一个神和一个人的手下。”

　　埃里倪斯这时打断了克珊托斯的话。
捷足的阿基琉斯愤怒地对它这样说:
“克珊托斯,你预言我死?这无需你牵挂!　　420
我自己清楚地知道我注定要死在这里,
远离自己的父母,但只要那些特洛亚人
还没有被杀够,我便绝不会停止作战。”

　　他说完在前列大喊,一面驱赶单蹄马。

第二十卷

——奥林波斯众神出战各助一方

阿开奥斯人就这样在翘尾船前面，
佩琉斯之子啊，在嗜战的你周围武装起来，
特洛亚人从那一面也在平原高处会集。
宙斯从峡谷密布的奥林波斯山顶
命令特弥斯去召请众神前来开会，　　　　　　　5
女神到各处把众神招来宙斯的宫廷。
除了长河，没有一条河流不到会；
也没有一个女神不到会，无论是生活在
优美的丛林、河流的源头或多草的泽地。
众神纷纷来到集云神宙斯的宫殿，　　　　　　10
坐在光洁的柱廊里，那是赫菲斯托斯
用高超的智慧和技艺为父宙斯建造。

众神就这样全都聚集到宙斯的宫廷，
震地神也听从女神的召唤，从海中前来，
坐在正中央，询问宙斯开会的原因：　　　　　15
"闪电神，你为什么召集众神来开会，
特洛亚人和阿开奥斯人即将进行

激烈的战斗,是不是关于他们的事情?"

　　集云之神宙斯回答波塞冬这样说:
"震地之神,你猜中了,我正是为他们,　　　　　　　20
我的心牵挂着那些即将遭毁灭的人。
我自己将留下在奥林波斯山谷高坐,
观赏战斗场面,你们其他神都可以
前往特洛亚人和阿开奥斯人军中,
帮助他们任何一方,凭你们喜欢。　　　　　　　　25
即使捷足的佩琉斯之子独自出战,
特洛亚人对阿基琉斯也难以抵挡。
以前他们一见他便惊慌得发颤,
何况他现在怒火填膺,为同伴之死,
我担心他不要违背命数摧毁城墙。"　　　　　　　30

　　克罗诺斯之子这样说,激起一场恶战,
众神纷纷奔赴战场,倾向不一样。
赫拉前往船寨,一同前去的还有
帕拉斯·雅典娜、绕地神波塞冬和巧于心计、
分送幸运的赫尔墨斯,自以为力大的　　　　　　35
赫菲斯托斯也和他们一同前往,
把两条细腿迅速挪动一拐一瘸。
前往特洛亚营垒的是头盔闪亮的阿瑞斯,
还有披发的福波斯、女射神阿尔特弥斯、
勒托、爱欢笑的阿佛罗狄忒和克珊托斯。　　　　40

当众神尚未来到有死的凡人中间时，
阿开奥斯人一直明显地强过敌人，
因为长时间罢战的阿基琉斯重又出战。
特洛亚人一看见捷足的佩琉斯之子
身穿闪亮的铠甲，凶恶如杀人的战神，　　　　　　45
个个立即惊恐得双膝不断抖颤。
当奥林波斯众神一出现在人间战场，
强大的埃里斯便立即鼓动人们作战。
雅典娜或是站在壁垒外的堑壕上吼叫，
或是沿着喧嚣的海岸大声呐喊。　　　　　　　　50
阿瑞斯如黑色风暴，也在另一边喧呼，
召唤特洛亚人，或是从高耸的城头，
或是从西摩埃斯河畔卡利科洛涅山坡。

受福的神明就这样激励双方厮杀，
同时也激起他们自己的战斗欲望。　　　　　　　55
天神和凡人之父在上天可怕的鸣雷，
震地神波塞冬在下面抖动广阔无垠的
丰饶大地和所有高耸险峻的峰峦。
一切都颤动不止：泉源丰富的伊达山的
峰脊和根基，特洛亚城郭和阿开奥斯船舶。　　60
下界的冥魂之王哈得斯惊恐不已，
惶悚地大叫一声迅速从宝座上跳起，
唯恐波塞冬把他上面的地层震裂，
在天神和凡人面前暴露他的居地：
那可怕、死气沉沉、神明都憎恶的去处。　　　　65

神明们参战时引起如此巨大的轰鸣。
与著名的震地之王波塞冬交战的是
手持带翼箭矢的射神福波斯·阿波罗，
与目光炯炯的雅典娜对阵的是战神阿瑞斯，
赫拉受到喜好呼喊的金箭女射神、　　　　　　　　　　　70
射神的妹妹阿尔特弥斯的猛烈进攻，
勒托受到分送幸运的赫尔墨斯的攻击，
与赫菲斯托斯抗争的是人间称斯卡曼德罗斯，
神间称克珊托斯的那条多漩涡的大河神。

神明们当时就这样互相交战起来。　　　　　　　　　75
阿基琉斯疯狂地冲进人群寻找赫克托尔，
普里阿摩斯之子，渴望用敌人的鲜血
满足持盾的战神阿瑞斯的难餍的欲壑。
挑动战争的阿波罗立即鼓动埃涅阿斯
去攻击佩琉斯之子，鼓足他的勇气。　　　　　　　80
宙斯之子阿波罗幻化成普里阿摩斯的
儿子吕卡昂，模仿他的声音这样说：
"埃涅阿斯，特洛亚人的参议，你的威胁呢？
你曾经高举酒杯向特洛亚首领们宣称，
要同佩琉斯之子阿基琉斯迎面厮杀。"　　　　　　85

埃涅阿斯立即回答吕卡昂这样说：
"普里阿摩斯之子，你为什么激励我
违愿地去同高傲的佩琉斯之子作战？

我不是初次与捷足的阿基琉斯交手，
从前有一次他曾举着锐利的长枪，　　　　　　90
把我赶下伊达山，夺走了我的牛群，
疯狂地蹂躏了吕尔涅索斯和佩达索斯，
但宙斯救了我，给了我力量和快捷的双腿。
否则我早倒在阿基琉斯和雅典娜的手下：
女神在前引导他，赐给他胜利，激励他　　　　95
用铜枪杀戮勒勒革斯人和特洛亚人。
没有哪个人能同阿基琉斯对抗，
永远有一位神明在他身边护佑他。
况且他那支长枪也总是向前飞翔，
不吃进人的肉体从不会力乏止息。　　　　　　100
如果神明让我们享有同等的权利，
他便难轻易取胜，即使他自以为是铜身。"

　　宙斯之子阿波罗对他这样回答说：
"战士啊，你何不也向不朽的神明祈求？
都说是宙斯的女儿阿佛罗狄忒生了你，　　　　105
阿基琉斯却是地位低下的神女所生，
她们的父亲一个是宙斯，一个只是
海中老朽。紧握坚固的长枪冲过去吧，
不要为他的空洞的夸耀和威胁吓住。"

　　阿波罗这样说，把勇力灌输给士兵的牧者，　110
埃涅阿斯身着闪亮的铜装穿过阵列。
安基塞斯之子瞒不过白臂女神赫拉，

挤出密集的人群去攻击佩琉斯之子。
女神把众神明召到一起对他们这样说:
"波塞冬和雅典娜,你们好好用心思忖,   115
现在该如何对付那边发生的事情。
埃涅阿斯心受福波斯·阿波罗怂恿,
身着闪亮的铜装去攻击佩琉斯之子。
我们应该立即把他从这里赶走,
或者我们中有一位去帮助阿基琉斯,   120
给他灌输力量,坚定他的勇气,
让他知道威力强大的神祇宠爱他,
那些支持特洛亚人战斗的天神
只是一些微不足道的可怜弱神明。
我们从奥林波斯来参加这场厮杀,   125
为的是保护他今天不至于遭受伤害,
以后他将经受母亲生育他的时候,
命运为他纺织在线轴上的一切安排。
如果他不从神明这里知道这一切,
战斗中真有哪位神明和他对抗,   130
他定会恐惧:神明原形显现很可怕。"

    震地神这时回答神后赫拉这样说:
"赫拉女神,这样生气与你不相宜。
我很不希望我们同那些神明就这样
交战起来,因为我们比他们强得多。   135
我们还不如现在离开眼前的战场,
去坐到高处,让凡人自去操心作战。

如果阿瑞斯或福波斯·阿波罗投入战斗，
或者阻挠阿基琉斯，不让他施展威力，
那我们也立即针锋相对，亲自参战。　　　　　　140
我想那时他们会很快离开战场，
回到奥林波斯其他神明中间，
由于受我们打击，迫于我们的力量。”

黑发神这样说，随即率领众神前往
神样的赫拉克勒斯的一处圆形高垒，　　　　　145
那是当年特洛亚人和帕拉斯·雅典娜
为他建造，好让他去那里隐蔽躲藏，
当海怪爬上岸滩冲向平原进攻他。①
波塞冬和其他神明一起在那里坐下，
看不透的迷雾萦绕笼罩在他们的肩头。　　　150
光明的阿波罗和毁灭者阿瑞斯啊，敌对的神明
在卡利科洛涅山顶围着你们坐下。

双方的神明就这样心中思虑着坐下，
不急于开始充满灾难的战斗纷争，
高踞奥林波斯的宙斯却要鼓励他们。　　　　155

整个平原布满了军队，闪耀着战士
和车马的铜辉，大地在奔驰的脚步下发颤。
两个最杰出的将领，安基塞斯之子

---

① 参见第五卷第640—642行及注。

埃涅阿斯和那个神样的阿基琉斯，
走到两军中间的地面准备厮杀。　　　　　　　　160
埃涅阿斯首先威武地冲出阵来，
沉重的头盔不住摇晃，可怖的盾牌
举到胸前，手中紧握铜头长枪。
佩琉斯之子从另一面冲出来迎战，
有如一头雄狮，凶残得全村农人　　　　　　　165
都想把它杀死。起初它竟自行走，
蔑视农人，后来有位勇敢的青年
投了它一枪，它才弓起身张开大口，
牙齿间泛出白沫，雄心在胸中沸腾，
强健的尾巴来回拍打后腿和两肋，　　　　　　170
激励自己去和围攻的农人抗争。
它双目火光闪烁，纵身向前跃起，
或是杀死农人，或是自己丧身。
巨大的力量和无畏的心灵当时也这样
激励阿基琉斯向勇敢的埃涅阿斯冲杀。　　　　175

　　待他们这样相向而行，互相逼近，
神样的捷足的阿基琉斯首先这样说：
"埃涅阿斯，你为什么来到这里，
离开自己的军队那么远？你和我打仗
是想承继普里阿摩斯享有的荣耀，　　　　　　180
统治驯马的特洛亚人？但即使你杀了我，
普里阿摩斯老王也不会把权力交给你，
因为他有那么多儿子，他自己也还康健。

或者是特洛亚人许给你一块最好的土地，
那里有优美的果园和牧场，只要杀了我，　　　　185
你便可占有它？但我看你却难如愿以偿。
你大概还没有忘记，似乎有这样一次，
我举着长枪追赶你，你被我追赶得慌忙
丢下牛群，独自迈开敏捷的双腿，
迅速奔下伊达山，奔逃得不敢回望。　　　　190
从那里你逃到吕尔涅索斯，我跟踪而至，
仰仗雅典娜和天父宙斯摧毁了城市，
剥夺了被俘的妇女们的自由带走她们，
宙斯和其他神明却帮助你躲过了不幸。
我想这一次他们不会如你所希望，　　　　195
来帮你解脱危困，我劝你赶快后退，
回到自己的军中，不要来和我作对，
趁现在还没有遭殃：蠢人事后才变聪明。"

埃涅阿斯立即大声回答他这样说：
"佩琉斯之子，你不要把我当作孩子，　　　　200
企图用大话吓退我，我自己也会用言辞
嘲弄别人，说出尖锐的威胁话语。
你我都知道对方的世系，生身双亲，
听到世人关于他们的许多传说，
虽然我们都没有见过对方的父母。　　　　205
人们都说你是高贵的佩琉斯的根苗，
咸海的女儿、美发的忒提斯是你的母亲，
而我自己是尊贵的安基塞斯的儿子，

使我自豪,阿佛罗狄忒是我的母亲。
他们中有一对今天将要为自己的儿子　　　　　210
痛哭流涕,因为我知道你我不会
就这样退出战斗,说说废话罢休。
如果你想清楚地知道我的家系,
我可以告诉你我的族谱,它众所周知。
集云神宙斯首先生了达尔达诺斯,　　　　　215
他创建了达尔达尼亚,当时神圣的伊利昂,
有死的凡人的城市,平原上还没有建起,
人们还在多泉的伊达山坡上居住。
达尔达诺斯生了国王埃里克托尼奥斯,
成为有死的凡人中最最富有的人。　　　　　220
多泽的草地上牧放着他的三千匹马群,
一色母马,同欢乐的小马嬉戏纵情。
波瑞阿斯被牧放的母马强烈感动,
化作一头黑鬃马前来造访它们,
使它们受孕一共生下十二头马驹。　　　　　225
那些马驹如果在成熟的麦地奔驰,
它们能迅速从上面掠过不损伤麦穗;
如果它们想跨过广阔无涯的海面,
它们能轻易地掠过泡沫四溅的浪脊。
埃里克托尼奥斯给特洛亚人生了特罗斯王,　　230
特罗斯又生了三个完美无瑕的儿子:
伊洛斯、阿萨拉科斯和神样的伽倪墨得斯,
伽倪墨得斯长成世间闻名的美男子。
神明们见他容貌俊美,把他掳去

给宙斯司酒，留他在不朽的神界居住。　　　　　235
伊洛斯生了完美无瑕的拉奥墨冬，
拉奥墨冬生了提托诺斯、普里阿摩斯、
兰波斯、克吕提奥斯和阿瑞斯的族类希克塔昂。
阿萨拉科斯生了卡皮斯，卡皮斯生了安基塞斯，
安基塞斯生了我，赫克托尔出自普里阿摩斯。　　240
这就是我引以自豪的血统和家谱。
宙斯把勇气赐给人们，或少或多，
全凭他愿意，因为他强过其他众神明。
我们可不要站在这激战的中心地段，
像两个稚气的孩童把废话说个没完。　　　　　245
我们都可以说出许多话侮辱对方，
它们多得可超载一百个座位的大船。
人的舌头灵活无比，舌面上的语言
变化万千，丰富的词汇无边无涯，
不管你说什么，都可得到相应的回答。　　　　250
可是我们有什么必要站在这里
尖刻地嘲讽谩侮，有如两个女人，
她们胸中充满无法压抑的怒火，
站在街心互相激烈地嘲弄辱骂，
不管在理不在理，只因心怀怨怒。　　　　　255
你不可能用言辞迫使我放弃战斗，
我们必得交战一场。让我们开始吧，
好互相品尝品尝对方铜枪的力量。"

　　埃涅阿斯说完，把沉重的长枪投向

548

那面可怕的盾牌，枪尖把大盾震响。　260
佩琉斯之子慌忙伸出强健的臂膀
举盾抵挡，心想强大的埃涅阿斯
那支有长影的投枪定会把盾面穿透。
愚蠢啊，阿基琉斯没有用心灵思想，
那是神明的精美赠礼，世间的凡人　265
不可能把它击穿或者迫使它避退。
勇敢的埃涅阿斯的沉重长枪没有能
穿透盾面，被神明的礼物黄金挡住。
那支枪只穿过两层，还有三层没穿透，
原来跛足神为盾面总共锻造了五层，　270
两层青铜在外，两层白锡在里，
中间一层黄金，正是它阻住了投枪。

阿基琉斯随即掷出有长影的投枪，
击中埃涅阿斯的那面等径圆盾，
击在盾牌边沿，那里青铜最单薄，　275
牛皮里衬也最薄弱，佩利昂梣木枪
直穿进去，盾牌被撞击得琅琅作响。
埃涅阿斯急忙弓身，惊慌地把盾牌
举向头顶，投枪越过他的后背，
插进土里，穿过盾牌的两种层面。　280
埃涅阿斯躲过了那支巨大的长枪，
呆木地站在那里，两眼直冒火光，
心里惊恐不已，投枪就插在身旁。
阿基琉斯又抽出利剑大喊着扑过来，

埃涅阿斯也顺手抓起一块大石头，　　　　　　　　285
那石头大得现今两个人都难以抱起，
他却能独自一人不费劲地把它高举。
埃涅阿斯本可能用石块击中扑过来的
阿基琉斯的头盔或那面救过他的盾牌，
佩琉斯之子也可能冲过去把对方杀死，　　　　　290
若不是震地神波塞冬敏锐地发现了他们。
大神立即对同行的不朽神明们这样说：
"天哪，我可怜那个勇敢的埃涅阿斯，
他就要被佩琉斯之子打倒前往哈得斯。
他听信了射神阿波罗的花言巧语，　　　　　　295
愚蠢啊，射神却不挽救他免遭惨死。
他是个无辜的人，对掌管广阔天宇的
众神明一向奉献令我们快慰的礼物，
为什么要因他人让自己蒙苦受难？
让我们把他救出死亡，倘若阿基琉斯　　　　　300
把他杀死，也会恼怒克罗诺斯之子。
命运注定他今天应该躲过死亡，
使达尔达诺斯氏族不至于断绝后嗣，
因为克罗诺斯之子对他最宠爱，
远胜过凡女为他生的其他孩子。　　　　　　　305
普里阿摩斯氏族已经失宠于宙斯，
伟大的埃涅阿斯从此将统治特洛亚人，
由他未来出生的子子孙孙继承。"

牛眼睛的天后赫拉立即回答他这样说：

"震地神，埃涅阿斯的事由你做主，　　　　310
是把他救出，还是不管他如何勇敢，
仍然让佩琉斯之子阿基琉斯把他杀死。
我和帕拉斯·雅典娜曾经不止一次地
在全体不朽的神明面前庄严地发过誓，
永远不帮助特洛亚人躲过灾难的时刻，　　315
即使勇敢的阿开奥斯儿子们放起火来，
整个特洛亚都被熊熊烈火吞噬。"

　强大的震地神波塞冬听见女神这样说，
立即出发穿过战线和密集的枪雨，
来到埃涅阿斯和阿基琉斯交战的地方。　　320
他在佩琉斯之子阿基琉斯的眼前
迅速布起一团迷雾，再把那支
穿过埃涅阿斯的盾牌、铜辉闪灿的
桦木枪拔出来放到阿基琉斯的脚跟前，
然后把埃涅阿斯从地上举起抛出去。　　325
埃涅阿斯被神明的有力巨掌抛出，
越过所有的士兵行列和战车阵线，
落到震耳喧嚣的战场的最最边缘，
考科涅斯人正准备投入战斗的地方。
著名的震地神波塞冬随即也来到他跟前，　　330
大声对他说出有翼飞翔的话语：
"埃涅阿斯，哪位神使你不自量力，
竟然去同高傲的佩琉斯之子对抗？
他比你强大，比你更受宠于神明。

你以后一碰上阿基琉斯便立即退却，   335
免得违背命运提前去哈得斯的居所。
在他达到命定的死亡界限之后，
你便可大胆在前线冲杀，因为那时
没有哪个阿开奥斯人能和你对敌。"

　　波塞冬这样说完，离开埃涅阿斯，   340
急忙赶回撤去阿基琉斯眼前的迷雾。
阿基琉斯立即睁大眼睛四下观察，
不禁长叹一声，对高傲的心灵这样说：
"天哪，我亲眼看见了一个惊人的奇迹，
我的长枪现在倒在我面前的地上，   345
我想杀死的那个人却消失得不见踪影。
埃涅阿斯显然为不朽的神明所宠爱，
我原以为他说那些话完全是吹嘘。
让他去吧，他不会再回来和我交手，
这次他能逃过死亡理应感到满意。   350
现在我一面召唤好战斗的达那奥斯人，
一面冲杀，让其他的特洛亚人尝尝臂力。"

　　阿基琉斯说完，跑过阵线激励每个人：
"勇敢的阿开奥斯人，不要离敌人远站，
要兵对兵，将对将，勇敢地和敌人拼杀。   355
不管我如何强大，一个人也难以追击
这么多逃跑者，跟所有的敌人厮杀。
即使不朽的神明阿瑞斯或者雅典娜，

对这样的战斗场面也会觉得为难。
只要我的臂膀和双腿力所能及，   360
我决不会在敌人面前向后退却。
我这就冲进敌阵，不管哪个特洛亚人，
凡接近我的长枪的都不会欢悦兴奋。"

　　他这样说，光辉的赫克托尔也在召唤
特洛亚人，宣称要和阿基琉斯对阵：   365
"勇敢的特洛亚人，不要怕佩琉斯之子！
凭言辞我甚至可以同不朽的神明厮杀，
用长枪却困难，因为神明比我们强大。
阿基琉斯并非所有的话都能实现，
有的话他做到了，有的话只完成一半。   370
我这就去和他对阵，即使他双手如烈火——
即使他双手如猛烈的火焰，勇力如灼铁。"

　　他这样激励部队，特洛亚人举起长枪，
敌对双方相向冲杀，喊声震地响。
福波斯·阿波罗走近赫基托尔对他这样说：   375
"赫克托尔，你绝不能去同阿基琉斯厮杀，
只可隐在人群中和大家一起作战，
免得他向你投枪或扑近用剑劈砍。"

　　阿波罗这样说，赫克托尔立即退进人群，
听见天神说话的声音，心情慌颤。   380

阿基琉斯满怀热望,可怖地大喊,
冲向特洛亚人,首先杀死了奥特伦透斯的
勇敢儿子伊菲提昂,一支大部队的首领,
女河神在雪盖的特摩洛斯山下肥沃的许得
为攻掠城市的奥特伦透斯生下了他。　　　　　　　385
伊菲提昂直冲过来,神样的阿基琉斯
枪中他的脑袋,把脑壳劈成两半。
他砰然倒地,神样的阿基琉斯夸口说:
"奥特伦透斯之子,你这恶人倒下了,
死亡在这里赶上了你,可你却出生在　　　　　　　390
古盖亚湖旁,那里有你父亲的田地,
在多鱼的许洛斯河和多漩涡的赫尔摩斯河边。"

　　他这样夸说,黑暗罩住了伊菲提昂的眼睛。
阿开奥斯人的战车轮子把伊菲提昂的尸体
碾碎在战线前列,阿基琉斯又击中了　　　　　　　395
安特诺尔的儿子,一个杰出的战士,
得摩勒昂的太阳穴,穿过带青铜面甲的头盔,
铜盔没能阻住枪,枪尖穿过铜层,
砸碎脑壳,脑浆在里面溅满了铜盔,
阿基琉斯就这样止住了得摩勒昂的勇力。　　　　　400
阿基琉斯又一枪击中正跳下战车,
转身向前逃跑的希波达马斯的后背,
他大喊着放弃了生命,有如一头公牛,
被青年们拖着围绕赫利克尼奥斯①的祭坛

---

① 波塞冬的别名,赫利克建有他的古老祭坛。

大声哞叫，震地神见了心中欢喜。 405
希波达马斯也这样喊叫着被生命丢弃。
阿基琉斯又举枪攻击普里阿摩斯之子、
神样的波吕多罗斯，父亲不让他参战，
因为在众多的儿子中他的年龄最小，
最受父亲宠爱，腿脚数他最敏捷。 410
当时他愚蠢地炫耀自己脚步快捷，
在前线来回奔跑，直到送掉性命。
捷足的阿基琉斯趁他从前面跑过，
一枪击中他的背窝，在腰带的金扣环
和胸甲重叠形成双层护身的地方。 415
枪头穿进身体再从肚脐穿出，
他大叫一声跪下，眼前一阵昏黑，
用手堵住流出的肚肠栽倒地上。

　　赫克托尔看见自己的兄弟波吕多罗斯
用手堵着流出的肚肠仆倒在地， 420
双眼被黑暗笼罩，他不能容忍自己
继续隐在阵线里，便如同一团烈火，
立即挥舞锐利的长枪，扑向阿基琉斯。
阿基琉斯一见他，迅速迎上去这样自语：
"这就是最大地伤了我的心的人， 425
他杀死了我那个最最亲密的伙伴，
我们不会再在战阵里互相躲藏。"

　　他这样自语，怒视神样的赫克托尔这样说：

"你再走近些,好更快领受命定的死亡!"

　　头盔闪亮的赫克托尔镇静地这样回答:　　　　　　　　430
"佩琉斯之子,你不要把我当作孩子,
企图用大话吓退我,我自己也会用言辞
嘲弄别人,说出尖锐的威胁话语。
我也知道你是个强手,我自己不如你,
不过这一切全都摆在神明的膝头。　　　　　　　　　　435
虽然我比你弱,但我也可能一枪杀死你,
因为我的这支枪一向也不算不锐利。"

　　赫克托尔这样说,挥动臂膀掷出长枪,
雅典娜只是轻轻一吹,便使那支枪
偏离显贵的阿基琉斯方向,重新回到　　　　　　　　　440
神样的赫克托尔跟前,掉在他的脚旁。
阿基琉斯可怖地呐喊着冲向赫克托尔,
想把他杀死,阿波罗却把赫克托尔摄开,
用浓雾把他罩住,这种事于神明很容易。
神样的捷足阿基琉斯三次举着铜枪　　　　　　　　　445
猛冲上去,却三次戳着空虚的迷雾。
阿基琉斯恶煞似的发起第四次冲击,
可怖地喊叫着说出有翼飞翔的话语:
"你这条狗,又逃过了死亡,但终究逃不过
面临的灾殃。福波斯·阿波罗又一次救了你,　　　　450
你进入枪距时肯定向他作过祈求。
下次遭面时我定会立即把你杀死,

只要有哪位不朽的神明也来帮助我。
现在我去找其他人，碰上谁就让谁遭殃。"

阿基琉斯一枪刺中德律奥普斯的颈脖，　　　　　455
德律奥普斯倒在他脚前。阿基琉斯丢下他，
又一枪刺中菲勒托尔的俊美儿子
得穆科斯的膝盖，把他打倒在地，
然后用长剑一砍，放走了他的生命。
阿基琉斯又去攻击比阿斯的两个儿子　　　　　460
拉奥戈诺斯和达尔达诺斯，把他们从战车
打到地上，一个用枪刺，一个用剑砍。
阿拉斯托尔之子特罗斯跑上去抱住
阿基琉斯的膝盖，请求宽宥俘虏他，
放他活命，可怜同龄人不把他杀死。　　　　　465
愚蠢啊，须知此人用言语说服实在难！
阿基琉斯其人心性并不仁慈和软，
却一向暴烈顽倔，特罗斯抱膝哀求，
他挥起一剑刺进可怜的特罗斯的肝部。
肝脏涌出体外，鲜血浸透了衣褶，　　　　　470
黑暗罩住了双眼，灵魂随即消逝。
阿基琉斯又冲向穆利奥斯，一枪刺中
他的耳郭，枪尖穿出另一只耳朵。
接着他用带柄的长剑笔直砍中
阿革诺尔之子埃赫克洛斯的脑顶，　　　　　475
鲜血使剑通身变热，悲惨的死亡
和强大的命运立即蒙住了他的眼睛。

他又用铜枪刺中丢卡利昂的臂膀，
正在肘弯多条筋腱附着的地方，
杜卡利昂挂着残臂在那里呆立，　　　　　　　　　480
望着面前的死亡。阿基琉斯举剑砍断
他的颈脖，脑袋和头盔一同飞起，
脊髓从椎骨涌出，尸体栽倒地上。
阿基琉斯又冲向高贵的里格摩斯，
佩罗奥斯之子，来自肥沃的色雷斯，　　　　　　485
一枪正好刺中，铜尖刺进肚里，
使他倒下战车。阿基琉斯又举枪刺中
正掉转马头的侍从阿瑞托奥斯的后背，
把他打下战车，辕马一片惊慌。

　　有如一团烈火从深邃的壑峡沿着　　　　　　490
干燥的山麓燃起，把整个山林燃着，
猛烈的狂风赶着烈焰到处肆虐，
阿基琉斯也这样恶煞般挥舞长枪，
到处追杀，鲜血淌遍黑色的泥土。
有如一个农夫驾着宽额公牛，　　　　　　　　495
在平整的谷场上给雪白的大麦脱粒，
麦粒迅速被哞叫的公牛用蹄踩下，
高傲的阿基琉斯的那两匹单蹄马也这样
不断踩踏横躺的尸体和盾牌，
整条车轴和四周的护栏从下面溅满血，　　　　500
由急促的马蹄和飞旋的车轮纷纷扬起。
佩琉斯的儿子为获得荣誉不断冲杀，
他那双不可战胜的双手被鲜血沾满。

第二十一卷

——阿基琉斯力战克珊托斯河神

　　当特洛亚人退到不朽的宙斯养育的、
多漩涡的克珊托斯的水流充盈的渡口，
阿基琉斯把他们截成两段，把其中一段
从平原赶向城市，沿前一天阿开奥斯人
被光辉的赫克托尔杀得惊慌逃回的路线。　　　　　5
特洛亚人向城市仓皇逃窜，女神赫拉
在前面布下一阵浓雾把他们阻拦。
他把另一段赶向多银色漩涡的河流，
特洛亚人纷纷掉进波涛翻滚的河水里，
湍急的水流呻吟着，河岸发出回响，　　　　　　10
人们乱纷纷地喧嚷着挣扎在漩涡里。
有如蝗群在野火的威胁下振翅飞起，
逃向河边，火势突然猛烈蔓延，
惊慌失措的蝗虫纷纷掉进水里；
被阿基琉斯追袭得纷纷落水的人马　　　　　　15
也这样阻塞了湍急的克珊托斯水流。

　　宙斯养育的阿基琉斯把长枪靠在

岸边的柽柳丛旁,自己恶煞般冲过去,
只带一柄长剑,心中谋划着灾难。
他凶狠地左右砍杀,被剑砍着的人们　　　　　　　20
发出可怖的惨叫,鲜血染红了水流。
有如无数小鱼被巨大的海豚追逐,
知道只要被捉住便会被无情地吃掉,
惊慌地拥进安全的河湾角落躲避,
特洛亚人也这样拥到河流的陡岸下躲藏。　　　　25
阿基琉斯直杀得双臂筋疲力乏,
从河中挑出十二个青年把他们活捉,
为墨诺提奥斯之子帕特罗克洛斯之死作抵偿。
阿基琉斯把惊惧如小鹿的青年们赶上岸,
用他们自己的裁制精巧的衣衫束带,　　　　　　30
把他们的双手扳向后背结实地反绑。
他把俘虏交给同伴们送往空心船,
他自己急切地冲回去继续勇猛砍杀。

　　他首先碰上吕卡昂,达尔达诺斯的后裔
普里阿摩斯的儿子,正爬上河岸逃跑,　　　　　35
阿基琉斯一次夜袭在他父亲的果园里
曾把他捉住当俘虏,当时他用利刃
修削着无花果新枝用作战车栏杆,
神样的阿基琉斯像灾星来到他面前。
阿基琉斯用船把他载到人烟稠密的　　　　　　40
利姆诺斯出卖,被伊阿宋的儿子买去。
吕卡昂的客友英布罗斯人埃埃提昂

出高价把他赎出,送往神圣的阿里斯柏,
他从守护人手里逃走,回到伊利昂。
他离开利姆诺斯后同自己的亲友们   45
欢聚仅仅十一天时光,在这第十二天,
神明重新让他落到阿基琉斯手里,
把他送往哈得斯,尽管他心里不愿意。
神样的捷足阿基琉斯立即认出他,
因为他全身暴露,没有头盔盾牌,   50
也没带长枪,把甲仗全都扔在地上,
汗流浃背地逃上河岸,膝头乏软。
阿基琉斯愤怒地对高傲的心灵这样说:
"天哪,我看见了一个巨大的奇迹!
难道心灵高傲的特洛亚人被我杀死,   55
都会从昏暗的冥界重新返回人世?
这个人曾被卖到神圣的利姆诺斯,
竟然逃过了悲惨的死亡,又出现在这里,
灰海阻挡过许多人,却没能把他阻住。
好吧,那就让他尝尝我的枪头,   60
我也好心里彻底明白,亲眼看清楚,
他仍会从那边回来,或是丰饶的大地
留下许多其他强者,也会留下他。"

   阿基琉斯在那里思忖,吕卡昂惊慌地
向他跑来,想抱住他的双膝哀求,   65
一心想躲过昏晦的命运和可怕的死亡。
神样的阿基琉斯挥动长枪向他投去,

吕卡昂弓身躲过,迅速跑过来抱住
他的膝头,那支枪紧贴后背飞过,
扎进地里,未能如愿地饱尝人肉。　　　　　　70
吕卡昂一只手抱住他的双膝哀求,
一只手牢牢抓住那支锐利的长枪,
大声对他说出有翼飞翔的话语:
"阿基琉斯,我跪着恳求你可怜我!
宙斯养育的人啊,我有权利请求你。　　　　75
你在我父亲的果园里捉住我那一天,
你第一个和我品尝到得墨特尔的果实,
然后你把我带到远离父亲和朋友的
神圣的利姆诺斯出卖,得到一百头牛。
这次我会付给三倍的赎金赎取自由。　　　　80
我经受那么多苦难回到伊利昂才十二天,
残酷的命运现在又让我落到你手里,
显然父宙斯忌恨我,才把我再次交给你。
母亲拉奥托埃生了注定短命的我,
她是老王阿尔特斯的女儿,就是那个　　　　85
统治尚武的勒勒革斯人的阿尔特斯,
据有萨特尼奥埃斯河畔巍峨的佩达索斯。
多妻的普里阿摩斯娶了他这个女儿,
她生了两个儿子,都要被你杀死。
你已在阵前杀了神样的波吕多罗斯,　　　　90
用锐利的长枪把他刺中,现在厄运
又要在这里降临于我;看来我不可能
逃脱你的手,既然神明把我交给你。

不过我还想说明一点，望你仔细听：
请不要杀死我，我同那个杀死你的　　　　　　　　95
善良而勇敢的同伴的赫克托尔并不同母。"

　　普里阿摩斯的高贵儿子当时这样说，
苦苦哀求，但听到的回答并不柔和：
"你这个蠢人，不要和我提赎身的事情。
在命定的死亡降临帕特罗克洛斯之前，　　　　　100
我的心曾经很乐意宽恕特洛亚人，
我活捉了他们许多人把他们卖掉，
但现在凡是不朽的神明在伊利昂城前
交到我手里的特洛亚人，都不可能
躲过一死，特别是普里阿摩斯的儿子。　　　　　105
朋友啊，你也得死，为何这样悲伤？
帕特罗克洛斯死了，他可比你强得多。
你难道没看见我如何俊美又魁伟？
我有伟大的父亲，由女神母亲生养，
但死亡和强大的命运也会降临于我。　　　　　110
当某个早晨、夜晚或者中午来临时，
有人便会在战斗中断送我的性命，
或是投枪，或是松弛的弦放出的箭矢。"

　　吕卡昂听他说，两脚和精神立即瘫软，
他放开那支枪，摊开双手坐到地上，　　　　　115
阿基琉斯随手抽出自己的锋利长剑，
劈中吕卡昂颈旁的锁骨，双刃剑面

完全陷进肉里。吕卡昂向前扑倒，
黑血不断涌出，浸湿了身下的泥土。
阿基琉斯抓住一只脚把他扔进河水，　　　　　　　　120
不禁用有翼飞翔的话语嘲弄一番：
"现在你在那里跟游鱼一起躺着吧，
它们会悠闲地从你的伤口吮你的血，
母亲不可能把你放上停尸床行哀悼，
斯卡曼德罗斯河将把你送往大海的怀抱。　　　　　125
鱼儿从水下浮起，追逐黑色的浪沫，
为了如愿吞噬吕卡昂的洁白的嫩肉。
你们特洛亚人啊都该这样遭大殃，
直到你们逃跑，我们追杀到伊利昂。
就连这条优美、多银色漩涡的河流　　　　　　　　130
也救不了你们，尽管你们经常用牛群
向它献祭，把单蹄活马丢进漩涡。
你们该偿付血债，你们都该暴死，
杀死了帕特罗克洛斯，趁我没有参战，
把许多阿开奥斯人在空心船前杀死。"　　　　　　135

　　他这样说，河神听了心中气愤，
思索着如何迫使神样的阿基琉斯
停止杀戮，免除特洛亚人的灾难。
这时佩琉斯之子握着有长影的投枪，
冲过去扑杀阿斯特罗帕奥斯，佩勒贡之子。　　　　140
佩勒贡由水流宽阔的阿克西奥斯河神
与阿克萨墨诺斯的长女佩里波娅所生，

多漩流的河神爱上了她和她结合。
阿基琉斯迅速扑向阿斯特罗帕奥斯，
河神之子爬上岸，手握两支长枪，   145
克珊托斯给他勇气，怨恨阿基琉斯
在他的水流中无情地杀戮那些年轻人。
待他们这样相向而行，互相逼近，
神样的捷足阿基琉斯首先这样说：
"你是何人何种族？胆敢和我对抗？   150
只有不幸的父亲的儿子才同我抗争！"

　　佩勒贡的高贵儿子这样回答阿基琉斯：
"佩琉斯的高傲儿子，你问我的家世？
我来自肥沃的派奥尼亚，地方遥远，
带来了长枪武装的派奥尼亚军队，   155
今天是第十一天自我来到伊利昂。
我的家系源自水流宽阔的阿克西奥斯，
就是清澈的流水绕地行的阿克西奥斯，
他生了枪手佩勒贡，据说佩勒贡生了我。
光辉的阿基琉斯，要交手现在就开始！"   160

　　他威胁地这样说，神样的阿基琉斯举起
那支佩利昂梣木枪，但英勇的阿斯特罗帕奥斯
是名出色的双枪手，一次投来两支枪。
其中一支投中盾牌，但枪头没有能
穿透盾面，被神明的礼物黄金挡住；   165
另一支投中阿基琉斯右臂擦伤肘膀，

涌出暗黑的鲜血。那枪从身旁飞过，
颤悠悠扎进地里，本想能饱餐人肉。
阿基琉斯向阿斯特罗帕奥斯投出那支
直飞的梣木枪，很想一枪击杀对方。　　　　　　170
但那枪从旁飞过，插进高高的堤岸，
梣木枪杆插进泥土里竟然过半。
佩琉斯之子抽出身边的利剑扑去，
阿斯特罗帕奥斯徒然伸出有力的大手，
试图把阿基琉斯的梣木枪拔出堤岸。　　　　　　175
他三次用力晃动枪杆想把它拔出来，
三次都白费力气，他正想第四次
把埃阿科斯的后裔的梣木枪折断，
阿基琉斯已经赶来，用剑把他劈死。
利刃劈中脐旁，肚肠涌溢地上，　　　　　　180
他长叹一声，黑暗罩住了他的眼睑。
阿基琉斯立即上前踩住他的胸部，
剥下铠甲，不觉夸耀地对他这样说：
"你就这样躺着吧，即使是河神所生，
想对抗全能的克罗诺斯之子也决非容易。　　　　　　185
你说你属水流宽阔的河神家族，
我却荣耀地归属强大的宙斯世系。
埃阿科斯的后裔、统治无数的米尔弥冬人的
佩琉斯生了我，生养埃阿科斯的便是宙斯。
宙斯比所有的湍湍奔流的河神强大，　　　　　　190
宙斯的子孙也同样强过河神的后裔。
现在你身边这条大河即使想帮助你，

也无力同克罗诺斯之子宙斯作战。
无论波涛汹涌的阿克洛伊奥斯河①或是
渊深无底的奥克阿诺斯的巨大力量，　　　　　195
都不敌于宙斯，尽管他是各条河流
和所有大海、一切泉流和深井的源泉；
当伟大的宙斯从天宇放出可怕的闪电
和霹雳时，他也禁不住惊恐惶栗。"

　　阿基琉斯这样说，从堤岸拔出铜枪，　　　200
把阿斯特罗帕奥斯丢在那里失去性命，
躺在沙滩上任凭暗黑的河水拍浸。
鳗鲡和鱼群围绕着他的尸体忙碌，
啄食他的嫩肉，吞噬他的肝脏。
阿基琉斯冲向戴饰盔的派奥尼亚人，　　　　205
他们正拥挤在汹涌的河边惊恐万状，
当他们突然看见自己的头领在激战中
被利剑劈杀倒在佩琉斯之子的手下。
他杀死了特尔西洛科斯、米冬、阿斯提皮洛斯，
姆涅索斯、特拉西奥斯、埃尼奥斯和奥斐勒斯特斯；　210
捷足的阿基琉斯本会杀死更多的
派奥尼亚人，若不是汹涌的河神气愤，
化作凡人从漩涡深处对他这样说：
"阿基琉斯，你比所有的凡人都强大，
但暴虐也超过他们，你一直有神明助佑。　　215

① 在希腊埃托利亚境内。

即使宙斯让你杀死所有的特洛亚人，
也请你把他们赶往平原成就大业，
我的可爱的河道充塞了无数尸体，
我已无法让河水流往神圣的大海，
尸体堵塞了去路，你还在继续诛杀。　　　　　220
住手吧，军队的首领，这场面使我惶栗。"

　　捷足的阿基琉斯对河神这样回答说：
"宙斯养育的斯卡曼德罗斯，我听你吩咐。
不过要我停止杀戮傲慢的特洛亚人，
需待我把他们赶进城去，与赫克托尔本人　　225
决胜负，是他杀死我，还是我把他杀死。"

　　阿基琉斯这样说，恶煞般冲向特洛亚人，
水流湍急的河神这时对阿波罗这样说：
"银弓之神，宙斯之子，多么可悲啊，
你没有按照克罗诺斯之子的吩咐去做，　　　230
他曾要求你支持特洛亚人，帮助他们，
直到黑暗降临，大地被罩上夜幕。"

　　阿基琉斯听河神这样说，跃身离岸，
跳进河心，河神掀起巨浪扑来，
喧嚣着鼓起所有急流滚滚席卷，　　　　　235
泛起被阿基琉斯杀死在河道的层层残尸，
公牛般吼叫着把尸体远远地抛上河岸，
一面挽救活着的人免遭屠戮，把他们

卷进清澈的流水，藏进渊深的大漩流。
急流在阿基琉斯周围竖起可怕的巨浪，　　　　　　　240
翻腾着扑向盾牌，阿基琉斯站立不稳，
伸手抓住一棵高大的榆树树干，
榆树被连根拔起，带起大片河堤，
繁茂的枝叶堵塞了清澈的流水，
整棵大树横梗河道连通了两岸。　　　　　　　　　245
阿基琉斯跳出急流，迈开双腿
急急奔上河堤，心中不禁惶栗。
大河神不甘罢休，翻起层层黑浪，
向神样的阿基琉斯涌来，企图迫使他
停止残杀，免除特洛亚人的灾难。　　　　　　　　250
佩琉斯之子一转眼便跑出一投枪距离，
快捷得如同一只老鹰，黑色的猎者，
羽族中数它最强健有力，也最敏捷。
阿基琉斯迅速奔跑，身上的铜装
发出可怕的震响；他不断躲开浪涛，　　　　　　　255
河神大声咆哮着在身后紧紧奔袭。
有如园丁从色泽深暗的井里汲水，
灌溉自己的禾苗和果园，手握鹤嘴锄，
给水流开道，清除水道里各种杂污。
清水顺沟流淌，冲走沟底的石砾，　　　　　　　　260
欢乐地歌唱着顺着缓坡迅速流下，
一会儿便赶过开道人走在他前面。
阿基琉斯也这样常被湍急的水流赶上，
尽管他腿脚敏捷，但神明比凡人更强。

多少次神样的捷足阿基琉斯想站住对抗，265
也看看是不是所有居住在广阔天空的
不朽神明都和他作对，把他追赶，
但每次那由天雨注满的河流都掀起
高高的巨浪向下压向他的双肩，
他恐惧地向上跃起，急流从下面涌过，270
扑击他的膝盖，冲走脚下的泥土。
佩琉斯之子仰望长空大声呼喊：
"天神宙斯，难道竟没有一位神可怜我，
救我出河流？那时我甘愿忍受一切。
我不怨恨其他神明，只怨我那 275
亲爱的母亲，她用谎言愚弄我，
说我将在戎装的特洛亚人城下
丧命于阿波罗飞速流逝的箭矢。
让赫克托尔杀死我吧，特洛亚人中他最优秀：
高贵之士杀人，杀死高贵之人。 280
现在我却难逃被一条大河淹没，
不光彩地死去，有如冬天一个牧猪童
被急流冲走，试图穿过一条河流。"

他这样呼喊，波塞冬和雅典娜立即前来，
幻化成凡人模样，双双站到他跟前，285
拉着他的手，满怀怜悯地用话语劝慰，
震地神波塞冬首先开口对他这样说：
"佩琉斯之子，不要这样害怕和灰心，
神明中有我们两个——我和帕拉斯·雅典娜

是你的坚强盟友，得到宙斯的允许。　　　　　　　　290
命运并未注定你被这条河流战胜，
它很快便会退却，你将亲眼看见。
我们给你一个忠告，你若愿听取：
无论如何你都不要停止战斗，
要直到把所有溃逃的特洛亚人赶进　　　　　　　295
伊利昂的著名城墙；等杀死了赫克托尔，
便返回船舶，我们帮助你获得荣誉。"

　　两位天神说完，返回神明中间，
阿基琉斯受神明激奋，奔向平原。
整个原野漫溢着洪水，水上漂浮着　　　　　　　300
无数精美的铠甲和被杀死的青年的尸体，
阿基琉斯抬膝跨步，迎着水流前进，
任河神波涛汹涌，也难把他阻挡，
雅典娜给他胸中灌输了巨大的力量。
斯卡曼德罗斯没有松懈自己的进攻，　　　　　　305
对佩琉斯之子燃起了更强烈的怒火，
一面翻腾巨浪，一面呼唤西摩埃斯河：
"亲爱的兄弟，让我们一起阻遏这家伙，
他不久将要摧毁普里阿摩斯王的大都，
特洛亚人无法阻挡他的猛烈攻击。　　　　　　　310
快来帮助我，让条条山泉急涌直泻，
充满你的河道，让所有的激流涌起，
掀起层层巨澜，裹挟着石块残木，
奔腾咆哮前来，制服这个大狂徒，

他正势不可挡，自信堪与神匹敌。　　　　　315
我要让他的勇力，他的美貌和那副
精美的铠甲都救不了他，要让这一切
躺在水底淹没在污泥里，让他本人
身上卵石层叠，再堆积无数淤泥，
让阿开奥斯人无法找到他的尸骨，　　　320
我定要这样用无数泥沙把他盖淹。
我为他造好现成的坟墓，阿开奥斯人
为埋葬他无需再修建任何墓地。”

　　克珊托斯这样说，吼叫着高高隆起，
冲向阿基琉斯，翻腾着泡沫、鲜血和尸体。　325
天雨灌注的河流掀起黑色的巨浪，
企图居高临下扑向佩琉斯之子。
赫拉大叫一声，为阿基琉斯惊扰，
担心汹涌的大河可能把他卷走，
立即对儿子赫菲斯托斯这样大声说：　　330
“我的跛足孩子，赶快投入战斗，
有你足以对付汹涌的克珊托斯，
快去救援，燃起你的熊熊烈火。
我去鼓动泽费罗斯和快速的诺托斯，
从辽阔的海上立即刮起强劲的暴风，　　335
鼓起大火，把特洛亚人的尸体和铠甲
焚烧殆尽；你现在去燃烧克珊托斯
岸边的排排树木，用火烧着他自己，
不要感动于他的威胁和哀怜话语。

你不要抑制怒火，直到我发出呼喊，　　　　340
给你信号，你才可熄灭不倦的火焰。"

　　赫拉这样说，赫菲斯托斯随即燃起
一股烈火，那火首先从平原燃起，
焚尽了被阿基琉斯杀死的无数尸体，
把整个平原烤干，闪光的洪水被抑阻。　　　345
有如秋日的北风把刚被淋湿的打谷场
迅速吹干，给劳作的农人带来喜悦。
当他也这样把平原烤干，焚尽尸体，
他便把耀眼的火焰立即引向河流。
一排排榆树、柳树、柽树燃烧起来，　　　　350
燃着了生长在克珊托斯清澈水边的
一簇簇旺盛的百合、芦苇和棵棵莞蒲。
火焰惊扰了鳗鲡和各种游鱼，它们被
机巧的赫菲斯托斯的炎热的气息炙烤，
焦急地在清澈水流的深渊里向下窜游。　　　355
河神本身也被燃着，痛苦地哭喊：
"赫菲斯托斯，没有哪位神敌得过你，
我也不想同你这位喷火神抗争。
让我们罢手吧，即使阿基琉斯把特洛亚人
全都赶出城来，我何必帮助他们？"　　　　360

　　河神说着被火焰烧焦，清澈的流水
泡沫翻滚，有如锅里正在熔炼
肥猪的脂油，锅下燃着熊熊的旺火，

干柴燃起烈焰使它迅速沸腾，
河神的清澈水流也这样被烧沸滚腾。　　　　　365
克珊托斯惊恐得不再流淌，心智机巧的
赫菲斯托斯的热气强烈地折磨着他。
他哀求赫拉，说出有翼飞翔的话语：
"赫拉啊，你的儿子为何在众多神明中
唯独如此折磨我？我的过错远不及　　　　　370
所有其他站在特洛亚人一边的天神。
我立即停止战斗，如果你这样吩咐，
只是他也得罢手。我还可以发誓，
我永远不再救特洛亚人免却死亡，
即使有一天阿开奥斯的勇敢儿子们　　　　　375
放起贪婪的大火把整个特洛亚烧光。"

　　白臂女神赫拉听河神这样哀求，
立即对自己的儿子赫菲斯托斯这样说：
"我的光辉的儿子赫菲斯托斯，住手吧，
不能为凡人而如此屈辱不朽的神明！"　　　　380

　　女神这样说，赫菲斯托斯熄灭了烈火，
浪涛也重新回到优美的河道里淌流。

　　克珊托斯被制服，两位神明停战，
赫拉制止了他们，尽管仍然很气愤。
其他神明这时却爆发起激烈的争斗，　　　　385
胸中的心灵激荡着倾向敌对的一方。

他们大喊着扑向对手,大地在脚下
沉重地呻吟,辽阔的天空回荡着巨响。
宙斯高踞奥林波斯山顶听见呐喊,
高兴得大笑不已看见神明们争斗。 390
神明们迅速冲到一起展开激战,
毁盾之神阿瑞斯首先开始,第一个
举枪扑向雅典娜,破口大声责骂:
"你这狗壁虱,为何如此跋扈强横,
如此傲慢骄纵,挑动神明们争斗? 395
你难道忘了曾经怂恿提丢斯之子
狄奥墨得斯进攻我,公然抓住投枪
帮助瞄准,刺中我的健美的身体?
你欠我的这笔债现在我要你偿付。"

    他这样说,一面刺中雅典娜可怕的 400
带穗子圆盾,宙斯的霹雳对那面圆盾
也无可奈何,凶暴的阿瑞斯刺中盾面。
雅典娜稍许后退,用有力的大手捡起
地头一块黝黑、硕大、尖利的石头,
前辈人把它作为界址立在地头。 405
女神把石块投中狂暴的阿瑞斯的颈脖,
阿瑞斯瘫倒地上占去七佩勒特隆①地面,
全身铠甲震响,头发沾满了泥土。
雅典娜大笑不止,对阿瑞斯这样夸说:

① 佩勒特隆是面积单位,约合 0.095 公顷。

"你这个蠢材，显然你并没有认真思量，　　　410
我比你强多少，竟然来和我比试力量。
现在你实现了你的母亲对你的诅咒，
她因你背弃阿开奥斯人去帮助高傲的
特洛亚人对你生气，咒你遭大殃。"

　　雅典娜这样说，把明亮的目光移向别处。　　415
阿佛罗狄忒伸手搀扶阿瑞斯出战场，
阿瑞斯痛苦地呻吟，好容易才恢复了知觉。
白臂女神赫拉一看见阿佛罗狄忒，
便对雅典娜说出有翼飞翔的话语：
"持大盾的宙斯的女儿，看那阿佛罗狄忒，　　420
那个狗壁虱正把杀人魔王阿瑞斯
带出紧张的战场，快去追赶他们。"

　　赫拉这样说，雅典娜兴冲冲追赶过去，
对准阿佛罗狄忒的胸部狠狠一拳，
阿佛罗狄忒的心和膝盖立即瘫软。　　425
这两位神明双双躺在丰产的大地上，
雅典娜说出有翼飞翔的话语自夸：
"倘若所有站在特洛亚人一边的神明，
他们同穿铜装的阿尔戈斯人作战，
都能像阿佛罗狄忒为了帮助阿瑞斯，　　430
赶来同我对抗时这样坚定和勇敢，
那我们早就结束了这场残酷的战争，
摧毁了这座建造坚固的伊利昂都城。"

雅典娜这样说，白臂女神赫拉微笑不止。
强大的震地神波塞冬对阿波罗这样说： 435
"福波斯，我们为什么仍然袖手旁观，
其他的神明都已动手，这样不体面，
返回宙斯的奥林波斯的铜宫也觉羞惭。
现在你先动手，因为你比我年轻，
我既年长又多经验，先动手不公平。 440
蠢人啊，你多没记性，你显然已经忘记，
神明中只有我们两个为这座伊利昂
吃过那么多苦头，当时按宙斯吩咐，
我们和傲慢的拉奥墨冬讲定报酬，
为他服苦役一年，他把我们差遣。 445
我为特洛亚人围绕城市修建一条
宽阔结实的城墙，使它坚不可摧，
福波斯，你在冈峦起伏、林木繁茂的
伊达山间为他牧放蹒跚的弯角牛。
但当令人愉快的付酬时刻到来时， 450
失信的拉奥墨冬把应付我们的报偿
全部强行克扣，威胁地把我们赶走。
他声称要把我们的手脚捆缚起来，
送往遥远的海岛出卖，甚至威胁
要用锋利的铜刀割下我们的耳朵。 455
我们不得不满怀怨气离开他回去，
痛恨他虽事先约定却不付我们报酬。
现在你却向他的人民施加恩惠，

不想同我们一起让高傲的特洛亚人
和他们的尊贵的妻子儿女惨遭毁灭。" 460

　　射王阿波罗当时回答波塞冬这样说：
"震地神，倘若我为了那些可怜的凡人
和你交手，你定会以为我理智丧尽；
他们如同树叶，你看那些绿叶，
靠吮吸大地养分片片圆润壮实， 465
但一旦生命终止便会枯萎凋零。
让我们立即休战，让凡人自相残杀。"

　　阿波罗这样说完转身离开战场，
心中觉得不该与自己的叔父交战。
她的妹妹、奔跑于林野的狩猎女神 470
阿尔特弥斯这时对他尖锐地责备：
"我的射神啊，你竟然逃跑，让波塞冬得到
不应有的荣誉，拱手让出全部胜利！
蠢材啊，你为何徒然背着闪光的银箭？
但愿我今后在父亲的宫殿里永远不会 475
听见你对不朽的神明们虚妄地夸口，
声称你能和那个波塞冬单独交手。"

　　她这样说，射神阿波罗没有回答，
宙斯的尊贵妻子听了勃然大怒，
立即对女神话语尖刻地严词责难： 480
"无耻的疯狗，你今天胆敢和我作对？

想和我对抗可不是件容易事情,
尽管你是一位弓箭手,宙斯让你
成为女人的母狮,随意致人非命。
在山林里追逐野鹿或其他野兽,   485
无疑远比同强者交手更为有趣。
如果你愿意,就让我们比比高低,
交手时你会发现我究竟怎样比你强。"

　　赫拉这样说,左手把女神的两只手腕
一把抓住,右手扯下她肩上的弓箭,   490
狞笑着用女神自己的武器打她的面颊,
打得她不断闪躲,飞矢掉出箭壶。
女神哭叫着逃脱,如同一只山鸽,
躲避鹰鹫的追捕飞进嶙峋的岩隙,
命运并未注定它被凶猛的鹰鹫逮住。   495
女神也这样哭叫着逃跑,丢下那弓箭。

　　这时弑阿尔戈斯的引路神①对勒托这样说:
"勒托女神啊,我怎么也不会和你交手,
同集云之神的妻子们对抗并非易事;
你尽可对不朽的神明们随意夸耀,   500
似乎你战胜了我凭自己的强大力量。"

　　他这样说完,勒托去捡那张弯弓

---

① 指赫尔墨斯。

和散落满地溅起滚滚尘埃的箭矢，
捡完女儿的弓矢便转身返回天庭。
阿尔特弥斯来到奥林波斯宙斯的铜宫，　　　　505
痛哭流涕的女儿坐在父亲的膝头，
不朽的神袍在她身上不停地颤抖。
父亲把女儿搂进怀里愉快地笑问：
"女儿啊，乌拉诺斯的哪个后裔竟敢
这样侮辱你，好像你作了什么大恶事？"　　　510

　　头发紧束的狩猎女神这样回答说：
"父亲啊，你的妻子白臂赫拉打了我，
是她挑起不朽的神明间的争吵和不和。"

　　父亲和女儿正在这样互相说话，
阿波罗·福波斯这时来到神圣的伊利昂，　　515
他担心达那奥斯人或许会违背命运，
当天便把光辉的城市的围墙摧毁。
其他的不朽神明都回到奥林波斯，
有的心中生气，有的为胜利欣喜，
一个个坐到集黑云的父亲宙斯身边。　　　　520
佩琉斯之子这时正把特洛亚人
和单蹄马砍杀，有如愤怒的神明使城市
骤然起火，滚滚浓烟直达天宇，
给人们制造苦难，给许多人带来悲泣。
阿基琉斯也这样把苦难和悲伤带给特洛亚人。　　525

老王普里阿摩斯来到神明建造的
城墙望楼，看见了可怕的阿基琉斯，
还看见特洛亚人在阿基琉斯面前
仓皇逃窜，他长吁一声走下望楼，
命令看守城门的光荣战士这样说：　　　　　　530
"你们立即打开城门不要离开，
让军队逃进城来，阿基琉斯在后面
紧追不舍，我担心灾难已经临头。
一等他们逃进城来寻求喘息，
便立即把这些结实的门扇紧紧关闭，　　　　535
我担心那个可怕的家伙会闯进城里。"

　　他这样吩咐，哨兵们推出门闩开城，
洞开的城门给逃兵送来得救的希望，
阿波罗也迎面冲出，使他们免遭屠戮。
特洛亚人浑身沾满尘埃，口干舌燥地　　　　540
从平原一直奔向城市和高大的城门，
阿基琉斯在后面追赶，强烈的怒火
仍未平息，一心只想赢得荣光。

　　阿开奥斯人本会攻下宏伟的特洛亚，
若不是阿波罗·福波斯激励安特诺尔的　　　545
卓越、勇敢的儿子阿革诺尔迎战。
阿波罗把勇气灌进他胸中，自己在一旁
靠着一颗橡树，隐在一团浓雾里，
保护他免遭死亡的可怕巨掌的袭击。

阿革诺尔看见勇猛的阿基琉斯杀来，　　　　550
但站住等待，强大的心里不免恐惧，
忧伤地对自己那颗勇敢的心这样说：
"天哪，我如果也从阿基琉斯面前
顺着其他人惊慌地逃窜的方向逃跑，
我定会被他抓住杀死当作懦夫。　　　　555
抑或且让特洛亚人在佩琉斯之子
阿基琉斯面前逃跑，我另择道路，
离开城墙，徒步逃往伊利昂平原，
逃进伊达山峡谷躲进浓密的林莽。
到傍晚再跳进河水好好沐浴一番，　　　560
洗净身上的汗渍，然后返回伊利昂。
但我这颗心为什么考虑这些事情？
也许当我离开城市逃往平原时，
他会发现我，迅速追来把我逮住。
那时我便不可能再把死亡逃脱，　　　　565
因为大地上所有的凡人中他强大无比。
或者我在这城下迎上去和他交战？
锐利的铜枪也会把他的身体刺穿，
他也只有一个灵魂，他也是凡人，
只是克罗诺斯之子宙斯赐给他荣誉。"　　570

　他这样说，决定等待阿基琉斯，
急切的战斗欲望充满了勇敢的心灵。
有如一只走出浓密树丛的豹子，
碰上猎人，心中毫不惊慌畏惧，

听见猎狗吠声也不仓皇逃跑，   575
即使猎人向它投来飞驰的枪矢，
把它击中，它也不会失去勇气，
仍要冲向敌人拼个或活或死。
高贵的安特诺尔之子阿革诺尔
也不想逃跑，要同阿基琉斯比试。   580
他把那面等径盾牌举到身前，
紧握长枪瞄准对方放声大喊：
"光辉的阿基琉斯，你心里无疑希望
今天就把勇敢的特洛亚人的城市摧毁，
愚蠢啊，特洛亚人还会制造许多苦难。   585
城里还有许多像我们这样的勇敢者，
他们会在他们的父母、妻儿面前
为伊利昂而战，你会在这里赶上死亡，
不管你如何可怕，作战如何勇敢。"

他这样说，用强健的臂膀投出长枪，   590
那支枪没有白投，击中膝下的小腿。
用锡锻造的新胫甲在他的小腿周围
可怕地震响。投枪铜尖被弹了回来，
虽击中却未能击穿，被神明的礼物挡住。
轮到佩琉斯之子进攻神样的阿革诺尔，   595
阿波罗不让阿基琉斯获得荣誉，
用一团浓雾把阿革诺尔罩住摄走，
使他不受任何损伤地离开了战场。
射神又诡诈地把佩琉斯之子诱开军队，

他让自己完全幻化成阿革诺尔模样，   600
在前面逃跑，阿基琉斯在后面奋力追赶。
阿基琉斯一直追过小麦覆盖的平原，
再拐弯追向波涛汹涌的斯卡曼德罗斯河，
与逃跑者相距不远。阿波罗一直这样
诱骗阿基琉斯，好让他急急追赶。   605
其他的特洛亚人这时迫不及待地
蜂拥着逃进城里，立即把城市挤满。
没有人胆敢留在城外高高的围墙下，
等待同伴，查看他们谁已经逃进城，
谁留在了战场，所有的人都潮水般   610
向城市拥来，只要膝腿救得了他们。

第二十二卷

——赫克托尔被阿基琉斯杀死遭凌辱

特洛亚人像一群惊鹿逃进城里,
他们抹去汗污,饮水解除了燥渴,
依靠着坚固的雉堞喘息。阿开奥斯人
继续向城墙冲来,把盾牌靠在肩头。
恶毒的命运却把赫克托尔束缚在原地,　　　　　5
把他阻留在伊利昂城外斯开埃门前。
福波斯·阿波罗这时对佩琉斯之子这样说:
"佩琉斯之子,你为何这样快腿追赶我,
一个有死的凡人追赶不朽的神明?
显然你没认出我是神,才这样追赶。　　　　　10
你放弃同那些逃跑的特洛亚人作战,
他们已经逃进城,可你却跑来这里。
你杀不了我,因为命运注定我不死。"

捷足的阿基琉斯无比愤怒地回答说:
"射神,最最恶毒的神明,你欺骗了我,　　　　　15
把我从城墙引来这里,要不还会有
许多人没逃进伊利昂便先趴下啃泥土。

你夺走了我的巨大荣誉,轻易地挽救了
那些特洛亚人,因为你不用担心受惩处。
倘若有可能,这笔账我定要跟你清算。"   20

　　他这样说,重新勇猛地奔向城市,
如同竞赛中得胜的骏马拖着战车,
奔跑得那样轻快,敏捷地奔过平原,
阿基琉斯也这样快捷地迈动两腿和双膝。

　　老王普里阿摩斯第一个看见他奔来,   25
如同星辰浑身光闪地奔过平原。
那星辰秋季出现,光芒无比明亮,
在昏暗的夜空超过所有其他星星,
就是人称猎户星座中狗星的那一颗。
它在群星中最明亮,却把凶兆预告,   30
把无数难熬的热病送来可怜的人间,
阿基琉斯奔跑时胸前的铜装也这样闪亮。
老王长叹一声,不由得举起双手
捶打自己的脑门,连连沉重长叹,
恳求儿子回城;赫克托尔站在城外,   35
心情热切地要同阿基琉斯打一场恶战。
老王把手伸向赫克托尔,可怜地哀求:
"赫克托尔,儿子啊,不要独自在那里
等那家伙,你这是想让他打倒寻死,
因为他远比你强大,又很凶残。   40
如果他令神明也像令我这样讨厌,

那他早就该躺在地上死于非命，

被猎狗鹰鸷撕碎，消释我心头的痛隐。

他夺走了我的许多高贵的儿子，

卖往遥远的海岛或把他们杀死。　　　　　　　45

在逃进城里的特洛亚人中我没有看见

吕卡昂和波吕多罗斯，我的两个儿子，

拉奥托埃——一个杰出的女子生了他们。

如果他们活在敌营，我们便用

青铜和黄金去赎他们：家里有贮存，　　　　50

高贵的老人阿尔特斯给女儿丰厚的馈赠。

如果他们已被杀死前往哈得斯，

便又给我和他们的母亲增添了哀楚。

特洛亚人不会为他们痛心太长久，

除非你也一起被阿基琉斯杀死。　　　　　　55

我的孩子，进城来吧，为了拯救

特洛亚男女，也为了不让阿基琉斯赢得

巨大的荣誉，你不至于失去宝贵的生命。

可怜可怜不幸的我吧，我还活着，

已进入老迈，天父宙斯却要让我　　　　　　60

度过可怕的残年，看见许多不幸：

看见我的儿子们一个个惨遭屠戮，

女儿们被掳丧失自由卧室遭洗劫，

幼儿被敌人无情地杀害抛到地上，

儿媳们一个个落入阿开奥斯人的魔掌。　　　65

当有人用锐利的铜刃把我刺中或砍伤，

灵魂离开身体，我最后死去的时候，

贪婪的狗群将会在门槛边把我撕碎，
它们本是我在餐桌边喂养的看门狗，
却将吮吸我的血，餍足地躺在大门口。 70
年轻人在战斗中被锐利的铜器杀死，
他虽已倒地，一切仍会显得很得体，
他虽已死去，全身仍会显得很美丽，
但一个老人若被人杀死倒在地上，
白发银须，甚至腹下被狗群玷污， 75
那形象对于可怜的凡人最为悲惨。"

　　老王说完，伸手乱扯他那头白发，
但仍不能动摇赫克托尔既定的决心。
他的母亲这时也伤心得痛哭流涕，
她一手拉开衣襟，一手托起乳部， 80
含泪对他说出有翼飞翔的话语：
"儿啊，赫克托尔，可怜我，看在这分上，
我曾经用它里面的汁水平抚你哭泣！
想想这些，亲爱的孩儿，退进城来，
回击敌人，不要单独和那人对抗。 85
阿基琉斯性情凶残，如果你被他杀死，
亲爱的儿啊，你便不可能安卧停尸床，
被我和妻子哭泣，你会远离我们，
在阿尔戈斯船舶边被敏捷的狗群饱餐。"

　　他们一面痛哭，一面对儿子这样说， 90
苦苦哀求，但没能打动赫克托尔的心灵，

他仍站在原地,等待强大的阿基琉斯。
有如一条长蛇在洞穴等待路人,
那蛇吞吃了毒草,心中郁积疯狂,
蜷曲着盘踞洞口,眼睛射出凶光; 95
赫克托尔也这样心情激越不愿退缩,
把那面闪亮的盾牌依着突出的城墙,
但他也不无忧虑地对自己的傲心这样说:
"天哪,如果我退进城里躲进城墙,
波吕达马斯会首先前来把我责备, 100
在神样的阿基琉斯复出的这个恶夜,
他曾经建议让特洛亚人退进城里,
我却没有采纳,那样本会更合适。
现在我因自己顽拗损折了军队,
愧对特洛亚男子和曳长裙的特洛亚妇女, 105
也许某个贫贱于我的人会这样说:
'只因赫克托尔过于自信,损折了军队。'
人们定会这样指责我,我还远不如
出战阿基琉斯,或者我杀死他胜利回城,
或者他把我打倒,我光荣战死城下。 110
当然我也可以放下这突肚盾牌,
取下沉重的头盔,把长枪依靠城墙,
自作主张与高贵的阿基琉斯讲和,
答应把海伦和他的全部财产交还
阿特柔斯之子,阿勒珊德罗斯当初用空心船 115
把它们运来特洛亚,成为争执的根源。
我还可以向阿开奥斯人提议,让他们

和我们均分城里贮藏的所有财富，

我可以召集全体特洛亚人起誓，

什么都不隐藏，把我们可爱的城市　　　　　　　　120

拥有的一切全都交出来均分两半。

可我这颗心为什么考虑这些事情？

我绝不能走近他，他丝毫不会可怜我，

不会尊重我，他会视我如同弱女子，

赤裸裸地杀死，当我卸下这身铠甲时。　　　　　125

现在我和他不可能像一对青年男女

幽会时那样从橡树和石头絮絮谈起，①

青年男女才那样不断喁喁情语。

还是让我和他尽快地全力拼杀吧，

好知道奥林波斯神究竟给谁胜利。"　　　　　　130

赫克托尔思虑等待，阿基琉斯来到近前，

如同埃倪阿利奥斯，头盔颤动的战士，

那支佩利昂产的梣木枪在他的右肩

怖人地晃动，浑身铜装光辉闪灿，

如同一团烈火或初升的太阳的辉光。　　　　　135

赫克托尔一见他心中发颤，不敢再停留，

他转身仓皇逃跑，把城门留在身后，

佩琉斯之子凭借快腿迅速追赶。

如同禽鸟中飞行最快的遊隼在山间

<hr />

① 可能暗喻涉及人类起源的古老传说，请参阅《奥德赛》第十九卷第 163
行。

敏捷地追逐一只惶惶怯逃的野鸽，　　　　　　　　140
野鸽迅速飞躲，遊隼不断尖叫着
紧紧追赶，一心想扑上把猎物逮住。
阿基琉斯当时也这样在后面紧追不舍，
赫克托尔在前面沿特洛亚城墙急急逃奔。
他们跑过丘冈和迎风摇曳的无花果树，　　　　145
一直顺着城墙下面的车道奔跑，
到达两道涌溢清澈水流的泉边，
汹涌的斯卡曼得罗斯的两个源头。
一道泉涌流热水，热气从中升起，
笼罩泉边如同缭绕着烈焰的烟雾。　　　　　150
另一道涌出的泉水即使夏季也凉得
像冰雹或冷雪或者由水凝结的寒冰。
紧挨着泉水是条条宽阔精美的石槽，
在阿开奥斯人到来之前的和平时光，
特洛亚人的妻子和他们的可爱的女儿们　　　155
一向在这里洗涤她们的漂亮衣裳。
他们从这里跑过，一个逃窜一个追，
逃跑者固然英勇，追赶者比他更强，
迈着敏捷的双脚，不是为争夺祭品
或者牛革这些通常的竞赛奖赏，　　　　　　160
而是为了夺取驯马的赫克托尔的性命。
如同在为牺牲的战士举行的葬礼竞赛中
许多单蹄马为能夺得三脚鼎或女人
这样丰厚的奖品，绕着标杆飞驰，
他们也这样绕着普里阿摩斯的都城，　　　　165

迈着快腿绕了三周,神明众睽睽。
天神和凡人之父终于对神明这样说:
"啊,我亲眼看见我们宠爱的人被追赶,
沿城墙落荒奔逃,赫克托尔使我怜悯,
他经常在崎岖的伊达山的高峰上,　　　　　　170
或在特洛亚城堡虔诚地敬献给我
壮牛的肥厚腿肉,现在被勇敢的阿基琉斯
围绕着普里阿摩斯的都城紧紧追赶。
神明们,你们好好想想,帮我拿主意,
我们是救他的性命,还是让这个高尚的人　　　175
今天倒毙于佩琉斯之子阿基琉斯的手下。"

　　目光炯炯的女神雅典娜立即回答说:
"掷闪电的父亲,集云之神,你说什么话!
一个有死的凡人命运早作限定,
难道你想让他免除可怕的死亡?　　　　　　180
你看着办吧,但别希望我们赞赏。"

　　集云之神宙斯这样回答雅典娜:
"特里托革尼娅①,亲爱的孩子,你别着急,
我所言并非有什么打算,但愿你称心,
你想怎么办就怎么办,不要迟延。"　　　　　185

　　宙斯的话鼓励了跃跃欲试的女神,

‒‒‒‒‒‒‒‒‒‒‒‒‒‒‒‒‒‒‒‒‒‒‒‒‒‒

① "特里托革尼娅"是雅典娜的别称,意为"出生在特里托尼斯湖畔的"。

雅典娜迅速飞下奥林波斯峰巅。

　　捷足的阿基琉斯继续疯狂追赶赫克托尔，
有如猎狗在山间把小鹿逐出窝穴，
在后面紧紧追赶，赶过溪谷和沟壑，　　　　　　　190
即使小鹿转身窜进树丛藏躲，
也要寻踪觅迹地追赶把猎物逮住。
赫克托尔也这样摆脱不了捷足的阿基琉斯，
每当他偏向达尔达尼亚城门方向，
企图挨着建造坚固的城墙奔跑，　　　　　　　195
城上的人们朝下放箭保护他的时候；
每次阿基琉斯都抢先把他挡向平原，
自己始终占着靠近城墙的道路。
有如人们在梦中始终追不上逃跑者，
一个怎么也逃不脱，另一个怎么也追不上，　　　200
阿基琉斯也这样怎么也抓不着逃跑的赫克托尔。
赫克托尔怎么能这样躲过残忍的死神？
只因为阿波罗最后一次来到他身边，
向他灌输力量，给他敏捷的脚步。
神样的阿基琉斯向他的部队摇头示意，　　　　　205
不许他们向赫克托尔投掷锐利的枪矢，
免得有人击中得头奖，他屈居次等。
当他们一逃一追第四次来到泉边，
天父取出他的那杆黄金天秤，
把两个悲惨的死亡判决放进秤盘，　　　　　　　210
一个属阿基琉斯，一个属驯马的赫克托尔，

他提起秤杆中央，赫克托尔一侧下倾，
滑向哈得斯，阿波罗立即把他抛弃。
目光炯炯的女神雅典娜迅速来到
佩琉斯之子身边，说出有翼飞翔的话语：   215
"宙斯的宠儿阿基琉斯，我们可望
今天让阿开奥斯人带着全胜回船，
难以制服的赫克托尔将被我们杀死。
现在他已不可能逃脱我们的手掌，
不管射神阿波罗怎样费心帮助他，   220
甚至匍匐着哀求提大盾的天父宙斯。
你且停住脚步喘喘气，我这就去
上前找他，劝他和你一决胜负。"

阿基琉斯听从雅典娜心中欢喜，
挂着那杆铜尖梣木枪停住脚步。   225
雅典娜离开他赶上神样的赫克托尔，
模仿得伊福波斯的外貌和洪亮的嗓音，
站到他近旁说出有翼飞翔的话语：
"亲爱的兄弟，捷足的阿基琉斯如此快步，
绕着普里阿摩斯的都城把你追赶，   230
现在让我们停下来就在这里迎战。"

头盔闪亮的伟大的赫克托尔回答雅典娜：
"得伊福波斯，在赫卡柏和普里阿摩斯
给我的所有兄弟中，你一向对我最亲近，
现在我心中比以前更为深挚地敬爱你，   235

只有你看见我被追赶,愿意出城帮助我,
其他人都不敢出来,在城里惊惶地藏躲。"

　　目光炯炯的女神雅典娜这样回答说:
"亲爱的兄弟,父王和母后都曾抱膝
哀求我不要出城,部下也这样力劝,　　　　　　　　　240
他们全都如此害怕那个阿基琉斯,
但我在城里心中为你痛苦难忍,
现在让我们大胆迎战和他厮杀,
枪下不留情面,看看如何结果:
是他杀死我们,带着血污的铠甲　　　　　　　　　245
返回空心船,还是他倒在你的枪下。"

　　雅典娜这样说,用狡计带领他冲上前去,
待他们这样相向而行,互相逼近时,
头盔闪亮的伟大的赫克托尔首先说话:
"佩琉斯之子,我不再逃避你,像刚才　　　　　　　250
绕行普里阿摩斯的都城三遭不停步,
现在心灵吩咐我停下来和你拼搏,
或是我得胜把你杀死,或是你杀我。
但不妨让我们敬请神明前来作证,
神明能最好地监督和维护我们的誓言:　　　　　　255
如果宙斯让我获胜,把你杀死,
我不会侮辱你的躯体,尽管你残忍,
阿基琉斯,我只剥下你那副辉煌的铠甲,
尸体交阿开奥斯人。你也要这样待我。"

捷足的阿基琉斯狠狠地看他一眼回答说：　　　　　260
"赫克托尔，最可恶的人，没什么条约可言，
有如狮子和人之间不可能有信誓，
狼和绵羊永远不可能协和一致，
它们始终与对方为恶互为仇敌，
你我之间也这样不可能有什么友爱，　　　　　265
有什么誓言，唯有其中一个倒下，
用自己的血喂饱持盾的战士阿瑞斯。
鼓起你的全部勇气，现在正是你
表现自己是名枪手和无畏战士的时候。
不会有别的结果，帕拉斯·雅典娜将用　　　　　270
我的枪打倒你，你杀死了我那么多朋友，
使我伤心，你将把欠债一起清算。"

阿基琉斯说完，举起长杆枪投了出去。
光辉的赫克托尔临面看见，把枪躲过。
他见枪飞来，蹲下身让铜枪从上面飞过，　　　　275
插进泥土，但帕拉斯·雅典娜把它拔起，
还给阿基琉斯，把士兵的牧者赫克托尔瞒过。
赫克托尔对勇敢的佩琉斯之子大声说：
"神样的阿基琉斯，你枉费力气没投中，
并非由宙斯得知我的命运告诉我。　　　　　280
你这是企图用花言巧语把我蒙骗，
想这样威吓我失去作战的力量和勇气。
我不会转身逃跑让你背后掷投枪，

我要临面冲上来让你正面刺胸膛，
如果这是神意。现在你先吃我一枪，　　　　　285
但愿你把这支铜枪能全部吃进肉里。
只要你一死，这场战争对于特洛亚人
便会变容易：你是他们最大的灾祸。"

　　赫克托尔说完，晃动着投出他的长杆枪，
击中佩琉斯之子的神造盾牌的中心，　　　　290
他没有白投，但长枪却被盾牌弹回。
赫克托尔懊恼长杆枪白白从手里飞去，
又不禁愕然，因为没有第二支梣木枪。
他大声叫喊手持白盾的得伊福波斯，
要他递过来长杆枪，但已匿迹无踪影。　　　295
赫克托尔明白了事情真相，心中自语：
"天哪，显然是神明命令我来受死，
我以为英雄得伊福波斯在我身边，
其实他在城里，雅典娜把我蒙骗。
现在死亡已距离不远就在近前，　　　　　　300
我无法逃脱，宙斯和他的射神儿子
显然已这样决定，尽管他们曾那样
热心地帮助过我：命运已经降临。
我不能束手待毙，暗无光彩地死去，
我还要大杀一场，给后代留下英名。"　　　305

　　赫克托尔这样说，一面抽出锋利的长剑，
那剑又大又重，佩带在他的腰边，

他挥剑猛扑过去,有如高飞的苍鹰,

那苍鹰穿过乌黑的云气扑向平原,

一心想捉住柔顺的羊羔或胆怯的野兔,　　　　310

赫克托尔也这样挥舞利剑冲杀过去。

阿基琉斯也冲杀上来,内心充满力量,

把那面装饰精美的盾牌举在胸前,

头上晃动着闪亮的四行饰槽的头盔,

美丽的金丝在盔顶不断摇曳,　　　　315

赫菲斯托斯把它们密密地紧镶盔脊。

夜晚的昏暗中金星太白闪烁于群星间,

无数星辰繁灿于天空,数它最明亮,

阿基琉斯的长枪枪尖也这样闪光辉。

他右手举枪为神样的赫克托尔构思祸殃,　　　　320

看那美丽的身体哪里戳杀最容易。

赫克托尔全身有他杀死帕特罗克洛斯

夺得的那副精美的铠甲严密护卫,

只有连接肩膀和颈脖的锁骨旁边

露出咽喉,灵魂最容易从那里飞走。　　　　325

神样的阿基琉斯一枪戳中向他猛扑的

赫克托尔的喉部,枪尖笔直穿过柔软的颈脖。

沉重的梣木铜枪尚未能戳断气管,

赫克托尔还能言语,和阿基琉斯答话。

阿基琉斯见赫克托尔倒下这样夸说:　　　　330

"赫克托尔,你杀死帕特罗克洛斯无忧虑,

见我长时间罢战无惊无恐心安然,

愚蠢啊,那里还有一个比帕特罗克洛斯

强很多的人在,我还留在空心船前,
现在我杀了你,恶狗飞禽将把你践踏, 335
阿开奥斯人却将为帕特罗克洛斯行葬礼。"

头盔闪亮的赫克托尔声音虚弱地回答说:
"我求你,以你的心灵、双膝和双亲的名义,
不要把我丢给阿开奥斯船边的狗群,
你会得到许多黄金、铜块作赎金, 340
我的父王和母后会给你送来厚礼,
让我的身体运回去吧,好让特洛亚人
和他们的妻子给我的遗体火葬行祭礼。"

捷足的阿基琉斯怒目而视回答说:
"你这条狗,不要提膝盖和我的父母, 345
凭你的作为在我的心中激起的怒火,
恨不得把你活活剁碎一块块吞下肚。
绝不会有人从你的脑袋旁把狗赶走,
即使特洛亚人为你把十倍二十倍的
赎礼送来,甚至许诺还可以增添。 350
即使普里阿摩斯吩咐用你的身体
称量赎身的黄金,你的生身母亲
也不可能把你放上停尸床哭泣,
狗群和飞禽会把你全部吞噬干净。"

头盔闪亮的赫克托尔临死这样回答说: 355
"我这下看清了你的本性,我曾预感

不可能说服你，因为你有一颗铁样的心。
不过不管你如何勇敢，也请你当心，
我不要成为神明迁怒于你的根源，
当帕里斯和阿波罗把你杀死在斯开埃城门前。"　　　360

　　他这样说，死亡降临把他罩住，
灵魂离开肢体前往哈得斯的居所，
留下青春和壮勇，哭泣命运的悲苦。
捷足的阿基琉斯对死去的赫克托尔这样说：
"你就死吧，我的死亡我会接受，　　　365
无论宙斯和众神何时让它实现。"

　　阿基琉斯这样说，从尸体上拔出铜枪，
搁置一旁，再剥取肩上血污的铠甲。
其他阿开奥斯人拥过来四面围上，
惊异赫克托尔身材魁梧相貌俊美，　　　370
没有人不使他再增加一点新的伤迹。
人们都对自己近旁的同伴开言这样说：
"啊呀呀，这位赫克托尔现在确实显得
比他把熊熊火把抛向船舶时要温和。"

　　大家一面说，一面戳击不动的尸体，　　　375
捷足的阿基琉斯剥下赫克托尔身上的铠甲，
开始对阿开奥斯人把带翼的话这样说：
"朋友们，阿尔戈斯各位首领和君王们，
既然不朽的神明让我打倒了他，

他给我们造成的灾害超过其他人，   380
现在让我们全副武装绕城行进，
看看特洛亚人怎样想，有什么打算，
他们是见赫克托尔被杀死放弃高城，
还是没有赫克托尔也仍要继续作战。
可我这颗心为什么考虑这些事情？   385
帕特罗克洛斯还躺在船里，没有被埋葬，
没有受哀礼。只要我还活在人世间，
还能行走，我便绝不会把他忘记；
即使在哈得斯的处所死人把死人忘却，
我仍会把我那亲爱的同伴牢牢铭记。   390
阿开奥斯战士们，现在让我们高唱凯歌，
返回空心船，带上这具躺着的尸体。
我们赢得了巨大的光荣，杀死了赫克托尔，
城里的特洛亚人把他夸耀得如同神明。”

　　他一面这样说，一面构思如何凌辱   395
赫克托尔的尸体。他把赫克托尔的双脚
从脚踝到脚跟的筋腱割开穿进皮带，
把它们系上战车，让脑袋在后面拖地。
他跳上战车，举着那副辉煌的铠甲，
扬鞭驱策那两匹战马如飞般捷驰。   400
赫克托尔拖曳在后扬起一片尘烟，
黑色的鬈发飘散两边，俊美的脑袋
沾满厚厚的尘土，宙斯已把他交给
他的敌人，在他的祖国恣意凌辱他。

赫克托尔的脑袋就这样在尘埃里翻滚，　　　　　　405
他的母亲见儿子受辱,扯乱了头发,
把扯下的闪亮头巾扔掉,放声哭喊。
他的父亲也悲惨地痛哭,周围的人们
也一片哭嚎,整座城市陷入悲泣。
到处是凄惨的哭声,有如巍峨的伊利昂　　　　　　410
从高堡到窄巷突然被熊熊的大火吞噬。
老王狂乱地奔向达尔达尼亚城门,
想冲出城去,人们好容易把他拦住。
老人趴在污泥里向大家急切地恳求,
——称呼每个人的姓名对他们这样说:　　　　　　415
"朋友们,不要管我,你们关心我过分,
让我出城前往阿开奥斯人的船舶,
去向那个无恶不作的家伙请求。
或许他会自惭年轻敬重我老年,
他也有一个像我这样年纪的父亲　　　　　　420
佩琉斯,养育了他给特洛亚人为祸,
在所有的人中给我造成最大的苦难,
我那么多儿子正值华年被他杀死。
我曾为他们惨遭不幸伤心地哀哭,
但这次为赫克托尔却使我悲痛欲绝。　　　　　　425
啊,即使他能死在我的怀里也好,
那样他那个生他到世间的母亲和我
便可为他行哀悼,尽情地流泪哭泣。"

老人放声哭诉,居民们一片哀号,
赫卡柏也对特洛亚妇女们这样悲诉: 430
"孩儿啊,我多命苦,现在你已死去,
我为何还苟延残喘在人世,受苦挨熬煎?
你在特洛亚夜以继日地令我骄傲,
全城的男女视你如救星,敬你如神明。
你活着的时候曾是他们的巨大希望,   435
但现在死亡和残忍的命运把你追上。"

　赫卡柏这样大声哭诉,赫克托尔的妻子
还没有听到消息:没有哪个忠实的信使
前来禀告她丈夫留在城外的事情。
她正在高宅深院的一角忙着织一匹   440
双幅紫色布,织上各种样的花卉图案。
她刚才还吩咐那些美发的侍女们进屋,
把大三脚鼎架上旺火,从战场回来的
赫克托尔可以痛痛快快地洗个热水澡。
她绝没想到丈夫不可能再回来把澡洗,   445
雅典娜已通过阿基琉斯之手把他杀死。
她听见了堞垛传来的哀号悲泣声,
全身一震,梭子从手里一滑落地面。
她重又召唤美发的女侍对她们这样说:
"你们俩过来跟我走,看看是什么事情。   450
我听见尊贵的婆婆的哭声,我胸中的心
好像要跳出嘴来,双脚麻木无感知,
普里阿摩斯的孩子们定然灾难临近。

但愿我不会听到那样的不幸消息，
可我又担心，神样的阿基琉斯不要　　　　　　455
已把英勇的赫克托尔与城市隔开，
赶往平原，制服了他那可怕的勇敢，
因为他从不畏缩于一般士兵之间，
一向勇猛无人可比拟，冲杀在前。"

　　她这样说，忐忑不安地冲出家门，　　　　　　460
如疯狂的酒神伴侣，女仆们侍后随行。
她急急来到城墙边，穿过聚集的人群，
爬上城墙放眼探望，看见城外
快马正拖曳着她的丈夫的尸体，
无情地把它拖向阿开奥斯人的空心船。　　　　　465
晦夜般的黑暗罩住了安德罗马克的双眼，
她仰身晕倒在地，立即失去了灵知。
漂亮的头饰远远地甩出，掉落地上，
有女冠、护发、精心编制的发带和头巾，
那头巾系由黄金的阿佛罗狄忒馈赠，　　　　　470
头盔闪亮的赫克托尔送上无数聘礼，
把她从埃埃提昂家族迎娶的那一天。
姑嫂们立即一起紧紧围拢过来，
把她扶起，她沉沉昏厥犹如死去。
等她苏醒过来，灵知回复心中，　　　　　　475
立即放声悲恸，对特洛亚妇女泣诉：
"赫克托尔，不幸啊，我们以同样的苦命出生；
你生在特洛亚高贵的普里阿摩斯家中，

我生在特拜林木覆盖的普拉科斯山下
埃埃提昂家里,不幸的他生了不幸的我,　　　　480
把我抚养成人,悔当初真不该降世。
现在你已前往哈得斯的昏冥处所,
奥深莫测的下界,独把我孤零零撇下,
在家中守寡,无限悲凉,无限凄楚。
儿子尚幼,来自这对苦命的父母。　　　　485
赫克托尔,你死了,不能再保护他,
他也不能保护你;即使他能逃过
阿开奥斯人的惨战,未来仍将多苦难,
外人会来侵夺他的家业和财产。
无依无靠的孤儿不会有玩耍的伙伴,　　　　490
他将终日垂头伤心,泪洗面颊,
贫困迫使年幼的他去找父辈挚友,
掇掇这人的外袍,扯扯那人的衣衫,
直到引起人们的怜悯,把酒杯传给他,
也只及沾沾唇沿,仍是舌燥口干。　　　　495
一个父母双全的孩子会把他推开,
横暴地对他拳脚相加,肆意欺凌:
'快滚开,你又没有父亲在这里饮宴。'
孩子只好哭着回来找他的寡母,
可怜的阿斯提阿那克斯,从前他惯于坐在　　　　500
父亲的膝头,吃的是骨髓和肥嫩的羊脂。
在他感觉困乏,停止孩童玩耍后,
他便躺在奶妈的怀里甜甜入眠,
床榻柔软,无限的满足充满心尖。

现在他失去了父亲，将忍受无穷的辱难，　　　　505
阿斯提阿那克斯，特洛亚人对他的别称①，
因为你为他们保卫城门和巍峨的护垣。
现在你躺在翘尾船旁，远离双亲，
待狗群吃饱，蠕动的蛆虫又来吞噬，
赤身裸露，家中空有华服无数，　　　　510
精美艳丽，由妇女们巧手缝制。
我将把它们抛进火堆付之一炬，
它们于你已无用，你不会再穿着它们，
只好在特洛亚人面前用作对你的祭奠。"

她这样大声恸诉，妇女们一起悲泣。　　　　515

① 见第六卷第403行注。

第二十三卷

——为帕特罗克洛斯举行葬礼和竞技

　　特洛亚全城就这样陷入痛苦的悲泣。
阿开奥斯人退到赫勒斯滂托斯海边，
回到船寨前，散开返回自己的战船，
唯有阿基琉斯没有让米尔弥冬人解散，
他对自己的尚武好战的同伴们这样说：　　　　5
"驱快马的米尔弥冬人，我的忠实朋友，
我们暂不要给这些单蹄马解开辕轭，
让我们把车马赶到帕特罗克洛斯身边，
为他举哀，这是死人应享受的权利。
等我们举哀之后心灵得到慰藉，　　　　　　10
再把辕马卸下，一起在这里用餐。"

　　阿基琉斯这样说，带头放声哭悼。
他们驱赶长鬃马绕行尸体三遭，
痛哭流涕，忒提斯催他们哀哭不止。
泪水润湿了沙土，润湿了战士的铠甲，　　　　15
他们就这样哀悼令敌人胆寒的首领。
阿基琉斯把杀人的双手放在朋友胸前，

追悼死者激动人心地对大家这样说：
"帕特罗克洛斯，尽管你在哈得斯的居所，
但高兴吧，我正在履行许下的全部诺言，　　　　　　　20
我已把赫克托尔的尸体拖来让狗吞噬，
还要在你的火葬堆前杀死十二个
特洛亚贵族青年，报复他们杀死你。"

　　他这样说，又想出凌辱赫克托尔的方法，
把赫克托尔扔到帕特罗克洛斯灵床前的尘埃里。　　25
战士们脱下身上闪亮的青铜铠甲，
解开嘶鸣的战马，难以胜计地围坐在
埃阿科斯的著名的捷足后裔的船边，
他为他们准备了丰盛的丧礼晚宴。
许多头白牛哞叫着被锋利的铁刃宰杀，　　　　　　30
许多头肥美的山羊和绵羊咩叫着倒下，
许多头白齿壮猪脂腴肉瘦，伸展在
赫菲斯托斯的熊熊火焰上燎尽鬃毛，
鲜血在尸体周围流淌如杯罐倾注。

　　阿开奥斯人的其他头领们这时带领　　　　　　　35
捷足的阿基琉斯王前往神样的阿伽门农的住处，
他们好容易才说服悲痛无比的同伴。
他们刚一来到阿伽门农的营帐，
对众位嗓音洪亮的传令官立即吩咐，
要他们把三脚鼎架上火堆，希望劝动　　　　　　　40
佩琉斯之子洗去身上凝结的血污。

阿基琉斯坚决不从命,这样发誓说:

"凭宙斯起誓,他在神明中至尊至上,
要直到把帕特罗克洛斯焚化建起墓茔,
我也剪下一绺儿头发向他敬献,　　　　　　　　　45
否则决不让浴水把我的脑袋沾湿,
我活在人间不会再忍受这样的痛苦。
让我们吃些东西吧,尽管并无欲望。
但天一明亮,士兵的首领阿伽门农,
请立即吩咐人们去收集充足的柴薪,　　　　　　50
准备好死者前往冥界应带去的一切,
好让那不灭的火焰尽快把他焚化,
从我们眼前夺走,士兵们照常作战。"

　　大家听他这样说完都很同意,
晚餐也很快准备就绪递给他们,　　　　　　　　55
他们每个人都不缺少相等的一份。
在他们满足了饮酒吃肉的欲望之后,
首领们纷纷返回自己的营帐休息。
佩琉斯之子却来到喧嚣的海边躺下,
由米尔弥冬人围绕不断深深哀叹,　　　　　　　60
躺在波涛不断拍击的开阔的岸滩。
当睡眠卸去他的忧愁把他征服,
使他沉入梦境——在多风的伊利昂城下
追逐赫克托尔已使他的四肢累乏,
可怜的帕特罗克洛斯的魂灵来到他面前,　　　　65
魁梧的身段、美丽的眼睛完全相似,

声音相同,衣着也同原先的一样。
那魂灵停在他的头上方对他这样说:
"阿基琉斯啊,你睡着了,把我忘记;
现在我死了,我活着时你对我不这样。　　　　　　　70
快把我埋葬,好让我跨进哈得斯的门槛!
那里的亡魂、幽灵把我远远地赶开,
怎么也不让我过河加入他们的行列,
使我就这样在哈得斯的宽阔大门外荡游。
我求你把这只手伸给我,因为你们　　　　　　　75
一把我焚化,我便不可能从哈得斯回返。
你我不可能再活着一起离开同伴,
促膝磋商秘密事宜,无情的命运
已经把我吞没,出生时就这样注定。
阿基琉斯啊,尽管你英勇威武如神明,　　　　　80
命中也注定将死在富饶的特洛亚城下。
我对你,阿基琉斯啊,还有一个请求:
请不要让我俩的骨头分离,让我们合葬,
就像我俩在你们家从小一起长大。
父亲在我儿时把我从奥波埃斯　　　　　　　　85
送到你们家,因我犯了可怕的杀人罪,
一天游戏玩耍羊趾骨发生争执,
只因幼稚误伤了安菲达马斯的儿子。
车战的佩琉斯友善地把我留在宫中,
尽心抚养我成长,委命我作你的侍伴,　　　　　90
因此让我俩的骨灰将来能一起装进
你的母亲给你的那只黄金双耳罐!"

捷足的阿基琉斯回答帕特罗克洛斯：
“亲爱的朋友，你为什么来到这里，
向我一件件详细吩咐这些事情？　　　　　　　　　　95
你说的我都同意，我会全都遵行。
现在请你走近我，让我们拥抱一番，
也好从痛苦的哭泣中得到短暂的慰藉。”

　　阿基琉斯这样说，向挚友伸出双手，
但没能抱住他，那魂灵悲泣着去到地下，　　　　　100
有如一团烟雾。阿基琉斯惊跳起来，
使劲拍击双手，无限伤心地这样说：
“啊，这是说在哈得斯的宫殿里还存在
某种魂灵和幽影，只是没有生命。
可怜的帕特罗克洛斯的魂灵整整一夜　　　　　　105
站在我身旁，模样和他本人完全一样，
不住地流泪哭泣，吩咐我一件件事情。”

　　他这样说，大家忍不住又哭泣起来。
当玫瑰色的黎明呈现时，他们还在哭泣，
围着可怜的尸体。统帅阿伽门农　　　　　　　110
这时从各营征集驮骡，打发士兵
去收集柴薪，由勇敢的伊多墨纽斯的侍从、
杰出的墨里奥涅斯主持整个差遣。
战士们一个个手握宽刃砍柴利斧
和坚固的绳索出发，驮骡走在前头，　　　　　115

顺着高低不平的坡道和曲折的山径。
他们来到泉水丰富的伊达山坡地，
迅速挥动铜斧砍伐高大的橡树，
粗壮的树干哗啦啦倒地震耳爆裂。
阿开奥斯人劈开树干，用绳索把它们　　　　　　120
绑上骡背，驮骡吃力地迈腿开路，
穿过茂密的荆莽，把柴薪驮到平原。
砍伐人也都身背柴薪，墨里奥涅斯，
勇敢的伊多墨纽斯的侍从这样命令。
他们来到海滨，阿基琉斯选定在那里　　　　　　125
为帕特罗克洛斯和他自己建一座巨墓。
当他们把一捆捆柴薪在场地周围
堆放整齐，便围聚一起坐地待命。
阿基琉斯吩咐好战的米尔弥冬人
披挂铠甲，车战将士个个驾辕。　　　　　　　　130
人们立即穿好甲胄，武装整齐，
车战将士登上战车，由御者陪同，
战车前行，后随密麻麻数不清的步兵，
帕特罗克洛斯的尸体抬着行进在中央。
他们剪下绺绺头发盖满了尸体，　　　　　　　　135
神样的阿基琉斯从身后托着头部，
陪伴高贵的朋友前往哈得斯的处所。

　　他们来到阿基琉斯指定的地点，
放下帕特罗克洛斯，开始叠垛柴薪。
神样的捷足阿基琉斯又想起一件事情。　　　　　140

他离开柴堆,剪下一绺褐色的头发,
留着它们原为斯佩尔赫奥斯河神。
他瞥了一眼酒色的大海愤怒地这样说:
"斯佩尔赫奥斯,我父亲白白向你祈求,
答应当我安全返回亲爱的祖国时, 145
把这绺头发献给你,给你祭献大礼:
杀五十头嫩公羊在那段归你管辖、
设有馨香的祭台的水边祭献给你。
他这样祈求你,你没有满足老人的心愿。
现在既然我不可能返回亲爱的故乡, 150
便让帕特罗克洛斯把这绺头发带走。"

他这样说,把头发放到朋友的手里,
感动得周围的人们不禁又一阵哭泣。
他们当时也许会直哭到太阳落下,
若不是阿基琉斯对阿伽门农这样说: 155
"阿特柔斯之子,阿开奥斯人的军队
最听你的吩咐,以后还可以再哭泣,
但现在让他们离开柴堆去准备晚餐。
我们这些对死者最痛心的人将照料
这里的事情,各位首领也请留下。" 160

士兵的统帅阿伽门农听他这样说,
立即遣散军队回各自的平稳的船只,
最亲密的同伴留下继续叠垛柴薪,
叠起一个长百步宽也百步的焚尸堆,

极度沉痛地把朋友的尸体抬上堆顶。　　　　　　165
他们把许多肥嫩的绵羊和弯腿曲角牛
在柴堆前杀死剥开,英勇的阿基琉斯
取出脂肪把尸体从头到脚裹严,
在帕特罗克洛斯周围叠放剩下的牲体。
他又拿来双耳罐装满油脂和蜂蜜,　　　　　　170
依放在尸床边,又把四匹高头大马
大喊一声尽力向高高的焚尸堆扔去。
帕特罗克洛斯生前喂养了九头爱犬,
阿基琉斯杀了其中两头扔上焚尸堆;
又用锋利的铜刀砍杀高傲的特洛亚人　　　　　175
十二个高贵的儿子,怀着满腔愤恨,
然后把焚尸堆交给猛烈的火焰吞噬。
他号哭着呼唤亲爱的朋友的名字:
"帕特罗克洛斯,尽管你在哈得斯的居所,
但高兴吧,我正在履行许下的全部诺言。　　　180
高傲的特洛亚人的十二个高贵儿子
将同你一起被焚化,至于那个赫克托尔,
我将不把他交给火,而是交给狗群。"

　　阿基琉斯这样威胁,狗群却未能接近
赫克托尔的尸体,宙斯的女儿阿佛罗狄忒　　　185
日夜驱赶,又用玫瑰神膏涂抹尸身,
免得阿基琉斯把它拖来拖去遭污损。
福波斯·阿波罗又为他从上天放下一团
浓浓的黑云到大地,罩住尸体所在的

那块地方,免得强烈的太阳光芒　　　　　　　　190
把死者躯体的肌肉和四肢很快烤干。

　　帕特罗克洛斯的焚尸堆未能立即燃起,
神样的捷足阿基琉斯另想出一个主意。
他离开焚尸堆站住,祈求波瑞阿斯
和泽费罗斯两位风神,答应奉献　　　　　　　　195
丰富的祭礼。他用金杯不断奠酒,
请求风神前来快把那柴堆燃起
熊熊烈火,迅速焚化那些尸体。
伊里斯听见祷告,迅速去报告风神。
众风神正在强劲的泽费罗斯的居处　　　　　　　200
欢乐饮宴,伊里斯急匆匆赶到那里,
站在石门槛边;他们一看见她到来,
都立即站起来邀请她坐到自己身边,
伊里斯谢绝入座,开始对他们这样说:
“我可没时间闲坐,我还得回到环海　　　　　　205
埃塞俄比亚国土,他们正给神明们
举办盛祭,我要去那里参加饮宴。
阿基琉斯祈求大声喧嚷的泽费罗斯
和波瑞阿斯前去,应允丰盛的祭礼,
请求你们燃旺帕特罗克洛斯的焚尸堆,　　　　　210
全体阿开奥斯人正把他沉痛地悼念。”

　　伊里斯说完随即离开,两位风神
喧喧嚷嚷地升起,驱开前面的云翳。

他们迅猛地来到海上，呼啸着掀起
层层巨澜；当他们一到达特洛亚沃土，　　　　　　215
便立即扑向焚尸堆，燃起猛烈的火焰。
他们一整夜强劲吹拂，助长火势，
捷足的佩琉斯之子阿基琉斯也整夜
不断地举起双耳杯从黄金的调缸里
盈盈舀酒酹祭，把整块地面浇湿，　　　　　　220
声声呼唤不幸的帕特罗克洛斯的魂灵。
有如父亲悲痛地焚化未婚儿的尸骨，
爱子的早夭给双亲带来巨大悲切，
阿基琉斯也这样悲伤地焚化朋友的尸体，
缓缓地绕着柴堆行走，不停地叹息。　　　　　　225

　　晨星升起向大地宣示阳光来临，
橘黄色的黎明随即出现撒满海面，
焚尸堆也渐趋燃尽，火焰慢慢熄灭。
两位风神回家渡过色雷斯海面，
使大海骤然咆哮掀起巨浪滔天。　　　　　　230
佩琉斯之子离开焚尸堆走到一旁，
疲惫地躺到地上屈服于甜蜜的睡眠。
其他首领们聚向阿特柔斯之子的身边，
杂沓的脚步和喧嚷的人声把阿基琉斯惊醒，
他坐起身来对阿开奥斯首领们这样说：　　　　　　235
"阿特柔斯之子和阿开奥斯全军众首领，
你们首先用暗红色的酒浆把焚尸堆
所有的余烬浇灭，然后我们收殓

墨诺提奥斯之子帕特罗克洛斯的骨骸，
大家要仔细辨认，不过也很容易识别：　　　　　240
帕特罗克洛斯的尸体安放在火葬堆中央，
其他的人和马混杂地堆放在火葬堆边沿。
我们把他的所有骨骸装进黄金罐，
用双层脂肪封紧，直到我也去哈得斯。
我不要求你们给他建造大坟冢，　　　　　　245
只要合适就行，让那些在我死后
仍然留在多桨船边的阿开奥斯人
再为我们建起一座高大的坟茔。"

　　阿基琉斯这样说，大家听从他的吩咐。
他们首先用暗红色的酒液浇灭焚尸堆　　　　250
所有燃过的柴薪，浇陷厚厚的灰烬，
再噙着泪水把慈善的朋友的白骨捡起，
装进金罐，用双层脂肪牢牢封紧，
安放进营帐罩上一层柔软的麻巾。
他们又划好坟墓标记，在焚尸堆周围　　　　255
打好坟基，再往基地上叠垛泥土，
垛完高高的坟墓纷纷离开若回营。
这时阿基琉斯叫他们坐成圆圈留待，
从船上搬来丰富的奖品：大锅、三脚鼎，
许多快捷的马匹、驮骡、强壮的肥牛，　　　260
还有许多腰带美丽的妇女和灰铁。

　　他首先为战车竞赛优胜者提出奖励：

把一个精于各种手工的妇女和一只
能盛二十二升的带耳三脚鼎奖给第一名；
奖给第二名的奖品是一匹六龄母马，　　　　　　265
从未接触过辕轭，腹中还怀着马驹；
奖给第三名的奖品是一只精制大锅，
四升容量，晶莹闪亮从未见过火；
奖给第四名的奖品是两塔兰同黄金，
奖给第五名的奖品是双耳罐，也未见过火。　　270
阿基琉斯站起来对阿尔戈斯人这样说：
"阿特柔斯之子和列位胫甲精美的
阿开奥斯将士，这些奖给战车优胜者，
如果我们今天为别的人举行竞赛，
我定然会夺得第一名带着奖品回营。　　　　　275
众所周知我那两匹战马最俊美，
它们是不死的神马，波塞冬把它们送给
我父亲佩琉斯，我父亲又把它们交给我。
但今天我和那两匹单蹄马都不会参赛，
因为它们失去了那样光荣的御者，　　　　　280
他又那样善良，常用润滑的橄榄油
涂抹它们的鬃毛，用清水为它们梳洗。
现在它们正伫立在那里痛悼御者，
心中无比悲哀，鬃毛直垂地面。
其他任何阿开奥斯人都可以参赛，　　　　　285
只要他认为可信赖自己的车辆和马匹。"

　　他的话激动了许多出色的车战将士，

首先站出来的是士兵的首领欧墨洛斯，
阿德墨托斯的精于御术的可爱的儿子，
接着是提丢斯之子强大的狄奥墨得斯，　　　　290
他驾驭特洛亚马匹，从埃涅阿斯那里，
夺得它们，阿波罗把埃涅阿斯搭救。
然后是宙斯养育的金发墨涅拉奥斯，
阿特柔斯之子，轭下驾着两匹快马——
阿伽门农的埃特和他自己的波达尔戈斯。　　295
埃特系安基塞斯之子埃克波洛斯所赠，
主人不想带着它前往多风的伊利昂，
宁愿在家中安静地生活，因为宙斯
赠给他许多财富，在广袤的西库昂居住。
墨涅拉奥斯就驾着跃跃欲试的那匹马。　　　300
第四个站出来的安提洛科斯驾着长鬃马，
他是涅琉斯之子、心高志大的首领
涅斯托尔的杰出儿子，战车由皮洛斯产的
两匹快马驾辕；父亲走到他身旁，
对早已在行的他仍然谆谆忠告不止：　　　　305
“安提洛科斯，你虽然年轻，但宙斯和波塞冬
宠爱你，向你传授了全部驭马技术，
现在无须在这里向你作太多的指点。
你绕路标拐弯是能手，但我们的马匹
速度太慢，我担心这方面你会吃亏。　　　　310
对手们的马匹虽然速度快，但它们的御者
并不比你知道得更多，技术更精明。
努力吧，我的儿，发挥你的全部技能，

不要从你手边丢掉丰厚的奖品。
优秀的伐木人不是靠臂力,而是靠技能,　　　　315
舵手在酒色的海上保持正确的航向,
校正被风暴刮偏的船只也是靠技能,
御者战胜御者,道理也是一样。
通常御者听任自己的车马奔驰,
拐弯时不经心过分远离或过分挨近,　　　　320
马匹离开了规定的跑道也不纠偏。
聪明的御者即使驾驭较慢的马匹,
但眼睛始终看清路标就近拐弯,
需要拉紧牛皮缰绳时从不疏忽,
一直紧握手中注视着前面的对手。　　　　325
现在我把路标指给你,你要看清。
前面有棵枯树桩一人长高出地面,
不知是橡是杉,尚未被雨水腐烂,
近旁立着两块白石斜靠两侧边,
道路在那里拐弯,周围地面平坦。　　　　330
它可能是从前某个人去世后的墓碑,
也可能正是以前人们立的拐弯柱石,
捷足的阿基琉斯把它们作为拐弯标记。
你要紧挨着拐弯驱赶马匹和战车,
自己在精制的战车里双脚牢牢站稳,　　　　335
稍许倾向左侧,吆喝右侧的辕马,
扬鞭略作驱赶,放松手里的缰绳。
让左侧的辕马紧挨着路标驶过,
挨近得似乎拐弯标志就要碰上

战车轮毂;但你定要当心那白石，ㅤㅤㅤㅤㅤ340
切不可丝毫擦伤马匹砸坏战车，
那会使他人高兴自己把机会丢失。
儿啊,你定要运用技巧小心认真,
你只要能在拐弯处超过其他对手,
便没有人能再超过你或把你赶上,ㅤㅤ345
即使他驾驭的是那匹神驹阿里昂,
阿德瑞斯托斯的由天上神明养育的快马,
或是拉奥墨冬驾驭的特洛亚良种战马。"

ㅤ涅琉斯之子涅斯托尔说完回到坐位,
对亲爱的儿子件件技术细细吩咐。ㅤㅤ350

ㅤ墨里奥涅斯是备好长鬃马参赛的第五个。
参赛者跳上战车,把阄儿抛进头盔里。
阿基琉斯把头盔摇动,安提洛科斯的阄儿
首先跳出,接着是欧墨洛斯王的阄儿,
然后是阿特柔斯之子枪手墨涅拉奥斯,ㅤㅤ355
墨里奥涅斯排位第四,最后一个阄儿
属于他们中最杰出的车手提丢斯之子。

ㅤ车手们站成一排,阿基琉斯向他们指明
远处平原上的路标,委派他父亲的侍从、
神样的福尼克斯在路标旁专司督察,ㅤㅤ360
观察竞赛,真实地向他禀报情况。

参赛者同时向他们的马匹扬起响鞭，
抖动缰绳，威严地向它们大声吆喝，
催促起跑，马匹迅速奔上平原，
把船舶远远抛在后面，飞扬的尘土 365
在胸下盘旋，有如云团，有如迷雾，
鬃毛向后飞扬，顺着急速的风流。
辆辆战车一会儿接触丰饶的大地，
一会儿蹦跳空中如飞，御者在车上
稳稳站立，胸中的心脏蹦跳不停， 370
渴望胜利；他们不停地吆喝马匹，
快马扬起滚滚尘埃在平原上飞驰。

急速奔驰的战马很快跑完一程，
折向灰色的大海，每个人都开始显露
自己的才华，赛程开始催促战马。 375
斐瑞斯的后裔①的快马一下窜到前面，
紧挨它们的是狄奥墨得斯的两匹公马，
特洛亚良种，紧紧追随，咫尺距离，
好像就要跳进欧墨洛斯的战车，
把头直伸在他的脑袋上面狂奔， 380
喘出的热气喷向他的颈脖和双肩。
狄奥墨得斯本可以超越或者跑平，
若不是福波斯·阿波罗对他怨恨未消，
把他手里那条闪亮的鞭子打落在地。

---

① 指欧墨洛斯。

狄奥墨得斯立即气愤得泪水盈眶，　　　　　　385
眼看着欧墨洛斯的快马向前奔去，
自己的马匹越拉越远，无鞭驱赶。
阿波罗捉弄提丢斯之子瞒不过雅典娜，
女神迅速赶上正焦急的士兵牧者，
把鞭子交还给他，给马灌输力量。　　　　　　390
女神又愤愤地追上阿德墨托斯之子，
狠狠砸断马颈上的辕轭，那两匹雌马
急速奔出跑道，辕杆掉到地上。
欧墨洛斯被甩出车外，掉到轮边，
深深擦伤两只肘膀、嘴唇和鼻尖，　　　　　　395
砸破了眉上的面额，苦泪充满双眼，
喉咙失去了原有的清脆悦耳的嗓音。
提丢斯之子驱赶单蹄马从旁边驶过，
把所有其他对手远远地抛在后面，
雅典娜给他的马匹活力，给主人胜利。　　　　400
狄奥墨得斯后面是金发的墨涅拉奥斯。
安提洛科斯对父亲的马匹大声吆喝：
"你们也要快跑，尽可能迈开脚步。
我并不要求你们同前面的那些马竞赛，
那是勇敢的提丢斯之子的马匹，雅典娜　　　　405
鼓动它们迅跑，把胜利赐给狄奥墨得斯。
但你们得追上阿特柔斯之子的马匹，
不要落后，赶快追赶，他的埃特
还是匹雌马，不要让它羞辱你们。
朋友们啊，你们为什么这样缓慢？　　　　　　410

难道不知道会怎样结果:士兵的牧者
涅斯托尔会不再照料你们,给你们一刀,
倘若只因为你们疏忽使我们得劣奖。
现在你们快跑,全力把它们追赶!
到了前面那个窄道我会巧妙地　　　　　　　　　415
从旁驶过,我知道如何对付他们。"

　　他这样说,两匹马害怕主人的威胁,
暂时加快了速度。坚毅的安提洛科斯
发现前面的道路凹陷,路面变狭窄;
那是一个陷窝,冬天淤积的雨水　　　　　　　　420
冲毁了部分道路,整段路面被毁坏。
墨涅拉奥斯占据着正道,担心碰撞;
安提洛科斯赶着单蹄马偏出路面,
稍许侧向一旁,急速向前超越。
阿特柔斯之子不禁一惊,对他大喊:　　　　　　425
"安提洛科斯,你发疯了,赶快勒住马,
这儿路面狭窄,前面很快会宽坦,
可别在这里撞车,让我们俩一起遭难。"

　　他这样说,安提洛科斯装作没听见,
更加卖力地扬鞭驱赶战车和马匹。　　　　　　430
他们并排捷驰,相当于一个青年
试验力气时尽力挥臂掷出的铁饼
飞行的距离,墨涅拉奥斯很快落后,
因为他自己故意不再催促那马匹,

624

担心单蹄马会在窄道上互相碰撞，　　　　　　　　　435
把他们的精致战车撞翻，车手自己
滚进尘埃，只因一时求胜心切。
金发的墨涅拉奥斯愤怒地对他大喊：
"安提洛科斯，有哪个御者比你更危险？
你走吧，阿开奥斯人都以为你富有理智。　　　　440
但你不就这件事起誓①，终得不到奖品。"

　　他这样说，又大声激励自己的马匹：
"不要迟缓，不要伤心得放慢脚步！
那两匹马的蹄脚和膝盖定会比你们
更快瘫软，因为它们早就不年轻。"　　　　　　445

　　他这样说，两匹马害怕主人的威胁，
立即加快速度，奋力追赶向前。

　　阿尔戈斯人围坐一起观看比赛，
车马在平原上扬起尘土飞驰而来。
克里特人的首领伊多墨纽斯首先　　　　　　　450
见他们狂奔而来，因为他独踞高处。
他听见一个御者呐喊，虽然很远，
但已经辨出声音，还看见前面的快马，
那马全身枣红，前额中央有一块
光闪闪的圆圆白斑，圆得像满月的银轮。　　　455

① 参阅本卷第 581—585 行。

伊多墨纽斯站起来对阿尔戈斯人大喊：
"朋友们啊，阿尔戈斯人的首领和君王们，
仅我看见那些马，抑或你们也看见？
领先的似乎已不是原先的那些马匹，
御者也换了，可能欧墨洛斯的车马　　　　　　　　460
在平原上遇了险，它们原先跑在最前面。
我清楚地看见他们首先拐过路标，
现在我的双眼把整个特洛亚平原
到处找遍，也未能发现它们的踪影。
可能他缰绳已经脱手，在拐弯的时候　　　　　　465
未能灵活控制马匹，出了险情。
他准是在哪里被甩出圈，战车被碰坏，
两匹战马一时受惊恐，失控狂驰。
但你们自己站起来看哪，因为我自己
也难以完全辨清楚，远处出现的那人　　　　　　470
似乎是埃托利亚出生，阿尔戈斯人的首领
驯马的提丢斯之子，勇敢的狄奥墨得斯。"

　　捷足的奥伊琉斯之子埃阿斯粗声反驳：
"伊多墨纽斯，你不要絮絮叨叨过早下判断，
那两匹在平原上奔驰的雌马离我们还很远。　　　475
你在阿尔戈斯人中间不算最年轻，
你脑袋上两只眼睛也不算最锐敏，
可你总是絮叨没完，快不要这样
喋喋不休，这里许多人都强过你。
跑在前面的还是原先那两匹雌马，　　　　　　　480

欧墨洛斯本人也手握缰绳站在车里。"

克里特人的首领怒不可遏地回答说:
"埃阿斯,你这个最爱争吵好骂人的家伙,
哪方面都不像阿尔戈斯人,习性也可恶。
现在让我们赌一只三脚鼎或一口大锅, 485
让阿特柔斯之子阿伽门农为我们作证,
你必须待赌输才会认出谁的马领先。"

奥伊琉斯的捷足埃阿斯听他这样说,
立即站起来愤怒地大骂伊多墨纽斯。
他们两人本会继续争吵没完了, 490
若不是阿基琉斯亲自劝阻这样说:
"埃阿斯和伊多墨纽斯,你们不要这样
互相恶语相伤,这与你们不相宜,
如果别人这样做,你们还会责谴。
请你们安静地坐在圈子里观看竞赛, 495
参赛者眼看就要赶过来夺取胜利,
那时你们都会很容易辨别清楚,
阿尔戈斯人的战车谁跑第二谁第一。"

他这样说,提丢斯之子捷驰而来,
不断地挥鞭赶马每次都举臂过肩, 500
赶得马匹高高地腾起奔向终点。
滚滚席卷的尘土临面扑向御者,
镶嵌着黄金白锡的战车紧紧跟随着

狂奔的捷足马匹;战车快捷如飞地
向前奔驰,急速旋转的车轮只把　　　　　　　505
轻微的辙迹留在后面细软的尘埃里。
狄奥墨得斯来到赛场中央勒住马,
漉漉汗水从马脖和胸部滴向地面。
他自己一跃从闪光的战车跳到地上,
把马鞭依搁车辕;勇敢的斯特涅洛斯　　　510
毫不迟延,迅速领来优胜奖品。
他把女人交给高傲的同伴们带走,
把带耳三脚鼎也交给他们,再卸马解辕。

　　接着来到的是涅琉斯的后裔安提洛科斯,
他胜过墨涅拉奥斯靠计谋,不是靠速度。　　515
但墨涅拉奥斯仍赶着快马紧随其后,
有如一匹马拉着车载着它的主人
在平原上飞奔时车马之间的间隔,
马匹的尾鬃扫着轮缘,车轮紧挨着
马匹旋转,中间只有那一点间距,　　　　　520
马拉着车不断奔驰;墨涅拉奥斯
落后安提洛科斯也只有这样的距离。
墨涅拉奥斯起初落后相当于铁饼
飞行的距离,但很快驱马赶了上来,
阿伽门农的美丽的埃特拼命追赶。　　　　　525
倘若他们的竞赛距离再持续一段,
墨涅拉奥斯本可以超过,获得胜利。
伊多墨纽斯的高贵侍从墨里奥涅斯

落后显贵的墨涅拉奥斯一投枪距离。
他的长鬃马比所有参赛马匹都缓慢，530
他本人的赛车技术在参赛者中最低劣。
最后到来的是阿德墨托斯的儿子，
拖着那辆精美的战车，赶着前面的马匹。
神样的捷足阿基琉斯见了不禁怜悯，
站在阿尔戈斯人中把有翼的话这样说：535
"最优秀的御者最后一个赶来单蹄马，
我们应该给他相应的奖励二等奖，
提丢斯之子狄奥墨得斯仍然得头奖。"

　　他这样说，众人赞同他的提议。
阿基琉斯本会把马奖给他，因为大家　　540
一致同意，若不是勇敢的涅斯托尔之子
安提洛科斯向佩琉斯之子公正地抗议：
"阿基琉斯，如果你真按刚才的话做，
那会激怒我，因为你想夺我的奖品，
认为他虽然毁坏了战车，惊吓了战马，　　545
仍是位杰出的驭手。他本应该祈求
不朽的神明，便不会落得最后一个。
如果你确实可怜他，他也令你喜欢，
那你的营帐有无数的黄金，无数的铜块
和绵羊，无数的女俘和无数俊美的单蹄马，　　550
你以后从中取些给他，哪怕更珍贵，
或者现在就取来，好博得大家的赞赏。
我不会交出这匹雌性马，如果众位

有谁想同我比试，不妨过来交交手。"

　　他这样说，捷足的阿基琉斯微笑，　　　　　　555
心中喜欢亲爱的朋友安提洛科斯，
立即回答他说出有翼飞翔的话语：
"安提洛科斯，既然你要我从营帐里
另取些东西奖给他，我按你的话去做。
我把从阿斯特罗帕奥斯那里夺来的　　　　　　560
那副胸甲作奖品，那是一副铜甲，
周围镶着闪光的白锡，于他很相宜。"

　　他这样说，吩咐亲爱的侍从奥托墨冬
回营去取胸甲，奥托墨冬取来交给他，
由他交给欧墨洛斯，欧墨洛斯高兴地收下。　　565

　　墨涅拉奥斯这时愤愤不平地站起来，
他对安提洛科斯仍然满腔怒火。
传令官把权杖交给他，呼吁阿尔戈斯人
安静听讲。神样的英雄开始这样说：
"安提洛科斯，你是个聪明人，却干得好事！　　570
你辱没了我的技能，阻碍了我的战马，
让自己的马急驰，尽管它们差很多。
阿尔戈斯的首领和君王们，我请你们
对我俩做出不偏不倚的公正评判，
使穿铜甲的阿开奥斯人都不敢这样说：　　　　575
'墨涅拉奥斯靠谎言打败了安提洛科斯，

得到了那匹雌马,但他的马匹慢得很,
他自己也是靠地位和权力才超过他人。'
还是让我来评判吧,我想没有哪个
达那奥斯人会有异议,评判会公正。   580
宙斯抚育的安提洛科斯,快站过来,
按照传统站到马匹和战车前面,
手握你用来赶马的那根柔软皮鞭,
轻抚战马凭震地和绕地之神起誓,
你刚才阻挠我奔跑并非有意施诡计。"   585

　　聪明的安提洛科斯这时回答他这样说:
"请不要再生气了,我比你年轻许多,
墨涅拉奥斯啊,你既位尊又贵显。
你也知道年轻人容易胆大妄为,
因为他们性情急躁,思想狭偏。   590
请你平息怒火,我愿把这匹马交给你。
你如果还想得到我家里更好的东西,
我也甘愿把它们立即取来送给你,
宙斯抚育的人啊,我不愿如此失去
你的好感,作为伪誓者得罪于神明。"   595

　　伟大的涅斯托尔之子说完,牵过雌马
交给墨涅拉奥斯,墨涅拉奥斯心中
流过一股暖流,有如干涸的地里
缕缕待熟的麦穗挂上了晶莹的露珠。
墨涅拉奥斯啊,当时你心里也这样温暖。   600

阿特柔斯之子把有翼的话语大声说：
"安提洛科斯，我虽然气愤，但现在我该
向你让步，你从来不这样任性和浮躁，
今天青春狂热战胜了审慎的理智。
以后要记住，切不可对优秀的人行诓骗。 605
其他的阿开奥斯人不会这样快地
使我消怒，但你还有你那高贵的父亲
和你的兄弟们为我受了那么多艰辛。
我接受你的请求，那匹马虽然属于我，
但我也把他送给你，好让大家知道， 610
我的这颗心并不那样高傲和严厉。"

　　他这样说，把雌马交给安提洛科斯的
侍从诺埃蒙，自己取了亮闪闪的大锅。
墨里奥涅斯到达时取走了两塔兰同黄金，
作为四等奖，五等奖双耳罐没有人领取。 615
阿基琉斯捧着它穿过阿尔戈斯人的会场，
走到涅斯托尔面前站住，对他这样说：
"我的老英雄，现在把这件礼物送给你，
作为对帕特罗克洛斯的葬礼的永久纪念，
因为你不可能在阿尔戈斯人中再把他找见。 620
我只能这样把奖品送给你，因为你不可能
再参加拳击竞赛或者摔跤，或是比赛
投枪、赛跑，因为你担受着深重的老年。"

　　他这样说，把礼物送到老人手里，

老人高兴地接过礼物,大声对他说: 625
"亲爱的孩子啊,你刚才的话丝毫没有错,
朋友,我的膝盖、腿脚已经不稳健,
两臂已不能从两侧自由地挥过双肩。
但愿我仍像埃佩奥斯人在布普拉西昂
为阿马里科斯王举行葬礼,他的孩子们 630
为纪念他举行竞赛时那样强壮有力!
在那里没有人胜过我,无论是埃佩奥斯人,
本族的皮洛斯人或者高傲的埃托利亚人,
拳击中战胜了克吕托墨得斯,埃诺普斯之子,
摔跤中战胜了与我对阵的普琉戎人安开奥斯, 635
赛跑中战胜了伊菲克洛斯,尽管他很出色,
投枪时我超过了费琉斯和波吕多罗斯。
只有赛车时两个阿克托尔之子超过我,
他们凭人多赶到我前面,不让我获胜,
因为当时剩下的是最丰厚的一份奖品。 640
他们是孪生兄弟,其中一个驾辕,
仅仅驾辕,另一个不断赶马扬鞭。
我当时就是这样,现在这些事情
让年轻一些的人去干吧,我得屈服于
艰难的老年,尽管有过辉煌的光阴。 645
你继续为朋友的葬礼举行竞技吧,
我乐意接受你的奖品,心中高兴,
你始终记着我的情谊,不把我忘记,
在阿开奥斯人中对我表示应有的尊敬,
愿神明赐给你巨大恩惠,好好报答你。" 650

633

涅斯托尔这样说,佩琉斯之子认真听完
他的赞许,离开围聚的阿开奥斯人群。
他为激烈的拳击竞赛取来奖品:
牵来一头健壮的六岁骡拴在场中央,
那骡尚未调训过,训骡可是件难事情,　　　　　　655
还为比输的一方准备了一只双耳杯。
这时他站起来对阿尔戈斯人这样宣布:
"阿伽门农和胫甲精美的阿尔戈斯人,
我想召请两位最精于拳术的高手
出来比试高低,争夺这些奖品。　　　　　　　　660
让那个被阿波罗赐予胜利,受阿尔戈斯人
一致赞许的人把这健骡牵回营帐,
比输的一方领走这只双耳杯作奖品。"

　　他这样说,当即有魁梧的战士站出来,
精通拳术,帕诺佩斯之子埃佩奥斯,　　　　　　665
他伸手牵住那头健骡,大声这样说:
"哪个想拿走双耳杯的人请快过来,
我敢说没有人会胜我牵走这头骡,
因为阿尔戈斯人中我最通晓拳技。
或者有人不满意,说我作战逊色?　　　　　　　670
可是一个人不可能事事都精通过人。
现在请听我说,定会遵照执行:
我要撕碎他的肉,砸碎他的骨节。
让为他送葬的人都到这里来等待,

当我一把打倒他好立即把他抬开。"

　　他这样说,阿尔戈斯人一片缄默,
敢于起来应战的只有欧律阿洛斯,
塔拉奥斯之子墨基斯透斯王的儿子,
他曾在特拜参加为奥狄浦斯举办的
祭祀竞技,打败了所有的卡德摩斯人。
名枪手提丢斯之子给他整装应战,
一面热情鼓励,祝愿他赢得胜利。
狄奥墨得斯首先给他系好腰带,
又把精制的牛皮条在他手上扎紧。
两人装束完毕,一起跳进圈心,
他们临面站开,挥动强劲的臂膀,
对打起来,你来我往,一拳拳猛击,
牙齿被咬得不断可怕的咯咯作响,
全身汗水淋淋。欧律阿洛斯一愣神,
神样的埃佩奥斯一拳击中他的面颊,
他只觉站立不稳,四肢顿时瘫软。
有如一条游鱼见北风推着海水涌来,
从岸边草丛跃起掉进黑沉沉的浪潮,
欧律阿洛斯也这样被击中跃起跌倒。
勇敢的埃佩奥斯伸手把他扶起,
朋友们一齐围上扶着他曳出圈外,
不断口吐鲜血,脑袋歪向一边。
他们把他扶回坐位他仍未苏醒,
只好代他上前领来那只双耳杯。

佩琉斯之子为第三个项目激烈的摔跤，　　　　　700
又取来奖品陈列在达那奥斯人面前：
奖给获胜者一口可烧火的三脚大锅，
按阿开奥斯人估算可值十二头壮牛；
一名女子被带到场中央奖给输方，
那女子熟悉各种活计值四头壮牛。　　　　　　705
阿基琉斯站起来对阿尔戈斯人宣布：
"请站出来，谁想竞争这些奖品！"
伟大的特拉蒙之子埃阿斯立即站起，
足智多谋的奥德修斯也站了起来。
他们系好腰带跳到场地正中央，　　　　　　　710
伸开强健的双臂互相扭抱到一起，
有如两根叉梁，技艺高超的匠手
为抗阻风暴构建高屋把它们架连。
强劲的臂膀压得对方前倾的脊背
咯咯作响，如注的汗水淋漓流淌，　　　　　　715
一条条殷殷渗血的伤痕显现在他们的
肋胁和后背。但他们还要继续扭摔，
为了得到那口精心制造的大锅。
奥德修斯怎么也不能把埃阿斯摔倒，
埃阿斯也无法战胜奥德修斯的力气，　　　　　720
当他们相持不下使阿开奥斯人厌倦时，
伟大的特拉蒙之子埃阿斯对奥德修斯说：
"宙斯养育的拉埃尔特斯之子机敏的奥德修斯，
你举起我或是我举起你，其余的事情归宙斯。"

他这样说，一面抱起奥德修斯，　　　　　　　725
奥德修斯不忘计谋，猛踢埃阿斯的腿后弯，
踢得埃阿斯膝盖发软，仰面倒下，
奥德修斯也倒向埃阿斯的胸口，一片惊叹。
神样的奥德修斯随即坚韧地抱起埃阿斯，
但只能稍许抱离地面，摔不倒对方。　　　　730
他猛然膝盖一顶，两人同时倒地，
紧挨着倒在一起，身上沾满污泥。
他们立即跳起来本会作第三次较量，
若不是阿基琉斯亲自站起来劝阻：
"你们已经摔够，切不可造成伤害，　　　　735
两人胜利均等，都过来领奖退下，
让其他阿开奥斯人有机会继续竞赛。"

他这样说，两人听了完全同意，
站起来穿上衣衫，拍去身上的尘土。

佩琉斯之子又立即取来赛跑奖品，　　　　740
奖给第一名的是一只精制的银调缸，
能容六升酒，全世界数此调缸最精美，
由著名的西顿匠人精工制作而成，
一帮腓尼基人带着它渡过茫茫大海，
进港停泊，把它送给托阿斯作礼物，　　　　745
伊阿宋之子欧涅奥斯为普里阿摩斯之子
吕卡昂赎身，又把它送给了帕特罗克洛斯。

现在阿基琉斯把它作为自己亡友的
祭祀竞赛的奖品,奖给赛跑第一名。
第二名奖给一头高大肥壮的公牛。　　　　　　　750
第三名为最后,奖给半塔兰同黄金。
阿基琉斯站起对阿开奥斯人宣布:
"请站出来,谁想夺得这些奖品!"
他这样说,立即站起的有奥伊琉斯之子、
捷足的埃阿斯,多智谋的奥德修斯和安提洛科斯,　755
涅斯托尔之子,年轻人中数他最敏捷。
他们站成一排,阿基琉斯把路标指明。
他们从端线起跑,奥伊琉斯之子
很快跑在前面。神样的奥德修斯
紧随其后,近得有如织布女子　　　　　　　　　760
胸前的织架,当她熟练地用手把纱管
穿过经线,把织架拉向自己的胸前。
奥德修斯也这样贴近捷足的埃阿斯,
不等尘土扬起便踩进前者的脚印。
奥德修斯迅速奔跑,呼出的气息直喷　　　　　765
埃阿斯的后脑;阿开奥斯人齐声呐喊,
鼓励一心想赢得胜利的奥德修斯。
当他们临近终点时,奥德修斯心中
立即向目光炯炯的雅典娜热烈祈求:
"女神,请听我祈求,快加速我的脚步!"　　　　770
他这样说,帕拉斯·雅典娜听见他祷告,
立即让他的手足灵活,奔跑敏捷。
当他们正要冲到终点领取奖品时,

埃阿斯突然滑倒——雅典娜从中阻挠;

哞叫的壮牛被捷足的阿基琉斯宰杀,　　　　　775

祭祀帕特罗克洛斯时拉得满地粪污,

埃阿斯的鼻孔和嘴里都被牛粪塞满。

神样的奥德修斯首先跑到终点,

取走了调缸,勇敢的埃阿斯得到那头牛。

埃阿斯站在那里,双手握着弯牛角,　　　　　780

吐出嘴里的牛粪,对阿尔戈斯人这样说:

"真倒霉,让我摔倒的是女神,就是一直像

母亲紧随奥德修斯、事事相助的那一位。"

　　他这样说,大家高兴得纵笑不止。

安提洛科斯领取了最后一份奖品,　　　　　785

也乐不可支地笑着对阿尔戈斯人这样说:

"朋友们,我想说的话你们也都清楚,

年长的凡人一向受宠于不朽的神明。

这位埃阿斯论出生只比我稍许年长,

那位奥德修斯却年长很多属前辈,　　　　　790

都说他虽是一位老人却身强力壮,

除了阿基琉斯,阿开奥斯人很难赛过他。"

　　他这样说,称赞佩琉斯的捷足儿子。

阿基琉斯回答他,说出友好的话语:

"安提洛科斯,你不会就这样对我白称赞,　　　795

我将增加半塔兰同黄金给你作奖赏。"

他说完取出黄金，安提洛科斯很高兴。
佩琉斯之子这时又取出一支长杆枪，
放到场中央，还有一面盾牌和头盔，
帕特罗克洛斯夺得的萨尔佩冬的武装。　　　　　　800
他站起来对阿尔戈斯人这样宣布说：
"我请两位最勇敢的人争夺这些奖品，
他们得穿好铠甲，带上锋利的铜器，
让他们在大家面前互相比试武艺。
他们谁首先刺中对方美丽的身体，　　　　　　　805
穿过铠甲和黑色的鲜血触及内脏，
我就送给他这柄饰银钉的精致色雷斯剑，
我从强大的阿斯特罗帕奥斯手里夺得它。
萨尔佩冬的武装由他们两人均分，
我还要请他们去我的营帐饱餐一顿。"　　　　　810

他这样说，伟大的特拉蒙之子埃阿斯
立即站起来，接着是强大的狄奥墨得斯。
他们各自在同伴帮助下装束整齐，
走到场地中央凶狠地互相注视，
充满杀气，令阿开奥斯人心中寒惧。　　　　　815
待他们这样相向而行，互相逼近，
他们冲杀三次，交手三个回合。
埃阿斯终于刺中了对方的等径圆盾，
但没能刺中身体，被盾后的胸甲挡住；
提丢斯之子也一直挥动闪亮的长枪，　　　　　820
枪尖从大盾的上沿刺向对手的脖颈。

阿开奥斯人为埃阿斯担心,呼吁他们
停止比赛,由他们两人平分奖品。
但英雄阿基琉斯把那柄长剑连同
剑鞘和精致的肩带奖给了提丢斯之子。 825

　佩琉斯之子又取出一个沉重的铁块,
力大的埃埃提昂以前把它当铁饼投掷,
神样的捷足阿基琉斯杀了埃埃提昂,
把铁块同其他财物一起装运上船。
阿基琉斯站起来对阿尔戈斯人宣布: 830
"谁想赢得这件奖品,请站出来!
即使他的肥田沃地离家宅很远,
有了这铁块他五年不用担心缺铁。
如果他的牧人或耕夫需要铁用,
他们用不着进城去取,就贮在手边。" 835

　他这样说,站起来坚毅的波吕波特斯,
同时站起来还有神样的大力士勒昂透斯、
特拉蒙之子埃阿斯和勇敢的埃佩奥斯。
他们站成一排,首先由勇敢的埃佩奥斯
抓起铁块投掷,阿开奥斯人大笑不止。 840
接着投掷的是勒昂透斯,阿瑞斯的后裔,
第三个投掷的是特拉蒙之子伟大的埃阿斯,
他甩手一掷,铁块飞过了前两人的标志。
轮到坚毅的波吕波特斯掷那铁块,
有如牧人用力抛出自己的棍棒, 845

那棍棒旋转着从牛群上面飞过，
那铁块也飞出这么远，人们齐声欢呼。
强大的波吕波特斯的同伴们立即站起来，
把他们的国王夺得的奖品送往空心船。

　　阿基琉斯又为箭技取出灰色的铁器，　　　　　　　850
摆出双刃斧十把，另有十把单刃斧。
又把一根乌黑的船只的高高桅杆
远远立在沙地，尖顶一根细绳
拴住一只胆怯的飞鸽的腿弯作靶子：
"如果有谁射中那只怯懦的鸽子，　　　　　　　　855
他可以得到全部双刃斧把它们带回家，
如果有谁射中那绳子，偏过飞鸽，
表明他箭术稍差，可得到这些单刃斧。"

　　他这样说，立即站起来强大的透克罗斯
和伊多墨纽斯的高贵侍从墨里奥涅斯。　　　　　860
人们取过他们的阄儿放进头盔摇动，
第一阄摇定透克罗斯。他立即上前
全力射出飞矢，可他忘了向射王
许愿用当年头生羔羊敬献丰厚的祭礼。
他未射中飞鸽，阿波罗不让他成功，　　　　　　865
却射中系鸽的绳子，就中在腿弯旁边，
锋利的箭矢一下子把那根纤绳割断。
鸽子立即飞向天空，细绳松弛着
向下垂悬，阿开奥斯人一片欢欣。

墨里奥涅斯急忙向透克罗斯要过弯弓—— 870
透克罗斯张弓瞄准时他已取出箭矢,
立即向司射的阿波罗许诺,虔诚应允
用当年头生羊羔敬献丰厚的祭礼。
他看见那只怯懦的鸽子在云端高翔,
便趁它展翅盘旋时一箭射中飞翼间, 875
恰好从身体中穿过。箭矢掉落下来,
正掉在墨里奥涅斯脚边,插进土里。
受伤的鸽子落到黑皮船的桅杆顶上,
脑袋垂下来,丰满的羽毛纷飞飘零。
生命迅速离开了肢体,飞鸽掉落到 880
离射者很远的地方,人们赞赏惊异。
墨里奥涅斯取走了全部十把双刃斧,
透克罗斯把十把单刃斧送往空心船。

　　这时佩琉斯之子又取出一支长杆枪,
和一只尚未见过火、值一头牛的雕花锅, 885
放到场中央,立即有善投者站起来,
他们是阿特柔斯的儿子阿伽门农王、
伊多墨纽斯的高贵侍从墨里奥涅斯。
神样的捷足阿基琉斯这样调解说:
"阿特柔斯的儿子,我们全都知道 890
你强过众人,力气大,投枪也出色,
现在就请你收下这奖品送往空心船。
让我们把这支长枪奖给墨里奥涅斯,
如果你同意这样做,这是我的提议。"

他这样说,阿伽门农王完全同意,
阿基琉斯把长杆铜枪奖给了墨里奥涅斯,
阿伽门农把奖品交给传令官塔尔提比奥斯。

第二十四卷

——普里阿摩斯赎取赫克托尔的遗体

集会随即解散,兵士纷纷离开,
回到各自的快船上。别人都想吃晚饭,
享受甜蜜的睡眠,唯独阿基琉斯
在哭泣,怀念他的伴侣,那制服众生的
睡眠并没有困扰他。他在床上翻来覆去,   5
思念帕特罗克洛斯生前的刚毅与英勇,
回想起他和他一起立过多少功劳,
在对敌战斗中,在险恶波涛中,共同经历过
多少艰难辛苦。他想起这些事情,
眼泪大颗大颗往下滴;他时而侧卧,   10
时而仰卧,时而俯伏,最后他站起来,
去到海边,在那里徘徊,心神错乱。
当曙光照临大海和沙滩的时候,他望见
黎明,立刻把他的快马套在轭下,
把赫克托尔的尸首拴在车后拖着奔驰,   15
沿着墨诺提奥斯的死去的儿子的坟冢
绕行三匝,然后回到营帐休息,
让赫克托尔直挺在尘埃里。这个人虽死,

阿波罗依然怜悯,不让各种毁伤触及
他的肌肤,用金色的羊皮把他裹起来,   20
免得阿基琉斯拖着他,把他擦伤。

　　阿基琉斯就这样愤怒地虐待神样的赫克托尔,
那些快乐的神明却怜悯他,他们怂恿
目光犀利、杀死阿尔戈斯的神去偷尸体。①
这条计策虽然合乎众神的心意,   25
但赫拉、波塞冬和目光炯炯的女神②不赞成,
她们依然恨神圣的伊利昂、普里阿摩斯
和他的人民,只因阿勒珊德罗斯犯罪,
在她们去到他的羊圈时侮辱她们,
赞美那位引起致命的情欲的女神。③   30

　　此后在第十二次曙光照临的时候,
福波斯·阿波罗对那些永生永乐的神说:
"天神们,你们真是硬心肠,恶毒成性。
难道赫克托尔没有给你们焚献纯色的
牛羊的腿骨?你们现在竟无心拯救他——   35
尸首一具,让他的妻子、母亲、儿子,
他的父亲普里阿摩斯和人民看一眼,
他们想很快火化他,举行隆重葬礼。

～～～～～～～

① "神"指赫耳墨斯。
② 指女神雅典娜。
③ 指赫拉和雅典娜因赛美的事对特洛亚怀恨在心。荷马史诗中只有此处
　　涉及赛美的事。

天神们，你们想支持那伤害人的阿基琉斯，
他的心不正直，他胸中的性情不温和宽大，　　　　40
他狂暴如狮，那野兽凭自己心雄力壮，
扑向牧人的羊群，获得一顿饱餐，
阿基琉斯也是这样丧失了怜悯心，
不顾羞耻，羞耻对人有害也有益。
有人会失去比他的伴侣更亲密的人，　　　　45
同母所生的弟兄或是自己的儿子，
他哀悼过了，伤心够了，就算完了，
因为命运赐予人一颗忍耐的心。
但这个人在他剥夺了神样的赫克托尔的
生命以后，却把他拴在马车后面，　　　　50
拖着他绕着他的伴侣的坟冢奔驰，
这不是一件光荣的事，也没有益处。
尽管他是个好人，可不要惹我们生气；
他竟自在愤怒中虐待那没有知觉的泥土。”

　　白臂女神赫拉在气愤中对他这样说：　　　　55
“银弓之神，要是众神对阿基琉斯
和赫克托尔同样重视，你倒可以这样说。
可是赫克托尔是凡人，吃妇人的奶长大，
阿基琉斯却是女神的孩子，他母亲
是我养大，我把她嫁给一个凡人，　　　　60
就是佩琉斯，他为永生的神所宠爱。
天神们，你们都参加过婚礼，你也曾在当中
吃酒弹琴，你却和坏人为友不忠诚。”

于是集云之神宙斯回答她这样说：

"赫拉，你可不要对众神大发雷霆；　　　　　　　　　65

这两个人所享受的荣誉虽然不一样，

但赫克托尔也是伊利昂人的神明的宠儿，

也是我的宠儿，他从没有少给过贡品，

我的祭坛从没有缺少同样的宴飨：

奠下的酒肉，这些是我们应得的礼物。　　　　　　70

但我们应当放弃偷窃英勇的赫克托尔的

尸体的策略，这瞒不过阿基琉斯，

他母亲不论白天夜晚都去到他身边。

但愿有一位神去把忒提斯叫来，

我好明智相劝，使阿基琉斯接受　　　　　　　　　75

普里阿摩斯赎取赫克托尔尸体的礼物。"

他说完，快如风的女神伊里斯动身去报信，

她在萨摩色雷斯与嶙峋的英布罗斯之间

钻进深蓝色的大海，海水哗哗流淌。

她像铅坠子①钻到深处，那坠子拴在　　　　　　　80

圈养的牛②头上取来的角尖，③它一直往下坠，

给吃生肉的鱼带来死亡的命运。

伊里斯在一个很深的洞里找到忒提斯，

她周围坐着别的女海神，她在当中

———————————

① 指拴在钓鱼的线上使线下坠浮子垂直的铅片。

② 指家养的牛，有别于牧场上放牧的牛。

③ 这牛角作为引诱鱼的假饵。

为儿子的命运痛哭,这年轻人白璧无瑕,　　　　　　85
却要死在特洛亚沃土,远离家乡。
那捷足的伊里斯站在近处这样对她说:
"忒提斯,快起身,那运筹神算的宙斯在唤你。"
那银足女神忒提斯对她这样回答说:
"大神为什么叫我去?我羞于见永生的神,　　　　90
因为我心里不胜忧愁。可是我得去,
不论他有什么要说,他的话不会白说。"

那高贵的女神这样说,拿起一条黑面纱——
再没有比这件更黑的衣饰——就动身走,
那腿似旋风的伊里斯在她前面引路。　　　　　　95
她们一上岸,就往天上飞奔升腾,
在那里见到克罗诺斯的鸣雷的儿子,
他身边坐着全体永生永乐的神明。
忒提斯随即坐在父亲宙斯旁边,
是雅典娜让座。赫拉把一只精制的金杯　　　　100
递到她手里,高高兴兴向她问好,
忒提斯一饮而尽,把杯子还给赫拉。
于是凡人和天神的父亲开言这样说:
"忒提斯,你来到奥林波斯,精神痛苦,
情绪忧愁,这些情况我自己也清楚,　　　　　　105
但是我还是告诉你,为什么叫你来这里。
九天来,永生的天神当中起了冲突,
涉及赫克托尔的尸首和攻掠城市的阿基琉斯。
众神曾怂恿那杀死阿尔戈斯的神偷尸首,

我却要赏赐阿基琉斯以光荣的礼物，　　　　　110
还要保持你日后对我的尊敬与友谊。
你快去军中，把我的意旨传达给儿子。
告诉他神们对他很生气，在永生的天神中，
我最愤慨，因为他愤恨地把赫克托尔扣留
在弯船旁边，不肯退还，但愿他对我　　　　115
存有敬畏之心，把赫克托尔还给人家。
我还要派遣伊里斯去叫那高傲的国王
普里阿摩斯带着送阿基琉斯的礼物，
到阿开奥斯人的舰队去，那礼物会打动他的心。"

　　他这样说，那银足的女神没有违命，　　　　120
立即从奥林波斯山顶翻身下降，
去到她的儿子的营帐里，在那里看见
他在痛哭，他的亲密的伴侣在周围
忙忙碌碌备办早餐，房屋里面
正在为他们屠宰一头毛茸茸的大公羊。　　　125
他的尊贵的母亲坐在他的近旁，
伸手抚摸他，呼唤他的名字，对他说：
"我的孩子，你呜咽哭泣，咬伤你的心，
废寝忘食，要到什么时候才停止？
你最好在一个女人的怀抱里享受爱情，　　　130
因为你在我面前活不了多少时光，
死亡和强大的命数已经向你靠近。
你且听我说，我是宙斯派来送口信，
他说神们对你很生气，在永生的天神中

他最愤慨，因为你愤恨地把赫克托尔扣留在　　　　　135
弯船旁边，不肯退还。你要接受
为赎尸体送来的礼物，放他回去。"

　　那捷足的阿基琉斯回答他母亲说：
"就这样吧；如果奥林波斯的大神
乐意这样吩咐，谁带赎礼来，谁领尸。"　　　　　140

　　他们母子在船只旁边交谈了许多
有翼飞翔的话语，这时候克罗诺斯的儿子
吩咐伊里斯去到神圣的伊利昂，对她说：
"捷足的伊里斯，赶快离开奥林波斯，
去到伊利昂，送信给高傲的普里阿摩斯，　　　　145
叫他到阿开奥斯人的舰队里去赎他儿子，
随身带着送给阿基琉斯的礼物，
好打动他的心。叫他单独去，不要让别的
特洛亚人跟随。可以有一个年老的
传令官陪同，为他赶骡子，驾驶轻车，　　　　　150
把那个被阿基琉斯杀死的人运回城里。
不要让死亡和恐惧扰乱他的心灵。
我们自会让杀死阿尔戈斯的神给他当向导，
他会引路，带他到阿基琉斯跟前。
在神使引导他进入敌营时，阿基琉斯　　　　　155
不会杀他，也不会让别人把他杀死，
因为他并不愚蠢，不轻率，也不冒犯人。
他会宽宏大量地饶恕一个祈愿人。"

他这样说,那快捷如风的女神伊里斯
就动身去报信。她去到普里阿摩斯的宫中,　　　　160
听见一片号啕与哭泣的悲痛声音。
国王的儿子们在院子里围绕着父亲坐着,
衣服都给眼泪打湿,当中是老人,
紧紧地裹在披衫里,老人头上脖子上
有许多秽土,那是他打滚时用手抹上。　　　　165
他的女儿和儿媳的哭声响彻宫廷,
她们深深怀念许多英勇的战士
死在阿尔戈斯人手下,躺在沙场上。
宙斯的使者站在普里阿摩斯面前,
对他说话,声音温和,国王却发抖:　　　　170
"达尔达诺斯之子普里阿摩斯,你放心,
不要害怕;我到这里来,不预兆祸害,
而是怀着好意。我是宙斯的使者,
他虽然远在天上,却很关心你,怜悯你,
奥林波斯大神吩咐你去赎赫克托尔,　　　　175
随身带着送给阿基琉斯的礼物,
好打动他的心。叫你单独去,不要让别的
特洛亚人跟随。可以有一个年老的
传令官陪同,为你赶骡子,驾驶轻车,
把那个被阿基琉斯杀死的人运回城里。　　　　180
不要让死亡和恐惧扰乱你的心灵。
我们自会让杀死阿尔戈斯的神给你当向导,
他会引路,带你到阿基琉斯跟前。

在神使引导你进入敌营时，阿基琉斯
不会杀你，也不会让别人把你杀死。　　　　　185
因为他并不愚蠢，不轻率，也不冒犯人，
他会宽宏大量地饶恕一个祈愿人。"

　　那捷足的伊里斯这样说，随即告辞而去。
国王叫他的儿子们准备骡拉的轻车，
把柳条箱拴在车上。他自己下到库房，　　　190
那是用香柏木建造，屋顶又高又大，
房屋里面储藏着许多金银财宝。
他把他的妻子赫卡柏叫来，对她说：
"夫人，奥林波斯信使从宙斯那里
来到我这里，叫我到阿开奥斯人的舰队中　　195
去赎取儿子，带着送阿基琉斯的礼物，
好打动他的心。你来告诉我，你心里怎样想？
有一种冲动和愿望强烈地怂恿我去到
那里的舰队和阿开奥斯人扎下的大营里。"

　　他这样说，他妻子却尖叫一声，回答说：　200
"在从前你是凭自己的智慧在外邦人与臣民中
享有盛名，哎呀，这种聪明现在在哪里？
你怎么能独自去到阿开奥斯人的舰队中，
去见那杀死过你许多英勇儿子的人？
你的心一定是铁铸。要是他看见你，擒住你，　205
他这样一个野蛮的、不讲信义的人
决不会怜悯你，尊重你。现在我们只好

远远地离开赫克托尔，坐在厅堂里哭泣。
那不可抗的命运就是这样在我生他时
为他搓线，①使他远远地离开父母，210
落到一个强者的手里，被扔去喂狗吃。
我很想抓住那人的肝脏，把它吃掉，
这样才能报杀子之仇，他被杀的时候
并没有胆怯偷生，而是挺身出来
保卫特洛亚人和腰带低束的②妇女，215
一点也没有想到逃跑，想到躲避。"

那神样的普里阿摩斯老人回答她说：
"不要阻挡我这个一心想去的人，
你也不要在厅堂里成为一只报凶鸟，
你劝不动我。如果是世上别的人命令我，220
不论是凭献祭预卜的先知还是祭司，
我都会认为那是虚假的，不加理睬。
但如今我听到了女神的声音，看见了她，
我要去，她的话不会白说。如果我注定
要死在披铜甲的阿开奥斯船边，我也心甘。225
等我抓住儿子，满足了哭泣的愿望，
就让阿基琉斯把我一刀杀死。"

<hr />

① 命运女神共三位，第一位注定命运，第二位搓命线，第三位在人将死的
时候剪断命线。
② 原意是"有深线槽的"。古希腊妇女把腰带低低地束在股上（不是腰
上），使衣服的上下两部分现出很深的线槽，腰带被衣褶遮住。

他这样说，随即打开箱子上面的
精美盖子，取出十二件漂亮的袍子、
十二件单层布的斗篷、同样件数的毛毯、   230
同样件数的披衫、同样件数的衬袍。
他称金子，拿出整整十塔兰同，
又拿出两个光亮的三脚鼎、四口大锅、
一只精美的酒杯，那是他从前出使时
色雷斯人送他的珍宝，这老人不惜把它   235
留在厅堂里，因为他很想赎回儿子。
他随即把特洛亚人全都赶出门廊，
拿一些辱骂的话狠狠地谴责他们：
"你们这些胆小鬼，全都给我滚开，
难道你们家里没有可悲伤的事情，   240
却跑来惹我烦恼？你们是不是认为
克罗诺斯之子宙斯给我的痛苦、
丧失我的最优秀的儿子这种伤心事
不关痛痒？可是你们也会知道，
他死后，你们更容易被阿开奥斯人杀死。   245
但愿我在城市被洗劫之前就去到冥府。"

他这样说，举起王杖去追逐他们，
他们在老人的追赶下逃离宫殿。他随即
呼唤孩儿，谴责赫勒诺斯、帕里斯、
神样的阿伽同、潘蒙、安提福诺斯、善吼的波利特斯、 250
得伊福波斯、希波托奥斯、杰出的狄奥斯。
老人呼唤这九个人的名字，吩咐他们：

"你们这些辱没我的坏孩子,赶快动手!
但愿你们都代替赫克托尔死在快船边!
哎呀,我真是不幸,因为我在辽阔的特洛亚   255
生下了一些最好的儿子,但是我要说,
没有一个留下来,比如神样的墨斯托尔、
那乘车作战的特洛伊洛斯,还有赫克托尔,
他是人中的神,不像凡人的儿子,
而像天神的儿子,他们都没有留下来,   260
是被阿瑞斯杀死,但这些辱没我的留下了。
他们撒谎,踏地跳舞,偷人民的羊群。
你们还不赶快去为我准备车辆,
把这些东西全都装上去,让我们好赶路?"

他这样说,他们因父亲咒骂而胆怯,   265
赶快把那辆新的轻便骡车搬出来,
把柳条箱拴在车上。他们从钉子上取下
黄杨木的骡轭,那上面有个圆木桩,
木桩上还有两个安得很稳的圈子。①
跟轭一起,他们还拿出九肘长的轭带。   270
他们把轭套在光滑辕杆的弯顶上,
把一个圈子套在辕杆末端的钉子上,
然后拴在木桩上,两边各绕三匝,
一圈圈地拴紧,最后把剩余的轭带拉回来。②

---

① 轭的正中有一根圆木桩,圆木桩左右两边有圈子。
② 这几行诗很难解释。辕杆末端是向上弯曲的,轭放在辕杆弯曲处。辕
上面有个钉子,钉子上放一个圈子,轭带穿过一个孔,把圈子拴在轭上
面的圆木桩上。轭带的剩余部分被拉回来,系在车上。

他们随即从厅堂里拿出无数为赎取   275
赫克托尔首级的礼物，堆在光滑的车上，
然后给套上挽具的健蹄骡子上轭，
骡是密西亚人送给普里阿摩斯的
漂亮礼物。他们为国王给马上轭，
马属老人自己，养在光滑的秣槽上。   280

　普里阿摩斯和传令官这样在高大的宫殿下
给骡和马上轭，自己心事重重，
赫卡柏也来到他们跟前，心里忧愁，
她右手端着金杯盛满赏心的酒液，
好让他们临去之前向神灌奠。   285
她站在马车前，呼唤国王的名字对他说：
"你既有心到敌方的船寨去——尽管我不愿意，
你就接过这杯酒，向父亲宙斯致奠，
祈求你能从敌人那里回到家里。
你然后求克罗诺斯的儿子、黑云之神、   290
伊达之主——他俯视整个特洛亚平原，
求他放出一只显示预兆的鸟儿、
快速的信使、他心爱的飞禽，强大无比，
让它在你右边飞过，你亲眼看见了，
有信心到骑快马的达那奥斯人的船寨去。   295
但若鸣雷的宙斯不把信使派来，
我就不鼓励你，不劝你到阿尔戈斯人的船寨去，
尽管你心里多么想立刻就动身上路。"

那神样的普里阿摩斯这样回答她说：
"夫人，我决不违背你的这番劝告，　　　　　　　　300
最好向宙斯伸出手，这样求他怜悯。"
老人这样说，又叫侍女去取净水，
给他洗手，侍女便端着水壶和盆子
走上前来，站在他旁边用心侍候。
国王用净水洗了手，再从他妻子手里　　　　　　305
接过酒杯，站在院子中间祷告，
他奠下酒，望着天上，念念有词：
"父亲宙斯、伊达山的至高无上的统治者，
让我到阿基琉斯那里受到接待，
获得怜悯，请派只显示预兆的鸟儿、　　　　　　310
快速的信使、你心爱的飞禽，强大无比，
让它在你右边飞过，我亲眼看见了，
有信心到骑快马的达那奥斯人的船寨去。"

他这样祷告，那足智多谋的宙斯听取了，
他立刻派来一只鹰，飞禽中最可靠的预兆鸟，　　315
一只暗褐色的猎鸟，人称葡萄紫色鸟。
它的翅膀伸开，宽得像富贵人家
建造的高屋大厦正面闩上的大门，
老鹰出现时翅膀也这样宽阔开展。
它从右边向他们飞来，掠过城市，　　　　　　　320
大家见了，感到高兴，心里轻松。

老人急忙登上那辆备好的大车，

迅速穿过回音缭绕的柱廊和前门。
前面有骡子拖着四轮车，由小心翼翼地
伊代奥斯驾驭，后面是马车，老人挥鞭，　　　　325
急忙赶着车穿过特洛亚人的城市。
他的亲人跟在后面，呜咽哭泣，
好像他是去送死。在他离开城市，
下到平原的时候，他的儿子、女婿
全都返身回到伊利昂。那鸣雷的宙斯　　　　330
望见他们两人出现在平原上面，
他认出老人，心里怜悯他，立刻转身
对他的儿子、神使赫尔墨斯这样说：
"赫尔墨斯，你既然喜欢和人类做伴，
而且乐于听从你愿意谛听的话语，　　　　335
你就引普里阿摩斯到阿开奥斯人的船寨去，
在他到达佩琉斯的儿子身边以前，
别让人看见他，注意到他在希腊人中间。"

　　他这样说，那向导、那杀死阿尔戈斯的神
并没有不听命令，他立刻把漂亮的绳鞋　　　　340
系在脚上，那是神专用的黄金服装，
能使他快如风地飘过大海和无边的陆地。
他手里还拿着根魔杖，能按他的意愿，
催人入睡，或使人从睡眠中醒过来。
那杀死阿尔戈斯的强大的神举着魔杖飞腾，　　　　345
他很快就到达特洛亚和赫勒斯滂托斯海峡。
他化身为一个年轻王子的形象往前行，

嘴唇上刚长胡子,正当茂盛华年。

　　这时候,那两个人已驶过伊洛斯的大坟冢,
他们使骡马停下来,下到河里饮水,　　　　　　　350
因为夜色已降临,大地苍茫一片。
传令官看见赫尔墨斯的身影在近处,
便对普里阿摩斯这样低声说道:
"达尔达诺斯的后裔,你得考虑,这里有事情。
我看见有人,我担心我们快要被杀死。　　　　　355
让我们坐车逃命,或抱住他的膝头,
向他告饶,但愿他发善心怜悯我们。"

　　他这样说,老人糊涂了,心里害怕,
他的汗毛在柔软的肢体上直竖起来,
站在车上发晕。但是救助之神　　　　　　　　360
却走上前来,拉着老人的手发问:
"父亲,在这个神圣的黑夜里,别人睡眠时,
你却赶着骡马要到什么地方去?
难道你不怕那些喷怒气的阿开奥斯人,
那些残酷无情,近在身边的宿敌?　　　　　　365
要是有人看见你在快速来临的黑夜里①
带着这些贵重礼物,你怎么应付?
你自己不年轻,你的侍从也上了年纪,
有人先发脾气,你们能自卫便不错。

―――――――――

① 地中海北岸一带,夜色来得比较快。

我无意加害于你,而且防备别人　　　　　　　　　370
向你进攻,因为你很像我的父亲。"

　　那老年人、神样的普里阿摩斯回答说:
"亲爱的孩子,这一切正如你所提醒。
尽管如此,一定有神向我伸手,
因为他派一个你这样的行人与我相逢,　　　　　375
你这样一个赐福的人,相貌堂堂,
态度雍容,头脑精明,父母多福祉。"

　　那向导、那杀死阿尔戈斯的神又这样说:
"老人家啊,你说的这些话一点不差,
但是请你告诉我,要说真实的话,　　　　　　380
你是把这许多珍贵财宝送往外地,
请人家为你稳稳当当保存起来,
还是因为那最好的人、你的儿子、
那个同阿开奥斯人作战不落后的勇士
丧了性命,你们便胆怯而放弃伊利昂?"　　　　385

　　那老年人、神样的普里阿摩斯回答说:
"高贵的人,你是谁?出生自什么样的父母?
有关我的儿子的命运,你说得不错。"

　　那向导、那杀死阿尔戈斯的神又对他说:
"老人家,你是在试探我?问起神样的赫克托尔。　390
我时常在那种赏赐荣誉的战斗中见过他,

他把阿尔戈斯人赶到他们的船上去，
拿那支锋利的铜枪刺穿他们的心胸。
我们站在那里，觉得奇怪，阿基琉斯
为什么同阿特柔斯的儿子生气，不让人参战。　　　　395
我是他的侍从，乘同一只好船来这里。
我出生米尔弥冬种族，父亲是波吕克托尔，很富有，
和你一般年纪。他已经有六个儿子，
我是第七个。我同弟兄摇签，我中了，
便随军航行到这里。我现在离开船到平原，　　　　400
因为天一亮，目光闪烁的阿开奥斯人
就要围城进攻。他们坐地不动，
心中倍感烦恼，连阿开奥斯人的国王们
也不能阻挡他们渴望战斗的热情。”

　　那老年人、神样的普里阿摩斯回答说：　　　　405
“你若是佩琉斯之子阿基琉斯的侍从，
请你把真实情况告诉我，我的儿子
依然是在船边，还是被阿基琉斯
砍断手和脚，扔去让疯狂的狗群吞吃？”

　　那向导、那杀死阿尔戈斯的神又对他说：　　　　410
“老人家，狗和鸟并没有把他吃掉，
他依然躺在阿基琉斯的船边的营帐里，
他躺了十二天，皮肤一点没有腐烂，
也没有被那些吃战死的人的蛆虫侵蚀。
阿基琉斯时常在神圣的曙光初现时，　　　　415

残忍地拖着他绕着他的亲密伙伴的
坟冢奔驰，却没有损伤他的肌肤。
你若是看见他躺在地上，露水般新鲜，
血迹洗干净，身上没污垢，你会惊奇。
尽管当时有许多人用铜枪刺他，　　　　　　　　　420
可是他被刺时留下的伤口都已封上。
那些快乐的神明是这样关心你儿子，
尽管他是一具尸首，依然讨他们欢心。"

　　他这样说，老人听了很高兴，对他说：
"孩子，给永生的神献上适当的礼物　　　　　　　425
有好处，我的儿子——要是我真有他，
从没有忘记厅堂里统治奥林波斯的神明，
因此他们记得他，尽管他命该早死。
你从我手里接过这只精制的酒杯，
你要托上天佑助，保障我的安全，　　　　　　　430
送我到佩琉斯之子阿基琉斯的营帐里。"

　　那向导、那杀死阿尔戈斯的神又对他说：
"老人家，你是在试探我这个年轻的人，
你不能叫我背着阿基琉斯接受你赠礼。
我可不敢欺骗他，心里感到羞愧，　　　　　　　435
担心日后会有灾难。然而我还是
愿意当向导，送你到那闻名的阿尔戈斯去，
在快船上面或步行的时候热心照料，
不会有人瞧不起你的向导而攻击你。"

那救助之神这样说,随即从马后跳上车, 440
立刻把鞭子和缰绳两样抓在手里,
并给拉车的骡和马注进很大的力气。
当他们驶到垒墙和保护船只的壕沟时,
守兵正忙着吃晚饭,那杀死阿尔戈斯的神、
那向导给他们都洒上催眠的液汁。 445
他然后把门闩推回去,打开门,把普里阿摩斯
带进去,再把车上的漂亮礼物运进去。
他们随即到达佩琉斯之子的营帐,
那高大的房屋是米尔弥冬人为他们的国王
建造,他们从特洛亚草原上采集许多 450
毛茸茸的茅草来盖顶篷,并且在四周
用密集的木桩为国王圈出一个大院子。
大门是用一根巨大的枞木闩上,
要三个阿开奥斯人才能把它推上,
要三个人才能把这根大门闩推开。① 455
那救助之神却为老人把门打开,
把赠送佩琉斯的捷足的儿子的礼物运进去。
他然后下车来对普里阿摩斯大声说:
"老人家,到这里来的是一位永生的神, 460
我乃是赫尔墨斯,父亲派我来当向导。
但是我现在就要回去,不能进入

~~~~~~~~~~~~~~~~~~~

① 这后面删去第456行,这行的意思是:"其他的人,阿基琉斯一个人能推上。"

阿基琉斯的视线,一个永生的天神
公开接受凡人的款待,会犯众怒。
你一走进营帐,便抱住他的膝头,   465
以他的美发的母亲、父亲和儿子的名义
向他恳求,这样打动他的心灵。"

　　他这样说,随即返回奥林波斯,
普里阿摩斯则从车上跳到地上,
把传令官留在那里看守骡和马。   470
这老年人径直走向大神宙斯所喜爱的
阿基琉斯坐卧的厅堂,在里面见到他,
他的伴侣则坐在远处,只有两个,
战士奥托墨冬和阿瑞斯的后裔阿尔基摩斯
在那里殷勤侍候他,他刚刚停止进食,   475
吃喝完毕,餐桌还摆在他的身边。
魁梧的普里阿摩斯进去时没有被看见;
他站在阿基琉斯面前,抱住他的膝头,
亲那双使他的许多儿子丧命的杀人手。
像一个人发生了严重的神经错乱,   480
他在祖国杀了人,逃往异乡避难,
去到一个富人家,使旁观的人惊异,
阿基琉斯看见神样的普里阿摩斯也这样,
其他的人也很惊异,面面相觑。
普里阿摩斯向阿基琉斯恳求说: 485
"神样的阿基琉斯,想想你的父亲,
他和我一般年纪,已到达垂危的暮日,

四面的居民可能折磨他，没有人保护，
使他免遭祸害与毁灭。但是他听说
你还活在世上，心里一定很高兴，　　　　　　　　490
一天天盼望能看见儿子从特洛亚回去。
我却很不幸，尽管我在辽阔的特洛亚
生了很多最好的儿子，可是我告诉你，
没有一个留下来，在阿开奥斯人进攻时，
我有五十个儿子，十九个是同母所生，　　　　　495
其余的出生自宫娥。这许多儿子的膝盖
都已被凶猛的阿瑞斯弄得软弱无力。
我剩下的一个儿子、城市和人民的保卫者，
在他为祖国而战斗时已经被你杀死，
他就是赫克托尔。我现在为了他的缘故，　　　　500
带着无数的礼物来到希腊人的船前，
从你这里把他的尸首赎买回去。
阿基琉斯，你要敬畏神明，怜悯我，
想想你的父亲，我比他更是可怜，
忍受了世上的凡人没有忍受过的痛苦，　　　　　505
把杀死我的儿子们的人的手举向唇边。"

　　他这样说，使阿基琉斯想哀悼他父亲，
他碰到老人的手，把他轻轻地推开。
他们两人都怀念亲人，普里阿摩斯
在阿基琉斯脚前哭他的杀敌的赫克托尔，　　　510
阿基琉斯则哭他父亲，一会儿又哭
帕特罗克洛斯，他们的哭声响彻房屋。

在神样的阿基琉斯哭够,啼泣的欲望
从他的心里和身上完全消退以后,
他立刻从椅子上跳起,把老人搀扶起来,   515
怜悯他的灰白头发、灰白胡须,
向他说出一些有翼飞翔的话语:
"不幸的人,你心里忍受过许多苦难,
你怎敢独自到阿开奥斯人的船边来见
一个杀死你许多英勇的儿子的那个人?   520
你的心一定是铁铸。你来坐在椅子上,
让我们把忧愁储藏在心里,尽管很悲伤,
因为冰冷的哭泣没有什么好处。
神们是这样给可怜的人分配命运,
使他们一生悲伤,自己却无忧无虑。   525
宙斯的地板上放着两只土瓶,瓶里是
他赠送的礼物,一只装祸,一只装福,
若是那掷雷的宙斯给人混合的命运,
那人的运气就有时候好,有时候坏;
如果他只给人悲惨的命运,那人便遭辱骂,   530
凶恶的穷困迫使他在神圣的大地上流浪,
既不被天神重视,也不受凡人尊敬。
神们就是这样在佩琉斯出生的时候,
赠送他美好的礼物,使他在全人类当中
无比幸福与富裕,统治着米尔弥冬人,   535
他身为凡人,神们却把女神嫁给他。
但是天神又降祸于他,使他的宫中
生不出王孙的后裔,却生个早死的儿子。

他年事已高，我却不能给他养老，
因为我远离祖国，在特洛亚长久逗留，　　　　　540
使你和你的儿子们心里感到烦恼。
至于你，老人家，我听说你从前享受幸福，
往海外到累斯博斯——马卡尔居住的国土，①
上至弗里基亚和无边的赫勒斯滂托斯，
人们说你老人家的财富和男子超过　　　　　545
那些地方的人。但是时过境迁，
天上的神明给你带来这种祸害，
你的城市周围尽是战争和杀戮。
你忍耐忍耐，心里不要长久悲伤，
因为你哭儿子没有什么好处，　　　　　550
你救不活他，还要遭受别的灾难。"

　　那老人、神样的普里阿摩斯回答说：
"宙斯养育的人，在赫克托尔躺在屋里，
还没有埋葬以前，不要叫我坐下，
请你赶快释放他，让我亲眼看见。　　　　　555
你且接受我们带来的大批礼物，
你可以享受这些东西，回到故乡，
因为你首先使我活下来，得见太阳。"

　　那捷足的阿基琉斯斜着眼睛对他说：
"老人家，不要再这样刺激我，我已经有意　　　　　560

——————————

① 马卡尔是累斯博斯的先王。

释放赫克托尔,海中老人的女儿,我的
生身母亲,作为宙斯的信使来过。
普里阿摩斯,你的事我心里明白全知道,
有一位天神把你引到阿开奥斯快船边。
没有一个凡人敢到希腊军中来,   565
连筋强力壮的小伙子也不敢,因为他不可能
躲过守兵,也不容易把门闩往后推。
老人家,你不要在我悲伤时惹我生气,
免得我在屋里不饶你,尽管你是个祈求者,
那样一来,我就会违反宙斯的命令。"   570

　　他这样说,老人惊恐,听从他的话。
佩琉斯的儿子像一头狮子冲出房门,
不止他一人,还有两个侍从跟随他,
奥托墨冬和阿尔基摩斯,除死去的帕特罗克洛斯,
他们是阿基琉斯特别尊重的伴侣。   575
这些人把骡和马从轭下解放出来,
把传令官——老人的宣报人请进屋里坐下,
再从光滑的车上把赎取赫克托尔首级的
礼物取下。但是他们从中留下
两件披衫和一件织得很密的衬袍,   580
以备把死者包裹起来,交给人运回家。
国王叫来侍女,吩咐给赫克托尔洗尸体,
涂上油膏,偷偷地不让普里阿摩斯
看见儿子,免得他见了,心里悲伤,
压不住怒气,惹得自己心情激动,   585

669

把他杀死，以致违反宙斯的命令。
在侍女把尸首洗净，给他涂上油膏，
盖上衬袍和披衫的时候，阿基琉斯
把它抱起来放在尸架上，他的伴侣
同他一起把尸首搬到光滑的车子上。　　　　　　590
他于是大哭起来，呼唤好友的名字：
"帕特罗克洛斯，要是你在冥间得到音信，
说我已经把神样的赫克托尔还给他父亲，
请你不要生我的气，因为他给我的
赎礼并不轻。你应得的一份，我自会分给你。"　　595

　　那神样的阿基琉斯这样说，随即回屋，
坐在对面墙根他刚才离座站起来的
精制的椅子上，对普里阿摩斯这样说道：
"老人家，如你所要求，你的儿子已获释，
躺在尸架上，黎明时你便能亲眼看见他，　　　　　600
把他运回去，现在让我们想想进餐的事。
甚至那美发的尼奥柏也想起要吃东西，
尽管她的十二个儿女——六个女儿
和六个年华正茂的儿子都死在厅堂里。
男儿是阿波罗对尼奥柏生气，用银弓射死，　　　605
女儿则是女猎神阿尔特弥斯杀死，
因为尼奥柏自夸比得上美颊的勒托，
说女神只生了两个儿女，她生了许多个。
姐弟只有两人，却把他们杀死。①

〰〰〰〰〰〰

① 尼奥柏是坦塔洛斯的女儿，嫁给特拜城的国王安菲昂，生了六男六女
（一说七男七女），他们都被勒托的儿女杀死了。

他们躺在血泊里九天没人埋葬，   610
因为克罗诺斯的儿子把人们①化成了石头。
但在第十天，天上的神明埋葬了他们。
尼奥柏这时候哭累了，想起吃东西的事。
如今在岩石间，在荒凉的山中，在西皮洛斯②——
据说神女们在阿克洛伊奥斯③河边跳舞以后，   615
要到那里去睡眠——尼奥柏化成了石头，
也在那里思考神降到她身上的苦难。
神样的老人，我们因此也该想想
吃东西的事；你把儿子运回伊利昂，
再哀悼他吧，他会得到许多眼泪。"   620

那捷足的阿基琉斯这样说完跳起来，
宰了一只银色的绵羊，他的伴侣们
剥去皮毛，把肉弄整齐，熟练地切成片，
又在铁钎上细心翻烤，然后取下来。
奥托墨冬把面包盛在漂亮的篮子里，   625
分给每一张桌子，阿基琉斯分肉，
他们就伸手享用面前摆放的食品。
在他们满足了饮酒吃肉的欲望之后，
达尔达诺斯之子普里阿摩斯不禁对
阿基琉斯的魁梧与英俊感到惊奇，   630
看起来好似天神。阿基琉斯也对

① 指特拜人，他们被牵连在尼奥柏的罪行中。
② 西皮洛斯山在小亚细亚西部吕底亚境内。
③ 指弗里基亚境内的阿克洛伊奥斯河。

达尔达诺斯之子普里阿摩斯的态度

与谈吐感到惊异。等他们互相看够了，

那神样的老人普里阿摩斯首先开言：

"宙斯养育的人，请赶快安排我睡觉，　　　　　　635

我们好上床享受甜甜蜜蜜的睡眠。

自从我儿子在你手下丧命以后，

我的眼睛从没有在眼睑下面闭起来，

我总是悲叹、思考我所受的数不清的苦难，

在院中饲养场上的污秽里滚来滚去。　　　　　　640

现在吃饱了肉，晶莹的酒下了喉咙，

在此以前，什么我都没有品尝过。"

　　他这样说，阿基琉斯随即吩咐

他的伴侣和侍女把床支在门廊下，

床上铺上非常精美的紫色毯子，　　　　　　　　645

毯子上放上被单，再加上可穿的毛大衣。①

侍女们打着火炬出去，铺好了两张床。

那捷足的阿基琉斯对普里阿摩斯说：

"亲爱的老人，你只好睡在厅堂外面，

怕有阿开奥斯军师来到这里面，　　　　　　　　650

他们时常坐在我旁边商议事情，

这已经成为惯例。如果他们中有一位

在迅速逝去的黑夜里看见你，他会很快

向那个放牧人民的阿伽门农报告消息，

---

①　这种大衣可当被盖用。

那就会把赎取尸首的事往后推迟。 655
还有一件事，你来告诉我，要说真话，
你给那神样的赫克托尔举行丧葬仪式，
想花多少天？我自会停战，制止军队。"

那老年人、神样的普里阿摩斯回答说：
"如果你愿意我为神样的赫克托尔行葬礼， 660
阿基琉斯，你就这样做，使我感恩。
你知道我们怎样被围攻，困在城里，
上山打柴道路远，特洛亚人都怕去。
我们将在厅堂里哀悼赫克托尔九天，
第十天，我们将举行葬礼，摆设丧宴， 665
第十一天，我们要为他垒一座坟墓，
第十二天，如有必要，我们就打仗。"

那捷足的、神样的阿基琉斯回答他说：
"普里阿摩斯老人，就照你说的这样办，
我将依照你指定的时间制止战争。" 670

他这样说，同时拉住老人的右手腕，
免得他心里害怕。他们这样把客人——
传令官和普里阿摩斯安置在前厅睡觉，
两个人心事重重。阿基琉斯则躺在
那结实房屋的深处，那个俊俏的女子 675
布里塞伊斯在他的身边陪伴睡眠。

所有其他的神和指挥战车的将领
都被温柔的睡眠征服,整夜躺卧,
但睡眠却不曾制服救助之神赫尔墨斯,
他在考虑怎样把普里阿摩斯王从船舶间　　　　　680
护送回去,不被强有力的守门人发现,
他因此站在他的床头对他这样说:
"老人家,你没有想到有祸害,阿基琉斯
饶了你,你就这样在敌人面前安眠。
你现在赎回了你的儿子,付了重礼,　　　　　685
要是阿特柔斯之子阿伽门农知道你在这里,
全体阿开奥斯人也知道了,你留下的儿子
将为你的生命付出三倍的赎礼。"

　　他这样说;那老人惊恐,把传令官唤醒。
赫尔墨斯为他们给骡和马上轭,　　　　　690
匆忙赶着车穿过营地,无人发现。

　　他们到达那流水悠悠,有圆涡旋转的
克珊托斯河的渡口——那条河是宙斯创造,
这时赫尔墨斯返回奥林波斯,
那位穿橘黄色长袍的黎明照临大地。　　　　　695
老人和传令官呜咽哭泣,赶着马进城,
骡子拉着尸首跟在马车后面。
没有男人或束带的女人看见他们,
那美似金色的阿佛罗狄忒的卡珊德拉
上到卫城,望见她父亲站在车上,　　　　　700

他旁边是传令官——城市的宣报人,她还望见
那个躺在骡车里停尸架上的人,
她尖叫一声,向整座城市大声呼唤:
"特洛亚男人和女人,快去看赫克托尔回来,
要是他活着时作战回来,你们见了   705
心里高兴,视为城邦和人民的大乐事。"

　　她这样说,没有一个男人或女人
留在城里,大家都感到难忍的悲哀,
他们在城门附近遇见那运尸的人。
死者的亲爱的妻子和尊贵的母亲首先   710
撕扯着头发冲向轻车,抱住他的头,
一大群人环绕着她们呜咽哭泣,
他们要在城门前整天放声痛哭,
哀悼勇敢的赫克托尔,直到太阳西沉,
若不是老国王从车上对人们这样说: 715
"给我站开,让骡子穿过,等我把他
运到家里,你们可以尽情地悼泣。"

　　他这样说,人们都站开,给车子让路。
在他们把他运进辉煌宫殿的时候,
有人把他放在一张绳索床上,   720
他身边有歌手——哭丧的领唱者,他们唱挽歌,
他们一唱,妇女们就放出悲哀的声音。①

———〰〰〰〰———

① 职业哭丧人唱挽歌,妇女们以悲声相和。

那白臂的安德罗马克双手抱住那杀敌的
赫克托尔的头,在她们当中领唱挽歌:
"我的丈夫,你年纪轻轻就丧了性命,　　　　　725
留下我在厅堂里守寡,孩子还年幼,
不幸的你我所生,我想他活不到青春时期,
在那时以前,特洛亚早已完全毁灭,
因为你——城邦的保卫人已死去,你救过它,
保卫过它的高贵的妇女和弱小的儿童。　　　730
这些人很快就会坐着空心船航海,
我也是其中的一个。孩儿啊,你跟着我同去
做下贱的工作,在严厉的主子面前操劳,
或是有阿开奥斯人抓住你的胳膊,
把你从望楼上扔下去,叫你死得很惨。①　　735
他这样泄愤,是因为赫克托尔曾经杀死
他的弟兄、父亲或儿子,阿开奥斯人
有许多是在赫克托尔手下咬地而死,
你父亲在悲惨的战争中不是个善心的人。
人们在全城哭泣哀悼他,可是赫克托尔,　　740
你给父母带来的是无法形容的悲伤,
你给妻子留下的是非常沉重的痛苦,
因为你死的时候并没有从卧榻向我
伸出手来,也没有向我说一句哲言,
使我日日夜夜在流泪的时候想一想。"　　　745

~~~~~~~~~~

① 特洛亚城陷落后,希腊人把赫克托尔的儿子阿斯提阿那克斯这样处死
了。

她是这样哭诉,妇女们同声悲叹,
赫卡柏在她们当中领唱呜咽的哭声:
"赫克托尔,孩子中我最亲爱的,你活着时,
为神们所喜悦,你遭受了死亡的命运时,
神们还是关心你。那捷足的阿基琉斯　　　　　　　　750
捉住了我的别的孩子,拿去卖到
荒凉的大海那边,卖到萨摩色雷斯、
英布罗斯和烟雾弥漫的利姆诺斯。
在他用长刃的铜枪夺去你的生命时,
他经常拖着你绕着他的被你杀死的　　　　　　　　755
伴侣帕特罗克洛斯的坟冢迅速奔驰,
可没有把他救起来。你现在躺在厅堂里,
鲜如朝露,仿佛是银弓之神阿波罗
下凡来射出温和的箭,把你杀死。"

她是这样哭诉,引起了不断的悲哀。　　　　　　　760
第三个,是海伦在她们当中领唱挽歌:
"赫克托尔,在所有的伯叔中,你令我最喜欢,
我的丈夫是那个神样的阿勒珊德罗斯,
他把我带到特洛亚,但愿我早就归阴去。
自从我从那里出走,离开祖国以来,　　　　　　　765
已经是第二十年头,①但没有从你那里

---

① "二十年"是个奇异的数字。这个数字所根据的是另一个传说,据说海
伦被拐后不久,希腊人就远征特洛亚,但是找错了地方,在密西亚登陆。
他们回到希腊后,准备十年,再次出征。这个传说使阿基琉斯的儿子涅
奥普托勒摩斯(又名皮罗斯)有时间得以长大成人,参加特洛亚战争。

听到一句恶言或骂语；如果有人——
你的弟兄姐妹、穿着漂亮的弟媳，
或是你的母亲在厅堂里开口斥责我，
你父亲除外，他对我很温和，有如生父，　　　　770
你就苦口婆心，对他们再三劝说，
用温和态度、温和语言阻止他们。
因此我为你和我而悲叹，心里很忧伤，
我在这辽阔的特洛亚再也没有别人
对我很和蔼友好，人人见了我都发颤。"　　　　775

　　她这样哭诉，无数的人同声悲叹。
那年老的普里阿摩斯在他们当中说道：
"特洛亚人，你们快去把木柴弄到城里来，
不要害怕阿尔戈斯人的狡诈埋伏，
阿基琉斯送我出黑船时曾经对我保证，　　　　780
第十二次曙光照临前他不会伤害我们。"

　　他这样说，他们就给牛和骡上轭，
急急忙忙去到城门前集合起来。
他们花九天工夫拉来大堆木柴。
在第十次曙光呈现，照临众生时，　　　　785
他们流着眼泪把英勇的赫克托尔抬出来，
把尸首放在火葬堆上，点火烧焚。

　　当那初升的有玫瑰色手指的黎明呈现时，
人们拥到闻名的赫克托尔的火葬堆周围。

在他们聚在一起,集合停当的时候,   790
他们先用晶莹的酒把火葬堆上
火力到达地方的余烬全部浇灭,
然后死者的弟兄和伴侣收集白骨,
大声哀悼痛哭,流下满脸的眼泪。
他们把骨殖捡起来,放在黄金的坛里,   795
用柔软的紫色料子把它们遮盖起来。
他们很快把坛子放进一个墓穴,
用大块大块的石头密密层层地盖起来,①
迅速垒上坟堆,同时四面放哨,
防备那些戴胫甲的阿开奥斯人攻击。   800
坟堆垒好以后,他们就回到城里,
集合起来,在宙斯养育的特洛亚国王
普里阿摩斯的宫殿里吃一顿丰盛筵席。

他们是这样为驯马的赫克托尔举行葬礼。

---

① 古希腊人不懂得拱形结构,他们用长方形石块往上砌,越砌顶部越小,
这样造成墓顶。

专　名　索　引

　　史诗中出现的人物和地理名称很多，正文中一一注释难免繁琐，为简化注释和便于全书检索，特编制本专名索引。专名收录范围以正文中出现的为限。为简缩篇幅，凡一次或一处出现的专名，除一些重要的常见名或同音名需要区分，在该专名后以①、②……分别标示外，一般未收。专名中已约定俗成的，采用通用译名，其他的本着名从主人原则，按读音对应全称译出。专名按汉语拼音音序排列。译名后附古希腊文，以便查对其他译法和查阅外文材料。专名后的诗中出处以阿拉伯数字标示，第一个数字为卷号，逗号后的数字为行号，不同卷次用分号隔开。有些专名出现颇繁，又一目了然，卷行号未一一列入。

　　另附《古希腊、小亚细亚和特洛亚简图》一幅，与本索引参照使用。

A

阿班特斯人　''Αβαντες　希腊尤卑亚岛上的部落。　2,536,541；4,464。

阿彼多斯　''Αβυδos　赫勒斯滂托斯海峡南岸城市。　2,836；4,500；17,584。

阿波罗　'Απόλλων　宙斯之子，别名福波斯，司阳光、预言、艺术、医药、弓箭等。1,9,14,44；4,508；5,344；15,244,360；16,703,715,788；17,71；20,443；21,600；23,188；24,19 等。

阿达马斯　'Αδάμαs　特洛亚将领。　12,140；13,560,759,771。

680

阿德墨托斯 ''Αδμητος 波奥提亚人首领,欧墨洛斯的父亲。 2,713;23,289,391,532。

阿德瑞斯托斯 ''Αδρηστος ①阿尔戈利斯地区西库昂王。 2,572;14,121;23,347。 ②佩尔科特人,墨罗普斯之子。2,830。 ③狄奥墨得斯的岳父。5,412。 ④特洛亚将领。 6,37,45,63。 ⑤特洛亚将领。 16,694。

阿尔费奥斯 'Αλφειός 伯罗奔尼撒半岛西部埃利斯境内河流。 2,592;5,545;11,712,726,728。

阿尔戈斯 ''Αργος ①荷马时代主要指伯罗奔尼撒半岛东部阿尔戈利斯地区居民,归阿伽门农管辖,都城迈锡尼,后建阿尔戈斯城。诗中常以阿尔戈斯人泛指希腊人。另外,特萨利亚境内也有阿尔戈斯人居住。 1,30;2,108,115,161,287,559,681;3,458;4,8,52,174;5,908;6,323;7,330;9,140,282;10,33;12,70;13,227,379;14,119;19,122 等。 ②百眼巨怪,曾被天后赫拉派去看守化身为牛的伊奥,后被赫尔墨斯杀死。 2,103;16,181;21,497;24,24,109,153 等。

阿尔基摩斯 ''Αλκιμος 米尔弥冬人,阿基琉斯的御者。 19,392;24,474,574。

阿尔卡托奥斯 'Αλκάθοος 特洛亚将领,安基塞斯的女婿。 12,93;13,428,465,496。

阿尔克洛科斯 'Αλχέλοχος 埃涅阿斯的部将。 2,823;12,100;14,464。

阿尔克墨冬 'Αλκιμέδων 阿基琉斯的御者。 16,197;17,467,475,481 等。

阿尔克墨涅 'Αλκμήνη 提任斯王安菲特律昂的妻子,赫拉克勒斯的母亲。 14,323;19,99,119。

阿尔克普托勒摩斯 'Αρχεπτόλεμος 赫克托尔的御者。 8,128,312。

阿尔克西拉奥斯　’Αρκεσίλαος　波奥提亚首领。　2,495;15,329。

阿尔涅　’’Αρνη　波奥提亚城市,在卡帕伊斯湖南岸。　2,507;7,9。

阿尔特弥斯　’’Αρτεμις　宙斯的女儿,阿波罗的妹妹,狩猎女神,后成
　　为月神和生育女神。　5,51,53;6,205,428;16,183;19,29;20,39,
　　71;21,471;24,606。

阿尔特斯　’’Αλτης　勒勒革斯人,佩达索斯王。　21,85;22,51。

阿法柔斯　’Αφαρευς　希腊联军将领。　9,83;13,478,451。

阿佛罗狄忒　’Αφροδίτη　宙斯的女儿,司美爱。　2,820;3,54,374,
　　413;4,10;5,131,248,312,370,427,820;9,389;14,188,211;19,
　　282;20,40,105,209;21,416;22,470;23,185;24,699 等。

阿伽门农　’Αγαμέμνων　迈锡尼(一译米克奈)王,希腊联军统帅,由
　　特洛亚凯旋回国后被妻子及其奸夫合谋杀死。　1,23,113;2,5,
　　110,442,477;4,339,370;9,26,32,120;11,92,115,145,252;14,
　　75;19,78 等。

阿革拉奥斯　’Αγέλαος　①特洛亚将领。　8,257。　②希腊联军将
　　领。11,302。

阿革诺尔　’Αγήνωρ　特洛亚将领。　4,467;9,59;12,93;13,490,
　　598;14,425;15,340;16,535;20,474;21,545,579。

阿基琉斯　’Αχιλλευς　女神忒提斯和凡人佩琉斯之子,希腊联军中最
　　强大的英雄,杀死特洛亚主将赫克托尔,但自己后来被帕里斯的箭
　　射死,葬身于特洛亚海岸。　1,1,58,84,130,234,334;9,442,315;
　　11,832;16,126,186;18,18,203;19,12,67;21,34,139,189,234,
　　599;22,131,326,395;23,65,128,257;24,59,507,582 等。

阿卡马斯　’Ακάμας　①达尔达尼亚将领。　2,823;11,60;12,100;
　　14,476;16,342。　②色雷斯将领。　2,844;5,462;6,8。

阿开奥斯人　’Αχαιοί　希腊古代部落之一,由北方南迁巴尔干半岛,
　　主要居住在伯罗奔尼撒半岛北部,称阿开亚地区。诗中常用以泛
　　指希腊人。　1,2,254,404;2,235,404;3,75,167,226,258;5,422;

7,96,124;8,349;9,141,283,521;10,1;11,770;15,218;19,115,193;23,236 等。

阿克洛伊奥斯 'Αχελώιοs ①埃托利亚境内河流。 21,194。 ②弗里基亚境内河流。 24,616。

阿克托尔 ''Ακτωρ ①希腊人,阿斯提奥克的父亲。 2,513。 ②希腊将领安菲马科斯的祖父。 2,621;11,750;13,185;23,638。 ③帕特罗克洛斯的祖父。 11,785;16,14。 ④米尔弥冬将领埃克克勒奥斯的父亲。 16,189。

阿克西奥斯 'Αξιόs 马其顿境内河流。 2,849;16,288;21,141,157。

阿拉斯托尔 'Αλάστωρ ①皮洛斯将领。 4,295;13,422。 ②吕西亚将领。5,677。 ③透克罗斯的部将。 8,333。 ④特洛亚将领特洛斯的父亲。20,463。

阿勒珊德罗斯 'Αλέξανδροs 帕里斯的别名。 3,15,46,340,443,454;7,362;11,370,508,581;22,359;24,29 等。

阿勒西昂 'Αλήσιον 埃利斯北部城市。 2,617;11,757。

阿里阿德涅 'Αριάδνη 克里特王弥诺斯的女儿。 18,592。

阿里斯柏 'Αρίσβη 特洛亚地区城市,在赫勒斯滂托斯海峡附近。 2,836,838;6,13;12,96;21,43。

阿马里科斯 'Αμαρυγκεύs ①埃利斯首领狄奥瑞斯的父亲。 2,622;4,517。②埃利斯首领。 23,630。

阿玛宗人 'Αμαζόνεs 传说中的女人部落,赫克托尔死后首先派兵援助特洛亚,其首领被阿基琉斯杀死。 3,189;6,186。

阿米冬 'Αμυδών 马其顿境内派奥尼亚人城市。 2,849;16,288。

阿明托尔 'Αμύντωρ 阿基琉斯的教师福尼克斯的父亲。 9,448;10,266。

阿皮萨昂 'Απισάων ①特洛亚将领,孚西奥斯之子。 11,578,582。 ②特洛亚将领,希帕索斯之子。 17,348。

阿瑞涅　'Αρήνη　埃利斯城市。　2,591;11,723。

阿瑞斯　''Αρης　宙斯之子,战神。2,110 等。

阿瑞托奥斯　Αρηΐθοος　①波奥提亚首领。7,8,10,137 等。　②色
雷斯首领。20,487。

阿瑞托斯　''Αρητος　普里阿摩斯之子。　17,494,517,535。

阿萨拉科斯　'Ασσάρακος　特洛亚先祖特罗斯之子,埃涅阿斯的曾祖
父。　20,232,239。

阿斯卡拉福斯　'Ασκάλαφος　波奥提亚人首领,阿瑞斯之子。　2,
512;9,82;13,478,518,526;15,112。

阿斯卡尼奥斯　'Ασκάνιος　①弗里基亚首领。　2,862。　②阿斯卡
尼亚人希波提昂之子。　13,792。

阿斯卡尼亚　'Ασκανίη　①弗里基亚城市。　2,863。　②密西亚城
市。　13,793。

阿斯克勒皮奥斯　'Ασκληπιός　特萨利亚将领、名医马卡昂的父亲,
后成为医神。　2,731;4,194,204;11,518,614;14,2。

阿斯特罗帕奥斯　'Αστεροπαῖος　派奥尼亚人首领。　12,102;17,
217,351;21,140,163,170;23,560,808。

阿斯提阿那克斯　'Αστυάναξ　赫克托尔之子。　6,403;22,500,506。

阿斯提奥克亚　'Αστυόχεια　赫拉克勒斯的妻子。2,658。

阿斯提诺奥斯　'Αστύνοος　①特洛亚将领。　15,455。　②特洛亚
将领。　5,144。

阿索波斯　'Ασωπός　波奥提亚境内河流。　4,383;10,287。

阿特　''Ατη　宙斯的女儿。　9,504,512;19,91,126,129,136。

阿特柔斯　'Ατρεύς　迈锡尼王,阿伽门农和墨涅拉奥斯的父亲。　1,
7,16,23,60,75,687 等。

阿廷尼奥斯　'Ατύμνιος　①特洛亚人。　5,581。　②特洛亚将领。
16,317。

阿西奥斯　''Ασιος　①特洛亚将领。　2,837;12,95,110,136,139,

163;13,384,403,414,759,771。　②特洛亚将领阿达马斯的父亲。

12,140;13,561,759,771；③赫克托尔的母舅。　16,717。

④赫克托尔好友费诺普斯的父亲。　17,583。

埃阿科斯　Αἰακόs　宙斯之子,佩瑞斯和特拉蒙的父亲,阿基琉斯和大埃阿斯的祖父,以公正著称。　2,860,874;9,184,402;11,805;16,15,134,140;17,76,271;18,221.433;21,178,189;23,28。

埃阿斯　Αἴas　①奥伊琉斯之子,通称小埃阿斯,希腊著名箭手。　1,138;2,406,527;4,273;10,110,175,228;12,265,353;13,46,66,695,701;13,46,126;14,442,520;15,334;16,330;17,256;23,473,754,774,789。　②特拉蒙之子,通称大埃阿斯,萨拉弥斯岛首领。　2,406,528;4,273,768;7,206;9,169,554;10,228;12,265,335,353;13,46,128,809;15,415;16,102;17,128,279,715,668,707;18,157,163。

埃埃提昂　Ἠετίων　①安德罗马克的父亲。　1,366;6,395,416;8,187;9,188;16,153;22,472,480;23,827。　②特洛亚人。　17,575,590。　③英布罗斯岛人。　21,43。

埃奥斯　Ἠώs　黎明女神。　1,477;7,458;8,470;11,1。

埃费瑞　Ἐφύρη　①埃皮罗斯北部城市。　2,659;15,531。　②即科林斯。　6,152,210。　③特萨利亚部落。　13,301。

埃盖　Αἰγαι　伯罗奔尼撒半岛北部城市,古代崇拜波塞冬的中心之一。　8,203;13,21。

埃勾斯　Αἰγεύs　雅典王。1,265。

埃赫克洛斯　Ἐχεκλos　①特洛亚将领。　16,694。　②特洛亚将领,阿革诺尔之子。　20,474。

埃基奥斯　Ἐχίos　①墨基斯透斯的父亲。　8,333;13,422。　②希腊将领。15,339。　③吕底亚首领。　16,416。

埃克萨狄奥斯　Ἐξάδιοs　拉皮泰人的首领。　1,264

埃勒昂　Ἐλεών　波奥提亚城市。　2,500;10,266。

埃勒斐诺尔 'Ελέφηνωρ 阿班特斯人,战神的后裔。 2,540; 4,463。

埃勒提埃 'Ειλέθυια 财产女神。11,270;16,187;19,103,119。

埃里奥皮斯 'Εριῶπις 奥伊琉斯的妻子,墨冬的母亲。 13,697; 15,336。

埃里克托尼奥斯 'Εριχθόνιος 特洛亚先祖特罗斯的父亲。 20, 219,230。

埃里倪斯 'Ερινύς 复仇女神。9,454,571;15,204;19,87,259,418; 21,412。

埃里斯 ''Ερις 争吵神,阿瑞斯的伴侣。 4,440;5,518;11,3,73; 18,535;20,48。

埃利斯 ''Ηλις 伯罗奔尼撒半岛西部地区。 2,615,626;11,671, 673,686,698。

埃律马斯 'Ερύμας ①特洛亚将领。 16,345。 ②特洛亚将领。 16,415。

埃倪阿利奥斯 'Εννάλιος 阿瑞斯的别称,意为"好战的"。 2,651; 7,166;8,264;13,519;17,259;18,309;20,69;22,132。

埃倪奥 'Εννώ 喧嚣女神,阿瑞斯的伴侣。 5,332,592。

埃诺佩 'Ενόπη 墨塞尼亚城市。 9,150,292。

埃诺普斯 'Ηνοψ ①特洛亚人。 14,444。 ②特洛亚人。 16, 401。 ③特洛亚人。 16,445。 ④希腊人。 23,634。

埃涅阿斯 Αἰνείας 阿佛罗狄忒和安基塞斯之子,据后来的传说,特洛亚毁灭后他漂泊到意大利,成为罗马人的祖先。 2,820;5, 312,344,467,535;13,460;20,307,325 等。

埃佩奥斯 'Επειός 希腊联军将领,特洛亚木马建造者。 23,665, 689,694,838。

埃佩奥斯人 'Επειοί 居住在埃利斯北部的部落。 2,619;4,537; 11,688,694,732;13,686;15,519;23,630。

埃佩亚 Αʼιπεια 皮洛斯城市。 9,152,294。

埃皮斯特罗福斯 ʼΕπίστροφοs ①福基斯首领。 2,517。 ②小亚细亚吕尔涅宗斯将领。 2,692。 ③哈利宗人的首领。2,856。

埃皮托斯 Αʼιπυτοs ①生平不可考,死后葬于阿尔卡狄亚,周围地区以其命名。2,604。 ②特洛亚人。 17,324。

埃柔塔利昂 ʼΕρευθαλίων 阿尔卡狄亚首领。 4,319;7,136。

埃塞波斯 Αʼισηποs ①密西亚河流,源于伊达山。 1,852;4,91;12,21。 ②特洛亚将领。 6,21。

埃塞俄比亚人 Αʼιθιοπεs 一个非常敬畏神明的民族,居住在大地东西两隅,长河之滨。 1,423;23,206。

埃特拉 Αʼιθρη 雅典王提修斯的母亲,随海伦去特洛亚。 3,144。

埃托利亚 Αʼι τωλια 希腊中部地区。 2,638,643;4,399,527;5,706,843;9,529,531,549,575,597;13,218;15,282;23,471,633。

埃叙埃特斯 Αʼι συήτηs ①特洛亚将领。 2,793。 ②特洛亚将领。 13,427。

埃伊奥纽斯 ʼΗϊονευs ①希腊将领。 7,11。 ②色雷斯王瑞索斯的父亲。10,435。

艾吉阿洛斯 Αʼι γιαλόs ①伯罗奔尼撒半岛北部城市。 2,575。 ②小亚细亚帕佛拉贡尼亚城市。 2,855。

安开奥斯 ʼΑγκαῖοs ①阿尔卡狄亚首领。 2,609。 ②普琉戎人。 23,635。

安基塞斯 ʼΑγχίσηs 埃涅阿斯的父亲,普里阿摩斯的堂兄弟。 2,819;5,247,268,313,468;12,98;13,428;17,491;20,112,160,208,239;23,296。

安菲达马斯 ʼΑμφιδάμαs ①库特拉岛人。 10,268。 ②奥波埃斯人。 23,87。

安菲马科斯 ʼΑμφίμαχοs ①希腊将领。 2,620;13,185。 ②特

洛亚将领。2,870。

安菲奥斯 ''Αμφιος ①密西亚人将领。 2,830。 ②特洛亚盟军
将领。5,612。

安菲特律昂 'Αμφιτρύων 提任斯王,赫拉克勒斯名义上的父亲。
5,392。

安德赖蒙 'Ανδραιμων 埃托利亚人首领托阿斯的父亲。2,638;7,
168;13,216;15,281。

安德罗马克 'Ανδρομάχη 赫克托尔的妻子。 6,371-502;8,187;
12,208;24,723。

安特诺尔 'Αντήνωρ ①埃涅阿斯的部下阿尔克洛科斯和阿卡马斯
的父亲。2,822;3,148,203,262,312;5,69;6,299;7,347,357;11,
262;12,99;14,463,473;15,517;22,396;24,546,579。 ②特洛亚
将领赫利卡昂的父亲。 3,122。 ③特洛亚将领拉奥多科斯的父
亲。 4,87。 ④特洛亚将领波吕波斯三兄弟的父亲。 11,59。
⑤特洛亚将领科昂和伊菲达马斯的父亲。 11,221,249;
19,53。

安特亚 ''Ανθεια 墨塞尼亚境内山峰。 9,151,293。

安提福斯 ''Αντιφος ①特萨利亚将领。 2,678。 ②吕底亚首
领。 2,864。 ③普里阿摩斯之子。 4,489;11,101,104,109。

安提洛科斯 'Αντίλοχος 涅斯托尔之子。 4,457;5,567;6,32;13,
93,396,400,418,479,545;14,513;15,568;16,318;17,387,653,
685;18,2,32;23,301,354,402,514,514,602,756。

安提马科斯 'Αντίμαχος 特洛亚将领。 11,123,132;12,188。

奥波埃斯 'Οπόεις 帕特罗克洛斯的故乡。 2,531;18,326;23,85。

奥德修斯 'Οδυσσεύς 伊塔卡王。 1,138;2,182,246,260,284,
631;3,191,216,339,430;4,354;9,169,225,677;10,245,254;11,
437;14,82;23,782 等。

奥狄奥斯 'Οδίος ①哈利宗人的首领。 2,856;5,39。 ②希腊军

中的传令官。 9,170。

奥狄浦斯 Οἰδίπους 特拜王拉伊奥斯之子,命中注定杀父娶母,未能
逃脱。 23,679。

奥尔科墨诺斯 Ὀρχομενός ①波奥提亚城市。 2,511;9,381。
②阿尔卡狄亚城市。 2,605。

奥尔墨诺斯 Ὄρμενος ①特洛亚将领。 8,274。 ②阿基琉斯的
教师福尼克斯的祖父。 9,448;10,266。 ③特洛亚将领。
12,187。

奥尔西洛科斯 Ὀρσίλοχος ①特洛亚将领。 8,274。 ②希腊将
领。 5,542,549。 ③皮洛斯人。 5,546。

奥菲勒斯特斯 Ὀφελέστης ①特洛亚将领。 8,274。 ②派奥尼
亚人首领。 21,210。

奥斐提奥斯 Ὀφέλτιος ①特洛亚将领。 6,20。 ②希腊将领。
11,302。

奥革阿斯 Αὐγείας ①埃利斯将领波吕塞诺斯的祖父。 2,624。②
埃利斯王,赫拉克勒斯曾为其打扫30年未清理的牛厩。 11,
701,793。

奥革埃 Αὐγειαί ①洛克里斯城市。 2,532。②拉克得蒙城市。
2,583。

奥克阿诺斯 Ὠκεανός 环绕大地的长河。 1,423;3,5;5,6;7,422;
8,485;14,201,246,302,311;16,151;18,240,399,402,489,607;
19,1;20,7;21,195;23,205。

奥卡利亚 Οἰχαλίη 特萨利亚城市。2,296,730。

奥勒尼埃 Ὠλενίη 埃利斯北部险岩。 2,617;11,757。

奥利斯 Αὐλίς 波奥提亚海港,希腊联军由那里渡海去特洛亚。2,
303,496。

奥林波斯 Ὄλυμπος 特萨利亚境内山峰,以宙斯为首的众神的居
地。 1,18,44,353,399,508,580,600;2,13,30,67,309,484;4,

160;5,383;6,282;8,335;11,218;12,275;13,58;14,508;15,115,
131,375;16,112;18,79;19,108;20,47;22,130;24,140,175,
194 等。

奥诺马奥斯 Οἰνόμαος ①埃托利亚首领。5,706。 ②特洛亚将领
阿西奥斯之子。 12,140;13,506。

奥纽斯 Οἰνεύς ①卡吕冬首领。2,641;9,535,540,543,581;10,497;
14,117。

②狄奥墨得斯的祖父。 5,813;6,216,219;10,497。

奥瑞斯特斯 Ὀρέστης ①希腊将领。5,705。 ②阿伽门农之子。
9,142,284。 ③特洛亚将领。 12,139,193。

奥特里奥纽斯 Ὀθρυονεύς 色雷斯首领。 13,363,374–382。

奥特伦透斯 Ὀτρυντεύς ①特洛亚人伊菲提昂的父亲。 20,383,
389。 ②吕底亚人。 20,384。

奥托墨冬 Αὐτομέδων 阿基琉斯的御者。 9,209;16,145,148,219,
472,684,864;17,429,452,459,468,474,483,498,525,536;19,
392,397;23,563;24,474,574,625。

奥托诺奥斯 Αὐτόνοος ①希腊将领。 11,301。②特洛亚将领。
16,694。

奥伊琉斯 Ὀϊλεύς ①洛克里斯人,小埃阿斯的父亲。 2,527,727;
12,365;13,66,203,694,701;14,422,446,520;15,333;16,330;17,
256;23,473,488,754。 ②特洛亚将领。 11,93。

B

巴利奥斯 Βαλίος 阿基琉斯的战马。 16,149;19,400。

柏勒罗丰 Βελλεροφόντης 西叙福斯的后裔,曾杀死怪物克迈拉。
6,155,162,164,190,196,216,220。

比阿斯 Βίας ① 皮洛斯将领。 4,296; ②雅典将领。13,691;
③特洛亚将领。20,460。

毕宿星团 ‘Υάδες 18,486。

波奥提亚 Βοιωτία 希腊东部地区。 2,492,510,526;5,710;13,655,700;14,476;15,330;17,597。

波达尔戈斯 Πόδαργος ①赫克托尔的战马。8,185。 ②墨涅拉奥斯的战马。23,295。

波达尔革 Ποδάργη 风暴神 16,150;19,400。

波达尔克斯 Ποδάρκης 特萨利亚首领。 2,704;13,693。

波利特斯 Πολίτης 普里阿摩斯之子。 2,791;13,533;15,339;24,250。

波吕波特斯 Πολυποίτης 特萨利亚首领,宙斯的后裔。 2,740;6,29;12,129,182;23,836,844,848。

波吕达马斯 Πουλυδάμος 特洛亚将领。 11,57;12,60,80,109,196,210,231;13,725,748,751,756,790;14,425,449,453,462,469;15,339,446,454,518,521;16,535;17,600;18,249,285,313;22,100。

波吕丢克斯 Πολυδεύκης 宙斯之子,海伦的兄弟。3,237。

波吕多罗斯 Πολύδωρος ①普里阿摩斯之子。2,407,419;21,91;22,46。 ②希腊人。 23,637。

波吕斐摩斯 Πολύφημος 拉皮泰人的首领。 1,264。

波吕涅克斯 Πολυνείκης 奥狄浦斯之子。4,377。

波吕伊多斯 Πολυίδος ①特洛亚将领。5,148。 ②科林斯预言者。13,663,666。

波罗斯 Βῶρος ①吕底亚人。5,44。 ②墨涅斯提奥斯名义上的父亲。 16,177。

波瑞阿斯 Βορέης 北风神。 14,395;19,358;21,346;23,208。

波塞冬 Ποσειδάων 海神,宙斯的兄弟。 1,400;2,479,506;7,445;8,200;11,728;12,17,34;13,19,34,43,65,206,231,351,434,554,563;14,357,384,390;15,8,41,51,57,158,205;20,34,57,63,67,

115,132,149,291,318,330;21,284,287,472,477;23,277,307;24,26 等。

布里塞伊斯 Βρισηΐs 布里修斯的女儿。 1,184,323,336,246;2,689;9,106;19,246,261,282;24,676。

布里修斯 Βρισεύs 阿波罗祭司。 1,392;9,132,274。

布普拉西昂 Βουπράσιον 埃利斯北部城市。 2,615;11,756,760;23,631。

D

达尔达尼亚 Δαρδανίη 伊达山下、赫勒斯滂托斯海峡附近城市,相传为特洛亚人的祖先达尔达诺斯所建。 2,819;7,414;8,154;18,122,339;20,216;22,194,413。

达尔达诺斯 Δάρδανος ①宙斯之子,建达尔达尼亚城。 2,701;3,303;5,159,789;7,366;11,166,372;13,376;15,486;16,807;20,215,219,304;21,34;22,352;24,171,354,629。 ②特洛亚将领。 20,460。

达那奥斯 Δάναοs 阿尔戈斯王。其后代称达那奥斯人,诗中泛指希腊人。 1,42,455 等。

达那厄 Δανάη 阿尔戈斯王阿克里西奥斯的女儿,与宙斯生佩尔修斯。 14,319。

达瑞斯 Δάρηs 特洛亚赫菲斯托斯神庙的祭司。 5,9,27。

代达洛斯 Δαίδαλοs 著名建筑家,曾在克里特岛为弥诺斯王建迷宫。 18,592。

德律阿斯 Δρύαs ①拉皮泰人的首领。 1,263。 ②色雷斯人。 6,130。

得墨特尔 Δημήτηρ 农神,宙斯的妹妹。 2,696;5,500;13,322;14,326;21,76。

得伊福波斯 Δηΐφοβοs 普里阿摩斯之子。 12,94;13,156,162,

258,402,413,446,455,490,517,527,758,770,781;22,227,233,294,298;24,251。

得伊皮罗斯 Δη ἱπυρος 希腊将领。 9,83;13,92,478,576。

狄奥墨得斯 Διομήδης 希腊将领,阿尔戈斯王提丢斯之子。 2,563;4,370;5,1,59,122,286,302,330,827,856;7,399;9,30,695;10,254,284,295,455;11,369;14,109。

狄奥倪索斯 Διώνυσος 酒神,宙斯之子。 6,132,135;14,325。

狄奥涅 Διώνη 阿佛罗狄忒的母亲。 5,370,381。

狄奥瑞斯 Διώρης ①埃利斯首领。 2,622;4,517。 ②佛提亚人。17,429,474。

丢卡利昂 Δευκαλίων ①克里特人,伊多墨纽斯的父亲。 12,117;13,307;17,608。 ②弥诺斯之子。 13,451。 ③特洛亚将领。20,478。

杜利基昂 Δουλίχιον 希腊西部近海岛屿,在伊塔卡岛东南。 2,625,629。

多多那 Δωδώνη 埃皮罗斯境内古代居民。那里建有著名的宙斯神庙。 2,750;16,233。

多洛普斯 Δόλοψ ①希腊将领。11,302。②特洛亚将领。 15,525,555。

多隆 Δόλον 特洛亚人。 10,314 等。

E

恩诺摩斯 Ἔννομος ①密西亚人首领。2,858;17,218。 ②特洛亚将领。11,422。

F

法尔克斯 Φάλκης 特洛亚将领。 13,791;14,513。

菲洛克特特斯 Φιλοκτήτης 希腊将领,赫拉克勒斯的朋友,精通箭术。 2,718,725。

腓尼基人 Φοῖνικες 西亚古代民族。 23,744。

斐赖 ①Φεραί 特萨利亚城市。 2,711。②Φηραί 墨塞尼亚城市。 5,543;9,151,293。

费拉科斯 Φύλακος ①特萨利亚首领波达尔克斯的祖父。2,705;13,698。 ②特洛亚将领。6,35。

费琉斯 Φυλεύς 杜利基昂首领。2,628;5,72;10,110,175;15,519,528,530;16,313;19,239;23,637。

费诺普斯 Φαίνοψ ①特洛亚人,克珊托斯和托昂的父亲。 5,152; ②特洛亚将领福尔库斯的父亲。 17,312。 ③阿波多斯人阿西奥斯之子,特洛亚盟友。 17,583。

佛提亚 Φθίη 特萨利亚一地区,归阿基琉斯统治。 1,155,169;2,683;9,253,363,395,439,479,484;11,766;13,686,693,699;16,13;19,299,323,330。

福波斯 Φοῖβος 阿波罗的别称。 1,43,64,72 等。

福尔巴斯 Φόρβας ①累斯博斯岛首领,狄奥墨得斯的父亲。9,665。 ②特洛亚将领伊利奥纽斯的父亲。14,490。

福尔库斯 Φόρκυς 弗里基亚人首领。 2,862;17,218,312,318。

福基斯 Φωκίς 希腊中部地区,境内有著名的帕尔那索斯山和得尔斐神示所。
2,517,525;15,516;17,307。

福尼克斯 Φοῖνιξ 阿基琉斯的教师。 9,168,223,427,432,607,621,659,690;14,321;16,196;17,555,561;19,311;23,360。

弗里基亚 Φρυγίη 小亚细亚西北部地区。 2,862;3,184,401;10,431;16,719;18,291;24,545。

G

伽尔伽朗 Γάργαρον 伊达山最高峰,在伊达山南侧。 8,48;14,

292,352;15,152。

伽倪墨得斯 Γανυμήδηs 特罗斯之子,容貌俊美,被宙斯接上天。
5,266;20,232。

盖娅 Γῆ 或 Γαῖα 地神。3,104;19,259。

戈尔戈 Γοργώ 一种生翼蛇尾怪物,凡被她看见的人会立即变成石
头。5,741;8,349;11,36。

格劳科斯 Γλαύκοs ①吕西亚首领。2,876;6,119,234;12,102,
309,329,387,392;14,426;16,492,508,530,593,597;17,140。
②西叙福斯之子。6,154。

革瑞尼亚 Γερηνία 皮洛斯城市,涅斯托尔的故乡或原居住地。2,
336,433,601等。

古盖亚 Γυγαίη 吕底亚境内湖泊。2,865;20,391。

H

哈得斯 ᾿Αίδηs(᾿Αίδοs,᾿Αιδωνεύs) 冥王或泛指冥间。1,3;
3,322等。

海伦 ᾿Ελένη 宙斯和勒达的女儿,她的名义上的凡间父亲是廷达瑞
奥斯。2,161,177,356,590;3,70,91,121,154,161,171,199,
228,282,285,329,383,418,426,458;4,19,174;6,292,323,343,
360;7,350,355,401;8,82;9,140,282,339;11,125,369,505;13,
766;19,325;22,114;24,761。

海蒙 Α᾿ίμων ①皮洛斯首领。4,296。②特拜首领迈昂
的父亲。4,394。③希腊人拉埃尔克斯的父亲。17,467。

赫柏 ῟Ηβη 宙斯和赫拉的女儿,后成为青春之神。4,2;5,
722,905。

赫尔墨斯 ᾿Ερμῆs(᾿Ερμέαs ᾿Ερμαίαs) 宙斯之子,神使。2,103,
104;5,390;14,491;15,214;16,181,185;20,35,72;21,497;24,24,
109,153。

赫菲斯托斯 Ἥφαιστos 宙斯和赫拉之子,火神,匠神。 1,571;14, 167;17,88;18,462;21,331。

赫卡柏 Ἑκάβη 特洛亚王后,赫克托尔的母亲。 6,293,451;16, 718;22,234,430;24,193,283,747。

赫卡墨得 Ἑκαμήδη 涅斯托尔的女侍。 11,624;14,6。

赫克托尔 Ἕκτωρ 普里阿摩斯之子,特洛亚主将。 1,242;2,416; 6,401;10,66;24,276 等。

赫拉 Ἥρη 宙斯的姐妹和妻子。 1,55,195;2,155;4,28;5,711, 831;8,201,218,350,462;11,45;15,214;18,168;20,112,313;21, 6,328;24,25 等。

赫拉克勒斯 Ἡρακλέηs 宙斯和阿尔克墨涅之子,名义上的父亲是提 任斯王安菲特律昂。 2,653,658,666,679;5,628,638;11,690; 14,266,324;15,25,640;18,117;19,98;20,145。

赫拉斯 Ἑλλάs 特萨利亚城市。 2,683;9,395,447;16,595。

赫勒诺斯 Ἕλενos ①希腊将领。 5,707。 ②普里阿摩斯之子。 6,76;7,44;12,94;13,576,582,758,781;24,249。

赫勒斯滂托斯 Ἑλλήσποντοs 前海(即今马尔马拉海)与爱琴海之 间的海峡,现称达达尼尔海峡。 2,845;7,86;9,360;12,30;15, 233;17,432;18,150;23,2;24,346,545。

赫利奥斯 Ἥλιos 太阳神。 3,104,277;8,480;14,344;19, 197,259。

赫利克 Ἑλίκη 阿开亚城市。2,575;8,203。

J

基科涅斯人 Κίκονεs 色雷斯部落。2,846;17,73。

基拉 Κίλλα 特洛亚地区城市。 1,38,452。

K

卡德墨亚人 Καδμεῖοι 即特拜人。 4,385,388,391;5,804,807;

696

23,680。

卡尔卡斯　Κάλχας　希腊军中的鸟卜师。　1,68,86,105;2,300,322;
13,45,70。

卡尔达米勒　Καρδαμύλη　拉克得蒙城市。　9,150,292。

卡尔科冬　Χαλκώδων　尤卑亚岛首领埃勒斐诺尔的父亲。　2,541;
4,464。

卡尔基斯　Χαλκίς　尤卑亚岛城市。　2,537,640。

卡勒托尔　Καλήτωρ　①希腊人。　13,541。　②特洛亚将领。
15,419。

卡里斯　Χάρις　阿佛罗狄忒的侍女。　5,338;14,267,275;17,51;
18,382。

卡里亚　Καρία　小亚细亚西南部地区。　2,867;4,142;10,428。

卡利科洛涅　Καλλικολώνη　特洛亚平原上的山冈。　20,53,151。

卡吕冬　Καλυδών　埃托利亚城市。2,640;9,530,577;13,217;
14,116。

卡帕纽斯　Καπανεύς　斯特涅洛斯的父亲。　2,564;4,367,403;5,
108,109,241,319。

卡珊德拉　Κασσάνδρη　普里阿摩斯的女儿。　13,366;24,690。

卡斯托尔　Κάστωρ　海伦的同母兄弟。　3,237。

开纽斯　Καινεύς　①拉皮泰人的首领。　1,264。　②特萨利亚首领
科罗诺斯的父亲。　2,746。

考科涅斯人　Καύκωνες　埃利斯部落。　10,429;20,329。

科昂　Κόων　特洛亚将领安特诺尔之子。　11,248,256;19,53。

科拉诺斯　Κοίρανος　①吕西亚将领。　5,677。　②克里特人。17,
611,614。

科林斯(科任托斯)　Κόρινθος　阿开亚地区城市。　2,570;13,664。

科斯　Κόως(Κῶς)　小亚细亚西南近海岛屿。　2,677;14,255;
15,28。

克布里奥涅斯 Κεβριόνης 普里阿摩斯之子。 8,318;11,521;12,91;13,790;16,727,738,751,772,781。

克尔 Κέρ 死神。 11,332;18,535。

克法勒涅斯人 Κεφαλλῆνες 阿开亚地区部落,归奥德修斯管辖。 2,631;4,330。

克里特 Κρήτη 地中海中部岛屿。 2,649;3,233,270;4,251,265;13,219,221,255,274,311,453;23,450,482。

克吕墨涅 Κλυμένη ①海伦的女侍。 3,144。 ②老海神涅柔斯的女儿。 18,47。

克吕泰墨涅斯特拉 Κλυταιμνήστρα 海伦的同母姊妹,阿伽门农的妻子。 1,113。

克吕提奥斯 Κλυτίος ①普里阿摩斯的兄弟。 3,147;20,238。 ②特洛亚人克勒托尔的父亲。 15,419,427。 ③希腊将领多洛普斯的父亲。 11,302。

克律塞 Χρύση 特洛亚地区城市。1,37,100,390,431,451。

克律塞斯 Χρύσης 克律塞城阿波罗神庙祭司。 1,111,370,442,450。

克律塞伊斯 Χρυσηΐs 克律塞斯的女儿。 1,11,143,182,310,369,439。

克律索特弥斯 Χρυσόθεμις 阿伽门农的女儿。 9,145,287。

克罗弥奥斯 Χρομίos ①皮洛斯将领。 4,295。 ②普里阿摩斯之子。5,160。 ③吕西亚将领。5,677。 ④特洛亚将领。 8,275。 ⑤密西亚将领。 17,218,494,534。

克罗诺斯 Κρόνος 天神乌拉诺斯与地神盖娅之子,宙斯的父亲,宙斯推翻其统治后自成神界和人间的主宰。 1,397,498;2,205,319 等。

克洛尼奥斯 Κλονίος 波奥提亚首领。 2,495;15,340。

克迈拉 Χίμαιρα 狮头羊身蛇尾喷火怪物。 6,179;16,328。

克诺索斯　Κνωσόs　克里特岛城市。　2,646；18,591。

克戎　Χείρων　马人,善医术和预言,阿基琉斯的师傅。　4,219；11,
832；16,390。

克珊托斯　Ξάνθοs　①小亚细亚吕西亚境内河流,向南入地中海。
2,877；5,479；6,172；12,313。　②特洛亚将领。　5,152。　③特
洛亚地区河流斯卡曼德罗斯河的别称。　6,4；8,560；14,434；20,
40；21,2,15,146,332,337,383；24,693。　④赫克托尔的战马。
8,185。　⑤阿基琉斯的战马。　16,149；19,400,405,420。

库勒涅　Κυλλήνη　阿尔卡狄亚北部城市,赫尔墨斯的出生地。　2,
603；15,518。

库普里斯　Κύπριs　阿佛罗狄忒的别称,因传说她由海浪中出生后首
先在库普罗斯岛登岸。　5,330,422,458,760,883。

库普罗斯　Κύπροs　地中海岛屿,即今塞浦路斯岛。　11,21。

库瑞特斯人　Κουρῆτεs　埃托利亚地区的部落。　9,529,532,549,
551,589。

库特拉　Κύθηρα　伯罗奔尼撒南端海岛。　10,268；15,432,438。

L

拉埃尔特斯　Λαέρτηs　奥德修斯的父亲。　2,173；3,200；4,358；8,
93；9,308,624；10,144；19,185；23,723。

拉奥狄克　Λαοδίκη　①普里阿摩斯的女儿。　3,124；6,252。　②阿
伽门农的女儿。　9,145,287。

拉奥戈诺斯　Λαόγονοs　①特洛亚将领。　16,604。　②特洛亚将
领。　20,460。

拉奥多科斯　Λαόδοκοs　①特洛亚将领。4,87。　②希腊将领。
17,699。

拉奥墨冬　Λαομέδων　①普里阿摩斯的父亲。　3,250；5,269,640,
649；6,23；7,453；15,236；21,443,452。　②特洛亚将领兰波斯的

父亲。　15,527。

拉奥托埃　Λαοθόη　普里阿摩斯的妻子。　21,85;22,48。

拉克得蒙　Λακεδαίμων　伯罗奔尼撒半岛东南端地区,属墨涅拉奥斯统治,都城斯巴达。后来称拉科尼克。　2,281;3,239,244,387,443。

拉达曼提斯　Ῥαδάμανθυς　宙斯之子,克里特王弥诺斯的兄弟。14,322。

拉皮泰人　Λαπίθαι　居住在特萨利亚境内奥林波斯山附近的部落。12,128,181。

兰波斯　Λάμπος　①拉奥墨冬之子。　3,147;15,526;20,238。　②赫克托尔的战马。　8,185。

勒昂透斯　Λεοντεύς　拉皮泰人,海伦的求婚者之一。　2,745;12,130,188;23,837,841。

勒克同　Λεκτόν　小亚细亚西海岸海岬,与累斯博斯岛隔海相望。14,284。

勒勒革斯人　Λέλεγες　居住在小亚细亚西南海岸的部落。　10,429;20,96;21,86。

勒托　Λητώ　提坦女神之一,阿波罗和阿尔特弥斯的母亲。　1,9,36;5,447;14,327。

勒托斯　Λῆθος　小亚细亚的佩拉斯戈斯人,战神的后裔。　2,843;13,288。

勒伊托斯　Λήϊτος　波奥提亚人,希腊联军将领。2,494;6,35;13,91;17,605。

累斯博斯　Λέσβος　小亚细亚西部海岛。　9,129,271,664;24,544。

利姆诺斯　Λῆμνος　特洛亚西边爱琴海中岛屿。　1,593;2,722;7,467;8,230;14,230,281;21,40,46,58,79;24,753。

猎户星座　Ὠρίων　18,486,488;22,29。

吕尔涅索斯　Λυρνησσός　密西亚城市。　2,690;19,60;20,92,191。

吕卡昂 Λυκάων ①特洛亚人,潘达罗斯的父亲。 2,826;4,89,93;
5,95,101,169,179,193,197,229,246,276,283。 ②普里阿摩斯
之子。 3,333;20,81;21,35,127;22,46;23,746。

吕库尔戈斯 Λυκόεργος 色雷斯王。 6,130,134;7,142,144,148。

吕科墨得斯 Λυκομήδης 波奥提亚人将领。 9,84;12,366;17,345;
19,240。

吕克托斯 Λύκτος 克里特岛城市。 2,647;17,611。

吕西亚 Λυκίη 小亚细亚西南部地区。 2,876;5,470,645;6,168,
171,188,210,225;11,284;12,312,318;16,437,455,514,542,673,
683;17,172。

罗得斯 Ῥόδος 小亚细亚西南海岛。2,654。

洛克里斯 Λοκρίς 希腊地区,一在科林斯海北岸,一在其东,尤卑亚
海峡西岸。

2,527,535;13,686,712。

M

马卡昂 Μαχάων 特萨利亚首领,阿斯克勒皮奥斯之子,名医。 2,
4,73,193,200;11,506,512,517,598,613,651,833;14,3。

迈锡尼(米克奈) Μυκήνη 阿尔戈利斯城市。阿伽门农的都城。
2,569;4,52,376;7,180;9,44;11,46;15,638,643。

昴星座 Πληιάδες 18,486。

弥勒托斯 Μίλητος ①克里特岛城市。 2,647。 ②小亚细亚西部
沿海城市。一译米利都。 2,868。

弥尼埃奥斯 Μινυείος ①波奥提亚部落。 2,511。 ②埃利斯境内
河流。 11,722。

弥诺斯 Μίνως 克里特王,宙斯之子。 13,450;14,322。

米冬 Μύδων ①帕佛拉贡人。 5,580。 ②派奥尼亚人首领。
21,209。

米尔弥冬人 Μυρμιδόνες 特萨利亚境内佛提亚(佛提奥提斯)地区部落,归阿基琉斯统治。 1,180,328;2,684;7,126;8,185,652; 11,797;16,12,15,39,65,155,164,194,200,220,240,506,546, 596;18,10,69,323;19,14,278,299;21,188;23,4,60,129;24,397, 449,536。

米涅斯 Μύνης 欧埃诺斯之子,布里塞伊斯的丈夫。 2,692; 19,296。

密西亚人 Μυσοί ①居住在前海(今马尔马拉海)南岸,弗里基亚西边的部落,属色雷斯种族。 2,858;10,430;14,512;24,278。②居住在多瑙河沿岸的密西亚人部落。13,5。

缪斯 Μοῦσαι 文艺女神。 1,604;2,484,491,498,594,761;11, 218;14,508;16,112。

摩里斯 Μόρυς 特洛亚将领。 13,792;14,514。

摩利昂 Μολίων ①特洛亚将领廷布拉奥斯的御者。 11,322。 ②埃利斯人。 11,709,750。

摩伊拉 Μοῖρα 命运女神。 19,87。

墨奥尼埃 Μῃονίη 小亚细亚吕底亚的古称。 2,864,866;3,401;4, 142;5,43;10,431;18,291。

墨冬 Μέδων ①奥伊琉斯的私生子,小埃阿斯同父兄弟。 2,727; 13,693,695;15,332,334。 ②特洛亚盟军首领。 17,216。

墨革斯 Μέγης 希腊将领。 2,627;5,69;13,692;15,302,520,535; 19,239。

墨勒阿格罗斯 Μελέαγρος 埃托利亚英雄,著名的卡吕冬狩猎者之一。 2,642;9,543,550,553,590。

墨里奥涅斯 Μηριόνης 克里特首领。 2,651;4,254;5,59,65;7, 166;8,264;9,83;10,50,196,229,260,270;13,93,159,246,295, 304,328,379,528,567,650;14,514;15,302;16,342,603;17,259, 610,668,717;19,239;23,113,351,528,614,860。

穆利奥斯 Μούλιος ①埃佩奥斯人的首领。 11,739。 ②特洛亚将领。 16,696。 ③特洛亚将领。 20,472。

墨罗普斯 Μέροψ 佩尔科特人。 2,831;11,329。

墨涅拉奥斯 Μενέλαος 斯巴达王,海伦的丈夫,阿伽门农的兄弟。 1,159;2,581;3,21,355;4,128,134;17,1,722 等。

墨涅斯提奥斯 Μενέσθιος ①波奥提亚首领。 7,9。 ②阿基琉斯的副将。

16,173。

墨涅斯透斯 Μενεσθεύς 雅典首领。 2,552;4,327;12,331,373; 13,195,690;15,331。

墨诺提奥斯 Μενοίτιος 帕特罗克洛斯的父亲。 1,307;9,202,211; 11,605,765,814;12,1;16,14,278,307,420,554,626,760,827;17, 132,267,369,538;18,12,93,325,455;19,24;21,28;23,25,85, 239;24,16。

墨塞伊斯 Μεσσηίς 特萨利亚或拉克得蒙境内一圣泉。 6,457。

N

尼奥柏 Νιόβη 特拜王安菲昂的妻子,傲视勒托,阿波罗和阿尔特弥斯将其子女射死。 24,602,606。

尼柔斯 Νιρεύς 小亚细亚西部近海叙墨岛首领。 2,671。

涅奥普托勒摩斯 Νεοπτόλεμος 阿基琉斯之子。 19,327。

涅琉斯 Νηλεύς(Νηλήιος) 涅斯托尔的父亲。 2,20;8,100;10, 18,87,555;11,511,597,683;14,42;15,378;23,303,349,514,652。

涅柔斯 Νηρεύς 一位老海神,忒提斯的父亲。 18,38,49,52。

涅斯托尔 Νέστωρ 皮洛斯王。 1,247,260;2,54,362,591;4,318; 6,13;7,327;8,80,102,192;9,81;10,204;11,670,791,840;15, 370,589;16,317;23,353,629。

诺埃蒙 Νοήμων ①吕底亚首领。 5,678。 ②涅斯托尔之子安提洛科斯的侍从。 23,612。

O

欧埃蒙 Εὐαίμων 特萨利亚首领欧律皮洛斯的父亲。 2,736;5,
76,79;7,167;8,265;11,575,810。

欧福尔波斯 Εὔφορβος 特洛亚枪手,首先刺中帕特罗克洛斯。
16,808,850;17,59,81。

欧律阿洛斯 Εὐρύαλος 阿尔戈斯将领。 2,565;6,20;23,677。

欧律巴特斯 Εὐρυβάτης ①阿伽门农的传令官。 1,320。 ②奥
德修斯的传令官。 2,184;9,170。

欧律墨冬 Εὐρυμέδων ①阿伽门农的侍从。 4,228。 ②涅斯托
尔的侍从。
8,114;11,620。

欧律皮洛斯 Εὐρύπυλος ①科林斯人首领,波塞冬之子。 2,677;
12,2。 ②特萨利亚首领。 2,736;5,76,79;6,36;7,167;8,265;
11,576,580,583,592,662,809,819,822,838;12,2;15,392,399;
16,27。

欧律斯透斯 Εὐρυσθεύς 佩尔修斯的孙子,赫拉克勒斯曾受命于他,
完成许多苦差事。 8,363;15,639;19,123,133。

欧律托斯 Εὔρυτος ①特萨利亚首领。 2,596,730。 ②埃利斯
首领。 2,621。

欧墨得斯 Εὐμήδης 特洛亚传令官,多隆的父亲。 10,314,
412,426。

欧墨洛斯 Εὔμηλος 波奥提亚首领。 2,714,764;23,288,354,
380,481,559,565。

欧涅奥斯 Εὔνηος 利姆诺斯王,伊阿宋之子。 7,468;23,747。

P

帕尔特尼奥斯 Παρθένιος 小亚细亚帕佛拉贡尼亚地区河流,注入黑

海。2,854。

帕佛拉贡人 Παφλαγόνεs 居住在小亚细亚北部黑海岸边的部落。
2,851;5,577;13,656,661。

帕拉斯 Πάλλαs 雅典娜的别称。 1,200,400 等。

帕里斯 Πάριs 普里阿摩斯之子,因他劫海伦而引起特洛亚战争。
3,39,325,437;6,280,503,512;12,93;13,490,660;15,341;22,
359;24,249 等。

帕诺佩斯 Πανοπεύs ①福基斯城市。 2,520;17,307。 ②希腊拳
击手埃佩奥斯的父亲。 23,665。

帕特罗克洛斯 Πάτροκλοs 阿基琉斯的好友。 1,337;11,602,781,
790,809;16,2,21,125,284,476,791,806,818,855;17,1,722;18,
65,81,127,232,257,324 等。

帕西特娅 Πασιθέη 神女,阿佛罗狄忒的侍从。 14,269,276。

派奥尼亚人 Παίονεs 马其顿地区部族,特洛亚人的盟友。 2,848;
10,428;16,287,291;17,350;21,154,155,205,211。

派埃昂 Παιήων 神医。 5,401,899。

潘达罗斯 Πάνδαροs 特洛亚将领。 2,827;4,88;5,168,171,
246,795。

潘托奥斯 Πάνθοοs 特洛亚长老。 3,146;13,756;14,450,454;15,
446,522;16,535,808;17,9,23,40,59,70,81;18,250。

佩达索斯 Πήδασοs ①特洛亚将领。6,21。 ②特洛亚地区城市。
6,25;20,92;21,87。 ③阿尔戈利斯地区城市。 9,152,294。
④阿基琉斯的战马。 16,152,467。

佩尔科特 Περκώτη 特洛亚地区城市。 2,831,835;6,30;11,229,
329;15,548。

佩尔塞福涅 Περσεφόνεια 宙斯和农神得墨特尔的女儿,被冥神掳
去成为冥后。 9,457,569。

佩尔修斯 Περσεύs 宙斯和达那厄之子,阿尔戈利斯英雄。 14,

320;19,116,123。

佩拉贡 Πελάγων ①皮洛斯人首领。 4,295 。②吕西亚人,萨尔佩冬的侍从。 5,695。

佩拉斯戈斯人 Πελασγικόι 希腊古代居民,一部分住在巴尔干半岛上,另一部分住在小亚细亚及沿海岛屿,与特洛亚人结盟。 2,681,840,843;10,429;16,233;17,288。

佩里法斯 Περίφas ①希腊将领,埃托利亚人。 5,842,847。 ②安基塞斯的传令官。 17,323。

佩里斐特斯 Περιφήτηs ①特洛亚将领。14,515。 ②迈锡尼将领。15,638。

佩利昂 Πήλιον 特萨利亚境内山峰。 2,744,757;16,143;19,390;20,277;21,162;22,133。

佩琉斯 Πηλεύs 特萨利亚英雄,埃阿科斯之子,阿基琉斯的父亲。1,1,146;7,125;9,147,166,252,289,394,400,438,480;10,323;11,769,772;13,113;16,15,175,203,269,381,574;17,443;18,18,60,84,331,433;19,216,334;20,2,206;21,139,189;22,8,250,421;23,89;24,61,406,431,448,534 等。

佩罗奥斯 Πείροos 弗里基亚首领。 2,844;4,520,525;20,484。

佩涅勒奥斯 Πηνέλεωs 波奥提亚人首领。 2,494;13,92;14,487,489,496;16,335,340;17,597。

佩珊德罗斯 Πείσανδροs ①特洛亚将领安提马科斯之子。 11,122,143。 ②特洛亚将领。 13,601,606,611。 ③米尔弥冬人首领。 16,193。

佩特奥斯 Πετεώs 雅典将领墨涅斯透斯的父亲。 2,552;4,327,388;12,331,335;13,690。

皮埃里亚 Πιερίη 马其顿境内山峰,在奥林波斯山北边。 14,226。

皮拉尔特斯 Πυλάρτηs ①特洛亚将领。 11,491。 ②特洛亚将领。 16,696。

皮拉索斯　Πύρασος　①特萨利亚城市。2,695。　②特洛亚将领。

11,491。

皮莱墨涅斯　Πυλαιμένης　帕佛拉贡人首领。　2,851;5,576;

13,643。

皮赖克墨斯　Πυραίχμης　派奥尼亚人首领,特洛亚人的盟友。　2,

848;16,287。

皮洛斯　Πύλος　伯罗奔尼撒半岛西南部地区。　1,248,252,269 等。

皮托　Πυθώ　福基斯境内帕尔那索斯山南麓地区,建有著名的阿波罗

神示所。

2,519;9,405。

普拉科斯　Πλάκος　密西亚境内山峰。　6,396,425;22,479。

普里阿摩斯　Πρίαμος　特洛亚国王。　1,19;2,38,817;3,356;4,

490;5,684;6,76;7,112,250;11,295,300,490;12,438;13,157;20,

87,408;24,28 等。

普琉戎　Πλευρών　埃托利亚城市。　2,639;13,217;14,116;23,635。

普罗马科斯　Πρόμαχος　波奥提亚人首领。　14,476,482,503。

普罗特西拉奥斯　Πρωτεσίλαος　特萨利亚人首领,希腊联军中第一

个被特洛亚人杀死。　2,689,706,708;13,681;15,705;16,286。

普罗托埃诺尔　Προθοήνωρ　波奥提亚首领。　2,495;14,450,471。

普罗托斯　Προῖτος　阿尔戈斯人首领。　6,157,160,163,177。

普特勒奥斯　Πτελεός　①埃利斯城市。　2,594。　②特萨利亚城

市。　2,697。

R

瑞索斯　῾Ρῆσος　①色雷斯王。　10,435,474,519。　②特洛亚地区

河流,源于伊达山。　12,20。

瑞娅　῾Ρέα(῾Ρεία)　天神克罗诺斯的妻子,宙斯的母亲。　14,203;

15,187。

S

萨尔佩冬 Σαρπηδών 宙斯之子,吕西亚人的首领。 2,876;12,101 等。

萨拉弥斯 Σαλαμίs 雅典西南海岛,大埃阿斯的故乡。 2,557;7,199。

萨摩色雷斯 Σάμοs Θρηïκίη 爱琴海中距色雷斯河岸不远一岛屿。 13,12;24,78,753。

萨摩斯 Σάμοs(Σάμη) 希腊西部海岛。 2,634。

萨特尼奥埃斯 Σατνιόεις 密西亚河流。 6,34;14,445;21,87。

塞勒埃斯 Σελλήεις ①埃皮罗斯北部河流。 2,639;15,531。 ②特洛亚地区河流。 2,839;12,97。

塞墨勒 Σεμέλη 酒神狄奥倪索斯的母亲。 14,323,325。

色雷斯 Θρήκη 希腊东北部地区。 2,595,844;4,519;9,5,72;10,434,464 等。

珊伽里奥斯 Σαγγάριοs 弗里基亚河流,入黑海。 3,187;16,719。

斯巴达 Σπάρτη 拉克得蒙地区主要城市,墨涅拉奥斯的都城。 2,528;4,52。

斯卡曼德里奥斯 Σκαμάνδριοs ①特洛亚特领。 5,49。 ②赫克托尔之子,又名阿斯提阿那克斯。 6,402。

斯卡曼德罗斯 Σκάμανδροs 特洛亚地区主要河流。 2,465,467;5,36,77,774;7,329;11,499;12,21;20,74;21,124,223,305,603;24,148。

斯开埃 Σκαιαί(Πυλαι) 特洛亚一城门。 3,145,149,263;6,237,307,393;9,354;11,170;16,712;18,453;22,6,360。

斯克狄奥斯 Σχεδίοs ①福基斯人首领。 2,517;17,306。 ②福基斯人首领。 15,515。

斯库罗斯 Σκῦροs ①弗里基亚城市。9,668。 ②尤卑亚东北方一小海岛,阿基琉斯将儿子寄养在那里。 19,326,332。

斯佩尔赫奥斯 Σπερχειός 特萨利亚河流。 16,174,176;23,142,144。

斯特涅洛斯 Σθένελos ①狄奥墨得斯的御者。 2,564;4,367;5,108,111,241,835;8,114;9,48;23,511。 ②佩尔修斯之子。19,116,123。

斯提基奥斯 Στιχίos 特洛亚将领。 13,185,691;15,329。

斯提克斯 Στύξ 冥河。 2,755;8,369;14,271;15,37。

时光女神 ῟Ωραι 5,749;8,393,433。

索科斯 Σῶκos 特洛亚将领。 11,427,440,450,456。

索吕摩斯人 Σόλυμοι 吕西亚部落。 6,184,204。

T

塔尔塔罗斯 Τάρταρos 大地的深处。 8,13,48;14,279。

塔尔提比奥斯 Ταλθύβιos 阿伽门农的侍从。 1,320;3,118;4,192;7,276;19,196,250,267;23,897。

忒提斯 Θέτιs 阿基琉斯的母亲。1,357,413,420,495,502;8,371;15,75,598;18,85,137,368;19,3;24,88,137 等。

特阿诺 Θεανώ 特洛亚雅典娜神庙祭司。 5,70;6,298,302;11,224。

特拜 Θήβαι(Θήβη) ①小亚细亚密西亚城市。 1,366;2,691;6,397,416;22,479。 ②波奥提亚城市。4,378,406;5,804;6,223;10,286;14,114,323;19,99;23,679。 ③埃及城市。 9,381。

特尔西洛科斯 Θερσίλοχos ①特洛亚将领。 17,216。 ②派奥尼亚人首领。 21,209。

特尔西特斯 Θερσίτηs 希腊军中士兵。 2,212,244。

特拉蒙 Τελαμών 萨拉弥斯王,大埃阿斯和透克罗斯的父亲。 2,528,786;4,473;8,224,281 等。

特拉叙墨得斯 Θρασυμήδης 涅斯托尔之子。 9,81;10,255;14,10,16,321;17,378,705。

特勒马科斯 Τηλέμαχος 奥德修斯之子。 2,260;4,354。

特勒波勒摩斯 Τληπόλεμος ①赫拉克勒斯之子。 2,653,657,661;5,628,632,648,656,660,668。 ②特洛亚将领。 16,416。

特里卡 Τρίκκη(Τρίκη) 特萨利亚城市。 2,729;4,202。

特里托革尼娅 Τριτογένεια 雅典娜的别称。 4,515;8,39;22,183。

特罗斯 Τρώς ①特洛亚王,特洛亚名主。 5,222,265;20,230。 ②特洛亚将领,阿拉斯托尔之子。 20,463。

特洛亚 Τροίη 小亚细亚西北角城市。 1,129 等。

特摩洛斯 Τμῶλος 吕底亚山脉。 2,866;20,385。

特弥斯 Θέμις 提坦女神,宙斯前妻。 15,87,93;20,4。

特涅多斯 Τένεδος 特洛亚近海岛屿。 1,38,452;11,625;13,33。

特斯托尔 Θέστωρ ①希腊军中鸟卜师卡尔卡斯的父亲。1,69。 ②希腊将领阿尔克马昂的父亲。 12,394。 ③特洛亚将领。 16,401。

特梯斯 Τηθύς 环地长河奥克阿诺斯之妻。 14,201,302。

提埃斯特斯 Θυέστης 阿特柔斯的兄弟。 2,106。

提丢斯 Τυδεύς 狄奥墨得斯的父亲。 2,406;4,365,370;5,1,25 等。

提福欧斯 Τυφωεύς 百头喷火巨怪。 2,782。

提坦 Τιτήνης 巨神,天神乌拉诺斯和地母盖娅所生。 14,279。

提托诺斯 Τιθωνός 普里阿摩斯的兄弟,为黎明女神所爱。 11,1;20,237。

提修斯 Θησεύς 雅典王,埃勾斯之子。1,265。

廷布瑞 Θύμβρη 特洛亚平原。 10,430。

透克罗斯 Τεύκρος 特拉蒙之子,大埃阿斯的同父兄弟。 6,31;8,266;273,281,292,309,322;12,336,350,363,371,387,400;13,91,

170，182，313；14，515；15，302，437，458，462；16，511；23，859，
883 等。

透特拉斯 Τευθρας ①希腊马格涅特人首领。 5,705。 ②特洛亚
将领阿克叙洛斯的父亲。 6,13。

托阿斯 Θόαs ①埃托利亚人首领。 2,638；4,527,529；7,168；13,
92,216,222,228；15,281；19,239。 ②利姆诺斯岛首领。 14,
230；23,745。 ③特洛亚将领。 16,311。

托昂 Θόων ①特洛亚将领。 5,152。 ②特洛亚将领。 12,422。
③特洛亚将领。 12,140；13,545。

X

西顿 Σιδών 腓尼基城市。 6,291；23,743。

西库昂 Σικυών 阿尔戈利斯城市。 2,572；23,299。

西摩埃斯 Σιμόειs 特洛亚地区河流，源于伊达山，注入斯卡曼德罗
斯河。 4,475；5,774；6,4；12,22；20,53；21,307。

西叙福斯 Σίσυφοs 科林斯奠基人。 6,153。

希帕索斯 Ἱππασοs ①特洛亚将领卡罗普斯和索科斯的父亲。
11,426,431,450。 ②希腊将领许普塞诺尔的父亲。 13,411。
③派奥尼亚人首领阿皮萨昂的父亲。 17,348。

希波达墨娅 Ἱπποδάμεια ①拉皮泰人首领佩里托奥斯的妻子。
2,742。 ②安基塞斯的女儿。 13,429。

希波洛科斯 Ἱππόλοχοs ①吕西亚人格劳科斯的父亲。 6,119,
144,197,206；7,13；12,309,387；17,140。 ②特洛亚将领。 11,
122,145。

希波提昂 Ἱπποτίων ①特洛亚将领。13,792。 ②特洛亚将领。
14,514。

希波托奥斯 Ἱππόθοοs ①小亚细亚佩拉斯戈斯人首领。 2,840；
17,217,289,313,318。 ②普里阿摩斯之子。 24,251。

希克塔昂 Ἰκετάων 普里阿摩斯的兄弟。 3,147;15,546,576;
20,238。

希瑞 Ἰρή 墨塞尼亚城市。 9,150,292。

熊星座 Ἄρκτος 18,487。

许得 Ὕδη 吕底亚城市。 2,783;20,385。

许尔塔科斯 Ὕρτακος ①密西亚人首领阿西奥斯的父亲。2,837;
12,96,110,163。 ②特洛亚将领。 13,759,771。

许勒 Ὕλη 波奥提亚城市。 2,500;5,708;7,221。

许佩里昂 Ὑπερίων 太阳神的别称。 8,480;19,398。

许佩罗科斯 Ὑπείροχος ①埃利斯人伊拉摩纽斯的父亲。 11,673。
②特洛亚将领。 11,335。

许佩瑞诺尔 Ὑπερήνωρ 特洛亚将领。 14,516;17,24。

许佩瑞亚 Ὑπέρεια 特萨利亚水泉。 2,734;6,457。

许普塞诺尔 Ὑψήνωρ ①特洛亚将领。 5,76。 ②希腊将领。
13,411。

Y

雅典 Ἀθῆναι 阿提卡地区主要城市。 2,551,558;4,328;13,196,
689;15,337。

雅典娜 Ἀθήνη 宙斯的女儿,雅典城的守护神。 1,194;2,167;4,
85,128;5,736,837;8,387;11,437;20,214 等。

亚细亚 Ἀσια 主要指现小亚细亚西部地区。 2,461。

伊阿奥涅斯人 Ἰάονες 即伊奥尼亚人。 13,685。

伊阿尔墨诺斯 Ἰάλμενος 波奥提亚人首领,战神之子。 2,512;
9,82。

伊阿墨诺斯 Ἰαμενός 特洛亚人首领。 12,139,193。

伊阿宋 Ἰήσων 埃宋之子,美狄亚的丈夫。 7,468,471;21,41;
23,747。

伊阿索斯　'Ιασοs　雅典人首领。　15,322,337。

伊达山　'Ιδη　密西亚境内山脉。　2,821,824 等。

伊代奥斯　'Ιδαῖοs　①特洛亚传令官。　3,248;7,276,278,284,372,
381,405,413,416;24,325,470。　②特洛亚将领。　5,11,20。

伊多墨纽斯　'Ιδομενεύs　克里特首领,弥诺斯的孙子。　1,145;2,
405,645;4,257;6,436;8,78,263;7,165;10,53,112;13,361,510;
15,301;19,311 等。

伊菲阿娜萨　'Ιφιάνασσα　阿伽门农的女儿,后来的传说称伊菲革涅
娅。　9,145,287。

伊菲达马斯　'Ιφιδάμαs　色雷斯首领。　11,221,234,257,261。

伊菲克洛斯　'Ιφικλοs　特萨利亚首领。　2,705;13,698;23,636。

伊菲托斯　'Ιφιτοs　①福基斯人首领。　2,518;17,306。　②特洛
亚人。　8,128。

伊卡罗斯　'Ικαροs　著名建筑师代达洛斯之子。　2,145。

伊克西昂　'Ιξιών　拉皮泰人的首领。　14,317。

伊里斯　'Ιριs　神使,彩虹神。　2,786,790,795;3,121,129;5,353,
365,368;8,398,409,425;11,185,195,199,210;15,55,144,158,
168,172,200,206;18,166,182,196,202;23,198,201;24,77,87,
95,117,143,159,188。

伊利昂　'Ιλιον('Ιλιοs)　特洛亚的别称。　1,71;15,71;21,558 等。

伊利奥纽斯　'Ιλιονεύs　特洛亚将领。　14,489,492,501。

伊洛斯　'Ιλοs　特洛亚名主特罗斯之子。　10,415;11,166,372;20,
232,236;24,349。

伊珊德罗斯　'Ισανδροs　柏勒罗丰之子。　6,197,203。

伊塔卡　'Ιθάκη　希腊西部近海岛屿,奥德修斯的故乡。　2,184,
632;3,201。

英布罗斯　'Ιμβροs　爱琴海中岛屿。　13,33,171,197;14,281;21,
43;24,78,753。

英布里奥斯　Ἴμβριος　特洛亚将领。　13,171,197。

尤卑亚　Εὔβοια　希腊东部岛屿。　2,535。

Z

泽费罗斯　Ζέφυρος　西风。　21,334;23,195。

泽勒亚　Ζέλεια　特洛亚地区城市。　2,824;4,103,121。

宙斯　Ζεύς　希腊神话中的主神,推翻其父克罗诺斯的统治后与兄弟
　　波塞冬、哈得斯三分天下,波塞冬分得大海,哈得斯分得冥间,宙斯
　　分得天空,掌管神界,被称为"天神和凡人的父亲"。　1,5,503,
　　528;2,5;4,70 等。

"外国文学名著丛书"书目

第 一 辑

书 名	作 者	译 者
伊索寓言	〔古希腊〕伊索	周作人
源氏物语	〔日〕紫式部	丰子恺
堂吉诃德	〔西班牙〕塞万提斯	杨 绛
泰戈尔诗选	〔印度〕泰戈尔	冰 心　石 真
坎特伯雷故事	〔英〕杰弗雷·乔叟	方 重
失乐园	〔英〕约翰·弥尔顿	朱维之
格列佛游记	〔英〕斯威夫特	张 健
傲慢与偏见	〔英〕简·奥斯丁	王科一
雪莱抒情诗选	〔英〕雪莱	查良铮
瓦尔登湖	〔美〕亨利·戴维·梭罗	徐 迟
欧·亨利短篇小说选	〔美〕欧·亨利	王永年
特利斯当与伊瑟	〔法〕贝迪耶	罗新璋
巨人传	〔法〕拉伯雷	鲍文蔚
忏悔录	〔法〕卢梭	范希衡 等
欧也妮·葛朗台 高老头	〔法〕巴尔扎克	傅 雷
雨果诗选	〔法〕雨果	程曾厚
巴黎圣母院	〔法〕雨果	陈敬容
包法利夫人	〔法〕福楼拜	李健吾
叶甫盖尼·奥涅金	〔俄〕普希金	智 量
死魂灵	〔俄〕果戈理	满 涛　许庆道

书 名	作 者	译 者
当代英雄	〔俄〕莱蒙托夫	草 婴
猎人笔记	〔俄〕屠格涅夫	丰子恺
白痴	〔俄〕陀思妥耶夫斯基	南 江
列夫·托尔斯泰中短篇小说选	〔俄〕列夫·托尔斯泰	草 婴
怎么办？	〔俄〕车尔尼雪夫斯基	蒋 路
高尔基短篇小说选	〔苏联〕高尔基	巴 金 等
浮士德	〔德〕歌德	绿 原
易卜生戏剧四种	〔挪〕易卜生	潘家洵
鲵鱼之乱	〔捷〕卡·恰佩克	贝 京
金人	〔匈〕约卡伊·莫尔	柯 青

第 二 辑

荷马史诗·伊利亚特	〔古希腊〕荷马	罗念生 王焕生
荷马史诗·奥德赛	〔古希腊〕荷马	王焕生
十日谈	〔意大利〕薄伽丘	王永年
莎士比亚悲剧五种	〔英〕威廉·莎士比亚	朱生豪
多情客游记	〔英〕劳伦斯·斯特恩	石永礼
唐璜	〔英〕拜伦	查良铮
大卫·科波菲尔	〔英〕查尔斯·狄更斯	庄绎传
简·爱	〔英〕夏洛蒂·勃朗特	吴钧燮
呼啸山庄	〔英〕爱米丽·勃朗特	张 玲 张 扬
德伯家的苔丝	〔英〕托马斯·哈代	张谷若
海浪 达洛维太太	〔英〕弗吉尼亚·吴尔夫	吴钧燮 谷启楠
哈克贝利·费恩历险记	〔美〕马克·吐温	张友松
一位女士的画像	〔美〕亨利·詹姆斯	项星耀
喧哗与骚动	〔美〕威廉·福克纳	李文俊
永别了武器	〔美〕欧内斯特·海明威	于晓红

书 名	作 者	译 者
彭斯诗选	〔英〕彭斯	王佐良
艾凡赫	〔英〕沃尔特·司各特	项星耀
名利场	〔英〕萨克雷	杨 必
人性的枷锁	〔英〕威廉·萨默塞特·毛姆	叶 尊
儿子与情人	〔英〕D.H.劳伦斯	陈良廷 刘文澜
杰克·伦敦小说选	〔美〕杰克·伦敦	万 紫 等
了不起的盖茨比	〔美〕菲茨杰拉德	姚乃强
木工小史	〔法〕乔治·桑	齐 香
恶之花 巴黎的忧郁	〔法〕波德莱尔	钱春绮
萌芽	〔法〕左拉	黎 柯
前夜 父与子	〔俄〕屠格涅夫	丽 尼 巴 金
卡拉马佐夫兄弟	〔俄〕陀思妥耶夫斯基	耿济之
安娜·卡列宁娜	〔俄〕列夫·托尔斯泰	周 扬 谢素台
茨维塔耶娃诗选	〔俄〕茨维塔耶娃	刘文飞
德国诗选	〔德〕歌德 等	钱春绮
安徒生童话选	〔丹麦〕安徒生	叶君健
外祖母	〔捷〕鲍·聂姆佐娃	吴 琦
好兵帅克历险记	〔捷〕雅·哈谢克	星 灿
我是猫	〔日〕夏目漱石	阎小妹
罗生门	〔日〕芥川龙之介	文洁若

第 四 辑

一千零一夜		纳 训
培根随笔集	〔英〕培根	曹明伦
拜伦诗选	〔英〕拜伦	查良铮
黑暗的心 吉姆爷	〔英〕约瑟夫·康拉德	黄雨石 熊 蕾
福尔赛世家	〔英〕高尔斯华绥	周煦良

书　名	作　者	译　者
月亮与六便士	〔英〕威廉·萨默塞特·毛姆	谷启楠
萧伯纳戏剧三种	〔爱尔兰〕萧伯纳	潘家洵 等
红字　七个尖角顶的宅第	〔美〕纳撒尼尔·霍桑	胡允桓
汤姆叔叔的小屋	〔美〕斯陀夫人	王家湘
白鲸	〔美〕赫尔曼·梅尔维尔	成　时
马克·吐温中短篇小说选	〔美〕马克·吐温	叶冬心
老人与海	〔美〕欧内斯特·海明威	陈良廷 等
愤怒的葡萄	〔美〕斯坦贝克	胡仲持
蒙田随笔集	〔法〕蒙田	梁宗岱　黄建华
悲惨世界	〔法〕雨果	李　丹　方　于
九三年	〔法〕雨果	郑永慧
梅里美中短篇小说选	〔法〕梅里美	张冠尧
情感教育	〔法〕福楼拜	王文融
茶花女	〔法〕小仲马	王振孙
都德小说选	〔法〕都德	刘　方　陆秉慧
一生	〔法〕莫泊桑	盛澄华
普希金诗选	〔俄〕普希金	高　莽 等
莱蒙托夫诗选	〔俄〕莱蒙托夫	余　振　顾蕴璞
罗亭　贵族之家	〔俄〕屠格涅夫	陆　蠡　丽尼
日瓦戈医生	〔苏联〕帕斯捷尔纳克	张秉衡
大师和玛格丽特	〔苏联〕布尔加科夫	钱　诚
茨威格中短篇小说选	〔奥地利〕斯·茨威格	张玉书 等
玩偶	〔波兰〕普鲁斯	张振辉
万叶集精选	〔日〕大伴家持	钱稻孙
人间失格	〔日〕太宰治	魏大海

第 五 辑